Beltz & Gelberg Taschenbuch 203

Christine Nöstlinger

Sowieso und überhaupt

Roman

BELTZ
&Gelberg

www.beltz.de
Beltz & Gelberg Taschenbuch 203
© 1995 für diese Lizenzausgabe
Beltz & Gelberg
in der Verlagsgruppe Beltz · Weinheim Basel
Alle Rechte für diese Ausgabe vorbehalten
Die Taschenbuchausgabe erfolgt
mit freundlicher Genehmigung der Autorin
© 1991 Dachs-Verlag GmbH
Alle Rechte vorbehalten
Neue Rechtschreibung
Einbandgestaltung: Max Bartholl
Einbandbild: Axel Scheffler
Gesamtherstellung: Druckhaus Beltz, Hemsbach
Printed in Germany
ISBN 3 407 78203 9
6 7 8 9 10   09 08 07 06 05

Inhalt

Die wichtigen Personen
der Handlung

Die Erzähler:
Ani Poppelbauer, laut Geburtsurkunde Anatol, 13 Jahre alt, Freund guter Bücher und Zweithaut-Besitzer.

Karli Poppelbauer, laut Geburtsurkunde Karoline, 15 Jahre alt, Freundin bedeutender Knaben und Besitzerin von gröberen Schulproblemen.

Speedi Poppelbauer, laut Geburtsurkunde Benjamin, 7 Jahre alt, Freund aller, die ihn für einen Quälgeist halten, und Besitzer eines ungebrochenen Selbstbewusstseins.

Die, über die erzählt wird:
Sissi Poppelbauer, Mutter von Ani, Karli und Speedi, Freundin eines harmonischen Familienlebens und Besitzerin eines Wollgeschäfts.

Rainer Poppelbauer, Vater von Speedi, Karli und Ani, Freund von Angelsport und Unabhängigkeit, Besitzer eines »weiten« Herzens.

Der Wilma-Fisch, eine wesentlich nettere Frau als voreilig angenommen.

Dr. Zwickleder, ein Steuerberater, der nicht die Gefahr ist, für die er anfangs gehalten wird.

Die Großmutter, eine »Heimsuchung«.

Die Oma, ein »Glücksfall«.

Wuzi, eine Seele von einem Menschen.

Rosi, eine wahre Freundin.

Konni, ein Trugbild.

Zwizwi, ein Aufklärer.

Lilli, ein Mädchen, das Kerlchen hat.

Der Woll-Co, ein Lotterweib.

Ferner:

1 Vorzimmerdame, 1 Dr. Bims, 1 Buchverschenker sowie diverse andere Personen, die den Alltag abrunden.

Der Wilma-Fisch

Ani erzählt

Ich heiße Anatol Poppelbauer. Dass man mich – familienintern – Ani nennt, habe ich meiner großen Schwester zu verdanken. Aber die kann eigentlich auch nichts dafür. Daran, dass ich daheim auf diesen sehr weiblich klingenden Vornamen zu hören habe, tragen mein Vater und meine Mutter die Schuld, beziehungsweise der sonnige Humor, den sie in früheren Zeiten gehabt haben.
Gekommen ist das so: Als sie ihren allerersten Nachwuchs erwarteten, waren sie sich ganz sicher, einen Sohn zu bekommen, und beschlossen, diesen Knaben Karli zu nennen. Nach meinem toten Großvater väterlicherseits und auch deswegen, weil sie meinten, dass die schönen, alten einheimischen Namen nicht aussterben sollen. Und dann war der Sohn eine Tochter, und meine Oma, die sich von Anfang an eine Enkelin gewünscht hat und den Namen Karli sowieso und überhaupt nicht mag, die hat im Krankenhaus, vor dem Bett meiner Mutter, einen Jubelsamba getanzt und hat gerufen: »Gottlob, kein Karli! Der Himmel hat ein Einsehen gehabt!«
Und weil meine Mama der Oma, ihrer Mutter, immer widersprechen muss, hat sie darauf gesagt: »Doch! Es bleibt beim Karli! Karoline wird sie heißen!«
So hatten meine Eltern also eine Tochter namens Karli.

Als ich dann drei Jahre später zur Welt kam, suchten sie – zum gerechten Ausgleich – für mich einen Namen, den man so abkürzen kann, dass er zu einem Mädchennamen wird. Beinahe hätten sie mich schon AmbROSIus getauft. Dann wäre ich heute eine Rosi. So gesehen muss ich ja wohl noch für das blöde ANI dankbar sein.

Jedenfalls wäre ich sowieso und überhaupt dafür, dass man als Baby bloß einen provisorischen Namen bekäme und sich seinen endgültigen Vornamen dann später selbst aussuchen könnte. Aber das ist freilich eine ziemlich unrealistische Idee, denn Kinder dürfen sich ja auch sonst im Leben nichts selber aussuchen, die werden – da oder dort – wo hineingeboren und haben mit dem zufrieden zu sein, was sie als Vater und Mutter, als Wohnort und Familieneinkommen, als Geschwister und Weltanschauung der Eltern so vorfinden. Kinder haben halt keine Lobby, die hinter ihnen steht und ihre Ansprüche wahrnimmt und durchsetzt. Das sieht man ja schon daran, dass Eltern, die ein Kind nicht wollen, es zur Adoption freigeben können. Wenn jedoch ein Kind seine Eltern nicht haben will, kann es sie nicht zur Adoption freigeben und sich andere suchen!

Klingt sauer? Bin ich auch! Stinksauer sogar, im Moment! Ich bin ein relativ bescheidener, pflegeleichter Knabe und falle, familienmäßig gesehen, keiner Menschenseele auf den Wecker. Alles, was ich mir vom häuslichen Leben erwarte, wäre, dass ich meinen Frieden und meine Ruhe hätte und eine halbwegs harmonische

Grundstimmung in der Familie. So eine, wo man sich nicht tagtäglich fragen muss: Gibt es jetzt wieder Streit zwischen den Alten? Oder wird er auf morgen vertagt?

Gerade ist es wieder einmal soweit! Meine Herrschaften Eltern stehen heute auf keinem »Gesprächsfuß« miteinander. Nicht einmal in »Blickkontakt« stehen sie zueinander. Da sie aber trotzdem gewisse Botschaften übermitteln wollen, benutzen sie ihren Nachwuchs als Zwischenträger. Zum Backenzahnwehkriegen ist das! Und mein kleiner Bruder, der Speedi, der spielt da auch noch bereitwillig mit! Rennt zur Mama und fragt, wo denn die blaue Hose vom Papa ist. Rennt zum Papa und sagt, dass die blaue Hose in der Putzerei ist. Rennt zur Mama und fragt, wo ein Paar Socken ist, das zusammenpasst. Rennt zum Papa und sagt, dass die Mama »ein Geld« braucht. Rennt mit »zwei Geld« zur Mama … und kommt sich auch noch rasend wichtig vor!

Wahrscheinlich kann man von dem Zwerg nichts anderes erwarten. Die Karli meint, dass dem Speedi unsere häusliche Streitlage ganz normal vorkommen muss, weil er ja nichts anderes kennt. Als er das Licht der Welt erblickte, hatte die Langzeitkrise unserer Eltern schon ihren Anfang genommen. Unsere Oma hat einmal zu mir gesagt, der Speedi sei das Ergebnis eines intensiven Versöhnungsversuches von meiner Mutter mit meinem Vater.

Außerdem: Vielleicht übertreibe ich ja wirklich, und vielleicht ist das, was sich meine Eltern so liefern, normal. Ich erlebe ja bloß die Ehe von Papa und Mama als Augenzeuge mit und weiß nicht, wie es anderswo zugeht und wie viel Gekeif und dicke Luft und eisige Atmosphäre als »noch normal« angesehen werden müssen. Vielleicht bin ich auch zu sensibel. Meine Schwester jedenfalls behauptet das. »So übertreib doch nicht immer«, sagt sie, wenn ich mich bei ihr beschwere. »So arg sind der Papa und die Mama ja nun auch wieder nicht. Und andere Eltern haben dafür andere Nachteile! Und die sind noch wesentlich schwerer auszuhalten!«

Die Karli hat eben eine rosarote Brille aufgesetzt und schaut rund um die Uhr durch diese durch. Sie hat eine elefantendicke Haut und ist ferkelzufrieden, solange ihr niemand ihre hundsmäßig schlechten Schulnoten vorhält, kein Eiterpickel auf der Stirn sprießt, das Taschengeld ausbezahlt wird und ihre Flamme, der Wuzi, brav hinter ihr herzockelt und ihre Stimmungen erträgt. Warum der Wuzi das so brav tut, ist mir sowieso und überhaupt ein Rätsel. Der ist nämlich ein kluger, grundvernünftiger Mensch und hätte sich etwas weit Besseres verdient als meine Schwester, mit der man über gar nichts, was wirklich wichtig ist, reden kann. Und so eine Schönheit, dass man das bei ihrem Anblick vergessen könnte, ist sie ja nun wahrlich nicht.

Dabei würde ich gerade jetzt dringend jemanden brauchen, mit dem ich mich ernsthaft beraten könnte. Ich weiß nämlich etwas, von dem ich nicht weiß, ob es auch meine Mutter weiß. Und für den Fall, dass sie es nicht weiß, weiß ich wiederum nicht, ob sie es wissen sollte.

Zu diesem Wissen gelangte ich durch puren, unglücklichen Zufall. Vor drei Wochen war es, an einem Dienstag,
am späten Nachmittag. Ich war in der Stadt drinnen, in
einer großen Buchhandlung, in der Abteilung für anti-
quarische Bücher, und ganz gierig darauf, einen Doppel-
band Ray Bradbury zu kaufen. Aber ich hatte nicht einmal mehr einen löchrigen Heller in der Tasche, weil ich
mir schon in einer anderen Buchhandlung ein paar Ta-
schenbücher gekauft hatte. Mein ganzes Geld geht auf
Bücher drauf, und hätte ich dreimal so viel Taschengeld,
würde das auch nichts nützen, so viel Taschengeld, dass
ich mir alle Bücher kaufen könnte, die ich wollte, gibt es
gar nicht!
Der Buchhändler im Antiquariat war ein alter Grantscherm*. Er war nicht bereit, mir den Bradbury ohne
Anzahlung bis zum nächsten Tag zur Seite zu legen. Der
war so einer von der Sorte, die sich denkt: Kinder haben
ein kurzes Gedächtnis, die wissen morgen nimmer, was
sie heute gewollt haben! Weil das Büro, in dem mein Vater arbeitet, gar nicht weit weg von der Buchhandlung
ist, beschloss ich, mir das Geld vom Papa zu holen. Geld
für Bücher gibt er immer her, und dass er noch im Büro
sein würde, bezweifelte ich nicht, denn mein Vater gibt
sich ja unentwegt als Überstunden-Arbeitstier aus, wel-

---

* Christine Nöstlinger ist Wienerin. Und ihr Buch spielt in Wien. Deshalb reden die handeln-
den Personen, wie man eben in Wien redet. Sie verwenden dabei Wörter, die in Wien und
in Österreich üblich sind, aber in anderen Gebieten des deutschen Sprachraums nicht. Solche Dialektwörter werden auf Seite 163 erklärt.

13

ches außer Stress, Leistungsdruck und Karriereleiter-hochklettern keine Freude im Leben hat.

Als ich bei seinem Büro um die Ecke galoppiere, wer wieselt da aus dem Haustor vom Büro? Mein Papa! Ziel-strebig marschiert er auf ein Auto zu, das nicht das Seine ist. Am Auto lehnt eine Dame. Der gibt er Küsschen links auf die Wange und Küsschen rechts auf die Wange, dann hopsen er und die Dame in das Auto und zischen ab. Die Dame war mir nicht unbekannt. Sie heißt Wilma Holzinger. Vor drei Jahren war sie die Freundin eines Bürokollegen vom Papa. Zweimal hat dieser Bürokolle-ge diese Wilma zu uns nach Hause zum Essen gebracht. Und einmal war sie beim Chef vom Papa, auf einem Sommerfest, wo wir auch eingeladen waren. Aber da war sie schon wieder von jemand anderem die Freundin. Von so einem glatzigen Kerlchen, von dem die Mama gesagt hat, dass es eine sehr »schöne Seele« habe.

Wahrscheinlich ist das, was ich hinterher getan habe, wirklich nicht sehr edel. Doch ich will mich eben immer genau auskennen! So habe ich jeden Tag, gegen fünf Uhr am Nachmittag, an der Ecke beim Büro vom Papa Pos-ten bezogen und herausgefunden, dass der werte Magis-ter Poppelbauer am Montag und am Mittwoch und am Freitag tatsächlich Überstunden macht, sich am Dienstag und am Donnerstag jedoch überpünktlich von seinem Arbeitsplatz entfernt, um sich mit der Wilma Holzinger zu treffen, die ihn in ihrem Auto abtransportiert. Anzu-nehmen ist, dass sie ihn dann um Mitternacht wieder zum Büro zurückfährt, weil sein eigenes Auto immer in der Nähe vom Büro geparkt ist und er ja dann in seinem Auto daheim vorfährt.

Seit ich das alles weiß, liegt für mich auch der Schluss nahe, dass sich mein Vater an den Wochenenden nicht wirklich dem entspannenden Angelsport in Gesellschaft von Bürokollegen hingibt, sondern sich mit dieser Wilma zu anders gearteter entspannender Tätigkeit trifft. Beweise dafür habe ich freilich keine. Indizien schon! Erstens bringt mein Vater nie einen Fisch vom Angeln heim. Er sagt entweder, es habe »nichts gebissen«, oder er sagt, er habe seinen Fang einem Kollegen mitgegeben, weil der Fisch für uns fünf zu klein gewesen wäre und wir Fisch ohnehin nicht mögen. Zweitens nimmt er nie einen Köder mit, und wenn man ihn fragt, warum er keinen dabeihat, sagt er, den besorge sein Kollege, der Günter, der habe da eine gute Quelle. Und drittens sind seine Gummistiefel, wenn er nach dem Angelausflug heimkommt, überhaupt nicht dreckig! Dass mein Vater seine matschigen, gatschigen Stiefel säubern würde, bevor er sie in den Kofferraum zurücktut, das kann nun wirklich niemand, der ihn kennt, annehmen. Mein Vater macht nie etwas selbst sauber. Nicht einmal die Badewanne, nachdem er gebadet hat. Er lässt sogar das feuchte Badetuch auf dem Boden liegen. Und seine Stinksocken findet man dort, wo er sie ausgezogen hat. Einen auf dem Klo, einen im Wohnzimmer vor der Sitzbank. Und wenn er einmal ein schmutziges Häferl in den Geschirrspüler tut, dann hält er sich schon für einen perfekten Hausmann und beantragt einen handgestickten Orden.

Die Indizien, die ich gesammelt habe, müssten der Mama natürlich auch aufgefallen sein. Doch dafür wiederum habe ich keinerlei Indizien. Entweder ist meine Frau Mutter mit völliger Blindheit geschlagen oder sie hat sich eisern unter Kontrolle. Am Samstag, wie sich der Papa wieder einmal zum Angeln aufgemacht und der Speedi mich gefragt hat, welche Art von Fisch der Papa eigentlich angelt, große oder kleine, dicke oder dünne, da habe ich geätzt: »Einen Wilma-Fisch, lieber Bruder!«

Worauf der Speedi gegreint hat, dass es doch keinen Fisch namens Wilma gibt und dass ich ihn schon wieder einmal für blöd verkaufen will. Er ist zur Mama gelaufen und hat sich seine Meinung bestätigen lassen wollen. Und die Mama, ich habe sie dabei genau beobachtet, hat in aller Seelenruhe gesagt, dass auch ihr eine Fischart namens Wilma unbekannt sei.

Mit keiner einzigen Wimper hat sie gezuckt. Keinen entsetzten Blick hat sie gehabt!

Ich kann mir einfach nicht vorstellen, dass meine Mutter die Erkenntnis, ihr großer Sohn wisse vom »Verhältnis« seines Vaters, so gelassen hinnehmen würde. So ist sie nicht! Und da liegt ja nun mein Problem! Ich will wirklich nicht, dass sie mir dann irgendwann einmal vorhält: Wenn ich das gewusst hätte, hätte ich dieses oder jenes getan, hätte ich Maßnahmen ergriffen und die Sache schon in den Griff bekommen! Aber ich war ja ahnungslos, und keiner hat mir die Augen geöffnet und darum ist meine Ehe kaputtgegangen!

Mit dem Wuzi kann ich die Sache leider nicht besprechen, obwohl der ansonsten ein erstklassiger Ratgeber in komplizierten Lebenslagen ist. Aber der Wuzi hat nie einen Vater gehabt, der ist außerehelich und kennt sich da nicht aus. Die Oma, die üblicherweise ziemlich weise ist, ist in diesem Fall auch keine Ansprechperson, denn sie hat den Papa noch nie leiden können. Die würde, aus reiner Gehässigkeit, der Mama sofort alles brühwarm erzählen, ohne zu überlegen, ob das vernünftig ist. Und die Großmutter, die Mutter vom Papa, die taugt für so etwas überhaupt und sowieso nicht! Die Frau ist so verklemmt und prüde, dass sie in Ohnmacht fallen täte, wenn ihr klar würde, dass ihr Enkel weiß, dass Väter eine Geliebte haben können. Angeblich hat mein Großvater, ihr Mann, zwanzig Jahre lang eine Geliebte gehabt und sie ist nicht dahinter gekommen. Jedenfalls hat das der Papa einmal erzählt. Bleibt mir also doch nur die Karli! Ob sie es will oder nicht, ich muss ihr einfach die rosarote Brille von der Nase holen!

Bei rosaroten Brillenträgern richtet man weder mit Argumenten noch mit dem »Augenschein« viel aus. Was ein rosaroter Brillenträger nicht wissen will, das sieht er einfach nicht!

Zuerst, als ich der Karli vom Wilma-Fisch Mitteilung machte, erklärte sie mich schlichtweg zum »abnormalen

Spinner« und tat schrecklich entrüstet darüber, dass ich so etwas Mieses und Fieses wie »Nachspionieren« überhaupt über mich gebracht habe. Als ich nicht lockerließ, erklärte sie sich bereit, mit mir am Dienstag beim Büro vom Papa Posten zu beziehen. Aber nur, um mir zu beweisen, wie lächerlich und absurd mein Verdacht sei! Und als dann alles so war, wie ich es vorausgesagt hatte, Auto, Wilma, Küsschen, war sie bloß für ein paar Augenblicke piff-paff, holte dann wieder tief Luft und erklärte mir am Heimweg, dass es tausendunddrei harmlose Gründe gäbe, warum sich der Papa regelmäßig mit dem Wilma-Fisch trifft, und dass man da nicht gleich an Liebschaft denken müsse. Küsschen unter Bekannten seien schließlich üblich! Und selbst wenn man an Liebe denke, müsse man sich keine gröberen Sorgen machen, denn diese Wilma sei nicht hübscher als unsere Mama und hin und wieder habe jeder Ehemann ein kleines Techtelmechtel, und am klügsten sei es, alles zu vergessen, und am blödesten wäre es, der Mama davon zu erzählen!

Dass man im Moment der Mama davon nichts erzählen sollte, ist mir inzwischen selbst klar geworden, denn unsere Frau Mutter hat jetzt ohnehin reichlich genug um die Ohren. Ihr Co ist ihr abhanden gekommen. Der Co heißt Theresa-Charlotta, ist ein echter Trampel und hat zusammen mit der Mama ein Wollgeschäft. Vor drei Jahren haben meine Mama und die Theresa-Charlotta einen leeren, verlotterten Laden gemietet, haben ihn renoviert und mit Wolle voll gestopft, weil Stricken jetzt angeblich

wieder total »in« ist und ein Wollgeschäft ein »Hit«. Aber erstens hat kurz danach zwei Ecken weiter ein viel größeres, schöneres Wollgeschäft die Pforten eröffnet und zweitens hat die Charlotta mit dem Hausbesitzer einen blöden Mietvertrag gemacht und der Hausbesitzer hat die Miete gigantisch erhöht, und der Rechtsanwalt hat gesagt, dazu hat er das Recht. Jedenfalls ist das Wollgeschäft nicht die »Goldgrube« geworden, von der die Mama und ihr Co geträumt haben. Mein Papa behauptet sogar, das Wollgeschäft sei ein Minusposten in unseren Familienfinanzen, es bringe nichts ein, es koste bloß. Und dazu kommt noch, dass der Co sehr unverlässlich ist. Abgemacht war, dass die Mama am Vormittag im Laden ist und der Co am Nachmittag. Doch das haut nicht richtig hin. Dauernd hat der Co irgendetwas Dringendes zu tun, was ihn davon abhält, am Nachmittag Wolle zu verkaufen und den Kundinnen Strickmuster zu erklären. Und jetzt ist der Co überhaupt für vier Wochen nach den USA geflogen. So muss die Mama auch am Nachmittag im Wollgeschäft sein. Bis sechs Uhr. Da kann sie nachher nicht einmal mehr etwas fürs Nachtmahl einkaufen.
Einkaufen könnten ja zur Not die Karli und ich. Aber jeden lieben Nachmittag den Speedi hüten, das ist zu viel verlangt von uns. Der Knabe denkt ja gar nicht daran, irgendwelche Anweisungen von der Karli oder von mir ernst zu nehmen. Und ist lästig wie eine Armee von Gewandläusen! Dauernd soll man mit ihm spielen. Nicht einmal fernschauen will er allein. Auch da würde er ei-

nen Beisitzer brauchen, der mit ihm Händchen hält. Und wenn dann die Mama heimkommt, beschwert er sich, dass wir nicht nett genug zu ihm waren! Von der Großmutter will er sich auch nicht betreuen lassen. Doch das ist einzusehen. Die Großmutter nämlich, die hält ihre drei Enkelkinder für »völlig unerzogen«, und wenn sie am Nachmittag den Speedi »übernimmt«, dann will sie die ganze Erziehung im Schnellzugstempo nachholen. Wie man isst, wie man sich schneuzt, wie man ordentlich sitzt (und nicht lümmelt), wie man mit Erwachsenen redet und Ordnung hält und wie man Hausaufgaben macht, alles will sie einem in einem Intensivkurs beibringen.

Die hat doch sogar einmal, als sie am Nachmittag bei uns war, die bodenlose Frechheit gehabt, einen Schulfreund von mir aus dem Haus zu weisen, bloß weil er sich bei der Jause mit Kakao angepatzt und deswegen »Scheißdreck, elendiger« geflucht hat. Der sei »kein Umgang« für mich, hat sie erklärt. Und die Mama jammert sie immer an, dass es sich nicht schickt, dass die Karli und der Wuzi – ohne elterliche Oberaufsicht – zusammen in einem Zimmer sind. Das gehört sich nicht! Sie teilt das ganze Leben in »gehört-sich« und »gehört-sich-nicht« ein. Doch eine vernünftige Erklärung dafür, warum sich etwas gehört oder nicht gehört, kann sie nie liefern. Da lässt sie, wenn man anfragt, bloß die Mundwinkel nach unten hängen und sagt beleidigt: »Sei bloß nicht frech!«

Eigentlich kommt nur die Oma mit dem Speedi wirklich

gut zurecht. Doch die wohnt sehr weit weg von uns, am anderen Ende der Stadt. Um zu uns zu fahren, braucht sie mit der Straßenbahn ewig lange. Und sie ist nicht ganz gesund. Man kann ihr den täglichen langen Weg nicht zumuten. Und so wird mein kleiner Bruder, das arme Ferkel, im Moment herumgeschupft wie ein Postpaket. Einmal zur Oma, einmal zur Großmutter, einmal in den Wollladen, einmal zur Karli oder zu mir. Honiglecken ist das für ihn gewiss auch keines.

Es klingt ja verdammt heuchlerisch, wenn ich den Speedi einerseits mitleidig bedauere und anderseits nicht bereit bin, ihn öfter liebevoll und einfühlsam zu hüten. Aber es ist eben so, dass ich eher eine theoretische denn eine praktische Liebe zu ihm habe. Solange er mir aus den Augen und den Ohren ist, habe ich jede Menge Verständnis für ihn. Wenn er mir jedoch auf den Leib rückt, könnte ich ihn zum Mond hinaufschießen, damit ich nicht in Versuchung komme, ihn abzumurksen.

Apropos abmurksen! Da gibt es noch einen, bei dem ich diesbezügliche Gelüste hätte. Meinen Mathe-Profax. Der ist so ein typischer, schleimweich ins System passender Lehrer. Geschwollen und voll Pathos schwafelt er dauernd von Kameradschaft und Einander-Helfen und Kollegialität daher, aber hält man sich dann daran, flippt er aus und nimmt übel. Was, bitte schön, braucht denn ein Schüler, der in Mathe auf einem beinharten Nichtgenügend steht, an kameradschaftlicher, kollegialer Hilfe nötiger als einen Schwindelzettel, von dem er die Rechenbeispiele abschreiben kann? Na eben! Aus dieser schönen Einsicht heraus bin ich dem Pauli, meinem Pultnachbarn, der in Mathematik ein völliger Versager ist, bei der letzten Schularbeit ein bisschen beigestanden. Sämtliche Beispiele seiner Gruppe habe ich ihm auf einem schönen Löschblatt ausgerechnet und zugeschoben. Und was tut der Dolm? Er schreibt alle vier Beispiele beglückt ab, grunzt sich hochzufrieden eins, klappt sein Heft zu, gibt es ab und merkt nicht, dass der Schwindelzettel noch immer drinnen liegt! Nicht einmal hinterher hat er es überrissen. Bis zur Rückgabe der Arbeit habe ich gedacht, es sei alles in Ordnung. Und dann kommt der Mathe-Mann mit dem Heftstoß in die Klasse und schaut schon so komisch. Er zieht das Heft vom Pauli aus dem Stoß und aus dem Heft das beschriebene Löschblatt, wachelt mit dem höchst erregt in der Luft herum und fragt mich, was ich dazu zu sagen habe.

Was hätte ich schon sagen sollen? Vielleicht: Bitte um Verzeihung, ich werde es nie mehr tun? Oder sonst einen demütig-kriecherischen Blödsinn? Am besten wäre es wohl gewesen, ich hätte den Mund gehalten und gar nichts gesagt. Doch der Mathe-Mann reizt mich immer dazu, ihn ein bisschen auf die Schaufel zu nehmen. Darum habe ich ihm mit freundlicher Miene geantwortet: »Es war eben ein Missgeschick!«

Worauf er noch empörter geworden ist und ich gesagt habe: »Ist doch ein Missgeschick, wenn der Pauli vor lauter Aufregung den Schwindelzettel im Heft vergisst! Absicht war es sicher nicht.«

Hat der Mathe-Mann gefaucht, dass er mich warnt. Habe ich gefragt, wovor er mich denn warnt. Hat er gebrüllt, dass ich ja nicht glauben soll, mir alles leisten zu können, bloß weil ich vorzügliche Schulnoten habe. Habe ich gesagt, dass er mit mir nicht herumbrüllen soll, weil ich das nicht leiden kann. Hat er weiter gebrüllt. Irgendwas von Unverschämtheit. Und dass es ihm reicht. Da habe ich gefunden, dass es mir auch reicht, habe meine Schultasche aus dem Pultfach genommen, unter den Arm geklemmt und bin zur Klasse und zum Schulhaus hinaus, obwohl ich noch drei Schulstunden abzusitzen gehabt hätte.

Irgendwie, meine ich, hat man den Lehrpersonen hin und wieder auch die Grenzen ihrer Macht zu demonstrieren!

Klarerweise hat der Mathe-Mann zum Gegenschlag ausgeholt und will mir nun die Grenzen meiner Macht demonstrieren. Beim Klassenvorstand hat er sich beschwert, und der will nun nicht nur eine väterliche Entschuldigung für die drei Fehlstunden, sondern auch einen Besuch meines Herrn Vaters in der Sprechstunde.

Ich denke gar nicht daran, meinen Vater in die Schule zu jagen. Nicht dass ich Angst davor hätte, die Sache meinem Vater beizubringen! Der Papa schert sich um Lehrergejammer nicht viel. Mir geht es um einen schönen

Gag, den ich landen will. Ich habe viel übrig für gut inszenierte Aktionen!

Der Klassenvorstand wird einen wunderschönen Brief bekommen. Auf dem Briefpapier vom Papa. Und vom Papa unterschrieben! Ich habe mir den Brieftext bereits ausgedacht. Er lautet so:

Verehrter Doktor Bims,

mein Sohn Anatol wurde von mir zu einem hilfsbereiten Kinde erzogen. Dieser Aufzucht gemäß hielt er es für seine Pflicht, sein Wissen einem Mitschüler zur Verfügung zu stellen, da sich dieser in einer Notlage befand; auch wenn dieses Verhalten nicht im Sinne der Lehrperson war. Ferner bitte ich, die drei Fehlstunden entschuldigen zu wollen. Ich habe meinem Sohn immer erklärt: Wenn dich wer anbrüllt, brülle nicht zurück, sondern entferne dich!

Hochachtungsvoll
Rainer Poppelbauer

Blöd ist nur, dass ich im Maschine schreiben eine Vollniete bin. Um meinen irren Gag zu landen, brauche ich nämlich nicht nur diesen Brief, sondern auch ein paar andere mit der Maschine getippte Wische. Und es gelingt mir nicht, auch nur eine einzige Zeile fehlerfrei hinzukriegen. Und unsere Schreibmaschine ist eine ohne Korrekturtaste. Ich brauche aber piekfein geschriebene

Briefe, sonst glaubt der Bims nie, dass sie vom Mag. Poppelbauer stammen.

Die Karli muss mir den Kram tippen. Die ist maschineschreibmäßig fast perfekt.

So! Jetzt habe ich alle meine Wische. Den Brief an den Bims, dann einen, wo kundgetan wird, dass ich beabsichtige, an der Schluckimpfung gegen Kinderlähmung teilzunehmen, und einen, wo ein Elternabend angesagt wird, und einen, wo der Preis der Schulmilch erhöht wird. Und eine Wette habe ich auch abgeschlossen. Um fünfzig Schilling habe ich mit der Karli gewettet, dass mir der Papa den Brief an den Bims unterschreiben wird.

»Nie im Leben tut er das«, hat die Karli behauptet. Weil ich ihr meinen Plan nicht verraten habe! Aber der Papa wird. Und zwar gleich heute am Abend. Heute ist nämlich Donnerstag. Wilma-Fisch-Tag. Und er wird garantiert erst gegen Mitternacht, erschöpft von den Überstunden, heimkommen. Und ich werde ihm im Vorzimmer auflauern und ihm alle meine Wische zum Unterschreiben hinhalten. Zuoberst die Schulmilch, dann den Elternabend und die Schluckimpfung und zuunterst das Bims-Schreiben. Ich werde ihm sagen, dass das lauter blöder Schulkram ist und dass ich den deswegen um Mitternacht signieren lasse, weil ich am Morgen immer so verschlafen bin und darauf vergesse. Und er, mit seinem schlechten Gewissen, da bin ich mir ziemlich sicher, wird hurtig unterschreiben, ohne ausführlich zu lesen. Und falls er doch richtig zu lesen anfängt, dann muss mir eben irgendetwas einfallen, bevor er beim letzten Wisch ist. Und mehr, als dass er den Bims-Brief liest und mich fragt, ob ich übergeschnappt bin, kann ja nicht passieren.

Keinerlei Probleme mit dem Bims-Brief hat es gegeben. Abgesehen davon, dass ich bis weit nach Mitternacht auf den Papa habe warten müssen und schon gähnmüde war, als er endlich daherkam. Zuerst war er zwar ziemlich erstaunt, warum ich die Wische nicht von der Mama habe unterschreiben lassen, weil die doch sonst den ganzen Schulkram erledigt, aber da habe ich ihm gesagt, dass die Mama den ganzen Tag über Kopfweh gehabt hat und dass sie schon längst im Schlafzimmer ist und ich sie nicht mehr stören will. Hinzugefügt habe ich noch, dass die Mama jetzt immer Kopfweh hat. Mit vorwurfsvoller Stimme habe ich das gesagt. Und er hat kapiert, dass ich meine, dass er an diesem Kopfweh schuld ist. Das hat ihn so verlegen gemacht, dass er nicht einmal den Schulmilchschrieb richtig gelesen hat. Und vom Schluckimpfungsschrieb bloß den ersten Satz. Hurtig hat er alles unterschrieben und gemurmelt, dass wegen der Bürokratie jeden Tag ein ganzer Wald stirbt. Und dann ist schon meine Mama dazugekommen und hat dem Papa einen »guten Morgen« gewünscht. Der Papa hat gefaucht, dass das eine Übertreibung sei. Was ja wirklich stimmt, denn zehn Minuten vor eins ist kein Termin für »guten Morgen«. Ich bin hurtig mit den Vaterunterschriften in mein Zimmer, habe alle Wische – bis auf den Bims-Brief – in den Papierkorb geschmissen und mich ins Bett gelegt. Einschlafen habe ich erst viel später können. Der Papa und die Mama haben im Wohnzimmer gestritten. Der Streit war nicht schrecklich laut. Ein freundliches Gespräch in der gleichen Lautstärke hätte mich sicher nicht am Einschlafen gehindert.

Oft denke ich darüber nach, was ein Ehepaar mit Kindern, wenn es so gar nicht mehr mit der Liebe funktioniert, eigentlich tun soll. Ich blicke da wirklich nicht durch. O.k., sage ich mir, wenn sich Ehefrau und Ehemann nicht mehr vertragen, dann ist es ihr gutes Recht, sich zu trennen! Wäre ja auch tiefstes Mittelalter, wenn es keine Scheidung gäbe! Aber in Wirklichkeit sehe ich das überhaupt nicht ein! Die Kinder werden ja mitgeschieden. Und weder die Karli noch ich, und der Speedi schon gar nicht, wollen vom Papa geschieden werden! Aber dass zwei Menschen nur der Kinder wegen, obwohl sie einander weder riechen noch sehen noch hören mögen, zusammenbleiben, das gefällt mir auch nicht. Wahrscheinlich wäre es am besten, alle Leute, die einander heiraten wollen, müssten zuerst einen Test auf »Langzeitliebe« machen. Und nur wenn der positiv ausfällt, dürfte man ihnen erlauben, Kinder zu kriegen.

Müsste man sich einmal überlegen, wie so ein Test auf Langzeitliebe ausschauen sollte! Unlängst, wie die Großmutter bei uns war und mit der Nachbarin im Vorgarten getratscht hat, hab ich sie sagen gehört: »Damit, dass die Frauen einen Beruf haben und Geld verdienen und glauben, dass sie auch allein leben können, fängt der Jammer an. Wir haben uns ja auch fügen müssen! Was hätten wir denn getan ohne Ernährer?«

So jedenfalls sollte die Langzeitliebe, die ich meine, nicht ausschauen.

Ein wirklich guter Mensch, denke ich, müsste man sein, um die Langzeitliebe zu schaffen, denn wenn man so ein wirklich guter Mensch ist, dann schafft man es, jeden Menschen zu lieben, ganz gleich, was der für ein merkwürdiger Kerl ist. Aber dazu täte man so viel Güte und Toleranz und Einsicht brauchen, wie sie mein Papa und meine Mama nun wirklich nicht haben. Und ich bin wahrlich der Allerletzte, der das von anderen Leuten einfordern würde, denn güte-, toleranz-, verständnismäßig bin ich selbst eine totale Niete und glaube auch nicht, dass ich mich diesbezüglich beim weiteren Heranwachsen positiv entwickeln werde.

Der Blick vom Dr. Bims, meinen Vaterbrief lesend, war die ganze Mühe und den ganzen Aufwand wert! Er hat auf das Blatt Papier gestarrt, als werde ihm darauf der Untergang der Welt fürs heutige Datum glaubhaft vorausgesagt. Gut zehn Minuten hat er gestarrt, dann hat er den Brief zusammengefaltet und in die Jackentasche gesteckt. Und die ganze Deutschstunde hinterher war er total unkonzentriert. Er hat sogar vergessen, uns eine

Hausübung aufzugeben. Meine Klassenkollegen haben natürlich kapiert, dass das mit dem Brief zusammenhängt, und wollten wissen, was mein Vater dem Bims geschrieben hat. Ich habe es ihnen nicht gesagt und jetzt halten sie mich wieder einmal für einen »arroganten Arsch«. Bin ich aber nicht! Ich mag bloß nicht als der »tolle Knabe, der sich alles traut«, dastehen. Das schaut mir zu viel nach Angabe aus. Ich habe es ja, wenn es darum geht, sich was zu trauen, viel leichter als die meisten anderen. Erstens kann einem sowieso nicht viel passieren, wenn man so gute Schulnoten hat wie ich. Und wenn man sich vor keiner gehässigen Prüfung fürchten muss. Und zweitens habe ich ja überhaupt keine Strafaktionen meiner Eltern zu erwarten. Da sind die Mama und der Papa nämlich wirklich eins a Superqualität. Ich habe noch nie im Leben eine Ohrfeige bekommen oder Stubenarrest oder Taschengeldentzug. Mehr, als dass die Mama ein bisschen keppelt oder der Papa auf »Liebesentzug« spielt und mich ignoriert, passiert da nicht.

Die meisten Kinder in meiner Klasse sind viel übler dran. Der Pauli, zum Beispiel, der bekommt schon Ohrfeigen, wenn er mit einem Nichtgenügend heimkommt. Und einmal, wie wir aus der Schule gegangen sind, hat seine Mutter vor dem Schultor gewartet, ist auf ihn losgestürzt und hat auf ihn eingeprügelt, als wäre er ein feuerspeiender Drache und sie der Drachentöter. Der Pauli hat sich überhaupt nicht dagegen gewehrt, hat bloß die

Arme vor den Kopf gehalten, damit ihm die Furie nicht auch noch das Nasenbein bricht. Die Wahnsinnsfrau hat erst aufgehört, als ein Lehrer aus der Schule gekommen ist und sie angebrüllt hat, dass sie diese Art von Erziehung bleiben lassen solle. Aber vorher sind jede Menge Erwachsene vorbeigegangen und haben nicht eingegriffen. Dabei haben wir doch jetzt ein Gesetz, welches Eltern verbietet, ihre Kinder zu schlagen. Doch das ist ja auch wieder so typisch! Bestraft werden nur die Eltern, die ihre Kinder schwer verletzen. Ohrfeigen sind verboten, aber straffrei!

Gibt es eigentlich sonst noch eine gesetzlich verbotene Handlung, für die der Täter keine Strafe zu erwarten hat? Soweit ich das weiß, nicht! In der Zeitung habe ich gelesen, dass es eben vernünftiger sei, mit prügelnden Eltern zu reden und sie mit Hilfe von Psychologen und Sozialarbeitern auf den rechten Erziehungsweg zu bringen. O.k., klingt ja super! Aber warum fällt das keinem Gesetzemacher ein, wenn jemand etwas klaut oder betrunken Auto fährt oder sonst was Verbotenes tut? Warum wird dann gleich bestraft?

Meine Mama sagt oft, ich mache mir zu viele Gedanken. In Wirklichkeit mache ich mir sichtlich zu wenig Gedanken, sonst wäre ich schon dahinter gekommen, warum es diese Ungerechtigkeiten gibt und warum sie nicht abgeschafft werden. Und sowieso und überhaupt verstehe ich nicht, dass sich die meisten Kinder, die ich kenne, nicht gegen diese Ungerechtigkeit empören. Der Pauli, zum

Beispiel, der nimmt die Prügel einfach hin. Der unterscheidet sogar zwischen »verdienten« und »unverdienten« Ohrfeigen. Und wenn ich ihm sage, dass niemand Prügel »verdient« und er seine verdammte Untertanenmentalität einmal überdenken sollte, dann schaut er mich an, als wäre ich vom Mond heruntergefallen. Aber ich habe eben leicht reden. Ich kann mir ja nicht einmal in Horrorvisionen ausmalen, was mit dem Pauli passiert wäre, wenn der dem Bims so einen Vaterbrief überreicht hätte und wenn dann der Hofrat Scheiberl, unser Direktor, beim Pauli-Vater im Büro angerufen und gefragt hätte, wie dieses Schreiben »aufzufassen« sei.

Mein Papa hat unheimlich cool reagiert. Und clever blitzgneißerisch! Zuerst, wie ihm seine Sekretärin gesagt hat, dass der Hofrat Scheiberl am Telefon ist, hat er einen riesigen Schreck bekommen. Er hat gedacht, der Karli oder mir sei etwas Schreckliches zugestoßen. Von einem Auto überfahren! Oder im Turnsaal aus den Ringen gefallen und Schädelfraktur! Und so war er maßlos erleichtert, dass es nur um einen Brief gegangen ist. Und dass wir heil sind! Und er hat gleich kapiert, dass der Brief von mir geschrieben sein müsse. Hat er dem Scheiberl aber nicht gesagt. Hat bloß gesagt, dass er beim Briefschreiben in einer »sonderlichen Laune« gewesen sei. Und hat sich, weil er den Brief ja nicht gekannt hat, auf keine längere Debatte eingelassen. Er müsse, hat er dem Scheiberl erklärt, leider augenblicklich zu einer Vorstandssitzung. Was der Scheiberl eingesehen hat.

Aber er hat den Papa zu einer Aussprache in die Schule gebeten.

Der Papa denkt nicht daran, zum Scheiberl in die Schule zu gehen. Er mag Schulen nicht. Sowieso und überhaupt nicht! Bei keinem einzigen Sprechtag oder Elternabend war er noch. Dort tritt immer die Mama auf. Doch diesmal wäre die Mama in der Schule fehl am Platze. Ihre schwungvolle Unterschrift prunkt ja nicht unter dem schönen Brief.

Der Papa redet sich damit aus, er könne nicht in die Schule gehen, weil sonst hundertprozentig herauskäme, dass der Brief nicht von ihm ist. Sozusagen zu meinem Schutz müsse er der Schule fernbleiben. Ist natürlich Unfug! Mein Brief ist o.k.! Den könnte jeder vernünftige Vater geschrieben haben! Aber mir ist egal, ob der Papa in die Schule geht oder ihr fernbleibt. Bloß die Mama regt sich darüber auf.

Beim Frühstück gab es diesmal den »Tagesstreit« deswegen. Und er endete damit, dass der Papa die Mama eine Kuh nannte. Und dass nachher die Karli zu mir gesagt hat: »Du bist schuld daran, dass sie gestritten haben!«

Habe ich ihr gesagt: »Sowieso und überhaupt nicht! Wäre es nicht wegen mir gewesen, wäre es halt wegen irgendetwas anderem losgegangen! Eheleute, die streiten wollen, finden immer einen Anlass!«

Doch das sieht die rosarote Brillenträgerin natürlich nicht ein. Die bleibt dabei, dass der Papa und die Mama eine normale Ehe führen und dass ein bisschen Streit zu einer solchen sowieso und überhaupt gehört.

Ich sollte mir endlich dieses blöde »sowieso und überhaupt« abgewöhnen. Völlig sinnlose Wörter sind das. Aber anderseits: Jeder in unserer Familie sagt unentwegt »sowieso und überhaupt«. So haben wir wenigstens eine Sache gemeinsam. Immer noch besser eine Sowieso-und-überhaupt-Gemeinsamkeit als gar keine!

Jetzt hat sich die Mama entschlossen, zum Dr. Bims in die Sprechstunde zu gehen. Völlig sinnlos, dass sie das tut, aber sie lässt es sich nicht ausreden. Dabei muss sie deswegen extra ihren Wolladen zusperren. Oder sich eine Aushilfe nehmen. Mit Hinfahren und Quatschen und Zurückfahren vergehen garantiert drei Stunden. Die Aushilfsverkäuferin kriegt hundert Schilling Stundenlohn.

Hätte ich geahnt, dass mein schöner Briefgag letzten Endes nichts bringt als ein Defizit von dreihundert Schilling, hätte ich ihn mir verkniffen!

Schmerz lass nach, das war ein denkwürdiger Vormittag! In der Pause nach der zweiten Stunde bin ich wie der rasende Roland zum Sprechzimmer galoppiert. Ich wollte meine Mama, wenn sie aus dem Sprechzimmer herauskommt, abpassen. Um zu hören, wie die Sache gelaufen ist. Doch wie ich die Treppe hinuntersause, sehe ich, dass die Mama gerade erst zum Dr. Bims in die gute Stube reingeht. Eh kein Wunder bei ihr. Sie kommt ja immer viel zu spät. Zuerst wollte ich wieder in meine Klasse zurück, doch dann habe ich mir gedacht: Es geht ja schließlich um mich, und da gehöre ich eigentlich dazu!

Also bin ich ins Sprechzimmer hinein. Der Bims wollte mich natürlich gleich wieder rauswerfen. Eine Sprechstunde für Eltern sei das, hat er gesagt. Habe ich ihm milde und friedfertig erklärt, dass es besser wäre, gleich eine Dreierrunde zu veranstalten. Ist ja wirklich wahr! Er beschwert sich bei meiner Mutter über mich, die Mama geht dann heim und richtet mir seine Beschwerde aus, ich erkläre ihr meine Sicht der Angelegenheit … und sie geht dann wohl wieder in die Schule und richtet das dem Bims aus … wären doch lauter leere Kilometer, die da gelaufen und geredet würden!

Der Bims wollte das nicht einsehen. Aber die Mama hat es eingesehen, nachdem ich ihr einen sehr zwingenden Blick zugeworfen habe. Sie hat zum Bims gesagt, dass wir es doch wenigstens probieren könnten. Und weil der Mann nicht sehr konfliktfreudig ist, hat er zwar gemotzt, dass er das nicht zielführend und indiskutabel finde, aber er hat sich geschlagen gegeben. Mit einem Gesicht, als quäle ihn das siedheiße Sodbrennen, hat er gesagt: »Aber wenn Sie meinen, bitte!«

Er hat eh Recht gehabt! Das Dreiergespräch war nicht zielführend und indiskutabel! Wegen der Mama! Ich habe meine Frau Mutter ja bisher noch nie mit einem Lehrer reden gehört. Und ich war zutiefst geschockt. So was von unwürdig und kriecherisch! So was von devoter Heuchelei und buckelnder Untertänigkeit! Was für ein guter Lehrer der Bims doch sei, hat sie gesäuselt. Und wie viel Verständnis er doch für die Schüler aufbringe! Und dass ja allgemein bekannt sei, dass unsere Klasse mit ihm als Klassenvorstand einen »Haupttreffer« gemacht habe! Und am meisten sei sie ihm dafür dankbar, dass er in mir die Liebe zur Literatur erweckt habe, da hätte ich nämlich was für lebenslänglich!

Lauter Kunsthonig hat sie ihm ums Maul geschmiert und er hat sich den beglückt abgeschleckt! Und sooft ich die Sache auf den Punkt bringen wollte, hat mich die Mama gleich unterbrochen und beteuert, dass ich es nicht so meine, wie es klingt, dass ich eben in der Pubertät sei, und da bekomme man vorübergehend so eine ungehobelte Ausdrucksweise und so »revolutionäre« Ansichten und lehne alle Autorität, auch die »positive«, ab.

So habe ich dann eben den Mund gehalten. Sonst hätte ich, statt mit dem Bims, mit meiner Mutter einen Streit anfangen müssen; was ich im Schulsprechzimmer nicht für angebracht halte.

Nach einer halben Stunde waren sich der Bims und die Mama dann darüber einig, dass der Bims ein guter Lehrer, die Mama eine gute Mama, ich ein gutes Kind und unser Schulsystem – bis auf kleine Mängel – das bestmögliche sei. Schließlich haben der Bims und die Mama einander die Pfote geschüttelt, und der Bims hat begeistert posaunt, dass ihm die komplizierten Schüler ohnehin am meisten ans Lehrerherz gewachsen seien und dass die stürmische Jugend eben erst das »richtige Maß« erlernen müsse, dass das aber der liebe Anatol, aufgrund seiner überragenden Intelligenz, bald schaffen werde. Dann hat er mir noch das Haupthaar getätschelt und ist hurtig enteilt.

Und die Mama war maßlos stolz auf ihren Bims-Erfolg! Die ist jetzt noch stolz auf ihre Arschkriecherei! So Leid es mir tut, das erkennen zu müssen, aber im Grunde ist sie genauso verlogen und unehrlich wie der Dr. Bims. Er predigt Hilfsbereitschaft und Kameradschaftlichkeit und lässt sie dort, wo es Not täte, nicht zu. Sie predigt immer Ehrlichkeit und Wahrheitsliebe und heuchelt und schleimt dann, wenn sie meint, dass es Not tue!

Der Wuzi meint, dass auch wir einmal, wenn wir erwachsen sind, nicht viel anders sein werden. Diese Erkenntnis hat er aus dem Tagebuch seiner Mutter gewonnen. Aus einem uralten Tagebuch. Seine Mutter hat das geführt, als sie ein junges Mädchen gewesen ist. Der Wuzi sagt, wenn seine Mutter auch noch heute die Meinungen und Ansichten hätte, die sie damals – mit vielen Rechtschreibfehlern – in ihrem Tagebuch festgehalten hat, dann würde er sie auf Händen tragen! Und was der Wuzi am schlimmsten gefunden hat, ist, dass seine Mutter bloß gelacht hat, wie sie ihr altes Tagebuch wieder gelesen hat. »Wenn sie wenigstens geweint hätte!«, hat der Wuzi gesagt. »Dann hätte sie wenigstens kapiert, was sie im Laufe der Jahre an seelischer Größe verloren hat!«

Schade, dass meine Mutter als Mädchen nie ein Tagebuch geführt hat. So kann ich nicht mehr feststellen, ob sie ihre moralischen Ansprüche verloren oder nie welche gehabt hat.

Die Karli, das Luder, streitet ab, dass sie mit mir wegen dem Vaterbrief gewettet hat! Und um fünfzig Schilling schon gar nicht, sagt sie. Weil man um Geld nicht wettet! Und richtig gewonnen habe ich die Wette ja auch nicht, sagt sie. Weil ja alles aufgeflogen ist. Als ob das mit unserer Wette etwas zu tun hätte! Wir haben darum gewettet, dass der Papa unterschreibt. Und das hat er! Aber was rege ich mich auf! Sie hat ja ohnehin kein Geld. Und bei der Mama schon Vorschuss auf die Taschengeldration vom übernächsten Monat. Bei der Karli geht alles auf Farben drauf. Nicht auf Malfarben, sondern auf Gesichtsfarben! Im Badezimmer, in ihrem Schrankabteil, habe ich neun Lippenstifte und acht Lidschattendöschen und zwölf Augenbrauenstifte gezählt.
Von dem, was der ganze Kosmetikkram meiner Schwester kostet, könnten in Afrika hundert Kinder leben. Von dem, was ich in Bücher investiere, natürlich auch. Aber ich lese meine Bücher wenigstens und liebe sie. Die Karli hingegen, die bemalt sich bloß wie ein Zirkusclown und wischt sich dann, bevor sie außer Haus geht, das ganze Zeug wieder aus dem Gesicht.
Ihren Typ probiert sie aus, hat sie mir unlängst erklärt. Was das bedeuten soll, weiß ich nicht genau. Ich nehme

an, sie will ihren Typ verändern. Ungeschminkt ist sie nämlich der Typ »mittelmäßige Durchschnittsschnepfe«. Und dagegen will sie wohl etwas unternehmen.

Bei der ganzen Schminkerei verstehe ich vor allem eines nicht: Ich habe zwar noch nie ein Mädchen geküsst, aber wenn ich es unbedingt tun müsste, dann würde ich mir eines aussuchen, das keine Farbe im Gesicht hat. Muss doch wahnsinnig eklig sein, dieses rot gefärbte Chemiefett zu schmecken! Aber vielleicht wischen sich die Mädchen vor dem Küssen das Zeug weg. Im Film tun sie es nicht, doch im Film tut man ja vieles nicht, was man in der Wirklichkeit macht. Da geht ja auch kaum einer aufs Klo.

Wo ist Speedi?

Speedi erzählt

Das war so:

Am Montag hat der Papa zu mir gesagt: »Speedi, am Samstag Vormittag fahren wir in den Supermarkt!«

Weil er weiß, dass ich Supermarktfahren sehr gern mag. Am Mittwoch habe ich ihn dann gefragt, ob er mir am Samstag im Supermarkt auch Gummischlangen und Popcorn und Lollipops kauft.

»Aber klar, Speedi«, hat er gesagt. »Zwei große Einkaufswagen packen wir voll! Mit allem drinnen, was du nur haben willst!«

Ganz zeitig am Morgen bin ich am Samstag aufgestanden. Wegen dem Supermarkt. Damit wir bald fahren können und der Parkplatz vor dem Supermarkt noch nicht voll ist. Wie wir das letzte Mal dort waren, haben der Papa und die Mama die vollen Tragetaschen über den ganzen Parkplatz schleppen müssen und von zwei Tragetaschen sind die Henkel abgerissen, und der Papa hat geschimpft, dass wir das ganze Zeug sowieso nicht brauchen, und die Mama hat geschimpft, dass der Papa nicht schimpfen soll, weil er es war, der alles »wie ein Blöder« in den Einkaufswagen getan hat. Und sie hasst Supermärkte sowieso und überhaupt!

Gleich nachdem der Ani und die Karli in die Schule gegangen sind, wäre ich schon fix und fertig gewesen. Obwohl ich sonst am Samstag gern lange schlafe, weil ich ja nicht in die Schule gehen muß. Meine Volksschule hat am Samstag schulfrei.

Ich habe der Mama gesagt, dass wir jetzt fahren können. Doch die Mama wollte duschen. Und die Badewanne hat einen Dreckrand gehabt. Den hat der Papa beim Baden gemacht. Die Mama hat gewartet, bis der Papa den Dreckrand weggemacht hat. Das hat schon sehr lange gedauert. Und dann ist der Papa in die Küche gegangen. Das saubere Geschirr hat er aus dem Geschirrspüler geholt. Dabei hat er sich in die Finger geschnitten. Im Geschirrspüler waren nämlich Glasscherben. Von den Weingläsern, die man nicht in den Spüler tun darf. Die Mama hat das dem Papa ohnehin schon oft erklärt, doch der Papa merkt sich solche Sachen schwer. Dann haben die Mama und der Papa zu streiten angefangen. Weil die Mama das ganze Geschirr, das der Papa ausgeräumt hat, noch einmal mit der Hand abgewaschen hat. Da hätten noch winzige Glasscherben dran kleben können! Und wenn man die in den Magen kriegt, machen sie Magengeschwüre. Der Papa hat das nicht geglaubt. Vom Streiten, hat er gesagt, kriegt er seine Magengeschwüre.

Ich wollte die Zeichnung für die Schule fertig machen, bis der Streit vorüber ist. Aber mein roter Buntstift ist immer wieder abgebrochen und hat sich nicht mehr spitzen lassen. Ich bin ins Zimmer der Karli gegangen. Die hat viele Buntstifte in einer großen Blechdose. Leider war die Dose ganz oben im Regal und neben ihr ist eine offene Tuscheflasche gestanden. Die habe ich nicht sehen können. Ich habe ja hüpfen müssen, um an die Dose überhaupt heranzukommen. Die Tuscheflasche ist umgefallen. Die grüne Tusche ist ausgeronnen und heruntergetropft. Auf Bücher und Hefte und Krimskrams.

Da bin ich schnell wieder raus aus dem Zimmer der Karli. Meine Schwester hat mir nämlich sowieso und überhaupt verboten, ihr Zimmer zu betreten, wenn sie nicht daheim ist. Ich habe gehofft, dass die Karli glauben wird, die Tuscheflasche sei von selber umgefallen. Und sowieso ist es ja überhaupt ihre eigene Schuld, weil Tuscheflaschen gehören zugeschraubt!

Ich bin in die Küche gegangen. Ich wollte dem Papa sagen, dass er mir im Supermarkt auch neue Buntstifte kaufen muß. Und plötzlich sagt der Papa, dass er mir den Supermarkt gar nicht versprochen hat. Er kann sich daran wirklich nicht erinnern! Und Lust auf Supermarkt hat er auch keine! Und wir haben sowieso und überhaupt alles, was wir brauchen, und sind Konsumtrottel!

Und die Mama hat gesagt, ich soll Ruhe geben und in mein Zimmer gehen. Und nicht lästig sein und die Zeichnung fertig machen!

Dass man halten muss, was man versprochen hat, habe ich ihnen gesagt. Sie haben gar nicht hingehört.

Und so eine Gemeinheit lasse ich mir nicht gefallen! Am Montag in der Schule erzählen alle anderen Kinder immer, was sie am Samstag und am Sonntag mit ihren Pa-

pas und Mamas gemacht haben. Lauter schöne Sachen haben die gemacht. Und ich kann nur erzählen, dass mein Papa weg war, meine Mutter gestrickt hat und mir langweilig war!

Nie hat einer Zeit für mich. Dauernd werde ich eingeteilt. Immer muss ein anderer auf mich aufpassen. Und keiner tut es gern. Bis auf die Oma. Die freut sich, wenn ich bei ihr bin. Oder sie bei mir.

Darum hätte ich es so gern, wenn die Oma bei uns wohnen würde. Aber das geht nicht, sagt sie. Weil es der Papa sicher nicht will, meint sie. Und weil sie auch gern in ihrer eigenen Wohnung wohnt. Und in ihrem eigenen Bett schläft. Und zu Mittag zu uns fahren und am Abend wieder heim, das schafft die Oma nicht. Da ist der Weg zu weit.

Als der Papa und die Mama am Samstag zu mir so supergemein waren, hat es mir gereicht! Ich habe beschlossen, zur Oma zu ziehen. Auf immer und ewig! Den langen Schulweg, habe ich mir gedacht, den werde ich schon schaffen.

Ich habe der Mama und dem Papa noch eine Chance gegeben. Wenn einer von ihnen zu mir ins Zimmer kommt, bevor ich fertig gepackt habe, dann bleibe ich bei ihnen, habe ich mir gedacht.

Ich habe meinen Rucksack aus dem Schrank geholt, meine Lieblingscomics und meinen Teddy hineingetan und den Walkman auch. Ich habe meine Schultasche eingeräumt und den freien Platz in der Tasche mit Legostei-

nen gefüllt. Aber die Mama und der Papa sind nicht zu
mir gekommen, um mir zu sagen, dass es ihnen Leid tut
und dass wir jetzt in den Supermarkt fahren.

So habe ich den Rucksack auf den Rücken genommen,
mir meine Gitarre über die Schulter gehängt, die Schultasche unter einen Arm genommen und mein fernlenk-
bares Auto unter den anderen. Ein paar Bubblegums habe ich mir noch in die Hosentasche gesteckt. Dann bin
ich ins Vorzimmer raus.

Ich bin noch ein bisschen im Vorzimmer herumgestan-
den, doch in der Küche hat der Streit nicht aufgehört.
Da bin ich zum Haus raus und hab die Tür bummfest
hinter mir zugeknallt. Dreimal, bis zur Straßenkreuzung,
habe ich mich umgeschaut, ob die Mama oder der Papa
hinter mir herkommt. Doch da war niemand zu sehen,
außer der Frau Meisengeier. Mit ihrem Hund, dem Mopsi. Die hat gelacht, wie sie mich gesehen hat. Ob ich aus-
wandere, hat sie gefragt.

»Ja«, habe ich gesagt.

Sie hat gelacht und den Mopsi zur Straßenlaterne hinge-
zogen, weil der Mopsi sein Pipi nur an Laternen machen
will. Und dann habe ich noch die Frau Pribil getroffen.
Die wollte ich fragen, mit welcher Straßenbahn man zur
Oma fährt und wo man in eine andere Straßenbahn umsteigen muss, damit man zur Oma kommt. Ich habe das
nämlich nicht gewusst. Zur Oma bin ich immer nur mit
der Mama oder dem Papa im Auto gefahren. Aber die
Frau Pribil hat bloß »Servus Speedi« zu mir gesagt und

ist weitergegangen. So habe ich eine wildfremde Frau an der Straßenecke gefragt und die hat mir den Weg erklärt. Gleich beim Gymnasium, hat sie gesagt, schräg gegenüber, muss ich in die Straßenbahn einsteigen. Vier Stationen muss ich fahren, dann aussteigen und in die U-Bahn umsteigen. Die Frau wollte zwar noch wissen, wieso ich allein und »mit Sack und Pack« unterwegs bin, aber ich bin schnell weiter, und so wichtig, dass sie hinter mir her gekommen wäre, war ihr das auch wieder nicht.

Als ich gerade auf der Hauptstraße bin, gegenüber der Konditorei, da schreit plötzlich jemand »Speedi, Speedi, Speedi«, und dann kommt die Karli über die Straße rüber.

»Was tust du denn hier?«, fragt sie. »Und was schleppst du denn da alles herum?«

Ich antworte ihr: »Weil ich ausgezogen bin! Auf immer! Ich ziehe zur Oma!«

Da packt mich die Karli an einem Rucksackriemen und zieht mich über die Straße, zur Konditorei. Der Wuzi und die Rosi stehen dort. Denen erzählt sie, dass ich total übergeschnappt bin und von daheim weg will.

Die Rosi kichert blöd. Doch der Wuzi sagt: »Bereden wir das in Ruhe!«

Wir sind in die Konditorei hinein. Die Karli wollte für mich nichts zum Essen und zum Trinken bestellen. Aus Sparsamkeit. Da hat sich der Wuzi von ihr Geld geborgt, damit er mich einladen kann. Cola und Toast hat er mir gekauft. Und superprima war er sowieso und überhaupt! Er hat gesagt, dass es mein gutes Recht ist, zur Oma zu ziehen. Und dass das die Karli nichts angeht.

Die Karli hat gesagt, dass es sie schon etwas angeht. Weil die Mama und der Papa böse auf sie sein werden, wenn sie erfahren, dass sie mich getroffen und nicht heimgebracht hat.

Und die blöde Rosi hat ihr natürlich Recht gegeben. Außerdem hat mich die Karli wie einen Deppen hingestellt.

»Der findet doch nie allein zur Oma«, hat sie zum Wuzi gesagt.

»Dann bringen wir ihn halt hin«, hat der Wuzi gesagt. Doch die Karli wollte nicht. Weil sie sich da noch mehr mitschuldig macht!

Ich habe der Karli geschworen, dass ich sie nicht verrate. Dass ich kein Sterbenswort davon sagen werde, dass wir uns getroffen haben. Und dass ich noch nie ein Geheimnis verraten habe.

Die blöde Rosi hat zum Wuzi gesagt, dass man so einen Knirps wie mich nicht ernst nehmen kann. Aber der Wuzi hat gesagt, dass er mich sehr ernst nimmt.

»Echt mies, wie ihr mit ihm umgeht!«, hat er zur Karli und zur Rosi gesagt.

Da ist die Karli netter zu mir geworden. Sicher nur dem Wuzi zuliebe. Ich habe geschworen, allen zu sagen, ich hätte ganz allein zur Oma gefunden. Mit erhobenen Schwurfingern! Und dann sind der Wuzi, die Rosi und die Karli mit mir in der Straßenbahn bis zur U-Bahn gefahren und haben aufgepasst, dass ich bei der richtigen Treppe hinunterrolle.

Die Fahrt mit der U-Bahn war babyleicht. Da fährt nur eine Linie. Also hab ich nicht in eine falsche U-Bahn einsteigen können. Und beim Aussteigen habe ich mich auch nicht verirren können, weil ich bis zur Endstation habe fahren müssen.

Der Weg von der U-Bahn-Endstation zur Oma war aber schwierig. Ich habe mich in der Richtung geirrt. Plötzlich war ich vor dem Tiergarten. Doch von dort aus habe ich den Kirchturm gesehen, der zur Kirche gehört, neben der die Oma wohnt. Ich bin einfach auf den Kirchturm zugegangen. Mit allerhand Zickzack-Umwegen, weil zwischen mir und dem Kirchturm ja große Häuserblocks waren.

Mein linker Fuß hat mir ein bisschen wehgetan, als ich endlich beim Haus der Oma war. Mein linker Fuß ist ein bisschen größer als der rechte. Und die Schuhe, die ich angehabt habe, die sind noch aus dem vorigen Jahr. Der rechte passt gerade noch, der linke zwickt schon. Meine Mama hat nämlich nicht einmal Zeit, mir ein Paar Schuhe zu kaufen. Von einer Woche verschiebt sie es auf die andere. Wahrscheinlich bekomme ich erst neue Schuhe, wenn der blöde Co der Mama wieder zurück ist. Es gibt ja keine Schuhgeschäfte, die länger offen haben als die Wollgeschäfte. Und auch keine, die früher aufsperren. Die Mama wollte, dass der Papa mit mir Schuhe kaufen geht. Am Samstag Vormittag oder unter der Woche, wenn er einmal rechtzeitig aus dem Büro kommt. Kommt er aber nie! Und am Samstag Vormittag, wenn er nicht zum Angeln fährt, hat er auch noch nie Lust gehabt! Er versteht nichts von Kinderschuhen, hat er zu mir gesagt. Was soll denn da schon zu verstehen sein? Ich suche mir welche aus und er bezahlt sie!

Ich habe nicht gewusst, dass die Oma auf Kur gefahren ist! Und die Karli hat es auch nicht gewusst. Sonst hätte sie mich ja nicht zur U-Bahn gebracht. Ich habe mich gewundert, dass die Oma nicht daheim ist. Es war ja schon Mittag, und die Geschäfte waren nicht mehr offen.

Sie wird ein bisschen spazieren gegangen sein, habe ich mir gedacht. Fragen, wo die Oma ist, habe ich niemanden können. Ich habe an allen Türen geklingelt. Nirgendwo hat jemand aufgemacht. Ich habe mich auf ein Gangfensterbrett gesetzt und gewartet. Ewig lange!

Das Gangfenster war offen und vor dem Fenster war ein Maurergerüst. Die Hinterseite vom Oma-Haus wird nämlich frisch geputzt. Ich habe aus dem Fenster geschaut und gesehen, dass das Küchenfenster der Oma offen steht. Warum sich alle nachher so aufgeregt haben, verstehe ich wirklich nicht! Babyleicht war es, auf dem Gerüstbrett vom Gangfenster zum Küchenfenster zu kommen. Und ich bin ja schwindelfrei! Bloß der Teddy wäre mir beinahe hinuntergefallen. Aber der hat ja keine Knochen, die er sich brechen könnte.

Ich habe es mir im Wohnzimmer der Oma gemütlich gemacht. Meine Sachen habe ich ausgepackt, das Radio habe ich aufgedreht und Kekse geholt. Dann habe ich gehört, dass die Wohnungstür aufgeht. Ich habe mir gedacht: Jetzt ist die Oma endlich da!

Es war aber nicht die Oma. Die Mama, der Papa und die Karli sind gekommen. Ich habe der Mama und dem Papa gesagt, dass ich ab jetzt bei der Oma wohne. Weil die immer alles hält, was sie verspricht. Und weil sie auch niemanden zum Streiten hat. Kein Wort habe ich davon gesagt, dass mich die Karli bis zur U-Bahn gebracht hat!

Die Mama hat gesagt: »Ab jetzt, ehre-schwöre, streiten der Papa und ich nimmer!«

Der Papa hat gesagt: »Ab jetzt halten wir auch alles, was wir versprechen! Ehre-schwöre!«

Geglaubt habe ich es ihnen nicht. Und dass ich wieder heim muss, wenn die Oma auf Kur ist, war mir klar. Aber zuerst habe ich es nicht zugegeben. Ich habe gesagt, dass ich allein in der Wohnung der Oma bleibe! Und dann wollte der Papa den Wohnungsschlüssel von mir. Damit ich nicht noch einmal abhaue und zur Oma gehe.

»Ich hab doch keinen Schlüssel«, habe ich gesagt.

»Bist ja nicht durchs Schlüsselloch rein!«, hat der Papa gesagt.

»Nein, durchs Fenster!«, habe ich gesagt. »Mit Balancie-ren! Dreimal hab ich müssen, bis ich alles herinnen ge-habt habe!«

Da ist die Mama ganz bleich geworden. Und der Papa auch! Die waren anscheinend noch nie auf einem Gerüst oben, sonst wüssten sie, dass es gar keine Kunst ist, darauf ein paar Meter hin und her zu wandern.

Dann hat sich noch die Nachbarin von der Oma aufgeregt, weil sie sich wegen uns die Seele aus dem Leib zittern muss. Die Nachbarin war nämlich der Grund, dass mich der Papa und die Mama so schnell gefunden haben. Die Karli hat es ihnen nicht gesagt. Die hat dichtgehalten. Die Nachbarin hat bei uns daheim angerufen. Weil sie – durch die Wand – aus der Wohnung der Oma Musik gehört hat. Und sie hat ja gewusst, dass die Oma weggefahren ist und kein Radio einschalten kann. Sie hat den Verdacht bekommen, in der Wohnung der Oma könnten Einbrecher sein. Ein dummer Verdacht! Einbrecher wollen doch leise sein, die machen doch nicht Musik!

Die Nachbarin wollte von der Mama wissen, ob sie bei der Polizei anrufen soll wegen dem Einbrecher-Verdacht. Die Mama hat ihr geraten, es bleiben zu lassen.

»Wir kommen gleich«, hat sie ihr gesagt.

Die Mama hat natürlich nicht an Einbrecher geglaubt. Der war klar, dass ich in der Wohnung bin! Und darüber war sie sehr froh, weil sie mich ja stundenlang überall gesucht und große Angst gehabt hat, dass mir etwas passiert ist.

Die Karli hat mir erzählt, dass die komische Nachbarin auf dem Gang gewartet hat. Ganz aufgeregt und zittrig war sie. Den Papa und die Mama warnte sie davor, in die Wohnung der Oma reinzugehen. Weil ihnen der Einbrecher die Schädel einschlagen könnte.

Und dann haben die Mama und der Papa und die Karli vergessen, der Nachbarin zu sagen, dass eh kein Einbrecher in der Wohnung ist. Bis wir alle zusammen wieder aus der Oma-Wohnung herausgekommen sind, ist die Nachbarin hinter ihrer Tür gestanden und hat Angst gehabt und war böse auf uns, weil wir auf sie vergessen hatten.

Die Karli meint, dass sie auch ein bisschen enttäuscht war. Sie hätte gern eine Sensation gehabt, meint die Karli. Eine kleine Sensation hätte sie ja auch gehabt, wenn sie erfahren hätte, dass ich übers Maurergerüst in die Wohnung geklettert bin. Aber der Papa und die Mama haben es ihr verschwiegen. Meine Mama kann diese Nachbarin nicht leiden. Wie die Mama noch ein Kind war und bei der Oma gewohnt hat, hat ihr die Nachbarin das Leben schwer gemacht. Wenn die Mama bloß ein bisschen zu laut war, hat die Nachbarin schon gegen die Wand geklopft. Wenn die Mama im Hof unten gespielt hat und ein Kind aus einem anderen Haus dabei war, dann hat die Nachbarin zum Gangfenster hinuntergerufen, dass das fremde Kind nach Hause gehen soll. Und wie die Mama, hinter dem Haustor, ihrem ersten Freund ihren ersten Kuss gegeben hat, da hat das die Nachbarin gesehen und ist zur Oma gerannt und hat es der Oma erzählt. Und dann hat sie sich noch drüber aufgeregt, dass die Oma wegen dem Kuss der Mama keine Ohrfeige gibt. Klaro, dass die Mama diese Frau sowieso und überhaupt nicht leiden kann.

Der Papa war so froh darüber, mich wiederzuhaben, dass er gesagt hat: »Jetzt feiern wir! Aber ordentlich!«

Und ich habe mir aussuchen dürfen, wie wir feiern. Mir ist gleich eine Feier eingefallen. Eine, die ich mir schon ewig lange wünsche. Eine Feier beim kleinen See. Zu dem hin dauert die Fahrt zwar ziemlich lange, aber ich wollte ohnehin eine Nachtfeier. Mit einem Lagerfeuer, in dem man Würstel und Erdäpfel braten kann. Ein Lagerfeuer schaut in der Dunkelheit viel schöner aus. Und wenn der Himmel schwarz ist, dann kann man auch die Sternschnuppen sehen.

Zuerst war der Papa nicht einverstanden. Er kann nur am Nachmittag feiern, hat er gesagt. Für sieben Uhr hat er eine Verabredung! Und Sternschnuppen gibt es ohnehin nur alle zehn Jahre einmal!

Aber die Mama hat den Papa überredet, die Verabredung zu verschieben. Gleich vom Telefonhüttel, an der Ecke beim Haus der Oma, hat der Papa seine Verabredung abgesagt. Wir sind nach Hause gefahren und haben den Ani geholt. Und Erdäpfel und viele tiefgefrorene Würstel. Und Brennspiritus und kleines Holz. Und Cola und Orangensaft und Decken und Brot.

Es war eine wunderschöne Feier. Solange es noch hell war, habe ich mit dem Papa schöne Kiesel gesucht. Eine ganze Tüte voll haben wir gefunden. Der Ani, der Langweiler, hat nicht mitgemacht. Der hat sich hingehockt und hat gelesen. Das hätte er auch daheim tun können!

Wie es dann dunkel geworden ist, haben wir das Feuer gemacht. Mit großen Steinen rundherum, damit es keinen Wiesenbrand gibt. Die Würstel sind gut geworden. Die Erdäpfel nicht. Die sind innen hart geblieben. Ich habe sie trotzdem gegessen und Magendrücken bekommen. Die Karli und die Mama haben zweistimmig ins Feuer hineingesungen. Sogar der Ani hat ein bisschen mitgesungen, weil der Lichtschein vom Feuer zu schwach zum Lesen war. Ich habe auf die Sternschnuppe gewartet. Dass nur alle zehn Jahre eine vom Himmel fällt, stimmt nämlich nicht. Im Fernsehen hat einer gesagt, dass unentwegt unzählige Sternschnuppen herumsausen. Der, der das gesagt hat, war der Direktor einer Sternwarte. Der wird das ja wohl besser wissen als der Papa.

Leider bin ich eingeschlafen, als dann eine Sternschnuppe zu sehen war. Und die anderen haben auch nicht aufgepasst. Nur der Ani hat sie gesehen. Aber die Mama hat gesagt, ich darf mir trotzdem etwas wünschen, wenn sie der Ani gesehen hat, gilt das für die ganze Familie.

Ich habe mir gewünscht, dass die Karli glaubt, die grüne Tusche sei von selbst umgefallen. Durch einen Luftzug oder so. Der Wunsch ist aber nicht in Erfüllung gegangen. »Streite es bloß nicht ab«, hat sie zu mir gesagt, »immer, wenn wo eine Sauerei ist, bist es du! Und wenn das noch einmal passiert, dann drehe ich dir den Hals um!« Aber richtig böse auf mich war sie nicht. Vielleicht hat das mit der Sternschnuppe zu tun. Und dann hat sie noch etwas sehr Komisches zu mir gesagt. Sie hat gesagt: »Ich glaube, Speedi, wir haben dir allerhand zu verdanken!«

»Was denn?«, habe ich sie gefragt.

»Deine Schockbehandlung hat gewirkt«, hat sie gesagt. Was eine Schockbehandlung ist und wann ich eine wo gemacht habe, hat sie mir nicht mehr erklärt, weil der Wuzi gekommen ist. Wenn der da ist, hat sie für sonst niemanden mehr Zeit.

Ich bin zum Ani und habe den nach der Schockbehandlung gefragt. Der hat gelacht. »Deine Schwester hat bloß eine rosarote Brille auf«, hat er gesagt. »Durch die sieht sie alles ziemlich falsch!«

»Und wie ist es wirklich?«, habe ich ihn gefragt.

»Genau verkehrt herum«, hat er gesagt. »Und jetzt verschwinde, ich will lesen!«

Ich habe ihm sein blödes Buch aus der Hand gerissen und habe gesagt: »Das kriegst du erst wieder, wenn du mir eine normale Antwort gegeben hast! Immer redest du so, dass ich es nicht verstehe! Erklär mir das jetzt, oder ich zerreiß dir dein Buch!«

Ich bin mit dem Buch auf den Schreibtisch geklettert und habe es hochgehalten. So, als wollte ich ein paar Seiten rausreißen. Das hätte ich aber sowieso und überhaupt nicht getan. Aber der Ani traut mir solche Sachen zu. Er hat Angst um sein Buch bekommen. Und so ein Schneller, dass er das Buch erwischt hätte, bevor die Seiten raus gewesen wären, ist er ja nicht. Er hat nur ein schnelles Hirn. Seine Arme und seine Beine sind langsam.

Der Ani hat geseufzt und gesagt: »O.k.! Ein Schock ist ein großer Schreck! Und den hast du der Mama und dem Papa eingejagt, wie du auf und davon bist. Und wie sie dich gefunden haben und der große Schreck vorüber war, da waren sie sehr froh. Und weil sie sehr froh waren, haben sie sich wieder vertragen und eine harmonische Feier mit Feuerchen gemacht. Und die Karli bildet sich ein, dass diese Harmonie jetzt halten wird und dass wir das dir zu verdanken haben. Kapiert?«

»Nein«, habe ich gesagt. »Weil ich nicht weiß, was eine Harmonie ist. Was ist das?«

Doch da hat sich der Ani schon an mich herangepirscht gehabt, hat mich vom Tisch geholt und mir das Buch aus den Händen genommen. Er hat mich am Hemdkragen gepackt, zur Tür rausgeschoben und die Tür hinter mir abgesperrt. Ich habe im Lexikon nach der Harmonie gesucht. Im Lexikon sind alle Buchstaben sehr klein und eng beieinander und die Sätze sind auch so kompliziert. Ganz verstanden habe ich es nicht, aber jedenfalls ist die Harmonie etwas Schönes mit Dur und Moll und Einklang, Wohlklang und Ebenmaß. Und eine Vorrichtung zur Erzeugung von Pfeiftönen kann sie auch sein.

Aber was das mit unserer Feier am See, dem Papa und der Mama und dem Schock-Schreck zu tun hat, weiß ich noch immer nicht. Vielleicht weiß es die Evi. Die Evi sitzt in der Schule neben mir und weiß immer alles.

Die Torte ist gut

Karli erzählt

Das soll mir einer erklären, wie man sich aufs Englisch-vokabellernen konzentrieren soll, wenn man dauernd gestört wird! Es vergeht keine halbe Stunde, ohne dass die Mama anruft und mir einen Auftrag erteilt.

»Bitte, geh in die Apotheke und kaufe Vitamin-C-Brause für ihn!«

»Bitte, koch ihm einen Kamillentee und tu viel Honig rein, und pass auf, dass er ihn auch trinkt!«

»Bitte, mess ihm Fieber und ruf mich dann an und sag mir, wie hoch es ist!«

»Bitte, schau nach, ob wir noch Halswehtabletten in der Hausapotheke haben! Und steck ihm eine in den Mund!«

Mir kommt vor, die Frau Poppelbauer übertreibt ein bisschen. Eine Grippe ist ja keine lebensgefährliche Krankheit und mein Bruderherz scheint sich auf seinem Krankenlager pudelwohl zu fühlen. Alles, was er zum Leben braucht, nämlich Bücher, hat er ja.

Und wenn die Mama gar so besorgt um ihren vergrippten Ani-Darling ist, dann soll sie halt ihren Strickladen zusperren und daheim Krankenschwester spielen. Sie hat ja keinen Chef, der sie kündigen könnte, wenn sie nicht am Arbeitsplatz erscheint!

Den blöden Wollladen sollte man sowieso und überhaupt zusperren. Die Mama macht sich bloß kaputt dabei und verdient nichts daran! Ich verstehe ja, dass die Mama es satt hatte, »Nur-Hausfrau« zu sein, und endlich etwas tun wollte, was ihr Spaß macht und Geld bringt. Und wie die Mama und die Theresa-Charlotta das Geschäft renoviert haben, habe ich das ja auch irrsinnig supertoll gefunden. Die viele bunte, weiche Wolle! Und die witzig dekorierten Schaufenster! Und die Wahnsinnspullis mit zwölf Farben, die die Mama gestrickt hat!

Aber nun hat sich eben herausgestellt, dass so ein Laden nicht viel Spaß macht, aber viele Sorgen bringt. Und es lächerlich ist, wenn die Mama stur sagt: »Ich will mein eigenes Geld haben!« Wo sie doch zugibt, dass der Laden kein Geld bringt. Der bringt gerade so viel Geld, dass der Kredit bezahlt werden kann, der fürs Renovieren aufgenommen worden ist. Außerdem verdient der Papa viel Geld und ist überhaupt nicht geizig und die Mama könnte die Hälfte von diesem Geld seelenruhig als ihr »eigenes« ansehen und sich ein gutes Leben machen.

Aber ich will nicht ungerecht sein. Ich kann mir schon vorstellen, dass die Mama mit ihrem Leben unzufrieden war. Wenn man gerade das Gymnasium hinter sich hat und Italienisch und Russisch studieren und eine Simultan-Dolmetscherin werden will und dann schon im ersten Semester schwanger wird, das Studium abbrechen und heiraten muss, dann ist das sicher nicht lustig.

Und ungerecht war es auch! Der Papa, der war ja damals

auch erst im zweiten Studienjahr. Aber der hat weiter-
studiert. Die Großmutter und der Großvater haben jeden Monat so viel Geld rausgerückt, dass der Papa und
die Mama davon leben konnten. Und ich war ja noch so
winzig, dass ich nicht viel gekostet habe.

Die Mama hat mir erzählt, dass sie sich damals ganz fest
vorgenommen hat, später ihr Sprachstudium weiterzu-
machen. Sie wollte bloß warten, bis der Papa sein Studium hinter sich hat und Geld verdient und ich so groß
bin, dass ich in den Kindergarten gehen kann. Zur Oma
hat sie mich nicht geben können, weil die Oma damals
noch nicht in Pension gewesen ist.

Doch bevor der Papa mit dem Studium fertig war, ist der
Ani auf die Welt gekommen und da hat die Mama resig-
niert. Zwei Kinder haben und studieren, das hat sie sich
nicht zugetraut.

Wir haben daheim ja ein ziemlich lockeres Gesprächskli-
ma, aber alles kann ich mit meinen Eltern nun auch nicht
bereden, und deshalb weiß ich nicht, warum ich und der
Ani eigentlich auf die Welt gekommen sind, wenn wir so
gar nicht in den »Lebensplan« der Mama gepasst haben.
So Fragen wie: »Mama, warum hast du mich nicht verhü-
tet?«, die stellt man einfach nicht. Und eine ehrliche
Antwort würde ich darauf eh nicht bekommen.

Ehrliche Antworten sind bei uns daheim überhaupt rar.
(Abgesehen vom Ani, der ist so ehrlich, dass es schon
wieder saugrob ist.) Über Probleme decken der Papa
und die Mama lieber eine dicke Tuchent. Aber die Tu-

chent hat viele Löcher und die Probleme stinken durch. Was seit einiger Zeit am stärksten aus der Tuchent rausstinkt, ist ein Fisch namens Wilma. Ich wollte ihn ja die längste Zeit auch nicht riechen, obwohl mich der Ani mit der Nase drauf gestoßen hat. So lange als nur immer möglich, habe ich zu ihm gesagt: »Du spinnst ja, unser Papa hat keine Geliebte!«

Der Ani hat leider nicht gesponnen. Der Papa hat den Fisch! Und er gibt sich in letzter Zeit gar keine Mühe mehr, ihn groß unter der Tuchent zu verstecken. Am Wochenende heuchelt er nicht einmal mehr das Angeln vor, sagt einfach tschüs und baba und seilt sich ab. Und überhört die Frage vom Speedi, der wissen will, wo der Papa hinfährt. Und fragt der Speedi die Mama danach, dann sagt sie bloß: »Da musst du schon deinen Vater fragen!«

Aber solange man mich nicht von etwas Schlimmerem überzeugt, bleibe ich dabei, dass es sich beim Wilma-Fisch bloß um einen Seitensprung handelt. Und Seitensprünge gehen vorüber. Und vielleicht bekommt der Fisch bald vom Papa genug! Mit dem Bürokollegen vom Papa war sie bloß ein Jahr zusammen. Mit dem Glatzkopf auch nur ein Jahr. Wenn sie den Papa ebenfalls nur ein Jahr aushält, dann müssten wir die ganze Affäre bald hinter uns haben! Falls es so ist, wie der Ani und ich annehmen, dass die Wilma-Sache zu dem Zeitpunkt begonnen hat, als der Papa seine Neigung zu Anglerwochenenden entdeckt hat.

Nein! Nicht schon wieder! Jetzt klingelt das Telefon wohl

alle fünf Minuten! Wenn das wieder die Mama ist, dann dreh ich durch!

Natürlich war es wieder die Mama! Jetzt wollte sie wissen, ob das Fieber vom Ani gestiegen ist. Na logo ist es gestiegen. Das weiß sogar ich, dass Fieber am Nachmittag ansteigt. Ob sie den Arzt bestellen soll, hat sie mich gefragt. Wie soll denn ich das entscheiden?

39,6 Celsius warm ist der Ani. Ich habe ihm mit der Taschenlampe in den Hals geleuchtet. Auf seinen brandroten Mandeln sind lauter dottergelbe Tupfen. Er hat also keine normale Grippe, sondern eine eitrige Angina. Und gut geht es ihm sicher nicht, weil er freiwillig zu lesen aufgehört hat. Alle Buchstaben verschwimmen ihm vor den Augen, hat er gesagt. Aber einen Arzt hält er für unnötig. Vielleicht würde ihm ein kalter Brustwickel etwas nützen. Aber den lässt er sich von mir sicher nicht machen. Kalter Brustwickel ist ja auch grausam. Fragen könnte ich ihn ja trotzdem! Außerdem gehe ich mich jetzt zu ihm anstecken. Eitrige Angina ist ansteckend! Und ich müsste ja nicht so eine Rossnatur haben. Jede normale Schwester wäre nach so viel Bruderbetreuung schon längst angesteckt. Die Englischvokabeln erlerne ich bis morgen sowieso und überhaupt nicht mehr. Warum soll ich morgen in die Schule gehen, nur damit ich wieder ein Nichtgenügend schreibe? Und übermorgen hätte ich Chemietest. In Chemie bin ich so wissend wie ein neugeborenes Baby. Jede Woche zwei Nichtgenügend auszufassen, das macht ja depressiv. Wenn ich herumhuste und mir einen Schal um den Hals wickle und mir dezent Rouge auf die Nasenflügel tupfe und Vaseline darüber, dann wird die Mama sicher nicht misstrauisch. Und meine Mandeln kann sie ja nicht mehr kontrollieren. Die sind vor fünf Jahren im Abfalleimer eines Hals-Nasen-Ohren-Arztes gelandet.

Krank sein, ohne wirklich krank zu sein, ist eine recht angenehme Beschäftigung. Nur schade, dass wir keinen Videorecorder haben und nicht verkabelt sind. Mehr als ein Lehrgang in Französisch und Schulfernsehen über Berufswahl für männliche Hauptschulabgänger war aus dem blöden Kastl heute Vormittag nicht rauszuholen. Um elf Uhr hätte dann ein Monsterschinken aus dem alten Rom angefangen, aber den habe ich mir nicht geben können, weil die Direktorin vom Speedi seiner Schule angerufen hat und gesagt hat, man muss den Speedi abholen, der ist krank.
Ich wollte ihn ja abholen! Aber wenn ich wirklich krank wäre, wäre ich doch viel zu schwach, um den Weg zur Schule zu schaffen. Außerdem bin ich wirklich zu schwach, um den Speedi von der Schule nach Hause zu tragen! Und der total grippekranke Winzling, komplett fiebrig, hätte doch nicht eigenfüßig heimgehen können!
»Muss ich wohl die Mama anrufen, dass sie ihn abholt«, habe ich zum Ani gesagt.
»Warum eigentlich die Mama?«, hat der Ani gefragt.
»Ruf den Papa an!«

»Ist doch unnütze Zeitvergeudung«, habe ich dem Ani vorgehalten. »Der sagt doch bloß, dass ich die Mama anrufen soll!«

»Dann sagst du«, hat der Ani gekrächzt, weil sich sein Hals beim Reden schwer tut, »dann sagst du, dass die Mama nicht kann und gesagt hat, er soll das machen!«

»Hat sie aber nicht«, beharrte ich.

Der Ani meinte, so genau brauche ich es mit der Wahrheit nicht zu nehmen. Ich weigerte mich trotzdem. Ich habe mir nämlich ganz fest vorgenommen, neutral zu bleiben, weder zum Papa noch zur Mama zu halten und mich nicht einzumischen. Und das wäre eine Einmischung gewesen!

»O.k., dann tue ich es eben!« Der Ani ist aus seinem Bett raus und zum Telefon gewankt. Er hat gewählt und nach dem Magister Poppelbauer gekrächzt. Was ich ihm prophezeit hatte, traf ein. Der Papa sagte dem Ani, er könne jetzt unmöglich vom Büro weg, er müsse zu einer sehr, sehr wichtigen Besprechung. Der Ani solle die Mama anrufen, die müsse den Speedi abholen.

Der Ani hat gelogen, dass er schon mit der Mama telefoniert hat, dass die Mama aber heute ohne Auto im Geschäft sei. Das Auto sei beim Mechaniker. Und mit der Straßenbahn dauere die Fahrt zur Schule ewig. Und ein Taxi würde zu teuer kommen.

So ein Blödsinn! Als ob unserer Mama ein Taxi zu teuer wäre! Ein Taxi ist ja kein Hubschrauber! Die Mama fährt sogar oft mit dem Taxi zum Friseur.

So etwas Ähnliches, glaube ich, sagte der Papa dem Ani auch, doch da krächzte der Ani in den Hörer: »Egal wie, du bist ein blöder Arsch, der auch einmal etwas tun kann!« Dann knallte er den Hörer auf die Gabel und tappte in sein Bett zurück. Und murmelte dabei: »Es gibt sowieso und überhaupt keine Besprechung, die so wichtig ist, dass man sie nicht verschieben könnte, wenn es nötig ist!«

»Meinst du!«, habe ich gesagt. »Bin mir aber nicht sicher, dass er das einsieht!«

Der Ani hat sich ins Bett gelegt, hat sich zugedeckt, hat einen Schluck Kamillentee getrunken, um seine Gurgel zu schmieren, und hat gesagt: »Also, wenn der Papa jetzt nicht schon am Weg zu seinem Auto ist, dann kann er mir sowieso gestohlen werden!«

»Soll ich nicht trotzdem die Mama anrufen?«, fragte ich. Stur schüttelte der Ani den Kopf. Und manchmal hat der Ani wirklich etwas sehr Zwingendes! Obwohl er drei Jahre jünger ist als ich, kann ich ihm dann nicht widersprechen. Bloß: »Aber wenn den armen Speedi jetzt keiner abholt?«, fragte ich.

»Dann wird die Frau Direktor ja wohl bald wieder anrufen«, sagte der Ani und schaute auf die Uhr. »Wenn in den nächsten dreißig Minuten weder der Papa mit dem Speedi heimkommt oder die Direktorin wieder anruft, dann kannst du die Mama verständigen!«

Mir gefiel das nicht, aber ich nickte. So warteten wir halt. Der Ani im Bett, ich auf der Bettkante. Und während wir so warteten, fragte ich den Ani: »Und wie redest du dich raus, wenn rauskommt, dass die Mama vom kranken Speedi gar nichts gewusst hat, dass ihr Auto nicht beim Mechaniker ist und sie nie gesagt hat, dass ihr ein Taxi zu teuer ist?«

Der Ani sagte: »Erstens kommt es nicht raus, weil der Papa und die Mama ohnehin nicht mehr miteinander reden. Und zweitens braucht sich niemand zu wundern, wenn das Ergebnis einer gestörten und zerrütteten Ehe ein gestörter und zerrütteter Knabe ist, der Unwahrheiten von sich gibt!« Dann drehte sich der Ani zur Wand und mir den Hintern zu.

Von der halben Stunde waren erst zwanzig Minuten vergangen, da kam der Papa mit dem Speedi. Als ich sein Auto vors Haus rollen sah, legte ich mich schnell in mein Bett und hustete vor mich hin.

Der arme Speedi war echt total hinüber. Trübäugig und ofenheiß und schlapp wie ein Putzlappen. Und der Papa hatte es plötzlich gar nicht so eilig. Er holte für uns Biskotten vom Bäcker und kochte uns Tee, schüttelte uns die Kissen auf und putzte uns die Biskottenbrösel aus den Betten. Eine richtige, schöne Vater-Kinder-Harmonie hatten wir. Schade, dass sie der Speedi nicht mitgekriegt hat, der ist gleich, nachdem ihn der Papa ausgezogen und ins Bett gelegt hat, in einen tiefen Fieberschlaf verfallen.

Die Vater-Kinder-Harmonie wurde nicht einmal durch den Anruf der Mama gestört. Die wollte sich erkundigen, wie es dem Ani und mir geht und was wir zum Nachtmahl wollen – sie hat jetzt die Hausbesorgerin vom Wollgeschäfthaus fürs Einkaufen engagiert –, und sie war natürlich sehr erstaunt, dass der Papa am Telefon ist, und schön langsam hat sich alles das herausgestellt, von dem der Ani behauptet hat, dass es sich nie herausstellen wird. Doch der Ani hat dem Papa gar nicht sagen müssen, dass man einem zerrütteten, gestörten Kind das Lügen nicht übel nehmen darf, denn der Papa hat überhaupt nicht gefragt, warum ihn der Ani belogen hat. Vielleicht, weil er mit einem anginakranken Kind nicht streiten will? Oder weil er sowieso und überhaupt ein schlechtes Gewissen uns gegenüber hat?

Erst knapp bevor die Mama vom Geschäft heimgekommen ist, ist der Papa weggegangen. Da war der Speedi gerade ein bisschen munter.

»Wo gehst denn hin?«, hat er den Papa gefragt.

»Ich muss noch einmal ins Büro zurück«, hat der Papa geantwortet.

»Und wann kommst du wieder heim?«, hat der Speedi gefragt.

»Bald«, hat der Papa geantwortet.

»Bald ist aber keine Zeit«, hat der Speedi gesagt.

»Bald ist so gegen neun oder zehn Uhr«, hat der Papa gesagt.

»Also neun? Oder zehn?« Der Speedi wollte es noch genauer wissen.

»Halb zehn!«, hat der Papa gesagt.

»Auf Ehrenwort?«, hat der Speedi gefragt.

»Auf Ehrenwort!«, hat der Papa geantwortet. Ich war gerade, hustend, auf dem Weg zum Klo und habe das Gesicht vom Papa gesehen, wie er dem Speedi das Ehrenwort gegeben hat. Er hat es garantiert ehrlich gemeint! Ich kenne mich im Gesicht vom Papa aus! Wenn er notlügt, dann schaut er ganz anders drein! Dann schaut er den, den er anschwindelt, nicht an. Dann schaut er vage in der Gegend herum und hat einen Flatterblick!

Bloß um eine halbe Stunde hat der Papa sein Ehrenwort »überzogen« und ich dumme, rosarote Brillengans habe schon wieder einmal einen Hoffnungsschimmer am Familienhorizont erblickt. Weil doch Donnerstag war. Und Donnerstag ist ja bekanntermaßen einer der Wilma-Tage. Na siehste!, hab ich mir gedacht. Wir sind ihm doch wichtiger als sein Seitensprung! Wenns drauf ankommt, ist er voll da!

Aber was dann voll da war, war ein Super-Streit, der damit angefangen hat, dass die Mama vom Papa verlangt hat, er müsse ihr jetzt helfen, uns kranke Kinder zu versorgen. O.k., hat der Papa gesagt, wird er die nächsten Tage zeitig vom Büro heimkommen. Aber die Mama hat gesagt, er muss uns untertags hüten. Weil ihr Co noch immer in den USA ist und sie das Geschäft nicht zusperren kann. Sie braucht die Einnahmen. Aber wenn sich der Papa für ein paar Tage krank meldet, dann entgehen ihm keine Einnahmen. Und er ist schließlich unser Vater und hat die gleichen Pflichten uns gegenüber wie sie.

Na, da hat der Papa vielleicht losgelegt! Dass er einen harten Job hat und dass man den nicht mit einem Wollknäuel-Saftladen vergleichen könne.

Er ist ins Vorzimmer hinaus, hat einen Koffer aus dem Schrank geholt und Klamotten hineingeworfen und dabei geschrien, dass er ja auch kündigen könne und den Haushalt übernehmen! Und dass wir halt dann von dem leben werden, was der Saftladen einbringt! Und dass wir dann am Hungertuch nagen werden!

Das hat er natürlich nicht ernst gemeint. Und überhaupt hat er so getan, als ob die Mama nicht wirklich ein Problem hätte, sondern ihn bloß gehässig und aus lauter Heimtücke zu etwas ganz Absurdem zwingen wollte. Er lässt sich von ihr nicht erpressen, hat er geschrien. Die Mama soll die Oma zur Krankenpflege herbestellen!

Die Mama hat ihm erklärt, dass die Oma doch jeden Grippevirus in Null Komma Josef fängt und dass sie dann übermorgen vier Pflegefälle hätte. Das ist wahr. Unsere Oma braucht man bloß einmal anzuniesen und schon hat sie einen Prachtschnupfen. Sie hat zu wenig Abwehrkräfte im Körper, sagt der Doktor. Und das weiß der Papa doch.

Aber er hat wieder so getan, als ob das bloß von der Mama eine Erfindung wäre, hat den Koffer zugemacht und gesagt, er könne uns ja auch die Großmutter zum Pflegen schicken.

Die Mama hat das Großmutter-Angebot ignoriert. Gottlob! Sie weiß, dass sie uns die Frau nicht antun kann. Da würde der Ani ja noch lieber mit seinem Fieber und den Eitertupfen auf den Mandeln in die Schule gehen, als sich von der alten Keifen versorgen zu lassen! Und der Speedi ebenfalls!

Doch der Papa hat anscheinend gemeint, dass er mit diesem Vorschlag genug für uns getan hat. Er hat seinen Koffer genommen und ist der Haustür zu.

Die Mama hat hinter ihm her gesagt: »Wenn du jetzt einfach gehst und mich in der Scheiße sitzen lässt, dann ist es wirklich aus!«

Ich bin mir nicht sicher, ob er das überhaupt noch gehört hat.

Und was hat das jetzt zu bedeuten? Was meint die Mama mit »wirklich aus«? Was bedeutet der Koffer, den der Papa mitgenommen hat?

»Na, dass er ausgezogen ist, du Blitzgneißerin, du«, hat der Ani zu mir gesagt. Es hätte lässig und cool klingen sollen, aber seine Stimme hat so gekiekst, dass man gemerkt hat, er unterdrückt das Weinen.

Richtig ausgezogen ist der Papa doch nicht! In dem Koffer war nicht einmal ein Zehntel seiner Klamotten. Wenn man sein Schrankabteil aufmacht, ist da noch so viel drinnen, dass man gar nicht sieht, dass etwas fehlt. Und aus seinem Zimmer ist nicht einmal ein Bleistift weg oder ein Buch. Alle Sachen, die dem Papa allein gehören, sind noch da. Auch sein Rasierapparat und sein Bademantel und sein After-Shave und seine Zahnbürste.

Der Ani behauptet, der Papa habe den Streit inszeniert

und aufgebauscht, damit er einen Grund hat, seinen Koffer zu packen und abzuhauen.

Weil er zu feig ist, der Mama in aller Ruhe zu sagen, dass er fort will von uns.

Ich wollte mit der Mama reden. Die hat sich, gleich nachdem der Papa weggegangen ist, ins Bett gelegt und das Licht abgedreht. Ich bin zu ihr ins Zimmer hinein. Sie hat sich schlafend gestellt. Aber schlafende Menschen atmen ganz anders. So habe ich sie gefragt: »Du, Mama, was wird denn jetzt?«

Sie hat mir keine Antwort gegeben.

»Wie geht es denn nun weiter?«, habe ich nicht lockergelassen.

Da hat sie mir endlich Antwort gegeben. Sie hat gesagt: »Morgen in der Früh rufe ich halt doch die Oma an, dass sie herkommt. Muss ich halt riskieren, dass sie auch die Grippe erwischt!«

Als ob ich das hätte wissen wollen!

Ich bin, ohne das Licht anzudrehen, zum Bett der Mama hin und habe mich auf die Bettkante gesetzt. Die Mama hat nach meiner Hand gegriffen.

»Ich weiß doch auch nicht«, hat sie gesagt. »Irgendwie wird es schon weitergehen.«

Ich habe sie gefragt, wie sie das gemeint hat, das mit »in der Scheiße sitzen« und »wirklich aus«.

Wenn es nicht zum Heulen wäre, dann wäre es ja direkt zum Lachen! Die Mama war ganz entsetzt und irritiert, dass ich das gehört habe. Was denken sich so Eltern eigentlich? Stehen im Vorzimmer und keifen einander in Superlautstärke an und meinen, der Nachwuchs ist taub? Oder wie? Oder was?

So habe ich der Mama gesagt, dass die Wände in unserem trauten Heim so dünn sind, dass wir Kinder sämtliche Streitereien zwischen ihnen von Anfang an mitbekommen haben. Und dass wir auch nicht blöd sind und wissen, dass der Papa einen Wilma-Fisch hat. Der Ani und ich natürlich nur. Der Speedi weiß das nicht.

Die Mama hat ziemlich geschluckt, bis sie das verdaut hatte. Dann hat sie zu mir gesagt, wenn wir das ohnehin wissen, dann werden wir ja einsehen, dass sie so nicht leben kann. Es muss sich etwas ändern.

»Etwas ändern« kann alles Mögliche heißen. Ich glaube, die Mama hat selbst nicht gewusst, was sie damit meint. Früher, als ich noch ein richtiges Kind gewesen bin, habe ich immer geglaubt, die Erwachsenen hätten den großen Durchblick. Wahrscheinlich muss man das als Kind glauben, damit man sich halbwegs sicher fühlt. Aber die Erwachsenen sind oft sehr ratlos und kennen sich überhaupt nicht aus und haben in ihren Köpfen einen Wirrwarr.

Am liebsten würde ich mir den Schal vom Hals wickeln und das Rouge und das Vaseline von der Nase wischen, zu hüsteln aufhören und wieder in die Schule gehen! Aber der Ani sagt, er braucht mich zur Unterstützung, allein steht er das nicht durch. Und ich, sagt er, habe mehr Durchschlagskraft, um mich zur Wehr zu setzen. O.k., halte ich eben die Stellung!

Ohne Vorwarnung ist das Ungemach über uns hereingebrochen. Um sieben Uhr hatte ich ein Zweier-Frühstück mit der Mama. Der Ani und der Speedi haben noch geschlafen. Es war mein erstes Werktagsfrühstück ohne Papa! Die Mama hat – zwischen Kaffeeschlucken – dreimal versucht, die Oma anzurufen, doch die hat nicht abgehoben. Sicher war sie einkaufen. Die Oma ist ein Morgenmensch. Sie hätte es am liebsten, wenn der Greißler an der Ecke schon um sechs Uhr den Rollbalken hochziehen würde.

Bevor die Mama ins Geschäft gefahren ist, hat sie zu mir gesagt, sie wird die Oma vom Wollladen aus anrufen. Ich bin ins Bett zurück, um noch eine Runde zu schlafen. Schlaf am späten Morgen ist ein Luxus, den ich ungeheuer liebe. Lange konnte ich mich aber diesem Luxus nicht hingeben. Speedi-Gebrüll riss mich aus einem himmlischen Traum, in welchem ich in einem roten Porsche querfeldein flitzte. Und ein irrer Typ saß neben mir im Porsche. Wieso ich mir nicht den Wuzi neben mich träume, das muss ich mir auch noch überlegen!

Ich sprang also aus dem Bett und lief zum Zimmer vom Speedi. Der Ani, auf Fieber-Wackelbeinen, war auch schon dorthin unterwegs. Als ob sich der Speedi in Lebensgefahr befände, so hörte sich das Gebrüll an. Ich glaubte an einen fiebrigen Alptraum.

Der Alptraum war aber aus Fleisch und Blut! Die Großmutter stand vor dem Bett vom Speedi und wollte ihm einen kalten Brustwickel machen. Und gleich war sie wieder beleidigt. Bloß weil der Ani und ich gefragt haben, wieso sie da ist. Kann ja sein, dass wir nicht besonders freundlich gefragt haben. Doch da erwartet man sich eine nette Oma und dann taucht diese Schreckschraube auf. Was da schiefgelaufen ist, weiß ich nicht.

Ich habe bei der Mama im Geschäft angerufen und sie gefragt, wieso statt der Oma die Großmutter da ist. War mir völlig schnuppe, dass die Alte das gehört hat. Eine, die unsere saubere Küche putzt und dabei laute Selbstgespräche führt, in denen sie sich mitteilt, dass ihre Schwiegertochter alles verlottern lässt und dass es kein Wunder ist, wenn dann eine Ehe nicht funktioniert, so eine hat keine Rücksichtnahme zu erwarten!
Die Mama hat wieder einmal herumgestottert. Sie kann nichts dafür, hat sie gesagt. Der Papa hat uns die Großmutter bestellt. Und das kann sie ihm ja nicht verbieten, hat sie gesagt. Und die Oma wäre schon gekommen, trotz Grippevirus-Gefahr. Aber wie sie gehört hat, dass die Großmutter bereits da ist, wollte sie nicht mehr. Die beiden können einander nämlich nicht ausstehen.
Der Ani wollte dann auch noch die Mama anrufen. Er wollte ihr sagen, dass sie den Papa anrufen und ihm auftragen muss, seine Krankenpflegerin schleunigst vom Kriegsschauplatz abzuziehen.
Ich habe ihm das ausgeredet. Wir werden die Alte

schon durchstehen. Ich denke, wir müssen jetzt vernünftig sein. Käme ja doch wieder nur ein Telefonstreit zwischen der Mama und dem Papa heraus. Und wenn wir wollen, dass die beiden miteinander wieder gut werden, dann müssen wir neuen Streit vermeiden. Der Ani hat das eingesehen.

Drei Tage lang haben wir die Großmutter zähneknirschend ausgehalten. Obwohl sie uns sagenhaft auf den Wecker gefallen ist. Kaum hat man einen nackten Fuß vom Bett auf den Boden gestellt, hat es schon geheißen: »Zieh sofort Hausschuhe an, sonst wirst du nie gesund!« Kaum hat man den Fernseher aufgedreht, hat es schon geheißen: »Dreh sofort ab und geh ins Bett zurück. Fernsehen schadet sogar gesunden Kindern und kranken umso mehr!« Kaum hat man die Eisschranktür aufgemacht, hat es geheißen: »Lass das! Gegessen wird zu den Mahlzeiten!«
Und was das für Mahlzeiten waren! Kamillentee zum Trinken und Pappbrei zum Essen! Und ja kein rohes Obst! Nur Apfelkompott! Weil die Frau etwas von »Schonkost« versteht! Dem Ani und dem Speedi hat das nicht so viel ausgemacht. Die sind ja echt krank – der Ani besonders –, die wollten ohnehin nicht viel herumgehen, fernschauen und essen. Aber ich bin mir richtig vergewaltigt vorgekommen.
Und misstrauisch war sie auch. Sie hat mich immer so angeschaut, als ob sie mir das Kranksein nicht abnehmen

wollte. Vor lauter gespieltem Husten habe ich schon einen echten Reizhusten bekommen.

Jeden Tag haben wir sehnlichst darauf gewartet, dass es endlich sechs Uhr wird. Um sechs nämlich, da ist sie abmarschiert. Weil die Mama um halb sieben heimkommt. Und mit der wollte sie anscheinend nicht zusammentreffen. Sie hat ja auch täglich zehnmal betont, dass sie uns ihrem Sohn zuliebe hütet!

Heute nun, nach der Schule, taucht der Wuzi auf. Zum Krankenbesuch. Ohne vorher anzurufen. Und ich sitze im Bett, mit der abscheulichen Rouge-Vaseline-Nase.

Der Wuzi hat sich die Hände vor die Augen halten müssen. So lange, bis ich mir die Krankheit von der Nase gewischt hatte. Er hat zwar behauptet, dass ihn eine rote Fettnase nicht störe, aber das sagt sich leicht! Und hinterher grinst er dann ja doch, wenn er daran denkt.

Ich habe mir also die Nase gesäubert, damit ich wieder ein Anblick bin. Der Wuzi hat mir einen Kuss auf die blanke Nasenspitze gehaucht, ich habe ihm einen Kuss auf seine Nasenspitze gehaucht, er hat einen Arm um mich gelegt, und gerade wie er mich richtig küssen will und ich mir denke: Karli, jetzt passiert dein erster Kuss, diesen Augenblick wirst du dein Leben lang nicht vergessen, da geht die Zimmertür auf, die Großmutter steht da und sagt: »Karoline! Ja, schämst du dich denn nicht!«

»Sowieso und überhaupt nicht!«, habe ich sie angeschrien. Aber das hat sie nicht sehr beeindruckt. Hoheitsvoll wie die Königin von Saba hat sie gesagt: »Solange ich hier bin, unterlässt du das!« Und zum Wuzi hat sie gesagt: »Und der junge Mann geht jetzt heim!«

Der Wuzi wollte aufstehen und folgsam abhauen. Aber ich habe ihn festgehalten. In mir war so eine rasende Wut, dass ich beinahe zerplatzt wäre. Dass mir ausgerechnet die Alte meinen ersten Kuss versaut, das hat mich fix und fertig gemacht.

»Du bleibst da«, habe ich zum Wuzi gesagt. Und zur Großmutter, ich hoffe, ebenfalls so hoheitsvoll wie die Königin von Saba: »Bitte, geh sofort aus meinem Zimmer!«

Da war die Frau perplex. Richtig um Luft gerungen hat sie. Und dann hat sie beschlossen, nicht nur mein Zimmer, sondern das Haus zu verlassen. Und nie mehr wiederzukommen! (Dass sie nie mehr wiederkommt, hat sie nicht mir, sondern dem Speedi mitgeteilt. Hoffentlich hat er sich nicht verhört.)

Der Wuzi war hinterher etwas verstört. Ob ich nicht übertrieben habe, hat er mich gefragt. Aber er war auch sichtlich fasziniert von meiner Durchschlagskraft. Und dann haben wir den richtigen Kuss nachgeholt. Und der Wuzi hat gesagt, dass das gar nicht unser erster Kuss ist, weil er mir schon einmal einen gegeben hat. Im Kindergarten in der Sandkiste. Und seit damals, hat er gesagt, sehnt er sich nach dem nächsten!

Ist schon komisch! Vater mit Koffer weg, Brüder krank, Mutter verzweifelt und ich sitze da und summe vor mich hin. Was ein erster Kuss so ausmacht!

Einen richtigen, flotten Drive habe ich drauf! Und von jetzt an nehme ich den Haushalt in die Hand. Und die Krankenpflege! Das krieg ich schon hin!

Ich habe es der Mama, wie sie am Abend heimgekommen ist, mitgeteilt. Zuerst hat sie gemeint, wenn ich wieder gesund bin, müsse ich in die Schule gehen. Weil meine Noten eh so saumäßig schlecht sind und mir jeder Schultag, den ich versäume, fehlt. Aber sie war leicht davon zu überzeugen, dass diese Woche in der Schule sowieso und überhaupt nichts los ist und dass im Moment meine Anwesenheit daheim viel wichtiger sei. Vielleicht war sie auch gar nicht wirklich überzeugt und ist bloß so durcheinander, dass ihr alles ziemlich wurscht ist.

Ich will mich ja nicht loben, aber ich schaukle den Laden prima. Meine Brüder essen sogar, was ich koche! Und den Speedi habe ich gesund gepflegt. Der Ani hat noch immer Fieber und Eiter auf den Mandeln, aber besser geht es ihm auch schon. Die körperliche Versorgung klappt also. Um die seelische Betreuung steht es nicht so prächtig. Seit sechs Tagen war der Papa nicht mehr daheim. Und der Speedi löchert mich unentwegt, wann denn der Papa wiederkommt und wo er überhaupt ist. Richtig wildwütend wird er, wenn ich ihm sage, dass ich das auch nicht weiß. Aber was soll ich ihm denn sagen? Ich habe ja nicht Psychologie studiert, dass ich wüsste, was man da so einem Zwerg erzählen soll. Ich bin ja auch bloß ein doppelstöckiger Zwerg.

Ich habe versucht, mit der Mama darüber zu reden. Aber die zuckt bloß mit den Schultern. Und murmelt: »Was weiß denn ich?« Wie gelähmt kommt sie mir vor.

Komischerweise fragt der Speedi die Mama nicht nach dem Papa. Wenn sie am Abend heimkommt, spielt er auf Schmusekatze, will bei ihr kuscheln und Geschichten erzählt haben. Und ab morgen geht er wieder in die Schule.

Wie lange ich noch meine »Ferien« in die Länge ziehen kann, kommt auf den Ani und seine Eitertupfen an. In Wirklichkeit könnte er natürlich auch ohne mich auskommen! Aber er tut vor der Mama so, als brauche er mich. Ich habe ihn darum gebeten. Mir graust so schrecklich vor der Schule! Ich war schon vor meinen »Ferien« auf lauter Nichtgenügend, und wenn ich jetzt wieder hingehe, dann bin ich doch sowieso und überhaupt der allerletzte Trottel, bei dem, was ich inzwischen versäumt habe. Der Wuzi hält mich für einen intelligenten Menschen. Der liebt mich eben!

Früher habe ich auch gedacht, dass ich nicht blöd bin. Bin ich aber! In mein Hirn geht nichts rein. Vernagelt und verkleistert ist das. Es nützt nichts, wenn ich mich zum Lernen hinsetze. Ich starre auf die Buchstabenzeilen und lese sie murmelnd gut zehnmal herunter. Und kann mich dann doch nicht daran erinnern, was ich da gelesen habe. Ich sei nicht dumm, ich sei bloß unkonzentriert, hat unser Klassenvorstand zu mir gesagt. Was habe ich denn davon? Soll mir einer gefälligst sagen, wie man es schafft, sich zu konzentrieren! Am liebsten würde ich mit der Schule aufhören und etwas lernen, was man nicht mit dem Kopf, sondern mit den Händen machen kann.

Schöne Hüte würde ich gern machen. Oder Glas bemalen. Oder Blumen züchten. Doch davon haben meine Eltern noch nie etwas wissen wollen. Gymnasiumabschluss gehört bei uns in der Familie zur Grundausstattung. Dabei ist das ja ein Witz. Was hat die Mama denn von ihrer »höheren« Schulbildung? Ein mies gehendes Wollgeschäft!

Ich habe mir ja geschworen, weder zum Papa noch zur Mama zu halten und mich in ihren Streit nicht einzumischen. Aber das funktioniert nicht! Schön langsam kriege ich eine große Wut auf den Papa. Er ist wirklich gemein! Der Speedi ist heute nicht in die Schule gegangen, er ist zum Papa ins Büro gefahren. Ich hätte ihm gar nicht zugetraut, dass er das schafft. Aber dass er es getan hat, ist ja wirklich zu verstehen. Wenn ihm niemand von uns sagt, was los ist, was soll er denn sonst tun? Und eigentlich ist es nur erstaunlich, dass der Ani und ich noch nicht auf diesen Gedanken gekommen sind.

Ganz ehrlich: Auf den Gedanken bin ich schon gekommen. Aber ich habe ihn nicht in die Tat umgesetzt, weil ich Angst vor dem gehabt habe, was er mir sagen könnte. Und dem Ani ist es wahrscheinlich auch so gegangen.

Dem Papa war es garantiert unangenehm, dass der Speedi bei ihm im Büro aufgekreuzt ist. Wie sich das genau abgespielt hat, weiß ich nicht. Der Speedi hat uns bloß erzählt, dass ihm die Sekretärin vom Papa eine Cola aus dem Automaten geholt hat und dass sie dann mit ihm in einem Taxi zur Schule gefahren und in seine Klasse gegangen ist und seiner Frau Lehrerin vorgelogen hat, dass der Speedi deshalb so spät kommt, weil er noch bei einer »Abschieds-untersuchung« gewesen ist. Das hat die Sekretärin sicher nicht gesagt. Ist ja aber auch wurscht, was die der Lehrerin erzählt hat. Nicht wurscht ist, dass der Papa dem Speedi versprochen hat, am Abend heimzukommen! Auf Ehrenwort hat er ihm das versprochen. Und wenn sich der Speedi auch bei der »Abschiedsuntersuchung« verhört hat, beim Ehrenwort vom Papa hat er sich sicher nicht verhört.

Ganz begeistert ist der Speedi zu Mittag von der Schule heimgekommen. Den ganzen Nachmittag hat er gewartet. Um fünf Uhr habe ich dann im Büro vom Papa angerufen. Er war nicht mehr dort.

»Na siehst«, hat der Speedi zu mir gesagt. »Jetzt wird er gleich da sein!«

Wie die Mama vom Geschäft gekommen ist, war er immer noch nicht da. Aber der Speedi ist hartnäckig dabei geblieben, dass der Papa noch kommen wird. Wegen dem Ehrenwort! Jetzt ist es zehn Uhr vorbei, und der arme Zwerg sitzt noch immer im Wohnzimmer und behauptet, dass der Papa garantiert noch kommen wird. Die Mama versucht seit einer Stunde, ihn vom Gegenteil zu überzeugen und ihn ins Bett zu treiben.

Jetzt hat sie ihm versprochen, ihn aufzuwecken, falls der

Papa doch noch kommt. Und jetzt ist er anscheinend bereit, in die Heia zu wandern.

Wir hatten gehofft, dass der Speedi die große Enttäuschung am Morgen ein bisschen überwunden haben wird. Das war ein Irrtum. Er hat sie nicht überwunden, er ist an ihr plemplem geworden! Stur und steif hat er behauptet, dass der Papa doch noch da war. Mitten in der Nacht! Und erst am Morgen, knapp bevor wir aufgewacht sind, ist er weggegangen! Ich hoffe bloß, dass er nur Recht behalten und uns deswegen einen Bären aufbinden wollte. Denn wenn er sich solche Sachen wirklich einbildet, dann gehört er ja behandelt!
Ich gehöre auch behandelt. Mit einer Anti-Schulfrust-Pille. Ich war heute zum ersten Mal wieder im Bildungstempel! Ich habe geglaubt, ich stehe die fünf Stunden nicht durch. Dabei haben mich die Lehrer ja ohnehin in Frieden gelassen, weil ich so lange gefehlt habe. Allein, wenn ich mir anschaue, was ich nun alles nachschreiben muss, bekomme ich schon eingeschlafene Finger! Der Wuzi will unbedingt mit mir lernen. Ich mag aber nicht mit dem Wuzi lernen. Wenn er merkt, wie blöd ich bin, verflutscht seine Liebe!

So! Jetzt ist die Katze endlich aus dem Sack und mit meiner rosaroten Brille auf und davon! Um es ordentlich der Reihe nach zu berichten:
Zuerst bin ich von der Schule heimgekommen, und der

Ani hat mir mitgeteilt, dass die Mama angerufen hat. Dass sie gesagt hat, der Speedi komme erst am Nachmittag heim. Weil ihn der Papa zu Mittag von der Schule abholt, um sein Versprechen mit zwanzig Stunden Verspätung doch noch einzulösen.

»Falls der Herr Poppelbauer nicht wieder etwas anderes vorhat«, hat der Ani hinzugefügt. Und der Wuzi, der mit mir heimgekommen ist, hat gemeint, der Ani solle sich über den Papa nicht erregen, denn zwanzig Stunden Verspätung seien gar nicht viel. Sein Vater habe sich inzwischen bereits um annähernd hundertdreißigtausend Stunden verspätet. Das sind fünfzehn Jahre! Der Wuzi hat seinen Vater nämlich überhaupt noch nie gesehen. Der lebt im Ausland, ist dort verheiratet und schickt bloß Alimente. Der Wuzi weiß nicht einmal, wie sein Vater ausschaut. Alle Fotos von ihm hat die Wuzi-Mama damals, als sie der Mann sitzen gelassen hat, auf winzige Futzerln zerrissen.

Als der Speedi um Viertel nach zwölf noch nicht daheim war, waren wir sicher, dass ihn der Papa wirklich abgeholt hat. Wir haben zu dritt die »Carbonara« hinuntergewürgt, die der Ani gekocht hat. Zum Kochen ist er schon wieder fit genug. Bloß um aus dem Haus zu gehen und einzukaufen, ist er noch viel zu wacklig auf den Beinen. So hat er eben zu den »Carbonara« genommen, was im Haus noch vorrätig war. Statt der Spaghetti Bandnudeln, statt dem Speck Salami, statt dem Parmesan Hüttenkäse und statt dem Obers gar nichts. Dafür hat er überreichlich Eier genommen und die »Carbonara« waren eher ein Omelett mit Teigwarenbrocken. (Weil die Nudeln beim Kochen nicht einzeln geblieben, sondern sich auf bissfeste Brocken vereinigt haben.) Aber man wird ja im Laufe seiner Kindheit und Jugend bescheiden! Dann habe ich beschlossen, mit dem Papa, wenn er den Speedi heimbringt, ernsthaft zu reden und ihn zu fragen, was los ist und wie alles weitergehen soll. Ist ja wohl mein gutes Recht zu wissen, ob wir noch einen Vater haben oder nicht!

Der Wuzi und ich waren gerade im Zimmer vom Ani, wie der Speedi heimgekommen ist. Er hat eine riesige Schokoladentorte ins Wohnzimmer balanciert. Irre aufgekratzt war er, und gebrüllt hat er, dass wir jetzt alle gemeinsam Torte essen werden. Und hinterher werden wir mit dem Papa in die Stadt fahren und der Papa wird für uns Jeans kaufen und neue Schuhe. So ganz à la: Seid glücklich, ich habe euch einen Spendierhosenpapa heimgebracht!

Ich bin ins Wohnzimmer zum Papa und zum Speedi hinübergegangen. Der Ani hat sich geweigert mitzukommen. Er will den Papa nicht sehen, hat er gesagt. Der Wuzi ist beim Ani geblieben. Nachher hat er mir erzählt, der Ani habe ihm erklärt, er müsse sich den Papa abgewöhnen und das sei wie beim Rauchen, man habe einen endgültigen Schlussstrich zu ziehen. Wenn man sich das Rauchen abgewöhnen will, darf man zwischendurch auch nicht hin und wieder einen Zug aus einer Zigarette machen, sonst ist die ganze Entwöhnung für die Katz und die Sucht wieder da.

Wahrscheinlich hat der Ani Recht, aber so klug wie mein Bruderherz bin ich nun einmal nicht! Ich bin also zum Papa hinüber, und der Papa hat mich umhalst und gedrückt, richtig herzflattrig ist mir geworden, fast hätte mich die totale Rührung überfallen, aber ich habe mich zusammengerissen, aus seinen Armen befreit, mein inneres Auge vor seinem Charme geschlossen und gesagt: »Papa, jetzt reden wir einmal Klartext, den haben wir nötiger als Torten und Jeans und Schuhe!« Obwohl ich allerhand zum Anziehen dringend nötig hätte und klamottenmäßig völlig am Treibsand bin.

Mit irgendwelchen dummen Scherzlein wollte sich der Papa rauswinden, aber ich bin beinhart geblieben. Ich habe ihm fest in die Augen geschaut und habe ihn gefragt: »Wie ist das nun? Ist deine Entfernung von der Truppe eine vorübergehende Abirrung vom Weg oder desertierst du komplett?« Der Satz hätte von meinem Bruderherz stammen können und passt eigentlich überhaupt nicht zu mir. Aber es ist eben wesentlich leichter, in gewissen schaurigen Situationen einen coolen Sager rauszulassen, als zu verkünden, wie einem wirklich ums Herz ist.

Der Papa hat mächtig zu schwafeln angefangen. Wenn wir Probleme haben, hat er gesagt, steht er uns ja sowieso und überhaupt jederzeit zur Verfügung. Und ab jetzt wird er sogar viel öfter mit uns zusammen sein als früher.

An den Wochenenden und in den Ferien. Und ein schöner Tag ohne Elternstreit ist für Kinder doch weit besser
als eine ganze hässliche Woche mit streitenden Eltern.
Und wenn Menschen einander wirklich lieben, dann
brauchen sie nicht jeden Morgen beim Frühstück an einem Tisch zu sitzen!

Keine Ahnung, wie lange er noch so verlogen dahergere-
det hätte, wenn ich ihn nicht unterbrochen hätte.

»Das heißt dann also wohl Scheidung?«, habe ich gefragt.

»Ja«, hat er geantwortet. Und da hat der Speedi die Torte
gepackt und geworfen. Einfach so! Wortlos! Quer durch
das Wohnzimmer, zur Tür hinaus. Ins Vorzimmer ist sie
gesaust, wie eine Frisbeescheibe. Neben dem kleinen Te-
lefonschrank ist sie auf dem Boden aufgeklatscht und zu
etlichen dunkelbraunen Brocken zerfallen. Und der ganze Boden rundherum war voll Schokocremespritzer.

Der Speedi ist in sein Zimmer gelaufen, und ich habe
dem Papa gesagt, dass er jetzt besser gehen sollte. Was er
auch hurtig getan hat. Vorher hat er noch, mit zwei Da-
ckelfalten auf der Stirn, genuschelt: »Später einmal, da
werdet ihr das alles besser verstehen!«

Ich weiß nicht, wie es weitergegangen wäre, wenn wir
den Wuzi nicht dabeigehabt hätten. Der Wuzi ist eine
Seele von einem Menschen. Er hat die hingeklatschte
Torte restauriert. Die unglücklichen braunen Brocken
hat er vom Boden geschabt. Die Cremepatzen hat er
auch eingesammelt. Und dann hat er in der Küche den

ganzen Matsch wieder zu einer halbwegs runden Einheit zusammengefügt und – mit viel Kakao überpudert – aufgetragen. Eine gute Torte, hat er gesagt, soll man nicht verkommen lassen. Und Väter und Torten soll man auseinander halten.

Ich habe den Speedi aus seinem Zimmer gelockt und ihn, so gut ich es eben schaffte, getröstet. Den Ani hätte ich auch gern getröstet, aber bei dem weiß ich überhaupt nicht, wie das gehen sollte. So einen kleinen Knirps wie den Speedi, den kann man ja streicheln. Und ihm die Nase putzen. Aber bei einem dreizehnjährigen Knaben geht das nicht. Noch dazu, wenn er nicht heult und keine Überproduktion an Rotz liefert.

Bis zum Abend, bis die Mama vom Geschäft heimgekommen ist, haben wir zu viert tatsächlich die ganze Torte verputzt gehabt. Und die Mama war sehr froh darüber. Ich habe ihr angemerkt, dass sie sich denkt: Also, wenn meine Kinder eine ganze Torte auffressen, nachdem ihnen ihr Vater die Scheidung angekündigt hat, dann kann ihr Kummer nicht allzu groß sein.

Aber das stimmt nicht. Mein Kummer wenigstens, der ist groß. Und ich hätte auch nie gedacht, dass ich trotz großem Kummer drei Stück Schokotorte mampfen könnte! Erklären, warum das möglich war, kann ich es mir auch nicht. Alles, was mir dazu einfällt, ist der alte Spruch von unserer Oma, den der Ani beim traurigen Tortenessen zitiert hat. Der heißt: »Wer nie sein Brot mit Tränen aß, der weiß einen Schas!«

Und noch etwas ist mir aufgefallen: Elternkummer erzeugt Geschwisterliebe! Es ist ja wirklich sagenhaft: Solange bei uns daheim alles halbwegs in Ordnung war, sind mir meine Brüder, sowohl der kleine als auch der große, unheimlich auf die Nerven gegangen, und in vielen stillen Stunden habe ich davon geträumt, ein Einzelkind zu sein. Und in vielen lauten Stunden habe ich geschworen, die beiden demnächst eigenhändig zu erwürgen! Seit die ganze Familienscheiße so richtig am dampfen ist, habe ich die beiden nur mehr lieb. Wir sind eine richtige Kummer-Genossenschaft geworden.

Geld ist blöd

Ani erzählt

Meiner Schwester habe ich immer vorgehalten, dass sie eine rosarote Brille auf der Nase habe, welche es abzulegen gelte.

Aber ich selbst bin anscheinend ebenso realitätsfern. Genauer gesagt: Mein Hirn scheint zwei Etagen zu haben. Ein Parterre und einen ersten Stock! Im ersten Stock von meinem Hirn war alles klar, seit der Papa mit dem Koffer weg ist. Vater ausgezogen, liebt Wilma-Fisch, Mama wird demnächst Scheidung beantragen!

Doch im Parterre von meinem Hirn hat es immer noch geflüstert: Muss ja nicht sein, könnte der Papa ja auch Krach mit der Wilma bekommen, könnte sich der Papa ja auch sagen, dass ihm ein Leben mit seinen Kindern mehr wert ist als alles andere! Und dass er die Mama in Wirklichkeit immer noch lieb hat!

Jeden Tag, wenn ich von der Schule heimgekommen bin, habe ich unauffällig die Schranktüren im Vorzimmer geöffnet und nachgeschaut, ob die Klamotten vom Papa noch da sind. Und war beruhigt über die lange Latte von hängenden Hosen und Jacken und die Zweierreihe von Schuhpaaren darunter. Sogar der Spechtelmeier aus meiner Klasse war mir ein Trost. Der hat einmal in einer Pause erzählt, dass sein Vater dreimal im Jahr von daheim abhaut und nach ein paar Wochen immer wieder heimkommt.

Was weiß man schon von Erwachsenen, hat mein Hirn-Parterre geraunt, Erwachsene verhalten sich seltsam und unergründlich! Der Karli habe ich von meinen Parterre-Hoffnungen natürlich nichts erzählt. Was ich rede, kommt immer aus dem ersten Stock von meinem Hirn.

Doch dann kamen die Karli und ich eines Tages zu Mittag von der Schule heim. Die Karli machte mir vor unserer Haustür vor, wie sich der Wuzi – sie küssend – den linken Fuß verstaucht hat.

Der Wuzi und die Karli haben nämlich seit geraumer Zeit ihre Freundschaft in eine Liebesbeziehung umgewandelt. Was sie durch unentwegtes Bussigeben kundtun.

Das mit dem verstauchten Fuß war so: Wuzi küsst Karli zum Abschied vor unserer Haustür auf der Steinstufe, steht dabei am äußersten Rand der Stufe. Das Ungestüm meines Fräulein Schwester bringt ihn ins Wanken, er kippt von der Stufe, die Karli kippt mit ihm, und das Gesamtgewicht meiner Schwester, die ja wahrlich keine Flaumfeder ist, landet auf seinem linken Knöchel.

Und während mir meine Schwester vor der Haustür diese hübsche Unfallszene vorspielt, geht die Haustür auf. Die Mama steht da. Eingekleidet wie zum Begräbnis eines entfernten Verwandten. Mama zu Mittag daheim, das haben wir sonst nie. Und dazu noch in dieser Einkleidung!

Da hat der erste Stock von meinem Hirn zum Parterre gesagt: Na, siehst es jetzt ein, dass Mama-Papa-Versöhnung hierorts nicht gespielt wird! Die Frau war sich nämlich gerade scheiden lassen!

Und das Parterre hat dem ersten Stock nur mehr zunicken können.

Die Mama hat ein üppiges kaltes Mittagessen gerichtet gehabt. In der Küche. Auf dem Weg dorthin habe ich der Karli mitgeteilt, was der Oberstock meines Hirns erkannt hat.

Und die Karli ist über die Mama hergefallen. Verbal natürlich nur. Furchtbar aufgeregt hat sie sich, dass wir erst hinterher von der Scheidung erfahren. Sichtlich hatte sich meine Schwester eingebildet, dass wir – oder wenigstens sie – zur Scheidung beigezogen werden. Keine Ahnung, was sie dort hätte aussagen wollen!

Vielleicht: Werter Herr Richter, scheiden Sie das Ehepaar Poppelbauer nicht, denn wir Kinder sind dagegen. Und wir sind drei Stück. Also steht es 3 : 2 gegen Scheidung.

Jedenfalls hat die Mama der Karli erklärt, dass Kinder bei Scheidungen vom Gericht nur befragt werden, wenn es um das Sorgerecht für die Kinder geht, und dass ihr der Papa dieses »klarerweise« überlassen habe.

Worauf sich die Karli noch mehr aufgeregt hat. Ob wir der Arsch der Welt sind, dass man so einfach über uns bestimmt, hat sie getobt. Und wieso wir überhaupt mitgeschieden werden können?

Recht hat die Karli ja. Wir haben uns mit dem Papa eigentlich immer gut vertragen. O.k., viel zu wenig Zeit hat er für uns gehabt. Aber viel zu wenig Zeit hat auch die Mama für uns! Und wenn der Papa daheim war, war er schon in Ordnung. Gegen das, was andere Kinder an Vätern haben, sowieso und überhaupt! (Zumindestens seit er futsch ist, kommt mir das so vor.)

Die Mama hat aber gar nicht richtig hingehört auf das, was ihr die Karli vorgehalten hat. Sie hat bloß gejammert, dass wir sie fragen sollen, wie es ihr geht. Womit sie wohl andeuten wollte, dass es ihr auch hundsmiserabel geht. Aber ich finde – sowohl im ersten Stock als auch im Parterre meines Hirns –, dass das ein bisschen zu viel von uns verlangt ist! Die Alten tun, was sie wollen, und der Nachwuchs soll vor Mitleid mit ihnen zerfließen!

Unsere Oma hat einen Kreislaufkollaps bekommen. Jetzt geht es ihr schon wieder besser, aber heute in der Früh war es so schlimm, dass sie von der Rettung ins Krankenhaus gebracht worden ist. Wie man sie auf der Bahre aus der Wohnung getragen hat, hat sie ihrer Nachbarin gesagt, man müsse die Mama verständigen. Doch die blöde Nachbarin hat das vergessen. Und so hat die Mama keine Ahnung gehabt, dass die Oma im Krankenhaus ist und dass der Speedi, wenn er um zwölf Uhr aus der Schule kommt, keine Oma vor dem Schultor finden wird.

Wahrscheinlich hat die Oma ohnehin den Kollaps bekommen, weil ihr das tagtägliche Hin- und Herfahren, das Speedi-Holen und Speedi-Heimbringen, zu viel geworden ist. Aber wer sollte denn den Speedi hüten? Unsere Hoffnung, dass die Theresa-Charlotta, wenn sie aus den USA zurückkommt, ihren Nachmittagspart im Wollladen wieder übernimmt, hat sich nicht erfüllt. Der Co ist jetzt verliebt in einen Gastwirt. Bei dem hilft sie in der Küche Schnitzel panieren und Salat machen. Wolle, hat sie zur Mama gesagt, hängt ihr zum Hals heraus, die kann sie nimmer sehen!

Aber die Mama will das Geschäft behalten. Zuerst den Ehemann verlieren und gleich danach den Laden, das würde sie nicht packen! Also muss sie vom Morgen bis zum Abend im Geschäft sein. Und so wie das Geschäft geht, kann sie keine Verkäuferin anstellen. Und die Großmutter ist ja jetzt – gottlob – auch von uns geschieden. Und die Karli und ich, wir haben ja viel länger Schule als der Speedi. Um stundenlang allein daheim zu sein, ist er angeblich noch zu klein. Eigentlich nicht nur angeblich, wir haben das schon ausprobiert. Es ist wirklich nicht ratsam, den Zwerg allein im Haus zu lassen. Er dreht eine E-Herdplatte auf und vergisst aufs Abschalten. Er will sich einen Buntstift kaufen gehen, verlässt das Haus, schlägt hinter sich die Tür zu und kommt drauf, dass er den Schlüssel nicht eingesteckt hat. Oder er lädt sich am Heimweg von der Schule vier fremde Kinder ein, und die haben dann, wenn die Karli und ich heimkommen, das ganze Haus auf den Kopf gestellt und wir können vier Stunden aufräumen und hinterher sind etliche Spielsachen vom Speedi weg und der Zwanziger von meinem Schreibtisch auch! Ein paar Mal war der Speedi am Nachmittag auch schon bei der Mama im Geschäft. Doch dort kann er ja bloß auf dem Drehstockerl sitzen und stricken lernen!

Der Speedi hat also heute zu Mittag vor der Schule keine »Abholperson« vorgefunden. Für diesen Fall hat ihm die Mama aufgetragen, eine Viertelstunde zu warten und dann, falls noch immer niemand kommt, die Mama anzurufen. Dafür hat er, in einem Plastiketui, immer zwei Extraschillinge im Hosensack. Der Speedi hat brav gewartet, dann wollte er telefonieren. Aber das Telefonhüttel bei der Schule war »außer Betrieb«. Das nächste öffentliche Telefon ist ziemlich weit weg. Unten bei der Post. Der Weg zum Postamt ist von der Schule aus genauso weit wie der Weg zu uns nach Hause. So hat der Speedi beschlossen, heimzugehen und die Mama anzurufen. Und sich dabei den Telefonschilling zu sparen.

Er ist heimgegangen, wollte die Haustür aufsperren und hat gesehen, dass die Haustür bloß angelehnt ist. Er hat gemeint, einer von uns sei verfrüht heimgekommen. Er ist ins Haus hinein und hat nach uns gerufen. Antwort hat er keine bekommen. Da hat er Angst gekriegt. Ein Einbrecher, hat er sich gedacht, muss im Haus sein. Ich an seiner Stelle, ich wäre ja garantiert hurtig wieder aus dem Haus raus und zu den Nachbarn rein, um mit denen die Sachlage zu besprechen. Aber der Zwerg ist anscheinend unvernünftig mutig. Er ist weiter ins Haus vorgedrungen. Dann hat er gesehen, dass die Wohnzimmertür zum Garten hin offen steht. Und dass der Papa und ein Ehepaar im Garten draußen sind. Zuerst einmal war er erleichtert, doch dann hat er den Papa zu dem Ehepaar sagen gehört: »Also Sanatorium, das sage ich Ihnen gleich, ist das hier keines. Hier leben Familien und erzeugen halt den familienüblichen Krach!« (Das hat der Papa gesagt, weil man aus dem Nachbarhaus Musik herüber gehört hat und das Ehepaar die Musik als zu laut empfunden hat.)

Der Speedi hat sich nicht erklären können, warum der Papa dem Ehepaar unseren Garten zeigt, und so ist er im Wohnzimmer drinnen geblieben und hat weiter zugehört. Der kleine Knirps hat auch schon kapiert, dass man durch »Spionage« klüger wird als durch offenes Fragen.

Als der Papa dann mit dem Ehepaar wieder ins Wohnzimmer gekommen ist, hat sich der Speedi in sein Zimmer zurückgezogen und weiter gelauscht. Er hat erfahren, dass der Papa dem Ehepaar unser Haus verkaufen will. Das hat ihn so fix und fertig gemacht, dass er vergessen hat, die Mama anzurufen. Er hat sich auf sein Bett gelegt und geheult. Und der Papa ist mit dem Ehepaar weggegangen, ohne zu bemerken, dass der Speedi im Haus ist.

Irgendwann hat er dann zu heulen aufgehört und auf die Uhr geschaut und gesehen, dass die Karli und ich eigentlich schon von der Schule daheim sein müssten. Aber wir sind noch mit dem Wuzi in der Konditorei gewesen. Der Wuzi und ich, wir haben der Karli gut zureden wollen. Die Karli nämlich, die lässt – schulmäßig – fünf gerade sein. Sie lernt überhaupt nichts mehr und ist felsenfest davon überzeugt, dass sie sowieso und überhaupt sitzen bleiben wird und alles Lernen für den Hugo ist. Ich habe ihr zu erklären versucht, dass gerade Schüler wie sie, die so ungern in die Schule gehen, sich die Sache nicht freiwillig um ein Jahr verlängern sollten. Aber da ist anscheinend jegliches Zureden sinnlos! Sie ist zu wie eine Auster. So haben wir die Konditorei-Sitzung abgebrochen. Der Wuzi hat uns heimbegleitet. Eilig hatten wir es ja nicht, weil wir ja dachten, der Speedi sei bei der Oma. Ein paar Ecken vor unserem Haus waren wir, da ist uns der Speedi entgegengekommen. Völlig aufgelöst und fast sprechunfähig. Ziemlich lange haben wir gebraucht, bis wir kapiert haben, was er uns da erzählen will. Die Karli hat gemeint, der Speedi reime sich da irgendeinen Blödsinn zusammen. Ich hätte es auch gern gemeint, doch der Speedi hat sich schön langsam beruhigt und uns genau und im Detail erzählt, was der Papa mit dem Ehepaar gesprochen hat, und das war eindeutig!

Wenn der Mann vom Ehepaar verkündet hat: »Bis nächsten Montag werden wir uns entscheiden, ob wir das Haus kaufen«, und wenn die Frau vom Ehepaar verkündet hat: »Die Hälfte könnten wir gleich zahlen, für den Rest müssten wir uns um einen Kredit bemühen«, dann muss es wohl um Hausverkauf gehen. Und ist ja nicht anzunehmen, dass gerade in unserem Haus über den Verkauf eines anderen Hauses geredet wird! Als uns das klar war, sind wir zur Mama ins Geschäft gefahren. Wir naiven Deppen haben geglaubt, die Mama habe keine Ahnung davon, dass der Papa unser Haus verkaufen will! War aber nicht so!

»Wir besprechen das heute Abend«, hat sie gesagt.

Die Karli ist nicht bereit gewesen, so lange zu warten. »Wir lassen uns nicht auch noch unser Haus wegnehmen«, hat sie gesagt. Und: »Wir wollen jetzt gleich Bescheid wissen!«

Die Mama wollte uns abschasseln. Weil eine Kundin im Geschäft war. Vor der könne sie das nicht bereden, hat sie gesagt. Und die Karli hat gesagt, ihr ist es scheißegal, ob da wer zuhört. Und ich habe gesagt, wir gehen nicht weg, bevor wir uns auskennen. Die Mama wollte uns beruhigen. Es sei sowieso und überhaupt noch alles in der Schwebe. Und verkauft sei im Moment noch gar nichts! Wir haben trotzdem nicht lockergelassen und da hat uns die Mama einen Ordner gegeben. Wenn wir uns informieren wollen, hat sie gesagt, finden wir da drinnen alles, was es über das Haus und die »Haus-Finanzen« zu wissen gibt.

In dem Ordner waren allerhand Rechnungen und Wische von Banken und anderer Bürokratiekram. Aber es waren da auch ein paar Blatt Papier, von der Mama geschrieben, wie es um unser Haus steht. Und um unsere

Finanzen überhaupt! So auf die Schnelle haben die Karli und ich diese gequirlte Finanzkacke nicht verstanden. Die Karli hat den Ordner unter einen Arm genommen und wir sind mit dem Speedi nach Hause gefahren. Ich habe den Wuzi angerufen und ihn herbestellt. Damit er mit mir den Ordner sichtet. Die Karli war dazu nicht zu gebrauchen. Sie ist in Trübsinn versunken. Was soll sie sich den blöden Zahlenkram näher anschauen, hat sie gesagt, ändern kann sie ohnehin nichts. Dass auch ich nichts ändern kann, war mir klar. Aber wenn ich mich schon aufrege, dass mich der Papa und die Mama immer blöd sterben lassen und mich über nichts informieren, dann habe ich ja wohl die Pflicht, mich zu informieren, wenn mir das einmal gestattet wird.

Der gute, brave Wuzi ist angehumpelt. Er hat ja noch immer einen Bandagenfuß, vom Stufenkussunfall her. Wir haben uns in den Garten gesetzt und den Ordner durchstudiert. Also: Da ist ein großer Kredit fürs Haus und da sind zwei kleine Kredite fürs Haus. Und was im Monat von den Krediten wirklich abgezahlt wird, ist ziemlich wenig. In der Hauptsache werden da Kreditzinsen gezahlt, und was man der Bank schuldig ist, wird nur minimal weniger. Und dann muss man noch Betriebskosten fürs Haus bezahlen und Strom und Gas und Heizöl. Und ihr Auto hat die Mama auch noch nicht ausgezahlt. Da sind auch jeden Monat Raten fällig. Und dann ist da noch ein Kredit für den Wollladen. Und die Miete und die Heizung dort. Und jede Menge offener Wollrechnungen. Und das Dach unseres Hauses ist reparaturbedürftig. Totale Geldscheiße also!

Nicht einmal mein Hirn-Parterre hat da eine Chance gesehen!

Und dann habe ich einen riesigen Unsinn gemacht. Die Karli ist mit Cola und Gläsern zum Wuzi und mir in den Garten gekommen, und da ist mir eingefallen, dass wir im Eisschrank noch eine Flasche Champagner haben. Die habe ich geholt. Der kluge Wuzi war ohnehin dagegen, doch ich war der Ansicht, dass wir eine Negativ-Fete abhalten müssen. Die Champagnerflasche hat der Papa einmal heimgebracht, vor zwei Jahren schon, als er sich wieder einmal mit der Mama versöhnen wollte. Er hat die Flasche eingekühlt, doch während der Champagner kalt geworden ist, haben der Papa und die Mama schon wieder zu streiten begonnen und so ist die Flasche im Eisschrank geblieben. Ich dachte, der Champagner würde uns gut tun. Man hört ja immer, dass so ein Prickelwasser die Laune enorm hebt!

Stimmt aber nicht! Wenigstens nicht, soweit ich es an meiner Schwester beobachten konnte. Es scheint so zu sein, dass Champagner ein Launenverstärker ist. Lustige Leute werden von ihm lustiger, traurige Leute trauriger. Und die Karli war ohnehin schon traurig genug, nachdem sie kapiert hatte, dass wir das Haus in unseren neuen Familienumständen nicht mehr »halten« können. Mit den Alimenten, die wir bekommen, und dem bisschen Geld, das die Mama »in Wolle macht«, kann man sich kein Einfamilienhaus leisten. Und dass uns der Papa keine höheren Alimente zahlt, ist klar. Das hat nichts mit Geiz zu tun. Geizig ist der Papa nie gewesen. Aber er braucht ja jetzt auch eine Wohnung und Möbel und alles, was man so »Hausstand« nennt. Für zwei Saus-und-Braus-Haushalte verdient er nicht genug Geld.

Dem Wuzi und mir hat das Prickelwasser nicht sehr gemundet, wir haben kaum davon genippt. Doch die Karli hat reichlich gesüffelt und richtige Schnapsideen (eigentlich Champagnerideen) entwickelt. Sie wollte von unserem Haus ein Fünftel abmauern und dieses Fünftel dem Papa überlassen. Das, hat sie gemeint, wäre eine gerechte und Kosten sparende Lösung. Ob sie dabei daran gedacht hat, dass dann in diesem Fünftel wahrscheinlich auch der Wilma-Fisch herumschwimmen würde, weiß ich nicht. Danach fragen habe ich sie auch nicht mehr können, denn sie hat hurtigst die ganze Flasche Champagner ausgetrunken und davon das heulende Elend bekommen. Mehr als unverständliches Geschluchze war aus ihr nicht rauszubekommen. Ich habe sie mit dem Wuzi vom Garten ins Haus geschleppt und in ihr Bett gelegt. Da lagert sie nun und schnarcht sich eins.

Wie die Mama am Abend heimgekommen ist, hat sie die leere Flasche gesehen und hat natürlich gemerkt, dass die Karli nicht krank, sondern betrunken ist. Sie hat geseufzt und gesagt: »O Gott, jetzt fangt bloß nicht an, mir auch noch Probleme zu machen!«

Wir? Ihr! So kann man es natürlich auch sehen! Mich hat

das so geärgert, dass ich sie angefaucht habe: »Entschuldigung, dass ich auf der Welt bin!«

Hat sie darauf gesagt, dafür brauche ich mich nicht zu entschuldigen, darüber sei sie nämlich sehr froh, weil sie mich schrecklich lieb habe und mich nicht missen möchte. Und ich solle Geduld mit ihr haben.

Habe ich drauf gesagt: »Ich habe Geduld mit dir, seit ich auf der Welt bin, aber schön langsam geht sie mir aus!«

Nachher hat mir das dann Leid getan. Ich bin zur Mama in ihr Zimmer hinein. »Tut mir echt Leid«, habe ich ihr gesagt. Und sie hat gesagt, dass sie versteht, wenn Kinder auf Eltern, die so sind wie die unseren, sauer sind. Ich bin aber ohnehin nicht mehr sauer auf die Mama. Wenn man sie in ihrem Zimmer hocken sieht, umgeben von blöden Strickteilen, die sie zusammensetzt, damit sie sich zusätzlich Geld verdient, dann tut sie einem nur noch Leid. Vom Aufstehen bis zum Schlafengehen arbeitet sie bloß. Leben ist das wirklich keines!

Die Mama hat eine Wohnung für uns gemietet. Im Haus, in dem ihr Wollgeschäft ist. Sie findet, dass diese Wohnung ein »Haupttreffer« ist. Weil die Miete erschwinglich ist und weil sie bloß die Treppe runterlaufen muss und im Geschäft ist. Und der Speedi, sagt sie, kann jetzt am Nachmittag allein in der neuen Wohnung sein. Sie ist ja immer in der Nähe, wenn er Hilfe braucht.

Mich hat dieser »Haupttreffer« wahrlich getroffen. Meinen Lebensnerv hat er getroffen. Die Wohnung hat nämlich bloß zwei kleine und ein großes Zimmer. Das eine kleine Zimmer beansprucht die Mama, das andere kleine Zimmer beansprucht die Karli. Ich und der Speedi sollen zusammen das große Zimmer nehmen.

Ich und der Speedi in einem Zimmer, das stehe ich nicht durch! Ich bin echt und ehrlich, sowieso und überhaupt kein Knabe mit Ansprüchen. Ich bin bereit, meine Nahrung auf trockenes Brot und Magermilch zu reduzieren und meine Klamotten im Secondhandladen zu beziehen. Auf alles kann ich verzichten, sogar auf den Kauf von Büchern, denn es gibt ja Büchereien, wo man borgen kann. Aber auf ein eigenes Zimmer, in dem ich mit mir allein sein kann, bestehe ich! Ich will lesen und meine Ruhe haben und meine Tür vor unserem Haus-Quälgeist versperren können. Ich will nicht dauernd hören: »Warum hat eigentlich ein Tag vierundzwanzig Stunden?« Und: »Wieso will die Karli nicht, dass ihr der Wuzi an den Busen greift?« Oder: »Ani, spiel doch was mit mir, mir ist so langweilig!«

Aber selbst wenn ich ihm den Mund mit Leukoplast verkleben würde, täte das nicht viel nützen. Der Zwerg lebt mir einfach zu heftig. Nie sitzt oder liegt er still, solange er nicht schläft. Er hopst und kugelt, wackelt und schlägt Purzelbäume, schupft Bällchen und übt den Kopfstand. Und in der Nacht schnarcht er, weil er Polypen in der Nase hat!

Ich weiß genau, dass ich mit ihm nicht in einem Zimmer leben kann. Aber die Karli hat die Mama davon überzeugt, dass ihr der Speedi noch weniger zuzumuten ist. Und dem Speedi, hat sie gesagt, sei es auch nicht zuzumuten. Seiner Psyche würde es schaden, wenn er unentwegt der Bussigeberei mit dem Wuzi zusehen müsste. Dazu hat sie noch das Argument vorgebracht, dass es in allen Familien, wo nicht für jedes Kind ein Zimmer zur Verfügung steht, üblich ist, nach Geschlechtern zu trennen. Wäre der Speedi ein Mädchen, hat sie gesagt, würde sie ihn zu sich ins Zimmer nehmen. Wäre der Speedi ein Mädchen, hätte sie sicher ein anderes Argument gegen ihn gefunden!

Die Mama kann den Speedi auch nicht in ihrem Zimmer brauchen, weil sie oft bis Mitternacht strickt und Fäden vernäht und Pullis bestickt. Da könnte der Speedi nicht einschlafen.

Ich sehe das alles ein. Aber warum gerade meine Argumente gegen den Speedi weniger zählen als die von der Mama und der Karli, das sehe ich nicht ein!

Ich weiß: Andere Familien haben noch viel kleinere Wohnungen. Die Putzfrau, die wir früher gehabt haben, hat mit Mann und zwei Kindern auf Zimmer-Küche gehaust. Da hat keiner ein eigenes Zimmer gehabt. Und dazu war der Mann von der Putzfrau noch Nachtportier in einem Hotel und hat untertags schlafen müssen und die zwei Kinder haben in der Küche hocken müssen und nur miteinander flüstern dürfen. Und ich sage mir ja auch dauernd vor: Jetzt sei kein elitärer Binkel und betrage dich nicht wie ein Luxusknabe! Und ich rede mir auch ein: Wer weiß, vielleicht ist das nur vorübergehend, vielleicht ziehen wir dann bald wieder um, weil die Mama eine größere Wohnung findet! Aber es nützt nichts. Kein bisschen nützt es!

Ich habe eine schlaflose Nacht hinter mir, in der ich einen Entschluss gefasst habe. Ob ich diesen Entschluss in die Tat umsetzen kann, weiß ich noch nicht. Das kommt jetzt auf den Papa an! Er hat ja gesagt, dass er immer für uns da sein wird, wenn wir ihn brauchen und Probleme haben! Bin gespannt, ob er echt da sein wird! Um fünf Uhr werde ich vor seinem Büro auf ihn warten. Vorher anrufen werde ich ihn nicht! Damit er sich nicht auf mich vorbereiten kann. Ich möchte sehen, wie das, was ich ihm vorschlagen will, spontan auf ihn wirkt.

Gestern, punkt fünf Uhr, habe ich bei der Haustür vom Papa-Büro Stellung bezogen. Kaum war ich dort, ist der Wilma-Fisch im Auto angerollt, hat eingeparkt, ist ausgestiegen und hat, eine Zigarette rauchend, gewartet. Es war eine blöde Situation. Sie hat zu mir hergeschielt, ich habe zu ihr hingeschielt. Ich wollte dann schon die Flucht ergreifen, weil ich mir gedacht habe: Im Beisein des Fisches kann ich dem Papa sowieso und überhaupt nicht sagen, was ich ihm sagen will.
Doch dann marschiert der Wilma-Fisch auf mich zu und fragt: »Du bist doch der Ani, oder nicht?«
Dann sagt sie: »Und ich bin die Wilma. Weißt doch eh,

nicht? Und ist doch blöd, wenn wir so tun, als ob wir einander nicht kennen!«

Was bleibt mir schon anders übrig, als zu nicken! Und der Wilma-Fisch fährt fort: »Ich nehme an, du willst den Rainer abholen? Wennst allein mit ihm sein willst, hau ich ab. Macht mir nichts aus, ehrlich!«

Und dann plaudert sie drauflos, dass sie mit dem Papa Möbel anschauen wollte, weil sie jetzt zusammen eine leere Wohnung gemietet haben. Und dass sie das aber ruhig auf morgen verschieben kann. Dass es aber schön wäre, wenn ich zum Möbelkaufen mitgehen würde, weil der Papa ein »Lahmarsch« ist, der von Möbeln nichts versteht. Und sie könnte gut einen Berater brauchen!

Locker und duftig hat die Wilma dahingeplauscht. Ganz so, als wären wir alte Freunde und als gäbe es keinen Grund, ihr gegenüber Abwehrhaltung einzunehmen. Ich habe die Abwehrhaltung trotzdem versucht, doch die Frau hat allerhand Charme. In den zehn Minuten, die wir noch auf den Papa gewartet haben, hat sie mich beinahe um ihren kleinen Finger gewickelt. Und dann habe ich mir gedacht: Das, was ich dem Papa zu sagen habe, betrifft ja nun wohl auch die Wilma einigermaßen, und da ist es sogar besser, ich sage es ihm vor ihr!

Der Papa hat sich »Kringel in die Brusthaare« gefreut, als er aus dem Haus kam und sah, dass sein geliebter Sohn und seine ebenso geliebte Frau Freundin in friedlichem Gespräch beieinander stehen. Und zum Möbelkauf war er auch sofort bereit. Doch es war ja schon zehn

Minuten nach fünf Uhr, also wären bis Ladenschluss bloß noch fünfzig Minuten geblieben. Ich meinte, das sei ein bisschen wenig Zeit zur sorgfältigen Wahl. Und bei dieser könnte ich ja morgen oder übermorgen der Wilma beistehen. Und da wäre es günstig, wenn ich vorher erst einmal die Wohnung besichtigte. Möbel sollen ja schließlich zu den Räumlichkeiten passen.

Der Papa und der Wilma-Fisch sahen das ein. Also stiegen wir ins Auto der Wilma und fuhren zum neuen Wohnsitz vom Papa, welcher sich – wie man so sagt – in einer guten Gegend befindet.

Leere Wohnungen wirken immer wesentlich größer als mit Möbel voll gestopfte, aber auch wenn man diese optische Täuschung berücksichtigt: Die neue Wohnung vom Papa ist, flächenmäßig gesehen, eine üppige. Ich inspizierte sie, weniger auf Raumausstattung hin, weil ich davon sowieso und überhaupt nichts verstehe, sondern daraufhin, ob der Vorschlag, welchen ich dem Papa machen wollte, ein möglicher ist. War er! Der Wilma-Fisch, mich durch die Zimmer führend, öffnete nämlich, so ganz nebenbei, eine Tür und sagte: »Dieses Zimmer bleibt vorerst einmal unbenutzt. So viele Räume brauchen wir nicht! Werden wirs halt als Rumpelkammer nehmen!« Denkste, dachte ich und marschierte zum Papa, der sich auf dem Futon ausgestreckt hatte. Ich hockte mich zu ihm und sprach schlicht und geradlinig: »Papa, du hast ein Zimmer zu viel und die Mama hat ein Zimmer zu wenig. Kann ich bei dir einziehen?«

Den Papa riss meine Frage aus der Waagrechten hoch. Er starrte mich völlig entsetzt an. Scheiße, dachte ich, der will mich nicht haben!

Doch dann sagte der Papa, und es klang ehrlich: »Ani, ich würde mich freuen, wenn du bei uns wohnen würdest!« Und der Wilma-Fisch, der hinter mir hergekommen war, sagte: »Ich auch, wirklich!«

»Aber deine Mutter«, fuhr der Papa fort, »der wird das ganz und gar nicht recht sein. Die wird das einfach verbieten. Und sie hat schließlich das Sorgerecht für dich!«

»Das krieg ich schon hin«, sagte ich.

»Das kriegst du nicht hin«, sagte der Papa. »Ich kenne deine Mutter länger als du! Glaub mir! Da müsste ich erst einmal zu Gericht gehen und mit ihr um das Sorgerecht für dich streiten!«

»Dann tu's«, sagte ich.

Der Papa kratzte sich am Kopf und seufzte. Sehr willig, wegen mir vor Gericht zu streiten, wirkte er nicht.

»Also, Rainer«, sagte die Wilma zum Papa. »Wenn der Ani meint, dass er das bei seiner Mutter durchsetzen kann, dann lass ihn das probieren. Was musst du da gleich pessimistisch herumunken! Und überhaupt! Man kann das doch diplomatischer machen. Niemand kann dir verwehren, deinem Sohn in unserer Wohnung ein Zimmer einzurichten. Wann und wie oft er in diesem Zimmer sein wird, das wird sich dann schon noch herausstellen!«

So gesehen, hat der Papa gesagt, ließe sich die Sache

wohl angehen. Ich war dagegen! Ich will dieses Zimmer schließlich, um meine Ruhe und meinen Frieden zu haben. Um mich am Abend ungestört in den Schlaf lesen zu können. Oder um Mitternacht, wenn mir einmal gerade danach ist, ein Ein-Mann-Festessen mit Müsli und Instant-Kakao zu veranstalten. Ich habe nichts davon, einmal da und einmal dort zu nächtigen. Ich brauche meinen festen Platz.

Die Wilma hat gesagt: »Wäre ja bloß für den Anfang. Damit sich deine Mutter schön langsam an dein Wegsein gewöhnen kann.«

Ich denke nicht daran, einen schleichenden Wohnsitzwechsel vorzunehmen. Das ist mir zu anstrengend und mühsam. Und warum soll gerade ich Rücksicht auf die Gefühle meiner Frau Mutter nehmen? Hat sie Rücksicht auf meine Gefühle genommen bei der Zimmeraufteilung? Hat sie nicht! O.k., sie konnte nicht anders! Verstehe ich! Und ich kann eben auch nicht anders! O.k.? Muss sie auch verstehen!

Dem Papa war anzusehen, dass er sich nicht wohl in seiner Haut fühlt, als er mich heimgefahren hat. Vor unserem Haus, bevor ich ausgestiegen bin, habe ich zu ihm gesagt: »Also, ich regle alles. Du brauchst nichts anderes zu tun, als mir die Tür zu öffnen, wenn ich mit Sack und Pack davor stehe!«

Wann ich der Mama beibringen werde, dass ich mit ihr nicht in die neue Wohnung ziehen werde, überlege ich noch. Im Moment ist es ja nicht dringend. Wir wohnen ja noch daheim. Die neue Wohnung ist noch gar nicht fertig. Da muss noch ausgemalt und gestrichen werden. Und Steckdosen und Schalter werden auch noch verlegt. Am klügsten wird es wohl sein, ich erkläre der Mama alles im allerletzten Augenblick. Damit sie vorher nicht lange mit dem Papa herumstreiten kann. Könnte leicht sein, dass der Papa dann einen Rückzieher macht! Oder dass sie irgendwelche »Gegenmaßnahmen« ergreift! Weiß zwar nicht, welche die sein könnten, aber Vorsicht ist angebracht. Und vor diesem Gespräch graust mir sowieso und überhaupt, also liegt Aufschieben ohnehin nahe.

Cool zu bleiben, wenn man von dort weg muss, wo man sein Leben lang gewohnt hat, ist nicht leicht. Davor bewahrt, in bodenlose Sentimentalität zu versinken, hat mich einzig und allein die drohende Aussprache mit der Mama.

Unser Haus war fast schon »besenrein« ausgeräumt, da habe ich endlich zur Mama gesagt: »Du, ich muss mit dir reden!«

Sie hat mich gefragt, um was es geht, und dabei dem Speedi geholfen, einen Sack mit Spielzeugkram zuzubinden.

Obwohl ich mir vorher genau überlegt hatte, was ich ihr sage und wie ich es ihr sage, habe ich plötzlich keinen Ton herausgebracht. Meine Stimme war weg.

Hat sie gesagt: »Wenn es wieder wegen dem Zimmer

sein sollte, da ist nichts zu machen!« Und: »Vielleicht in ein, zwei Jahren, wenn das Geschäft besser geht!«

Wenn das Geschäft besser geht! Das ist ja lächerlich! Der Saftladen kränkelt seit seiner Geburt dahin, und sollte er in ein, zwei Jahren nicht gestorben sein, wäre es ein Wunder!

Vor lauter Ärger über diese leere Versprechung habe ich meine Stimme wiedergewonnen und gesagt, dass ich zum Papa ziehen werde. Und dass das auch der Wilma recht ist. Und dass ich von der Papa-Wohnung auch einen kürzeren Weg zur Schule habe (was aber in Wirklichkeit kein Motiv für mich ist).

Ob das mein Ernst ist, hat mich die Mama gefragt und sich auf den riesigen Plastiksack mit dem Speedi-Spielzeug gesetzt. Ihr Gewicht hat die Sackhöhe auf die Hälfte reduziert. Der Sack ist aufgeplatzt und allerhand Spielkram ist herausgefallen. Breit gedrückt und schief gesessen! Der Speedi hat zu heulen und zu schreien angefangen, dass die »blöde Mama« seine »liebsten Sachen« kaputtgemacht hat. Die Mama hat ihren Ruheplatz verlassen, hat das Telefon gepackt und ist damit in die Küche hinein. Vor lauter Aufregung hat sie sich mit den Beinen in der langen Telefonschnur verheddert und wäre fast hingefallen. Aber sie hat sich wieder hoch gerappelt. Dann hat sie die Küchentür hinter sich zugeknallt. Aber so lautstark, wie sie dann mit dem Papa am Telefon herumgebrüllt hat, hätte man das auch durch fünf geschlossene Türen leicht hören können. Und der

Speedi hat sowieso und überhaupt nichts kapiert und wieder losgebrüllt, dass wir alle blöd seien.

Ich habe wirklich nicht den Nerv gehabt, ihm die Sache zu erklären. Ich habe meine vorsorglich gepackte Reisetasche genommen und bin abmarschiert. Die Karli hat mich bis zur Straßenbahnhaltestelle begleitet. Für sie war mein Entschluss nichts Neues. Den hatte ich schon seit Tagen mit ihr besprochen. Aber sie ist immer der Ansicht gewesen, dass die Mama das nicht erlauben wird. Und dabei ist sie geblieben. Bei der Straßenbahnhaltestelle noch hat sie zu mir gesagt: »Die Mama wird wie eine Löwin um dich kämpfen. Wetten, dass du längstens übermorgen wieder bei uns bist?«

»Mit dir wette ich nicht«, habe ich geantwortet. »Weil du nämlich verlorene Wetten sowieso nicht bezahlst!«

Dann ist die Straßenbahn gekommen und ich bin eingestiegen. Die Karli ist bei der Straßenbahnhaltestelle stehen geblieben und hat mir nachgewunken.

Übrigens wollte sie mir zum Abschied einen Kuss auf die Wange geben. Was ihr nicht gelang, weil ich meinen Kopf hurtig wegzuckte. Erstens stehen die Karli und ich überhaupt nicht auf »Kussfuß« miteinander und zweitens soll sie jetzt nicht so tun! Zuerst ihren Anspruch auf ein eigenes Zimmer gegen mich durchsetzen und dann glupsch-äugig Abschiedsschmerz spielen!

Wenn ihr so viel dran liegt, mich bei der Truppe zu haben, hätte sie ja den Speedi zu sich ins Zimmer nehmen können! Und vielleicht außer Haus mit dem Wuzi schmusen! Aber Schwamm und Seife drüber! Schwesternliebe hat eben ihre eigenen Dimensionen.

Mein neues Leben läuft ganz gut an und scheint nicht übel zu werden. Ich habe alles, was ich brauche, und jede Menge Freiheit dazu. Die Wilma bringt mich am Morgen im Auto zur Schule. Das Büro, in dem sie arbeitet, ist bloß ein paar Straßen von unserer Schule entfernt. Aber trotzdem ist es sehr nett von ihr, denn eigentlich müsste sie erst um halb neun im Büro sein. Wegen mir hat sie den Arbeitsbeginn um eine halbe Stunde vorverlegt. Und macht überhaupt kein Geschrei drum! Hat bloß gesagt: »Bin ich eben eine halbe Stunde früher wieder frei, ist auch nicht übel!«
Den ganzen Nachmittag ist es totenstill in der Wohnung. Kein Grein-Speedi, keine Musik aus dem Karli-Zimmer. Ein Supergefühl! Und an den drei Tagen, die ich jetzt hier bin, waren wir jeden Abend bei einem anderen Italiener essen. Und keine Mama taucht um Mitternacht, wie der Kuckuck aus der Uhr, in meiner Zimmertür auf und spricht: »Ani, jetzt hör aber sofort zu lesen auf, bist ja sonst in der Früh nicht ausgeschlafen!«
Heute am Morgen, als ich vor der Schule aus dem Auto stieg, stand der Pauli da und glotzte sich die Augen aus dem Kopf nach der Wilma.
»Wer war denn das?«, fragte er mich. »Doch nicht deine Mama, oder?«
»Bloß eine Freundin«, antwortete ich. Weil ich wirklich

keine Lust habe, mein verändertes Leben in der Schule breitzutreten.

»Deine Freundin?«, hat er gestammelt und war piffpaff. So ein Blödmann! So hatte ich es doch nicht gemeint! Wie kann er mir eine Freundin zutrauen? Und dazu noch so eine? O.k.! Die Wilma ist erst achtundzwanzig und schaut jünger aus. Für zweiundzwanzig, dreiundzwanzig könnte man sie leicht halten. Und durch die Windschutzscheibe eventuell sogar für zwanzig! Aber trotzdem ists der helle Wahnsinn! In der großen Pause hat der Pauli mit ein paar anderen herumgetuschelt. Die anderen haben die Köpfe geschüttelt, die haben ihm das wohl auch nicht abgenommen.

Dann hat er so laut, dass ich es hören konnte, gesagt: »Aber ich habe es doch mit eigenen Augen gesehen! Eine tolle Schnitte war das!«

Der Blödmann wird morgen in der Früh noch etwas viel Tolleres mit eigenen Augen sehen! Ich werde die Wilma zum Abschied mit einem zarten Küsschen belegen! Dann hat er wieder etwas zum Tuscheln!

Nach der Schule war ich mit dem Wuzi und der Karli in der Konditorei. Die Mama hat nämlich ein Kaffeehaustreffen mit dem Papa gehabt, und der Papa hat mir hinterher nur erzählt, dass die Mama »bis auf weiteres« mit meinem momentanen Wohnsitz einverstanden sei. Mehr wollte er mir nicht sagen, obwohl ich ihn gelöchert habe. So wollte ich von der Karli erfahren, wie das Papa-Ma-

ma-Gespräch im Detail gewesen ist, denn die Mama –
habe ich gedacht – wird der Karli wohl davon erzählt haben. Die Karli war jedoch so randvoll mit eigenen Prob-
lemen, die ohne Punkt und Komma aus ihr herausge-
quollen sind, dass ich gar nicht zum Nachfragen kam.
Dem armen Schwein geht es wirklich saumiserabel. Erstens ist schon klar, dass sie entweder sitzen bleiben oder
zwei Nachprüfungen bekommen wird, was bei ihr aufs
Gleiche rausläuft, denn zwei Nachprüfungen im Herbst
schafft sie nie!

Meine Schwester hat einfach keinen Lernkopf. Ohne
mich aufzupudeln: Sie ist ungebildeter als ich, der ich
drei Klassen unter ihr bin.

Zweitens muss sie jeden Morgen den Speedi mit zur
Schule nehmen und mit dem raunzigen Buckelschulta-
schen-Zwerg die lange Straßenbahnfahrt durchstehen.

Drittens muss sie am Abend jetzt auch oft auf den Speedi aufpassen, wobei ihr allerdings der Wuzi beisteht. Die
Mama geht nämlich am Abend weg. Mit einem Dr.
Zwickleder, von dem man nicht weiß, ob er Zwick-Leder
oder Zwickl-Eder ausgesprochen wird. Der ist der Steuerberater der Mama, aber die Karli meint, so ein flauer
Geschäftsgang wie der von der Mama müsse nicht dreimal die Woche durchgesprochen werden, da gehe es um
rein private Angelegenheiten. Und gegen die ist die Karli. Nicht im Prinzip, aber der Zwickleder passt ihr nicht.

Und viertens ist die Mama, wenn sie daheim ist, unentwegt trüb und triste. Und zum Einschlafen nimmt sie im-

mer zwei Pillen. Sonst lassen sie die Sorgen um den Wollladen keine Ruhe finden. Der Co, hat die Karli gesagt, der will von der Wolle nichts mehr wissen und das Geld zurück, das er ins Geschäft eingebracht hat. Und der Vertrag, den die Mama mit dem Co gemacht hat, der ist so, dass der Co das einfach so verlangen kann!

Rundherum beschissen eben! Aber das ist noch längst kein Grund, dass mich die Karli gehässig anschaut und zu mir sagt: »Na, du hast einen guten Riecher gehabt und dich rechtzeitig verdrückt!«

Das ist ja wohl der Gipfel vom Gebirge! Man vertreibt mich durch Ignoranz meiner primitivsten Bedürfnisse und behauptet nachher, ich habe es mir in selbstsüchtiger Absicht »gerichtet«!

Dabei bin ich in Wirklichkeit ein Plus-Finanzposten im Haushalt der Mama, denn der Papa wird der Mama weiterhin genauso viel Geld überweisen wie bei der Scheidung ausgemacht; und ins Ausgemachte hat mich der Richter ja einberechnet! Ich möchte bloß wissen, ob die Mama von mir auch so denkt wie die Karli. Seit meinem Abmarsch aus unserem »besenreinen« Haus habe ich sie nicht mehr gesehen.

Gestern wollte ich sie im Wollgeschäft besuchen. Die Wilma hat nämlich gemeint, ich dürfe mich vor der Mama nicht drücken. Die Mama, hat sie zu mir gesagt, habe ein schweres Leben. Und dass sie eine liebe, einsichtige Frau ist, das merke man ja schon daran, dass sie mich nicht mit Gewalt zurückgeholt habe. Das hätte sie können, meint die Wilma. Und sie habe es deswegen nicht getan, weil sie mich lieb habe.

Apropos lieb haben! Gar so honigmonden und sieben-himmelblau und geigenbehängt ist die Liebe zwischen dem Papa und der Wilma auch nicht. Im Laufe der Woche, die ich jetzt hier logiere, habe ich es schon mehrmals kriseln gespürt und zweimal leicht krachen! Die Wilma ist nicht so duldsam wie unsere Mama. Wenn der Wilma am Papa etwas nicht passt, dann teilt sie ihm das gleich in bewegten Worten mit. Der Papa hat zu mir gesagt, er muss sich mit der Wilma erst zusammenstreiten. Er wohnt ja erst mit ihr zusammen, seit er die neue Wohnung hat. Sich am Abend treffen und um Mitternacht wieder auseinander gehen, hat er gesagt, ist wesentlich leichter, als miteinander richtig zu leben.

Und die Wilma hat zu mir gesagt, in den paar Wochen, die sie mit dem Papa zusammenwohnt, entdeckt sie an ihm Züge, die ihr die ganzen drei Jahre, die sie ihn nun schon kennt, verborgen geblieben sind. Das hat nicht so geklungen, als wäre sie über diese »Züge« hocherfreut. Weil ich ziemlich erstaunt darüber war, dass sie den Papa schon drei Jahre »näher« kennt, und ihr das auch gesagt habe, sind wir in ein ausführliches Gespräch über die Beziehung zwischen ihr und dem Papa geraten. Die arme Wilma hat jede Menge Schuldgefühle der Mama gegenüber. Und sie hat beteuert, dass sie den Papa erst nach gut einem Jahr »erhört« habe, weil sie sich nicht in eine Ehe mit Kindern einmischen wollte. Und erst als ihr dann klar war, dass die Ehe meiner Eltern sowieso und überhaupt schon zerrüttet war, da hat sie dann keine Skrupel mehr gehabt.

Aber zurück zur Mama und zu meinem Besuch im Wollgeschäft:

Ich habe vor dem Laden gewartet, bis keine Kundin drinnen ist. Das hat ziemlich lange gedauert, denn die blöden Funzen kaufen ja nicht bloß ein paar Knäuel Wolle, die blättern auch in Journalen und lassen sich von der Mama einen Schnitt zeichnen und ewig lange ein Strickmuster erklären. Endlich war dann der Laden leer. Ich bin rein. Die Mama hat sich bemüht, so zu tun, als sei zwischen uns nichts vorgefallen und alles super-okay. Und ich habe die gleiche Masche gehäkelt. Dann ist der Speedi von der Wohnung herunter in den Laden gekommen, weil er sich mit seiner Rechenaufgabe nicht ausgekannt hat. Ich habe ihm die Rechnungen erklärt, und als ich damit fertig war, war schon wieder eine Kundin im Laden. Und gleich hinter der sind noch zwei Funzen gekommen. So bin ich dann gegangen, weil bloß da hocken und der Mama beim Strickmustererklären zuschauen, das bringt ja auch nichts. Aber wenigstens weiß ich jetzt eines: Die Mama ist nicht böse auf mich!

Der Papa ist ein sehr lieber Mensch. Und die Wilma ist ein sehr lieber Mensch. Doch dass zwei sehr liebe Menschen miteinander nicht unbedingt harmonieren müssen, das hat mir ja bereits die Ehe vom Papa und der Mama klargemacht. Und mit jedem Tag, den ich hier wohne, wird mir klarer: Der Papa und die Wilma harmonieren miteinander auch nicht. An den ersten Abenden mit mir haben sie sich prächtig beherrscht, aber jetzt, wo sozusagen wieder der Alltag eingetreten ist, tun sie sich keinen Zwang mehr an. Und das Theaterstück, das sie miteinander aufführen, das kenne ich bereits von daheim. Bei manchen Szenen könnte ich direkt den Souffleur abgeben!

Sagt er: »Na, Hauptsache, Madame haben etwas zu nörgeln!«

Sagt sie: »Wer ist denn da sauer? Schau dir bloß einmal dein eigenes Gesicht an!«

Sagt er: »Mein Gesicht ist meine Privatangelegenheit!«

Könnte ich, wenn der Wilma der weitere Text entfallen ist, aushelfen mit: »Aber nur, solange ich es nicht sehen muss!«

Und darauf für ihn: »O.k., ich kann ja weggehen, wenn dich mein Gesicht stört!«

Und hernach für sie: »Na fein! Hast endlich einen Grund zum Weggehen gefunden!«

Ich frage mich wirklich, was ich nun aus dieser neuen Erfahrung schließen muss. Haben alle Paare, wenn sie streiten, die gleiche Wortwahl? Oder sind die Mama und die Wilma seelische Zwillinge?

Vielleicht sollte ich es mit Oropax-Ohrstoppeln probieren! Aber die Dinger sind sehr lästig. Einmal, daheim noch, habe ich mir so Dinger in die Ohren gepfropft, weil die Karli nebenan eine Schnulzenmusik in Fußballstadion-Lautstärke gespielt hat. Doch die Dinger dämpfen zwar alle Umweltgeräusche, dafür hört man sich selbst und das ist gewaltig eklig. In mir hat es geklopft und gerauscht, getickt und geraschelt, gesaust und gebrummt. Die Oma, die immer mit Oropax schläft, weil sie an einer lauten Straße wohnt, hat gemeint, das legt sich, das seien nur Anfangsschwierigkeiten, nach etlichen Tagen habe man sich so an die eigenen, inneren Geräusche gewöhnt, dass man sie nimmer hört. Doch mit Oropax könnte ich ja auch den Speedi aushalten. Da hätte ich es mir sparen können, beim Papa einzuziehen und damit die Mama bitterlich zu vergrämen.

Schön langsam reicht es mir wirklich! Vor einer halben Stunde ist der Papa heimgekommen, vor zehn Minuten die Wilma. Und was haben wir bereits? Na? Erraten und gewonnen! Einen Streit haben wir. Weil die Wilma den Papa im Büro angerufen und ihn gebeten hat, am Heimweg Aufschnitt und Bier zu kaufen. Sie hat nämlich eine Überstunde machen müssen. Der Papa hat den Einkauf abgelehnt und war dazu noch empört, weil er mit der Bim heimfahren musste. Normalerweise hat die Wilma früher Büroschluss als der Papa und holt ihn dann mit ihrem Auto vom Büro ab. Aus Umweltschutzgründen. Damit nicht zwei Autos unnötigerweise die Gegend verabgasen.

Die Wilma ist wie der feurige Blitz zur Wohnungstür herein und wollte mit dem Papa die Sache ausdiskutieren.

Aber der Papa hat bloß erklärt: »Reg dich ab, gehen wir halt essen! Ich bin eben kein Einkaufsnetz-Typ!«

Hat die Wilma gefaucht: »Sowieso nicht! Ein Macho-Typ bist, ein gottverdammter!«

Hat der Papa wieder einmal gesagt: »Na, Hauptsache, Madame haben wieder einmal etwas zu nörgeln!«

Und dann folgte das »saure Gesicht« und die »Privatsache«, die ein saures Gesicht ist, und hierauf, dass er ja gehen könne, wenn ihr sein Gesicht nicht passt, und danach, dass es fein sei, dass er endlich einen Grund zum Weggehen gefunden habe.

Und dann hat er doch glatt zu ihr gesagt: »Du Kuh, du, jetzt hör mir einmal zu!« Wortwörtlich und exakt im Tonfall, wie er es zur Mama gesagt hat, als sie den Streit wegen mir und dem Dr. Bims und der Schulvorladung hatten. Die Wilma – man hält es nicht für möglich – hat darauf geantwortet: »Zuhören? Das kannst du von einer Kuh nicht verlangen!«

Hat die Frau bei meiner Mama Nachhilfeunterricht genommen?

Nicht hübsch langsam, sondern hässlich schnell hat es mir dann gereicht!

Der Tupfen auf dem i, der noch gefehlt hat, war, dass die Wilma bei mir zur Zimmertür reingeschaut hat. Ausgehfertig. Da unterscheidet sie sich von der Mama. Die ist nach einem Streit immer Trübsal blasend daheim geblieben, die Wilma hingegen haut ins Dolce vita ab.

117

»Du, Ani, sag bitte deinem Vater –«, hat sie angefangen. Ich habe sie nicht ausreden lassen. Ich habe sie unterbrochen: »Ich bin immer noch kein reitender Bote!«

Höchstwahrscheinlich hat sie nicht verstanden, was ich damit meine, aber sie hat wenigstens so lange gewartet, bis ich den allernötigsten Kram in der Reisetasche drinnen und den Taschenzipp zugezogen hatte. Und dann hat sie mich zur Mama in die neue Wohnung gefahren. Am Weg dorthin hat sie gesagt, dass ihr das alles schrecklich Leid tue. Das war garantiert ernst gemeint. Ernst war auch gemeint, dass ich jederzeit wiederkommen könne. Auch für den Fall, dass der Papa eines Tages wegzieht und sie allein in der Wohnung lebt. Diesen Fall hält sie anscheinend für möglich! Wobei ich ganz nebenbei kapiert habe, dass ich mich, im Grunde genommen, gar nicht beim Papa, sondern bei der Wilma einquartiert hatte. Die Wohnung gehört ihr. Finde ich enorm diskret, dass sie das nie betont hat. Hätte ich das gewusst, hätte ich nie gewagt, dort Bett und Kost einzufordern!

Der Mama sind die Rühr-Tränen in die Augen geschossen, als sie die Tür aufgemacht und mich davor gesehen hat. Sie hätte noch einen Pullover zusammennähen müssen, aber das hat sie sein lassen und mir eine Heimkehrer-Biskuitroulade gebacken.

Die Karli, das unverschämte Weib, hat erklärt, jetzt habe sie doch die Wette gegen mich gewonnen. Wo wir erstens gar nicht gewettet haben und ich zweitens ja freiwillig hergekommen bin und nicht durch mütterliche Gewalt.

Und der Speedi-Zwerg bemüht sich echt, mir ein brauchbarer Zimmergenosse zu sein. Auf Zehenspitzen schleicht er durch den Raum. Bloß wirft er beim Schleichen seine große Glasmurmeldose um. Und wenn er zwei Minuten still ist, verkündet er nachher stolz: »Du, jetzt war ich aber dir zuliebe eine Stunde ganz schweig!«

Ernste Absichten

Speedi erzählt

Die Mama hat mir für den Geburtstag Rollschuhe versprochen. Aber eigentlich kann ich Rollschuhe gar nicht brauchen. Da, wo wir jetzt wohnen, kann man vor dem Haus nicht Rollschuh laufen. Da gehen zu viele Leute und fahren zu viele Autos. Ein Park, wo man könnte, ist auch nicht in der Nähe. Der Park, den es gibt, hat nur Kieswege. Ich mag sowieso und überhaupt nicht hier wohnen! Im ganzen Haus, und das ist riesengroß, wohnt kein einziges Kind. Und die Kinder, die in den Nachbarhäusern wohnen, die kenne ich nicht. Ich weiß auch nicht, wie ich sie kennen lernen sollte. Sie spielen ja nicht vor den Häusern, so wie dort, wo wir früher gewohnt haben.

Im Nachbarhaus gibt es einen Buben in meinem Alter. Den habe ich ein paar Mal auf der Straße gesehen. Der schaut vernünftig aus. Aber er ist an mir vorbeigegangen, ohne mich anzuschauen. Die Karli hat gemeint, ich soll einen Zettel schreiben und ihn im Nachbarhaus an das schwarze Brett im Hausflur hängen. Auf den Zettel soll ich schreiben: LIEBER BUB! MIR IST FAD! KOMM MICH BESUCHEN! ICH WOHNE NEBENAN, TÜRNUMMER 7! SPEEDI. Ernst gemeint hat sie das sicher nicht. Sie hat so blöd gegrinst, wie sie es gesagt hat.

Bloß einen Hund kenne ich hier. Der läuft immer in der Gasse herum. Ohne Leine. Wem der gehört, weiß ich nicht. Die Mama hat gesagt, dass ich ihn nicht streicheln darf, er könnte mich beißen. Aber der beißt garantiert nicht, der wedelt schon mit dem Schwanz, wenn er mich von weitem sieht.

Am blödesten an der neuen Wohnung ist, dass sie so weit weg von meiner Schule ist. Mit zwei Straßenbahnen muss ich in die Schule fahren. Zuerst mit der einen, dann mit der anderen. Die Karli hat den gleichen Schulweg. Wir fahren immer zusammen, und sie ist sehr grantig am Morgen und behauptet, dass sie wegen mir zu spät kommt. Weil ich beim Umsteigen, wenn die andere Straßenbahn in der Haltestelle steht, nicht schnell genug hinlaufen kann. Dabei könnte ich schneller laufen als die Karli, wenn nicht so viele Leute herumstehen und mir den Weg verstellen würden.

Gemein redet die Karli auch über mich! Unlängst, beim Umsteigen, haben wir eine Schulfreundin von der Karli getroffen. Die war sehr nett. Sie hat zur Karli gesagt: »Du hast ja einen unheimlich süßen Bruder!«

»Süß?«, hat die Karli drauf gesagt. »Den Süßen tät ich dir eine Woche gönnen, dann wärst hinterher entweder eine Mörderin oder eine Selbstmörderin!«

Der Ani ist auch nicht netter. Der wohnt jetzt wieder bei uns. Die Mama hat mich gebeten, leise zu sein, wenn der Ani daheim ist, und ihn nicht zu stören. Ich bemühe mich echt, aber er ist nie zufrieden. Wenn ich bloß ein biss-

121

chen mit ihm reden will, keppelt er mich schon an, dass ich »schweig« sein soll.

Und damit er mich nicht zur Schule mitnehmen muss – er hat ja auch den gleichen Schulweg –, geht er schon eine Viertelstunde zu früh aus dem Haus. Und die Karli beschwert sich bei der Mama, dass er sich immer »drückt« und sie mich immer »am Hals« hat. Aber ab jetzt brauche ich die beiden nimmer! Ich kann allein fahren. Das habe ich gestern bewiesen. Und das war so:

Am Morgen, wie ich aufgestanden bin, waren der Ani und die Karli noch in ihren Betten. Ich habe mir gedacht: Prima, da habe ich das Badezimmer allein und keiner verdrängt mich vom Waschbecken.

Dann war ich mit Waschen und Zähneputzen fertig und die beiden waren noch immer in ihren Betten. Ich bin zur Karli rein und habe so lange an einem Bein von ihr gezogen, bis sie munter war. Wenn sie nicht gleich aufsteht, habe ich zu ihr gesagt, dann kommen wir zu spät in die Schule. Sie hat sich im Bett umgedreht und gemurmelt: »Ich hab doch heute keine Schule, lass mich in Frieden!«

So bin ich zum Ani gelaufen und habe den wachgerüttelt. Der Ani ist sowieso und überhaupt plemplem geworden. Seit drei Tagen schleppt er lauter komische Sachen in unser Zimmer. Bretter und Latten und Stangen, Kletterseile und Kartons und Decken. Sogar einen alten Sonnenschirm samt Ständer, den er im Hinterhof bei den Mülltonnen gefunden hat. Und mit einer Bohrmaschine hat er Löcher in die Wand rund um sein Bett herum gemacht. In ein paar von den Löchern hat er Mauerhaken eingeschraubt. Er sagt mir nicht, was das werden soll, wenn es fertig ist.

Der wachgerüttelte Ani hat gesagt, dass ich abhauen soll. Er hat heute auch keine Schule. Im Gymnasium ist heute Direktorstag.

Dann bin ich zur Mama ins Zimmer. Die war schon bei ihrem Nähtisch und hat einen Rollkragen an einen Pullover gestrickt. Sie muss sich beeilen, hat sie gesagt. Der Pullover muss bis neun Uhr, bis sie den Laden aufmacht, fertig sein. Eine Frau holt ihn um neun Uhr ab. Und wenn sie ihn nicht kriegt, schlägt sie Krach.

Die Mama wollte mich trotzdem mit dem Auto in die Schule fahren. Aber dann wäre der Pulli nicht fertig geworden. Ich habe gesagt, dass ich den Weg auch allein schaffe. Weil ich ihn ja schon vier Wochen lang mit der Karli geübt habe. Ich habe der Mama versprochen, wie ein »Haftelmacher« aufzupassen.

»Den Weg finde ich im Schlaf«, habe ich gesagt.

Beim Haustor habe ich den Hund getroffen. Ich habe mein Jausenbrot aus der Schultasche geholt. Leider hatte mir die Mama Käse aufs Brot getan. Und Hunde reißen sich ja normalerweise nicht um Käse, denen ist Wurst lieber. Ich habe dem Hund das Käsebrot hinters Haustor gelegt. Damit niemand sieht, dass ich mein Jausenbrot an ihn verfüttere. Hat sich nämlich einmal eine Alte drüber aufgeregt. Eine Sünde ist das, hat sie gesagt. Warum das eine Sünde sein soll, weiß ich nicht. Ob der Hund mein Käsebrot gefressen hat, weiß ich auch nicht. Zu Mittag war es nimmer hinter dem Haustor. Es könnte aber auch von der Hausbesorgerin weggeputzt worden sein.

Weil ich kein Jausenbrot mehr hatte, bin ich in die Bäckerei gegangen, um ein Kipferl. Ewig lang habe ich dort warten müssen, die Erwachsenen drängen die Kinder immer nach hinten und sich selbst vor. Als ich das Kipferl endlich hatte, war es schon halb acht. Wie der geölte Blitz bin ich zur Straßenbahnhaltestelle geflitzt. Die Bim war auch gleich da. Ich bin beim Türl stehen geblieben, damit ich die Haltestelle zum Aussteigen nicht verpasse. Habe ich auch nicht! Ich bin die Rolltreppe runter und wieder rauf, zum 1er-Wagen.

Natürlich weiß ich, dass bei dieser Haltestelle nicht nur der 1er hält, sondern auch der 44er. Eine Doppelhaltestelle nennt man das. Aber weil ich nicht zu spät kommen wollte und mich deswegen gefreut habe, dass gerade eine Bim in der Haltestelle ist, habe ich drauf vergessen. Ich bin in die Bim rein, und mit mir, vor mir und hinter mir sind auch viele Leute eingestiegen, und weil die alle viel größer waren als ich, habe ich nicht gesehen, dass das ein 44er ist!

Bummvoll war die Bim! Wie eine Sardine in der Dose war ich eingepfercht. Ohne Luft zwischen mir und den anderen. Hätte ich bei einem Fenster rausschauen können, hätte ich garantiert gemerkt, dass ich in der falschen Bim bin. Weil ich aber nicht rausgesehen habe, habe ich dann einen Mann gefragt, wann denn die Haltestelle Dornbacher Straße kommt. Da haben mir die Leute erklärt, dass ich falsch eingestiegen bin. Sie haben mir den Weg zum Türl freigemacht. Sie haben mir auch erklärt, wie ich wieder zurückkomme. Aber das habe ich nicht verstanden.

Ich bin einfach aus der Bim raus und habe überhaupt nicht gewusst, wo ich bin!

Doch da hat ein Taxi vor einem Haus gewartet. Mit einem Taxifahrer. Zu dem bin ich hin und habe ihn gefragt, wie ich nun in die Dornbacher Straße komme. Der Taxifahrer hat angefangen, es mir zu erklären, da ist ein Mann aus einem Haus gekommen und zu uns her. Das war ein Fahrgast, auf den der Taxifahrer gewartet hat. Der Mann war ein Glücksfall! Mich zur Schule zu bringen, hat er gesagt, sei kein großer Umweg für ihn! Ich soll einsteigen!

Gerade noch rechtzeitig bin ich zur Schule gekommen. Na, die Kinder haben vielleicht geschaut, wie ich aus dem Taxi gestiegen bin! So was passiert ja sonst nie!

Ich habe ein bisschen angegeben. So zum Spaß! Ich habe gesagt, mein Papa bezahlt mir das Taxi, damit ich nicht mit der vertrottelten Bim fahren muß! Und dass ich ab jetzt jeden Tag mit dem Taxi kommen werde!

Das war ziemlich blöd von mir. Weil heute bin ich ja nicht mit dem Taxi gekommen. Und da haben sie über mich gelacht und mich gefragt, ob meinem Papa das Geld ausgegangen ist. Ich habe gesagt: »Sowieso und überhaupt nicht! Aber heute sind die Taxilenker im Streik!«

Ich glaube, das haben sie mir geglaubt. Aber was soll ich denn morgen sagen? Auch wurscht! Sag ich halt morgen, dass ich die Bim lustiger finde!

Aus den komischen Sachen, von denen ich nicht gewusst habe, wozu sie sein sollen, hat sich der Ani eine Wohnhöhle gebaut. So nennt er die Hütte, die jetzt um sein Bett herum ist. Die schaut ungefähr so aus wie die Hütten von den ganz armen Leuten in Südamerika, die man manchmal im Fernsehen sehen kann. Bloß hat der Ani dort, wo die Arme-Leute-Hütten aus Blech sind, mit Karton gebaut. Damit die Hütte gut hält, hat er Seile durchs Zimmer gespannt. An denen hängen die Hüttenwände. Und der Eckpfeiler ist der alte Sonnenschirm. Und in den Wänden haben wir jetzt unheimlich viele Löcher. Weil unsere Wände nicht gut sind. Der Ani hat viele Löcher bohren müssen, bevor ein Mauerhaken in einem Loch gehalten hat. Die Mauerhaken hat er fürs Seilspannen gebraucht.

Die Mama findet die Hütte abscheulich, doch das traut sie sich vor dem Ani nicht zu sagen.

Ich finde die Hüttenhöhle auch nicht schön, und noch weniger schön ist, dass sie der Ani gebaut hat, damit er mich nicht sehen und weniger hören muss. Angeblich ist die Höhlenhütte fast schalldicht.

Die Karli hat zu mir gesagt: »Motz nicht, sei froh, dass er die Hütte nicht für dich gebaut und dich reingesteckt hat!« Aber das hätte ihm die Mama nie erlaubt! Ich bin doch kein Kaninchen, das man in einen Stall stecken kann!

Warum bin ich nicht der kleine Bruder vom Wuzi? Da hätte ich es viel besser. Der Wuzi ist immer freundlich zu mir. Der hilft mir sogar bei der Hausaufgabe. Und wenn ich ihn darum bitte, dann spielt er mit mir Malefiz oder Schwarzer Peter. Viel freundlicher ist er zu mir als der Ani und die Karli. Und jetzt muss ich Angst haben, dass der Wuzi gar nicht mehr zu uns kommt. Ich habe heimlich mitgehört, was die Karli dem Ani erzählt hat. Die Karli liebt einen Konni. Den Wuzi liebt sie aber auch noch. Und sie hat zum Ani gesagt, dass es möglich sein müsste, zwei zu lieben. Der Ani hat drauf gesagt, das müsste schon möglich sein, aber der Wuzi wird das nicht wollen. Genauso, wie die Mama nicht gewollt hat, dass der Papa auch noch die Wilma liebt. Und dann hat die Karli gesagt, dass der Wuzi ja nicht zu wissen braucht, dass sie diesen Konni liebt. Und der Ani hat ihr versprochen, dem Wuzi vom Konni nichts zu erzählen.
Der Wuzi hat es aber trotzdem erfahren und die Mama ist daran schuld. Aber sie kann nichts dafür, weil sie gar nicht gewusst hat, dass es einen Konni gibt. So hat sie zum Wuzi gesagt, dass der Wuzi nicht jeden Abend mit der Karli weggehen soll, weil die Karli lernen und zeitig

ins Bett gehen muss. Damit sie nicht noch schlechtere Schulnoten bekommt.

Der Wuzi war aber gar nicht mit der Karli am Abend weg. Das war der Konni! Und da hat der Wuzi kapiert, dass die Karli auch noch einen anderen Freund hat. Und ist ganz traurig gewesen. Und heimgegangen.

Ich habe ihn heute zu Mittag angerufen. Er hat mir versprochen, mich zu besuchen. Aber das hat nicht ehrlich geklungen. Und traurig war seine Stimme immer noch.

Den Dr. Zwickleder mag ich gern, weil er mir immer, wenn er zur Mama kommt, etwas mitbringt. Und lustig ist er meistens. Nur wenn er mit der Mama über das Geschäft redet, dann bekommt er Kummerfalten auf der Stirn. Von mir aus könnte er jeden Tag kommen. Aber untertags! Dass er mit der Mama auch am Abend weggeht, braucht nicht zu sein! Und küssen braucht er sie auch nicht! Tut er aber. Ich habe es ausspioniert. Zufällig, nicht hinterlistig! Einmal bin ich in der Nacht von einem Knall aufgewacht. Was geknallt hat, war sicher eine Tür vom Zwickleder seinem großen Auto. Ich bin aus dem Bett und zum offenen Fenster hin. Die Mama und der Zwickleder sind beim Haustor gestanden. Wie im Film hat der Zwickleder die Mama geküsst. Ganz lang und mit beiden Armen um ihren Rücken herum. Dabei ist ihm der Hut vom Kopf gefallen. Aber davon erzähle ich dem Ani und der Karli nichts! Sie halten vor mir ja auch alles streng geheim. Und sie mögen den Zwickleder sowieso und überhaupt nicht. Wenn sie das von dem

Kuss wissen würden, würden sie sicher die Mama ausschimpfen.

Ich habe etwas toll Aufregendes hinter mir! Die Mama ist wieder mit dem Zwickleder ausgegangen. Nachtmahlessen. Bevor sie weggegangen ist, wollte sie mich ins Bett bringen, weil die Karli und der Ani sagen, das schaffen sie nicht. Dabei ist das überhaupt nicht wahr! Ich sehe bloß nicht ein, warum ich früher ins Bett gehen soll als sie! Wenn ich eh nicht einschlafen kann, weil die Karli den Fernseher so laut aufdreht, dass mein Bett wackelt, wenn die Gangster aufeinander schießen.

Und warum soll ich ins Bett gehen, nur damit die Mama nachtmahlessen gehen kann? So bin ich aufs Klo und hab gesagt, ich muss noch drücken. Ich bin oft verstopft. Bei mir kann das lange dauern. So lange, habe ich mir gedacht, wie das dauern kann, wird die Mama nicht warten wollen.

Die Mama wollte zu mir ins Klo rein. Da habe ich zugeriegelt. Wir haben auf dem Klo so einen blöden alten Drehverschluss zum Zuriegeln. Stimmt ja, dass die Mama gesagt hat, den soll man nicht drehen, weil er kaputt ist. Aber daran habe ich nicht gedacht, ich habe nur daran gedacht, dass ich mich von der Mama nicht ins Bett stampern lassen will.

Die Mama hat zur Karli ihrem Zimmer hin gerufen, dass mich die Karli ins Bett bugsieren soll, wenn ich mit dem Drücken fertig bin. Dann ist sie weggegangen. Als die

Wohnungstür zugefallen war, wollte ich aus dem Klo raus. Ich habe den blöden Drehverschluss umdrehen wollen und habe ihn in der Hand gehabt! Abgebrochen war er! Ich habe nach dem Ani und nach der Karli gebrüllt und an die verschlossene Tür gehämmert. Zuerst haben mich die beiden nicht gehört. Ganz heiser gebrüllt hatte ich mich schon, da sind sie endlich gekommen. Und in dem kleinen Klo war schon keine Luft zum Atmen mehr! Jetzt sagen alle, dass ich mir das nur eingebildet hätte. Aber ich bin ja nicht blöd! Ich weiß ja, dass ich keine Luft mehr bekommen habe!

Wie ich gemerkt habe, dass der Ani und die Karli auch keinen Rat wissen, habe ich zu weinen angefangen. Ich habe gedacht, nun muss ich auf dem Arsch-Scheiß-Häusel ersticken!

Dann hat aber der Ani einen guten Rat gewusst. Er hat gesagt, ich soll mich auf die Muschel setzen und die Beine anziehen, damit er mir nicht weh tut. Und dann hat er die Tür eingeschlagen. Die untere Türfüllung hat er herausgestemmt. Mit viel Krach. Und ich bin rausgekrochen. Jetzt haben wir eine komische Klotür! Wenn wer auf dem Klo sitzt, sieht man seine Beine bis fast zu den Knien. Die Mama hat bei vielen Tischlern angerufen, doch die Tischler haben keine Zeit für so Kleinigkeiten wie Klotüren mit Quadratloch. Ein Tischler wollte der Mama eine neue Klotür verkaufen. Die Mama hat abgelehnt. Das ist zu teuer, hat sie gesagt. Jetzt haben wir nicht einmal mehr genug Geld für eine Klotür!

Die Karli hat einen gemeinen Brief gefunden. Der gemeine Brief ist von der Theresa-Charlotta. Sie hat der Mama geschrieben, dass ihr die Mama sehr viel Geld sehr schnell zahlen muss. Sonst klagt sie bei Gericht.

Die Karli hat mir erklärt, das ist so viel Geld, wie ich in vierhundert Jahren Taschengeld bekommen würde! Und wenn die Mama geklagt wird, dann verliert sie und wir werden gepfändet, und man nimmt uns alles weg, bis aufs Bett und die Schulsachen.

Die Mama will sich das Geld vom Dr. Zwickleder ausborgen. Die Karli hat sich darüber furchtbar aufgeregt. Nicht vor der Mama, erst hinterher. Sie hat den Ani deswegen sogar aus seiner Hüttenhöhle herausgeholt. Er soll sich nicht in seinem Fetzenbungalow verkriechen, hat sie gesagt, wenn es drunter und drüber geht.

Sie hat dem Ani vom Brief und vom Geld erzählt und dass die Mama den Zwickleder ums Geld bitten wird. Den Ani hat das nicht aufgeregt.

Aber die Karli meint: So viel Geld gibt der Zwickleder nur her, wenn er die Mama heiraten will. Und etwas Ärgeres könnte gar nicht passieren! Das Geld muss von woanders herkommen. Sonst heiratet die Mama den Zwickleder noch wirklich. Aus lauter Dankbarkeit oder so.

»Ich treibe das Geld auf!«, hat die Karli gesagt. Und dann hat sie gesagt, der Ani und ich, wir müssen zum Auftreiben mitkommen, weil wir zu dritt stärker sind.

Zum Papa ins Büro ist sie mit uns gefahren. Der Ani hat den ganzen Weg über gesagt, dass das gar nichts bringt, weil er weiß, dass der Papa sowieso und überhaupt nicht so viel Geld hat.

»Wird er sich eben einen Kredit aufnehmen für die Mama«, hat die Karli gesagt.

Der Papa war sehr verwundert, dass wir zu ihm ins Büro kommen. Die Karli hat ihm gesagt, warum wir gekommen sind. Der Ani hat Recht gehabt: So viel Geld hat der Papa nicht! Und Kredit kann er auch keinen kriegen. Weil er den nicht zurückzahlen könnte. Er zahlt noch den Kredit zurück, den die Mama für den Wollladen genommen hat. Und Alimente muss er für uns zahlen. Und einen Geldscheißer, hat er gesagt, hat er leider nicht. Die Mama hätte das blöde Wollgeschäft nie aufmachen sollen! Er war immer dagegen. Er hat immer gewusst, dass damit kein Geld zu verdienen ist! Das stimmt aber nicht. Seit die Mama den ganzen Tag im Geschäft ist, geht es schon viel besser. Die Karli hat es dem Papa gesagt, doch der Papa hat den Kopf geschüttelt und es nicht geglaubt.

Der Ani ist dann aufgestanden und hat gesagt, dass er jetzt geht, weil alles für den Hugo ist. Die Karli hat ihm Recht gegeben und ist auch aufgestanden. Ich wäre noch gerne beim Papa geblieben, doch die Karli hat mich gepackt und vom Stuhl gezogen. Nicht einmal einen Abschiedskuss habe ich dem Papa geben können.

Am Heimweg habe ich der Karli schwören müssen, der Mama nichts von unserem erfolglosen Papa-Besuch zu erzählen. Die Mama, meint die Karli, würde sich darüber ärgern, dass wir beim Papa um Geld betteln waren. Die Mama, hat sie gesagt, hat ihren Stolz!

Jetzt wird doch der Dr. Zwickleder das Geld hergeben müssen. Ich habe versucht, mir auszudenken, wie das wäre, wenn die Mama wirklich den Zwickleder heiratet. Vielleicht wäre das gar nicht so furchtbar, wie die Karli glaubt. Er hat mir einmal erzählt, dass er ein großes Haus hat, mit einem Garten rundherum. Wenn wir dort einziehen würden, könnte ich im Garten spielen. Und vor dem Garten Rollschuh laufen. Und der Ani hätte ein eigenes Zimmer. Aber der Zwickleder hat mir auch erzählt, dass er einen großen Sohn hat. Der ist so alt wie die Karli. Der Dr. Zwickleder ist auch geschieden. Wieso der große Sohn nicht bei seiner Mutter, sondern bei ihm wohnt, weiß ich nicht.

Wenn der große Sohn so lieb wie der Wuzi wäre, wäre das gut. Aber die meisten großen Buben sind nicht so lieb. Der Wuzi ist eine Ausnahme. Der Sohn könnte ein Super-Ekel sein. Noch einen, der ewig »sei schweig« zu mir sagt und behauptet, dass ich eine »Heimsuchung« bin, brauche ich nicht.

Aber dass der Papa mit der Wilma zusammenlebt, ist gut. Die Wilma hält immer zu mir, gegen den Papa. Wenn er mir kein zweites Eis kaufen will, tut sie es und sagt: »Ist doch ein Aberglaube, dass Eis für einen Kindermagen schädlich ist!«

Das letzte Mal, wie ich am Sonntag mit dem Papa und der Wilma weg war, waren wir im Tiergarten. Ich bin mit der Wilma beim Löwenkäfig gestanden. Neben uns ist eine Frau gestanden. Die hat zur Wilma gesagt: »Ach, Sie haben aber einen ganz, ganz reizenden Sohn!«

Die Wilma hat gelacht und mich an sich gedrückt und zur Frau gesagt: »Ja, so ein Superkind ist ein Glücksfall!«

Bald kommt mein Geburtstag! Ich bin mir ziemlich sicher, dass mir die Wilma den ferngesteuerten Jeep schenkt, den ich ihr in der Auslage vom Spielwarengeschäft gezeigt habe. Der Dr. Zwickleder schenkt mir garantiert auch etwas Schönes!

Wir brauchen das viele Geld vom Dr. Zwickleder nicht und haben Sekt getrunken! Die Mama, die Wilma und ich! Die Karli hat nicht mitgetrunken. Die hat nämlich einmal, da haben wir noch im Haus gewohnt, eine ganze Flasche Champagner ausgetrunken. Davon war ihr dann zwei Tage kotzübel mit Kopfweh. Seither graust ihr, wenn sie so eine Sektflasche bloß sieht. Aber gefreut hat sie sich auch!

Die Wilma hat der Mama die vierhundert Jahre Taschengeld gegeben. Jetzt ist die Wilma der Woll-Co der Mama. Das viele Geld hat sie vor ein paar Jahren von einer uralten Tante geerbt. Sie hat es auf einem Sparbuch gehabt. Genau wissen die Karli, der Ani und ich nicht, wie das gekommen ist, dass die Wilma der Co geworden ist. Dem Ani ist es auch wurscht, der liegt ja sowieso und überhaupt nur mehr in seinem Fetzenbungalow und liest und kommt nur zum Schulegehen, Klogehen und Essen raus. Wir wissen nicht einmal, ob es dem Papa recht ist, dass die Wilma das gemacht hat. Wir werden es schon noch rauskriegen, aber im Moment wissen wir nur so viel: Wie wir – die Karli und ich – am Nachmittag ins Geschäft gekommen sind und die Mama fragen wollten, ob wir noch etwas fürs Nachtmahl einkaufen sollten, war die Mama nicht im Geschäft, sondern die Wilma. Und dann ist die Mama gekommen. Mit einer Flasche Sekt und zwei Gläsern auf einem Tablett. Aus dem Kaffeehaus hat sie den Sekt und die Gläser geholt. Mein bisschen Sekt habe ich aus einem Wasserglas getrunken. Mit dem Sekt haben wir auf »florierenden Geschäftsgang« und »gute Partnerschaft« angestoßen. Ich finde es schön, dass die Mama mit der Wilma jetzt gut Freund ist, weil ich jetzt auch vor der Mama sagen kann, dass ich die Wilma mag. Früher habe ich mir gedacht, dass die Mama das nicht hören will.

Und noch etwas ist gut: Jetzt kann ich die Wilma auch ohne Papa sehen. Der Papa und die Wilma streiten nämlich oft. Und wenn sie streiten, bevor er mich von daheim abholt, dann kommt er allein, dann kommt die Wilma nicht mit. Und es nützt gar nichts, wenn ich ihm sage, dass ich gern die Wilma dabeihätte. Da wird er dann höchstens grantig.

Die Ruine

Karli erzählt

Ich habe meine Meinung über die Wilma gründlich geändert. Sie ist eine echt tolle Frau. Richtig unsympathisch war sie mir ja eigentlich nie. Ich habe ihr halt nachgetragen, dass sie sich in den Papa verliebt hat, ohne auf seine Familie Rücksicht zu nehmen. Rücksichtslos ist sie aber nicht. Sonst hätte sie der Mama das Geld nicht gegeben. Sie mogelt, wenn sie behauptet, sie habe das aus Geschäftssinn getan, weil es besser sei, wenn Geld »arbeitet«, statt auf dem Sparbuch zu versauern. Jemand mit Geschäftssinn würde garantiert einen besseren Ort als der Mama ihren Saftladen finden, um Geld arbeiten zu lassen. Sie hat es getan, um uns zu helfen! Und sie hat mir erzählt, es war eine harte Überredungsarbeit, bis die Mama bereit war, das Geld zu nehmen und sie als Co anzuerkennen. Ist ja auch nicht so leicht, mit dem »Scheidungsgrund« eine Partnerschaft einzugehen. Der Konni hat sogar gesagt, er findet das »pervers«. Aber warum soll die Mama die Wilma denn auf ewig hassen? Und die Wilma hat gewiss Recht, wenn sie sagt, dass sie die Ehe vom Papa nicht kaputtgemacht hat, dass die vorher schon ziemlich kaputt gewesen ist.

Übrigens dürfte auch die Beziehung Papa–Wilma bereits ziemlich kaputt sein. Wahrscheinlich ist der Papa für eine lang dauernde, harmonische Partnerschaft sowieso und überhaupt nicht geeignet. So lieb er auch ist! Aber was schert mich das?

Mit wem der Papa gerade zusammen oder nicht zusammen ist, juckt mich nicht viel, weil ich ja nicht mit ihm zusammenleben muss. Die Sache Mama–Zwickleder liegt mir viel schwerer im Magen. Fast kein Tag vergeht mehr, ohne dass sie ihn trifft. Jetzt schiebt sie nicht einmal mehr Steuerangelegenheiten vor. Ich will den alten Knacker nicht als Zweitvater! Und er spielt sich ja bereits zweitväterlich auf! Zum Mathe-Lernen hat er sich mir angeboten!

»Danke, ich habe einen Nachhilfelehrer«, habe ich auf sein Anerbieten gesagt.

Sagt er: »Aber der kostet deine Mutter viel Geld, das könnten wir ihr ersparen!«

Was geht denn das ihn an? Was mischt er sich da ein? Und ich brauche jetzt ohnehin nur die Mathe-Nachhilfe. Weil ich bloß einen Nachzipf habe. Weiß der Himmel, wieso mir die Englisch-Tante letzten Endes doch noch das Genügend geschenkt hat. Schularbeitsnotenmäßig war ich auf vier Komma sieben! Und die mündliche Prüfung war ein negativer Graus!

Die Rosi behauptet, ich habe das dem Wuzi zu verdanken. Er ist angeblich am Tag vor der Notenschlusskonferenz zur Englisch-Tante gegangen und hat gute Worte für mich eingelegt. Er ist ja der Klassen-Darling von der Englisch-Tante. Angeblich hat er ihr geschworen, mit mir die ganzen Ferien über Englisch zu pauken und alles Versäumte nachzuholen.

Ich kann mir nicht vorstellen, dass der Wuzi das für mich getan haben sollte, obwohl er böse auf mich ist und kein Wort mehr mit mir redet. Aber beim Wuzi ist ja alles möglich! Er ist eben ein guter Mensch. Und es tut mir wirklich Leid, dass ich ihm das angetan habe und alles so gekommen ist. Doch gegen die Liebe auf den ersten Blick kann sich kein Mensch wehren und zwischen dem Konni und mir hat es eben eingeschlagen wie der Blitz, der fünfgezackte!

Um ganz ehrlich zu sein, bei mir hat der Blitz schon vor einiger Zeit eingeschlagen, voriges Jahr zu Schulanfang schon. Da ist der Konni von einer anderen Schule zu uns übersiedelt. Sooft ich ihm am Gang begegnet bin, war es, als wäre ein Gummiband zwischen ihm und mir gespannt. Und das Gummiband hat mich zu ihm hinziehen wollen. Bloß er hat mich nie angeschaut. Die Herren aus der siebenten Klasse ignorieren ja unsereinen üblicherweise. Auf der Geburtstagsparty der Lilli hat es dann auch beim Konni geblitzt! Und da der Wuzi auf der Party nicht anwesend war, konnte ich ungehemmt sämtliche Blitzfunken vom Konni empfangen.

Ich wäre ja bereit gewesen, den Wuzi weiter zu lieben, und das wäre sicher möglich gewesen, denn ich habe viel Liebesfähigkeit in mir. Zudem sind der Wuzi und der Konni so verschieden, dass es mir auch nicht langweilig geworden wäre. Der Wuzi hat das abgelehnt! Er kann mich mit niemand anderem teilen, hat er gesagt. Dazu ist er viel zu eifersüchtig. Und dann hat er mir ein Ultimatum gestellt, ein sehr kurzes. Einen einzigen Tag hat er mir zur Entscheidung gelassen.

Vielleicht bin ich ein oberflächliches Schwein, aber wenn man den Wuzi und den Konni nebeneinander sieht, dann zieht es einen eindeutig zum Konni hin. Er ist so wahnsinnig süß und genau mein Typ! Ich bekomme irrsinniges Herzflattern, sooft ich ihn anschaue. Den Wuzi kenne ich schon ewig. Vielleicht habe ich seinerzeit, im Kindergarten, Herzflattern bekommen beim Anblick vom Wuzi. Jetzt jedenfalls flattert in mir wegen ihm gar nichts. Wenn ich den Wuzi und den Konni mit Wasser vergleichen müsste, dann wäre der Wuzi ein stiller See mit Schilf rundherum und Entchen obendrauf und blauen Libellen drüber. Und der Konni wäre ein Wasserfall. Oder eine Meeresbrandung. Oder ein Wildwasserbach, den nur ein wahnsinnig tüchtiger Kanufahrer bezwingen kann.

Vielleicht gerate ich ja auch dem Papa nach und eigne mich nicht fürs Dauerhafte.

Jedenfalls bin ich hautfroh, dass die Ferien gekommen sind. Jeden Vormittag, fünf, sechs Stunden lang, den vorwurfsvollen Blick vom Wuzi auszuhalten war keine Kleinigkeit. Und dazu noch die blöden Bemerkungen von ein paar Wapplern in unserer Klasse! Die haben ja kein Taktgefühl im Leibe und erkundigen sich glatt und laut und unverschämterweise beim Wuzi: »Na, nichts mehr

Karoline-Darling? Geschieden von Tischchen und Bettchen? Ausgebootet vom schönen 7b-Konni?«

Haarscharf haben die Idioten in jeder Pause beobachtet, ob ich ihn anschaue und wie ich ihn anschaue, ob er zurückschaut und wie er zurückschaut. Und dann haben sie untereinander besprochen, ob wir wieder zueinander finden werden oder nicht. Und dass die Schuld bei mir liegt, weil ich eine kaltherzige Person bin, die über die Wuzi-Leiche geht.

Es hat mich sehr gekränkt, dass sie kein bisschen Verständnis für mich haben. Und in Wirklichkeit für den Wuzi auch nicht. Wir waren bloß Tratschfutter für sie. In der letzten Schulwoche vor den Ferien war ich schon so weit, dass ich mir gedacht habe: Ich bleibe eh gern sitzen und wiederhole das Schuljahr, denn mit diesen Arschlöchern will ich nicht länger zusammen sein!

Die Rosi war natürlich eine Ausnahme. Die hält zu mir, durch dick und dünn! Was ich ihr in dem Fall besonders hoch anrechne, weil sie den Wuzi gern mag und den Konni nicht. Aber sie hat zu mir gesagt: »Eine wahre Freundin muss ihre eigenen Vorurteile zurückstellen und alles mit den Augen der Freundin sehen, wenn es um deren Wohl geht!«

»Leben ist Veränderung«, sagt die Wilma oft, und ich habe daran ja auch nie gezweifelt, aber dass die Veränderung so blitzschnell und ohne warnende Vorzeichen geschehen kann, das hätte ich nicht angenommen.

Ich war mit der Rosi und dem Konni im Bad. Meine Mathematiksachen hatte ich dabei, weil ich morgen dem Mathe-Nachhelfer zwanzig richtig gelöste Beispiele übergeben soll. Der Mann schikaniert mich enorm um seinen hohen Stundenlohn. Und dauernd hat er den saublöden Spruch drauf: »Auch was man in zehn Monaten verschlafen hat, lässt sich in sechs Wochen nachholen, wenn man zielstrebig ist und positiv denkt!«

Die gute Rosi hatte sich taktvoll auf eine Extra-Pritsche zurückgezogen, um den Konni und mich bei der Liebe nicht zu stören. Der Konni wollte aber sowieso nicht turteln, sondern mich beim Lösen der Mathe-Beispiele überwachen! Obwohl ich ihn wahrlich nicht darum gebeten hatte! Ganz im Gegenteil. Aber darum hat er sich nicht geschert. Er hat einen roten Filzstift aus meinem Etui genommen und mit diesem auf meinem Rechenblock herumgestrichen und gemotzt, dass das ohnehin babyleichte Rechnungen seien und dass ich froh sein soll, den Mecnik in Mathe zu haben. Beim Huber, bei seinem Mathe-Lehrer, hätte ich viel kompliziertere Beispiele kapieren müssen, da hätte ich geschaut!

Wie der perfekte Oberlehrer hat er sich aufgeführt! Und dann wollte er anfangen, mir die Mathematik genau zu erklären, und hat mir einen langen Vortrag gehalten. Einen von der Art, wie ich ihn sowieso und überhaupt nicht verstehe. Ich habe nun einmal kein Rechenhirn. Die einzig gangbare Methode für mich ist, Rechengänge einfach auswendig zu lernen. So wie man ein Gedicht lernt. Das hat sogar schon mein Mathe-Nachhelfer eingesehen und trainiert mich drauf.

Ich habe das dem Konni sehr wohl gesagt, aber er hat weiter doziert, und weil ich seinen erleuchteten Gedanken weder folgen wollte noch konnte, hat er gesagt: »Faul bist! Stinkfaul und unkonzentriert!« Und dann noch: »So blöd, wie du dich stellst, kann ein Mensch gar nicht sein!«

Dass er so etwas zu mir sagt, hätte ich nicht für möglich gehalten! Es hat mich im tiefsten Kern meiner Seele verletzt! Ich habe meinen auf der Pritsche verstreuten Kram gepackt und in die Badetasche gestopft und wollte nichts wie weg! Er hat mich zurückgehalten. Nicht mit einer Entschuldigung für sein gemeines Benehmen, sondern dadurch, dass er einfach mein linkes Bein festgehalten hat. Ich habe ihm, weil ich mir so etwas von niemandem gefallen lasse, die Badetasche auf den Schädel gedroschen. Zweimal, wenn ich mich richtig erinnere. Da hat er mein Bein losgelassen und mit einer Faust nach der Tasche geschlagen. So stark, dass mir die Tasche aus der Hand geflogen und in hohem Bogen weggesaust ist. Mein ganzer Kram ist natürlich dabei herausgefallen. Die vor sich hin Bräunenden auf den anderen Pritschen haben mir grinsend zugeschaut, wie ich mein Hab und Gut wieder einsammelte. Peinlicherweise sind die Tampons aus der Schachtel gerollt!

Und der Konni hat mir beim Aufsammeln zugeschaut und ganz laut gesagt: »So was von gestörter Frau!«

»Hauptsache, du bist nicht gestört!«, habe ich ihm zugezischt und bin, so hoheitsvoll als möglich, abmarschiert. Einer von einer Nachbarpritsche ist hinter mir her und hat mir zwei Tampons überreicht, die ich beim Einsammeln übersehen hatte.

Eigentlich ist es ja maßlos blöde, sich rot zu genieren, wenn einem ein Knabe zwei Tampons in die Hand drückt. Sind schließlich ganz normale Dinger für eine ganz normale Sache. Aber zwischen Buben und Mädchen scheinen die normalsten Sachen nicht normal zu sein. Wieso das so ist, weiß ich nicht, aber schon damals, als ich meine erste Regel hatte, war das so eine getuschelte »Frauensache« zwischen mir und der Mama. Und wie der Speedi einmal eine blutbekleckerte Unterhose von mir im Schmutzwäschekorb gefunden und die Mama gefragt hat, ob ich mir am Hintern wehgetan habe, da hat ihm die Mama die Sache auch nicht wirklich erklärt. Und der Papa, der dabei war, hat getan, als wäre er vorübergehend taub und blind.

Wo es um »Unterleib« geht, da klaffen Praxis und Theorie ziemlich weit auseinander. Die Mama und der Papa behaupten immer, sie haben diesbezüglich überhaupt keine Komplexe, sie seien nicht prüde und nicht verklemmt und sexmäßig total locker. Und warum, frage ich mich dann, habe ich in fünfzehn Lebensjahren meinen Vater noch nie völlig entkleidet gesehen? Der wäre doch eher im Erdboden versunken, als vor mir »unten ohne« das Wohnzimmer zu durchqueren.

143

Und unlängst, wie ich ihn am Abend besucht habe und er in der Badewanne gesessen ist, ohne Badeschaum, da hat er blitzschnell die Hände über den Pimmel gelegt. Ich habe mich spaßhalber auf den Wannenrand gesetzt und mir gedacht: Er kann ja nicht ewig im Wasser hocken wie der angemalte Kümmeltürke!

Ich habe ein nettes Plauscherl mit ihm begonnen. Er hat seine händische Pimmel-Deckung nicht aufgegeben. Hätte ich mich nicht seiner erbarmt und das Badezimmer verlassen, wäre er wohl um Mitternacht noch so im Wasser gehockt!

Aber zurück zum Bad! Ich bin zur Rosi auf die Pritsche geflüchtet und habe ihr erzählt, wie gemein sich der Konni zu mir benommen hat. Die Rosi hat das gar nicht so schrecklich furchtbar gefunden. Sie hat behauptet, ich sei in letzter Zeit zu »angerührt«, und wenn der Konni gesagt hat, dass ich mich blöd stelle, dann heißt das, dass er mich nicht für blöd hält.

Fast hätte ich deswegen auch noch mit der Rosi Krach bekommen, doch da sind der Wuzi und der Speedi zu unserer Pritsche gekommen. Hand in Hand. Der Speedi liebt den Wuzi nämlich. Und der Wuzi kann sich gegen die Liebe nicht gut wehren. Der Speedi ist ja keiner, der sich zurückhält und keine Bedürfnisse anmeldet. Der ist eine lästige Laus. Wenn der ins Bad gehen will und ich ihn nicht mitnehme und der Ani auch nicht bereit ist, mit ihm ins Bad zu latschen, dann ruft er einfach den Wuzi an und bettelt so lange, bis der Wuzi nachgibt.

Könnte aber auch sein, dass der Wuzi so bereitwillig mit dem Speedi ins Bad gegangen ist, damit er Kontakt zu mir aufnehmen kann. Wie auch immer, wäre der Speedi nicht dabei gewesen, hätte sich der Wuzi wahrscheinlich nicht so einfach zu mir herbegeben. Aber der Speedi hat ihn zu uns gezogen. Und hat sich gleich auf unserer Pritsche breit gemacht und sein Badetuch ausgebreitet.

Und die Rosi hat zum Wuzi gesagt: »Platz dich, Alter!«

Der Wuzi hat das Angebot von der Rosi angenommen, hat sich gesetzt und mich nicht angeschaut. Der Speedi ist ins Wasser gegangen. Die Rosi ist um ein Schleckeis gegangen. Wahrscheinlich ohnehin, um dem Wuzi und mir eine Chance zu einer »Aussprache« zu geben. Sie hat ein bisschen etwas von einer Kupplerin in sich.

Zuerst war es peinsam peinlich, so dicht und fischstumm am Wuzi. Dann hat er zu mir gesagt: »Sags, wenn du mich nicht hier haben willst!«

Mehr als »Ach Wuzi« ist mir nicht eingefallen. Ich war völlig down. Ich habe die Beine angezogen und den Kopf auf die Knie gelegt und »eingeschaut«.

»Alles ist so beschissen«, habe ich in meine Kniescheiben hineingemurmelt. Der Wuzi hat es trotzdem verstanden.

»Was liegt denn hauptsächlich an?«, hat er gefragt.

»Hauptsächlich alles!«, habe ich geantwortet. Und dann habe ich ihn gefragt, wieso er eigentlich nicht mehr böse auf mich ist, und er hat geantwortet, dass er halt kein Langzeitgedächnis hat und dass es nichts bringt, auf jemanden böse zu sein, den man sehr lieb hat. Und einen

Arm hat er um meine Schulter gelegt. Ich habe mich an ihn gekuschelt und gespürt, dass mir ein stiller See mit Schilf herum letzten Endes doch mehr wert ist als ein Wildwasserbach ohne Einfühlungsvermögen. Was habe ich denn vom optischen Reiz und vom Herzflattern, wenn sonst nichts stimmt?

War ja nicht bloß, dass der Konni glaubt, ich stelle mich so blöd, wie niemand sein kann! Keines meiner Probleme hat er begriffen! Zum Mama-Zwickleder-Fall hat er bloß gesagt: »Ihr seid schon eine komische Familie, nichts wie drunter und drüber!« Und mein Urlaubsjammer hat ihn einen feuchten Staub gekümmert. Dass er in zwei Wochen mit seinen Eltern nach Griechenland fahren und mir jede Woche eine Karte schicken wird, hat er gesagt. Und vorgeschwärmt hat er mir von dem Ort, wo er wohnen wird. Vom Surfen und Segeln und Wasserski fahren. Wie ich ihm gesagt habe, dass es heuer bei uns wahrscheinlich gar keinen Urlaub geben wird, wegen Geldmangel der Mama, hat er lächelnd verkündet: »Such is life, sugarbaby!«

Jetzt, wo ich meine fünf Sinne wieder beisammen habe, kann ich nur sagen: Ich bin von einer Gefühlsverwirrung genesen, die mir eine Liebeslehre sein wird!

Der Wuzi und ich waren spazieren. Im Eissalon haben wir uns ein großes Schleckeis gekauft. Als wir aus dem Eissalon herauskommen, steht da die Lilli aus unserer Klasse. Sie schaut ungeduldig zu den vielen Leuten hin, die sich vor der Eistheke drängeln, und motzt: »Wann kommt denn mein Kerlchen endlich dran?«

(Dass mit »Kerlchen« ihr neuester Flirt gemeint war, war uns klar. Die Lilli verbraucht pro Monat ein »Kerlchen«, aber sie ist gut dran. Sie hat eine robuste Seele. Ihre Flirts enden stets ohne Kummer für sie.)

Ich erkundige mich bei der Lilli, wer von den Thekenstehern ihr momentanes Kerlchen ist, sie zeigt auf einen ziemlich hoch geschossenen, etwas mickrigen Knaben und erzählt uns, dass sie den im Wartezimmer vom Zahnarzt kennen gelernt habe und dass seine inneren Werte seine äußeren weit übertreffen. Dann erzählt sie uns noch, dass sie heim muss, Koffer packen, weil sie morgen, sehr zeitig in der Früh, mit ihren Eltern Richtung Teutonengrill, Quarantäne Costa Brava, düsen wird. Dann kommt das Kerlchen, der Thekenschlacht mit zwei Eistüten siegreich entronnen. Die Lilli fragt mich, wohin ich auf Urlaub fahre. Ich antworte, dass ich höchstwahrscheinlich überhaupt nicht verreisen werde, dass da bloß eine kleine Chance besteht, mit dem Papa und seiner Freundin für zwei Wochen wegzufahren. (Dass die Chance minimal ist, weil die Wilma mit dem Papa zerstritten ist und der Papa angeblich wieder auf neuen »Freiersfüßen« wandelt, das erwähne ich natürlich nicht, das geht eine Schulkollegin nichts an.) Die Lilli schleckt Eis, lacht, deutet auf das Kerlchen und sagt: »Wie beim Zwizwi, dem sein Vater will auch seine neue Freundin mitnehmen!«

Darüber ärgert sich das Kerlchen so, dass ihm die Eis-
kugel von der Tüte fällt. Es spricht indigniert: »Falls ich
meine Familiengeschichte erzählen will, tu ich es selber!«

Hierauf begibt sich der Knabe retour zur Eistheke um
ein Ersatzeis. Und die Lilli, die noch nie eine verschwie-
gene war, nimmt sich die Rüge von diesem Zwizwi nicht
zu Herzen und erzählt uns im Tempo-Radio, dass der
Zwizwi eine rare Ausnahme ist, weil er seit Babyzeiten
bei seinem Vater lebt. Sein Vater, sagt sie, eignet sich gut
zur Mutterrolle, aber nicht zum Ehemann. Dreimal drei
Stunden Frau pro Woche reichen dem reichlich! Nur im
Urlaub, da will er eine Frau um sich haben. Weil er da
seinen Beruf nicht hat und ihm ohne den bald langweilig
wird. Aber, sagt die Lilli, mit den Damen, die er in den
Ferien mitnimmt, verträgt er sich dann rund um die Uhr
auch nicht. Sie hat, sagt sie, daheim beim Zwizwi die Ur-
laubsfotoalben angeschaut. »Jeden Sommer dieselben
zwei Herren und eine andere Dame! Sagenhaft«, sagt
sie, und dann verstummt sie, weil der Zwizwi mit einem
neuen Eisstanitzel zurückkommt. Und der Wuzi sagt zu
ihm: »Zwizwi, das klingt nach Wellensittich!«

Worauf der Zwizwi antwortet: »Kommt bloß von meinem Familiennamen. Ich heiße nämlich Zwick-Leder.
Oder Zwickl-Eder. So oder so ausgesprochen saublöd!«

Laut Wuzi habe ich nach dieser Meldung geschaut wie
ein voller Autobus. Laut Rosi wie ein leerer Eimer! Aber
das muss man ja erst einmal verarbeiten! Da schlägt man

sich wochenlang mit Schauer-Trauer-Horrorgedanken an einen zukünftigen Stiefvater herum, hat Alpträume, dass einem der alte Knacker (so alt ist er eigentlich gar nicht) klammheimlich in die Family reinwächst, und dann erfährt man unvermutet und ganz nebenbei vor einem Eissalon, dass da nie Gefahr gedroht hat, dass man total auf dem Holzweg gewesen ist und dass der steuerberatende Mann nichts anderes im Sinn hat, als dreimal drei Stunden pro Woche mit der Frau Poppelbauer zusammen zu sein!

Mit wem die Mama neun Freizeitstunden pro Woche verbringt, ist wahrlich ihre Sache, die geht mich nichts an, da verschwende ich keinen Gedanken mehr dran!

Kaum meint man, man habe seine Probleme auf ein erträgliches Maß, nämlich auf eine herbstliche Nachprüfung, reduziert und könne nun halbwegs gelassen durchs Leben stolpern, da überfallen einen schon wieder gröbere Scherereien, weil man ja leider kein Einzelkind geblieben, sondern mit zwei Brüdern gesegnet ist! Dabei hat es eher hoffungsfroh begonnen. Ganz glücklich war die Mama in der Früh beim Frühstück. Weil mein geliebtes Bruderherz aus seinem Fetzenbungalow herausgekommen ist, mit uns gefrühstückt, sich ordentlich angezogen und die Absicht geäußert hat, außer Haus zu gehen.

Seit sich der Ani in seine Wohnhöhle zurückgezogen hatte, machte sich die Mama große Sorgen um seine

Psyche. Weil das ja wirklich nicht normal ist, wenn ein Mensch wie ein Grottenolm lebt. Und ungesund ist es auch. Kaum frische Luft und nur künstliches Licht! Bevor die Ferien angefangen haben, hat er seinen blöden Verschlag ja wenigstens am Vormittag verlassen müssen, aber seit Ferienanfang ist er echt nur mehr zum Klogehen und Essenholen herausgekommen. Nicht einmal mehr zum Fernschauen!

Und so wie unsere Mama nun einmal ist, hat sie deswegen Schuldgefühle bekommen. »Wäre ich tüchtiger und würde mehr Geld verdienen«, hat sie zu mir gesagt, »dann hätte ich eine größere Wohnung mieten können, der Ani hätte ein eigenes Zimmer gehabt und wäre nie auf diese Wahnsinnsidee verfallen!« Einmal hat sie auch gesagt: »Hätte ich mich nicht scheiden lassen, würden wir noch in unserem Haus wohnen und der Ani wäre nicht so schrullig geworden!«
Ich will mich ja nicht speziell aufregen, aber die Mama merkt kaum, dass ich eine »Psyche« habe. Um die vom Speedi schert sie sich auch nicht viel. Bloß die seelische Verfassung vom Ani, die liegt ihr am Herzen. Das war schon immer so! Er ist ihr Lieblingskind! Auch wenn sie es abstreitet!
Wenn sie uns je gefragt hat, was sie kochen soll, und jeder von uns dreien hat sich etwas anderes gewünscht, dann hat sie garantiert das gekocht, was sich der Ani bestellt hat. Und wenn wir alle drei Fieber gehabt haben,

alle drei 37,8, dann hat sie getan, als sei nur der Ani krank. Und vor seiner »rasenden Intelligenz« geht sie sowieso und überhaupt in die Knie! Er ist eben ihr kleines Genie! Und als nun das kleine Genie am Morgen freiwillig ohne das, was er selber seine »zweite Haut« nennt, auszukommen schien, war die Mama total happy! »Es wird wieder mit ihm«, raunte sie mir mit Glitzerblick zu. »Er kriegt seine Probleme wieder in den Griff!«

Wie ich meine Probleme in den Griff bekomme, ist ihr eher wurscht. Der feine Unterschied ist nämlich der: Der Ani *hat* Probleme, ich *mache ihr* Probleme!

Jedenfalls hatte die Mama wegen einem Problem von mir garantiert nicht solche Aktionen in die Wege geleitet wie fürs Ani-Problem, das folgendermaßen entstanden ist:

Der Grottenolm hat sich also aus dem Haus begeben. Eh logo und klaro, was ihn aus seiner Zweithaut rausgebracht hat. Ein Inserat in einer Zeitung. Unter »Vermischtes« hat er gelesen, dass jemand eine Wohnung auflöst, in welcher eine Menge Bücher sind. Und die Bücher sind gratis zu haben, wenn man sie abholt. Für Bücher tut mein Bruderherz alles!

Ich bin mit dem Wuzi an die Alte Donau gefahren. Die Mama war ein bisschen sauer, weil ich den Speedi nicht mitgenommen habe. Aber warum soll gerade ich immer den Babysitter spielen? Hätt ihn der Ani ja auch zum Bücheranschauen mitnehmen können! Aber die Mama würde ja gar nicht wagen, dem Ani das auch nur vorzuschlagen. So hat sie den Speedi zur Oma fahren wollen, bevor sie den Laden aufmacht. Sie hat gerade für den Speedi einen Gürtel gesucht, weil ihm ohne Gürtel die Hose über den Hintern gerutscht wäre, da hat es im Bubenzimmer sehr laut gekracht. Die Mama ist hingerannt. Es hat sich ihr ein Katastrophen-Anblick geboten! Die Wohnhöhle vom Ani war total zusammengebrochen und in den Trümmern der Pawlatschen ist der verdatterte Speedi gehockt. Der Zwerg hatte mit seinem Fußball herumgespielt, der Ball war auf dem Dach vom Fetzenbungalow gelandet, der Speedi war aufs Dach geklettert, um den Ball zu holen. Und dieser Belastung war die Wohnhöhle nicht gewachsen gewesen. Weh getan hat sich der Speedi nicht. Aber unheimlich geheult hat er, dass ihn der Ani totmacht, wenn er heimkommt. Und dass die Mama den Fetzenbungalow reparieren muss.

Da es um den Seelenfrieden ihres Herzblattes gegangen ist, hat die Mama das natürlich gleich eingesehen. Sie hat einen Zettel geschrieben: »Wegen Krankheit geschlossen«. Den hat der Speedi an die Wollladentür getan. Und die Mama hat sich ans Sortieren der Höhlentrümmer gemacht. Und der Speedi hat nicht nur den Zettel hinter die Ladentür gehängt, er wollte auch den Papa anrufen, damit der zu Hilfe eilt. Weil ihm vor lauter Aufregung die Büronummer vom Papa nicht eingefallen ist, hat er die Wilma angerufen. Deren Nummer steht auf der Mama ihrem Telefonblock. Der Wilma hat er gesagt, sie soll den Papa verständigen. Die Wilma hat ihm das versprochen.

Oben in der Wohnung ist inzwischen die Mama draufgekommen, dass sie allein mit dem Speedi den Fetzenbungalow nicht wird aufbauen können. So hat sie ihren lieben Zwickleder angerufen. Der wollte zwar seine Steuerberaterei nicht verlassen, weil er einen dringenden Brief zu schreiben hatte, doch die Mama hat ihm erklärt, dass es wichtiger sei, einen Brudermord zu verhindern als einen blöden Brief zu verfassen.

Und die Wilma hat im Büro vom Papa angerufen. Aber der Papa war nicht »zugegen«. Und seine Sekretärin hat so getan, als ob sie nicht wüsste, wo er ist. Die Wilma hat für ihn eine Botschaft hinterlassen: »Eremitage kaputt, Soforthilfe nötig«. Dann hat sie in ihrem Büro gesagt, dass ihr speiübel ist, sie muss was Schlechtes gegessen haben, und ist der Mama zu Hilfe geeilt.

Die Sekretärin vom Papa hat aber ohnehin gewusst, wo der Papa ist. Tennis spielen war er. Wahrscheinlich mit seiner allerneuesten Flamme. Das wollte sie bloß der Wilma nicht sagen. Sie hat den Papa am Tennisplatz angerufen und der hat das Tennismatch mit der Flamme abgebrochen und sich auch auf die »Helfersbeine« gemacht.

Ich habe von der ganzen Aufregung daheim natürlich keine Ahnung gahabt. Ich habe mit dem Wuzi zufrieden in der Alten Donau herumgeplanscht. Der Zwizwi war auch im Bad und hat sich an die Rosi herangemacht.

Und die Rosi war nicht abgeneigt, obwohl ich ihr erklärt habe, dass das Schwierigkeiten ergeben wird, wenn die Lilli vom Teutonengrill zurückkommt. Tut mir echt Leid, dass ich nicht daheim war, wie sich der Papa und die Mama, die Wilma und der Zwickleder im Bubenzimmer zwecks Wiederaufbau der blöden Pawlatschen versammelt haben! Es muss ziemlich geknistert haben vor lauter gegenseitiger Spannung! Vor allem für den Papa muss es eine pikante Situation gewesen sein! Mit der Ex-Frau, der fast schon Ex-Freundin und dem Freund der Ex-Frau gemeinsam hobbyzuwerken, ist ja einigermaßen unalltäglich. Noch dazu bei so einer Arbeit! Bei der man sich doch wie der allerletzte Oberdepp vorkommen muss!

Sie waren auch, alle vier, schon wahnsinnig frustriert, weil sie die Sache überhaupt nicht hinkriegten, da hatte der Dr. Zwickleder die Super-Idee! Er meinte, diese Idiotenhöhle habe sich der Ani gebaut als Ersatz für ein eigenes Zimmer. Aber das Zimmer sei doch eigentlich groß genug, um es durch eine Trennwand in zwei Teile zu teilen. Und zwei Fenster habe es auch. Also würde jedes Zimmerchen Licht haben. Und er, sagte er, würde lieber so eine Trennwand errichten, als weiter an dieser blöden Fetzenhöhle herumzupfuschen!

Dieser Vorschlag wurde einstimmig angenommen. Mit dem Papa-Auto und dem Zwickleder-Auto raste die vermischte Mannschaft zum nächsten Baumarkt. Der Speedi hat mir erzählt, dass der Zwickleder das Oberkommando übernommen hat! Und der Papa hat sich ihm untergeordnet, weil der Papa zwei »Linke« hat und der Zwickleder ein begnadeter Hobby-Pfuscher ist.

Zu diesem Zeitpunkt befand ich mich noch immer im Bad. Aber bereits im Aufbruch, weil es gewitterte. Mit viel Blitz und Donner am violetten Horizont. Und im Umkleideraum dann, wie ich in meinem Notizkalender nachschaue, wann ich die nächste Mathe-Nachhilfestunde habe, da sehe ich, dass das heutige Datum rot eingeringelt ist! Siedend heiß fällt mir ein: Heute ist Ani-Geburtstag! Und ich steh ohne Geschenk da! Und ohne Geld!

Vom Wuzi konnte ich mir kein Geld borgen. Der hat sowieso und überhaupt nie eines. Die Rosi hat mir, ganz von selber, einen Leih-Hunderter angeboten. Den habe ich aber dann doch nicht gebraucht, weil mir der Zwizwi einen Kugelschreiber für den Ani geschenkt hat. Einen nagelneuen. So ein echtes Luxus-Griffel-Dings für den Generaldirektor. Kugelschreiber, sagt der Zwizwi, haben sie daheim zum Saufüttern. Sein Vater kriegt zu Weihnachten und zu Neujahr regelmäßig von Firmen und Kunden welche. Weil der Kugelschreiber so wertvoll ausgesehen hat, habe ich ihn zuerst nicht annehmen wollen. Doch der Zwizwi hat augenzwinkernd gesagt: »Bleibt ja fast in der Familie!«

Der Zwizwi ist wirklich ein lieber Knabe, und dass er, rein äußerlich, nicht viel hermacht, vergisst man schnell, wenn man ihn näher kennen lernt. Ich bin bloß neugierig, was die Lilli machen wird, wenn sie nächste Woche aus dem Urlaub zurückkommt. Gewiss, in den Ferien hat sie sich garantiert ein Urlaubs-Kerlchen aufgezwickt, aber dieses Kerlchen wird ja nicht gerade hierorts seinen ständigen Wohnsitz haben. Und außerdem lässt sich die Lilli nicht gern etwas wegnehmen, und schon gar nicht von der Rosi, mit der sie sowieso und überhaupt nicht sehr gut steht.

Die Rosi hat zu mir gesagt: »Wenn sie nicht die Finger vom Zwizwi lässt, dann werden die Fetzen fliegen! Sie hat zwar ältere Anrechte auf ihn, aber das zählt nicht, weil ich ihn wirklich liebe!«

Ich bin also mit dem Wuzi, der Rosi und Zwizwi aus Wettergründen vom Bad weg. Weil jede Menge Leute zur gleichen Zeit von dort geflüchtet und zur Straßenbahnhaltestelle gelaufen sind und weil bei der Straßenbahnhaltestelle nur ein kleines Wartehäuschen ist und weil es, kaum dass wir dort waren, auch schon hundsmäßig heftig zu regnen angefangen hat, sind wir waschelnass geworden. Die Rosi wollte uns zu sich heim einladen, zu einer Spontanfete, doch pflichtbewusst, wie ich bin, habe ich die Einladung abgelehnt. Den Geburtstag vom Bruder darf man nicht ignorieren! Und die Geburtstagstorte auch nicht! Und beunruhigt war ich außerdem, weil die Mama am Morgen vom Ani-Geburtstag nichts erwähnt hatte. Früher hätte ich mir zwar sowieso und überhaupt nicht vorstellen können, dass die Mama den Geburtstag eines ihrer Kinder vergisst, aber inzwischen habe ich gelernt, mir einiges vorzustellen! Und ich habe mit meiner düsteren Ahnung ja auch Recht behalten! (Sie hat sich nachher darauf ausgeredet, dass sie durch den Schock vom Wohnungshöhlenzusammenbruch das wichtige Datum vergessen hat, aber das ist gemogelt, denn in der Früh, da ist die Hütte noch gestanden, und sie hat getan, als wäre an diesem Tag das einzig Bemerkenswerte, dass der Ani-Darling seine Zweithaut verlässt.)

Während der Wuzi und ich in der voll gestopften Straßenbahn, eingepfercht zwischen feuchten Menschenleibern, heimfuhren, war auch mein Bruderherz auf dem Heimweg von seinem neu gewonnenen Bücherfreund. Dieser Mensch muss ein komischer Kauz sein. Die vielen Bücher stammen von seiner verstorbenen Tante. Die wollte, dass ein Mensch die Bücher bekommt, der sie schätzt und ehrt. Der Bücherfreund selbst fühlte sich dieser Anforderung nicht gewachsen. Er suchte per Inserat nach einem wirklichen Buchliebhaber und fand unter denen, die bei ihm vorsprachen, mein liebes Bruderherz als passend. Der Ani war ganz gierig nach dem Bücherschatz. Dumm war nur, dass der Bücherfreund die Bücher gleich loshaben wollte. Und die Bücher waren so viele, dass sie der Ani auf gar keinen Fall mit der Straßenbahn hätte heimbringen können. Auch wenn er viermal gefahren wäre. Gut zwei Kubikmeter Bücher sind das! Und viermal fahren an einem Tag wäre sich gar nicht ausgegangen, weil die Wohnung der Tante vom Bücherfreund total am Stadtrand liegt, am Arsch der Welt sozusagen.

Der Ani hat beim Papa im Büro angerufen, dass er ihn und die Bücher mit dem Auto abholt. Aber der Papa war natürlich nicht im Büro. Der Ani hat bei der Mama im Laden angerufen, dass sie ihn, nach Ladenschluss wenigstens, von der Tantenwohnung abholt. Aber die Mama war natürlich auch nicht im Laden. Sogar bei der Wilma hat er angerufen. Logo mit dem gleichen Ergebnis! Schließlich erklärte sich der Bücherfreund bereit, die Bücher auf seinem alten Pritschenwagen zu uns zu transportieren. Doch gerade als er sich dazu erbarmt hatte, fing es zu regnen an. Und der alte Pritschenwagen vom Bücherfreund hat in der Plane über der Ladefläche unzählige Löcher. Da hätte es durchgeregnet und die Bücher hätten Schaden genommen. Plastik, um sie einzupacken, war anscheinend nicht vorhanden. Der Ani und sein Bücherfreund haben gewartet, dass der Regen endlich aufhört. Hat er aber nicht. Und der Himmel hat so ausgesehen, als würde der Regen das in absehbarer Zeit nicht vorhaben. Der Bücherfreund meinte, der Ani solle heimfahren. Die Bücher, versprach er dem Ani, werde er ihm morgen liefern, er müsse ohnehin in die Stadt hinein.

Der Ani hat zu mir gesagt, gern hat er sich von seinem Bücherschatz nicht getrennt. Am liebsten hätte er sein Nachtlager auf ihm aufgeschlagen. Aber wahrscheinlich hätte dann unsere Mama die Abgängigkeitsanzeige erstattet. So hat er sich, straßenbahnmäßig, auf den langen Heimweg gemacht. Und wie er daheim ankommt, hämmert und pocht es im Hausflur, aber er denkt gar nicht daran, dass die Geräusche aus unserer Wohnung kommen könnten. Und als er dann unsere Wohnungstür aufmacht, stolpert er über Restplatten und Werkzeug und Plattenabfall. Er kämpft sich zum Bubenzimmer durch und sieht die Mama, die eine Platte auf das Trennwandgerüst nagelt, sieht den Papa und den Zwickleder, die einen Türstock ins Lattengerüst einsetzen, sieht die Wilma, die verzagt versucht, Übergänge zwischen den Platten zu vergipsen. Der Bauabfall liegt kniehoch, und der Speedi wuselt durchs Kniehohe und macht sich wichtig mit Handreichungen und Bierausteilen, weil Hobby-Pfuscher eine Menge Durst bekommen.

Knapp nach dem Ani sind der Wuzi und ich eingetroffen. So knapp danach, dass noch der ganze Freudenschreck im Gesicht vom Ani zu sehen war. Mein Bruderherz spielt ja gern den Obercoolen, doch was die Vierermannschaft da für ihn vollbrachte, hat ihn so gerührt, dass es aus war mit der ganzen Coolness.
Auf einem mit Plastik abgedeckten Berg aus Bettzeug und Speedi-Kram ist er gehockt und hat dreingeschaut, als hätte er einen Einblick ins Paradies! Dann ist er aufgesprungen, hat einen Jubelschrei ausgestoßen und ist auf dem Bettzeug-Kram-Berg gehüpft, als wäre er ein Gummiball.

Das muss man sich vorstellen, mein Bruder Ani hüpfend, gummiballmäßig unterwegs! Dazu hat er gebrüllt: »Ich krieg mehr Lebensraum!«

Ich, die ich keine Ahnung vom Einsturz des Fetzenbungalows hatte, habe gedacht, das sei eine geplante Geburtstagsaktion für den Ani, von der man mir nichts gesagt hat, und war einigermaßen sauer. Direkt ausgeschlossen bin ich mir vorgekommen. Gewiss, ich arbeite nicht wahnsinnig gern! Aber fürs Glück meines Bruders hätte ich schon ein paar meiner zarten Fingerchen krumm gemacht! Darum habe ich, leicht vergrämt, gefragt, wann es denn Nachtmahl gibt.

»Fällt heute aus«, hat die Mama zu mir gesagt.

»Nicht einmal Torte gibt es?«, habe ich gefragt.

»Wieso Torte?«, hat sich der Papa erkundigt, doch kaum hatte er es gesagt, war bei ihm der Groschen gefallen. Und bei der Mama auch! Der ist glatt der Hammer aus der Hand gefallen.

»Verdammt«, hat der Papa gesagt.

»Verdammt«, hat die Mama gesagt.

Der Ani war so glücklich über seine gigantisch vergrößerte Zweithaut, dass er den vergessenen Geburtstagsschmaus nicht übel genommen hat. Wäre es nach ihm gegangen, hätten wir bis zum nächsten Morgen weitergehackelt, um die Zimmertrennung zu vollenden. Der Papa und der Zwickl (so nenne ich ihn seit neuestem) haben auf Essengehen bestanden. Weil sie hungrig waren und weil Geburtstage gefeiert gehören! Doch Duschen und

Umziehen haben, die beiden Herren beschlossen, sei nicht mehr drin, da würden sie vorher verhungern!

Also gingen wir, so wie wir waren, der Ani, der Wuzi und ich regennass tropfend vergammelt, der Rest der Mannschaft voll Sägemehl und Gipsstaub, ins Restaurant an der Ecke. Auch darauf haben die beiden Herren bestanden. Weil das ein sehr gutes Restaurant ist. Da es aber auch ein sehr vornehmes Restaurant ist, wollten die Mama und ich zuerst nicht. »In dem Aufzug«, hat die Mama gesagt, »passen wir höchstens zu einem Würstelstand im Prater!« Aber der Papa, die Wilma und Zwickl haben sie ausgelacht.

Wahrscheinlich hätten uns die Ober im Restaurant an der Ecke ohnehin keinen Tisch gegeben, doch der Zwickleder ist dort bekannt. Er hat schon oft dort gegessen und viel Geld dafür bezahlt. Aber blöd geschaut haben die Ober und die anderen Gäste schon. So eine »Maurerpartie« ist sicher dort noch nie eingekehrt. Und dann, als sich der Zwickl Holzstaub aus der Nase schnäuzen wollte und sein Taschentuch aus der Hose zog, rutschten noch allerhand Nägel, Schrauben und Beilagscheiben mit, fielen zu Boden und rollten über das piekfein gewachste Parkett. Peinsam peinlich! Und der Speedi hat dann natürlich noch sein Apfelsaftglas umgeworfen!

Und wie ich auf dem Klo gesessen bin, sind zwei Damen vom Nebentisch in den Klovorraum gekommen. Die eine hat zur anderen gesagt: »So was von merkwürdiger

Gesellschaft, da neben uns! Die passen doch überhaupt nicht rein! Was sind denn das für welche?«

»Keine Ahnung«, hat die andere geantwortet. »Jedenfalls eine Zumutung für alle anderen Gäste!«

Na ja! Vielleicht sind wir wirklich eine merkwürdige Gesellschaft! Auch wenn wir nicht regentropfnass sind und ohne Sägemehl und Gips. Und eine Zumutung sind wir vielleicht auch. Nicht bloß für die anderen, sondern auch gegenseitig untereinander. Aber im Moment finde ich uns alle ganz reizend. Könnte leicht sein, dass ich nächste Woche meine diesbezügliche Meinung vorübergehend wieder ändern muss. Aber ich finde, Hauptsache, die Gewissheit ist da, dass man nicht alleine im Regen stehen gelassen wird, wenn man dringend einen Regenschirm braucht. Dass das so ist, hat der Einsturz der Wohnhöhle bewiesen. Und dass wir eine größere Auswahl an Regenschirmen haben als andere Kinder, das ist ja auszuhalten!

Ich habe den Ani und den Speedi gefragt, ob ich mit dieser Meinung allein dastehe. Tue ich nicht. Die beiden geben mir – vollinhaltlich – Recht!

Ein paar Wörter,
die vielleicht nicht jede/-r gleich versteht

abschasseln: abwimmeln
baba: tschüs!
der Binkel: Bündel, auch als nicht sehr grobes Schimpfwort
die Biskotte: Biskuit
blitzgneißerisch: blitzgescheit (auch ironisch)
der Cremepatzen: Cremefleck
das Drehstockerl: Drehhocker
das Eisstanitzel: Eistüte
der Erdapfel: Kartoffel
fad: langweilig
die Funzen: eingebildete, dumme Frau
gatschig: breiig, musig, matschig
grantig: mürrisch, schlecht gelaunt
der Grantscherm: grantiger Mensch
der Greißler: Krämer, kleiner Lebensmittelhändler
das Häferl: große Tasse
aufpassen wie ein Haftelmacher: ganz genau, sehr gespannt aufpassen
die Jause: kleine Zwischenmahlzeit, Vesper
keppeln: keifen, nörgeln
der Magister(Mag.): Diplomierter, akademischer Titel
der Obers, Schlagobers: Schlagsahne
die Pawlatsche: baufälliges Haus, Hütte
raunzig: wehleidig
der Schas: Furz, Unsinn
stampern: jagen, scheuchen
der (Taschen-)Zipp: Reißverschluss
die Tuchent: Federbett
wacheln: wedeln, fächeln
der Wappler: Schimpfwort
waschelnass: tropfnass

Christine Nöstlinger
Das Austauschkind
Roman
Beltz & Gelberg Taschenbuch (78198), 160 Seiten   *ab 12*

Ewalds Eltern wollen immer nur das »Beste« für ihren Sohn.
Auch dann, wenn Ewald selbst ganz anderer Ansicht über sein
»Bestes« ist. Diesmal haben sie ein englisches Austauschkind
eingeladen. Eines, das alle Regeln und Gebote der Gastfamilie
sanft staunend und achselzuckend abtut, das von
Erzieherautorität, speziell der von Ewalds Eltern, gar nichts hält,
das immer nur »Fish and Chips« verlangt, viel Geld braucht, um
es im Prater in Spielautomaten zu stecken, und sich schließlich
auch noch unsterblich verliebt.

www.beltz.de
Beltz & Gelberg, Postfach 10 01 54, 69441 Weinheim

Christine Nöstlinger
Wetti & Babs
Roman
Beltz & Gelberg Taschenbuch (78130), 272 Seiten   *ab 12*

Die Barbara Bogner ist dreizehn Jahre alt. Sie hat nette Eltern,
zwei halbwegs nette Großmütter, einen gar nicht netten kleinen
Bruder und eine Menge überaus netter Freunde. Alle nennen sie
Wetti. Eines Tages lernt sie den Stefan kennen, der ihren Namen
allerdings unmöglich findet. Was der Stefan sagt, wird sehr wichtig
für Barbara! Und weil er ganz andere Ansichten hat als Barbaras
Familie und Freunde, wird das Leben für Barbara sehr, sehr
kompliziert. Man kann sich zwar einen anderen Vornamen
zulegen, darauf bestehen, Babs genannt zu werden, aber ein
anderes Leben bekommt man davon noch lange nicht. – Ein
Roman über ein Mädchen, das mit beiden Beinen fest auf der Erde
steht und vieles meistert, was anfangs hoffnungslos aussieht.

www.beltz.de
Beltz & Gelberg, Postfach 10 01 54, 69441 Weinheim

Hans Biereigel

Mit der S-Bahn in die Hölle

Wahrheiten und Lügen
über das erste Nazi-KZ

Aufbau Taschenbuch Verlag

Mit Faksimiles und Fotos

ISBN 3-7466-7004-7

1. Auflage 1994
©Aufbau Taschenbuch Verlag GmbH, Berlin
Reihengrundlayout Sabine Müller, FAB Verlag, Berlin
Umschlaggestaltung Torsten Lemme
unter Verwendung von drei Originalfotos
Satz LVD GmbH, Berlin
Druck Elsnerdruck, Berlin
Printed in Germany

Inhalt

Vorwort

Im November 1945 besuchte der ehemalige politische Häftling der Konzentrationslager Oranienburg und Sachsenhausen Wilhelm Girnus die Stätten seiner Leiden und Entbehrungen. Er wollte nichts vergessen, und es sollte nicht vergessen werden, was dort geschehen war. In seiner Autobiographie »Aus den Papieren des Germain Tawordschus«, erschienen 1982 im Hinstorff Verlag Rostock, schildert er dieses Nichtvergessen: »Ich will das Haus wiedersehen, in dem man mich mit dem Stahlseil geschlagen hat. Die Brauerei steht noch. Keine Bombe hat sie umgerissen. Dort oben links im ersten Stock des Vorbaus, das Fenster da, in dem zwei Scheiben fehlen, da hat der Herr Obersturmführer, das Stahlköpfchen, die Exekution geleitet. Ich möchte das Zimmer noch einmal wiedersehen, in dem sie mir den Arsch mit dem Stahlseil aufgepumpt haben. Als ich die Türklinke berühre, steht hinter mir eine bullige Gestalt mit einer dicken Lederschürze: Eintritt verboten. ›Wissen Sie‹, frage ich, ›was früher hier einmal war, so vor zwölf Jahren?‹ – ›Det jeht mir nischt an. Ick bin hier for det Faßleerjut da, sonst interessiert mir nischt. Und nu machen Se, daß Se fortkommen.‹ – ›Moment mal, sind Sie von hier? Aus Oranienburg?‹ – ›Wat jeht Ihnen det an. Ick frag Se ja ooch nich, von wo Se sind.‹ Au du der Teufel, der ist ja mächtig spitz. Hat wohl auch die Finger in der Suppe gehabt? Oder fürchtet der um seinen Job? Vielleicht macht er Schwarzmarktgeschäfte? Faßleergut! Ein großes Geschäft schon immer gewesen. ›Faßleergut‹, sag ich, ›war ich auch mal. Hier verstaut. Da in der Ecke hinter der großen Tür, im Lagerraum der alten Brauerei.‹ Der Bullige sieht mich blöd an. – ›Wissen Sie nicht, daß hier mal ein KZ war?‹ – ›Interessiert mir nich. Hab ick nischt mit zu tun.‹ – Na also. Alles klar. Immer ›ohne mich‹.«

Zwei Generationen danach, im Frühjahr 1993, anläßlich des 6O. Jahrestages der Errichtung des KZs inmitten der Stadt, versammelten sich etwa einhundert Einwohner und Gäste aus dem nahen Berlin im gepflasterten Vorhof der einstigen Kindl-Brauerei, eines Teiles des früheren Lagers, um mit einem Ruf gegen das Vergessen an die Schreckenszeit des Nazismus zu erinnern. Der »abgewickelte« Theologieprofessor und ehemalige Rektor der Humboldt-Universität zu Berlin, Heinrich Fink, gedachte in seiner Botschaft nicht nur der Opfer, sondern er richtete mahnende Worte an die Lebenden: »Auch wenn wir wenige sind, wir stehen hier als Bürgergedächtnis und bewegen uns gegen das Vergessen.«

Proteste wurden laut, als bekannt wurde, daß die Reichelt-Handelsgruppe auf diesem blutgetränkten Boden einen Supermarkt errichten wolle. Erst als die internationale Öffentlichkeit besorgte Anfragen an die Stadtverwaltung von Oranienburg richtete, wurden Recherchen angestellt und Gutachten in Auftrag gegeben, um einen Standort zu bestimmen, der längst durch die Geschichte dokumentiert worden war.

Leider wurde der historischen Wahrheit kein Platz gegeben, im Gegenteil, der Verschleierung des Standortes des früheren Konzentrationslagers wurde zugestimmt, und man definierte das Lager der SA-Standarte 208 als »wildes Konzentrationslager«. Damit setzte man den Lügen des ehemaligen Lagerkommandanten Schäfer eine neue hinzu.

Ob das Gelände des Oranienburger SA-Konzentrationslagers auf den Meter genau den geplanten Supermarkt berührt oder nur in unmittelbarer Nachbarschaft liegt, scheint trivial. Wenn im Jahre 1991 in Ravensbrück ein mehr als achthundert Meter entfernt liegender, geplanter Markt sich zum politischen Skandal ausweitete, so müssen sich auch die heutigen Oranienburger von einer internationalen Meinung beurteilen lassen.

Im SA-KZ Oranienburg gab es 1933/34 noch keine Gaskammern und keine Genickschußanlage, wie später im KZ Sachsenhausen. Doch das, was in Oranienburg geschah, die nackte, brutale Gewalt der Fäuste, das willkürliche Verprügeln von Kindern und Männern, die sich nicht wehren konnten, die Dunkelhaft in den Steinsärgen der alten Brauerei und die Schikanen eines unmenschlichen »Sports« –, das war schon die Hölle.

Nichts und niemanden zu vergessen und die Vergangenheit

sichtbar zu machen, soll Anliegen meines Buches sein. Die Erforschung der Geschichte des KZs Oranienburg und seine Gestaltung als Erinnerungsstätte spiegelt die Widersprüchlichkeit des Antifaschismus in vierzig Jahren DDR.

Gerhart Segers Erlebnisbericht über das KZ Oranienburg war in der DDR verpönt und durfte nicht verlegt und verbreitet werden. Seine Sicht auf das Verhalten einzelner Häftlingsgruppen während der Lagerzeit würde das verordnete Bild vom Antifaschisten getrübt haben, so die vorherrschende Meinung führender Politiker.

Namensverleihungen wie die mit dem des im KZ Oranienburg ermordeten jüdischen deutschen Schriftstellers Erich Mühsam wurden von SED-Funktionären deshalb abgelehnt, weil Mühsam in deren Augen Anarchist gewesen war. Erst Ende der achtziger Jahre begann eine differenzierte Aufarbeitung der Lagergeschichte von Oranienburg. Sie ist mit diesem Buch nicht abgeschlossen.

Ich bedanke mich bei all denen, die mir geholfen haben, dieses Vorhaben zu verwirklichen. Ein besonderer Dank ergeht an den Antifaschisten Willi Ruf aus Oranienburg, der, heute zweiundneunzigjährig, diese Hölle überlebte. Mein Dank gilt Frau Margarete Collins Oldenburg, die mir die Erinnerungen ihres Mannes als »Gefangener in der Judenkompanie von Oranienburg« zur Verfügung stellte. Ich bedanke mich bei der Friedrich-Ebert-Stiftung in Bonn, dem Brandenburgischen Landeshauptarchiv in Potsdam und dem Stadtarchiv von Oranienburg für die Dokumentenauswahl und andere wertvolle Hilfe.

Oranienburg, im Februar 1994   Hans Biereigel

Hans Biereigel

Schweigen ist Gold –
Reden Oranienburg

Je größer der zeitliche Abstand, desto klarer ist das Wesen der Nazidiktatur von 1933 bis 1945 in Deutschland zu erkennen. Es gibt nur wenige Städte in diesem Land, die auf eine solche blutbefleckte jüngere Vergangenheit zurückblicken wie Oranienburg: ein Ort, der in den zwölf Jahren Nazidiktatur hunderttausendmal in vielen Sprachen der Welt verflucht wurde.

Oranienburg, die traditionsreiche, geschichtsbewußte märkische Kleinstadt mit ihren 17.000 Einwohnern im Jahre 1933 sorgte während der Nazizeit mehr als einmal für Schlagzeilen in der deutschen und internationalen Geschichte. Die Ursachen dafür liegen damals schon Jahre zurück.

Die Nazipartei organisierte sich in Oranienburg nicht über Nacht. Hitlers Propagandisten schwärmten von Oranienburg, als einer Stadt, in der es die günstigsten Einflußmöglichkeiten gab. So war es nicht verwunderlich, daß im Frühjahr 1925 in Oranienburg, als erster Stadt im Kreis Niederbarnim und im ganzen Land Brandenburg, eine Ortsgruppe der NSDAP gegründet wurde. Der Nazibezirk Oranienburg reichte von der Nordgrenze Berlins bis nach Zehdenick, von Nauen und Fehrbellin bis Bernau und Biesenthal. In diesem Bezirk befand sich auch der »Kampfverlag« der NSDAP, er hatte seinen Sitz in Lehnitz. Führende Nazis wie der spätere Kreisleiter Heermann und der spätere Generalarbeitsführer Decker wohnten ab 1925 in Malz bzw. in Sachsenhausen.

Schon 1926 kam es zu den ersten blutigen Auseinandersetzungen. Gegner waren die Organisationen der KPD, der SPD, des Reichsbanners und des Roten Frontkämpferbundes. Erinnert sei an den Überfall der Nazis auf KPD-Mitglieder am 18. April 1926 bei den sogenannten »Russenfichten« in Oranienburg, am 2. Mai 1926 auf ein Treffen des RFB in Leegebruch, sowie im Herbst 1926, anläßlich einer Großveranstaltung der SPD und des Reichsbanners mit dem Reichstagsabgeordneten Rudolf Breitscheidt im Oranienburger Schützenhaus.

Als die Nazipartei im Jahre 1927 in Berlin verboten wurde, tauchte die Mehrzahl ihrer Mitglieder unter und organisierte sich in einzelnen Ortsgruppen des Kreises Niederbarnim neu. Inmitten Oranienburgs Stadtmauern fand im Herbst 1927 der »Berliner Gautag der NSDAP« statt. Hauptredner war Dr. Joseph Goebbels. Das von den Nazis organisierte abendliche Konzert im Anschluß daran fand im Schloßpark statt und wurde von vielen Oranienburgern besucht.

Vor 1933 galt die Regel, daß Mitglieder der NSDAP zugleich auch der SA angehörten. Somit waren die Verbrechen der SA zugleich auch Verbrechen der Nazipartei. Die Oranienburger Nazis und SA-Leute waren in ganz Deutschland als Schläger bekannt. Zu einer Zuspitzung der brutalen Gewalt kam es, nachdem im Frühjahr 1931 die Kreisgeschäftsstelle der NSDAP in Oranienburg ihre Tätigkeit aufnahm. Im Hofgebäude des Rats-Cafes in der Berliner Straße 13 hatte sie ihren Sitz. Gleichzeitig wurde das Rats-Cafe zum Partei- und Kampflokal der NSDAP. Von hier aus liefen die Fäden in fast alle Ortschaften des Kreises. Das Cafe war auch Ausgangspunkt für den Überfall auf das Oranienburger Arbeiterlokal Lach in der Breiten Straße. In der Nacht zum 24. September 1931 überfielen 55 SA-Leute und NSDAP-Mitglieder eine Versammlung der KPD. Man wollte, »den Einfluß der Kommunisten brechen und ein Zeichen setzen.« Schüsse fielen, und es gab Verletzte. Noch war aber die Demokratie der Weimarer Republik nicht gebrochen. So kam es in der Folge dieses Überfalls zu einem großen Landfriedensbruch-Prozeß, der in seiner Bedeutung weit über die Grenzen von Oranienburg hinausging. In der Hauptverhandlung am 3. Oktober 1931, im damaligen Amtsgericht Oranienburg, wurden von 55 Angeklagten 33 zu einer Gesamtgefängnisstrafe von 13 Jahren verurteilt. Zugleich wurde die Tätigkeit der NSDAP in Oranienburg für eine kurze Zeit verboten.

Oranienburg war aber auch Hochburg der SPD und der KPD. Das Parteiengezänk zwischen beiden half letztlich allein den Nazis. Ab 1930 zeigten sich eine Veränderung und Verschiebung des politischen Kräfteverhältnisses und eine verstärkte Zuwendung der Wähler zum Nationalsozialismus. Die Wahlergebnisse der Nazis belegen das. Bei einer Zahl von etwa 10.000 stimmberechtigten Bürgern stimmten für die Nazis:

im September 1930	= 1956
im Juli 1932	= 4436
im März 1933	= 5148

Die SA-Standarte 208, zu der auch die Oranienburger SA-Leute gehörten, zählte als Formation zu den Einsatztruppen der SA in Berlin. Für ihre »Einsätze« erhielt sie mehrfach schon vor 1933 Anerkennung durch Naziführer in Deutschland. Einflußreiche Gönner und finanzkräftige Bankiers stellten der Standarte für deren Ausbildung das Gelände und die Räumlichkeiten der ehemaligen Brauerei in der Berliner Straße 20/21 kostenlos zur Verfügung. Eingetragener Eigentümer war laut Grundbuch ab 1927 bzw. 1930 die Münchner Kindl-Brauerei, Niederlassung Berlin. Als Miteigentümer fungierten das Berliner Bankhaus Hardy & Co GmbH Berlin, sowie die Hermes-Kreditversicherungs-AG Berlin.

Nach dem Reichstagsbrand am 28. Februar 1933 erfolgten auch in Oranienburg und Umgebung die ersten Verhaftungen von Gegnern des Nationalsozialismus. Ihre Einlieferung erfolgte in das damalige Amtsgerichtsgefängnis Oranienburg in der Berliner Straße. Ein sogenanntes »wildes KZ«, wie sie oft in Sturmlokalen der SA eingerichtet wurden, gab es in Oranienburg nicht.

Die Pläne zur Errichtung von Konzentrationslagern in Deutschland wurden nicht über Nacht gefaßt. Sie gehen weit zurück. Schon im März 1921 drohte Hitler mit einer Abrechnung mit den »Verrätern«, die auch in Konzentrationslagern vollzogen würde. In seiner Ausgabe vom 11. August 1932 konkretisierte der »Völkische Beobachter« das Programm für den Tag der Machtübernahme mit den Worten: »Unterbringung Verdächtiger und intellektueller Anstifter in Konzentrationslagern.«

Wilhelm Frick, späterer Innenminister Hitlerdeutschlands,

drohte dem Reichstagsabgeordneten der SPD Gerhart Seger bereits im Dezember 1932 während eines Gesprächs: »Wenn wir zur Macht kommen, werden wir euch Kerle alle ins Konzentrationslager stecken.«

Die Nazis verstanden es perfekt, sich anläßlich bestimmter Ereignisse und Tage in Szene zu setzen. Ein solcher Tag war der 21. März 1933. Als »Tag von Potsdam« ist er in die Geschichte eingegangen. An diesem Tag wurde die Eröffnung des am 5. März gewählten Reichstages mit einem Staatsakt in der Potsdamer Garnisonkirche eingeleitet. Es war für alle Schulen frei angesagt worden, und am Abend fanden Fackelzüge und »Freudenkundgebungen« statt.

Die Leitung der SA-Standarte 208 hatte sich in Abstimmung mit der Gauleitung der SA und der NSDAP etwas besonderes ausgedacht: Das erste planmäßig organisierte Konzentrationslager unter Führung der SA und in Zusammenarbeit mit der Polizei wurde in den Räumen der alten Brauerei in der Berliner Straße in Oranienburg eröffnet. Die ersten 40 Gefangenen aus dem Kreis Niederbarnim wurden eingeliefert. Gegen die Einstufung des KZ Oranienburg als sogenanntes »wildes Konzentrationslager« spricht auch das Schreiben des kommissarischen Landrates des Kreises Niederbarnim vom 24. Juli 1933 an den Regierungspräsidenten in Potsdam, in dem es heißt: »Für das Konzentrationslager in Oranienburg habe ich zur Vernehmung von Schutzhäftlingen, zur Nachprüfung vorhandener Vorgänge in strafprozessualer Hinsicht, zur Mitbeteiligung an der Leitung des Lagers und zur Einschaltung behördlicher Aufsicht seit dem 21. 3. 1933 bis 6 Landjägerbeamte dauernd, also für Tages- und Nachtdienst zur Verfügung gestellt.« Wie aus der Geschichte der »wilden KZs« bekannt ist, gab es dort keine behördliche Aufsicht, ebenso keine Vernehmungen durch Polizeibeamte.

Das SA-Konzentrationslager Oranienburg war Prototyp und Modell für die Errichtung künftiger größerer KZs in Deutschland und später in vielen europäischen Ländern.

Die fast auf den Tag zeitgleiche Errichtung des Konzentrationslagers Dachau bei München unter der Leitung der SS für das Land Bayern ist Ausdruck dafür, daß dem ein abgestimmter Plan der Naziführung zugrunde lag.

Der Modellcharakter Oranienburgs zeigt sich in folgenden Tatsachen:

1. Im KZ Oranienburg waren die Hauptgruppe der Gefangenen politische Häftlinge. Neben SPD- und KPD-Mitgliedern wurden parteilose Intellektuelle, Wissenschaftler, Ärzte und Hitlergegner aus anderen Berufsgruppen inhaftiert. Eine zweite Gruppe waren jüdische Bürger, nicht alle von ihnen politisch engagiert. Zur jüdischen Gruppe gehörten auch Kinder und Jugendliche. Von den 42 Zöglingen des jüdischen Jugend- und Fürsorgeheimes Wolzig, die am 15. Juni 1933 in das KZ eingeliefert wurden, sei die Altersstatistik mitgeteilt:

```
 1 Jugendlicher 13 Jahre alt
 1 Jugendlicher 14 Jahre alt
 5 Jugendliche  15 Jahre alt
 7 Jugendliche  16 Jahre alt
12 Jugendliche  17 Jahre alt
12 Jugendliche  18 Jahre alt
 3 Jugendliche  19 Jahre alt
 1 Jugendlicher 20 Jahre alt
```

Im KZ wurden neben Deutschen auch Angehörige anderer Staaten gefangengehalten. Nach bisherigen Erkenntnissen wurden diese in Deutschland lebenden Ausländer verhaftet und ohne Rücksicht auf ihre Staatsangehörigkeit in das KZ Oranienburg gebracht. Es handelte sich um Angehörige folgender Staaten: Frankreich, Österreich, Ungarn, Polen, England, Tschechoslowakei, UdSSR. Staatenlose gehörten ebenfalls zu den Gefangenen. Auch diese Tatsache verbietet es, der Theorie vom »wilden KZ« der Anfangszeit zu folgen. Angehörige der Sinti und Roma bildeten kleinere Häftlingsgruppen. Aber auch kriminell Vorbestrafte wurden »zur Besserung und Erziehung« in das KZ eingeliefert. Unter den Häftlingen waren auch Frauen.

Die Einlieferung erfolgte in der Regel als Polizei- oder Schutzhaft. Dazu waren, entsprechend der Verordnung des Preußischen Ministers des Innern vom 2. März 1933, die Landräte befugt. Darüberhinaus erfolgten die Einlieferungen auf Weisung hoher Naziführer, zum Beispiel durch Goebbels, der als Gauleiter der NSDAP Berlin-Brandenburg gegenüber der SA die Befehlsgewalt hatte und diese auch praktizierte. Als die verantwortlichen Rundfunkintendanten von Berlin eingeliefert wurden, dokumentierte er das in seinem Tagebuch: »9. August 1933 – Die Rundfunkbarone auf meine Verantwortung nach Oranienburg.«

2. Der Aufbau und die Struktur des Lagers ließen die Planmäßigkeit der Errichtung des KZs Oranienburg erkennen. Die SA-Lagerkommandantur mit einzelnen Abteilungen und Wachpersonal in Gestalt der SA, die als »Hilfspolizisten« eingestuft wurden, hatte im Lager eine strenge militärische Ordnung errichtet. Die Gefangenen waren Kompanien zugeordnet, diese wiederum in Züge unterteilt. Als Besonderheit gab es eine spezielle Judenkompanie. Alle Kompanien hausten in einem festen, menschenunwürdigen »Schlafsaal«. Es gab folgende Dienstordnung im Lager:

05.30 Uhr: Wecken
05.30 – 06.00 Uhr: Betten machen
06.00 Uhr: Antreten zum Appell
06.00 – 06.30 Uhr: Entgasung (Entlüftung der Unterkünfte)
06.30 – 07.00 Uhr: Waschen, anziehen
07.00 – 07.30 Uhr: Kaffee
07.30 – 12.30 Uhr: Arbeitsdienst
12.30 – 13.30 Uhr: Essen, Ruhe
13.30 – 16.00 Uhr: Exerzieren etc.
16.00 – 17.30 Uhr: Sport
19.00 Uhr: Abendessen
20.30 Uhr: Locken (Vorbereitung auf die Nachtruhe)
21.00 Uhr: Zapfenstreich

Dieser Dienstplan galt nur für den Ablauf im Lager. Bei Arbeitseinsätzen außerhalb des Lagers war auf 06.30 Uhr der Abmarsch zur Arbeitsstelle festgelegt.

Wie in den großen Lagern in späteren Jahren üblich, wurden für bestimmte Tätigkeiten und Funktionen zur Aufrechterhaltung der Lagerordnung Häftlinge eingesetzt. Im konkreten Fall waren auch die »Zugführer« Häftlinge.

3. Der Ausbau und die Aufrechterhaltung des Konzentrationslagers waren nur möglich, weil die Stadtväter und die Mitglieder der Stadtverwaltung von Oranienburg der SA und der NSDAP wohlgesonnen waren und der SA-Lagerleitung aus Mitteln der Stadtsparkasse einen günstigen Kredit zur Einrichtung des »Musterlagers« der SA-Standarte 208 gewährten, für eine deutsche Kommune im Anfangsjahr der Nazidiktatur eine Einmaligkeit. Bereits im Mai 1933 kam es zur direkten Zusammenarbeit zwischen dem Stadtbauamt und den Einrichtern des Konzentrationslagers: Die Ausbauzeichnung des Verwaltungsgebäudes in der Berliner Straße 21 beweist, daß sie von städtischen Beamten angefertigt wurde.

Einmalig für diesen Zeitabschnitt ist auch das im Mai 1933 konzipierte »Arbeitsbeschaffungsprogramm« des Konzentrationslagers. Die durch den Staat zur Verringerung der Arbeitslosigkeit bereitgestellten Mittel wurden einerseits von der Stadt in Anspruch genommen, andererseits setzte man für diese Arbeiten keine ABM-Kräfte ein, sondern KZ-Häftlinge, die wie billige Arbeitssklaven behandelt wurden. Die Stadt vergütete den Wocheneinsatz mit einem finanziellen Entgelt von 6,- RM. Das entsprach einem Stundenlohn von 9 Pfennigen. Dieses Geld erhielt die Lagerführung. Die Häftlinge erhielten nichts. Höhepunkt der Zusammenarbeit war ein Sechspunktevertrag, abgeschlossen zwischen Stadtverwaltung und KZ-Lagerführung über den Einsatz von Gefangenen in Oranienburg und weiteren Orten des Kreises Niederbarnim. Städtische Beamte wurden als kontrollierende Aufsichtspersonen bei den verschiedenen Arbeitskolonnen eingesetzt und entschieden über manches Häftlingsschicksal. Solcherart Unterstützung und Hilfe trug dazu bei, daß das KZ Oranienburg fast eineinhalb Jahre existieren konnte, ohne größere finanzielle Hilfe des Staates in Anspruch nehmen zu müssen. Das stellt eine Vorstufe der ab 1942 in den Konzentrationslagern geübten Praxis dar, Häftlinge an Unternehmen und Konzerne zu vermieten. – Eine historische Schuld von Oranienburgs Stadtvätern, die ihresgleichen sucht.

Nach bisherigen Berechnungen kann davon ausgegangen werden, daß die Häftlinge auf den verschiedensten Arbeitskommandos mindestens 500.000 Arbeitsstunden ohne Bezahlung geleistet haben. Bei einem Ansatz von 9 Pfennigen pro Stunde waren das für die SA-Lagerführung Einnahmen von 45.000 RM. Sicher eine geringe Summe im Vergleich zu den Millioneneinnahmen, die durch den Häftlingsverleih während des Krieges zustandekamen.

4. Erstmalig für ein KZ des Jahres 1933 führte die SA-Lagerleitung ab Mitte des Jahres 1933 Lagergeld ein. Die mitgebrachten bzw. übergebenen Geldbeträge wurden durch die Lagerführung eingezogen, und dafür erhielten die Gefangenen Lagergeld, das sie zum Einkauf in der KZ-Kantine berechtigte. Ein Drittel des abgelieferten Geldbetrages wurde für »Unkosten« einbehalten: eine zusätzliche Geldeinnahme für die SA-Lagerführung, die keinerlei Kontrollen unterlag. In einem der hier abgedruckten Erlebnisberichte wird dieser Betrug an den Häftlingen dokumentiert.

5. Vom Lagerarzt Dr. Lazar wurden wahre Todesursachen verschwiegen und gefälscht. Die zuständigen Ärzte des Krankenhauses von Oranienburg wurden unter Druck gesetzt, um schriftliche Diagnosen von Todesfällen um Monate verspätet zu veröffentlichen. In der Todesstatistik von Oranienburg gibt es nach wie vor Lücken. Eine Anzahl von Häftlingen erlag den Folgen der KZ-Haft erst Monate oder Jahre später. Ein Beispiel dafür ist der Tod des Berliner SPD-Vorsitzenden Franz Künstler.

6. Eine besondere Rolle im Lager spielte die sogenannte »Vernehmungsabteilung«. Bis Oktober 1933 wurde sie von SA-Sturmbannführer Krüger geleitet. Sie ist im Vergleich zu späteren Jahren mit den Politischen Abteilungen gleichzusetzen. Die Praxis, Häftlinge wie Schwerverbrecher zu kennzeichnen, wurde mittels der Häftlingskartei mit Lichtbildern und Vernehmungsprotokollen ergänzt. Diese Unterlagen waren eine der Möglichkeiten, welche die Gestapo in späteren Jahren nutzte, um sogenannte »Rückfällige« wiederum in Haft zu nehmen.

Die Vernehmungsabteilung im berüchtigten »Zimmer 16« des Verwaltungsgebäudes der Lagerleitung war mit umfassenden Vollmachten ausgestattet. Bei ihr wurde auch der Einsatz von Spitzeln gesteuert, welche die SA unter die Häftlinge brachte, und es wurden Methoden ersonnen, die Häftlinge gegeneinander aufzuwiegeln.

SPD-Funktionäre wurden grundsätzlich als »Novemberverräter« bezeichnet. Friedrich Ebert, Reichstagsabgeordneter der SPD und Sohn des früheren Reichspräsidenten, war besonderen Schikanen ausgesetzt. Während anderen Häftlingen die Haare kahlgeschoren wurden, ordnete Sturmbannführer Krüger an, bei ihm einen Kranz von Haaren stehen zu lassen, um ihn besonders lächerlich zu machen. Die kahlgeschorenen Stellen stellten das Symbol der Eisernen Front dar. Ähnlich erging es auch anderen Gefangenen.

7. Die Lagerleitung hatte einen umfassenden Strafenkatalog erarbeitet, der Einzel- und Kollektivbestrafungen umfaßte. Neben Einzelarrest – Dunkelhaft im Eiskeller der alten Brauerei –, gab es die berüchtigten »Steinsärge von Oranienburg«. Das waren Einzelzellen aus Beton und Steinen in der Größe von 60 mal 60 Zentimetern, knapp mannshoch: eine Art aufrechtstehender Sarg. Später, im KZ Auschwitz, griff die SS auf diese Strafart zurück.

An Kollektivstrafen waren besonders gefürchtet: Post- und Besuchssperren über mehrere Wochen. Eine der Kollektivstrafen war auch der sogenannte »Sport«. Hunderte von Männern wurden ohne jeden Grund immer wieder über die Eskaladierwand und den Wassergraben gejagt, und nur wenige waren so durchtrainiert, daß sie diese Anstrengungen aushielten, ohne gesundheitliche Schäden davonzutragen.

Der Name der Stadt Oranienburg wurde 1933 zum Synonym für Konzentrationslager in Nazideutschland. Er war 1933/34 der meistgehaßte Ort im Lande. Schon wenige Tage nach Errichtung des KZs kursierten überall in Preußen Flugblätter, welche die Zustände in Oranienburg anprangerten. Im Flüsterton wurde gefragt: »Kennen Sie das neueste Berliner Sprichwort? Es lautet: ›Schweigen ist Gold – Reden Oranienburg‹.« So reagierten die in die Illegalität gegangenen und die noch in Freiheit gebliebenen Gegner und Kritiker des Nazi-Regimes in ihrer Art auf das Lager in der »alten Brauerei«. Joseph Goebbels schrieb am 18. Mai im »Angriff«, Zeitung der NSDAP für Berlin-Brandenburg: »Kritik war nur noch denen erlaubt, die sich nicht fürchteten, ins Konzentrationslager zu kommen.« Der SA-Lagerkommandant Schäfer war übrigens bei dieser Zeitung angestellt gewesen.

Für das Konzentrationslager Oranienburg lassen sich in seiner Entwicklung folgende Etappen charakterisieren:

Februar bis Juli 1933

In diesem Zeitabschnitt wird das KZ durch SA und Polizei vorbereitet, notdürftig eingerichtet und zur Aufnahme größerer Häftlingsgruppen ausgebaut. Als höchste Belegungsfähigkeit werden 2.000 Personen angegeben. Kleinere KZs in der Umgebung werden aufgelöst und deren Häftlinge nach Oranienburg überführt.

In dieser Zeit veröffentlichen die Nazi-Zeitungen und andere gleichgeschaltete Blätter ausführliche Berichte über das KZ Oranienburg. Den Reigen eröffnet der »Angriff« am 29. März 1933. In diesem wahrscheinlich ersten Artikel wird die Errichtung des KZs verteidigt. Die öffentliche Meinung soll die Existenz der Lager rechtfertigen, denn »es ist ja alles nicht so schlimm, es sind ja Terroristen, die inhaftiert worden sind.«

Neben inländischen Journalisten besuchen auch Ausländer das KZ. Selbst das Auswärtige Amt wird eingeschaltet, um in Deutschland weilenden Delegationen aus verschiedenen Ländern das Lager zu zeigen. Beispiel dafür ist der Besuch einer chinesischen Delegation am 31. März 1933. Auch Rundfunk und andere Medien berichten über das Lager. So wird im Rahmen einer Wochenschau ein dreiminütiger Beitrag über das KZ Oranienburg in allen 5.000 Kinos Deutschlands gezeigt.

Bemerkenswert für diesen Zeitabschnitt ist die Tatsache, daß offizielle Regierungsstellen auf Proteste ausländischer Bürger reagieren. So erfahren die in den USA lebenden Eltern des Zöglings Salo Schächter von dessen Verhaftung und schicken an den Kommandanten Schäfer dieses Telegramm: »Warum wurde Sohn Salo aus Zöglingsheim Wolzig interniert. Familie kommt im August nach hier, bitten um Entlassung, um unliebe diplomatische Schritte zu ersparen. Schächter, Brooklyn, New York.« Schäfer nimmt Rücksprache mit dem Regierungspräsidenten und seinen Vorgesetzten. Zwei Tage nach Erhalt des Telegramms telegrafiert er am 22. Juni 1933 zurück: »Sohn Salo Zöglingsheim Wolzig befindet sich auf freiem Fuß.«

Die Höchstzahl der Gefangenen beträgt im Juli 1933 nach Meldung der Landräte aus 15 Kreisen des Regierungsbezirks Potsdam und Berlin 906 Personen, dazu kommen 43 Gefangene aus Anhalt.

August bis Dezember 1933
Kennzeichen dieser Etappe sind der weitere Aus- und Umbau des Lagers und die Einrichtung verschiedener Handwerkerkommandos. Diesen obliegt es, neben den handwerklichen Leistungen innerhalb des Lagers, auch für Sonderdienste der SA-Führung herangezogen zu werden. In der benachbarten Tischlerei Grabs sind ständig acht bis zehn Häftlinge dabei, die »Extrawünsche« der SA-Führer zu befriedigen. So berichtet der in Oranienburg wohnende Herbert Sch.: »Ich war 1933 bei der Tischlerei Grabs als Lehrling angestellt. Wir konnten aus unseren Fenstern täglich die Arbeitskolonnen sehen und verfolgen, wie die Häftlinge beim Exerzieren schikaniert wurden. Ich kann bestätigen, daß durch Häftlinge exklusive Herrenzimmer und andere Möbelstücke für die SA-Führer angefertigt wurden. Dazu wurde der Maschinenpark der Tischlerei genutzt.«

Der ehemalige Häftling Erich Eisenberger aus Mühlenbeck gibt zu Protokoll: »Ich war im Kommando Schneiderei beschäftigt. Als gelernter Schneider mit Meisterprüfung mußte ich so manche Extrauniform oder maßgeschneiderte Anzüge für die SA-Offiziere, natürlich ohne Geld, anfertigen.«

Es entsteht das erste Außenlager in Blumberg bei Bernau.

Im September 1933 gelingt es dem Brandenburger Arthur Pätzke zu fliehen. Er entkommt in die Tschechoslowakei. Im Dezember des gleichen Jahres gelingt Gerhart Seger aus dem Außenkommando in Germendorf die Flucht.

Im August 1933 liegt die Höchstbelegung des Lagers bei 1.000 Gefangenen. Neben dem Regierungsbezirk Potsdam überstellen nunmehr auch andere Regierungsbezirke von Preußen Häftlinge nach Oranienburg.

Im November 1933 soll das KZ geschlossen werden. Es ist

geplant, die noch inhaftierten Gefangenen in die staatlichen KZs Sonnenburg, Brandenburg und Papenburg zu überführen. Aus bisher nicht bekannten Gründen erfolgt keine Schließung, sondern im Gegenteil eine »Anerkennung« als »staatliches Lager«, in das Häftlinge aus allen Teilen Preußens eingeliefert werden. So heißt es in einem Schnellbrief vom 24. 11. 1933 an den Regierungspräsidenten in Oberschlesien: »Ersuche von 300 Häftlingen 100 gesunde männliche Personen auszuwählen und sie nach Oranienburg zu bringen. Unterschrift: Innenminister.«

Januar bis Anfang Juli 1934

In diesem Zeitabschnitt endet die Periode des von der SA und der Polizei geleiteten KZs. Die Mehrzahl der Häftlinge kommt nicht mehr aus dem Kreis Niederbarnim, sondern zum Beispiel aus dem Rhein-Main-Gebiet. Die Auflösung des KZs Brandenburg und die Überstellung der Männer des späteren Frauen-KZs Mohringen läßt die Häftlingszahlen wieder in die Höhe schnellen.

Gerhart Seger schreibt im Prager Exil im Auftrag des Parteivorstandes der SPD seine Erlebnisse im KZ Oranienburg nieder. Dieses hier ungekürzt nachgedruckte kleine Buch ist geeignet, das KZ und die dort herrschenden Foltermethoden in der ganzen Welt mit einem Schlage bekannt zu machen. Die Propagandamaschine der Nazis läuft auf Hochtouren. Lagerkommandant Schäfer erhält den Auftrag, eine Gegendarstellung mit dem Ziel zu schreiben, die Haftbedingungen im Lager zu verharmlosen und zu rechtfertigen. Mit dem Erscheinen seines hier ebenfalls in wesentlichen Teilen wieder veröffentlichten »Anti-Braunbuches« setzt eine bis dahin nicht gekannte und auch später niemehr praktizierte Gegenpropaganda der Nazis ein. Die Zeitschrift »Der Aufbau«, Organ der deutschen Arbeitsfront, nennt das Buch »eine fesselnde Schilderung vom Werden des KZ Oranienburg. Es bildet die beste Widerlegung der im Ausland besonders über Oranienburg verbreiteten Greuelmärchen.«

Mit der Verbreitung dieses Buches und dem Fortsetzungsabdruck in der Tagespresse Deutschlands ist eine frühe Version der »Auschwitz-Lüge« geboren.

Am 31. März 1934 vollzieht sich in der Lagerführung ein

Wechsel. Schäfer wird in »Anerkennung seiner Verdienste« am 20. April 1934 zum Obersturmführer befördert. Zugleich übt er seit dem 1. April die Funktion als Leiter der Strafgefangenenlager in Papenburg aus. Er wird in den Justizdienst übernommen und im Mai 1936 zum Oberregierungsrat befördert.

Neuer Lagerkommandant wird SA-Sturmführer Hörnig.

Juli 1934 bis Herbst 1936
Wenige Tage nach den Ereignissen vom 30. Juni 1934, als »Röhm-Affäre« bekannt geworden, vollzieht sich am 6. Juli 1934 die Übernahme des KZs Oranienburg durch die SS-Wachtruppe. Leiter dieser Aktion ist SS-Gruppenführer Eicke. Er hat Unterstützung durch den Standartenführer Voggenauer. Im Zusammenhang mit dieser Aktion wird der jüdische deutsche Schriftsteller Erich Mühsam am 9. Juli 1934 ermordet. Sein Tod ist durch die Nazis vorprogrammiert. Bereits im April 1933 schreibt Goebbels, Mühsam sei »ein jüdischer Wühler«, mit dem man kurzen Prozeß machen werde.

Im Verlauf des Juli 1934 werden die im Lager verbliebenen Häftlinge entweder in die Moorlager überführt, kommen in das KZ Lichtenburg, oder sie werden entlassen.

Nach der Übernahme des Lagers durch die Geheime Staatspolizei wird mit Schreiben vom 12. 9. 1934 entschieden, daß das KZ Oranienburg als Reservelager für Berlin zunächst weiter bestehen bleibt. Als Konzentrationslager wird es offiziell am 20. April 1935 geschlossen.

In den Räumlichkeiten findet jedoch ein neuer Anfang statt. In Verbindung mit der Bildung der SS-Totenkopfstandarte »Brandenburg« wird es von den Wacheinheiten der SS in Beschlag genommen, und als im Juli 1936 mit dem Aufbau des KZs Sachsenhausen am Ostrand der Stadt Oranienburg begonnen wird, dient das ehemalige KZ Oranienburg als Unterkunft für die Wachmannschaften dieses KZs. Erst nach Fertigstellung neuer Kasernen wird das Objekt geräumt. Nun erfolgt der Umbau zu einem größeren Polizeigewahrsam. Auch die Technische Nothilfe, der Luftschutz und andere paramilitärische Einheiten werden dort stationiert.

Im Frühjahr 1943 werden in den Räumlichkeiten jüdische

Bürger inhaftiert, um von da aus ihren Weg in die Gaskammern von Auschwitz anzutreten. Keiner dieser Menschen kehrt je zurück.

Während des ersten größeren Bombenangriffs auf Oranienburg, am 6. März 1944, wird ein großer Teil der Gebäude zerstört.

Im September 1945 findet auf dem Gelände ein Treffen von Oranienburger Antifaschisten statt. Drei Jahre später wird an gleicher Stelle ein Gedenkstein für den ermordeten Dichter Erich Mühsam enthüllt.

Gerhart Seger

Oranienburg
Erster authentischer Bericht eines aus dem Konzentrationslager Geflüchteten
Mit einem Geleitwort von Heinrich Mann

Am 4. Dezember 1933 floh der langjährige Reichstagsabgeord-
nete der SPD Gerhart Seger nach halbjährigem Zwangsaufent-
halt im Konzentrationslager Oranienburg aus diesem Lager.
Nach einer abenteuerlichen Reise durch Deutschland erreichte
er 22 Stunden später die rettende Grenze zur Tschechoslowakei.
In Prag, dem zeitweiligen Sitz des aus Deutschland emigrierten
Büros seiner Partei, begann er in deren Auftrag mit der Nieder-
schrift seiner Erlebnisse in Nazideutschland. Im Februar 1934
erschien sein Buch in Heft 5 der Schriftenreihe »Probleme des
Sozialismus«. Druck und Herstellung erfolgten durch die Ver-
lagsanstalt Graphia im damaligen Karlsbad.

Wenige Monate später wurde Seger die deutsche Staatsbür-
gerschaft aberkannt. In der Begründung dafür hieß es u.a.:
»Der am 16. November 1896 zu Leipzig geborene deutsche
Staatsangehörige Redakteur Gerhart Seger, der seit 24. Septem-
ber 1928, von Berlin kommend, mit kurzer Unterbrechung in
Dessau ansässig war, ist, nachdem er infolge seiner hetzerischen
politischen Tätigkeit im Konzentrationslager Oranienburg war,
von dort ausgebrochen...

Auf Grund seines Verhaltens, das gegen die Pflicht zur Treue
gegen Reich und Volk verstößt, ist es unumschränkte Notwendig-
keit, ihm die deutsche Reichsangehörigkeit für verlustig zu erklä-
ren.«

Gerhart Segers Erlebnisse in Oranienburg wurden in sieben
Sprachen übersetzt. Seine Vortragsreisen nach Frankreich, in
die nordischen Länder, nach England und in die USA hinter-
ließen bei den Zuhörern tiefe Spuren.

Gerhart Seger kehrte nicht wieder nach Deutschland zurück.
Sein Leben endete am 21. Januar 1967 in New York.

Janheliveld
12. 2. 33.
Amsterdam

Ich widme diese Schrift den Frauen der politischen Gefangenen.

Viele Tausende von Frauen der gefangenen und gequälten Opfer des deutschen Faschismus haben in dieser grauenhaften Zeit eine unerhörte Tapferkeit, eine nahezu übermenschliche Kraft des Duldens, eine seltene Macht der Treue, ein wahres Heldentum gezeigt. Der Dank, den wir diesen Frauen schulden, ist ebenso unbegrenzt wie die Achtung vor ihnen.

Oranienburg

Erster authentischer Bericht eines aus
dem Konzentrationslager Geflüchteten

Von Gerhart Seger

Mitglied des deutschen Reichstags der
V., VI., VII. und VIII. Wahlperiode

Mit einem Geleitwort von
Heinrich Mann

Verlagsanstalt Graphia, Karlsbad

Titelblatt der Erstausgabe des Berichtes von Gerhart Seger

Heinrich Mann an den Verfasser

Sehr geehrter Herr Gerhart Seger!

Sie sind einem der übelsten Orte der Welt entronnen, ich will Sie vor allem beglückwünschen und Ihnen meine Teilnahme aussprechen an Ihrer heutigen Rettung wie an Ihrem vergangenen Leid.

Sie haben im Konzentrationslager Oranienburg körperlich und seelisch gelitten, und alles wurde Ihnen zugefügt von Wesen mit Menschengesicht, denen Sie nichts Böses getan hatten, denen Sie vielmehr, nach Ihrer Gesinnung und Ihren Kräften, ein besseres Leben hatten bereiten wollen. Vielleicht noch trauriger war es, als Sie sogar unter Ihren Leidensgefährten, den Opfern derselben Peiniger, noch Feinden, ja Verrätern begegneten. Das müssen beschämende, erdrückende Erfahrungen gewesen sein für jemand, der, wie Sie, ein gewisses Maß von Vertrauen gesetzt hatte in die Gattung Mensch, in die Gesellschaft der Deutschen. Ich fürchte sehr, daß Sie, nach sechs Monaten Oranienburg, anders in die Welt blicken als vorher und daß Ihre Hoffnungen, dieser Gattung, dieser Gesellschaft wäre zu helfen, arg herabgestimmt sind.

Unser aller Hoffnungen haben gelitten, auch wenn wir dem Grauen eines solchen Lagers rechtzeitig ausgewichen sind. Das Jahr 1933 hat jeden von uns um mehr als nur dieses Jahr älter gemacht, es hat auch einen zweiflerischen Sinn schwerer enttäuscht als seine ganze vorige Lehrzeit. Es wäre schon furchtbar genug, wenn in einem Lande, das wir für das unsere hielten, feindliche Orte wie der von Ihnen verlassene bestehen, wenn sie von den Regierungen aufrechterhalten und von der Nation geduldet werden. Aber das ist noch nicht alles. Auch außerhalb der Konzentrationslager häuft sich im ganzen Lande eine unvorstellbare Masse von Unrecht und Abscheulichkeit, den Ausschweifungen widerlicher Triebe. Überall mißbrauchen schlechte Gewalthaber ihre unverdiente Macht, und Unterdrückte beugen sich ihnen angstvoll. Ein ganzes Volk wird in Schrecken erhalten, es wird durch Schrecken entsittlicht und verbraucht. Die Unsittlichkeit derer, die es beherrschen, liegt offen zutage: das sind Schwindler, Lügner, Mörder an Leibern und Seelen, es sind stumpfe oder freche Verächter der Menschennatur, auch ihrer eigenen. Indessen ist es schließlich genauso erniedrigend, Unrecht zu dulden wie Unrecht zu tun. Deutschland duldet es ohne Gegenwehr.

Dies Volk läßt das durchaus Schlechte über sich ergehen ohne einen Versuch des Widerstandes. Es wagt nichts, sondern duckt sich. Andere sagen von ihm ohne Achtung, daß es sich zum Martyrium nicht berufen fühle. Aber allein mit Ergebung ist es nicht getan für ein Volk, das seine Freiheit einmal aufgegeben hat. Immer mit Schrecken und schlechtem Gewissen, hat es sich dennoch verleiten lassen, allmählich dieselbe Geisteshaltung anzunehmen, die seine neuen Herren gleich fertig mitgebracht hatten. Die Grausamkeiten an Schwächeren haben um sich gegriffen, die Ausnutzung unverantwortlicher Vorteile ist Übung geworden im Bereich der einzelnen, nach dem Muster, das der Staat und seine Nutznießer aufstellten. Erpressungen, Denunziationen, die gnadenlosesten und erbärmlichsten Mittel zur Vernichtung von Unbequemen – alles, wovon ehemals das Gesetz und menschliche Scheu noch den innerlich Unanständigen zurückhielten, es ist jetzt freigegeben für den ganzen Umfang der menschlichen Beziehungen, es ist erlaubt und erlernt, ist alltäglich und gilt sogar für ein Kennzeichen der echten Volksgenossen. Entschuldigungen findet jeder Private in dem Zustand der Öffentlichkeit, und Rechtfertigungen werden geliefert von den Propagandisten des Regimes. Wozu gäbe es den nationalsozialistischen Fanatismus! Eben, damit man die eigene Feigheit und Schwäche beschönigen, dabei aber geistig und sittlich so hemmungslos verwahrlosen kann wie nur je durch Fanatismus.

Übrigens war Fanatismus immer vereinbar mit vollendeter Ungläubigkeit. Auch dieser nationalistische ist gesättigt mit Heuchelei, er ist die Art, wie Menschen ohne innere Kraft und Verpflichtung sich daraus eine Waffe machen, daß sie zur gemeinen Menge gehören und aufgehn in der Menge der Gemeinheit. Was vorgeht, ist der Versuch einer erniedrigten Nation, sich für erhoben auszugeben, und erwacht will sie scheinen, während soeben tiefe Nacht über sie hereingebrochen ist. Den

Blicken enthüllt sich ein Taumel der verkommenen Leidenschaften, gleichzeitig aber ertönen Reden über einen »Vernunftstaumel«, der überwunden und vorbei sei. Es ist allerdings um die Vernunft geschehn, aber die Unvernunft ist deshalb noch nicht ehrlich. Zergliedernde Erkenntnisse, die man schon längst hätte haben können und auch hatte, werden nicht wirklich rückgängig gemacht, wenn man sich plötzlich für eine heroische Ungebrochenheit erklärt. »Arier«, in deren eigenen Lehrbüchern steht, daß es keine gibt, begründen vergebens ihre Überhebung über Mitmenschen mit einem ungeglaubten Wort. Zuletzt weiß man durchaus, was man tut und wohin man treibt. In Katastrophen natürlich, und sie müssen so ungeheuer sein wie die vorhergegangene Selbstaufgabe.

Wir können nur abwarten, bis der schwere und harte Ordnungsruf, den das Schicksal einer so weit abgewichenen Nation nicht ersparen wird, erfolgt ist und die Besinnung eingesetzt hat. Eine Frage: möchten Sie vorher zurückkehren? Ich meine, zurückkehren unter verbürgter Gefahrlosigkeit, wenn es denkbar wäre, und mit freiem Geleit sozusagen? Ich selbst dann nicht. Das Land, an dem auch ich mit meinem Dasein beteiligt gewesen bin, bedrückt und quält mich schon aus der Ferne genug, seine unmittelbare Gegenwart ertrüge ich nicht, und ich kenne die Verzweiflung mancher, die sie ertragen müssen. Ich will nicht Menschen wiedersehn, die sich dazu verstanden haben, das alles mitzumachen, es auch noch zu verherrlichen, es zu idealisieren. Sich und anderen täuschen sie eine neue großartige Geisteshaltung vor, aber nur die nackte Gewalt war ihr Anlaß. Nur das armselige Interesse und die schimpfliche Auflösung ihres Gewissens verbergen sich hinter all den Ausreden. Idealisten, die in der Atemnähe von Konzentrationslagern wohnen, sind von jeher geistig Ehrlose gewesen; und die geistige Ehrlosigkeit ist der Anfang jeder anderen. Sie haben Ehren und Pensionen von der Republik empfangen und nehmen dasselbe und noch mehr von dem Regime, das ihre Kameraden martert oder austreibt, sie aber blühen, gedeihen und singen das Lob ihrer Ernährer.

Ich will die Hände der falschen Freunde nie wieder berühren, will an Gestalten, die mich, aber zuerst sich selbst verraten haben, nie mehr auch nur das leerste Wort richten müssen. Ich muß es auch nicht, und Sie, Herr Gerhart Seger, müssen es ebensowenig. Dies Gute hat die Verbannung, so bitter sie uns sonst schmeckt.

Heinrich Mann

Ich schwöre, daß ich nach bestem Wissen und Gewissen die reine Wahrheit sagen, nichts verschweigen und nichts hinzusetzen werde.

Gerhart Seger

I. Vom Gefängnis ins Konzentrationslager

Der Transport nach Oranienburg – Der Empfang im Lager – Die Schlafsäle: nasse Kühlkeller einer Brauerei – Die ersten Eindrücke.

Der feste Schritt des Wärters erklingt auf dem Gefängniskorridor. Die Schlüssel rasseln, das Schloß knirscht, die schwere Tür geht auf: »Alles transportfertig machen! Sie werden heute nach Oranienburg ins Konzentrationslager überführt.«

Oranienburg – welch ein Ort! Einst bloß der Name einer Stadt vor den Toren Berlins, einer Stadt mit schönem Schloß und Park, mit gutgehenden Fabriken, mit ruhig-behaglichen Wohnvierteln pensionierter Beamter – heute der Name eines Ortes, der immer, immer wieder nur mit einem verzweifelten Fluch auf den Lippen genannt wird, der Name eines Ortes, dessen Mauern tausendfältige Qual umschließen, der Name eines Ortes, nach dem sich die schmerzlichsten Gedanken so vieler, vieler Frauen gepeinigter Männer in Hoffnungslosigkeit richten, der Name eines Ortes, der in manches Herz unschuldiger Kinder das erste böse Gift des Hasses senkte. Oranienburg!

Der große Polizeiwagen fährt mit uns langsam aus dem Tor des Dessauer Gerichtsgefängnisses auf die Straße hinaus. Es ist der 14. Juni. Auf beiden Seiten der Straße vor dem Gefängnis warten Menschen. Links stehen unsere Freunde, unsere Frauen, die uns einen letzten Gruß zuwinken, auf den Gesichtern die bangen Zweifel über die Ungewißheit des Schicksals, dem wir entgegenfahren. Rechts drüben drängen sich die Nationalsozialisten; auch Menschen, aber haßverzerrte Mienen, hämische Genugtuung über unseren Abtransport nach einer Kulturstätte des Dritten Reiches geben zu erkennen, wie wenig Menschlichkeit diese »Weltanschauung« in ihren Anhängern noch übrigließ.

Auf dem Bahnhof stehen zwei Personenwagen, zum Teil schon angefüllt von Schicksalsgenossen aus den anderen Kreisen des Landes Anhalt. Mit dem fahrplanmäßigen Berliner Personenzug rollt der Transport aus Dessau hinaus; 42 Schutzgefangene, 39 Kommunisten und mit der KPD Sympathisierende,

3 Sozialdemokraten. Die mitfahrenden Polizeibeamten erweisen sich als umgängliche Begleiter: sie sorgen für Trinkwasser, einige geben den Gefangenen ihren eigenen Kaffee aus den Feldflaschen, und auf den wenigen Stationen mit längerem Aufenthalt verschaffen sie Zigaretten. Von Charlottenburg aus werden die Transportwagen um Berlin herum nach dem Stettiner Bahnhof gefahren und dort an den Stralsunder Personenzug angehängt. Eine knappe Stunde später – und wir halten auf dem Bahnhof Oranienburg: »Alles aussteigen!«

Durch einen Nebenausgang werden wir von den Polizeibeamten auf den Bahnhofsvorplatz hinausgeführt, eine Marschkolonne wird formiert, und los geht's – Richtung Konzentrationslager. Wer konnte ahnen, daß es für zwei mitmarschierende Kameraden der letzte Weg ihres jungen Lebens war?

Menschen gingen in den Straßen ihren Geschäften nach, als sei es ihnen eine alltägliche Erscheinung, solchem Transport zu begegnen. Und doch zeigte uns mancher scheue Blick, der den Zug streifte, wie sehr die Einwohner dieser Stadt empfanden, was man da in ihrer Mitte eingerichtet hatte! Auf unserem kurzen Marsch überquerten wir die Havel und sahen dabei die Badeanstalt liegen – lebenslustige Jugend tollte umher und sprang, einander mit heiteren Zurufen lockend, ins aufspritzende Wasser. Das war das Leben, die Freiheit, die Freude – wir aber? Links, zwei, drei, vier – in eintönigem Gleichmaß des Marschschrittes zogen wir weiter, dem Lager zu, das den Tod, das nie zuvor erlebte Folter, das nie vorher gekannte Gefangenschaft niedrigster Art bedeuten sollte. Auf der Berliner Straße, wenige hundert Meter vor dem Lager, kam eine Abteilung SA anmarschiert. Kurze Kommandos ertönten, und die Prätorianer des Dritten Reiches umschlossen von allen Seiten unseren Zug. Rechts von der Straße tauchte ein Fabrikgrundstück mit langgestreckten Gebäuden auf, Stacheldraht spannte sich über den Mauern entlang, und über dem Eingang (wo man in Gedanken Dantes Hölleninschrift suchte: Die ihr hier eintretet, lasset alle Hoffnung fahren!) stand zu lesen: »Konzentrationslager der Standarte 208«, was dasselbe bedeutete.

»Abteilung halt! – Rührt euch! – Richt euch! – Stillgestanden! – Rührt euch! – Stillgestanden! – Rührt euch! – Stillgestanden! – Rührt euch! – Stillgestanden! – Ach, ihr könnt das noch nicht? Na, das werden wir euch schon noch beibringen!«

Auf dem weiten gepflasterten Hof wurde gefegt, gesprengt, wurden Leute hin und her gejagt. Eine Anzahl junger Menschen, alle mit glattgeschorenem Kopfe, trugen Schutt und Steine aus einer Ecke des Hofes in die andere und aus der anderen wieder in die eine; manche waren damit beschäftigt, mit kleinen Holzstückchen und Glassplittern das zwischen den Pflastersteinen des Hofes wuchernde Gras Halm für Halm auszurupfen. Alle diese verschiedenen geistvollen Abarten nationaler Aufbauarbeit sollten auch wir noch zur Genüge kennenlernen.

Das Konzentrationslager Oranienburg befindet sich in einer Fabrik, die ursprünglich eine Brauerei war und später als Gießerei und gelegentlich auch als Fabrik für Radiozubehörteile diente. Als am 14. Juni der erste Transport anhaltischer Schutzhaftgefangener eingeliefert wurde, befand sich das Lager, obwohl schon mehr als zwei Monate bestehend, noch immer in den ersten Anfängen der Einrichtung. Nur wer das alles Tag für Tag, Woche für Woche, Monat für Monat, vom Sommer über den Herbst zum Winter miterlebt hat, kann sich ein Bild von der grauenhaften Gewissenlosigkeit machen, mit der man Menschen einlieferte und in den Kühlräumen dieser ehemaligen Brauerei zusammenpferchte, ehe auch nur die geringsten Voraussetzungen für deren Unterbringung geschaffen waren. Dafür soll als Beweis ein erstes Beispiel der äußeren Tatsachen gegeben werden:

Die mit meterdicken Mauern umgebenen, mit gewölbter Decke versehenen langgestreckten Flaschenbier-Kühlkeller dieser ehemaligen Brauerei dienen – noch heute – als Schlafsäle. Zuerst lagen wir auf dem Zementfußboden. Jeder hatte einen Strohsack, den die Gefangenen natürlich selbst stopften, von irgendeiner noch so bescheidenen Art von Kopfpolster oder einer am Kopfende erhöhten Unterlage der Strohsäcke war keine Rede, von Bettwäsche ebenfalls nicht. Wir lagen auf dem rohen Strohsack, von den Wänden rann das Wasser, so daß das Stroh von unten her schon nach wenigen Tagen trotz fortgesetzten Wendens der Strohsäcke zu faulen begann. Zum Zudecken erhielten wir jeder zwei leere Strohsäcke; da diese aus einem beinahe papierstoffähnlichen, steifen, groben Gewebe bestanden, wie es noch aus der Ersatzwirtschaft der Kriegszeit her erinnerlich ist, kann man sich leicht vorstellen, daß wir trotz der sommerlichen Jahreszeit froren wie die jungen Hunde; Flaschenbier-Kühlkeller pflegen ja auch weder mit der Fensterfront nach Süden noch auch sonst so angelegt zu sein, daß sie leicht von der Sonne erwärmt werden könnten – im Gegenteil! Wir lagen also, feucht und kalt, wochenlang in diesen Katakomben auf dem Zementfußboden; die meisten unter uns wagten gar nicht, des Nachts auch nur ein Kleidungsstück abzulegen. Aber wie wohl wäre uns trotzdem noch gewesen, wenn wir zu Beginn unserer Oranienburger Passionszeit hätten ahnen können, daß der Besitz von zwei leeren Strohsäcken zum Zudecken nur ein vorübergehender Luxus war? Nach einigen Wochen nämlich erfolgten unter der vorbildlichen Verwaltung des Dritten Reiches die Verhaftungen und Überführungen ins Konzentrationslager bedeutend schneller als die Lieferung unserer Strohsäcke. Also mußten wir, in mehrfachen Appellen immer wieder gesiebt, zum größten Teil die zum Zudecken erhaltenen leeren Strohsäcke wieder abgeben, damit sie gestopft und den Neuankömmlingen als Schlafunterlage gegeben werden konnten. Durch einen mehrwöchigen Zeitraum hindurch hatte ein großer Prozentsatz der Gefangenen, zuweilen mehr als die Hälfte der Lagerinsassen, buchstäblich nichts anderes zum Zudecken als den eigenen Bauch – also nichts! Und das in Kühlkellern mit meterdicken Mauern!

Wir schliefen aber inzwischen nicht mehr auf dem Fußboden. Eines Tages wurden Balken und Bretter angerollt, und mit viel Überstunden – um dem einheimischen Oranienburger Handwerk eine allzu hitzige Arbeitsbeschaffung zu ersparen, arbeiteten überwiegend unter den Gefangenen ausgesuchte Zimmerleute – wurden in die Schlafkatakomben »Betten« eingebaut. So viele Bilder auch aus dem Oranienburger Lager im Laufe der Zeit in der nationalsozialistischen Presse erschienen sind, so hat man sich doch sorgfältig gehütet, diese Kaninchenställe – anders kann man die Schlafsäle der Gefangenen nicht bezeichnen – der Öffentlichkeit im Bilde vorzuführen. Die Kühlkeller sind lange, schmale Räume, die auf einen dunklen Gang münden, während an der entgegengesetzten Schmalseite sich ein Fenster (mit ganz unzulänglichen Möglichkeiten der Lüftung) befindet. In diese Kellerschläuche wurden nun rechts und links Pfostengestelle eingebaut, die ohne Unterbrechung vom Gang bis zum Fenster reichen. Auf diesen Gestellen liegen die Gefangenen noch heute, drei Etagen übereinander! In jedem Kellersaal sind bei voller Belegung je nach der Größe des Raumes durchschnittlich 138 Menschen untergebracht. Die Betten liegen so dicht übereinander, daß sich der Gefangene knapp bis zum aufrechten Sitz erheben kann, und da sich keine Zwischenräume von Bett zu Bett befinden, müssen die Gefangenen tatsächlich wie in einem Kaninchenstall vom Fußende her auf ihre Lagerstätte hinaufkriechen. Ein Gefangener hat den Schlafsaal seiner Kompanie, der noch nicht die schlechtesten Bedingungen aufwies, sachverständig ausgemessen und festgestellt, daß in diesen Schlafsälen auf jeden Gefangenen im Durchschnitt 3 Kubikmeter Luftraum entfallen. Das ist noch nicht ein Drittel dessen, was selbst in veralteten Zuchthäusern dem Verbrecher an Luftraum zugebilligt wird. Von der Beschaffenheit der Luft am Ende einer solchen Nacht eine Beschreibung zu geben ist schlechterdings unmöglich.

Nachdem sich die Gefangenen monatelang mit diesem Zustand abgequält hatten, schien sogar selbst der Leitung des Lagers Oranienburg einzuleuchten, daß diese Verhältnisse auf die Dauer völlig unerträglich waren, und sie ließ durch elektrotechnische Facharbeiter unter den Gefangenen in jedem Schlafkeller in die äußerste Ecke eines kleinen Fenstergevierts einen Ventilator einbauen. Diese Ventilatoren laufen seitdem die ganze Nacht hindurch, sie sind aber natürlich nicht entfernt ausreichend, um eine wirksame Verbesserung der Luft herbeizuführen. Selbstverständlich sind die Schlafräume ungeheizt, sie waren es mindestens bis Anfang Dezember, trotz einer außerordentlichen Kälteperiode, die schon eingesetzt hatte.

Nach langen Monaten der behelfsmäßigen Unterbringung wurden dann endlich, wie in jedem normalen Gefängnis und Zuchthaus, den Gefangenen grobe Bettwäsche und zwei Schlafdecken gegeben. Aber bevor dieses geschah, spielte sich noch eine für die Lagerleitung bezeichnende Episode ab:

Einige Vertreter anhaltischer Behörden waren im Lager Oranienburg erschienen, um sich über die Art der Unterbringung und Verpflegung der anhaltischen Schutzhaftgefangenen zu unterrichten. Als diese Beamten (an den Grundsatz gewöhnt, daß ein Staat, der Menschen einsperrt, auch wenigstens bis zu einem gewissen Grade für sie sorgen muß) die skandalöse Schlafgelegenheit der Lagerinsassen sahen, erklärten sie uns, aus den Beständen der anhaltischen Strafanstalt Coswig die erforderliche Menge von Decken und Bettwäsche schicken zu wollen. Wenige Tage darauf verkündete bei einem abendlichen Rundgang durch die Schlafsäle der Lagerkommandant, Sturmbannführer Schäfer (von dem noch mehr die Rede sein wird), daß wir Anhaltiner einen famosen Oberstaatsanwalt hätten, denn er wollte uns Bettwäsche und Decken schicken. Die Bettwäsche und auch die Decken kamen auch aus der Anstalt im Lager Oranienburg an, aber keineswegs auf die Betten der anhaltischen Schutzhaftgefangenen, sondern auf die Betten der SA. Die ganze Wagenladung von Bettwäsche und Decken aus Anhalt wurde zunächst nicht uns anhaltischen Schutzhaftgefangenen, für die sie bestimmt war, ausgefolgt, sondern damit wurden die Schlafsäle der SA ausstaffiert. Erst viele Wochen später, als inzwischen durch die Potsdamer Regierung auch die preußischen Schutzhaftgefangenen mit Decken und Bettwäsche versehen werden konnten, erhielten auch die Anhaltiner die unterschlagene Sendung.

II. Die Folterkammer – Zimmer 16

Wie es bei den »Vernehmungen« zuging – Die ersten Todesopfer der Mißhandlungen – Fragen, Antworten, Gummiknüppel.

Bei unserem Eintreffen im Lager Oranienburg wurde uns von dem Sturmbannführer Krüger gleich versichert, wir wären hier nicht in einem Gefängnis und unterständen nicht etwa Polizeibeamten, sondern wir wären in einem Konzentrationslager der SA, und was das zu bedeuten hätte, würde uns schon noch aufgehen. Es begann uns aufzugehen, als man uns nach einigen

Stunden militärischen Strafexerzierens am ersten und zweiten Tage unseres Lageraufenthalts in einem Tagesaufenthaltsraum unterbrachte, in dem sich die erste Zeit beständig zwei Posten mit geladenem Gewehr aufhielten und aus dem die ersten Gefangenen unseres Transports fortlaufend zu den Vernehmungen nach Zimmer 16 gerufen wurden.

Zimmer 16! Es ist ganz ausgeschlossen, etwa die Zahl der Mißhandlungen festzustellen, die bis zum Tage vor meiner Flucht in diesem Zimmer verübt worden sind und die zweifellos noch heute verübt werden. Ich vermag nicht die genaue Zahl der Menschen anzugeben, die ihr Leben an den Folgen der ihnen im Zimmer 16 zuteil gewordenen »Vernehmung« ausgehaucht haben, und ich beschränke mich daher auf die beiden Fälle, die ich genau kenne, von denen ich aber leider sagen muß, daß sie nicht die einzigen ihrer Art sind. Einer der ersten jungen anhaltischen Kommunisten, die am zweiten Tag in Zimmer 16 zur Vernehmung geholt wurden, war der Arbeiter Hagedorn aus Coswig. Wir haben ihn nach seiner Abholung nicht wieder gesehen. Nach der Vernehmung wurde er zur Sanitätsstube und dann ins Krankenhaus gebracht. Dort verschied er am Tage darauf, weil ihm vom Sturmbannführer Krüger (Trebbin) und seinen SA-Helfern buchstäblich bei lebendigem Leibe die Nieren zerschlagen worden waren. Drei Tage waren wir im Konzentrationslager Oranienburg, und schon hatten wir bei dem anhaltischen Transport von 42 Mann den ersten Toten.

Am 28. Juni, am 14. Tage unseres Aufenthaltes, hatten wir den zweiten Toten, den 31jährigen Arbeiter Sens aus Zerbst. Ich habe ihm in seiner letzten Stunde Wasser gebracht und sonst beigestanden. Die Spuren der Mißhandlungen an seinem Körper, blutunterlaufene, tiefblau und schwarz gefärbte Stellen auf dem Rücken von den Schulterblättern bis zum Gesäß, auf den Oberschenkeln und an den Waden, habe ich gesehen. Ich kann also bezeugen, daß auch dieser vollkommen gesund gewesene kräftige Arbeitersportler von Sturmbannführer Krüger und zwei SA-Männern, also mit drei Gummiknüppeln zu Tode geschlagen worden ist. Er verschied durch Herzschlag infolge der durch die zahllosen und wahnsinnigen Schläge am ganzen Körper aufgetretenen Blutstauungen.

In welcher Weise gleich zu Anfang unseres Aufenthalts in Oranienburg in diesem Zimmer 16 eine Anzahl der mit uns eingelieferten Gefangenen mißhandelt worden sind, sei außer an den beiden schon geschilderten Todesfällen an weiteren Beispielen gezeigt. Offiziell hieß übrigens diese Folterkammer »Polizei- und Vernehmungsabteilung«.

Bei dem ersten anhaltischen Transport befand sich auch ein junger Dachdecker namens Nowak, der durch einen schweren Arbeitsunfall einen Wirbelsäulenbruch erlitten hatte, völlig erwerbsunfähig war und zur Aufrechterhaltung seines Körpers dauernd ein besonderes Korsett tragen mußte. Diesem armen Menschen wurde bei der Vernehmung auf Zimmer 16 ein Stuhl hingestellt. Als er saß, stand vor ihm ein SA-Mann und hinter ihm einer, beide mit den fleißig in Tätigkeit gesetzten Gummiknüppeln. Dann wurde ihm fortgesetzt »Aufstehen!«, »Hinsetzen!«, »Aufstehen!«, »Hinsetzen!« befohlen, jeder Befehl, der nie so schnell ausgeführt werden konnte, wie es den Folterknechten beliebte, war natürlich von Schlägen begleitet. Als wieder einmal »Hinsetzen!« befohlen war, zog der hinten stehende SA-Mann blitzschnell den Stuhl weg, so daß der Wirbelsäulenkrüppel mit ganzem Körpergewicht auf den Fußboden stürzte.

Ein stämmiger Metallarbeiter im besten Mannesalter, seit langem im politischen Leben stehend und ganz gewiß alles andere als zimperlich, kam vom Zimmer 16 schon nach wenigen Stunden wie eine Ruine seiner selbst zurück. An den auf ihren doppelten Umfang angeschwollenen Händen sah man schon von weitem, welches Martyrium ihm vom Sturmbannführer Krüger und seinen Helfern (einer der schlimmsten: SA-Mann Kurt Müller aus Teerofen, Kr. Niederbarnim) bereitet worden war. Dieser Mann, der die ganze Nacht darauf wegen unsinniger Schmerzen nicht liegen konnte, versicherte mir mit einer vor Wut und Scham zitternden Stimme, er habe sich, so alt er sei, noch nie verunreinigt – aber in Zimmer 16, das könne ich glauben, gingen einem sofort der Urin und der Kot ab, wie einem kleinen Kinde, so unvorstellbar werde zugeschlagen... Selbst die Leitung dieses Lagers stellte den Mann wochenlang von jeder Arbeit frei. Man darf bezweifeln, ob er nach seiner inzwischen erfolgten Entlassung je wieder gesund werden wird, denn er ist so entsetzlich auf die Nieren geschlagen worden, daß er wohl zeitlebens unter den Folgen der grausamen Mißhandlung zu leiden hat.

Der vernehmende Sturmbannführer Krüger pflegte stets mit Fragen nach etwaigen Vorstrafen zu beginnen. Sobald die vernommenen Gefangenen auf solche Fragen nicht augenblicklich antworteten, hagelte es Schläge. War die Antwort nicht präzise genug, hagelte es Schläge. Konnte sich ein vorbestrafter Gefangener nicht genau auf das Datum einer Verurteilung besinnen, hagelte es Schläge. Dabei hatte der vernehmende Sturmbannführer den amtlichen Auszug aus dem Strafregister zur Hand, so daß er alle Daten und Einzelheiten vor sich sah. Der Gefangene dagegen, durch die Mißhandlung maßlos erregt und völlig außerstande, zu ruhiger Überlegung zu kommen, konnte gar nicht so schnell und so genau antworten – also hagelte es Schläge. Wußte ein Gefangener nicht, aufgrund welches Paragraphen des Strafgesetzbuches oder der verschiedenen Notverordnungen er verurteilt war (und wie viele konnten das überhaupt wissen!), so hagelte es Schläge. Die Vernehmungen in Zimmer 16 waren nicht nur mit Mißhandlungen entsetzlichster Schärfe und Dauer verbunden, um bestimmte Aussagen, z. B. nach dem Verbleib von Waffen usw. zu erzwingen, sondern die Vernehmungen waren darüber hinaus oft nur der Vorwand zu Mißhandlungen. Wie die Antwort auf die Fragen auch lautete – es hagelte Schläge.

Ein führendes Mitglied des Reichsbanners der Stadt Oranienburg, Richter, wurde kurz vor seiner silbernen Hochzeit ins Lager gebracht. Da unter der SA-Wache des Lagers sich eine Anzahl Oranienburger SA-Leute befanden, ergab es sich beinahe von selbst, daß von ihnen an dem früheren politischen Gegner Rache genommen wurde, aber das Ausmaß, in dem das geschah, war tatsächlich entsetzlich. Nacht für Nacht erschienen vertierte SA-Leute in dem Schlafraum, in dem Richter lag, und schlugen ihn wie verrückt, und auch in dem Arrest wurden diese Mißhandlungen fortgesetzt. Der Mißhandelte ist ein großer, kräftiger Mann, der schon etwas aushalten kann, aber diese Torturen brachten ihn zu einer so verzweifelten Handlung, daß ihre Wiedergabe völlig ausreicht, um einen Begriff von dem Umfang und der Grausamkeit der ihm zugefügten Mißhandlungen zu geben. Richter nahm in der neunten Nacht den Deckel seiner blechernen Tabakdose, einen stumpfen Gegenstand, und versuchte, sich damit die Pulsadern zu durchschneiden – als ich kurz nach der Einlieferung ins Lager seinen Arm sah, waren noch die schrecklichen Spuren dieses Selbstmordversuches zu sehen, eines mit so untauglichen Mitteln unternommenen Versuches, dessen Ausführung ihm selber beträchtliche Schmerzen zugefügt hatte – Schmerzen, die ihn doch nicht abhielten, diesen gräßlichen Weg als letzte Ausflucht aus der Hölle der Gefangenenmißhandlung zu gehen.

Ganz vereinzelt und nur sehr vorübergehend schien es, als sei der Lagerkommandant Schäfer nicht mit den Vorgängen in Zimmer 16 einverstanden, und Monate später, als Sturmbannführer Krüger, der Chefsadist des Oranienburger Lagers, abgehalftert worden war, rückte er auch von ihm ab. Zuweilen ließ der Kommandant Schäfer den Standartenarzt Dr. Lazar, Oranienburg, in Aktion treten, aber das waren nur seltene Anwandlungen von Verantwortungsgefühl, die um so rascher wieder verflogen, als Schäfer selbst sich auch mehr als einmal an Gefangenen vergriff.

Der Standartenarzt Dr. Lazar ist ein Kapitel für sich. Niemand unter uns Gefangenen erwartete von einem nationalsozialistischen Arzt eine normalmenschliche Behandlung. Viele von uns waren beim Militär und im Kriege gewesen und wußten, daß man erst dann dienstunfähig krank war, wenn man sozusagen mit dem Kopf unter dem Arm antrat. Aber wenn auch unsere an den Lagerarzt gerichteten Erwartungen schon so niedrig wie möglich gehalten waren – Herr Dr. Lazar hat noch die herabgestimmteste Erwartung bei weitem unterboten. Er behandelte alle Krankmeldungen von vornherein als Simulation und gab nie acht, ob etwaige Anordnungen, die er bei augenscheinlich schlimmen Fällen schließlich doch mal treffen mußte, von den SA-Sanitätern (unter denen sich ebenfalls Folterknechte befanden) auch ausgeführt wurden. Er hörte sich kaum die auf seine eigene Frage angegebenen Beschwerden der Gefangenen an und errichtete so eine »ärztliche« Praxis, bei der Aspirin, Jod und Rizinusöl der medizinischen Weisheit letzter Schluß waren.

Vor allem aber: Dr. Lazar hat die Totenscheine für die beiden zu Tode geschlagenen Gefangenen ausgestellt, er muß also die wahre Todesursache dieser beiden unglücklichen Opfer des Zimmers 16 festgestellt haben. Trotzdem wurden sie von ihm zur Beerdigung freigegeben. Ja, wenn Deutschland noch ein Rechtsstaat wäre ...

III. Der Tagesverlauf in Oranienburg

Wecken – Waschen – Kaffeetrinken – Antreten – Die Arbeit – Die Verpflegung – »Frei«-Zeit.

Wecken

Im Sommer und Herbst wurde 5.30 Uhr geweckt. Der diensthabende SA-Führer, ein Scharführer oder Truppführer, kam in den Gang zu den Schlafkatakomben und pfiff; sowie er aber die Pfeife abgesetzt hatte, begann auch in der Regel gleich, je nach dem Temperament und der Laune des Betreffenden, die unflätigste Schimpferei auf die Gefangenen, die nicht binnen weniger Sekunden aus ihren Kaninchenställen herausstürzten.

Waschen

Monatelang war – trotz der Belegung mit Hunderten von Menschen (!) – im ganzen Lager Oranienburg keine andere Waschgelegenheit vorhanden als eine kleine Pumpe, vor der sich die Gefangenen drängten, um eine Handvoll Wasser zu erhaschen. Erst im Juli wurde einer der Kühlkeller als Waschraum eingerichtet, mit Brausen, Waschbecken an den Wänden entlang und Lattenrosten über dem Fußboden. Dieser Waschraum war freilich auch unzulänglich, als die Belegschaft zeitweise bis auf 1100 Gefangene stieg, aber er war trotzdem die einzige Spur von Zivilisation im ganzen Lager, und bei dem Herumführen von Besuchern des Lagers tat sich die Leitung nicht wenig darauf zugute.

Kaffeetrinken

Nach dem Waschen gibt es Kaffee und Frühstück. Im Sommer war vorher noch Gymnastik im Freien, die viele unter uns sehr gern mitmachten, denn nach der Nacht in solchen Schlafräumen waren Atemübungen in frischer Morgenluft eine wahre Erlösung. Aber das hat schon lange aufgehört.

Der Kaffee ist das bei solcher Massenverpflegung übliche Gebräu aus gebranntem Korn und Zichorie, das kann wohl nicht anders sein, und der Kaffee ist noch der erträglichste Teil der Oranienburger Verpflegung. Zum Kaffee gibt es tagaus und tagein dieselbe Doppelstulle mit »Marmelade« oder zuweilen Pflaumenmus. Minderwertiges Zeug, und da diese Brote schon tags zuvor gestrichen wurden, war alles in die Schnitten eingezogen, so daß man nur ein rötlich-feuchtes, schmieriges Stück Brot in die Hand bekam. Selbst die ärmeren Leute unter den Gefangenen haben schon beim Frühstück versucht, sich mit Hilfe ihrer verzweifelt sparenden Angehörigen diese schauderhafte Verpflegung zu ergänzen.

Antreten!

»Die meiste Zeit seines Lebens steht der Soldat vergebens« – so sagten wir beim Militär zu der ewigen Antreterei; aber ein Oranienburger Schutzhaftgefangener steht noch viel mehr. Im Antreten, in stundenlangen Appellen wurde und wird im Oranienburger Lager Erkleckliches geleistet, und für manche SA-Führer, z. B. den Sturmführer Ewe (von dem später noch die Rede sein wird), gilt der Appell, das beliebig lange Wartenlassen, besonders abends nach schwerer Tagesarbeit, als beliebtes Mittel, ihre Herrschsucht zu befriedigen.

Eine Stunde nach dem Aufstehen treten die Außenkommandos zum Abrücken aus dem Lager an, eine halbe Stunde danach das Innenkommando zu seinem Arbeitsbeginn. Das Innenkommando hat auch nach der Mittagspause wieder vor Arbeitsbeginn einen Appell, und abends waren immer, manchmal bis zur Dauer von zwei Stunden, Appelle der gesamten Belegschaft.

Die Arbeit

In den letzten Tagen des November kamen in Oranienburg Gefangene aus dem Konzentrationslager Mooringen bei Hannover an, die berichteten, daß in diesem Lager kein allgemeiner Arbeitszwang bestanden habe, sondern die Beteiligung an Innenwie an Außenarbeiten freiwillig gewesen und außerdem, wenn auch nur mit 20 und 30 Pfennigen pro Tag, entlohnt worden sei. Diese Berichte erweckten in uns Oranienburgern geradezu paradiesische Vorstellungen, denn von einem solchen Entgegenkommen war in unserem Lager auch nicht im mindesten die Rede.

Im Konzentrationslager Oranienburg bestand und besteht noch allgemeiner und rücksichtslos durchgeführter Arbeitszwang. Ein Insasse des Konzentrationslagers Oranienburg ist nicht ein politischer Schutzhaftgefangener, der nur in seiner Bewegungsfreiheit beschränkt und sonst mit gewissen Rechten ausgestattet wäre, als Mensch behandelt zu werden. O nein, ein Insasse des Konzentrationslagers Oranienburg ist vielmehr ein Galeerensträfling, der selbstverständlich von morgens bis abends arbeiten muß.

Monatelang bestand die Arbeit sämtlicher Lagerinsassen darin, das Lager aufzubauen und einzurichten. Die Arbeit der Gefangenen bei der Einrichtung der Schlafsäle wurde schon erwähnt, und in der gleichen Weise wurden der Tagesaufenthaltsraum, die Handwerkerstuben und anderes von den Gefangenen eingerichtet und in Betrieb gehalten. Ebenso wurden die neuerrichteten Bauten von den Gefangenen ausgeführt – über einen allzu wirtschaftsbelebenden Zustrom von Aufträgen aus dem Lager konnte sich das Oranienburger Handwerk gewiß nicht beklagen!

Im Sommer begann man dann mit der Bildung der Außenkommandos in Gruppen von 10 bis zu 150 Gefangenen. Sie wurden eingesetzt für Straßenarbeiten (z. B. die Anlegung eines Radfahrweges an der Chaussee Oranienburg-Schmachtenhagen), für Ausbesserungsarbeiten (z. B. in der Städtischen Badeanstalt Oranienburg), Forstarbeiten (z. B. Freihacken von Baumkulturen, Leerschlagen versumpfter Lichtungen, Anlegen von Hügel- und Platzreihen für neue Kulturen in den Forsten Lehnitz und Behrensbrück), Planierungen (z. B. die Aufschüttung saurer

Wiesen in Neu-Holland, Kreis Niederbarnim), für Kanalarbeiten (z. B. die Verbreiterung und Verlängerung des Murgrabens bei Oranienburg), für Planierungen (z. B. das Abtragen und Ausgleichen des Geländes einer ehemaligen Ziegelei bei Blumberg bei Bernau. Die Zweigstelle des Oranienburger Lagers in Blumberg bei Bernau wurde am 17. September mit 100 Gefangenen eingerichtet, die auf dem Vorwerk eines Rittergutes untergebracht waren).

Die Arbeit auf den Außenkommandos dauerte in der Regel von morgens 7 bis nachmittags 5 Uhr, die manchmal stundenlangen Märsche zur Arbeitsstelle eingerechnet, und sie war von einer kürzeren Frühstücks- und von einer längeren Mittagspause unterbrochen. Manche dieser Arbeitskommandos waren erträglich; erträglich dadurch, daß nicht zur Arbeit angetrieben wurde, und erträglich durch vernünftiges Verhalten anständiger SA-Leute (auch solche gibt es erfreulicherweise), die als Posten den Kommandos beigegeben waren. Aber es gab und gibt noch Arbeitskommandos, auf denen ein politischer Schutzhaftgefangener eben wirklich nichts anderes ist als ein zu Zwangsarbeit verurteilter Zuchthäusler; so behandelte z. B. der Schachtmeister des Kommandos Neu-Holland, der gegenwärtig die Ziegeleiplanierung bei Blumberg leitet und ein besonders übler Mensch ist, die Gefangenen, und so trat auch der Revierförster Pohl-Behrensbrück (Oberförsterei Sachsenhausen) uns gegenüber auf.

Die Verpflegung

Das Innenkommando des Lagers erhielt das Mittagessen gegen 12 Uhr, die Außenkommandos bekamen es nach ihrer Rückkehr von der Arbeit zwischen 5 und 6 Uhr. Die Oranienburger Küche hat als Koch einen SA-Anwärter namens Köpke, ein älterer Mann, der sich durch eine besonders häßliche Tonart gegenüber den Gefangenen und durch eine geradezu verheerende Kochkunst auszeichnet. Es ist wirklich keine Übertreibung, zu sagen, daß die Verpflegung im Oranienburger Lager – das gilt für die sechs Monate meines Aufenthaltes unverändert – miserabel, daß sie unter aller Kritik war. Es gab die üblichen Gerichte für Massenverpflegung. Hülsenfrüchte (Erbsen, Bohnen), Reis, Kohl,

Rüben, Nudeln, und einmal in der Woche fertig aus einer Massenküche in Berlin bezogenen gebackenen Fisch. Die Hülsenfrüchte, aber auch der Reis und die Nudeln, wurden mit einem Übermaß von Kartoffeln gekocht – von dem Geschmack eines solchen aus Nudeln und Kartoffeln gemischten Schweinefutters ohne nennenswerten Fleischzusatz, ohne etwas anständiges Gewürz macht sich der Leser keine Vorstellung. Man glaube aber nicht, daß dieses Urteil nur von denen gefällt worden wäre, die vor ihrer Einlieferung ins Konzentrationslager sich einer gehobenen Lebensgestaltung erfreuten und gewisse Ansprüche an das Essen stellten, sondern: dieses Urteil über die Oranienburger Verpflegung wurde massenhaft von den Gefangenen jeder Herkunft tagaus, tagein durch die Tat gefällt; es konnten nämlich manchmal gar nicht genug Tonnen für die Speisereste aufgestellt werden, es gab Tage, an denen diese Tonnen überliefen, weil selbst arme Gefangene, die ihre Verpflegung durch Zubußen von außerhalb nicht im mindesten ergänzen konnten, lieber das Essen wegschütteten und hungerten, als ihrem Magen die Verdauung dieser Küchenprodukte zuzumuten.

Das Abendbrot bestand gelegentlich aus einer dünnen Suppe, zu der oft genug die Reste des Mittagessens verwendet und Scheiben trockenen Brotes gegeben wurden. Sonst aber – und dies Tag für Tag, Woche für Woche, Monat für Monat, Wochentag wie Sonntag – bestand das Abendbrot immer nur aus einer Doppelstulle, die nicht sehr üppig mit Schweineschmalz bestrichen war. Irgendwelche noch so bescheidenen Beigaben, wie man sie etwa bei der Gefängniskost selbst in Anstalten mit mäßiger Verpflegung selbstverständlich kennt, hat es in Oranienburg nicht gegeben. Der Vollständigkeit halber sei noch erwähnt, daß die Gefangenen, die auf Außenkommando gehen, von jeher ein zweites Schmalzstullenpaar erhalten.

Mit einer solchen Verpflegung können auf keinen Fall die zu einer so umfangreichen Arbeitsleistung erforderlichen Körperkräfte erhalten werden. Die meisten Gefangenen erhielten daher auch von ihren Angehörigen Lebensmittelpakete. Dabei sei hervorgehoben: Rund 90 Prozent der Schutzhaftgefangenen dieses Lagers waren Wohlfahrtserwerbslose. Als bei einem Abendappell einmal aufgerufen wurde: »Wohlfahrtserwerbslose vortreten!«, da traten von der gesamten Gefangenenbelegschaft neun Zehntel vor, und nur ein Rest solcher Gefangenen blieb stehen, der bei der Verhaftung noch in Arbeit und Brot gewesen war oder dessen Familien sonst noch über eine Existenzgrundlage verfügten. Da aber eine große Anzahl von Gefangenen Pakete nicht nur mit Wäsche, sondern auch mit Lebensmitteln und Rauchwaren erhielt, mußten viele, viele Frauen eine Sparsamkeit üben, die das Unmögliche möglich machte. Es gab, wie überall im Lager, in meiner Kompanie Kameraden, deren Frauen 5, 6, 7 Mark Unterstützung wöchentlich bekamen und es mit einer an Selbstverleugnung grenzenden Einschränkung dennoch fertigbrachten, ihren Männern wenigstens einen bescheidenen Zusatz zu der völlig unzureichenden Lagerverpflegung zu senden.

Von einigen Zeiten der Postsperre abgesehen, wurden die Lebensmittelpakete von der Lagerverwaltung als willkommene Zubuße hereingelassen. Das Oranienburger Lager erhält von allen Behörden, die Schutzhaftgefangene dort unterbringen, pro Mann und Tag 1,50 Mark, es könnte also dafür eine ausreichende Verpflegung bieten. Trotzdem spekuliert die Leitung darauf, daß gut die Hälfte der tatsächlich verzehrten Verpflegung praktisch durch die Gefangenen und ihre Angehörigen selbst aufgebracht wird; es ist nicht zu hoch gegriffen, wenn man in diesem Umfang die Gesamtsumme der durch Zehntausende von Paketen in diesem halben Jahre eingeführten Lebensmittel bemißt.

»Frei« – Zeit
Nach dem offiziellen Arbeitsschluß des Innen- und der Außenkommandos war Freizeit bis zum Schlafengehen. Der Zapfenstreich war bis vor einiger Zeit um 9 Uhr, seitdem aber müssen die Gefangenen schon um halb acht abends schlafen gehen, damit sie sich in der miserablen Luft der Schlafsäle noch etwas länger aufhalten. Von 5 bis 9 Uhr – das könnten vier Stunden Freizeit sein, in der sich die Gefangenen unterhalten, Schach oder Karten spielen, lesen oder sich sonst nach Gutdünken beschäftigen könnten. Aber wozu Gefangene auch nur für Stunden in Ruhe lassen – das wäre ja noch schöner. Die Kerle sind doch

in einem Konzentrationslager und nicht in einem Sanatorium! Also wurde in die abendliche Freizeit der Appell verlegt, dessen Dauer zwischen einer halben, einer ganzen oder gar zwei Stunden abwechselte. In der letzten Zeit wurde es üblich, abends von den auf Außenkommando gewesenen Gefangenen noch die Kartoffeln für den nächsten Tag schälen zu lassen. Stand eine der sehr beliebten Besichtigungen des Lagers durch irgendeinen höheren SA-Führer oder eine ähnliche Größe bevor, so wurde die abendliche Freizeit zu Aufräumungsarbeiten, Abtransport herumliegender Steinhaufen und ähnlich sinnigen Beschäftigungen verwandt. Unter den im Lager maßgebenden Trupp- und Scharführern der SA gibt es mehrere, die keinen Gefangenen stillsitzen sehen können, und damit sind wir an einem Punkte, der für die Konzentrations-Menschenschinderei ebenso kennzeichnend ist wie die Mißhandlungen durch Schläge.

Jeder Mensch hat ein natürliches Bedürfnis nach Ruhe, nach selbstgewählter Beschäftigung während einiger Erholungsstunden zwischen Tagesarbeit und Schlaf. Sei diese Zeit auch noch so knapp bemessen – das bloße Bewußtsein, sie nach Gutdünken verwenden zu können, das Gefühl der Sicherheit, während einer solchen Freizeit nicht gestört zu werden, schafft allein schon eine gewisse Entspannung. Gerade dies wird im Oranienburger Lager systematisch verhindert. Kein einziger Gefangener ist eine einzige Minute der sogenannten Freizeit davor sicher, zu irgendeiner Extraarbeit oder zu einer Schikane weggerufen zu werden. Diese beständige Unruhe (denn von dieser Störung der Freizeit wird reichlich Gebrauch gemacht!) ist eine unaufhörliche Qual. Es gibt im grausamen China eine Folter, bei der man dem gefesselten Opfer in regelmäßigem Zeitabstand unaufhörlich einen Wassertropfen auf eine bestimmte Stelle des Kopfes fallen läßt, so daß der gefolterte Mensch nicht eine Minute Ruhe hat, denn nach dem Niederfallen des ersten Tropfens ist, wie nach dem Wesen des menschlichen Denkens nicht anders möglich, die erwartende Furcht schon auf den nächsten gerichtet und so fort. Dieser chinesischen Folter ist die über alle Begriffe infame Methode des Oranienburger Lagers in gewisser Weise vergleichbar, die Gefangenen auch in ihrer Freizeit nie,

nie, nie zur Ruhe kommen zu lassen. Möglicherweise hält mancher Leser diesen Vergleich für übertrieben, aber man glaube mir: Das Vierteljahr Einzelhaft im Dessauer Gefängnis, das ich in meiner ersten Schutzhaftzeit vor Oranienburg verbrachte, erschien mir nach den Oranienburger Erfahrungen von einer geradezu himmlischen Ruhe erfüllt, und so ging es allen Gefangenen, die vor ihrer Einlieferung ins Lager die Ordnung einer Gefängniszelle kennengelernt hatten. Der Gefangene ist im Lager Freiwild für alle Launen irgendeines SA-Mannes; es gibt grundsätzlich für ihn kein Recht auf eine noch so knapp bemessene Freizeit. Sitzt er im Tagesraum, von achtstündiger Kanalarbeit müde, so muß er trotzdem gewärtig sein, daß jeden Augenblick einer kommt, pfeift und sich 20 Gefangene, je nach Laune, zu irgendeinem Zweck herausholt – und wehe, wer da nicht gleich nach dieser chinesischen Pfeife tanzt!

Von dieser Gestaltung der Freizeit machte auch der Sonntag keine Ausnahme. Es gab im Sommer mal einige Wochen, in denen sonntags völlige Ruhe herrschte, aber dieser Zustand ist, weil zu human, schnell wieder beseitigt worden. Oft wurde Appell mit Kleidungsstücken, Eßnapf, Trinkbecher und ähnlichen Dingen gemacht, oft mußten wir sonntagnachmittags stundenlang wie die Verrückten immer im Kreise herummarschieren, mal war dies, mal war jenes – der bloße Gedanke, daß die Gefangenen einen ruhigen Tag haben könnten (der noch wirklich der mindeste Ausgleich für ihr erbärmliches Los wäre!), scheint der Lagerleitung offenbar unerträglich. So besteht denn nicht der geringste Teil der Oranienburger Menschenschinderei in diesem ewigen Gehetztsein, in diesem nie, nicht eine Tages- oder Abendstunde zur Ruhe-kommen-Können – eine Qual, die zu einer entsetzlichen Reizbarkeit der länger Inhaftierten geführt hat.

Das alles, vom Wecken bis zum Ende solcher »Freizeit«, ist ein normaler Tagesverlauf in Oranienburg!

IV. Die verantwortlichen SA-Führer des Lagers

Der Kommandant Schäfer – Grauenhafte Mißhandlung von vier
Arbeitern – Der Chefsadist Krüger – Dessen Nachfolger Stahl-
kopf – Der schleichende Sadist Ewe – Die Landsknechte vom
Tagesdienst.

Es ist wohl nun an der Zeit, dem Leser die verantwortlichen
SA-Leute des Lagers vorzustellen.

Der Kommandant: Sturmbannführer Schäfer
Seit Errichtung des Lagers ist Kommandant der Oranienburger
Sturmbannführer Schäfer. Er war Polizeioffiziersanwärter,
wurde aber unter Severing nicht als Polizeioffizier angenommen, arbeitete dann als kleiner Bankbeamter und betätigte sich
nebenher als Organisator und Führer eines SA-Sturmbanns. In
dieser Eigenschaft wurde er Kommandant des im Bereich der
SA-Standarte 208 errichteten Konzentrationslagers.

Schäfer ist ein durchaus subalterner Mensch. Sein Haß gegen
die Sozialdemokraten ist grenzenlos. Er betätigt ihn mit Vor-
liebe dadurch, daß er wehrlose Gefangene, die nach der Lagerordnung natürlich vor ihm strammstehen müssen, auf unflätige
Weise beschimpft. Zu tätlichen Mißhandlungen durch Schläge
hat sich Schäfer nicht häufig hinreißen lassen; um so freigebiger
war er mit der Verhängung von Disziplinarstrafen, Dunkelarrest, Post- und Besuchssperre und Verschickung auf Strafkom-
mandos. Der Versuch, eine Art von Gerechtigkeit zu üben und
sich z. B. auch die Verteidigung eines angeschuldigten Gefangenen anzuhören, blieb bei Schäfer auf sehr wenig Fälle beschränkt. Der Kommandant Schäfer ist, daran kann kein Zweifel sein, in vollem Umfange für alles verantwortlich zu machen,
was sich an Verbrechen, Mißhandlungen und sonst menschen-
unwürdiger Behandlung der Gefangenen je in Oranienburg ereignet hat. Schäfer ist auch voll verantwortlich für die Einrichtung der Dunkelarrestzellen, von denen noch zu sprechen sein
wird. Vor den Gefangenen hat Schäfer einmal erklärt, was in
Zimmer 16 geschehen sei, müßten die Betreffenden mit ihrem
Gewissen abmachen, und Ton und Gelegenheit dieser Erklä-

rung sollten wohl den Anschein erwecken, als rücke der Kommandant von jeder Gefangenenmißhandlung ab. Dem stand aber sein eigenes Verhalten zu den Gefangenen entgegen, und schließlich: nach dem nationalsozialistischen Führerprinzip ist selbstverständlich der mit so außerordentlicher Befehlsgewalt ausgestattete Kommandant selber verantwortlich, und der Versuch, die Verantwortung für alle die verbrecherischen Gemeinheiten auf Untergebene abschieben zu wollen, ist nicht nur unmöglich, sondern auch verächtlich, aber er ist eben für den Charakter des Schäfer bezeichnend. Schäfer enthüllte sein Landsknechtswesen aber nicht nur durch die ganze Führung seiner Lagerkommandantur, sondern auch besonders dann, wenn er vor der Front der Gefangenen Reden hielt. Als eines Tages ein Kommunist aus dem Lager geflohen und zugleich von umfangreicher illegaler Arbeit draußen berichtet worden war, ließ der Kommandant alle Gefangenen auf dem vorderen Hofe antreten, das oberhalb des Hofes (nicht sehr sachverständig) montierte Maschinengewehr wurde geräuschvoll geladen, und dann erklärte Schäfer mit wutbebender Stimme, er werde jeden fünften Mann erschießen lassen, er werde das vor der Regierung verantworten, wir sollten uns ja nicht darüber täuschen, daß er genügend Nerven habe, seine Maßregeln durchzuhalten, und dann kamen die Maßregeln: vier Wochen Rauchverbot, acht Wochen Brief- und Besuchssperre für sämtliche Gefangenen! Zwei Monate lang wurde jede Verbindung zwischen den Gefangenen und ihren Familien zerrissen; aus der Verhängung solcher Maßnahmen machte sich Schäfer kein Gewissen.

Das Schlimmste jedoch, was sich der Kommandant Schäfer neben der Einrichtung der Dunkelarrestzellen geleistet hat, war die Mißhandlung von vier Arbeitern aus der nördlich von Oranienburg gelegenen Gemeinde Friedrichsthal.

Im Sommer 1932, also lange vor der nationalsozialistischen Machtergreifung, hatte ein sechzehnjähriger Hitlerjunge auf einem linksstehenden Personen gehörenden Grundstück in Friedrichsthal, auf der Wiese hinter dem Haus, ohne Erlaubnis der Besitzer sein Zelt aufgebaut und dazu, natürlich in provokatorischer Absicht, die Hakenkreuzfahne gehißt. Vier Arbeiter sahen das und bestraften den Dummenjungenstreich mit dem Umwerfen des Zeltes und ein paar Ohrfeigen; sonst ist dem Jungen aber nichts weiter passiert. Diese vier Arbeiter wurden ein Jahr nach dem Vorfall ins Oranienburger Lager eingeliefert und schon dabei, wie das sehr, sehr oft beim Empfang neuer Gefangener geschah, geschlagen; dem Ältesten von ihnen hatte die SA ein großes Plakat um den Hals gehängt, auf dem der Vorfall, natürlich in sinnloser Übertreibung, wiedergegeben war.

Eines Nachts wurden die vier kurz vor Mitternacht aus dem Schlafsaal geholt und gezwungen (der Älteste wieder mit dem Plakat um den Hals), auf dem gepflasterten vorderen Hof des Lagers immer im Kreise herumzumarschieren.

Als wir morgens aus den Schlafsälen kamen, marschierten sie schon sechs Stunden lang.

Als wir mittags zum Essenholen antraten, marschierten sie noch immer, schon zwölf Stunden lang, ohne Pause, immer im Kreise herum, in glühender Sommersonne, mit bloßen Füßen auf dem heißen Pflaster.

Dem Ältesten von ihnen hing die Haut buchstäblich in blutenden Fetzen von den Füßen. Ein SA-Sanitäter, dem diese Tortur denn doch zu weit ging, holte den alten Mann in die Sanitätsstube, um ihm die Füße zu verbinden – ein Beginnen, das unterbleiben mußte, weil sich der Sanitäter einen fürchterlichen Anschnauzer des Lageradjutanten Daniels zuzog. Der qualvolle Marsch ging weiter.

Endlich, nachmittags nach fünf Uhr, ließ man die vier aufhören. 17 Stunden waren sie immer im Kreise herumgelaufen – in der glühenden Hitze des Sommers, und nach den ohnehin schon vorher erlittenen Mißhandlungen – kein Wunder, daß sie vor Schmerzen und Erschöpfung die darauffolgende Nacht nicht liegen, noch viel weniger schlafen konnten. Sie waren am Ende ihrer Widerstandskraft.

Die abgründige Gemeinheit dieser Mißhandlung kennzeichnet den Kommandanten des Oranienburger Lagers Sturmbannführer Schäfer und seinen moralischen Tiefstand wohl völlig ausreichend.

Zur Roheit fügte der Lagerkommandant Schäfer den blutigen Hohn, als zur »Widerlegung« der »Greuelnachrichten« über das

Lager Oranienburg eine Rundfunkreportage aus dem Lager gemacht wurde. Unter den Gefangenen waren auf Veranlassung der Lagerleitung diejenigen ausgesucht worden, die Musikinstrumente zu spielen verstanden, und man hatte diese Gefangenen veranlaßt, sich ihre Instrumente kommen zu lassen. Auf dem vorderen Hof des Lagers, an dessen einer Seite das Verwaltungsgebäude stand, mußte dann abends des öfteren musiziert werden, einmal, um den im Verwaltungsgebäude wohnenden SA-Führern eine Zerstreuung zu bieten, zum anderen, um den draußen am Lager vorbeigehenden Menschen zu zeigen, daß es im Konzentrationslager gar nicht so schlimm zuginge ... Aus dem gleichen Grunde wurde eine Zeitlang eine Art von Gesangschor aus den Gefangenen gebildet, der ebenfalls abends in Tätigkeit zu treten hatte.

Als nun die erwähnte Rundfunkübertragung aus dem Lager stattfand, wurde das Mikrophon durch einige Räume des Lagers getragen, wobei der Lagerkommandant einen – höflich ausgedrückt – sehr schönfärbenden Bericht gab, und am Schlusse der Übertragung mußte die Gefangenenkapelle spielen und der Chor singen. Es ist wohl überflüssig, zu sagen, was bei dieser Übertragung weggelassen wurde: das Stöhnen mißhandelter Gefangener, die Schilderung der Arrestzellen, kurzum, die Wahrheit über die Hölle Oranienburg. Statt dessen schloß der Lagerkommandant die Rundfunkreportage mit einem Satze, den die dabeistehenden Gefangenen wie einen Peitschenhieb ins Gesicht empfanden:

»Damit ist unsere Übertragung beendet. Sie hatten einen Einblick in das singende und spielende Konzentrationslager Oranienburg.«

Noch weiter konnte der Lagerkommandant die Schamlosigkeit nicht gut treiben!

Sturmbannführer Krüger aus Trebbin war bis zum Oktober der Chefsadist des Oranienburger Lagers. Angestellt von der Geheimen Staatspolizei, nahm er in Zimmer 16 die Vernehmungen vor; er hat die beiden erwähnten anhaltischen Toten auf dem Gewissen, wahrscheinlich aber noch mehr. Was sich dieser noch nicht 30jährige SA-Führer an Verbrechen, an ungehemmt tobendem Sadismus, an tätlichen Mißhandlungen und an moralischen Quälereien der Gefangenen geleistet hat, sträubt sich die Feder, in vollem Umfange aufzuzeichnen.

Aber nicht nur in der tätlichen Mißhandlung von Gefangenen war Krüger der Schlimmste im Oranienburger Lager, sondern auch in der Erfindung von moralischen Demütigungen, die ja oft, je nach der Veranlagung der davon betroffenen Menschen, mindestens so bis aufs Blut peinigen können wie irgendwelche Prügel.

Als unser erster anhaltischer Transport in Oranienburg eingeliefert wurde, ließ Krüger gleich sechs Mann unter den 42 die Haare kurz scheren, darunter auch mir – mit der vor der ganzen Front abgegebenen Begründung, er habe »die übelsten Verbrecher gleich richtig kennzeichnen« lassen! Bei dieser ersten Gruppe Anhaltiner befanden sich auch einige kriminelle Gestalten, deren von ihnen behauptete Zugehörigkeit zur KPD den maßgebenden Kommunisten selbst sehr zweifelhaft, bestimmt aber nicht erwünscht schien. Unter anderem war da ein Mann namens Graupner, der neunzehn Vorstrafen wegen gemeiner Delikte hatte, also wirklich kein politischer Gefangener und alles andere als eine erfreuliche Erscheinung war. Eines Tages rief der Sturmbannführer Krüger auf dem hinteren Hof mich zu sich und zugleich diesen Kriminellen – um uns beide mit seinem Amateurapparat zu fotografieren, da er, wie er grinsend versicherte, uns beide in seiner »Raritätensammlung« haben wolle. Damit nicht genug – beim nächsten Besuchstag meiner Frau kam Krüger mit seinen Aufnahmen an meine Frau heran, zeigte und erklärte ihr die Fotografie und fragte sie: »Na, gnädige Frau, finden Sie nicht, daß Ihr Mann mit dieser Frisur viel besser aussieht?«

So mußte man als politischer Gefangener in Oranienburg nicht nur sich selbst behandeln, sondern sich auch noch vor der eigenen Frau und außerdem diese selbst verhöhnen lassen, ohne daß man mit der Wimper zucken, geschweige denn ein Wort erwidern durfte. Wie oft hielt man da nur mit äußerster Anstrengung die Tränen der Wut, die Tränen der Scham zurück!

In solchen moralischen Mißhandlungen und Demütigungen tobte sich Krüger, wie alle Sadisten und rohen Landsknechte des Oranienburger Lagers, mit einer unheimlichen Erfindungs-

54

gabe aus. Besonders stark fühlte sich Krüger, wenn nationalsozialistischer Besuch kam und er uns vorführen konnte. Wie der aufgeblasene Dompteur eines kleinen Wanderzirkus stelzte er dann im Lager herum, zitierte alle »Prominenten« des Lagers zu sich und führte sie dem Besuch gegenüber mit den gemeinen Bemerkungen vor: »Sehen Sie sich diese Hirten an! Das ist auch so ein vollgefressener Bürgermeister von der SPD! Dieses Judenschwein hier hat seine dreckige Fresse gegen unseren Führer aufgerissen!« und was derartige Ausfälle mehr waren – immer mußte der betreffende Gefangene, in strammer Haltung, dabeistehen und sich schweigend beschimpfen lassen!

Krüger ist im Oktober aus Gründen, die uns Gefangenen im Lager nicht genau bekannt geworden sind, entfernt worden; erst kam er als eine Art von »Ehrenhäftling« nach der Blumberger Zweigstelle des Lagers, und dann wurde er ganz nach seiner Heimat entlassen, wie von Besuchern aus Trebbin berichtet worden ist. Aber die von ihm geschaffene »Tradition« des Zimmers 16 besteht weiter.

Der sie fortsetzt, ist der Sturmführer Stahlkopf, der sich schon zu Krügers Zeiten fleißig an allen Verbrechen beteiligte. Während dem Krüger eine gewisse draufgängerische Brutalität eigen war, stellt Stahlkopf den Typ jenes schleichenden, besonders infamen Sadisten dar, der in seiner ganzen Wesensart von einer geradezu unvorstellbaren Gemeinheit ist. Die abgründige Niedrigkeit der Gesinnung dieses Menschen wird vielleicht durch keine Episode anschaulicher gemacht als durch jene, die sich einen Tag vor meiner Flucht abspielte.

Ein verheirateter Gefangener wird zur Vernehmung nach Zimmer 16 gerufen, Stahlkopf fragt ihn: »Wie lange sind Sie schon in Haft?« – »Sechs Monate«, antwortet der Gefangene. Darauf Stahlkopf: »Na, wer f…t denn da zu Hause Ihre Frau?«

Eine besondere Eigenheit des Sturmführers Stahlkopf war es, wenn er nachts angetrunken war, sich Gefangene aus den Schlafsälen zu holen, um sie zu schlagen oder mit ihnen auf dem Hofe herumzuexerzieren. Das tat er vor allen Dingen mit den unglücklichen Angehörigen der sogenannten Judenkompanie, die eine Zeitlang bestand und in die auch während seines Aufenthaltes im Oranienburger Lager der frühere sozialdemokratische Fraktionsführer im Preußischen Landtag Ernst Heilmann geschickt worden war. Noch am 2. Dezember ist durch Stahlkopf ein Gefangener in fürchterlicher Weise zugerichtet worden, er war von oben bis unten völlig blutunterlaufen.

Der Adjutant des Lagerkommandanten ist der Sturmführer Daniels. An direkten tätlichen Mißhandlungen hat sich dieser Mann, soweit ich es bezeugen kann, zwar nicht beteiligt, er gehört aber trotzdem zu demjenigen Kreise der SA-Führer im Oranienburger Lager, die für die ganzen Zustände verantwortlich sind. Seiner Stellung beim Kommandanten nach wäre er durchaus in der Lage gewesen, einen mäßigenden Einfluß auszuüben. Von einem solchen Einfluß ist nicht nur nichts fühlbar gewesen, sondern das Verhalten des Daniels gegenüber den Gefangenen war solcherart, daß seine Billigung aller dieser Zustände daraus hervorging.

Der Sturmführer Ewe leitete innerhalb der Verwaltung des Lagers Oranienburg die Gefangenenabteilung. Er ist im Juli ins Lager gekommen und übernahm die Einteilung der Arbeit. Büromäßig hat er außerdem die Aufnahme neuer Gefangener und die Entlassungen nach Aufhebung der Schutzhaftbefehle durch die zuständigen Behörden durchzuführen. Ewe war während des Krieges Offizier und verzehrte seine kleine Pension zuletzt in Ketschendorf im Kreise Beeskow. Dabei hat er auch versucht, sich früher der SPD zu nähern, ist aber abgefallen. Infolgedessen geht es ihm ähnlich wie dem Kommandanten Schäfer: sein Haß gegen die Sozialdemokraten ist offenbar größer als der gegen die Kommunisten. Ewe gehört zu dem Typ Stahlkopf, er ist ein Mensch, der sich das, was er gegen Gefangene unternimmt, mit einer ganz besonders hintergründigen Infamie ausdenkt. Wie Stahlkopf, so pflegt auch Ewe stark zu trinken und tobt solche Zustände an den Gefangenen aus. Als Ewe mich das erste Mal schlug, habe ich in Augen voll so tierischen Hasses gesehen, daß mich der Anblick dieses Menschen noch mehr entsetzt hat als das, was mir geschah.

Der Sturmführer Ewe hat Gefangene, die von ihrer Heimatbehörde zur Entlassung aus der Schutzhaft eingegeben waren, noch wochenlang nach der verfügten Entlassung festgehalten. Mehr als einmal haben Frauen von solchen Gefangenen ihren

Männern brieflich berichtet, die Polizei sei schon wiederholt in den Wohnungen erschienen und habe sich erkundigt, warum sich die Männer nicht, wie vorgeschrieben, auf der Polizei meldeten, sie seien doch aus dem Konzentrationslager längst entlassen. Inzwischen aber wurden die Gefangenen weiter im Lager Oranienburg festgehalten, und die Entlassung blieb unerledigt auf dem Schreibtisch des Sturmführers Ewe liegen, der natürlich genau weiß, daß die völlige Ungewißheit über das eigene Schicksal einen Menschen unerhört quälen kann. Der Sturmführer Ewe, der monatelang die Appelle selbst abgehalten hat und durch seine Stellung als Leiter der Gefangenenabteilung ununterbrochen mit allen Gefangenen in Berührung kam, hat sich außerordentliche Mühe gegeben, auch durch die Einteilung der Arbeit und durch die ganze Regelung des täglichen Lebens im Lager die Gefangenen so miserabel zu behandeln, wie es nur irgend ging. Wenn er, der so gerne den straffen Soldaten mimte und dabei doch selbst eine so unmilitärische Figur bot, in seinem schaukelnd schlaksigen Gang über den Hof segelte, so daß man von weitem nie erkennen konnte, ob er nüchtern war oder nicht, dann verzog sich alles aus seiner Sehweite, denn irgendeine Schikane für irgendeinen Gefangenen hatte er immer in Bereitschaft.

Zwei Truppführer, Federwisch und Herzog, und ein Scharführer namens Petzschner versahen abwechselnd die Aufgaben des Unteroffiziers vom Dienst, wenn man einmal den Betrieb im Lager mit einem militärischen Vergleich kennzeichnen darf. Sowohl Federwisch als auch Herzog haben sich an Gefangenen tätlich vergriffen, aber dies mehr vor längerer Zeit, in den letzten Monaten beschränkten sie sich darauf, die Gefangenen durch die Art der Diensteinteilung und durch die schon geschilderte Unterbrechung der Freizeit zu schikanieren, wobei sich Herzog, ein schäbiger Bursche, noch mehr hervortat als Federwisch. Eine üblere Rolle aber als die beiden spielt der erst ausgangs August ins Lager gekommene Scharführer Petzschner. Da er sich den Anschein eines alten gedienten Unteroffiziers gab (obwohl der in Wirklichkeit, wie viele SA-Leute, eher die Karikatur eines wirklichen Militärs darstellte), haben ihn die Gefangenen mit dem Spottnamen Himmelstoß (dem Unteroffizier aus Remarques Kriegsbuch »Im Westen nichts Neues«) versehen. Dieser Petzschner war eine Art von Hofhund, der die Aufgabe hatte, die Gefangenen des Innenkommandos dauernd zur Arbeit anzutreiben und auch sonst auf jede mögliche Weise in Bewegung zu halten, ein Auftrag, dem er sich mit einem unerschöpflichen Fleiß hingab. Wenn so viele Gefangene während ihrer Freizeit herumgejagt worden sind und wenn sie dadurch über den normalen Aufenthalt im Lager hinaus durch diese ewige Hetzerei nervös gemacht wurden, so trägt daran in erster Linie dieser Himmelstoß die Schuld. Im übrigen zeichnete er sich noch durch eine besondere Unflätigkeit in seiner Ausdrucksweise aus. Hatte er z. B. Gefangene zu irgendeinem Zwecke aufgestellt und bat ihn einer davon, austreten zu dürfen, so verweigerte er das mit dem Anschnauzer: »Jetzt gibt's das nicht, mach dir einen Knoten in deine N…!« Er verfügte über einen so schweinischen Wortschatz, daß dessen ausführliche Wiedergabe eine Abschweifung ins Pornographische unternehmen hieße. Solchen minderwertigen Subjekten waren tausend politische Gefangene wehrlos ausgeliefert, und solche SA-Subjekte feiert der Reichskanzler Hitler als die »berufenen Erzieher des deutschen Volkes«! Wir haben diese »Erzieher« in Oranienburg kennengelernt, nicht nur ihre Roheit, ihre Rachsucht, ihren Größenwahn, sondern auch die Kloake ihrer sexuellen Phantasie.

Nur von zwei im Gefangenenlager diensttuenden SA-Führern darf gesagt werden, daß sie auch in dem inhaftierten politischen Gegner einen Menschen sahen und die Gefangenen menschenwürdig behandelten: das waren die Truppführer Görke und Ruf. Der Truppführer Ruf, ein ehemaliger Kolonialdeutscher, hatte in den ersten Monaten des Oranienburger Lagers die Einteilung der Gefangenen zur Arbeit vorzunehmen und hat dabei, trotz seines bärbeißigen Tones, Rücksicht auf die gesundheitliche Beschaffenheit, die berufliche Eignung und die sonstige menschliche Veranlagung der Gefangenen gezeigt. Später hat ihn die Leitung des Lagers, wahrscheinlich weil er auch in der Verhütung von Mißhandlungen seinen Einfluß übte, auf den toten Posten eines Magazinverwalters abgeschoben. Etwas mehr Einfluß hat noch immer der Truppführer Görke, der, beruflich aus der Berliner Bauarbeiterschaft kommend, in seiner Art, den Gefangenen zu begegnen, einen Lichtblick im Lager Oranienburg darstellt.

Leider ist aber das Wirken der beiden zuletzt genannten Truppführer nicht so ausschlaggebend, daß der allgemeine Kurs der Menschenbehandlung im Lager Oranienburg geändert würde. Vom Mord bis zur moralischen Peinigung der Menschen wurde durch die SA-Führung des Lagers nichts unterlassen, um dieser Kulturstätte des Dritten Reiches den grauenvollen Ruf zu schaffen, den Oranienburg bei allen bekam, die das Unglück hatten, es kennenzulernen.

V. Die Gefangenen des Lagers

Die politische Zusammensetzung: Sozialdemokraten, Kommunisten, Deutschnationale, NSBO-Leute, rebellierende SA-Männer – Lagergespräche – Kommunisten denunzieren Sozialdemokraten – Kommunisten paktieren mit SA.

Der Umfang der Belegschaft des Lagers hat im Laufe dieser sechs Monate, in denen ich dort war, sehr geschwankt. Kurz nach der Einlieferung des ersten anhaltischen Transports am 14. Juni begann man, die Gefangenen zu numerieren, damals betrug die Belegschaft rund 200 Gefangene. Ich habe im Lager die laufende Nummer 190 erhalten. Während Anfang Dezember die laufende Nummer die Zahl 1800 weit überschritten hatte. Die höchste Belegschaftsziffer wurde im Juli und August mit nahezu 1200 Gefangenen erreicht. Nach dieser Zeit ist die Belegschaft durch umfangreiche Verschiebungen der Gefangenen nach Papenburg, Sonnenburg und Brandenburg vermindert worden. In den letzten Wochen des November nahm die Stärke der Belegschaft wieder zu, weil in anderen Teilen des Reiches kleinere Lager aufgelöst und die Gefangenen nach Oranienburg überwiesen wurden; so waren zuletzt Transporte von rund 300 Mann aus der Provinz Hannover und aus Rheinland-Westfalen eingetroffen.

Welch eine Härte bedeutet für die Gefangenen aus diesen Teilen des Reiches und deren Angehörige der Transport nach Oranienburg – es ist ein für allemal vorbei, daß die Frauen noch ihre Männer besuchen können, denn das Fahrgeld aus Rheinland-Westfalen nach Oranienburg ist für eine einzige Reise höher als der Betrag, den die Frauen an Unterstützung für einen ganzen Monat erhalten!

Ebenso stark wie die Gesamtziffer der Belegschaft hat auch ihre politische Zusammensetzung geschwankt. In seinen ersten Anfängen enthielt das Lager Oranienburg in der Hauptsache Gefangene aus dem Kreise Niederbarnim und dessen weiterer Umgebung, vorwiegend Kommunisten, vereinzelt Sozialdemokraten und noch vereinzelter Gefangene unpolitischer Herkunft oder von bürgerlichen Parteien. Mit den Transporten aus Anhalt, aus Rathenow, Brandenburg und anderen Städten erhöhte sich die Zahl der Sozialdemokraten ganz bedeutend, ebenso kamen auch einzelne Angehörige bürgerlicher Mittel- und Rechtsparteien ins Lager. So ist z. B. längere Zeit der zweite Vorsitzende der Zentrumspartei aus Rathenow, ein Oberstudiendirektor Wittler, in Oranienburg festgehalten worden, er brauchte aber nicht zu arbeiten, und es ist ihm auch sonst nichts geschehen. Im Juli und August wurden des öfteren Gefangene eingeliefert, die bei Razzien in Berlin festgenommen wurden, wobei sich auch Angehörige der NSBO, des Stahlhelms und der Deutschnationalen Volkspartei befanden. Einen nennenswerten Prozentsatz der Lagerbelegschaft haben aber die aus Rechtskreisen oder aus oppositionellen Gruppen innerhalb der NSDAP stammenden Gefangenen nie gebildet. Was etwa darüber erzählt wird, daß das Oranienburger Lager von verhafteten rebellierenden SA-Leuten angefüllt sei, ist eine Legende. Eine Zeitlang hat sich der Gefangenenwitz der Buchstaben NSBO (Nationalsozialistische Betriebszellen-Organisation) bemächtigt und sie so übersetzt: »Nun siehste bald Oranienburg!«, aber so umfangreich, wie nach diesem Scherz die Zufuhr neuer Gefangener aus den Kreisen unzufriedener NSBO-Leute hätte scheinen können, war sie lange nicht. Während der ganzen sechs Monate, Juni–Dezember, hat sich die Einlieferung von verhafteten SA-Leuten immer nur auf einzelne Fälle beschränkt, die in ihrer Gesamtsumme im

Laufe der Zeit die Zahl 50 ganz bestimmt nicht überschritten haben.

Zu diesem Punkt muß noch erwähnt werden, daß diejenigen verhafteten SA-Leute, die eine Charge in der SA bekleideten und sich in irgendeiner Weise unvorsichtig oppositionell geäußert hatten, nach ihrer Einlieferung ins Lager eine besondere Behandlung erfuhren. So brachte man eines Abends vier ehemalige Hauptleute (Cordes, Wolf, Zucker, v. Marwitz), die beschuldigt worden waren, innerhalb der NSDAP eine Art von illegaler Opposition geschaffen und gegen verschiedene Gauleiter gearbeitet zu haben. Ihre Verhaftung und Einlieferung ins Konzentrationslager hatte die Berliner nationalsozialistische Zeitung »Der Angriff« auf der ersten Seite in großer Aufmachung gebracht und als einen Beweis für das rasche und rücksichtslose Zugreifen der Parteileitung gefeiert. Im Lager sah die Sache freilich dann ganz anders aus; die vier Herren, die sozusagen mit großem Gepäck eintrafen, erhielten ein besonderes Quartier, kamen mit keinen anderen Gefangenen zuammen, konnten sich beschäftigen, womit sie wollten, und unterlagen auch hinsichtlich der Post und des Besuches keiner der für das Lager sonst geltenden Beschränkungen; der Kommandant begab sich jeden Morgen nach seinem Eintreffen im Lager zu ihnen, um sich nach ihrem Befinden und ihren Wünschen zu erkundigen; kurzum, sie waren die ersten Vertreter der Gattung sogenannter »Ehrenhäftlinge«, die später noch um einige andere Vertreter, auch aus den Kreisen opponierender mittlerer und kleiner SA-Führer, vermehrt wurde.

Dagegen wurden die wenigen NSBO-Leute, Stahlhelmer und Deutschnationalen, die man ins Lager brachte, unter uns übrige Gefangene eingereiht und in jeder Beziehung so behandelt wie wir. Einige davon haben sich freilich durch Bespitzelung von Sozialdemokraten und Kommunisten gewisse Vergünstigungen errungen, wie sich ja überhaupt die Lagerleitung der Spitzelei und der Korrumpierung von Gefangenen reichlich bedient hat.

Ein charakteristischer Fall ist die Einlieferung nach Oranienburg und das noch währende Festhalten im Lager eines deutschnationalen Großbauern namens Wolff aus der Uckermark. Dieser Mann, ein knorriger Konservativer, hat sich seine eigene

Meinung trotz der Gleichschaltung seiner Standesgenossen bewahrt und hat damit auch nicht hinter dem Berge gehalten. Grund genug für seinen Landrat, ihn nach Oranienburg schaffen zu lassen, wobei der Mann außerdem dadurch beständig unter Druck gehalten wird, daß man ihn hat wissen lassen, man werde ihm seinen Grundbesitz enteignen und unter die SA aufteilen.

Eine der für uns wirklich tätig gewesene Gefangene unerträglichsten Tatsachen war die Beimischung von kriminellen Verbrechern und von Menschen, deren Zusammenhang mit der Politik wirklich so gering war, daß ihr Festhalten im Lager Oranienburg uns ganz unverständlich schien.Wäre die Belegschaft des Lagers nicht so entsetzlich zusammengewürfelt gewesen, so hätte sich sicher manches leichter ertragen lassen, weil sich viel eher zwischen den Lagerinsassen eine aus dem gemeinsamen Schicksal geborene Kameradschaft herausgebildet hätte, als das so geschehen konnte. Menschen, die Jahre und Jahrzehnte in der Arbeiterbewegung gestanden haben, können sich natürlich ganz anders aneinander anschließen, als das bei der Zusammensetzung der Gefangenen geschehen konnte, wie sie im Lager gegeben war und noch ist.

Es war aus der Perspektive des Lagers heraus nicht zu erkennen, nach welchem System (und ob überhaupt nach einem) die Verhaftungen vorgenommen wurden, noch weniger, wonach sich die Dauer der Schutzhaft und die Auswahl der Entlassungen bestimmte. Es ist natürlich möglich, daß sich bei allgemeiner Beobachtung der Vorgänge in ganz Deutschland ein solches System herausfinden läßt, aber im Lager selbst war dies ausgeschlossen, und ich erwähne das ausdrücklich, weil diese Ungewißheit auch im Verhalten der Gefangenen zueinander eine große Rolle gespielt und unser Dasein besonders erschwert hat. Jeder Mensch weiß, daß nichts so quälend ist wie Ungewißheit, und zumal für einen denkenden Menschen nichts so peinigend als die völlige Unmöglichkeit, sich auch nur annähernd ein Bild über den Verlauf des eigenen Schicksals, über die mutmaßliche Dauer der Schutzhaft machen zu können. Schon daß die Schutzhaft ohne jede Befristung, auch ohne solche etwa bis zu einem neuen Haftprüfungstermin verhängt wird, läßt erkennen, daß der politische Schutzhaftgefangene jetzt in Deutschland viel,

viel schlechter daran ist als jeder zu einer bestimmten Freiheitsstrafe verurteilte Verbrecher, weil dieser die Dauer seiner Haft kennt und von ihrem ersten Tage an seine Hoffnung auf den Entlassungstag zu richten vermag. Angesichts der völligen Ungewißheit über die vermutliche Dauer unserer grauenvollen »Schutz«haft im Konzentrationslager war es nur selbstverständlich, daß tagaus, tagein bis zur Selbstermüdung die endlosesten Gespräche über Entlassung, Entlassung, Entlassung geführt wurden. Sooft – und dies geschah bei der außerordentlichen Fluktuation im Lager fast täglich – Gefangene zur Entlassung aufgerufen wurden, begannen jedesmal dieselben Fragen: Wie lange war er im Lager? Was war er draußen? SPD? KPD? Was sonst? Was hatte er draußen für eine Funktion? Läuft noch ein Verfahren gegen ihn oder kommt er ganz frei? Wer hat ihn entlassen? Stammt er aus einer Stadt, war es der Bürgermeister? Der Landrat? Die Geheime Staatspolizei? Ist er ohne sein Zutun entlassen worden? Hat er ein Gesuch gemacht? War er verheiratet, und hat seine Frau sich um seine Entlassung bemüht? Hat er Fürsprecher von nationalsozialistischer Seite gehabt?

Alle diese Fragen wurden gestellt; hatte man aber die Antworten darauf zusammen, so ging es erst richtig los. Dann begannen die trotz ihrer Aussichtslosigkeit immer, immer wiederholten Versuche, ein System der Entlassungen herauszufinden, allgemeingültige (das heißt auf den eigenen Fall anwendbare!) Schlüsse aus den Entlassungen, aus ihren Umständen, aus der vorausgegangenen Haftdauer zu ziehen. Dieses Bemühen mußte vergeblich sein, weil irgendeine andere Quelle als die der uferlosesten Willkür nicht erkennbar war. Im Lager Oranienburg, um nur Beispiele zu geben, saß, lange vor mir eingeliefert, ein junger Kommunist, dem nichts anderes nachgesagt wurde, als daß er auf einem Kirchturm seines Heimatstädtchens eine Sowjetfahre gehißt habe; Anfang Dezember saß er schon acht Monate und hatte wohl noch lange keine Hoffnung, entlassen zu werden. Im Gegensatz dazu sind sehr maßgebende ehemalige politische und parlamentarische Funktionäre der KPD, viel später als dieser Junge eingeliefert, längst entlassen worden, und ebensolche, sagen wir: Merkwürdigkeiten sind bei den aus der früheren SPD stammenden Gefangenen zu verzeichnen. Weiter:

Während bei dem Landrat des einen Kreises Gesuche der Gefangenen und besonders ihrer Frauen etwas zu nützen und offensichtlich die Entlassung zu beschleunigen vermochten, machten Gesuche auf den Landrat eines anderen Kreises gar keinen Eindruck. Während der eine Landrat und der eine Bürgermeister die meisten Gefangenen ohne Unterschied ihrer politischen Vergangenheit fast regelmäßig nach acht Wochen oder einem Vierteljahr entließen, hielten der andere Landrat und der andere Bürgermeister ihre Gefangenen, ebenfalls ohne Unterschied der früheren Parteizugehörigkeit, unabsehbar lange fest. Während der eine Landrat und der eine Bürgermeister ehemalige SPD-Leute rascher wieder entließen und frühere Kommunisten länger festhielten, machten es der andere Landrat und der andere Bürgermeister umgekehrt, sie entließen die Kommunisten nach kürzerer Haftzeit und behielten die Sozialdemokaten dafür länger in Haft. Während der eine Landrat und der eine Bürgermeister diejenigen Gefangenen schlechter behandelten, die an Waffengeschichten und tätlichen Zusammenstößen mit Nazis beteiligt gewesen waren, und die Gefangenen nach geringerer Haftzeit entließen, die sich nur politisch-parlamentarisch, mit Wort und Schrift, betätigt hatten, machten es auch in diesem Punkte der andere Landrat und der andere Bürgermeister umgekehrt: wer mal Zusammenstöße mit Nazis gehabt hatte, wurde früher entlassen; was gewesen war, war gewesen; aber die gefährlichen Kerle, die mit geistiger Überlegenheit gekämpft und den Nazis manche böse Blamage vor der ehemals in Deutschland vorhanden gewesenen öffentlichen Meinung beigebracht hatten, wurden um so länger festgehalten.

Ich habe jetzt in wenige Sätze zusammengedrängt, was der Inhalt unserer Gespräche in Tausenden von immer wiederholten Fällen war. Kann ein gefangener – noch dazu in solch einem Konzentrationslager gefangener! – Mensch sich in seinen Gedanken mit etwas anderem beschäftigen als mit seiner Freilassung, wenn er keine Ahnung hat, wann und wodurch seine Gefangenschaft das ersehnte Ende findet? Es war nur natürlich, daß alle Gefangenen, je nach ihrem Bildungsgrad auf verschiedener Grundlage, sich unaufhörlich mit der Frage ihrer Entlassung beschäftigten, denn die Entlassung bedeutete nicht nur die

Rückkehr ins bürgerliche Leben, zu Frau und Kindern, sondern sie bedeutete angesichts der Behandlung in Oranienburg die Rückkehr zum Menschen schlechthin, sie bedeutete das Ende widerwärtiger Mißhandlungen, das Ende beständiger Lebensgefahr, die Erlösung von einem unaufhörlichen Gehetztsein.

Ein Gefangener in einem Gefängnis hat selbst unter verschlechtertem Strafvollzug einen Rechtsboden unter den Füßen. Die Menschen, die sein Leben regeln, sind Beamte, an Vorschriften von allgemeiner Gültigkeit gebunden. Gegen deren Verletzung steht dem Gefangenen ein Beschwerderecht zu, und er weiß genau, daß ihn nichts an disziplinarer Verschärfung seiner Haft trifft, wenn er sich nichts zuschulden kommen läß. Die Verhaftung eines Menschen war außerdem, solange Deutschland noch ein Rechtsstaat war, an die Voraussetzung gebunden, daß ausreichender Verdacht einer strafbaren Handlung vorliege; es fand Vorführung vor dem Untersuchungsrichter statt, es fanden Haftprüfungstermine statt, es stand dem Gefangenen die Hilfe eines Anwalts zur Seite.

Alles das entbehrt der politische Schutzhaftgefangene völlig. Er ist in jeder Hinsicht, im verwegensten Sinne des Wortes der schrankenlosesten Willkür ausgeliefert. Willkürlich ist, wen die Verhängung der Schutzhaft trifft. Willkürlich ist ihr Beginn und ihr Ende. Willkürlich ist, wohin der Schutzhaftgefangene gebracht wird. Willkürlich ist die ganze Behandlung; keine Gefängnisordnung, keine allgemeingültige Vorschrift zieht dem Verhalten der Konzentrationslager-Gewaltigen irgendwelche noch so weite Grenze – schutzlos ist der »Schutzhaft«gefangene (welche blutige Ironie der Bezeichnung!) jeder moralischen und körperlichen Mißhandlung preisgegeben. Es ist ein Zustand von unheimlicher Rechtlosigkeit, daß ein Mensch, der da hineingerät, jeden Halt, jedes Ziel seiner Gedanken, jede Möglichkeit einer Zukunftsvorstellung verliert – der Zustand allein schon ist Qual. Wieviel mehr Qual ist, was ihm aufgrund dieser Rechtlosigkeit die Willkür dann zufügt!

Die schon durch ihre Aussichtslosigkeit quälenden und ermüdenden Entlassungsgespräche wurden nun noch vergiftet durch den im Lager fortbestehenden Gegensatz zwischen ehemaligen Sozialdemokraten und ehemaligen Kommunisten. Bis auf wenige menschlich sehr anständige Ausnahmen hielten die Kommunisten im allgemeinen hartnäckig an der Meinung fest, ihre Partei würde von den Nationalsozialisten als die dem Faschismus gefährlichere Gegnerin betrachtet, sie würden daher viel länger im Lager festgehalten als die Sozialdemokraten. Obwohl einer solchen Behauptung andersgeartete Tatsachen in offenkundiger Fülle entgegenstanden, blieben die Kommunisten bei ihrem eigensinnigen Verhalten, das selbstverständlich das Entstehen jeder durch das gemeinsame Schicksal so naheliegenden Kameradschaft verhinderte. Als ich am 14. Juni mit 39 anhaltischen Kommunisten, also politischen Gegnern aus meinem Wahlkreis und meinem engeren Arbeitsgebiet, zusammen im Transportwagen saß, hatte ich mir vorgenommen, angesichts der Zerschlagung der deutschen Arbeiterbewegung in ihrer Gesamtheit durch den jeder Art von Arbeiterbewegung feindlichen Faschismus alle früheren Gegensätze schweigen zu lassen, und hatte den festen Vorsatz gefaßt, es zu meinem Teile an nichts fehlen zu lassen, wodurch eine Kameradschaft, die gemeinsames Schicksal gemeinsam zu tragen erleichtert, hätte geschaffen werden können. Ich habe diesen Vorsatz, das werden einmal zahlreiche Zeugen bestätigen können, durch die Tat befolgt, bis jedes Bemühen um kameradschaftliche Beziehungen an dem Verhalten der Kommunisten scheiterte. Für jeden, der sich der deutschen Arbeiterbewegung mit Leib und Seele verschrieben hat, wird es wohl die allerschmerzlichste Erfahrung bleiben, daß sich nicht einmal in einem Konzentrationslager, angesichts gemeinsam erlittener Qualen, allen gemeinsam zugefügt durch den gemeinsamen politischen Gegner, ein Mindestmaß von Kameradschaft herstellen ließ. Von dieser Feststellung darf ich eine Anzahl vernünftig denkender und menschlich empfindender Kommunisten ausnehmen, aber leider eben nur als eine Ausnahme, die eine sehr, sehr böse Regel bestätigt. Einige Beispiele mögen die vergiftende Wirkung dieses Verhältnisses anschaulich machen.

Eines Abends beim Appell trat der Sturmbannführer Krüger vor die Front der Gefangenen und verkündete, daß am nächsten Tag der »vollgefressene sozialdemokratische Bonze Fritz Ebert« eingeliefert werde, dieses marxistische Vieh, der zu den

Novemberverbrechern gehöre, die Deutschland ins Unglück gestürzt haben, na, und diesem Schwein werde es die SA schon besorgen.

Was geschah nach dieser Rede mit der verheißungsvollen Ankündigung am Schluß?

Da ertönten aus den Reihen der kommunistischen Gefangenen laute Bravorufe!

Die betreffenden Kommunisten, selbst die Opfer des vor der Front stehenden Chefsadisten der SA, scheuten sich nicht, dem Mörder ihrer eigenen Parteifreunde Beifall zu zollen, als dieser Nationalsozialst gegen einen Sozialdemokraten vorzugehen versprach!

Ein zweites, gerade die alltägliche Atmosphäre dieser Verhältnisse im Lager kennzeichnendes Beispiel:

Als sich der sozialdemokratische Führer Ernst Heilmann von dem Empfang und den ersten Mißhandlungen im Lager Oranienburg etwas erholt hatte, begann er, mit verschiedenen Gefangenen, Sozialdemokraten wie Kommunisten, Schach zu spielen. Seine außerordentliche Beherrschung des Schachspieles führte eines Abends zur Veranstaltung eines Simultanspiels, bei dem Heilmann gleichzeitig gegen 8 Gegner, und zwar wiederum sowohl Sozialdemokraten wie Kommunisten, spielte. Das Spiel fand auf dem hinteren Hof des Lagers auf langgestreckten Brettern statt, die einen Teil der Hindernisbahn überdeckten, ein Platz, auf dem im Sommer während der knappen Freizeit des Abends hin und wieder Gefangene saßen und spielten oder sich sonst ausruhten. Nachdem dieser Platz aber zu einer solchen Veranstaltung gedient hatte, wurde seine fernere Benutzung von der Lagerleitung schleunigst dadurch unmöglich gemacht, daß über die ganze Bretterfläche Stacheldraht genagelt wurde. Infolgedessen sollte an einem darauffolgenden Sonntag eine neue Simultanschachpartie mit Heilmann im Tagesaufenthaltsraum des Lagers stattfinden, wobei uns daran interessierten Schachspielern schon das Bedenken gekommen war, ob nicht überhaupt die Lagerleitung eine derartige, für viele Gefangene eine willkommene Abwechslung bedeutende Veranstaltung verbieten werde. Sie wurde auch unmöglich gemacht, aber nicht auf Veranlassung der nationalsozialistischen

Lagerleitung, sondern auf Veranlassung eines Kommunisten! Der Tagesaufenthaltsraum im Lager Oranienburg wird von einem Gefangenenkommando in Ordnung gehalten, dessen Zugführer der Kommunist Jeremies aus Zerbst ist. Dieser Kommunist ging, als er von dem beabsichtigten Spiel erfuhr, zum SA-Truppenführer vom Dienst und erinnerte diesen daran, daß doch einmal den Angehörigen der Judenkompanie das Betreten des gemeinsamen Tagesraumes verboten gewesen sei. Der betreffende gerade diensttuende Truppführer hätte von sich aus das Spiel wahrscheinlich nicht verboten, aber nachdem sich der Kommunist auf die einmal ergangene SA-Verfügung gegen die Juden berief, mußte er natürlich Heilmann das Betreten des gemeinsamen Tagesraumes der Gefangenen untersagen.

Ein noch krasserer Fall von bösartiger Gehässigkeit hat einem sozialdemokratischen Gefangenen zu einer besonders schlimmen Mißhandlung verholfen. Ein junger Kommunist namens Hennes denunzierte eines Tages den früheren Brandenburger Oberbürgermeister und sozialdemokratischen Fraktionsführer im Preußischen Landtag Paul Szillat, er habe im Schlafsaal aufreizende Reden geführt. Wer Szillat kannte, wußte im vorhinein, daß er viel zu klug war, um in der im Lager gegebenen Situation eine solche Äußerung zu machen, wie sie ihm von dem Denunzianten in den Mund gelegt worden war. Szillat sollte angesichts der für den darauffolgenden Sonntag wieder einmal verhängten Besuchssperre Gefangenen davon abgeraten haben, ihre Frauen zu benachrichtigen, und sollte sie vielmehr aufgefordert haben, die Frauen ruhig kommen und dann vergeblich vor dem Lager aufmarschieren zu lassen, das wirke am stärksten.

Am gleichen Abend beim Appell wurde Szillat vor die Front gerufen, er wurde von dem Sturmführer Ewe des Versuches der Meuterei bezichtigt und durch SA-Posten abgeführt. Er sollte auf Befehl des Kommandanten in eine Dunkelarrestzelle gebracht werden, was später auch geschah; vorher aber führten ihn die SA-Posten in einen abgelegenen Raum in der Nähe der damals neu eingerichteten Waffenmeisterei, wo er von 6 vertierten SA-Leuten so geschlagen wurde, daß er noch acht Tage danach große blutunterlaufene Stellen am Oberkörper und im Gesicht hatte. Als wir ihn am nächsten Tage während der Mittagspause, die die Arrestanten für kurze Zeit an einem gemeinsamen Tisch verbrachten, sitzen sahen, zeigte sein Gesicht die schlimmen Spuren der Mißhandlungen, und sein rechter Arm hing kraftlos herab. Neun volle Tage brachte Szillat nach dieser Mißhandlung in der Dunkelarrestzelle zu – alles für die Denunziation eines Kommunisten.

VI. Wie Ebert, Heilmann und die Leiter des Rundfunks eingeliefert wurden

Empfang im Lager – Entkleidung vor der SA – In Lumpen gehüllt, die Köpfe geschoren – Wie der Berliner Abgeordnete Künstler behandelt wurde – Die Mißhandlungen Heilmanns.

Die nationalsozialistische Presse hat mit illustrierten Berichten auf ihre Weise die eines Abends erfolgte Einlieferung der sozialdemokratischen Führer Ebert und Heilmann und der vier führenden Funktionäre des Rundfunks Intendant Flesch, Alfred Braun, Dr. Magnus und Direktor Giesecke geschildert. Da mir diese Berichte im »Völkischen Beobachter« zu Gesicht gekommen sind, da aber gewiß auf der anderen Seite auch übertriebene Darstellungen dessen, was sich an diesem Abend ereignet hat, im Umlauf sein werden, ist es notwendig, eine wahrheitsgemäße Darstellung zu geben.

Die sechs Männer wurden gemeinsam eingeliefert und kurz danach gezwungen, vor der sie umdrängenden SA sich ihrer Kleider zu entledigen. Die ihnen gehörenden Anzüge wurden kommunistischen Gefangenen geschenkt, von denen sich einige, von dieser Szene angeekelt, abwandten, während andere den Nationalsozialisten entgegenkamen und die Anzüge mit Begeisterung entgegennahmen. Dann ließ man den sechs Männern den Kopf kahl scheren, wobei man Ebert einen Kranz von Haaren stehenließ, um ihn besonders lächerlich erscheinen zu lassen, und zog ihnen Lumpen an, die sie erst nach mehreren Tagen wieder mit eigener Kleidung vertauschen durften. Weiter ist den sechs Männern am selben Tage körperlich nichts geschehen. Um so schlimmer war die moralische Mißhandlung, der man sie unterzog. Bei dem Appell auf dem hinteren Hof des Lagers wurde ein weites Rechteck aus der Front der Gefangenenkompanien gebildet, die sechs Männer mußten dieser Gefangenenfront gegenübertreten, und dann hielt der Führer der SA-Standarte 208 Schulze-Wechsungen eine Rede, in der es von unflätigen Beschimpfungen und schmutzigsten Verleumdungen der vor ihm stehenden wehrlosen Gefangenen nur so wimmelte. Der Standartenführer forderte die ihn umdrängende SA und die Gefangenen auf, sich »dieses rothaarige fette Judenschwein Heilmann« genau anzusehen; von Alfred Braun sagte er, der habe jahrelang wie toll gefressen und gesoffen und sich eine Riesenvilla erschoben, die anderen drei Rundfunkleute seien alle korrupte Verbrecher, die sich einer wie der andere aus den Mitteln der Rundfunkhörer ein Vermögen erschlichen hätten, sie hätten sich einander die Gelder zugeschoben. In diesem Stile ging es eine Viertelstunde lang – es war eine widerwärtige Szene. Widerwärtig wegen der Unflätigkeit der gebrauchten Ausdrücke, widerwärtig durch die unverkennbare Spekulation auf die niedrigsten Instinkte sowohl der zuhörenden SA-Leute als auch der in der Front der Gefangenen enthaltenen Kommunisten.

Die moralischen Erniedrigungen wurden sowohl bei Ebert und Heilmann als auch bei den vier Rundfunkleuten die ersten Tage in verschärfter, später in abgeschwächter Form fortgesetzt. Kam nationalsozialistischer Besuch ins Lager, so wurden die sechs vorgeführt: »Seht euch diese marxistischen Verbrecher, Schieber, Halunken, Lumpen, diese vollgefressenen Schweine an« – solche Ausdrücke flogen dann den Gefangenen um den Kopf, wenn sie wie wilde Tiere den Besuchern gezeigt wurden. Außerdem wurden sie natürlich tagsüber im Lager herumgejagt und zu allen möglichen Extraarbeiten herangezogen. Bei Heilmann kam hinzu, daß er als Angehöriger der Judenkompanie darüber hinaus des öfteren aufs neue mißhandelt wurde. Man zwang ihn nicht nur wochenlang, die von Hunderten von Gefangenen benutzten Abortanlagen sauberzuhalten, sondern holte ihn auch nachts mitten aus dem Schlaf, um ihn, einmal sogar bei strömendem Regen, auf dem Hof herumzujagen. Als ich ihm am Morgen nach dieser zuletzt erwähnten Nacht begegnete, waren an seinem Schlafanzug noch die Spuren zu sehen, die von der nächtlichen Mißhandlung zeugten.

Am Tage nach der Einlieferung von Ebert, Heilmann und den vier Rundfunkleuten kam der Berliner Abgeordnete Franz Künstler im Lager an. Auch ihm wurde sein Haar zum Teil kurz geschoren, in das Haar auf der oberen Kopffläche wurden ihm drei Pfeile hineinrasiert, und außerdem wurde ihm sein Schnurrbart zur Hälfte abrasiert. Künstler hatte das Lager zuerst ziemlich unbemerkt betreten, seine Einlieferung war jedenfalls keinem der maßgebenden SA-Führer aufgefallen, und er befand sich bereits auf dem hinteren Hofe des Lagers, als ich ihn mit einem anderen Abgeordnetenkollegen zusammen beiseite nahm. In diesem Augenblick machten Kommunisten die umhergehenden SA-Leute mit den üblichen Beschimpfungen erst auf Künstler aufmerksam, da sich diese Kommunisten das Schauspiel, einen SPD-Führer durch die SA entsprechend behandelt zu sehen, nicht entgehen lassen wollten.

VII. Wir Abgeordneten säubern Oranienburg

Mit Bürsten und Leitern, mit Wasser und Salzsäure drei Tage in der Stadt unterwegs – 12 Abgeordnete kratzen die Reste früherer Wahlplakate ab – Wie sich die Bevölkerung bei dem Schauspiel verhielt – Eine Kaffee-Einladung – Ein Schlag ins Wasser.

Zwischen all den entsetzlichen, den ebenso schmerzlichen wie widerwärtigen Erfahrungen, die man in sechs Monaten Oranienburg sammeln muß, kann aber auch einmal über einen erfreulichen Vorgang berichtet werden. Die Lagerleitung hatte sich ausgedacht, daß es sicher in Oranienburg ein großes Aufsehen hervorrufen werde, wenn man die »Prominenzen« unter den Lagerinsassen durch die Stadt führen und zwingen werde, alle noch an den Mauern, Telegrafenmasten und Bäumen befindlichen Spuren früherer Wahlkämpfe zu beseitigen. Also rief eines

Abends der Sturmf. Ewe beim Appell höhnisch »die Herren Abgeordneten« vor die Front, und es wurden drei Kolonnen zu je vier Mann gebildet, die am anderen Tag mit der Säuberung der Stadt beginnen sollten. Die ersten beiden Kolonnen bestanden aus Sozialdemokraten; den Reichstagsabgeordneten Ebert, Heilmann, Künstler und mir, den preußischen Landtagsabgeordneten Bauer und Drügemüller, dem Provinziallandtagsabgeordneten Schwarz und dem Kreistagsabgeordneten Genz; die dritte Kolonne bestand aus dem ehemaligen kommunistischen Reichstagsabgeordneten Hörnicke-Zerbst, zwei anhaltischen KPD-Landtagsabgeordneten, Kettig und Kmiec, und einem KPD-Stadtverordneten von Oranienburg, Schulze.

Am Morgen vor unserem ersten Ausmarsch wurden wir mit Leitern, Schrubbern, Eimern, Lappen, Drahtbürsten und mit Salzsäure ausgerüstet, und die drei Kolonnen zogen, jede von bewaffneten SA-Posten begleitet, los. Tags zuvor hatte man in der Lokalzeitung, dem »Oranienburger Generalanzeiger«, angekündigt, daß unsere Säuberungsaktion um 9 Uhr vormittags mit der Aufstellung vor dem Rathaus beginnen werde.

Punkt 9 Uhr marschierten wir drei Kolonnen denn auch vor dem Rathaus auf – aber siehe da, aus der so schön geplanten Sensation wurde nichts; es war kein Volk da! Nicht ein einziger Mensch hatte sich am Rathaus eingefunden, um dem Beginn der von den Nazis so vorsorglich angekündigten Aktion beizuwohnen, nicht ein einziger Neugieriger stand da, um uns anzustarren und damit die von den Veranstaltern erhoffte Wirkung herbeizuführen. Und so ging es auch während unseres Umherziehens in der Stadt, während unseres Kratzens und Bürstens und Waschens an Mauern und Zäunen und Pflastersteinen; nirgendwo blieb jemand stehen, nirgendwo zeigte sich auch nur ein spöttisches Lächeln oder gar ein böser Blick. Im Gegenteil: wo wir in Häuser gingen, um frisches Wasser zu holen, kam man uns mit der größten Hilfsbereitschaft entgegen: die eine der drei Kolonnen wurde am hellichten Tage von der Straße weg in einen Garten zu Kaffee und Kuchen eingeladen, und mir ist es passiert, daß eine muntere Frau, bei der ich Wasser holte, die nationalsozialistischen Veranstalter mit ihrem Berliner Witz verspottete:

»Euch haben sie wohl losgeschickt, die Blätter an den Bäumen abzuwaschen?«

Nachdem so der erhoffte Erfolg dieser Aktion völlig ausblieb, machte die Sache der Leitung des Oranienburger Lagers keinen Spaß mehr; ihr kam es ja doch in Wirklichkeit nicht auf die Säuberung der Stadt an (die außerdem tatsächlich zum größten Teil längst erfolgt war!), sondern darauf, uns ehemaligen Abgeordneten in der Öffentlichkeit eine neue Demütigung zuzufügen. Als die Nazis sahen, daß sie die Rechnung ohne den Wirt, das heißt ohne die Bevölkerung der Stadt gemacht hatten, wurden am zweiten Tage nur noch zwei Kolonnen losgeschickt und am dritten Tage nur noch eine – dann war Schluß.

Die Haltung der Oranienburger Bevölkerung aber ist über jedes Lob erhaben. Abseits aller Politik denke man sich nur einmal aus, was es zahllosen einfach Neugierigen in einer so kleinen Stadt für eine Sensation hätte sein müssen: der Sohn des ersten deutschen Reichspräsidenten und ein langjähriger einflußreicher Preußenführer der SPD ziehen mit Leitern, Eimern und Bürsten in den Straßen der Stadt umher und kratzen Plakate ab – welch ein Schauspiel! Dazu nun noch das politische Moment: das beständig drohende Konzentrationslager mitten in der Stadt, in das ja auch im Laufe der Zeit genügend Oranienburger Einwohner gewandert sind, der Druck, unter dem die Bevölkerung in Deutschland allgemein, die des Sitzes eines solchen Konzentrationslagers aber im besonderen steht – und trotz alledem das betonte Fernbleiben von einer solchen Veranstaltung, drei Tage lang das stillschweigende, unerhört taktvolle Vorbeigehen von Menschen an allen Stellen der Stadt, an denen wir auftauchten: das war, inmitten des Grauens von Oranienburg, ein wohltuendes Erlebnis!

VIII. Die Mißwirtschaft
bei der Lagerverwaltung

Fingerabdrücke und Erkennungsaufnahmen – Eine Kriegsbeschädigung als Steckbrief-Rubrik – Wie die Briefpost der Gefangenen behandelt wurde – Beschimpfungen in Briefe von Ehefrauen hineingeschrieben – Der Kampf um einen »Völkischen Beobachter« – Das Lagergeld: Massendiebstahl der Verwaltung – Offene Korruption.

Das ganze Entstehen des Oranienburger Lagers hat gezeigt, daß die Nationalsozialisten nicht einmal rein verwaltungsmäßig in der Lage sind, irgend etwas einzurichten – oder aber es gar nicht wollten, daß alles rasch in eine gewisse Ordnung käme. Ebenso wie bei der Unterbringung der Gefangenen sind auch in der Verwaltung, die von SA-Leuten der Standarte 208 geführt wurde, alle erforderlichen Maßnahmen nicht schon bei der Errichtung des Lagers getroffen worden, sondern erst im Laufe der Zeit. Weder der Lagerkommandant noch sein Adjutant, noch irgendein in der Verwaltung maßgebender SA-Mann haben sich offenbar auch nur die geringsten Vorstellungen darüber gemacht, was alles vorzubereiten sei, um die mit Unterbringung, Verpflegung und sonstigen Aufgaben verbundene Gefangenhaltung von Hunderten von Menschen zu bewältigen. Die Art, wie sich die Verwaltung des Lagers immer erst hinterher mit aufgetretenen Schwierigkeiten auseinandersetzte, zeugte von genau derselben Gewissenlosigkeit, wie sie auch sonst in der Behandlung der Gefangenen bei jeder Gelegenheit und in jeder Sache zu spüren war.

Die erste Begegnung mit der Verwaltung des Lagers hatte jeder Gefangene bei der Einlieferung, wenn er die am Tor eingerichtete SA-Wache mit oder ohne die ersten Prügel passiert hatte. Von jedem neu eingelieferten Gefangenen wurden ohne Unterschied dieselben fotografischen Aufnahmen gemacht, wie sie sonst bei den Polizeiverwaltungen im Erkennungsdienst von den Verbrechern gemacht werden, und ebenso wurden von jedem Schutzhaftgefangenen (also von politischen Gefangenen, nicht von Räubern und Mördern!) Fingerabdrücke genommen. Wenn ein Mann sein ganzes Leben in moralischer Hinsicht einwandfrei verbracht hat, empfindet er es begreiflicherweise als eine Erniedrigung, sich von den Schergen Hitlers wie ein Verbrecher Fingerabdrücke abnehmen zu lassen.

Während meines Aufenthaltes im Lager Oranienburg las ich eines Tages im »Völkischen Beobachter« einen Bericht über eine nationalsozialistische Kriegsbeschädigtenversammlung, die unter dem auf einem großen Transparent stehenden Motto abgehalten wurde: »Die Kriegsopfer sind die Ehrenbürger des Staates!« Ich bin auch kriegsbeschädigt, aber meine demnach vorhandene Ehrenbürgerschaft im Staate Hitlers äußerte sich sehr merkwürdig. Der Mann, der meine Fingerabdrücke abnahm und mit den Personalien auch die besonderen Kennzeichen aufschrieb, maß die Narbe meiner Kriegswunde am rechten Knie nach Länge und Breite und trug das in sein Register ein. Diese kleine Episode kennzeichnet auf eine besondere Weise den Wandel der Dinge in Deutschland: in der eigenen Heimat, die man mit seinem Körper und seiner Gesundheit im Krieg verteidigt hat, wird die ehrenvolle Narbe der Kriegsverletzung zur Rubrik eines Steckbriefes.

Als die Belegschaft des Lagers im Laufe der Sommermonate stark zunahm, sah sich die Verwaltung genötigt, eine eigene Postabteilung einzurichten, die ja auch deshalb erforderlich war, weil alle an die Gefangenen gerichteten Briefe und sonstigen Sendungen und alle Briefe und Pakete der Gefangenen an ihre Angehörigen genau kontrolliert wurden. Es versteht sich bei der Wesensart der Nationalsozialisten ganz von selbst, daß die Abfertigung der Post und die Kontrolle zu zahllosen Schikanen benutzt wurde. Obwohl bei unserer Einlieferung der Sturmbannführer Krüger versicherte, die (in der Anfangszeit des Lagers noch von ihm selber ausgeübte) Briefkontrolle würde weiterherzig gehandhabt, spürten wir bald das Gegenteil. Es ist nur natürlich, daß keinerlei politische, etwa gar gegen die Regierung oder den Nationalsozialismus gerichteten Bemerkungen in den Briefen enthalten sein durften, ebenso durfte selbstverständlich kein Wort der Wahrheit über die Erschlagung und Mißhandlung der Gefangenen durch Briefe aus dem Lager herausdringen. Schon Bemerkungen privater Art, die sich ohne jede Hervorhebung konkreter Tatsachen auf das persönliche Empfinden bezogen, gingen manchem Kontrollierenden zu weit. Zahlreiche Briefe wanderten einfach, ohne daß die Gefangenen etwas davon erfuhren, daß ihr Brief angehalten worden sei, in den Papierkorb, zuweilen machten aber besonders geschmacklose Gesellen handschriftliche Bemerkungen in die Briefe der Angehörigen hinein. Dafür ein Beispiel: Die Leitung des Lagers hat mehr als einmal aus Anlaß von Vorgängen, die sich draußen abspielten und die den Nationalsozialisten unangenehm waren, verfügt, daß die Gefangenen in dem darauffolgenden Brief an ihre Angehörigen eine vom Lagerkommandanten vorgeschriebene Formulierung vorwegsetzen mußten. So wurden wir also gezwungen, in Briefen an unsere Angehörigen geradezu unsere eigenen früheren Parteifreunde zu beschimpfen, ein Beginnen, das ohne jeden Zweifel draußen genau die entgegengesetzte Wirkung als beabsichtigt erzielte. Bei einer solchen Gelegenheit hatte ich meiner Frau schreiben müssen, sie solle doch auf die Kommunisten einwirken, daß diese endlich ihre illegale Hetzerei einstellten. Darauf antwortete mir meine Frau, als Frau eines ehemaligen sozialdemokratischen Abgeordneten habe sie bemerkenswert wenig Einfluß auf die anhaltischen Kommunisten und sie begriffe nicht ganz, warum wir Sozialdemokraten unter Dingen leiden sollten, die die Kommunisten angeblich begangen hätten. Diese Stelle des Briefes meiner Frau war von dem Kontrolleur rot angestrichen und außerdem daran mit einer Stecknadel ein Zettel befestigt, auf dem stand: »Weil bei euch SPD dieselben Schweinehunde sind!«

Da im Oranienburger Lager andere als nationalsozialistische Zeitungen nicht gelesen werden durften (selbst die Blätter des deutschnationalen Hugenbergverlages waren verpönt), war von Freunden für mich der »Völkische Beobachter« abonniert worden. Man sollte nun meinen, daß in einem Konzentrationslager, das doch angeblich nach den Erklärungen Dr. Fricks, Görings und anderer Reichsminister die Aufgabe der Erziehung von »marxistischen Untermenschen« zu Bürgern des nationalsozialistischen Staates erfüllen soll, überhaupt kein Mangel an nationalsozialistischer Literatur bestehen sollte. Das Gegenteil ist der Fall. In den ersten Monaten bekamen die Gefangenen von der Verwaltung des Lagers auch nicht eine einzige nationalsozialistische Zeitung zu Gesicht. Später wurde es eingeführt, daß jede Gefangenenkompanie (durchschnittliche Stärke 120–140 Mann) je zwei Exemplare einer obskuren nationalsozialistischen Lokalzeitung, des »Märkischen Tagesblatts«, bekam. Das Zentralorgan der NSDAP, der »Völkische Beobachter«, wurde aber anscheinend nicht einmal bei der nationalsozialistischen Lagerleitung selbst gelesen. In den vier Monaten, in denen ich im Lager den »Völkischen Beobachter« abonniert hatte, habe ich noch nicht die Hälfte der für mich täglich eingehenden Nummern in die Hand bekommen, sie blieben einfach bei der Verwaltung hängen. Unzählige Male bin ich auf der Postabteilung gewesen und habe doch schließlich um nichts anderes gebeten als um die Aushändigung meines Eigentums, und wie oft habe ich zu hören bekommen: »Später, später, jetzt liest Ihre Zeitung der Sturmbannführer sowieso!« Diese Erfahrung ist nicht nur für die Schlamperei in der Lagerverwaltung, für die Gleichgültigkeit gegenüber dem Eigentum eines Gefangenen kennzeichnend, sondern sie zeigt auch, wie wenig Interesse die Funktionäre der NSDAP im Lager an ihrer eigenen Bewegung hatten. Ein einziges Exemplar des Zentralorgans ihrer Partei, das noch dazu ein Gefangener für sich abonniert hatte, ging bei den SA-Führern von Hand zu Hand!

Ein tolles Kapitel auf dem Gebiete der Lagerverwaltung ist das des Lagergeldes. In der ersten Zeit unseres Aufenthaltes in Oranienburg gab es für die, die noch Geld hatten, eine beschränkte Möglichkeit, sich zusätzliche Lebensmittel durch Einkäufe aus der Stadt holen zu lassen. Die Besorgungen wurden von einem Gefangenen und einem SA-Posten ausgeführt. Dann kam aber die Lagerverwaltung auf die Idee, aus der Zwangslage der Gefangenen, die miserable Verpflegung nach Möglichkeit zu ergänzen, Kapital zu schlagen und eine Kantine einzurichten. Der Zahlungsverkehr der Gefangenen mit der Kantine findet durch Lagergeld statt, das Anfang Juli eingeführt wurde. Die Entwürfe dazu mußte ein Gefangener, ein Graphiker aus Rathenow, machen, und es wurde bei der Reichsdruckerei gedruckt. Damit sollte zugleich vermieden werden, daß die Gefangenen bares Geld in der Hand hätten, was ja bei einem Fluchtversuch eine wichtige Rolle hätte spielen können; es wurden denn auch alle an die Gefangenen von ihren Angehörigen eingehenden Geldbeträge vom Lager in bar entgegengenommen und nur in Lagergeld an die Gefangenen ausgezahlt. Das Tolle an diesem Kapitel ist aber nicht die Einrichtung des Lagergeldes an sich, sondern der Umstand, daß sich das Lager die Kosten dieser Einrichtung von den Gefangenen bezahlen ließ! Als die Verfügung über die Einführung des Lagergeldes getroffen und damit bestimmt wurde, daß alle Gefangenen das noch in ihren Händen befindliche Bargeld abzuliefern hätten, wurden von sämtlichem Geldbesitz der Gefangenen ohne Unterschied des Betrages je 30 Prozent für das Lager einbehalten, also auf deutsch gestohlen. In der gleichen Zeit wurden die gleichen 30 Prozent von allen für die Gefangenen eingehenden Postanweisungen einbehalten, den in dieser Zeit eingelieferten Gefangenen wurden von dem Gelde, das sie bei sich hatten, ebenfalls 30 Prozent einbehalten. Und dieser Massendiebstahl wurde so lange fortgesetzt, bis die Kosten für den Druck des Lagergeldes gedeckt waren. Hat man die Nationalsozialisten so gründlich aus dieser Nähe kennengelernt, wie das ein Aufenthalt in einem Konzentrationslager von selbst ergibt, so wird man sich über einen solchen Vorgang nicht wundern; wer zu jedem Verbrechen, zu Mord und jeder Art von Körperverletzung jeden Tag und jedem Menschen gegenüber bereit und fähig ist, sollte der davor zurückscheuen, sich an dem Eigentum politischer Gefangener zu vergreifen?

Die Nationalsozialisten behaupten von sich, daß ihre Bewegung nicht zuletzt dazu da sei, die im Deutschland der Nachkriegszeit angeblich besonders schlimme Korruption zu überwinden. Unter Korruption versteht man gemeinhin Bestechlichkeit; bei beamteten Personen also den Mißbrauch ihres Amtes zu persönlicher Bereicherung. Diese Korruption aber, so darf man nach den Beobachtungen im Lager Oranienburg feststellen, haben die Nationalsozialisten dort nicht nur nicht abgeschafft, sondern zu einer neuen Blüte entwickelt.

Daß in Gelddingen im Staate Oranienburg manches faul war, bekamen diejenigen unter uns Gefangenen sehr rasch zu spüren, deren Arbeit sie zu Einkäufen in die Stadt Oranienburg führte. Da ich die ersten vier Wochen im Lager als Maler beschäftigt wurde und in dieser Eigenschaft hin und wieder Gelegenheit hatte, zu Einkäufen von Materialien in die Stadt zu verschiedenen Geschäftsleuten zu kommen, konnte ich bald recht interessante Beobachtungen machen. Da diese Beobachtungen in die Monate Juni/Juli fielen, war es unzweifelhaft eine Zeit, in der die Geschäftsleute noch mit den geschwellten Segeln der Hoffnung im braunen Meer des Nationalismus umherfuhren. Wenn man da in solche Geschäfte kam und, immer in Begleitung eines SA-Postens, einkaufte, waren die Leute so lange freundlich, solange sie erwarten konnten, Bargeld zu erhalten. Sobald man aber heraushatte, daß wir im Auftrag des Lagers kamen und »à conto« einkauften, wurden die Mienen gleich kühler, und es kam oft genug sehr gedehnt aus dem Munde manches Geschäftsmannes: »Ach soo, Sie kaufen fürs Lager …« Nicht einmal vor den SA-Leuten scheuten sich die Ladeninhaber, deutlich erkennen zu lassen, daß es mit dem Begleichen der aufgelaufenen Rechnungen durch die Verwaltung des Lagers nicht zum besten stand; so hat z. B. ein Oranienburger Geschäft für Leder und andere Schuhmachermaterialien, in dem für die Lager-Schuhmacherwerkstatt eingekauft wurde, lebhaft darüber geklagt, trotz häufiger umfangreicher Einkäufe lange Zeit nicht einen roten Pfennig gesehen zu haben. Es war eben in jeder Hinsicht im Konzentrationslager Oranienburg eine Mißwirtschaft.

Zur offenkundigen Korruption aber, d. h. zum Amtsmißbrauch zur persönlichen Bereicherung maßgebender SA-Führer des Lagers, wuchs sich die Lagerwirtschaft aus, als die Handwerkerstuben im Lager in vollem Betrieb waren, besonders die Elektrizitätswerkstatt und die Tischlerei. Die darin beschäftigten Gefangenen sind besonders tüchtige Facharbeiter ihrer Berufe, wie es ja von jeher nicht die schlechtesten Arbeiter waren, die sich in die vorderste Reihe im Kampf um die Freiheit und die Rechte der schaffenden Bevölkerung stellten. Ihrer politischen Tätigkeit wegen hatten die Nationalsozialisten sie nun eingesperrt; aber ihre berufliche, handwerkliche Tüchtigkeit verstanden sie sehr zu schätzen und für sich auszunutzen. Die SA-Führer des Lagers, der Sturmbannführer Krüger und die Sturmführer Daniels und Ewe, ließen sich alles Denkbare im Lager arbeiten; nicht etwa nur, was ja naheliegend war, die Einrichtung ihrer Dienstzimmer im Verwaltungsgebäude des Lagers, sondern auch Einrichtungen privater Art. Wenn irgendwo die Hitlersche Verfügung gegen die Schwarzarbeit gründlich umgangen worden ist, dann geschah das in den Handwerkerräumen des Lagers Oranienburg durch die Gefangenen auf Befehl der SA-Führer des Lagers. Man glaube auch nicht, daß etwa die Not den oder jenen SA-Führer dazu getrieben hätte, sich durch diesen Mißbrauch seines Amtes, also durch Korruption zu bereichern. Als z. B. vor einiger Zeit der SA-Sturmführer Ewe heiratete, kam er gewiß in die Lage, Oranienburger Handwerker in Nahrung zu setzen und die entstehenden Aufträge an sie zu geben, denn er heiratete die Tochter der Wirtin eines gutgehenden Berliner Weinrestaurants. Aber der SA-Sturmführer dachte gar nicht daran, die ergreifenden Aufrufe seines Führers »Schafft Arbeit«, »Schließt Ehen, damit das notleidende Handwerk Arbeit findet!« u.a.m. zu befolgen. Wozu war der SA-Sturmführer der Leiter der Gefangenenabteilung eines Konzentrationslagers? Warum sollte ihm dieses Amt nicht auch einige persönliche Vorteile bringen – Korruption heißt so etwas doch nur, wenn es die anderen tun? Also waren die Gefangenenhandwerker emsig mit der Einrichtung der Wohnung des SA-Sturmführers Ewe beschäftigt, und wenn auch diese Schwarzarbeit den Oranienburger Handwerkern ihnen zukommende Aufträge entzog, so sparte doch der SA-Sturmführer Ewe Geld, und ebenso handelte der SA-Sturmführer Adjutant Daniels, der sich ganze Zimmereinrichtungen in der Lagertischlerei von den Gefangenen bauen ließ.

Im Vergleich zu dem, was sonst im Oranienburger Lager geschah, sind die zuletzt erwähnten Vorgänge gewiß von untergeordneter Bedeutung. Aber wenn man sich in der nationalsozialistischen Presse anschaut, welch ein Aufhebens vom Hitlerschen Kampfe gegen die Arbeitslosigkeit gemacht wird, welch ein Geschrei über die angebliche Korruption des »Systems« veranstaltet wurde, und nun damit das geschilderte Verhalten von SA-Führern im Lager Oranienburg vergleicht, dann sind diese Dinge doch recht aufschlußreich. Sie zeigen, daß sich der moralische Tiefstand der vorgeblichen »Erneuerer Deutschlands« nicht nur in sadistischen Ausschreitungen offenbart, sondern auch auf anderen Gebieten.

IX. Die SA im Lager

Wo kommen die SA-Leute her? – Wie sind sie politisch einzuschätzen? – Henkersknechte, Folterknechte, Landsknechte – Weil ich Fritz Ebert die Hand gab – Treibjagd auf dem Hofe – Massenverprügelung im Tagesraum und im Hofgang – Schläge in der Wache – Neuer Gefangenentransport muß zehn Stunden stehen – Ohrfeigen auf Außenkommando.

Die SA-Wache des Lagers bestand durchschnittlich aus 80–100 Mann, unter denen hin und wieder ein Wechsel einer Anzahl von Posten stattfand. Der größte Teil der SA-Leute stammte aus der näheren Umgebung Berlins, ein geringerer Teil kam aus anderen Gegenden des Reiches, es gab Rheinländer, Sachsen, Thüringer, Schlesier darunter. Der sozialen Herkunft nach waren nur ganz wenige SA-Leute gebildeten Standes. Die meisten SA-Leute waren Bauernjungen und Kinder von Arbeitern, die oft genug im politischen Gegensatz zu ihren Eltern standen. Die wenigsten hatten etwas gelernt oder schon einen Beruf ausgeübt; verheiratete Leute waren sehr selten dabei, am häufigsten waren die SA-Leute eben Angehörige jener bedauernswerten Generation von Nachkriegsjugend, die fast nichts anderes als die Arbeitslosigkeit kennengelernt hat und in völliger Unkenntnis wirtschaftlicher und politischer Zusammenhänge dem Nazischwindel von dem alles verschuldenden »System« aufgesessen ist.

Es wäre völlig verfehlt, bei dem durchschnittlichen SA-Mann irgendeine noch so bescheidene politische Meinung zu vermuten. Soweit die SA-Leute im Lager, besonders als Posten bei den Außenkommandos, sich in Gespräche mit den Gefangenen einließen, ergab sich bis auf geradezu verschwindende Ausnahmen immer und immer wieder, daß die Zugehörigkeit zur SA in erster Linie eine Art Versorgung darstellte. Romantik hatte die Jungs vielfach zuerst in die nationalsozialistische Bewegung hineingeführt; von der Romantik nächtlicher Unternehmungen, der Romantik eines Räuber- und- Soldaten-Spiels mit politischen Gegnern, der Romantik des Versteckspiels mit der Polizei bis zu der allerdings schon bösartigen Romantik der Versammlungssprengungen; allmählich entwickelte sich aus der SA die bezahlte Prätorianergarde Hitlers, und die Romantiker rückten in besoldete Formationen ein, deren Führung und Aufbau dem militärischen Bedürfnis vieler junger Menschen entgegenkam.

Der Mangel an politischem Interesse – von politischen Kenntnissen ganz zu schweigen! – bei der SA ist von wahrhaft verblüffendem Ausmaß. Als die Reichstagswahlen und die Volksabstimmung vom 12. November bevorstanden, gab es hie und da einmal ein kurzes Gespräch über den voraussichtlichen Wahlausgang; aber abgesehen davon, daß sich auch das auf wenige Fälle beschränkte, wurde der Wahlausgang nicht anders erörtert wie etwa die Aussichten Schmelings in einem Boxkampf oder die einer Fußballmannschaft bei einem Länderspiel. Als die Wahlen vorüber waren, sprach die SA des Lagers überhaupt nicht mehr davon; von irgendeiner gehobenen Stimmung, die bei einem innerlich begeisterten, beteiligten Parteigänger angesichts des Hitlertriumphes doch sehr verständlich gewesen wäre, war auch nicht im mindesten die Rede. Die Unterhaltungen der SA-Leute untereinander drehten sich nur um ihren Sold, die davon gemachten Abzüge, ihre Schulden, ihre Saufgelage, ihren Geschlechtsverkehr. Es ist wahrhaftig nicht nur keine Übertreibung, sondern der einzig treffende Ausdruck, wenn man das Dasein des durchschnittlichen SA-Mannes im mittelalterlichen Sinne des Wortes ein Landsknechtsleben nennt. Der Oranienburger Sturmbannführer Krüger ließ sich eines Tages an die Wand seines Zimmers den sinnigen Spruch malen: »Laßt die Soldaten trinken, spielen, küssen – wer weiß, wie bald sie sterben müssen!« Dieser Wandspruch kennzeichnet die Welt des SA-Mannes einigermaßen erschöpfend.

Ich habe in den sechs Monaten Oranienburg eine große Anzahl SA-Leute persönlich kennengelernt und viele, viele Unterhaltungen mit ihnen gehabt. Ich bin nicht einem, nicht einem einzigen jungen Menschen in der SA begegnet, der auch nur eine Stunde seines an freier Zeit reichen SA-Daseins benutzt hätte, um zu Büchern zu greifen und aus eigenem Antrieb etwas zu lernen. Wenn man aus eigener Jugenderfahrung weiß, welch eine Summe von Willenskraft und Fleiß ganze Generationen sozialistischer Arbeiterjugend aufgebracht haben, um in harter Arbeit an sich selbst die Volksschulbildung zu ergänzen, sich weit über ihren Stand hinaus emporzuarbeiten, meist nach langer Arbeitszeit in Werkstätten und Fabriken, und vergleicht das mit der Jugend in der SA – um Himmels willen, welch ein Abstand! Wie viele SA-Leute haben überhaupt erst durch die Berührung mit uns politischen Gefangenen einen blassen Schimmer davon bekommen, daß es außer Gewehr 98, Armeerevolver 08, Gummiknüppel, Skatkarten, Bier und Geschlechtsverkehr noch andere Welten gibt.

Kein Wunder, daß sich in einer solchen SA-Jugend genug Kreaturen finden, bereit, die Rolle des Henkers und des Folterknechtes zu spielen. Es wäre indessen ungerecht, etwa ausnahmslos alle SA-Leute so anzusehen. In der Lagerwache in Oranienburg gab es einige anständige SA-Männer, es gab welche, die den Gefangenen gegenüber offen von den Verbrechen ihrer Kameraden abrückten und auch diese Gesinnung durch die Tat, durch ihr eigenes Verhalten gegenüber Gefangenen, bewiesen. Es gab SA-Leute, die gutmütig, es gab solche, die darüber hinaus vornehm waren und handelten, denen mancher Gefangene hie und da eine Erleichterung und mal eine erträglichere Stunde verdankte – und diese SA-Leute können gewiß sein, daß gerade inmitten der scheußlichen Oranienburger Barbarei jeder dieser solche wohltuenden Beweise von Menschlichkeit in den Herzen der Gefangenen gut aufbewahrt wird. Aber weil ich alles so gerecht als nur möglich betrachte, weil ich so objektiv wie nur denkbar dem politischen Gegner gegenübertreten will, indem ich nicht dem miserablen, verächtlichen Beispiel des nationalsozialistischen Verhaltens uns gegenüber folge, darf und muß ich feststellen: Die Wahrheit ist, daß diese SA-Leute eine Ausnahme bilden, eine erfreuliche, eine hervorzuhebende Ausnahme – aber eben, leider, eine Ausnahme. Die Roheit ist in der SA ungemein viel weiter verbreitet als die Menschlichkeit; die Taktlosigkeit sehr, sehr viel häufiger als selbst bescheidenste Rücksichtnahme; die Brutalität, die Neigung zum Verbrechen der Gefangenenmißhandlung sehr, sehr viel stärker als beamtenmäßige Korrektheit des Verhaltens. Schließlich ist dieser Umstand bei so vielen SA-Leuten ja nicht nur die Folge ihrer eigenen Veranlagung, sondern – was noch viel schlimmer ist – er ist das Erzeugnis einer planmäßigen »Erziehung« zur Körperverletzung, zum Mord, die in der nationalsozialistischen Bewegung von jeher geübt worden ist. Wenn der Führer den grausigen Mord von Potempa verherrlicht, wenn er ein Sympathietelegramm an vertierte Verbrecher schickt, die zu fünft einem schlafenden Manne im Beisein seiner Mutter mit Stiefelabsätzen den Kehlkopf zertraten – wenn das der Führer tut, wie soll dann das Verhalten der von ihm Geführten anders aussehen, als es uns in so mancher entsetzlichen Nacht in Oranienburg entgegentrat? Wenn in einer Bewegung jede Menschlichkeit als »Humanitätsduselei« verspottet, wenn im Lande der Dichter und Denker das Henkerbeil zum Staatssymbol wird – wie soll es dann anders in der SA zugehen, als uns das auf die grauenvollste Weise in Oranienburg offenbar wurde? Und endlich: die SA-Leute folgten ja nur dem Beispiel ihrer Führer im Lager selbst, dem Beispiel der Sturmbannführer Schäfer und Krüger, der Sturmführer Stahlkopf und Ewe. Da die unmittelbaren Vorgesetzten im Lager sich an den wehrlosen Gefangenen austobten – weshalb sollte sich die SA dann irgendeinen Zwang auferlegen?

Das tat sie denn auch nicht. Einige SA-Leute haben Morde auf dem Gewissen, eine bestimmte Anzahl hat sich an den feigen Exzessen auf Zimmer 16 beteiligt, eine größere Zahl war bei Gefangenenmißhandlungen sonst im Lager dabei, und viele haben ihr Mütchen an uns gekühlt, beim Strafexerzieren, bei der Strafarbeit im Lager und draußen, bei jeder Gelegenheit. Sehr viele haben natürlich auch moralische Mißhandlungen der Gefangenen verübt, manche aus Dummheit, ohne zu wissen und zu fühlen, was sie anrichteten, die große Mehrheit aber aus Gemeinheit und Niedrigkeit der eigenen Gesinnung.

Von Zeit zu Zeit bahnte sich stellenweise ein erträgliches Verhältnis mit einer geringen Anzahl SA-Leuten an, besonders, wie schon erwähnt, auf den Außenkommandos. Aber diese Herrlichkeit dauerte gewöhnlich nicht lange. Wenn draußen etwas passiert war und im Lager besonders »dicke Luft« herrschte, verschärfte sich auch regelmäßig das Verhalten selbst ruhiger SA-Leute; zwischendurch wurde außerdem zuweilen von der Lagerleitung aus dafür gesorgt, daß die Anständigkeit der

SA nicht zu weit ging. Auch die SA-Leute wurden eben beständig unter Druck gehalten.

Kurz nach der Einlieferung des Sohnes des ersten deutschen Reichspräsidenten, des Abgeordneten Fritz Ebert, ins Lager begegnete ich ihm frühmorgens auf dem vorderen Hofe und begrüßte ihn natürlich mit Handschlag. Als wir kurz darauf zu dem Forstkommando, in dem ich mehrere Monate lang gearbeitet habe, antraten, fragte mich einer der unserem Kommando zugeteilten Posten:

»Hast du nicht eben dem Bonzenschwein Ebert die Hand gegeben?« Darauf ich: »Jawohl.« Der Posten, SA-Mann Kleint: »Du kennst wohl den Kerl ganz genau?« Ich antwortete: »Natürlich, wir waren doch mehrere Jahre hindurch Reichstagskollegen!« Der Posten schnauzte mich nun an: »Du hättest das Schwein lieber in den A... treten sollen!« und verfügte, daß ich an diesem Tage, weil ich einem befreundeten Genossen an diesem Morgen die Hand gegeben hatte, auf dem Marsch zur Arbeitsstätte den für die SA-Posten immer mitgeführten Kaffee zu tragen hatte, ebenso auf dem Rückweg den Mantel des betreffenden Postens.

Auf dem vorderen Hofe des Lagers war auf einem niedrigen Gebäude ein leichtes Maschinengewehr montiert worden, das Tag und Nacht von einem mit einer Maschinenpistole bewaffneten Posten bewacht wurde (für diejenigen Gefangenen, die beim Militär und im Felde gewesen waren, bot diese Einrichtung einen etwas grotesken Anblick). Die SA-Leute, die an dieser Stelle Posten standen, hatten natürlich von ihrem erhöhten Platz aus immer einen guten Überblick über den Verkehr auf dem vorderen Hofe, der sich zwischen den Schlafsälen, dem Tagesaufenthaltsraum, den Handwerksstuben und der Latrine abspielte. Sobald aus irgendeinem meist außerhalb des Lagers liegenden Grunde die Behandlung der Gefangenen besonders verschärft wurde, hatten diese Posten die Aufgabe, die Gefangenen über den Hof hin und her zu jagen. Während im allgemeinen Vorschrift war, daß eine Art von militärischer Ehrenbezeigung erst für die SA-Führer vom Sturmführer aufwärts geleistet werden mußte, maßten sich in solchen Situationen auch die einfachen SA-Posten das Recht an, von den Gefangenen gegrüßt zu werden, und jagten Gefangene, die darauf einmal nicht achteten, unweigerlich zurück oder mehrere Male hin und her. Es kam auch vor, daß man über den vorderen Hof des Lagers an diesem Posten vorbei überhaupt nicht in normalem Schritt gehen durfte, sondern nur im Laufschritt; wie oft ist nicht die erste Zeit der Abgeordnete Heilmann, obwohl ihm die Folgen der erlittenen Mißhandlungen schon das normale langsame Gehen schwer machten, über den Hof gejagt worden!

Vom Augenblick des Schlafengehens bis zum morgendlichen Wecken patrouillierten zwei SA-Posten in dem Gang auf und ab, an dem die Schlafsäle lagen. Bei diesen Posten mußten sich die Gefangenen melden, wenn sie des Nachts zur Verrichtung eines Bedürfnisses den Schlafsaal verlassen wollten, und es ist natürlich gar nicht zu zählen, wie oft die SA-Posten solche Gelegenheiten zum Schikanieren der Gefangenen benutzt haben. Ist es an sich schon eine unerträgliche Demütigung, daß ein erwachsener Mensch einen solchen Jungen fragen muß, ob er ein unabweisbares körperliches Bedürfnis befriedigen darf, so wird diese Demütigung zur moralischen, ja zuweilen sogar körperlichen Mißhandlung, wenn niederträchtige Posten, wie das leider sehr oft geschah, ihren Übermut oder ihre Gemeinheit an den Gefangenen ausließen, die nach den ersten Erfahrungen dieser Art ohnehin nachts ihren Schlafsaal nur verließen, wenn es gar nicht anders ging.

Der Tagesaufenthaltsraum der Gefangenen, ein früherer Maschinensaal, liegt mit der Front seiner Fenster an dem vorderen Hofe des Lagers, so daß man von den Fenstern aus das Tor des Lagers und das Wachgebäude sehen und die Ankunft neuer Transporte beobachten konnte. Daß die Gefangenen das häufig taten, versteht sich von selbst; denn schon die Möglichkeit, unter den neuankommenden Gefangenen Bekannte zu sehen, aber auch die Abwechslung, die in dem eintönigen Dasein des Gefangenen im Lager selbst in der Einlieferung neuer Leidensgenossen lag, führten dazu, daß bei solchen Gelegenheiten die Fenster des Tagesaufenthaltsraumes belagert waren. Zuweilen ließ das die SA zu, ohne irgend etwas zu sagen oder zu tun; es ist aber auch vorgekommen, daß die Gefangenen beim Eintreffen neuer Transporte nicht nur rücksichtslos vom Hofe heruntergejagt, sondern auch von den Fenstern ihres Aufenthaltsraumes vertrieben wurden, ja, die SA kam auch einmal in einer Stärke von dreißig Mann in den Tagesraum hereingestürzt und hieb wie verrückt mit den Gummiknüppeln auf uns los, so daß die Gefangenen über Tische und Bänke klettern mußten, um sich der sinnlosen Prügelei zu entziehen.

Vom vorderen Hofe des Lagers zum hinteren, der in der ersten Frühsommerzeit noch eine Wiese gewesen war, später aber zu einem staubigen Sandplatz wurde, führte ein etwa zwei Meter breiter, etwa zehn Meter langer Gang, der sich auch noch im rechten Winkel hinzog. Wenn Hunderte von Gefangenen aus den Schlafräumen, aus dem Tagesraum und überhaupt von den Räumen des vorderen Hofes zum Appell oder zu anderen Gelegenheiten nach dem hinteren Hofe gingen, vollzog sich dieser Verkehr naturgemäß sehr langsam, denn in dem engen Schlauch dieses winkligen Ganges war für eine größere Anzahl Menschen nur schwer vorwärts kommen. Kein Wunder, daß es daher ein beliebtes Gesellschaftsspiel der SA war, die Menschen durch diesen Gang hindurchzujagen, und wiederholt ist von hinten sinnlos und wahllos auf die Gefangenen eingeschlagen worden.

Am vorderen Eingang des Lagers im Zuge der Straßenfront (Berliner Straße, Oranienburg) liegt ein kleines Wachthaus, das den Eingang ins Lager für Fußgänger enthält und zwei nebeneinanderliegende kleine Wachstuben, in denen der Wachhabende und die Posten sich aufhalten. Hier gab es für manchen neueingelieferten Gefangenen die ersten Schläge, ebenso war es bei der SA ein beliebtes Mittel, die Wache von Gefangenen säubern zu lassen und sie dabei zu schlagen, zu treten, zu stoßen. Auch der unglückliche Abgeordnete Heilmann hat mehr als einmal diesen »Dienst« verrichten müssen.

Als in den letzten Tagen des Monats Juni ein größerer Transport neueingelieferter Gefangener aus Brandenburg kam, morgens gegen acht Uhr, mußte dieser ganze Transport von morgens um 8 bis abends um 6 Uhr, also volle zehn Stunden, in zwei Gliedern angetreten stehen bleiben; erst auf dem Hofe, dann, als es regnete, in der damals noch nicht zum Aufenthaltsraum hergerichteten Maschinenhalle. Nur während des Empfanges und des Einnehmens des Mittagessens durften sich die neuangekommenen Gefangenen setzen, dann mußten sie wieder stehen. Was geht im Innern eines Menschen vor, der in einer solchen Situation zehn Stunden lang an einem Platze steht, von Zeit zu Zeit von ausgesuchten, besonders üblen SA-Leuten angeflegelt, um sich herum die dauernde moralische und körperliche Mißhandlung der anderen Gefangenen beobachtend? Das Grauen ist in einem schon lebendig, wenn die bloße Ankündigung kommt: Du wirst nach Oranienburg überführt. Nun steht man da; eine Stunde verstreicht, eine zweite Stunde verrinnt, eine dritte, eine vierte... Das Grauen wächst, die Abscheu regt sich immer stärker – daß so etwas wie diese Konzentrationslager möglich sind, daß Menschen anderen Menschen so etwas zufügen können! Die fünfte, die sechste, die siebente, die achte Stunde – kein Ende. Die ihr hier eintretet, lasset alle Hoffnung fahren! Die neunte Stunde, die zehnte Stunde – die Knie zittern, der ganze Körper schmerzt, bis zum Halse herauf steigt der Ekel. Empfang in Oranienburg!

An einem Augusttage wurde ein größerer Transport von Gefangenen eingeliefert, die bei einer Razzia in Berlin verhaftet worden waren. Von der Einlieferung selbst haben wir nichts gesehen, denn plötzlich wurden mit der üblichen Brutalität sowohl der Tagesaufenthaltsraum als auch die beiden Höfe des Lagers von den Gefangenen gesäubert und alles in die Schlafsäle getrieben. Aber auch in den Schlafsälen selbst durfte sich nicht jeder da aufhalten, wo er wollte, sondern alle Gefangenen wurden in die Schlafsäle links vom Gang getrieben, weil die Schlafsäle rechts vom Gang Fenster haben, von denen aus man auf den hinteren Hof des Lagers sehen kann. Alles mußte in den Schlafsälen links vom Gang mit dem Rücken zum Gang sitzen oder stehen bleiben, damit kein Gefangener einen noch so flüchtigen Blick auf den hinteren Hof des Lagers hätte werfen können. Auf dem hinteren Hof des Lagers befindet sich die noch zu erwähnende Hindernisbahn mit der Eskaladierwand, über die die Neuangekommenen, wir wissen nicht, wie oft, gejagt und dabei geschlagen wurden. Dann wurde der ganze neue Transport in einen besonderen kleineren Schlafsaal getrieben und bekam drei Tage lang nichts zu essen.

Manche SA-Leute benutzten aber auch ihre Stellung als Posten auf den Außenkommandos, um sich an ihnen mißliebigen Gefangenen zu vergreifen. Ein Beispiel für viele:

Zu dem Arbeitskommando »Ziegelei«, das täglich von der Zweigstelle des Oranienburger Lagers Blumberg bei Bernau ausmarschierte, gehörte ein 50jähriger Mann namens Spangenberg, den eine Herzkrankheit und seine im Krieg erlittene Gehirnerschütterung hinderten, so schnell und anhaltend die körperlich schwere Arbeit zu leisten, wie sich das einer der SA-Posten, der besonders üble Scharführer Kulawig, vorstellte. Dieser Scharführer trieb den herzkranken Mann auf die ihm eigene niederträchtige Weise wiederholt an, schneller zu arbeiten, obwohl der Gefangene, wie von all seinen Kameraden bezeugt wurde, stets sein Möglichstes tat; als er auf die Antreibereien hin aber den Scharführer einmal auf sein Alter und seinen Zustand aufmerksam machte, wurde er von dem SA-Mann Kulawig kurzerhand geohrfeigt. Außerdem mußte er eine schwere metallene 20-Liter-Kanne, die morgens von zwei Leuten mit Kaffee hinausgetragen wurde, auf dem ganzen Rückmarsch allein zurücktragen, voll Wasser gefüllt und mit einem Stein beschwert. Solche SA-Männer wie diesen Kulawig, die sich derartig auch an älteren und kranken Gefangenen vergingen, gab es eine ganze Anzahl.

X. Wenn uns unsere Frauen besuchten

Besuchsregelung – Besuchssperre – Hunderte von Frauen und Kindern vor verschlossenen Toren – Ein Sadist jagt meine Frau fort – Zwei Monate Besuchs- und Briefsperre.

Die Regelung der Besuchszeit für Angehörige hat sich im Laufe der Zeit im Konzentrationslager Oranienburg wiederholt verändert. Bevor unser erster anhaltischer Transport Mitte Juni eingeliefert wurde, hatte es, so war uns berichtet worden, Wochen gegeben, wo man die Angehörigen an den Sonntagnachmittagen mehrere Stunden lang zu den Gefangenen ins Lager hereinließ und auch die Gespräche nicht besonders streng überwachte.

Dann kamen Sonntage, an denen nur für die Berliner, andere Sonntage, an denen allgemeine Besuchssperre für alle Gefangenen war. Das wurde zuweilen, je nach Laune des despotischen Kommandanten, so kurz vor dem betreffenden Sonntag verfügt, daß nur bemittelte Gefangene ihre Angehörigen noch telegrafisch benachrichtigen konnten; Hunderte von armen Frauen standen an solchen Sonntagen vor dem geschlossenen Tor des Lagers und fanden nichts als das Plakat: »Besuchssperre«. Welche Szenen haben sich da abgespielt; Frauen schluchzten, Kinder weinten und schrien nach ihrem Vater – das alles hat aber weder den Kommandanten gerührt noch die SA, die an solchen Tagen den Befehl bekam und prompt ausführte, die Angehörigen der Gefangenen von der Straße vor dem Lager wegzujagen.

Im Juli wurde eine neue Regelung eingeführt, die sich der Sturmführer Ewe ausgedacht hatte. Es sollte zwar nun für jeden Besuchszeit geben, aber für jeden Zug jeder Gefangenenkompanie nur eine halbe Stunde; mit dem An- und Abmarsch jedes Zuges von Gefangenen und jedes gleicherweise drillmäßig behandelten Zuges der entsprechenden Angehörigen bedeutete das praktisch, daß etwa 20 Minuten reine Sprechzeit übrigblieben. Man saß an langen Tischen im Tagesaufenthaltsraum des Lagers, auf der einen Längsseite die Gefangenen, auf der anderen die Angehörigen, an jedem Kopfende des Tisches saß je ein überwachender SA-Mann, außerdem gingen der SA-»Offizier« und »Unteroffizier« vom Dienst und mehrere SA-Leute dauernd beobachtend im Saal herum. Die Gefangenen, die Besuch aus ihrer von Berlin weiter entfernt liegenden Heimat erhielten, also z. B. Anhaltiner und Mecklenburger, hatten in diesen Wochen erfreulicherweise zwei Stunden Besuchszeit, da sie schon wegen der Kosten der Bahnfahrt naturgemäß nur in mehrwöchigem Abstand Besuch bekamen. Aber auch diese verlängerte Besuchszeit für uns Anhaltiner stieß zuerst auf den Widerstand des Sturmführers Ewe. Als dieser degenerierte Sadist eines Sonntags »Offizier« vom Dienst war, pfiff er die Besuchszeit nach einer knappen halben Stunde ab, auch für die Frauen, die acht Stunden und länger mit der Bahn unterwegs gewesen waren. Selbst der SA-Führer von der Wache mischte sich zu unseren Gunsten ein und wies den Sturmführer Ewe darauf hin, daß doch durch allgemeine Anordnung die anhaltischen Gefangenen längere Besuchserlaubnis hätten. Als der Wachhabende dies tat, standen wir auf dem vorderen Lagerhof; wenige Meter von mir entfernt meine Frau, zwischen uns der Sturmführer Ewe; meine Frau und ich mit Herzklopfen – würden wir noch miteinander sprechen können? Man wußte in diesem Lager doch nie, wann und ob überhaupt man sich wiedersah. Vergebens. Auch die Freundlichkeit des Wachhabenden nützte nichts. Meine Frau wurde von Ewe weggejagt, ich sehe es noch vor mir, wie sie zögernden Fußes ging, alles an ihr zitterte, so niederträchtig konnte doch kein Mensch sein, auch kein SA-Mann. Oh, wie wenig Ahnung hatten so viele gutherzige Frauen, wessen ein Mensch gewordener Teufel wie der Sadist Ewe fähig sein konnte! In solchen Augenblicken fiel mir dann ein, was Hitler so alles in schönen Reden über die von ihm beabsichtigte Wiederherstellung des deutschen Familienlebens versprochen hat.

Besuchssperre für zwei Sonntage Ende August gab es, als die Hindenburgeiche auf dem Tempelhofer Feld beseitigt worden war. Es war zwar absolut sicher, daß diese Tat von keinem Insassen des Oranienburger Lagers verübt worden war; aber den oder die Täter hatte man nicht, uns dagegen hatten die Nazis in ihrer Gewalt, also hielten sie sich im Sinne der neuen deutschen »Gerechtigkeit« an Unschuldige. Zwei Wochen Besuchssperre, drei Tage kein warmes Mittagessen.

Die meisten Gefangenen hatten nach dieser Besuchssperre von ihren Angehörigen gerade die Ankündigung des nächsten Besuches erhalten, da kam eine neue Besuchsperre; diesmal nicht für zwei Wochen, sondern für zwei Monate, verbunden mit zwei Monaten Postsperre, so daß wir zwei Monate lang vom Schicksal unserer Familien nichts erfuhren und sie nichts von unserem. Kann sich ein Leser vorstellen, welch unendlich lange Zeit zwei Monate sein können? Für die gefangenen Männer, die nicht wissen, ob ihre Frauen noch Unterstützung bekommen, ob sie und die Kinder noch etwas zum Leben haben; für die Frauen aber erst, die Tag und Nacht das Höllenbild dieses Lagers vor Augen haben, die nicht wissen, ob nicht ihr Mann inzwischen halbtot geschlagen worden ist?

XI. Der 12. November im Lager

Wahl und Volksabstimmung hinter Stacheldraht und unter SA-Terror – Wie die vielen Ja-Stimmen zustande kamen – Die Wahlrede eines Sturmbannführers – Vorher: »Deutsche Volksgenossen«, nachher: »Ihr Schweine ...«

Manche Leser der deutschen und ausländischen Presse werden sich gewiß über die Wahlergebnisse gewundert haben, die nach dem 12. November aus einigen Konzentrationslagern bekannt geworden sind. Im Lager Oranienburg haben (damals war die Belegschaft vorübergehend gering) von 368 abstimmenden Gefangenen bei der Volksabstimmung 338 mit Ja gestimmt, der Rest mit Nein oder mit ungültig gemachten Zetteln; in der Zweigstelle Blumberg, in der ich mich damals befand, wurden 73 Stimmen abgegeben, 61 Ja, 9 Nein, 3 ungültig. Da ein ähnlich hoher Prozentsatz Ja-Stimmen auch aus anderen Lagern, wie z. B. Brandenburg und Dachau, gemeldet wurde, kann ich daraus nur schließen, daß von den Gefangenen dort die gleiche taktische Überlegung angestellt worden war wie bei uns; eine möglichst geschlossene Abgabe von Ja-Stimmen mußte für alle Welt offenkundig machen, daß es sich um reine Terrorwahlen handelte. Daß gerade die Insassen von Konzentrationslagern nicht einer Regierung das Vertrauen aussprechen würden, die sie so menschenunwürdig behandelte, die sie derart peinigen ließ, war wohl für jeden klar. Die Zahl derer, die durch die Abgabe von Ja-Stimmen ihre Entlassung zu beschleunigen hofften, war verschwindend klein; es überwog unter den Lagerinsassen bei weitem die Meinung, daß durch die Abgabe von Ja-Stimmen der Hinweis auf den unverfälscht terroristischen Charakter der »Volksabstimmung« am augenfälligsten zu geben sei, und daraus erklärt sich das Ergebnis der Wahl, jedenfalls in Oranienburg, wahrscheinlich auch das anderer Lager. Die Veranstaltung der Wahl in den Lagern – obwohl sie sich technisch in der üblichen Weise in Wahlzellen vollzog – war angesichts des grenzenlosen, unmenschlichen Terrors, unter dem die politischen Gefangenen leiden, nichts anderes als eine Farce. Dies Thema darf aber nicht verlassen werden, ohne einer Episode zu gedenken, die sich bei der Wahl in der Blumberger Zweigstelle des Oranienburger Lagers abspielte.

Nachdem die Gefangenen am Freitag vor der Wahl von ihrem Quartier, dem Rittergutsvorwerk Elisenau, in das Dorf Blumberg in einen Gasthof geführt worden waren, wo eine Rundfunkübertragung der Rede Hitlers im Berliner Siemenswerk stattfand, wurde am Sonnabendabend vor der Wahl im Aufenthaltsraum der Gefangenen die Ansprache Hindenburgs übertragen. Daran anschließend hielt der Blumberger Kommandoführer, Sturmbannführer Maue, eine überaus charakteristische Rede. Ihrer Wiedergabe sei die Bemerkung vorausgeschickt, daß der Sturmbannführer Maue, ein dicker, trinkfroher Landsknecht, noch keiner von den schlechtesten SA-Leuten war; im übrigen ein Mann, der sich mit einem erstaunlichen Minimum an Geistesgaben durchs Leben schlug. Dieser Sturmbannführer Maue begann:

»Deutsche Volksgenossen!«

Allgemeine Verblüffung. – Eine solche Anrede hatten wir Gefangenen im Konzentrationslager noch nicht gehört; aber na ja, es war der Vorabend der Wahl. Also:

»Deutsche Volksgenossen! Morgen werdet ihr zur Wahl gehen. Ihr habt ja euer Staatsbürgerrecht nicht verloren, ihr seid eingesperrt, weil ihr unsere politischen Gegner wart, aber ihr seid doch keine Verbrecher – deshalb geht ihr morgen zur Wahl.

Unser Führer ist aus dem Völkerbund ausgetreten, damit werdet ihr doch alle einverstanden sein. Es war doch nicht mehr mit anzusehen, wie die in Genf für unser deutsches Geld gefressen und gesoffen, wie sie in Sekt und Kaviar geschlemmt haben. Da werdet ihr sicher mit Ja stimmen, daß wir das nicht mehr mitmachen.

Ich habe gehört, daß unter euch erzählt wird, ihr müßtet unter Druck wählen – das ist natürlich Quatsch. Niemand schreibt euch vor, wie ihr abstimmen sollt. Ihr habt eben morgen Gelegenheit zu zeigen, ob ihr die Konzentrationslager noch nötig habt oder nicht. Und nun macht mir hier in Blumberg keine Schande, damit wir nicht schlechter abschneiden als Oranienburg!«

Nach dieser Rede waren wir im Zweifel, ob wir am meisten die – höflich gesagt – überwältigend kindliche Vorstellung bewundern sollten, die sich der Kommandoführer von Deutschlands Beziehungen zu Genf machte, oder die nicht minder naive Dreistigkeit, mit der er in einem Atemzuge bestritt, daß wir unter Druck wählten, und gleichzeitig unverkennbar mit dem Zaunpfahl verlängerten Konzentrationslagers winkte.

Als am Montag nach der Wahl frühmorgens die Außenkommandos Blumberg angetreten waren, holte Sturmbannführer Maue zu einer neuen, diesmal aber kürzeren Rede aus. Das Wahlergebnis hatte gezeigt, daß der Prozentsatz der Nein-Stimmen in der Zweigstelle Blumberg um ein geringes höher war als im Hauptlager Oranienburg. Danach ließ sich der Sturmbannführer wörtlich also vernehmen:

»95 Prozent des deutschen Volkes haben sich für die Regierung Hitler erklärt. Oranienburg hat viel besser gewählt, ihr Schweine habt gezeigt, daß ihr die Konzentrationslager noch zwanzig Jahre nötig habt. Abrücken!«

Am Sonnabend vor der Wahl: Deutsche Volksgenossen!, am Montag nach der Wahl: Ihr Schweine …

XII. Die Steinsärge von Oranienburg

Die Disziplinarstrafen im Konzentrationslager – Die Hindernisbahn – Die Dunkelarrestzellen – Die stehenden Steinsärge – 192 Stunden lebend begraben.

Auf dem hinteren Hofe des Lagers befand sich die schon einmal erwähnte Hindernisbahn. Die Gefangenen, die darüber gejagt wurden, mußten zuerst zwischen zwei reckähnlichen Stangen hindurchspringen, dann über eine drei Meter hohe senkrechte Eskaladierwand klettern, natürlich ohne jedes Hilfsmittel, dann über einen breiten Graben springen, dann ein etwa 10 Meter langes, 80 Zentimeter hohes Gestell durchkriechen, in dem abwechselnd ein Brett quer von unten und eines von oben angebracht war, so daß sich ein Mensch wie eine Schlange hindurchwinden mußte, und zum Schluß über einen schmalen Balken, der über eine Grube gelegt war, balancieren. Über diese Hindernisbahn sind die Gefangenen in einer gar nicht wiederzugebenden Zahl gejagt worden, ohne Rücksicht auf ihr Alter, ohne Rücksicht auf körperliches Gebrechen, und das nicht nur einmal, sondern beliebig oft, bis manche vor körperlicher Erschöpfung auf dem Platze zusammenbrachen; mehr als ein Gefangener ist von der Hindernisbahn weggetragen worden. Selbstverständlich wurde dabei auch geschlagen, es war eine beliebte Gelegenheit für die SA, sich auszutoben, und wer z. B. den Sturmführer Stahlkopf an der Hindernisbahn entlanggehen sah, wenn er Angehörige der Judenkompanie darüberjagte, der wußte, wie ein Sadist in den Augenblicken seiner Befriedigung aussieht.

Bei der militaristischen Verfassung der SA ist es naheliegend, daß die Mißhandlung von Gefangenen auch durch militärisches Strafexerzieren betrieben wurde. Indessen muß beinahe zur Ehre des preußischen Kommiß gesagt werden, daß bei ihm das Strafexerzieren eine humane Einrichtung war, wenn man es mit der Gemeinheit der entsprechenden SA-Veranstaltungen vergleicht.

Es genügten ganz geringfügige Anlässe, um die Gefangenen einem derartigen Exerzitium auszuliefern. So hatte z. B. im Juli der in Abschnitt III erwähnte Revierförster Pohl-Behrensbrück die Gefangenen des Forstkommandos Behrensbrück bei der Lagerleitung denunziert, unerlaubte politische Gespräche geführt zu haben. Als die Gefangenen nach der schweren Forstarbeit am Abend zurückkamen, mußten sie, ohne vorher essen zu können oder ohne sich auch nur ein paar Minuten ausruhen zu dürfen, auf dem hinteren Hof des Lagers antreten und wurden dort schwer geschunden. Es wurden »Freiübungen« gemacht, aber wie! Zum Beispiel eine Kniebeuge, nicht wie beim Militär, wo die Strafe in der Anzahl der befohlenen Kniebeugen bestand, verschärft allenfalls durch Vorstrecken des Gewehrs, sondern Kniebeuge in mehreren Zeiten: auf das Kommando eins die Beine nur ganz wenig beugen, auf zwei etwas tiefer gehen, auf drei noch tiefer, auf vier wieder tiefer und so fort. Dabei mußten die Gefangenen in den einzelnen Kommandohaltungen nicht nur sekunden-, sondern minutenlang verbleiben, während die Folterknechte durch die Reihen gingen und die Haltung der einzelnen mit den ekelhaftesten Schimpfereien kritisierten. Je länger das im einzelnen Fall dauerte, desto mehr schmerzten den

Gefangenen die Sehnen, die Gelenke zitterten, das Herz arbeitete pochend – kurzum, es war eine infame Menschenschinderei. Diese Art von Strafexerzieren war bei der SA im Lager Oranienburg sehr beliebt, und unter der Wache befanden sich viele Landsknechte, die sich an solchen Abenden hemmungslos in ihrem legalisierten Sadismus austobten.

Der Sturmbannführer Krüger und der Sturmführer Ewe begannen, um wieder einmal etwas Neues zu erfinden, plötzlich einmal ganz genau darauf zu achten, ob sie auch von allen Gefangenen vorschriftsmäßig gegrüßt wurden. Fanden sie welche, bei denen ihnen an dem Gruß etwas auszusetzen schien (und wie leicht war ihnen das!), so bestellten sie diese Unglücklichen auf den gleichen Abend zu einer bestimmten Stunde vor die Sanitätswache. Dort sammelten sich dann je nach der Ausbeute des Tages zehn oder mehr Gefangene, die während ihrer abendlichen Freizeit strafexerzieren würden, in der oben beschriebenen Weise, durch Jagen über die Hindernisbahn und ähnliches mehr.

Neben dem Zimmer 16 war das Schlimmste in Oranienburg die Einrichtung der Dunkelarrestzellen. Die am häufigsten benutzten waren zwei ehemalige Trockenkammern der Gießerei, noch von ihrer früheren Verwendung her mit schwarz angestrichenen Wänden, auf deren Zementfußboden nur ein wenig Stroh lag. »Licht« und »Luft« kamen in diese Zellen nur durch einige in den eisernen Türen befindliche Löcher von wenigen Zentimetern Durchmesser. Zur Not hatten in diesen Zellen je drei bis vier Mann Platz, es haben aber tage- und nächtelang bis zu vierzehn Mann darin gelegen. Die Insassen der Arrestzellen wurden nur zu den Mahlzeiten morgens, mittags und abends für kurze Zeit herausgelassen, einmal nachts und einmal am Tage zum Austreten und zu einer kurzen, im Kreislauf auf dem vorderen Hof zu absolvierenden Freistunde.

Diesen Dunkelarrest verhängte der Kommandant bei jeder Gelegenheit, meist ohne im Falle einer Anschuldigung den betreffenden Gefangenen zu hören und, je nach Laune, mit ganz verschiedener Dauer. Es haben Gefangene bis zu viereinhalb Wochen ununterbrochen in diesem Dunkelarrest gesessen, z. B. hat der älteste der vier Friedrichsthaler Arbeiter, die man zu dem 17stündigen Marsch gezwungen hatte, im Anschluß an diese Schinderei noch 28 Tage im Dunkelarrest verbringen müssen.

Diese Art von Arrestzellen reichte aber für den Sadismus des Lagerkommandanten nicht aus, denn wenn die Zellen nicht gerade überfüllt waren, konnten sich die zu Arrest Verurteilten immer noch nachts auf dem Fußboden langlegen. Das war noch zu viel der Humanität. Deshalb ließ der Kommandant im Oktober Dunkelarrestzellen bauen, die, völlig aus Stein, eine Bodenfläche von 60 zu 80 Zentimetern hatten, so daß also ein Mensch darin gerade aufrecht stehen konnte. So mancher Gefangene ist gleich nach seiner Einlieferung und ersten Verprügelung in eine dieser Stehzellen gewandert und mit wunden Füßen wieder herausgekommen.

Tatsächlich war diese grauenhafte Erfindung des Lagerkommandanten nichts anderes als eine Art aufrechtstehender Sarg. Ein Raum mit einer Bodenfläche von 60 zu 80 Zentimetern erlaubt gerade das Stehen; keine noch so geringe Beugung der schon nach kurzer Zeit erstarrenden Glieder ist möglich. Diese Steh-Bunker sind die Ausgeburt einer geradezu mittelalterlichen Folterknechtsphantasie. Die Gefangenen, die da hineingepfercht wurden, haben entsetzliche Stunden, unsagbar qualvolle Nächte. In einen Zementsarg eingeschlossen zu sein, kein Glied rühren zu können, fühlen, wie die Glieder von unten her starr werden, zu schmerzen beginnen, wie die Knie durchsacken und an die Wand stoßen, nicht wissen, wohin mit den Armen, wie noch länger stehen, und dazu die nicht geringere seelische Folter – das fürchterliche Bohren der Gedanken, die nur einen Inhalt haben: heraus aus dem entsetzlichen Zementsarg, die wachsenden Schmerzen des ruhelos eingesperrten Körpers, die die Tränen der Wut, der Verzweiflung in die Augen pressen, den rasenden Druck im Kopfe vermehrend, den das in den Schläfen hämmernde Blut erzeugt – es ist eine Hölle, und der sie erfand, ist kein Mensch, sondern ein Vieh.

Viele Stunden lang wurden die Menschen in diese Steinsärge eingeschlossen. Ein Gefangener wird ins Lager eingeliefert, weil er draußen etwas Kritisches über Herrn Hitler gesagt haben soll. Er wird verprügelt, daß noch Tage danach die blutunterlaufenen Stellen neben seinen Augen zu sehen sind, und er kommt 14 Stunden – vierzehn Stunden! – in einen dieser stehenden Steinsärge. Nach 2 Stunden tastet er, so weit er sich überhaupt zu bewegen vermag, die Wände ab, ob er nicht einen Halt für seine beiden Taschentücher findet, aus denen er eine Schlinge dreht... Vierzehn Stunden aufrecht stehend, um den Körper herum in wenigen Handbreiten Abstand die Mauern – das bringt einen Menschen auf den Weg zum Wahnsinn.

Aber vierzehn Stunden sind noch zu wenig. Der Schutzhaftgefangene Neumann wurde acht Tage und acht Nächte, 192 Stunden! 192 Stunden! im Stehsarg eingeschlossen. Er kam mit wahnsinnig schmerzenden, geschwollenen Füßen wieder heraus, die Knie waren wund vom Anprall an die Wand – grauenhaft.

Das ist eine »Disziplinarstrafe« in Oranienburg, die aus geringstem Anlaß vom Kommandanten völlig willkürlich verhängt wird.

Und nun bitte ich den Leser, sich all das vom Oranienburger Lager Geschilderte noch einmal vorzustellen, um es mit dem entscheidenden Gedanken zu verbinden, den allerdings zu Ende zu denken beinahe unmöglich ist: alles, was uns im Oranienburger Lager geschah und was noch geschieht, wird unschuldigen Menschen, im Sinne des Gesetzes unschuldigen Menschen zugefügt! Wer sich auch nur geringfügig gegen Gesetze vergangen hat, gegen den wird ein Verfahren eingeleitet und durchgeführt, und die Justiz des Dritten Reiches spart gewiß nicht mit drakonischen Urteilen. Wer im Konzentrationslager ist, der ist dort außerhalb der Strafverfahren, und vielen unter uns Gefangenen, so auch mir, haben die Nationalsozialisten zynisch versichert, gegen uns liege gar nichts vor, wir seien eben nur im Konzentrationslager, weil wir vor der Machtergreifung Hitlers eine dem Nationalsozialismus entgegengesetzte Gesinnung gehabt hätten.

Aber nicht nur diesen wahrhaft grauenerregenden Gedanken, daß alle die Torturen unschuldigen Menschen zugefügt werden, muß der Leser sich vor Augen führen, sondern auch einen zweiten, nicht minder entsetzlichen Gedanken: Was hier wahrheitsgemäß geschildert worden ist, sind Einrichtungen und Ereignisse aus einem einzigen Konzentrationslager in Deutschland, nur aus einem!

XIII. Die Flucht aus der Hölle

Der Entschluß – Bei 16 Grad Kälte an der Kanalarbeit – Ich laufe weg – Wann fällt der erste Schuß? – Der Marsch nach Oranienburg – Im Auto durch Oranienburg – Ich erreiche Berlin – Seit neun Monaten das erste warme Bad – Ich verlasse Berlin und steige neunmal um – Ein achtstündiger Nachtmarsch – Die rettende Grenze überschritten – Nach 22stündiger Flucht das erste Bett – Im Exil, aber in Freiheit.

Den Entschluß, aus dem Konzentrationslager Oranienburg zu fliehen, habe ich gefaßt, als ich mich in einem Zustand befand, in dem ich nur noch die Wahl zwischen Selbstmord und Flucht sah. Für manchen Gefangenen ist ja auch die Wahl der Flucht mit der Wahl des Selbstmordes gleichbedeutend gewesen, da die SA-Posten in den Konzentrationslagern generell die Anweisung haben, auf jeden Fliehenden sofort und ohne Anruf scharf zu schießen.

Ich befand mich vom Oranienburger Lager aus auf einem Außenkommando, das den nordwestlich von Oranienburg verlaufenden Murgraben auszuschachten hatte. Diese Arbeit wurde übrigens trotz der Anfang Dezember einsetzenden Kälte auch dann noch fortgesetzt, als wir schon mit dem Spaten die gefrorene Erde aufhacken mußten. Die Arbeitsstätte liegt in einiger Entfernung von der Chausee Oranienburg–Nauen, zwischen Oranienburg und Germendorf, auf freiem Felde, es ist weit und breit kein Wald oder Buschwerk oder eine andere Deckungsmöglichkeit.

Am Morgen des 4. Dezember marschierten wir wieder bei klingendem Frost von Oranienburg eine knappe Stunde weit die Germendorfer Chaussee bis zu einem einsamen Bauernhof, wo in einer Scheune die Spaten, Schaufeln und anderen Werkzeuge aufbewahrt wurden. Es war morgens um 7 Uhr. Kurz nach 8 Uhr kamen wir mit den Werkzeugen an der Arbeitsstätte an. Auf der einen Seite des schnurgerade verlaufenden Grabens war die aufgeworfene Erde zu einer etwa zwei Meter hohen und etwa 20 Meter langen Böschung aufgetürmt worden, und diese Böschung, so schien es mir, konnte wohl für die ersten paar hundert Meter Querfeldeinlaufens eine gewisse Deckung bieten. Das Kommando bestand aus achtzig Gefangenen und war von sechs SA-Leuten bewacht, die sich über die ganze Arbeitsstrecke am Kanal verteilten. Ich trug, wie ein Teil der übrigen Gefangenen, noch eigene Kleidung. (Für diejenigen Gefangenen, die keine eigene Kleidung mehr hatten oder tragen wollten, lieferte das Lager aus den Restbeständen der preußischen Polizeiverwaltung ausgediente Uniformhosen, Röcke und Mäntel.)

Schon auf dem Marsch an diesem Montagmorgen vom Lager bis zum Kanal dachte ich unaufhörlich darüber nach, ob es mir an dem Tage gelingen werde zu entkommen. Mein Blick streifte immer wieder das Gewehr, das der in der Marschkolonne zufällig gerade neben mir marschierende SA-Posten über seiner Schulter trug: würde mich aus seinem Lauf die Kugel treffen, die allem ein Ende machte?

Aber nicht nur vor den sechs SA-Posten mußte ich mich in acht nehmen, sondern ebensosehr vor den Mitgefangenen. Da wären eine ganze Anzahl ohne weiteres bereit gewesen, einen fliehenden Schicksalsgenossen zu verraten, die SA darauf aufmerksam zu machen, um sich selbst einen kleinen Vorteil zu sichern. Ich mußte also nicht nur darauf achten, von den sechs SA-Posten nicht gesehen zu werden, sondern auch versuchen, der Aufmerksamkeit der Gefangenen dieses Kommandos zu entgehen.

Ich befand mich in einer fieberhaften Spannung. Alles, was ich in den sechs Monaten Oranienburg selbst erlebt und was ich an anderen gesehen hatte, drängte sich wie ein rasender Film vor meinem inneren Auge zusammen, so daß mich, trotz der unmittelbar drohenden Gefahr, erschossen zu werden, der Wille, dieser Hölle zu entkommen, geradezu körperlich packte.

Nachdem wir aus der Scheune nahe dem Kanal unser Werkzeug geholt hatten und die Gefangenen unter Aufsicht der Posten an die Arbeitsplätze gestellt wurden, sprang ich, nach einer ganz kurzen Überlegung weniger Sekunden, hinter die erwähnte Böschung, an deren einem Ende ich zwei Tage zuvor gearbeitet hatte. Hätte mich in diesem Augenblick ein Posten gefragt, was ich an der Böschung wollte, so konnte ich mich ausreden: ich hätte bei meiner Arbeit zwei Tage zuvor dort etwas verloren und wolle nachsehen. Ein kurzer Blick zurück zeigte mir aber, daß mein Verschwinden von der allgemeinen Gruppe der Gefangenen zunächst unbemerkt geblieben war. Nun lief ich mit langen Sätzen rasch bis in die Mitte der Böschung, so daß ich weder von den Gefangenen noch von den Posten gesehen werden konnte. Meine Füße schienen mir wie von Blei, das Herz schlug mir bis zum Halse hinauf, mit keuchendem Atem stand ich an die Böschung gelehnt; trotz der Kälte war mir am ganzen Körper glühend heiß, und ich hatte das Gefühl, als ob meine Glieder den Dienst versagen wollten. Ich habe sicher nur eine halbe Minute hinter der Böschung gestanden, aber die Zeit schien mir endlos. Noch konnte ich zurück – noch konnte ich beim Arbeitskommando mit einer einigermaßen glaubwürdigen Ausrede wieder auftauchen – aber nein. Aufs neue nach Oranienburg? Nein! Sollten sie schießen, dann hatte eben alles ein Ende. Mitten in diesem sinnverwirrenden Jagen der Gedanken überkam mich ein so übermächtiges Sehnen nach Ruhe, nach einem Ausgelöschtsein aller Gedanken, aller Empfindungen, daß mir der Entschluß, die Flucht nun zu beginnen, mit einem Male federleicht schien.

Mit einem letzten Blick übersah ich noch einmal rechts und links die Silhouette der Böschung, nirgends zeigte sich ein Posten oder ein Gefangener.

Also los!

Querfeldein raste ich nach der Chaussee zu, über einen gefrorenen Sturzacker; jeden Augenblick gewärtig, einen Schuß pfeifen zu hören, der mich niedergestreckt hätte. Ich stolperte über eine Furche und verhielt einen Moment – nichts war zu hören, rings um mich eine unheimliche, lastende Stille.

Ich wagte nicht, mich umzusehen. Jetzt war ich schon einige hundert Meter entfernt, die Deckung der Böschung reichte sicher nicht mehr aus, um mich den Blicken der SA-Posten und der übrigen Gefangenen zu entziehen, jetzt mußte ich wohl für die Leute am Kanal eine dunkle Gestalt sein, die sich in der Richtung vom Arbeitsplatz weg auf die Landstraße zubewegte – schoß denn immer noch keiner? Vor Erregung am ganzen Körper fliegend, strebte ich weiter auf die Chaussee zu – ein Wunder, es fiel kein Schuß.

Jetzt wagte ich mich zum ersten Mal umzudrehen, ich sah die Posten auf und ab gehen, ich sah die Bewegungen der Gefangenen, es schien, daß meine Flucht noch nicht beobachtet worden war.

Nun verfolgte ich die Straße nach Oranienburg, die wir eine Stunde zuvor herausmarschiert waren. Mit jagendem Atem und pochenden Pulsen eilte ich der Stadt zu und mußte mich doch zwingen, nicht zu schnell zu rennen, um nicht Verdacht zu erregen. Ein Kohlenwagen überholte mich, zwei Männer auf dem Kutschbock blickten zu mir herunter: konnte man mir denn ansehen, auf was für einem Wege ich mich befand? Auf der anderen Straßenseite kam mir ein Mann entgegen; als er noch zwanzig Meter von mir entfernt war, wechselte er plötzlich die Straßenseite und kam schräg über die Breite der Chaussee auf mich zu – was will der von mir? Nichts. Warum soll ein Fußgänger nicht einmal von der rechten auf die linke Straßenseite herüberwechseln?

Auf halbem Wege zur Stadt bog ich in einen Feldweg ein, der mich zu einer anderen, ebenfalls nach Oranienburg hineinführenden Landstraße brachte. Ich hatte mir meine Flucht in vier Etappen eingeteilt: Wegkommen von der Arbeitsstelle, Durchkommen durch Oranienburg nach Berlin, aus Berlin Herauskommen in Richtung Landesgrenze und Überschreiten der Landesgrenze. Dabei hatte ich mir fest vorgenommen, immer nur die Durchführung der jeweiligen Etappe im Auge zu behalten, alle Gedanken und alle Willenskraft nur auf das unmittelbare Vorhaben zu konzentrieren. Das Wegkommen von der Arbeitsstelle war offenbar gelungen; sooft ich mich umwandte, konnte ich an dem nun schon beinahe zwei Kilometer entfernten Kanal nur den dunklen Fleck sehen, den die dort arbeitende Gruppe bildete, ohne daß sich einzelne Figuren daraus losgelöst hätten. Es lief mir niemand hinterher.

Plötzlich durchzuckte mich siedendheiß der Gedanke: Wie nun, wenn meine Flucht inzwischen bemerkt worden war, SA-Leute nach dem nahegelegenen Germendorf gerannt und von dort aus telefonisch die SA-Wache des Lagers alarmiert hatten? Dann fuhren sicher einige 50, 60 SA-Leute, die mich alle dem Ansehen nach kannten, auf alle Landstraßen um Oranienburg herum hinaus, jeden Augenblick konnte mir auf meinem Wege ein Radfahrer oder Motorradfahrer begegnen, und dann war es aus.

So marschierte ich – im Rücken das verlassene Kommando mit den SA-Posten –, und je kräftiger ich ausschritt, um so rascher und weiter entfernte ich mich davon. Vor mir aber tauchten drohend und immer drohender die Umrisse von Oranienburg auf, aus deren blaugrauen Flächen sich unverhofft eine SA-Gruppe lösen konnte, die mir entgegenkam – und unwillkürlich wurde mein Schritt langsamer, als wollten die Beine von selber sich weigern, der neuen Gefahr entgegenzulaufen. Aber was blieb übrig? Wieder beschleunigte ich meinen Marsch.

Nun konnte ich schon die Kanalbrücke sehen, über die ich unmittelbar vor der Stadt gehen und hinter der ich die ersten Häuser erreichen würde. Weit und breit keine Menschenseele, obwohl ich auf einer Landstraße lief, die zu den Ausfallstraßen Oranienburgs gehört. Ein neuer Verdacht stieg in mir auf, und trotz der Kälte, es brach mir der Schweiß aus allen Poren: waren die Straßen am Rande von Oranienburg etwa schon abgesperrt? Lief ich mit langen Schritten in eine offene Falle, lief ich in den sicheren Tod hinein?

Aber nichts dergleichen war zu sehen. Die Straße lag zwar auch zwischen den ersten Häusern wie ausgestorben da, aber keinerlei Absperrung war weit und breit zu sehen. Ich ging an den Häusern entlang, ganz dicht an der Mauer, als könnte ich dadurch weniger zu sehen sein, und gab mir Mühe, nicht so laut aufzutreten, als ob man in dem von mir jetzt keine Viertelstunde weit entfernten Lager meine Schritten hören könnte!

Plötzlich – ich ergriff an dem Hause, an dem ich gerade vorbeiging, eine Türklinke und hielt mich fest – am anderen Ende der Straße tauchte die braune Uniform eines SA-Mannes auf. Merkwürdigerweise ging er in ganz normalem Schritt, es sah nicht aus, als ob er eilig jemandem entgegenginge. Ich blickte mich schon nach einer Nebenstraße um, in die ich einbiegen konnte, da sah ich auf der linken Straßenseite ein kleines Restaurant. Ich ging quer über die Straße auf die Tür des Restaurants zu – eigenartig, wie schwer es sein kann, eine Straße zu überqueren. Ich hatte das Gefühl, als ob ich mich nun auf einer weithin sichtbaren Bühne befände, losgelöst von dem schützenden Schatten der Häuserwände, als ob ein greller Scheinwerfer meine Figur für den immer näher kommenden SA-Mann, neben dem ich jetzt noch eine zweite Gestalt unterschied, beleuchtete. Aber einmal nahm auch dieser Weg quer über die Straße ein Ende, und ich erreichte das Restaurant. Draußen ging der SA-Mann Arm in Arm mit einem Mädchen vorbei. Er hatte keine Ahnung, was für Minuten seine Erscheinung mir bereitet hatte!

In dem Restaurant begegnete ich einem, wie mir schien, sehr erstaunten Blick der auf einen so frühen Gast offenbar nicht vorbereiteten Wirtin, aber die Bestellung von einem großen Cognac beruhigte sie, und noch begreiflicher wurde ihr mein Erscheinen durch die Bitte, telefonisch ein Mietauto herbeizurufen.

Da saß ich nun in der von kaltem Tabakrauch erfüllten Luft des kleinen Restaurants, gab mir den Anschein äußerer Ruhe, um nur ja keinen Verdacht zu erregen, obwohl an meinem Körper jeder Muskel sich dagegen sträubte, in dieser unnatürlichen Ruhe verharren zu müssen. Halb geistesabwesend und ohne etwas zu erkennen, betrachtete ich mir die Fotografien und Reklamebilder an den Wänden der kleinen Gaststube, während ich mit zitternder Ungeduld auf das Auto wartete. Es hat sicher nicht länger als fünf Minuten gedauert, aber es schienen mir Stunden zu sein.

Endlich kam der Wagen. Ich stieg ein und fragte den Chauffeur, ob er Benzin für eine längere Fahrt habe. Antwort: »Nein, aber wir können ja in der Stadt tanken!« Das hatte mir gerade noch gefehlt. Wie viele SA-Leute gingen jeden Tag in der Stadt herum, wie groß wurde aufs neue die Gefahr, entdeckt zu werden! Aber was half's, wir fuhren in die Stadt hinein, und der Chauffeur tankte in der Hauptgeschäftsstraße von Oranienburg, in der Bernauer Straße.

Ich saß nicht auf dem Sitzkissen des Autos, sondern ich schwebte halb auf der Kante, als ob das Polster mit Nägeln gespickt gewesen wäre. Solange der Chauffeur hielt, bestand mein einziger Schutz in dem Eis, das die große Kälte an den Fenstern des Wagens gebildet hatte und neugierige Blicke ins Innere des Autos abwehrte, und in dem Glück, mit dem ich die erste Etappe der Flucht hinter mich gebracht hatte. Langsam, entsetzlich langsam lief das Benzin in den Tank, als wäre es kein Benzin, sondern ein zäher, dickflüssiger Brei. Es dauert doch eine beträchtliche Zeit, bis in einen Autotank 20 Liter Benzin hineingelaufen sind!

Endlich ging es weiter. Ich hatte als Fahrtziel zunächst einen Ort zwischen Oranienburg und Bernau angegeben, als mir mit einem Male einfiel, daß die Straße, auf der wir nun fuhren, der sehr häufig benutzte Verbindungsweg zwischen dem Oranienburger Lager und der Blumberger Zweigstelle war. Bei jedem Auto, das uns entgegenkam, bei jedem Auto, das uns verfolgte – und es kam mir so vor, als würden wir unaufhörlich verfolgt –, hauchte ich ein kleines Loch in das Eis an den Wagenfenstern, jeden Augenblick fürchtend, es könne ein Wagen aus Oranienburg sein. Aber die Fahrt ging unangefochten vonstatten, bis wir den angegebenen Ort erreichten. Hier änderte ich die Fahrtrichtung nach Süden und ließ mich bis an den Rand von Berlin bringen. Die zweite Etappe hatte ich hinter mich gebracht!

Am Rande von Berlin stieg ich auf die Straßenbahn. Die ersten paar Haltestellen weit hatte ich ein seltsames Gefühl der Geborgenheit, niemand sah mich an, jeder schien mit sich beschäftigt, der Schaffner wunderte sich nicht darüber, oder gab es wenigstens nicht zu erkennen, daß ich den Fahrschein mit einer vor Erregung heiseren, beinahe versagenden Stimme verlangte, und zum ersten Mal seit drei Stunden ließ die Anspannung der Nerven nach. Die Straßenbahn durchfuhr einen längeren Teil ihrer Strecke, ohne zu halten, und ich war schon in neue Gedanken über den weiteren Verlauf meiner Flucht eingesponnen, da hielt der Wagen mit plötzlichem Ruck, und auf den vorderen Perron stiegen drei SA-Leute auf. Mit einem Schlage wachte in mir die Erregung wieder auf. Der erste Impuls war, auszusteigen und einen anderen Straßenbahnwagen zu nehmen, aber dann sagte ich mir, daß auf der Berliner Straßenbahn wahrscheinlich sehr häufig SA-Leute mitfahren, und blieb sitzen. Sitzen? Körperlich ausgedrückt, saß ich, ich lehnte mich sogar an, aber innerlich? Es war eine Art von Schweben; jede Weiche, jede Schienenkreuzung, über die die Straßenbahn fuhr, spürte ich bis ins Gehirn und bis in die Fingerspitzen. Jahrelang war ich auf der Berliner Straßenbahn gefahren und hatte nie gewußt, was das für ein aufreibendes Verkehrsmittel sein kann!

Im Zentrum von Berlin unterbrach ich meine Fahrt, veränderte durch einige Kleinigkeiten meine Kleidung und ging – in eine Badeanstalt! Sosehr mir der Boden unter den Füßen brannte, so unabweisbar dringend war das Bedürfnis, nach neun Monaten zum ersten Mal wieder warm baden zu können. Selbst auf der Flucht konnte ich mich nicht davon abbringen lassen, und als ich in dem unbeschreiblich köstlichen Bade saß, hatte ich das Gefühl, die ganze Konzentration abspülen zu können. Nicht nur im körperlichen Sinne, sondern dieses Bad war mir mehr: obwohl ich erst auf der Mitte des Fluchtweges war und zwei schwierige Etappen noch vor mir hatte, durchzog mich das erlösende Empfinden, als ob ich auch von all dem unausgesetzten seelischen Druck, von dem unausgesetzten Gefühl des Ekels der sechs Monate Oranienburg einiges loswürde.

Mit einer anderen Straßenbahn setzte ich meinen Weg fort, an ihrer Endstation stieg ich in einen Vorortzug, an dessen Endstation wiederum in einen Fernzug. Den Fernzug verließ ich vor meiner Ankunft am Ziel, stieg in einen Omnibus, vom Omnibus wieder in eine Straßenbahn, von der Straßenbahn wieder in einen Vorortzug, von dem Vorortzug wieder in einen Fernzug, von diesem Fernzug wieder in einen anderen Fernzug, bis ich in später Abendstunde in dem Ort ankam, von dem aus ich die vierte Etappe, die Überschreitung der Landesgrenze, durchführen wollte. Das gelang mir auch in einem achtstündigen Nachtmarsch.

Es war eine eiskalte, mondhelle Nacht. Schneebeladen ragten die schweigenden Wände des Waldes, die rechts und links die Straße begrenzten, in die klare Luft empor. Der hart gewordene Schnee knirschte unter meinen Schritten, der Atem gefror einem fast vor Mund und Nase, und je näher ich der Grenze kam, um so heftiger schlug mein Herz. Würde die Grenze an der Stelle, die ich mir zum Überschreiten ausgesucht hatte, bewacht sein? Die ersten sechs Stunden dieses Nachtmarsches – und sechs Stunden sind eine sehr, sehr lange Zeit! – lief ich immer mit der erwartungsvollen Furcht, um die nächste Wegbiegung könnte ein Gendarm, könnten SA-Leute auftauchen und alle Anstrengung wäre umsonst gewesen. Sechs Stunden lang vermied ich sorgfältig, auf einen knackenden Zweig zu treten, sechs Stunden lang marschierte ich mit schmerzenden Muskeln, mit überwachen Sinnen, die jedes Geräusch des nächtlichen Waldes auffingen, mit bebenden Nerven, die bis zum Zerreißen gespannt waren.

Es war ein so unscheinbarer Stein, der da verlassen im Walde, von einer Schneekruste bedeckt und vom Vollmond beschienen, vor mir lag, und doch trennte er zwei Welten voneinander: der Grenzstein. Einen Schritt tat ich an ihm vorbei, dann blieb ich einige Augenblicke stehen, und eine Fülle der Gesichte tauchte in mir auf: die Kindheit, die Schulzeit, der Krieg, die Berufsarbeit, ein schwingendes Band von Bildern aus drei Jahrzehnten vergangenen Lebens, dann ging ich weiter.

Zwei Stunden später, nachdem ich 22 Stunden auf der Flucht unterwegs gewesen war, kam ich in einem Orte an, und nun ließ endlich die Anspannung der Nerven nach. Nach neun Monaten sank ich zum ersten Mal in ein richtiges weißbezogenes Bett, ich konnte die Tür hinter mir zumachen, ich war allein.

Es war nicht meine Heimat, in der ich nun war, es war nicht das Land, für das ich im Felde gestanden und dessen Reichsparlament ich angehört hatte. Aber es war eine Welt, in die ich zurückkehrte, in der der Mensch dem Menschen als Mensch gilt, in der keiner so grenzenlos, so abscheulich, so viehisch gequält wird wie im Deutschland Hitlers. Mit dem Überschreiten der tschechoslowakischen Landesgrenze war ich zurückgekehrt in die Welt der Kultur, in das Reich der Zivilisation, ich war aus dem Gefangenen eines Konzentrationslagers wieder zu einem freien Menschen geworden.

XIV. Nachtrag

Wie die Flucht entdeckt wurde – der Reichsstatthalter von Anhalt ohrfeigt den Kommandanten des Oranienburger Lagers – Der Kommandant des Lagers muß ein Entlastungsbuch für sich selbst schreiben – Wo bleibt die Sühne für die SA-Verbrechen?

Kein Stacheldraht, keine noch so scharfe Kontrolle kann verhindern, daß die Vorgänge in den deutschen Konzentrationslagern draußen in der Welt bekannt werden. So habe ich denn auch nach meiner Ankunft im Ausland noch aus Oranienburg erfahren, was sich unmittelbar nach meiner Flucht ereignet hat. Ich vermag diese Vorkommnisse freilich nur außerhalb der dieser Schrift vorangestellten Eidesformel wiederzugeben, da ich sie nicht aus eigenem bezeugen kann; aber die Quelle der mir übermittelten Nachrichten ist so zuverlässig, daß sie hier nachgetragen werden mögen.

Am Montag, dem 4. Dezember, habe ich morgens 8.15 Uhr von der Zwangsarbeit am Murgraben nordwestlich von Oranienburg weg meine Flucht begonnen. 8.45 Uhr, nur eine halbe Stunde später, wurde die Arbeit am Murgraben auf Anordnung der SA-Wache wegen der großen Kälte eingestellt. »Alles in drei Gliedern antreten! – Stillgestanden! – Richt euch! – Augen geradeaus! – Rührt euch! – Durchzählen!«

Die vordere der drei Reihen Gefangenen zählte: »Eins, zwei, drei, vier...« Der letzte der zu dreien hintereinander stehenden Gefangenen zählte: »Sechsundzwanzig voll«, das heißt, daß die Dreierreihe hinter ihm voll war. Sechsundzwanzig mal drei, so rechnete der SA-Kommandoführer, macht achtundsiebzig – Gefangenenzugführer (der wie immer vor der ersten Reihe der Gefangenen stand) dazu, macht neunundsiebzig – achtzig müssen es sein, da fehlt doch einer? – Verdammte Schweinerei!

»Alles noch mal durchzählen!«

Die Gefangenen: »Eins, zwei, drei, vier, fünf ... sechsundzwanzig voll!«

Der SA-Wachthabende: »Macht achtundsiebzig, euer Zugführer neunundsiebzig, also fehlt einer. Wer fehlt?«

Schweigen. Die Gefangenen sehen einander an, aber das Arbeitskommando Murgraben bestand Anfang Dezember aus so vielen Neuangekommenen aus Zugang von anderen Konzentrationslagern, daß zunächst keiner den Fehlenden namhaft machen konnte. Alles Fluchen der SA-Posten half nichts – es blieb nur übrig, den Rückmarsch zum Lager anzutreten.

Stumm wurde die Marschkolonne formiert, stumm ging es durch die schneidende Kälte auf der Landstraße nach Oranienburg zurück. Im Lager angekommen, wurde festgestellt, wer von den achtzig Gefangenen der Murgrabenkolonne fehlte; der Reichstagsabgeordnete Seger – Dessau. Donnerwetter!

Sofort wurde die gesamte SA des Lagers alarmiert. Motorräder knatterten, Radfahrkolonnen schwärmten aus, und SA-Leute zu Fuß begannen in der nächsten Nähe des Lagers ihre Suche. Fieberhaft wurden die Stadt Oranienburg und ihre Umgebung gestreift, alle Straßen durchgekämmt – vergeblich. Der Gesuchte war verschwunden.

Ich hatte also meine Flucht, ohne es zu ahnen, mit nur dreißig Minuten Vorsprung ausgeführt, und als die SA des Lagers nach dem Alarm die Stadt Oranienburg und die Ausfallstraßen mit Autos, Motorrädern und Fahrrädern durchraste, muß ich in dem Mietauto gerade entwischt sein; eine Flucht, die sozusagen nur um Haaresbreite gelungen war!

Ein zweiter Vorgang, der sich danach in Oranienburg abgespielt hat, verdient ebenfalls, wiedergegeben zu werden, wobei aber zuvor die handelnde Person dieses charakteristischen Ereignisses vorgestellt werden muß.

Ich war im Lager Oranienburg als Schutzhaftgefangener des Landes Anhalt. Der Nazi-Gewaltige dieses Landes ist der Reichsstatthalter Wilhelm Loeper, Dessau, Hauptmann a. D., Reichstagsabgeordneter, Gauleiter der Nazipartei, Landesinspekteur der SA, ein, wie man aus der Fülle dieser Ämter sieht, Großverdiener, ein Revolutionsgewinnler des 30. Januar. Diesen Loeper kennzeichnet ein ebenso großes Maß von Eitelkeit und Roheit wie ein sogar im Nazilager nicht alltägliches, ungewöhnlich geringes Maß von Verstandeskräften und politischen Kenntnissen. Der Herr Reichsstatthalter ist in einen wahren Tobsuchtsausbruch verfallen, als er von meiner Flucht erfuhr, denn es war von ihm – nicht zuletzt zur Befriedigung seiner persönlichen Rachebedürfnisse – vorgesehen, daß ich (als einzige politische Geisel des Landes Anhalt) auf unabsehbare Zeit in »Schutzhaft« festgehalten werden sollte. Um seiner außerordentlichen Wut eine Auslösung zu verschaffen, fuhr Herr Loeper nach Oranienburg ins Lager und – versetzte dem Lagerkommandanten öffentlich auf dem Hofe des Lagers eigenhändig ein paar Ohrfeigen.

Diese Ohrfeigen hat der Lagerkommandant, der sie empfing, gewiß redlich verdient, aber sie kennzeichnen doch auch den Herrn Reichsstatthalter, der sie erteilte.

Außer den Ohrfeigen für den Kommandanten des Konzentrationslagers Oranienburg hat meine Flucht noch eine andere Folge gehabt, wie sich aus einer Veröffentlichung der »Prager Presse« ergibt.

Die Tatsache, daß der aus dem Lager Entflohene als Journalist von Beruf in der Lage war, vor der Öffentlichkeit der Welt eine wahrheitsgemäße Darstellung der ganzen Scheußlichkeiten des Konzentrationslagers Oranienburg zu geben, hat offenbar auch die Propagandazentrale des Herrn Goebbels beunruhigt. Der hier vorliegenden Schrift über das Lager Oranienburg sollte daher vorgebeugt werden, und so erhielt der Lagerkommandant Sturmbannführer Schäfer den Auftrag, seinerseits ein Buch über das von ihm geleitete und so berüchtigte Konzentrationslager zu schreiben. Dieses Buch, dessen Inhalt alle gegen das Konzentrationslager Oranienburg erhobenen Vorwürfe »entkräften« soll, wird durch eine der Goebbelsschen Propagandazentrale dienstbare Firma zum Vorabdruck der ausländischen Presse angeboten, wobei man aber, wie das Beispiel der »Prager Presse« zeigt, auf wenig Gegenliebe stößt; die »Prager Presse« hat das verlockende Angebot abgelehnt.

Das schriftstellerische Bemühen des Lagerkommandanten, der sich bei dieser ungewohnten Tätigkeit zweifellos fremder Hilfe bedienen mußte, ist vergeblich. Keine noch so eifrige Propaganda der Goebbelszentrale schafft die Toten aus der Welt, die im Oranienburger Lager unter der Oberleitung des Kommandanten Schäfer ihr Leben ausgehaucht haben! Keine noch so eifrige Propaganda gibt den vielen Gefangenen ihre Gesundheit wieder, die sie in den Kühlkellern des Oranienburger Lagers, in den vom

Kommandanten Schäfer eingerichteten stehenden Steinsärgen, in den Dunkelarrestzellen und in der Folterkammer, Zimmer 16, verloren haben! Keine noch so eifrige Propaganda schafft die Tatsachen aus der Welt, die auf den vorhergehenden Seiten dieser Schrift unter gewissenhafter Wahrung der vorangestellten Eidesformel wiedergegeben worden sind.

Die Ohrfeigen des Reichsstatthalters hat der Lagerkommandant redlich verdient – sein Buch aber wird er umsonst geschrieben haben. Die Wahrheit über das Konzentrationslager Oranienburg wird ihren Siegeszug durch die Welt antreten, unbekümmert um diesen Versuch brauner Propaganda, mit dem der Lagerkommandant aus der Welt schriftstellern soll, was seine Roheit und die seiner Landsknechte Tausenden von Menschen zugefügt haben.

Indes wird alles nichts nützen. Gewiß, es haben nur sehr wenige aus den Konzentrationslagern Entlassene den Mut, über ihre Erlebnisse, ihre schrecklichen Leiden und Erfahrungen zu sprechen. Die Furcht davor, aufs neue verhaftet und nach der zweiten Einlieferung noch ärger mißhandelt zu werden, verschließt den meisten Entlassenen den Mund, und man kann ihnen keinen Vorwurf daraus machen. Tausende von Angehörigen, Freunden und Bekannten solcher aus einem Konzentrationslager Entlassenen haben auf ihre ebenso teilnahmsvolle wie gespannte Frage, wie es denn nun im Lager gewesen sei, die immer gleiche, ausweichende Antwort gehört: »Bei Muttern ist es natürlich schöner!« – mehr sagen die meisten nicht, mehr wagen sie nicht zu sagen.

Denn ein einziges unvorsichtiges Wort, ein kleiner Dienst nur an der Wahrheit, und sie spüren wieder, wie ihnen die Haut unter den Hieben des Gummiknüppels brennt, wie ihnen die Muskeln schmerzen, wie ihnen das Blut des gepeinigten Körpers in den Ohren saust, das ganze Grauen des Konzentrationslagers steht unaufhörlich vor ihren Augen, vor den Augen, die die unsagbarste Schändung des Menschengeschlechts mit ansehen mußten.

Aber auf die Dauer wird doch kein Stacheldraht, kein Terror, keine Goebbelspropaganda verhindern, daß allmählich die Wahrheit über das grauenhafte Hunnensystem Hitlers in alle

Welt dringt, und diesem unausbleiblichen Siegeszug der Wahrheit dient der vorliegende Bericht über sechs Monate Oranienburg.

Da die nationalsozialistische Partei und die deutschen Behörden jede Mitteilung über die Vorgänge in den Konzentrationslagern als »Greuelpropaganda« abzutun pflegen und wiederholt erklärt haben, alle Ungesetzlichkeiten würden verfolgt, ist den maßgebenden Justizbehörden Gelegenheit gegeben worden, dies durch die Praxis zu beweisen. Das Manuskript der vorliegenden Schrift wurde an folgende Amtsstellen in Deutschland gesandt: an den Reichsminister der Justiz, an den Oberreichsanwalt Dr. Werner, an den Generalstaatsanwalt I Berlin, an den Oberstaatsanwalt Anhalt und an den Stabschef der SA, Ernst Röhm (an diesen mit Rücksicht auf die Tatsache, daß die SA und SS nach Angaben aus Deutschland besonders scharfer Disziplinargerichtsbarkeit unterstellt worden sind). Die Übersendung des Manuskripts erfolgte als Strafanzeige mit Hinweis auf die in der Schrift genau angegebenen in Oranienburg verübten Verbrechen gegen das Leben und die Gesundheit Gefangener. Als Beispiel der Strafanzeigen sei der Brief an den Reichsminister der Justiz wiedergegeben:

Gerhart Seger   Prag, den 27. Januar 1934

An den Reichsminister der Justiz
Berlin W 8
Voßstraße

Ich überreiche Ihnen gleichzeitig das Manuskript meiner Schrift:

»Oranienburg. Erster authentischer Bericht eines aus dem Konzentrationslager Geflüchteten«.

In dieser Schrift werde ich über Verbrechen gegen das Leben und die Gesundheit Gefangener im Konzentrationslager Oranienburg berichten. Die Namen der Beschuldigten sind genau bezeichnet. Dadurch wird ihre strafrechtliche Verfolgung möglich.

Das Manuskript meiner Schrift »Oranienburg« sende ich gleichzeitig an den Oberreichsanwalt beim Reichsgericht Dr. Werner, an den Generalstaatsanwalt I Berlin, an den Oberstaatsanwalt Anhalt in Dessau. Ferner sende ich das Manuskript dem Stabschef der SA, Röhm, in München zur weiteren Verfolgung, da mir aus der Presse bekannt wurde, daß SA und SS einer besonders strengen Gerichtsbarkeit unterstehen sollen.

Ich ersuche alle diese Stellen, meine Mitteilungen als Strafanzeige zu behandeln. Sie werden sich dieser Pflicht nicht entziehen können, ohne gegen den § 346 des Strafgesetzbuches zu verstoßen, der Justizbeamten Zuchthausstrafe bis zu 5 Jahren androht, wenn sie die Verfolgung ihnen bekannt gewordener strafbarer Handlungen unterlassen.

Gez. Gerhart Seger.

Und nun hat die Rechtspflege des Dritten Reiches das Wort!

Gerhart SEGER

Ancien député au Reichstag

ORANIENBOURG

Sinistre geôle de l'Enfer Hitlérien

Témoignage authentique d'un fugitif
sur la grande persécution Hitlérienne
dans un Camp de concentration

PARIS	LAUSANNE
ÉDITIONS JEAN CRÈS	ÉDITIONS SPES S. A.
41, Rue de Vaugirard	4, Place de la Riponne

—

1934

Titelblatt der französischen Ausgabe von Segers Bericht

Werner Schäfer

Konzentrationslager Oranienburg
Das Anti-Braunbuch über das erste
deutsche Konzentrationslager (Auszüge)

Werner Schäfer, von März 1933 bis März 1934 Lagerkomman-
dant des Konzentrationslagers der SA-Standarte 208 Oranien-
burg, wurde 1904 in Straßburg geboren. Nach verschiedenen Be-
schäftigungen trat er 1926 der Schutzpolizei bei, schied aber
bereits 1928 wieder aus. In der Folgezeit war er Angestellter bei
der Kreissparkasse Niederbarnim und wurde im September 1928
Vorsteher der neu eingerichteten Nebenkasse in Klosterfelde.
1932 gab er die Stellung auf und wurde nach kurzer Zeit der Er-
werbslosigkeit Fahrer bei der nationalsozialistischen Zeitung
»Angriff«. Von 1921 bis 1925 gehörte er dem völkischen Verband
»Olympia« an. Am 1. 11. 1928 wurde er Mitglied der NSDAP. Er
gründete die Ortsgruppe Klosterfelde und war zwei Jahre deren
Leiter. 1932 wurde er Führer des SA-Sturmbanns V/207. Danach
begann sein Weg als KZ-Kommandant. Als die Weltöffentlichkeit
auf die Zustände im Konzentrationslager Oranienburg aufmerk-
sam wurde und die Protestwelle nicht nachließ, erhielt er von der
Naziführung den Auftrag, in einem Buch dazu Stellung zu neh-
men. Es war das einzige Mal, daß die Nazis in einem Buch die
Existenz von Konzentrationslagern beschrieben. Bereits im März
1934 erschien das Buch.

Von 1934 bis 1942 war der inzwischen zum Oberregierungs-
rat beförderte Schäfer Leiter bzw. Kommandeur der Strafgefan-
genenlager im Emsland. Obwohl 1938 ein Dienstverfahren we-
gen Korruption und Gefangenenmißhandlung gegen ihn geführt
wurde, beförderte Hitler ihn zum SA-Oberführer. 1942 wurde
er zur Wehrmacht eingezogen.

Im September 1945 wurde Schäfer von der britischen Militär-
regierung verhaftet. Von Neuengamme aus wurde er nach Ol-
denburg gebracht und dort inhaftiert. 1949 wurde er wegen

»Haftunfähigkeit« entlassen. 1950 erkannte das Schwurgericht beim Landgericht Osnabrück für Recht: »Regierungsdirektor a. D. Schäfer wird wegen Verbrechen gegen die Menschlichkeit in Tateinheit mit Körperverletzung im Amt ... zu einer Gefängnisstrafe von vier Jahren verurteilt. Die bisherige Internierungs- und Untersuchungshaft wird in voller Höhe angerechnet.«

1953 wird er vom Vorwurf des »Verbrechens gegen die Menschlichkeit« freigesprochen.

Wegen seiner Tätigkeit als KZ-Kommandant wurde Schäfer nie zur Rechenschaft gezogen.

Der folgende Abdruck kann nicht der Verherrlichung und Verbreitung nationalsozialistischer Ideologie dienen. Deshalb wurden alle als dazu geeignet erscheinenden Stellen, ohne sie extra zu kennzeichnen, vor Drucklegung herausgenommen. Publiziert werden hingegen alle »Fakten«, die Schäfer aus seiner Sicht und der seiner Auftraggeber über das Konzentrationslager Oranienburg berichtet.

Titelblatt von Schäfers »Anti-Braunbuch«

117

... weil die nationalsozialistische Revolution, beseelt von unerhörter noch nie dagewesener Disziplin, nicht abgleiten sollte in die gefährlichen Situationen gewaltiger, bewaffneter Auseinandersetzungen innerhalb des eigenen Volkes, wurden spontan, ohne daß hierzu besondere Befehle der Regierung vorlagen, Konzentrationslager errichtet.

Die nunmehr folgende Aufzeichnung, die ich die Geschichte des in der Welt am meisten genannten und – leider – verleumdeten Lagers Oranienburg nennen darf, soll dazu beitragen, unter absoluter und rücksichtsloser Anerkennung von Licht und Schatten Klarheit zu schaffen, wo durch die wohlbekannte Unterminier- und Dunkelmannsarbeit hätte unendlicher Schaden angerichtet werden können.

Es liegt uns jungen Deutschen, die wir das Elend und die gesellschaftliche Verwirrung der ersten Hälfte des zwanzigsten Jahrhunderts ganz und gar ausgekostet haben, nichts daran, manchmal eine unverständliche oder harte Beurteilung durch unsere Nachbarvölker zu erfahren.

Woran wir aber, da wir eine ehrliche Verständigung zwischen den kommenden Generationen der Völker wünschen, Interesse haben, ist die sachliche Auseinandersetzung, der keine fehlerhafte oder gar lügenhafte Berichterstattung verantwortungs- und vaterlandsloser Gesellen zugrunde liegen darf.

Diesem Ziel dient das vorliegende Buch, in dem ich mich mit dem Sinn und Zweck des Konzentrationslagers im Dritten Reich, dem nationalsozialistischen Reich Adolf Hitlers, auseinandersetzen werde.

Geschichte und Aufbau des Lagers

Am Ausgang der kleinen märkischen Stadt Oranienburg, dort, wo die Straße nach Berlin führt, liegen die roten Backsteingebäude, in denen das im In- und Ausland so bekannt gewordene und leider so oft ungerecht beurteilte Konzentrationslager untergebracht ist. Sehr bewegt ist die Geschichte und Vergangenheit dieser alten Fabrik – und wenn Steine – Bau-

118

steine – zu uns sprechen könnten, die Mauern der ehemaligen Brauerei und nachmaligen Elektrofabrik könnten viel, sehr viel erzählen.

Lange bevor ich sie kennenlernte, die alte Brauerei, mit ihren Gewölben, weiten Hallen und dem Verwaltungsgebäude, dem an der lärmenden Straße hingeduckten Pförtnerhäuschen, hatte das Schicksal, das deutsche Wirtschaftsschicksal der Nachkriegszeit, an die Gittertore gepocht.

Auf dem weiten vorgelagerten Hof begann zwischen den Steinen Gras und Moos zu wachsen, und wäre nicht der alte Pförtner zurückgeblieben, dessen Hand noch manchmal versuchte, sichtbar werdende Schäden zu beheben, wer weiß, um wieviel schneller der nagende Zerfall sich mit der Einsamkeit verbunden hätte.

Zu Beginn des Jahres 1933 hatte die Not im deutschen Vaterland gigantische Höhen erreicht. Mit riesenhaften Schritten ging es dem Abgrund entgegen. Hatte es vorher in der SA geheißen »Die Helme fester gebunden« – nun hieß es »Hände gefaßt«, damit keiner, von der drohenden Sturzsee des Schicksals erfaßt, über Bord gespült werde. Abend für Abend trafen die Führer der SA zusammen, denn die Stunde, das wußten wir alle, war nicht mehr fern, wo die Entscheidung zwischen einem bolschewistischen oder nationalsozialistischen Deutschland fallen würde.

An der Spitze der Standarte 208 stand ein Führer, der wie die ihm anvertrauten SA-Männer die Segnungen des marxistischen Systems am eigenen Leibe zu verspüren bekommen hatte.

Gefängnis oder Flucht vor den greifenden Händen der Systemjustiz – das waren Etappen in dem bewegten Leben dieses jungen, im Kampf für seinen Führer und die Freiheitsbewegung gehärteten Nationalsozialisten, als ihn das Vertrauen des Führers der SA-Gruppe Berlin-Brandenburg an die Spitze der jungen märkischen Standarte 208 Niederbarnim berief. Die Not unserer SA-Männer hatte uns wieder einmal, wie so oft, zusammengebracht, und die Möglichkeiten, wie geholfen werden könnte, wurden lebhaft besprochen. Durch Zufall war einer der SA-Führer mit dem Direktor einer Berliner Bank bekannt geworden, und im Verlaufe des Gespräches hatte sich ergeben, daß die Bank im Bereich der Standarte 208, in Oranienburg, eine alte Fabrik vor Jahren hatte übernehmen müssen, die man uns zwecks Unterbringung unserer erwerbs- und obdachlos gewordenen SA-Männer unentgeltlich anbot.

So bekam die alte Brauerei in Oranienburg ihren ersten Besuch nach langjähriger Einsamkeit. Die politischen Ereignisse überstürzten sich. Am 29. Januar noch hatte Graf Helldorf zu der im Schnee vor dem Schützenhaus in Oranienburg angetretenen Standarte 208 von den kommenden Ereignissen gesprochen.. Und nun war der 30. Januar, der Tag der Erfüllung, gekommen.

Am Abend traten in ganz Deutschlad die Sturmsoldaten Adolf Hitlers an, um in riesigen Fackelzügen den Führer zu ehren und die Befreiungsstunde des Vaterlandes zu feiern. Am Abend dröhnte der Marschschritt der braunen Bataillone durch die Straßen, und – zum letztenmal bäumte sich voller Verzweiflung das Untermenschentum auf.

Am Nachmittag des 21. März erreichte mich die Nachricht, daß im Gebiet der Standarte 208 Verhaftungen von Marxisten stattgefunden hätten. Trotz ständiger Ermahnung, sich endlich von Gewalttaten fernzuhalten, hatten sich gefährliche Elemente zusammengefunden, die es sich zur Aufgabe gemacht hatten, mit brachialer Gewalt die nationale Revolution in eine bolschewistische zu verwandeln.

Einig in ihren verbrecherischen Zielen, waren verantwortungslose Führer der sonst feindlichen SPD und KPD übereingekommen, den deutschen Arbeiter in letzter Stunde für die marxistische Idee mit Gewalt zurückzugewinnen. Dank der jahrelang geübten Unterordnung, die in dem einfachsten SA-Mann genauso wach wie in seinen Führern war, wurde hier – zur kritischsten Stunde – ein Blutbad, das unabwendbar schien, vermieden. Die Schuldigen – Hetzer und Verhetzte – wurden verhaftet und in einzelnen Orten, die besondere Brennpunkte im Kreise Niederbarnim, dem politisch gefährlichsten Randkreise Berlins waren, festgehalten, bis der Standartenführer 208 ihre Überführung nach Oranienburg anordnete.

Die erste Sorge, die an mich herangetragen wurde, war die, wie die politischen Gefangenen, die am Abend eintreffen sollten, unterzubringen seien.

Mit einigen meiner ältesten SA-Männer fuhr ich auf einem alten Lastwagen nach dem in der Nähe Oranienburgs gelegenen kleinen Flecken Germendorf, wo bei den Bauern Stroh entliehen wurde. Die Bauern, die uns SA-Männer so manchesmal treu unterstützt hatten, versagten auch hier nicht. Allerdings hatte ich das Empfinden, daß ich den wahren Zweck unseres Kommens nicht voreilig enthüllen durfte, denn der Haß gegen die Marxisten und ihren Anhang war in den ersten Stunden der nationalsozialistischen Erhebung so groß, daß es mich nicht Wunder genommen hätte, wenn mir das Stroh für den eigentlichen Zweck, dem es dienen sollte, vorenthalten worden wäre. Es mögen einige zwanzig Bündel Stroh gewesen sein, als der Lastwagen polternd das Dorf in Richtung Oranienburg wieder verließ. Unterwegs zermarterte ich meinen Kopf, welcher Raum in der alten Brauerei wohl der geeignete für die Unterbringung der Häftlinge sein könnte. Die Fabrik war von mir nur oberflächlich besichtigt worden, und für mich als Quartiermacher in derart seltener Mission stand sie, was Unterkunftsmöglichkeiten anbelangt, nicht in bester Erinnerung.

An diesem Abend, dem 21. März, war für Oranienburg im Hinblick auf die bevorstehende, durch den Führer gewollte Reichstagswahl, ein großer Fackelzug für SA und die Anhänger der Partei befohlen. In noch nie dagewesener Einmütigkeit hatte sich weit über unser aller Erwarten die Bevölkerung zu dieser Demonstration eingefunden. Endlos schien der Zug, dem, von bengalischen Fackeln gespenstisch beleuchtet, die alten Sturmfahnen vorangetragen wurden. Endlos leuchteten und flackerten die Fackelbrände längs der Straßenzeilen. Der Anbruch einer neuen Zeit war da – wurde von Tausenden und aber Tausenden, die Wochen vorher noch in stiller Verbissenheit aneinander vorbeigelaufen und gehastet waren, erlebt. – Gläubig legten Hände sich ineinander, während das Lied Horst Wessels gegen den nachtdunklen Himmel anbrandete.

Als die Fackeln langsam verlöschten, da waren die Gefangenen, begleitet von SA-Männern des SA-Sturmbannes III/208 auf Lastautomobilen herangekommen. Stumm ergriffen von der Größe des soeben erlebten geschichtlichen Augenblicks, blickten die Tausende hinüber zu dem Lastwagentransport. Kein

Schrei der Empörung, daß dort Menschen vorbeigefahren wurden, die wenig vorher noch bereit gewesen waren, mitzuhelfen, den Keim der Einigung zu ersticken.

Das war die Erziehung des nationalen Sozialismus, der in Tausenden und aber Tausenden von Versammlungen tiefer in die Seele des Volkes eingedrungen war, als wir selber ahnten.

In der alten Fabrik wurde inzwischen in einem Raum des ehemaligen Verwaltungsgebäudes, in dem vor Jahren einmal fleißige Hände die Federhalter über die Buchseiten hatten eilen lassen, eine – der Einsamkeit entrissene, noch einigermaßen brauchbare – Petroleumlampe entzündet. Stur, in das Halbdunkel des enggewordenen Raumes stierend, verbissen, gleichgültig ihrem Schicksal ergeben, hockten die Neuangekommenen auf der Strohschütte, fast alle durchweg Angehörige der Arbeiterklasse.

Zu verschweigen, daß einige der Verhafteten keine allzu sanfte Behandlung inzwischen erfahren hatten, wäre töricht und auch völlig unverständlich. Unverständlich insofern, als eine derartige Behandlung einer dringenden Notwendigkeit entsprach.

Inzwischen, ich hatte ordnend in das Durcheinander der ersten Einlieferung eingegriffen, füllte sich der schlecht beleuchtete Raum. Bekannte Gesichter Oranienburger Marxisten tauchten im Halbdunkel auf. Gewohnt, ihre Verachtung mit echt lümmelhafter Gebärde und Straßengeste uns zu zollen, kamen sie – Hände bis zu den Ellenbogen in den Hosentaschen, Mütze im Genick oder tief in das Gesicht gedrückt – und – lernten im Augenblick um. Selten habe ich so fabelhafte Erzieher gesehen wie meine alten SA-Männer, die selbst zum Teil dem proletarischen Milieu entstammten, mit außerordentlicher Hingabe sich dieser besonders flegelhaft auftretenden kommunistischen Radauhelden annahmen. Soweit will ich nicht gehen und annehmen, daß verschiedene jener echt Bassermannschen Gestalten durch diese kurzen Unterrichtsminuten andere Menschen geworden sind, aber – wo der innere Mensch umgestaltet, gleichsam zur geistigen Disziplin geführt werden soll, muß beim äußeren Menschen begonnen werden. Das ist eine jener Erfahrungen, die man sich nicht so ohne weiteres aneignet, wie man Vokabeln einer fremden Sprache lernt.

Die erste Nacht verlief den Umständen entsprechend absolut ruhig. Freiwillig hatten sich die SA-Männer als Posten aufgestellt. Die altgedienten Soldaten unter ihnen waren von mir als Wachhabende eingeteilt worden und hatten das Pförtnerhäuschen bezogen. So kam der 22. März, der eigentlich der Gründungstag des Konzentrationslagers wurde. Bei der Überstürzung und allzu raschen Folge der Ereignisse war uns eigentlich noch gar nicht so recht klar geworden, was denn nun noch kommen und werden sollte. Bezeichnend für den SA-Führer war bei mir wieder einmal die Sorge um das leibliche Wohl meiner Männer – derer im Braunhemd – und jener, die unruhevoll auf Stroh dem kommenden Tag als Häftlinge entgegensahen.

Auf der einen Seite kämpfte der gute, besser gesagt, der gutmütige – ewig gutmütige Deutsche mit dem um seinen Barrikadenkampf gekommenen Revolutionär. Wenn im Innern die aus den Verhältnissen absolut verständliche Ansicht die Oberhand gewann, das Wohl und Wehe der Marxisten da drinnen auf ihrem Stroh komme erst in allerletzter Linie – was wäre aus uns geworden, wenn es anders gekommen wäre –, so klang im selben Augenblick ein versöhnlicher Akkord mit: »Es sind ja Brüder, die nur vergessen haben, daß sie Deutsche sind!« Was ich darüber geschrieben habe, erhebt den Anspruch, und das darf ich sagen, ohne überheblich zu sein, echt deutsch, fast zu deutsch empfunden zu sein!

Beginn des 22. März mit verzweifelter Suche nach einer Verpflegungsmöglichkeit. Rettung – wie so oft – das SA-Sturmlokal und seine Wirtin. Über Nacht verantwortlicher Leiter eines »Unternehmens« zu werden, das aus Sturm geboren, jeder Grundlage bar ist, die man wirtschaftlich oder sagen wir, materiell nennen könnte, gehört gerade zu jenen Positionen, um die man von vornherein einen Menschen beneiden darf.

Bis dahin hatte ich in diesem Umfange noch nicht erkannt, daß eine Morgensuppe für vierzig Mann – ein hierfür notwendiger Kessel und Feuerplatz – Probleme sein können, die ernste Sorgen bereiten. Das Problem um die Suppe und ihre Herstellung wurde durch die Genialität der Wirtin des Sturmlokals glänzend gelöst, und das hieraus resultierende Problem der Bezahlung durch einen SA-Mann, der bisher schon die undankbare, aufreibende Tätigkeit eines SA-Sturmbann-Geldverwalters ausgeübt hatte.

Während des Vormittags trafen immer mehr Verhaftete ein. Der Raummangel wurde bedrohlich. Stroh fehlte, es mußte noch beschafft werden und konnte erst gegen Abend von den unermüdlichen SA-Männern zusammengetragen werden.

Gegen Nachmittag trafen der Führer der Standarte 208 mit seinem Adjutanten und der Kreisleiter der Landjägerei, ein Landjägeroberleutnant, ein. Sofort wurde an die Vernehmung der in Haft Genommenen gegangen. Das nannten wir auch Revolution! – Mit preußischer Gewissenhaftigkeit nahm der Polizeioffizier an einem alten, halbzerfallenen Tisch Platz, und nun ging es der Reihe nach. Draußen auf dem Hofe hatten die Häftlinge unter Anleitung von SA-Männern einen großen Kreis gebildet und marschierten so, eine große Gemeinschaft, über den gras- und moosüberwachsenen Hof.

Beim Aufruf der ersten Häftlinge fielen die Namen bekannter Marxisten, bekannt durch ihre politische zersetzende Tätigkeit im Kreise Niederbarnim. Schon beim Eintreten in den Aufenthaltsraum, der zum Tribunal verwandelt worden war, erkannte man, wie staatsnotwendig der Zugriff der SA gewesen war. Dieser Erkenntnis verdankt das Konzentrationslager Oranienburg seine Entstehung.

Verbissen, anmaßend und verstockt, das waren die Eindrücke, die man sofort nach den Beantwortungen der ersten, absolut sachlich gestellten Frage des Polizeioffiziers hatte. Hier harrte schwere, sehr schwere Erziehungsarbeit, wenn eine solche überhaupt noch möglich war. Mit nicht wiederzugebender Ruhe und Sachlichkeit wurden die einzelnen verhört. Wenn der anwesende Führer der Standarte und auch ich manchmal über die Art und Weise des Vernehmenden und der Vernommenen entsetzt dazwischen donnerte – weiß Gott, es war kein Wunder.

Hier hatten wir ein menschliches Verständnis, als wir die Tore ihnen selber öffneten; denn solche Gegner, wenn sie auch als männliche Weiber böse Zungen gehabt hatten, brauchte man nicht mehr niederzuringen, die hatten vor lauter langjähriger Barrikadenstürmerei in tabakverqualmten SPD-Bezirksgeldniederlagen den letzten Rest von Widerstandskraft mit Beitragszahlungen beglichen. Ein vernichtendes, aber gerechtes Urteil, gegen das jeder Widerspruch der davon Betroffenen gegenstandslos sein dürfte. Schneller habe ich kaum jemand die Waffen strecken sehen als jene kleinen SPD-Funktionäre, wie sie den von uns entworfenen Revers unterschrieben, niemals gegen den neuen nationalsozialistischen Staat in Wort oder Schrift sich zu wenden. Glückliche Entlassene, die gierig die Freiheitsluft im Dritten Reich vor den Toren des nunmehr konstituierten Konzentrationslagers Oranienburg tranken. Die alte Brauerei erwachte zu neuem Leben. Oben am Blitzableiter des hohen Fabrikschornsteins in schwindelnder Höhe flatterte eine Hakenkreuzfahne, die dort von einem der SA-Männer nach waghalsiger Kletterpartie angebracht worden war. Fanal des Sieges! Gleichsam, als sollte hiermit der Welt der Sieg des Nationalsozialismus über die Einsamkeit jener vielen, allzuvielen stillgelegten Fabrikgebäude weithin angezeigt werden. –

Verrostete Türen und Tore quietschten in ihren Angeln. Dumpf schlug uns die Luft der verstaubten Hallen entgegen. Ein widerlicher Geruch von altem Maschinenöl und rostigen Maschinen. Im Halbdunkel der ausgedehnten Fabrikräume standen die einstmals wertvollsten Metallbearbeitungsmaschinen. Von den Transmissionen hingen die Riemen – ein Bild, das uns wie kein anderes die Not der durch den Wirtschaftswahnsinn zugrunde gerichteten deutschen Industrie grauenhaft vor Augen führte.

Vorerst wollten wir noch abwarten; denn so feste Formen hatte das Konzentrationslager noch keineswegs angenommen, wie es hier erscheinen mag. Unser Ruf mußte weithin über die unmittelbaren Grenzen der näheren Umgebung Oranienburgs gedrungen sein. Jeder Tag brachte neue Gesichter, stumpfe Physiognomien, Spiegel ihrer Seelen. Jetzt erst sahen wir, welche Verwüstung die Lehre vom Kampf – Klasse gegen Klasse – bei unseren Volksgenossen angerichtet hatte. Es fiel uns aufrichtig schwer, von Volksgenossen zu sprechen. Jeder Tag zeigte, wie unverhohlen der Gegner an der Unterminierung der Auferstehung Deutschlands arbeitete. Raffiniert wußte man sich auf der Gegenseite zu tarnen. Die Reichstagswahl ergab eine sichere Mehrheit für die hinter unserem Führer stehenden Kräfte. Aber der Marxismus gab noch lange nicht sein Spiel verloren.

Hatte man vorher das Prinzip der Souveränität des Volkes angebetet, hier brach man mit diesem Prinzip, weil es den bisherigen Machthabern, die in der Minderheit geblieben waren, nichts mehr half. Immer wieder brachen die unterirdischen Quellen auf. Sofort griff die SA zu und brachte sie zum Versiegen. Der Kampf gegen den unsichtbaren Gegner begann. –

Im Lager hatte sich inzwischen eine bunte Gesellschaft zusammengefunden. Neben den kommunistischen Radauhelden, deren Traum von Krakeel und Chaos so gegenteilig in Erfüllung gegangen war, liefen – hier eigenartigerweise abgesondert, gleichsam als »bessere Herren« – einige geknickte Spitzengrößen Oranienburgs umher. Wieder ein ehemaliger Bürgermeister, über dessen Leben ein Unstern zu stehen schien. Hier handelte es sich um einen ausgesprochenen Intriganten, der seinen Genossen von der SPD, durch Zeitungsartikel, die er niemals als ehrlicher Mensch verantworten konnte, Liebesdienste erwiesen hatte. Über diesen Mann war das Urteil aller anständigen Menschen gefällt, bevor er die Tore des Lagers passierte.

In seiner Vernehmung fanden sich die Landjäger der in der Nähe Oranienburgs gelegenen Stationen ein. Kaum einer von ihnen war von diesem Skribenten verschont geblieben. Wer die ehrlichen, aufrichtigen Soldatenseelen dieser Beamten, denen ihr Dienst fast bis zur Unmöglichkeit vorher erschwert worden war, so genau kennt wie ich, kann allein nur verstehen, wie groß die Empörung über das ihnen durch diesen Mann zuteil gewordene Unrecht war. Die Verantwortungslosigkeit dieses, zu allem Überfluß noch mit dem Doktortitel der Rechte ausgestatteten »Edelmannes« läßt sich so einfach nicht beschreiben.

Als Berichterstatter für eine sozialdemokratische Zeitung des Kreises Niederbarnim hatte dieser »Journalist« die ihm zum Teil kaum oder gar nicht bekannten Beamten in einer Form angegriffen, die geradezu als phantastisch bezeichnet werden muß.

Eine Frage und ihre Beantwortung vermeine ich heute noch zu hören, vielleicht deshalb so nachhaltig, als hierdurch die ganze Infamie der verhetzten und verhetzenden marxistischen Seele zum Ausdruck kam. Der alte Oberlandjägermeister N., einer von jenen Beamten, um die draußen die Welt uns mit Recht beneiden darf, war besonders von diesem »doctor juris« angegriffen worden und richtete nun an ihn in meiner Gegenwart folgende Frage:

»Herr Dr. W., Sie kennen mich nun schon lange, was hat Sie veranlaßt, mich in der Ihnen nahestehenden Presse anzugreifen?«

Antwort: »Ich habe Sie immer hochgeschätzt, Herr N., aber Dritte trugen mir Klagen über Sie zu.«

Frage: »Warum haben Sie sich nicht vergewissert, ob Sie falsche Anschuldigungen aussprechen?«

Antwort: »Weil mir meine Genossen einwandfrei erschienen. Ich habe ihnen ja manchmal auch nicht geglaubt; aber die Redaktion verlangte von mir derartige Artikel – und ich mußte doch schließlich auch Geld verdienen.«

Ich darf offen gestehen, daß ich erschlagen war. Das war nun Jahre hindurch die geistige Einstellung eines Mannes, der als Akademiker zu den »Bevorzugten seines Vaterlandes« gehören sollte.

Als ich im Jahre 1932 zum erstenmal nach Oranienburg als Sturmführer zu meinen SA-Männern kam, erzählte man im Sturmlokal oftmals von einem Mann mit dem Beinamen »Knochenkarl«. Er hatte durch Kraft und Heimtücke bei »Rotfront« sich immerhin im Kampfe gegen die SA einen unrühmlichen Namen gemacht.

Ein Jahr später – Konzentrationslager –, und »Knochenkarl« war auch da. Groß, ungelenk, vierschrötig, in geistlosem Gesicht eine spitze, nichtssagende Nase zwischen kleinen, stechenden Augen und vorstehende Backenknochen – das war »Knochenkarl«.

Ich mußte einige der markantesten Erscheinungen meines Lagers verhören. Plötzlich war der Mann mit dem schönen Beinamen da. Er sollte sich äußern über einen am Abend jenes denkwürdigen 21. März geplant gewesenen Überfall auf die SA. Wie immer – wußte er von nichts. Er zögerte, er wich aus, er versuchte zu schwören, dann überlegte er wieder, der Weg schien doch zu riskant – also – er weinte. Und als man ihm auch das nicht glaubte, da – wälzte er alles von sich ab, und dann kam der Verrat. Und nun komme ich zu denen, die in diesem Buche oftmals noch Erwähnung finden werden; denn das Konzentrationslager wurde für mich zur Schule. Hier lernte ich die Taktik kennen, wie man am besten solchen Spießgesellen hinter die Schliche kommt. Einer nach dem anderen erschien, die durch den Verrat ihres Genossen aus dem Stroh geholt worden waren.

Keiner wollte etwas wissen; doch als sie merkten, wie weich der gewaltige Genosse geworden war, da wußten sie alle – alles. Bezeichnend für die verflossene Periode der Unaufrichtigkeit und elenden Gesinnung war diese erste Vernehmung.

Ein junger, unbeholfener Kommunist, dem irgend jemand einmal etwas gesagt haben mußte, daß er in kritischen Situationen sich auf eine Kopfverletzung, die er einmal in der Fabrik erlitten, berufen solle, machte zum Erstaunen aller – eine Liste der an jenem Abend sich zu »löblichem Tun« draußen am Kanal versammelten Marxisten aus dem Gedächtnis auf. Am nächsten Tag leugnete er die Liste wieder ab. Auch von Pistolen wollte er nichts wissen. Wir gingen seinen Angaben nach – und trotz angeblicher Irrung und Gedächtnisschwäche erfuhr sein Gedächtnis eine glänzende Rehabilitierung.

Die Liste stimmte! Und als wir zugriffen, machten alle Beteiligten die Wahrnehmung, daß der eigentliche Führer – fehlte! Wie im großen, so im kleinen. Einer der seinerzeit prominenten SPD-Führer hatte sich mit den Genossen vom proletarischen Selbstschutz, genannt »Knochenkarl«, in Verbindung gesetzt, und man war auf folgende schlaue Idee verfallen:

Unter dem Vorwand, die Nationalsozialisten planten im Anschluß an ihren Fackelzug am 21. März ein Haderfeldtreiben größeren Ausmaßes gegen die bekannten, ortsansässigen Marxisten, hatte man junge Aktivisten in die einsame Gegend am Kanal gelockt, angeblich, um sie vor dem »Furchtbaren«, was ihnen drohte, zu bewahren. Draußen hatte man dann »zum eigenen Schutz« Posten ausgestellt, die das Herannahen einzelner, nach Hause gehender Nationalsozialisten melden sollten. Einer dieser Posten gab bei seiner Vernehmung an, bei dieser Gelegenheit »Knochenkarl« im Besitz einer Pistole gesehen zu haben. Dieser rächte sich nun und wußte von dem angeblichen Verräter (der tatsächlich noch ein harmloser Junge war) auch etwas. Leider war der spiritus rector jener Selbstschutzorganisation auf und davon. Das war das gute Gewissen – und die Solidarität im Ernstfall.

Ein Tag folgte dem anderen. Die Frage der Verpflegung war gelöst. In der Küche eines größeren Restaurants in unmittelbarer Nähe des Lagers wurde gekocht. Damals waren es Frauen, die die Mittagsmahlzeit und das Abendbrot der Häftlinge und Wachmannschaften herrichteten. Wie wir später zu einer eigenen Küche kamen, werde ich noch schildern.

Inzwischen hatte sich in der Wachmannschaft ein fester Kern gebildet. Da das Lager mich ganz und gar vom frühen Morgen bis zum späten Abend in Anspruch nahm, wurde ich von der Führung meines Verbandes beurlaubt und ging nun, von meinem Adjutanten und einem alten Truppführer unterstützt, an die Organisation des Konzentrationslagers heran.

Das ist nun leichter geschrieben und gesagt, als diese Aufgabe in Wirklichkeit aussah.

Vor uns eine alte Fabrik, deren Räume mit Maschinen aller Art vollgestopft waren. Kein Handwerkszeug – nichts. Und hinter uns, um die Situation der tausend Hindernisse ganz zu erfahren, kein Geld.

Hier hätte mein Buch bereits sein Ende erreicht, wenn wir damals in der sich uns immer mehr aufdrängenden Erkenntnis steckengeblieben wären – »was nun?« –

Also – Inhaftierte waren genug da. Unordnung, wie ich eingangs erwähnte, noch mehr als genug – und Ideen, tausend mal tausend.

Hier war mein alter Truppführer Ruf, ein Mann am Anfang der fünfziger Jahre, am Platz wie keiner. Von Beruf Fotograf und Schriftsteller, Former und Globetrotter, Abenteurer und Praktiker, englisch, chinesisch, malaiisch und weiß Gott, welche sonstige Südseesprache kauderwelschend.

Fünf Jahre hatte er in einem der »Camps« in Australien als »prisonner of war« zugebracht. Als er dann endlich heimkehrte, waren seine Frau und die Söhne, die er vor Jahren verlassen hatte, Kommunisten geworden. Eine Welt stand zwischen ihm und den Seinen. Die Familie war durch die Politik zerstört. Heimkehrerschicksal, wie es in seiner Art vielleicht nur wenige gibt. So führte ihn sein Weg zu Adolf Hitler und seinen braunen Soldaten. Ruf wurde SA-Mann.

Diesem Mann übertrug ich die schwere Aufgabe, die Unterkunft der politischen Häftlinge so auszubauen und einzurichten, daß sie den einfachsten Ansprüchen genügen konnte. Geld – wie gesagt – gab es nicht. Vom Kommandanten angefangen, bis zum letzten Posten – arbeitslos, ohne Ausnahme, das war das einzige, was wir mit den Häftlingen gemeinsam hatten. Dieses wirtschaftliche Schicksal. Zaungäste des Lebens zu sein. Jene hatte die materialistische Weltanschaung des Marxismus gefangen, uns die Idee des nationalen Sozialismus. Dort herrschte die Anschauung: »Wo mein Brot, da mein Vaterland«. Uns beherrschte ein Glaube, und der hieß Vaterland und nur Vaterland, wenn auch in Not.

An einem Morgen, Anfang April, standen ungefähr 50 politische Häftlinge angetreten. Das erste Arbeitskommando des Konzentrationslages Oranienburg. Jahrelang hatten die meisten von ihnen nur den Weg zur Stempelstelle oder zu politischen Versammlungen gekannt. Nun sollten sie Pioniere werden. Pioniere am Aufbau einer alten Fabrik. Und was ihnen, wenigstens dem größten Teil, zum Segen gereichte, das war die Überwindung der inneren Scheu vor Arbeit, die sie durch die Disziplin, die sofort als oberstes Gesetz über ihnen stand, kennenlernten. Arbeiter der Faust.

Mit der Festigung der nationalen Revolution hatte auch das Konzentrationslager Oranienburg bestimmtere Form erhalten. Die Häftlinge, die nunmehr dem Lager zu einem kürzeren oder längeren Zwangsaufenthalt, je nach Schwere der vorliegenden, gegen den neuen Staat gerichteten Straftaten, zugeführt wurden, waren aufgrund besonderer staatlicher Verfügungen festgenommen worden. Man hat draußen in der Welt versucht, diese Maßnahmen der Regierung in oftmals recht unsachlicher Form, die meist den Stempel des »Emigrantenstandpunktes« trug, zu kritisieren.

Soweit es sich um das berüchtigte Braunbuch handelt, verlohnt es nicht der Mühe, diesem Buch, geschrieben von Haß und niedrigem Rachegefühl, besondere Ehre anzutun.

Das Braunbuch kenne ich und habe es selbst im Besitz. Gelesen habe ich dieses Buch des »Hitler-Terrors« auch recht eingehend und darf sagen – zum Teil recht belustigt, wenn ich mein Lager darin beschrieben fand. Einige, mein Lager betreffende

Abschnitte und Fotografien werde ich allerdings in einem der nächsten Kapitel würdigen und dann den Gegenbeweis, der unerläßlich ist, führen.

Ich habe solche Menschen kennengelernt, die zu Beginn ihres Lageraufenthaltes verbissen und fremd waren, dann aber langsam erwachten und als völlig neue Menschen Oranienburg verließen.

Und nun soll das Lager entstehen, mit seinen Mängeln, die ihm anhafteten, bis zur heutigen Vollendung, einer Vollendung, die nur der Erfolg zielbewußter, nationalsozialistischer Erziehungsarbeit ist.

Die ersten Arbeiten galten der Herrichtung von Schlaf- und Unterkunftsräumen sowie der Säuberung des großen Hofes von Gras und Moos. Nirgends durften irgendwelche Kosten entstehen; denn wir hatten es uns zur besonderen Aufgabe gestellt, keinen Menschen, auch nicht die mit tausend anderen, wichtigeren Dingen beschäftigte Regierung, zur Hilfe aufzufordern. Hier organisierte eine Jugend, die Not und Entsagung gewöhnt war, und genau wußte, daß zu einem Taler 30 Groschen gehören.

Die einzigen Gelder, die uns zuflossen, kamen von den Heimat- und Gemeindebehörden der Häftlinge, zur Beköstigung der Häftlinge bestimmt.

Eine alte Zange, ich glaube, es war die Urgroßmutter aller existierenden Zangen, erlebte ihre Wiederauferstehung. Tausende von Nägeln, die in den Fabrikhallen und -räumen in den Wänden saßen, wurden mit ihrer Hilfe gezogen und einem besonderen, mit den bereits beschriebenen Hämmern ausgerüsteten Kommando übergeben, damit sie wieder Rückgrat erhielten.

In den Stuben des Verwaltungsgebäudes platschte das Wasser, und die alten Tücher saugten den jahrealten Staub von den Dielen – und bald kam »Grund« in die für die Häftlinge bestimmten Schlaf- und Unterkunfsräume.

Diese Arbeit wird im Braunbuch als unsinnig bezeichnet. Ob der Schreiber und Beurteiler jemals etwas von einem Aufbau gehört hat? – Und als die warmen Maitage kamen, als am Feierabend die Häftlinge auf der hinter der Fabrik gelegenen Wiese lagerten, erklang eines Tages eine Geige und eine Gitarre; deutsche Volksweisen, deutsche Lieder ertönten.

In ihren Stuben, in den sauberen Strohschütten, schliefen die Schutzhäftlinge einem neuen Arbeitstag entgegen. So entstand das Lager in mühseligem Aufbau, als Konzentrationslager immer mehr an Bedeutung zunehmend.

Die in das Lager Oranienburg eingelieferten politischen Häftlinge setzten sich aus Angehörigen aller Volkskreise zusammen. Einig – und das hatten sie bewiesen, waren sie alle in der Ablehnung des nationalsozialistischen Staates. Hier galt es nun, scharfe Unterscheidungsgrenzen in der staatspolitischen Erziehung der Häftlinge abzustecken. Es lag uns überzeugten Kämpfern nichts daran, alle unterschiedslos als Menschen zweiter Klasse zu behandeln; denn fraglos kam so mancher in das Konzentrationslager, der unter richtiger Anleitung noch ein unbedingt brauchbarer Volksgenosse zu werden versprach.

Während die Tore des Oranienburger Lagers sich öffneten, um sich für Wochen hinter dem politischen Akteur, vielfach dem Verführten, zu schließen, saßen in vollster Sicherheit, draußen im Ausland, die Drahtzieher und hängten nur an den leergewordenen Draht eine neue Marionette. Während die letzten »Getreuen« ihre Haut zu Markte trugen, verfertigten im schönsten Bewußtsein ihrer Sicherheit die »Führer« mitleiderregende Geschichten über das traurige Los der Häftlinge im Konzentrationslager.

Der sogenannte kleine Mann hat nämlich die Gabe, in solchen Situationen treffende Vergleiche zwischen sich und dem »Führer« zu ziehen. Ich denke gerade hierbei an einen ganz großen Führer der SPD, der nicht mehr rechtzeitig das rettende Ausland erreicht hatte. Eines Tages landete auch er, der einer der übelsten Hetzer der verflossenen Jahre gewesen war – in Oranienburg. Ihm zu Ehren hatten die Häftlinge des Lagers Aufstellung genommen. Für viele eine Genugtuung – ... einer der wirklichen Drahtzieher. In seiner Gesellschaft befand sich gleichfalls ein recht bekannter SPD-Führer, der Jahre hindurch eines der übelsten Hetzblätter Brandenburgs als Redakteur verantwortlich gezeichnet hatte. Diese beiden »Führer« haben in den wenigen Augenblicken ihres Eintreffens – schon allein in ihrem Äußern – einen derart verheerenden Eindruck gemacht, daß allein ihr Beispiel gewirkt hat. Viele ehemalige Häftlinge werden sicherlich mit Interesse dieses Buch lesen – und wenn ich im Augenblick es unter meiner Würde halte, hier die Namen von Männern zu nennen, die einstmals die würdelosesten Repräsentanten einer würdelosen Zeit waren –, die »Ehemaligen« wissen genau, wer mit den beiden »Führern« hier skizziert wird.

Eine Welt hatte sich zwischen ihnen aufgetan.

Eingeteilt in die gleiche Kompanie der Schutzhäftlinge, die einstmals für sie und ihre Parolen bereit gewesen waren, ihr Blut hinzugeben, vollzog sich die menschliche Tragikomödie. Der intellektuelle Führer – der »Führer« – fühlte sich bei den bisher Geführten nicht mehr wohl.

Seit dem Eintreffen dieser Männer lag eine besondere Stimmung über dem Lager.

Unter den Häftlingen hatte eine gewisse Beruhigung, eine Genugtuung eigener Art Platz gegriffen. Ausgerüstet mit derselben Drillichhose, demselben Arbeitsstiefel und -rock, mußten sie ihre Arbeit verrichten.

Bevor ich an die Beschreibung derer gehe, die ich in der Kategorie der Durchschnittsmenschen untergebracht habe, will ich versuchen, über das Lager in seinem weiteren Werden, die sich uns entgegengestellten Schwierigkeiten und wie wir gemeinsam alle Nöte überwanden zu berichten.

Inzwischen waren mit den selbstgefertigten Handwerkszeugen Wunderdinge verrichtet worden. Ein eigener Eßraum war geschaffen, aus vorgefundenem Holz waren rohe Bänke und Tische gezimmert worden, und während wir gezwungen waren, das Wasser für das Lager von einem zum Lager noch gehörenden Grundstück zu entnehmen, waren bereits Häftlinge dabei, eine eigene Wasserstelle herzurichten.

In der ganzen Fabrik war keine Wasserleitung mehr brauchbar. Infolge der nassen und kalten Winter, die ihre merklichen Spuren hinterlassen hatten, waren die Rohre geplatzt, ausgelaufen, und das Wasser, das durch die Wände gesickert war, hatte den Bodenbelag zum Faulen gebracht.

Also Zimmerleute, Tischler an die Arbeit. Überall wandten wir uns hilfeheischend an die Handwerker im Ort, um wenigstens das dringlichste Handwerkszeug uns für Stunden auszuleihen. Vom frühen Morgen bis zum späten Abend kreischte eine kleine Handsäge, schlugen die selbstgefertigten Hämmer die wieder gradegerichteten Nägel in neue Bretter und Bohlen, die wir an einer anderen Stelle der Fabrik, die wir nicht mit in Betrieb zu nehmen brauchten, freigemacht hatten. Überall das Schalten und Walten eines Mannes, der, auf jahrelange Erfahrungen aufbauend, gewöhnt war, aus nichts – etwas zu machen.

Daß er seine Tropenerfahrungen in seiner Heimat wieder nutzbringend verwerten sollte, hatte er nicht geahnt. Oftmals, wenn die Situationen in der Beschaffung geeigneter Mittel bedrohlich wurden, habe ich die Genialität bewundern müssen, mit der aus unscheinbaren Gegenständen das zusammengehämmert wurde, was dann als das Gewünschte seinen Dienst versehen konnte.

Wenn wir in den langen Monaten der Aufbauarbeit einmal Besuch erhielten und dann mit Stolz das gezeigt wurde, was zähe Energie zustande gebracht hatte, begegneten wir einem zweifelnden Kopfschütteln.

Eines Tages war der Brunnen fertig. Es war eine Flügelpumpe, die für die vorläufigen Bedürfnisse voll ausreichte. Um so kein Wasser unnötig zu verschwenden, war ein kleiner Kessel unter das Wasserrohr gestellt worden, in dem ein gebogenes Rohr drehbar war, um bei Gebrauch heruntergedreht zu werden, so daß ein Fließen des Wassers ohne Pumpen möglich war.

Der Hof strotzte vor Sauberkeit. Konnten wir auch kein Lager, das den modernen Ansprüchen etwa eines Gefängnisses entsprach, zeigen, so doch ein Lager, das in seiner Bescheidenheit alles enthielt, was rein preußische Sauberkeit von ihm verlangte.

Jeden Tag rückte ein Kommando, das sich aus körperlich behinderten und älteren Häftlingen zusammensetzte, zum Kartoffelschälen in das gegenüberliegende Restaurant ab. Mittags wurde in Kesseln die von den Frauen zubereitete Mahlzeit herübergeschafft, und dann wurde während einer zweistündigen Pause in dem hierzu besonders geschaffenen Eßraum gemeinsam gegessen.

Im Eßraum, der sich damals noch im zweiten Stock der heutigen Wachunterkunft befand, waren einige ebenfalls ältere Häftlinge damit beschäftigt, Eßnäpfe, Teller, Kaffeekannen und wer weiß was für nützliche Dinge noch abzuwaschen und alles wieder in Ordnung zu bringen.

Woher stammten nun diese Gebrauchsgegenstände? Ein Teil gehörte dem Lokal, das wir für die Zubereitung der Mahlzeiten gemietet hatten, und ein großer Teil gehörte uns, der SA. Waren wir auch bettelarm – Einrichtung unserer SA-Heime, das verstanden wir. Was wohltätige alte Nationalsozialisten uns früher zur würdigen Ausstaffierung unseres Oranienburger SA-Heimes gespendet hatten, hier fand es erst seine richtige Verwertung. –

Und über allem wachte mein alter Truppführer. Treu, wie es einem SA-Mann zukommt, polternd, wie es dem zum »Feldwebel« chargierten zustand, und umsichtig – wie es eben nur einer sein konnte, dessen Horizont nicht mit dem Rand einer Untertasse identisch ist.

Ich sprach vorhin von der Wache, die unter Gewehr trat, wenn der Truppführer des Abends blies. Die SA besaß keine Gewehre. Dafür hatten die Regierungen der SPD und KPD schon gesorgt. Waffen besaßen lediglich die marxistischen Verbände. Die nahmen wir ihnen jetzt ab.

Dabei darf ich jetzt schon vorwegnehmen, daß sie nie zu ihrem Recht gekommen sind, die Karabiner, die in der ehemaligen Portierloge eigentlich mehr als Staffage standen. Sie haben, wie unser Standartenführer in seiner Sprache, die er die Sprache der SA nennt, sagt, nicht »gebellt« oder »gepustet«, nein! – Armer Leopold, der dich ein hinreichendes Schicksal dunkel anzeigend »Schwarzschild« nennt.

Zu einem der eigensten Einfälle des »Feldwebel« gehörten die jeden Morgen nach dem Wecken veranstalteten Körperübungen. Auch ihnen unterzog er sich selber. Unter der Umkehrung des Wortes: »Es ist der Geist, der sich den Körper schafft« standen sie alle, die durch die Ertüchtigung ihres Körpers jener seelischen Disziplinlosigkeit entwöhnt werden sollten, unter der sie alle litten.

Wenn im Braunbuch von »grausamen Übungen« gesprochen wird, dann kennzeichnet das rein rassisch den Schreiber.

Das, was jeder Mensch zur Aufrechterhaltung seiner Gesundheit unternimmt, wir als wohlerwogene Ergänzung zum Arbeitsdienst nur den körperlich gesunden Schutzhäftlingen zumuten, das ist laut Braunbuch »grausam«. Wie es euch gefällt.

Die Journalistin, die leider verschämt ihren Anteil verschweigt, der dem Braunbuch einen ... übergeben, der sich nur mit diesen grausamen Übungen befaßt. Ich kann mich einer Journalistin beim besten Wissen nicht entsinnen. Wohl hatte die Regierung einigen Schweizer Herren, in deren Begleitung sich eine Dame befand, die Erlaubnis zur Besichtigung erteilt.

Nachdem wir ihnen die von Marxisten beschlagnahmten Mordwaffen, die damals schon ein ganzes Zimmer füllten, gezeigt hatten, wurde der Dame auf besonderen Wunsch die Genehmigung erteilt, mit einigen Häftlingen zu sprechen.

Das geschah, und sie äußerte sich recht befriedigt. Zum Schluß überreichte ihr der sich auch zum Überfluß noch als Kavalier entpuppende »Feldwebel«, SA-Truppführer R. einen Fliederstrauß –, und – das war der einzigste Damenbesuch, außer dem Besuch einer Engländerin, der später seine besondere Erwähnung finden soll. Dieser Bericht an das Braunbuch, wenn er auch teilweise richtig die Platzverhältnisse schildert, ist in seiner Abfassung eine jener journalistischen Tollheiten, wie sie nur aus der Feder von Skribenten von wohlbekannter Prägung oder einem verschrobenen Denkvermögen entstammen können.

Daß man einen französischen Sportarzt, Herrn Doktor Bellin du Coteau in Paris, auch noch mit dieser Angelegenheit behelligte, um ein Gutachten über die grausamen Übungen zu erhalten, sei der Kuriosität halber berichtet.

Eigentlich sollte diese Begebenheit einem folgenden Kapitel vorenthalten bleiben, aber ich sprach von den Leibesübungen –, und der ... schloß sich vorwitzigerweise an.

Eines schönen Tages waren wir uns darüber schlüssig geworden, die Küche und Verpflegung in eigene Regie zu übernehmen.

Dazu berechtigte uns eine kühne Kalkulation, die uns die Möglichkeit in Aussicht stellte, von den uns für die Verpflegung der Häftlinge überwiesenen Geldern soviel einzusparen, daß die Einrichtung der Küche bald herausgewirtschaftet werden konnte. Und als dieser Gedanke feste Form erkannt hatte – dazu gehörten keine vierundzwanzig Stunden –, klopften in einem uns geeignet erscheinenden Raum wieder die selbstgebauten Hämmer und Meißel. Steil steigt der gelbe Fabrikschornstein über die Dächer der alten Brauerei. Oben am Blitzableiter das flatternde Freiheitsfanal. Bald sollte er wieder rauchen, Kunde geben vom »Leben im Gemäuer«. Also – »Maurer an die Arbeit!«, »Tischler links heraus!« – »Zimmerleute links heraus!« – »Hoffeger links heraus!« – »Maurer links heraus!« Der »Feldwebel« verstand sich darauf.

Knapp acht Tage danach standen mit Hilfe eines Oranienburger Ofensetzers, der im alten SA-Heim den qualmenden Ofen so manchesmal mit großer Sachkenntnis am Leben erhalten und daher unsere Freundschaft hatte, fünf Kessel fein säuberlich ummauert! Hierdurch war die Möglichkeit geschaffen, 2000 Portionen zu je ein Liter mit einemmal zu kochen.

Ein langgedienter SA-Mann, der bishin treu und brav seinen Dienst als Wachhabender versehen hatte, konnte nun seine Versetzung als Koch zur Küche erhalten. Ein anderer SA-Mann, der als überzeugter Nationalsozialist ein Hotel als Unterpfand für seine treue Gesinnung hatte lassen müssen, schien uns der geeignete »Chef« der Küche. Also – es konnte losgehen.

Als überall im Reich zugegriffen wurde und die Konzentrationslager sich füllten, kam das Erwachen. Das, was wie ein Alpdruck auf ihrem Gewissen gelastet hatte, schwand wie ein böser Spuk.

Nun hieß es von uns aus handeln!

Es galt, an und für sich wertvolles Menschenmaterial zu retten. Was uns in jahrelangem geistigem Ringen nicht möglich war, mußte ihnen mit vieler Geduld, aber hartnäckiger Zielstrebigkeit beigebracht werden. Für den SA-Führer im Konzentrationslager hieß es Psychologe sein.

Die Gemeinschaftserziehung erwies sich hier als das einzig Gegebene. Strenger Manneszucht und Lagerdisziplin unterstellt, eingeteilt in geschlossene Abteilungen, mußten sich die Häftlinge umwandeln. Während sie draußen den Einflüssen von Menschen unterlegen waren, die ohne jede Verantwortung sie nur als Figuren auf dem Schachbrett der Politik hin- und hergeschoben hatten, galt hier das durch den Nationalsozialismus geforderte und erfüllte Führerprinzip.

Es war gewiß verständlich, daß so mancher von uns, wenn er sich einem ehemals gefährlichen Gegner jetzt gegenübersah, sich viel Selbstüberwindung auferlegen mußte. Nach dem, was jeder von uns kennengelernt hatte, stand uns immer wieder die Frage vor Augen: »Was wäre wohl geschehen, wenn es umgekehrt gekommen wäre?« Diese Frage, die oftmals wiederkehrte, lag im Schatten der Ereignisse – und das war gut so. Es fehlte uns an Zeit, um das alles weiter auszudenken und auszumalen, nachdem die Revolution für uns siegreich verlaufen war.

Jeden Tag wurde die SA, die von den verschiedenen Stürmen zur Bewachung des Lagers abkommandiert war, durch den Lagerkommandanten instruiert. Gewaltsame Übergriffe an Häftlingen innerhalb des Lagers waren streng verboten. Unnachsichtlich wurde gegen diejenigen vorgegangen, die versuchten oder versuchen wollten, diese Anordnung zu umgehen oder zu durchbrechen. Dort, wo es unser Ansehen und die Sicherheit des Lagers verlangte, rücksichtslos gegen renitente Häftlinge oder noch im Lager hetzende Marxisten vorzugehen, wurde Einzelhaft angeordnet. Diese Einzelhaft war nicht etwa raffiniert ausgeklügelt, wie man das so gern draußen gegen uns ins Feld führt, sondern sie war angemessen und nur in ganz vereinzelten Fällen dadurch verschärft, daß eine Mahlzeit ausfiel. Also der Häftling bekam sein Frühstück und sein Mittagbrot, und es fiel die Abendbeköstigung aus, oder eine der ersten beiden Mahlzeiten wurde gestrichen. Das aber nur für höchstens zwei bis drei Tage.

Das Frühjahr ging zu Ende. Noch immer waren wir SA-Führer und -Männer, die zur Sicherung der Revolution das Konzentrationslager Oranienburg errichtet hatten, ohne feste Stellung. Keiner von uns hatte die Sehnsucht, als Unbekannter irgendwo in einer festen Privatstellung unterzutauchen und den anderen die Sicherung der genommenen Stellungen zu überlassen. In uns lebte der heilige Ehrgeiz, allen leuchtendes Beispiel an selbstloser, nationalsozialistischer Arbeit auch weiterhin zu sein.

Viel war noch zu tun und der Aufbau des Lagers noch lange nicht beendet. Einige unserer treuen Kampfgenossen, die verheiratet waren und für mehrere Kinder sorgen mußten, gelangten zu dem selbstverständlichen Vorrecht, das die Regierung den Vorkämpfern für die nationalsozialistische Revolution eingeräumt hatte, an ihre Arbeitsplätze zurückzukehren, die ihnen vielfach wegen ihrer Zugehörigkeit zur SA oder zur Partei verlorengegangen waren. Dadurch mußte von uns Rücksicht auf die Stürme genommen werden, die sich Tag für Tag im Wachdienst abwechselten. Die zuverlässigsten, ältesten SA-Männer wurden ausgesucht, um als ständige Lagerbewachung im Lager Wohnung zu beziehen.

So schafften wir uns einen Stamm von erfahrenen und stets einsatzbereiten Wachmännern. Die SA-Männer wurden in einem besonders geeigneten Gebäude der alten Fabrik untergebracht und die dort eingerichtet gewesenen Häftlingsräume aufgehoben. In der Zwischenzeit hatte sich viel im Lager geändert.

Vom frühen Morgen bis in den späten Nachmittag schallte das »Hauruck« der Kommandos durch die Hallen. Kein Mensch dachte mehr an sein Schicksal. Alles stand unter dem Eindruck der Arbeit, die sie verrichteten. Aus dem Amtsgerichtsgefängnis Oranienburg waren inzwischen einige bekannte Kommunisten eingeliefert worden, die dort zu Beginn der Revolution inhaftiert worden waren. Ohne aufgefordert zu sein, meldeten sie sich bei dem Führer des Kommandos.

Nichts zu tun zu haben ist eine schwere Strafe.

Hier lag, das erkannten wir sofort, der große erzieherische Wert der Arbeit.

So entwickelte sich aus der Notwendigkeit unserer Aufbauarbeit die Arbeitsbeschaffungsabteilung des Konzentrationslagers Oranienburg, über die an anderer Stelle eingehend berichtet werden soll. Nachdem die Maschinen mittels eines alten Flaschenzuges auf Pferdefuhrwerke verladen worden waren, um in einem zum Lager gehörenden Schuppen untergestellt zu werden, ging es an die Reinigung der Räume. Die Decken, durch die der Regen im Laufe der Jahre seinen Weg gesucht und gefunden hatte, mußten vermauert werden. Auf den Dächern waren hiermit besonders vertraute Häftlinge damit beschäftigt, Dachpappe zu legen. Über alte Leitern, die in einer provisorisch angesetzten Tischlerei ausgesuchte Tischler- und Zimmerleute zusammengebaut hatten, stiegen, in Kesseln kochenden Teer tragend, die Dachdecker auf, und wenige Tage darauf nach einem schweren Gewitterregen konnten wir feststellen, daß alles wunderbar dichtgehalten hatte.

Hier sollten die Häftlinge untergebracht werden. Um die Hallen auszutrocknen, brannten in Kokskörben, die wir in irgendeinem Winkel der Fabrik gefunden hatten, Kohlenfeuer. Fenster wurden verkittet und neu eingesetzt. Maurer waren dabei, Risse in den Böden zu beseitigen, und in einer Halle, die vollkommen dunkel war, stemmten die selbsthergestellten Meißel eine Mauer von gut einem Meter Dicke durch, damit ein Fabrikfenster von zwei bis drei Meter Höhe und Breite Aufnahme finden und Licht spenden konnte.

So enstanden aus alten, verrosteten Eisenteilen und aufgefundenen Stahlstücken alle jene Werkzeuge, die zum Aufbau notwendig waren.

Bis jetzt waren wir ohne jegliche finanzielle Hilfe geblieben. Da die Ersparnisse, die von den überwiesenen Haftunkosten gemacht wurden, für unsere Pläne bezüglich der baulichen Umänderungen nicht ausreichten, traten wir an die Stadt Oranienburg mit einem Kreditgesuch heran. Geschickte Verhandlungsführung durch den Standartenführer und das Entgegenkommen der Stadtväter ließen das zur Wirklichkeit werden, was ich in wohlberechtigtem Kleinmut nicht zu hoffen gewagt hatte. Der Kredit wurde bewilligt, und nun sollten die Häftlinge nicht mehr auf Strohschütten liegen.

Strohsäcke wurden gekauft, die Hallen vermessen und in einem Oranienburger Zimmereigeschäft das zugeschnittene Holz für 800 Betten bestellt. Das Zimmereigeschäft gab einen Vorarbeiter mit zur Hilfe, und wieder in wenigen Tagen standen, von Schutzhäftlingen zusammengebaut, in sämtlichen Hallen dreietagige Bettzüge, mit sauberen Strohsäcken belegt. Jeder Häftling bekam seine Decke, die wir ebenfalls gekauft hatten, und nun war die erste Etappe, die ich wohl als die schwerste nennen darf, überwunden. Jetzt erst war eine straffe Einteilung der Häftlingsabteilungen möglich.

Jeder Saal wurde eine für sich abgeschlossene Abteilung, die Kompanie genannt und mit einer Nummer versehen wurde. In sieben Sälen war für sieben Kompanien Platz.

Nun hieß es, für Wasser und Elektrizität sorgen. Die Anlegung des elektrischen Stromnetzes beanspruchte am wenigsten Kosten. Alle überflüssigen Leitungen, die in unbenutzten Räumen lagen, wurden von Häftlingen, die Facharbeiter waren, ausgebaut und in die Häftlingsschlafräume sowie auch in die Unterkunftsräume der SA eingebaut. Die Ersparnisse, die wir durch ausgeklügelte kaufmännische Berechnung mit Stolz auf der Habenseite unseres ersten, primitiven Verwaltungsbuches verzeichnen konnten, ermöglichten die Anschaffung der nötigsten Handwerkszeuge und Materialien.

Ein sozialdemokratischer Führer, der wohlweislich Oranienburg zu Beginn der Revolution mit unbekanntem Ziel verlassen hatte, dann aber, in Berlin ausfindig gemacht, dem Lager zugeführt worden war, wurde, da er Elektriker war, mit der Zusammenstellung eines besonderen Arbeitskommandos beauftragt. Irgendwo, in einer verstaubten Kiste, die ihr verträumtes Dasein in einer bisher unentdeckten Ecke der Fabrik gefristet hatte, entdeckte der rührige »Feldwebel« elektrische Birnen – die brauchbar waren.

Wir müssen also doch unter einem recht günstigen Stern gestanden haben, als wir mit dem Plan umgingen, die Fabrik zu einem gebrauchfähigen Konzentrationslager auszubauen. Der Lichtanschluß wurde angemeldet, Rohre und Drähte gezogen, alte Schalter abmontiert und wieder neu angebracht – und eines schönen Tages brannten in den verschiedenen Räumen elektrische Lampen.

Langsam und allmählich von Halle zu Halle, von Zimmer zu Zimmer, von Haus zu Haus führte der Wunderdraht. Licht!

Der Vorhof, seines märchenhaften Graswuchses beraubt, der Sportplatz hinter dem Fabrikgebäude – überall, wenn die Nacht hereingebrochen war und das Signal vom Schlafengehen aus metallenem Munde über das Lager, hinüber zur Havel verklungen war, leuchteten die Lichter auf.

Wir wurden im stillen, ganz im stillen etwas stolz. Was fast unüberwindlich erschienen, begann feste Formen anzunehmen. Nun fehlte noch die Wasserleitung.

Einer meiner SA-Männer war draußen als selbständiger Klempner in Not geraten. Wir überrechneten unser »Vermögen« und stellten fest, daß ihm und uns geholfen werden konnte. Alte Wasserleitungsrohre wurden ausgebrochen und unter seiner sachkundigen Leitung überholt. In einer Halle, die noch unbelegt war, sollte das entstehen, was bisher mein größter Wunsch war, – ein Duschraum. Es lag auf der Hand, daß in dieser Hinsicht alles geschehen mußte, um Krankheiten vorzubeugen, wie sie in Lagern vorkommen können, wenn nicht alles zur Aufrechterhaltung der Sauberkeit unternommen wird.

Es wurden deshalb Wasserleitungsrohre an den Wänden der Halle entlang gelegt. Hähne mußten gekauft werden. Das Handwerkszeug brachte unser SA-Kamerad aus seiner Werkstatt mit. Wenige Tage darauf standen, von Tischlern gebaut, Waschbänke und darauf hundert von uns gekaufte, neue Waschschüsseln. In der Mitte der Halle waren Maurer damit beschäftigt, eine Wasserrinne in den Betonboden zu schlagen, während in der inzwischen gegründeten Lagertischlerei bereits von Ersparnissen gekaufte Hobel über Latten glitten und neue Hämmer Nägel in die bereits gehobelten Latten trieben.

So entstand ein Lattenrost, der den ganzen Hallenboden bedeckte. Nachdem so ein großzügig angelegter Waschraum entstanden war, gingen wir an die Herstellung der Duschanlage.

Heute blitzen 45 Duschenkörper in drei nebeneinanderliegenden Wasserbahnen von der Decke. Fertig ist diese Anlage im Juni 1933 gewesen. Die größte und für mich sorgenvollste Frage muß nunmehr geklärt werden. Die alten Fabriktoiletten bildeten bei dem starken Anwachsen der Lagerbelegschaft und dem warmen Sommer, der mittlerweile herangekommen war, eine bedeutende Gefahr. Hier mußte sofort Abhilfe geschaffen werden.

Tagelang wurde vermessen, gerechnet und wieder vermessen. Dann wurde von einem SA-Truppführer, der inzwischen auch schon zum Stammpersonal des Lagers gehörte und seines Zeichens Maurermeister war, eine Zeichnung angefertigt, die eine Anlage größeren Ausmaßes, für volle Belegungsstärke des Lagers ausreichend, vorsah. Bald waren die Fundamente gelegt, und vierzehn Tage darauf war Richtetag. Wieder acht Tage später war ein den modernsten Ansprüchen genügendes »Haus« mit automatischer Wasserzufuhr fertig. Hygienisch in jeder Beziehung einwandfrei, entsprach dieser Neubau den Wünschen, die mein ehemaliger SA-Sturmbannarzt, der nunmehr ständiger Lagerarzt geworden war, so oft und vollauf berechtigt geäußert hatte.

Die Arbeitsbeschaffungsabteilung, zu deren Leiter ich meinen Adjutanten D. befohlen hatte, stand vor einer schwer zu lösenden Aufgabe. Die Regierung kämpfte Tag und Nacht um die Arbeitsplätze, die seit Jahren durch die marxistische Mißwirtschaft verödet waren, um dem deutschen Arbeiter sein Recht auf Arbeit wiederzugeben. Alle Möglichkeiten waren in Erwägung gezogen. Die jungen deutschen Männer, die im Freiwilligen Arbeitsdienst, jener großen Erziehungsgemeinschaft, Aufnahme gefunden hatten, sollten dort angesetzt werden, wo, ohne den freien Arbeiter zu gefährden, zusätzliche Arbeiten zu leisten waren.

Also – für uns im Konzentrationslager waren nur ganz geringe Aussichten auf die Durchführung unseres Erziehungswerkes geboten. Trotzdem gelang es meinem Adjutanten, in zäher, zielbewußter Arbeit Pläne ausfindig zu machen, wo wir unsere Häftlinge zwecks Arbeitsleistung hinschicken konnten, ohne gegen die Richtlinien der Regierung des Arbeitsdienstes und daher des Gemeinnutzes zu verstoßen.

Dort, wo Not und finanzielle Schwäche Arbeiten hatte unterbleiben lassen, die unbedingt erledigt werden mußten, schlossen wir Verträge mit notleidenden Bauerngenossenschaften. Aus Ödland sollte wieder fruchtbringendes Land werden. Siedlerstellen sollten für rückwandernde Landarbeiter, die in früheren Jahren gehofft hatten, in der Stadt ihr Glück zu machen, geschaffen werden. In umittelbarer Nähe der Stadt Oranienburg galt es, Wiesen, die unter dem Wasserstand der Havel zu leiden hatten, zu entwässern, um die Ernten darauf ertragreicher zu gestalten. Jeden Morgen standen, in Reih und Glied ausgerichtet, die einzelnen Arbeitskommandos, um an ihre Arbeitsplätze zu rücken. Es muß gesagt werden, daß der größte Teil es von ihnen verdiente, dem Nachdenken um ihr Schicksal und der Enge des Konzentrationslagers entrissen zu werden. Später werde ich Gelegenheit nehmen, die Erfolge, die wir dadurch hatten, zu würdigen.

Neuholland, ein Dorf in der Nähe der Stadt Liebenwalde im Kreise Niederbarnim, war der erste große Arbeitsplatz und ist es auch bis heute geblieben. Hier galt es, Wiesen und Moor zu übersanden. Tag für Tag fuhr ein Kommando von etwa 100 bis 150 Schutzhäftlingen, die von uns teilweise mit Schuhwerk und Arbeitsanzügen versehen worden waren, mit einem Lastwagenzug zur zwölf Kilometer abgelegenen Arbeitsstelle.

Schienen wurden gelegt, und nun ging es an die Abtragung von Hügeln, die das zu nivellierende Gelände durchzogen.

Jedes Kommando, das auf Arbeit rückt, erhält nach dem Morgenkaffee seine Tagesportion an gestrichenen Broten und Kaffee mit, um nach Rückkehr mit warmem Mittagessen versehen zu werden. Jeder Mann erhält als Mittagsbeköstigung ein Liter Essen und 125 Gramm Fleisch. Zu jedem Arbeitskommando gehörte gleich zu Anfang ein Sanitäter, der mit einem vollständig ausgerüsteten Sanitätskasten bei eventuellen Unfällen an der Arbeitsstelle erste Hilfe leisten konnte.

So bauten wir die Arbeitsbeschaffungsabteilung zu einem lebenswichtigen Betrieb für das Konzentrationslager aus.

Ein Arbeitskommando kam zum anderen.

Um den Kredit der Stadt Oranienburg schneller tilgen zu können, verpflichteten wir uns, zusätzliche Arbeiten zu leisten, die von freien Arbeitern nicht verrichtet werden konnten. Kleine Kommandos wurden an verschiedenen Stellen der Stadt angesetzt.

Auf einer Havelinsel am Rande der Stadt, unweit vom Lager, hatten die Häftlinge Vorarbeiten zur Anlage eines Parkes für die Stadt zu leisten.

Später, wenn im Verlaufe der Jahre alles überwunden sein wird, wenn Sträucher dort blühen und duften, wenn eine schmale Brücke sich über den stillen Havelarm wölben wird, dann wird auch so mancher der »Ehemaligen« dort seinen Feierabend der Arbeit verbringen können.

Nachdem die Arbeitsbeschaffungsabteilung straff durchorganisiert worden war, ergab sich hieraus die Notwendigkeit anderer Arbeitsabteilungen innerhalb des Lagers. Zuerst erfuhr die Gefangenenabteilung, die die Gesamtheit der Schutzhäftlinge einmal organisatorisch und dann erzieherisch zu erfassen hatte, eine wohldurchdachte Disziplinierung. Zum Leiter wurde ein SA-Sturmführer ernannt, der als alter Frontsoldat und ehemaliger Offizier der alten Schule gewöhnt war, sich energisch und zielbewußt durchzusetzen. Ihm wurden der »Feldwebel« und einige zuverlässige SA-Männer zugeteilt.

Über die Organisation der Häftlingsabteilung hatten wir lange und eingehend nachgedacht und glaubten uns auf dem richtigen Wege, als wir jede Häftlingskompanie in zwei Züge einteilten und Häftlinge, die ehemals gediente Soldaten waren, als Zugführer einsetzten.

Ein großer Teil der Verantwortung innerhalb des Lagers ging so auf diese Zugführer über, und die Häftlinge ersahen aus dieser Maßnahme, daß man sie nicht als zweitklassige Volksgenossen behandelte, sondern ihnen eine gewisse Selbstverantwortung mit übertrug.

Der Zugführer hatte als Häftling Befehlsgewalt über die Angehörigen seines Zuges. Er war verpflichtet, von sich aus den Reinigungsdienst innerhalb seines Zuges zu bestimmen. Er führte den Rapportzettel, den er morgens beim Antreten als genauen Stärkenachweis dem Leiter der Gefangenenabteilung zu überreichen hatte. Er hatte als erster aufzustehen, und als letzter schlafen zu gehen. Jeder Vorfall innerhalb seines Zuges war durch ihn zu melden, und heute kann ich rückblickend feststellen, daß selten so einwandfrei und ungezwungen Menschen, die man ihrer politischen Vergehen wegen für einige Zeit aus dem öffentlichen Leben ausgeschaltet hatte, in Disziplin und Ordnung hineingewachsen sind als hier im Konzentrationslager Oranienburg.

Zur damaligen Zeit gingen wir daran, eine eigene Schneiderei und Schusterwerkstatt einzurichten. Diese beiden neuen Abteilungen verdanken ihre Entstehung der Arbeitsbeschaffungsabteilung.

Es gab mittlerweile keinen Beruf, der nicht seinen Mann stellen mußte. Unter anderen Bedingungen saßen sie jetzt in einem hohen Fabrikraum an ihren Arbeitsplätzen. Schuster und Schneider durch besondere Verschläge voneinander getrennt, hämmerten und nähten alles wieder ganz, was auf den Arbeitskommandos draußen zu Bruch gekommen war.

Inzwischen begannen wir wieder zu bauen.

Für kurze Zeit mußten Tischler, Schneider, Schuster und Schlosser, die in der hohen Fabrikhalle Unterkunft gefunden hatten, in den hinteren Teil des für 500 Mann fertiggestellten großen Eßsaales übersiedeln. In die hohe Fabrikhalle zogen wir ein ganzes Stockwerk ein.

Im Verwaltungsgebäude waren alle Zimmer von eigenen Verwaltungsdienststellen besetzt worden. Bei marxistischen Funktionären beschlagnahmte Schreibmaschinen klapperten. Federhalte eilten über die Seiten kaufmännischer Bücher. Zahlen schwirrten. Kaufleute, Bäcker, Lieferanten aller Art kamen und gingen. Telefone, die neuerdings angelegt worden waren, klingelten und verbanden uns mit der weiten Welt. Oben in der Kommandantur liefen die Fäden zusammen, häuften sich die Papiere und Briefe zu Bergen. Aus entliehenem Stroh einer alten Brauerei, aus Tatkraft und Unternehmungslust, wie sie in dieser Zeit nur noch Menschen haben konnten, die mit Herz und Sinnen Nationalsozialisten waren, hatte sich ein Konzentrationslager, ein großer Wirtschafts- und Verwaltungsapparat entwickelt.

Am späten Nachmittag trug die sommerliche Luft die abgerissenen Melodien alter Märsche und Volkslieder zum Lager herüber. Das waren die Arbeitskommandos, die durch die Stadt marschierten. Singend rückten die Häftlinge des so »berüchtigten« Konzentrationslagers ein, und denjenigen, die es angeht, sei an dieser Stelle gesagt, daß die Häftlinge selbst den Wunsch geäußert haben, abends, wenn sie heimkehren, singen zu dürfen. Dieser Wunsch wurde ihnen auch erfüllt.

Für einen hieß es Abschied nehmen von dem Kommando vor der Front der Häftlinge, und dieser »eine« war der Feldwebel, der alte Truppführer. Die Entscheidung war für ihn sehr schwer, wurde ihm aber dann durch ein trauriges persönliches Erlebnis

146

leichter gemacht. – Sein ältester Sohn, der kommunistischer Stadtverordneter in Oranienburg gewesen war, wurde als Häftling eingeliefert.

Der Sommer neigte sich seinem Ende zu. Mit Beginn des herbstlichen Wetters tauchte wieder eine schwere, bedenkliche Sorge auf. Die Beheizung des Lagers. Das war allerdings ein Problem, das nicht nur Kopfschmerzen bereiten konnte, sondern auch nach der geldlichen Seite hin keine angenehmen Aussichten hat. Da, eines Tages meldete sich ein alter Mitkämpfer, Dr. B. mit Besuch bei uns an. Der Besuch kam. In Begleitung des alten Bekannten, der eine besondere Stellung im Reichsrundfunk einnimmt, befand sich ein bekannter schwedischer Nationalsozialist, der im nächsten Kapitel eine besondere Würdigung erfahren soll, und ein Dr. F., der eine namhafte Stellung bei der Reichsbahn bekleidet. Dieser Dr. F., den uns ein freundlicher Zufall zugeführt hatte, sollte unser Retter werden. Wir unterhielten uns eingehend über das Heizungsproblem, und Dr. F., der tatsächlich nach dem Gesehenen uns allerhand zuzutrauen schien, machte uns den Vorschlag, mit Hilfe eines außer Dienst gestellten Lokomotivkessels die Heizungsfrage zu lösen. In wenigen Tagen waren die Verbindungen hergestellt. Wir hatten verschiedene Empfehlungen in der Tasche, die uns die Türen zu Männern öffen sollten, die über deratige Dampfkessel zu verfügen hatten.

Es klappte ganz ausgezeichnet.

Überall brachte man uns großes Interesse entgegen, und eines Tages wurden wir in Berlin in eine große Eisenbahnwerkstätte geführt, um den Kessel zu besichtigen, der uns zugedacht war. Es handelte sich um einen neun Meter langen Lokomotivkessel. Wir standen davor – und jeder von uns war von der Mächtigkeit dieses Kolosses, vor allem im Hinblick auf die uns noch bevorstehende Transportsorge, einfach erschlagen. Aber – man durfte uns mit unserem Wollen wirklich ernst nehmen, denn bereits 8 Wochen später lieferten wir den Beweis. Es bedarf wirklich keiner blühenden Phantasie, um sich das Erstaunen auszumalen, als wir eines Tages mit einem 480 Zentner schweren Lokomotivkessel durch Oranienburg zogen. Im Eßsaal mußten zwei Wände fallen, bis der Koloß neben dem Fabrikschornstein in einem von uns besonders hergerichteten Raum Aufstellung finden konnte. Allein, um den Kessel auf das bereits fertiggestellte Fundament zu setzen, benötigten wir acht Tage. Maschinenschlosser wurden ausgesucht, und nun ging es unter Anleitung des Marineingenieurs an die Arbeit.

Alles wurde überholt. Von Grund auf entstand ein völlig einwandfreier, betriebsfertiger Kessel. Zwei Kolonnen arbeiteten fieberhaft an der Fertigstellung der Heizanlage in sämtlichen Räumen des Lagers. Als der Kessel zum erstenmal beschickt wurde, war für uns der Tag gekommen, um nach achtmonatiger, aufreibender Arbeit gemeinsam mit unseren SA-Männern ein kleines Fest zu feiern. Ein Schwein, das wir im Laufe der Zeit mit Küchenabfällen herangemästet hatten, mußte daran glauben.

In den Schlafräumen, die im Mittelgang unterirdisch beheizt werden, hielt sich während der kältesten Tage vor Weihnachten 1933 eine Durchschnittswärme von 17 bis 18 Grad. In den großen Handwerkerräumen arbeiteten die Häftlinge zum Teil in Hemdsärmeln bei einer Zimmerwärme von 20 bis 21 Grad.

Tag für Tag rücken bei Tagesgrauen die Arbeitskommandos zu ihren Arbeitsplätzen, um beim sinkenden Abend singend heimzukehren. Gesund an Leib und Seele, sollen die Häftlinge eines Tages, wenn für sie die Stunde der Freiheit gekommen ist, Oranienburg verlassen, um draußen als vollwertige Arbeitskräfte (denn viele von ihnen haben bei uns arbeiten gelernt) ihrem Volk und Vaterland wieder dienen zu können. Von 5500 Schutzhäftlingen, die im Verlaufe des ersten Jahres der nationalen Erhebung im Konzentrationslager Oranienburg waren, sind inzwischen 4800 wieder zur Entlassung gelangt. Beweis für den Erfolg unserer Erziehung, auch wenn er zugegeben noch nicht so sein sollte, wie wir als Nationalsozialisten ihn uns wünschen, dürfte trotzdem die Tatsache sein, daß von 4800 Entlassenen nicht einer mehr nach Oranienburg zurückgeschickt zu werden brauchte.

Wer den Lügenfeldzug während des Krieges gegen Deutschland erlebt hat und dabei studieren konnte, welch primitive Mittel ausreichen, um die Völker aufeinander zu hetzen, der muß mir beipflichten, daß eine ernsthafte Auseinandersetzung mit jenen zersetzenden Kräften staatspolitisch unerläßlich ist.

Als die nationalsozialistische Erhebung begann, erwarteten wir keineswegs, daß das Ausland nun über den Triumph nationaler Wiedererstarkung in Deutschland frohlocken würde, obwohl es im Hinblick auf die von ihnen fürs erste abgewandte Gefahr des Bolschewismus hierzu genug Veranlassung gegeben hätte. Daß die weltanschaulichen Gegner in aller Welt Purzelbäume schlagen würden, damit war zu rechnen. Aber – womit wir nicht gerechnet hatten, wenigstens nicht in diesem Umfange, das war die bedingungslose Unterwerfung der öffentlichen Meinung in der Welt unter die verworfene und niederträchtige Emigrantenhetze.

Für uns Nationalsozialisten ist jeder Franzose, jeder Engländer, jeder Amerikaner ein Lump, wenn er sein Vaterland mit Dreck bewirft. Warum bringt man draußen dafür kein Verständnis auf? – Die Frage legten wir uns täglich, stündlich vor, wenn wir gewisse Zeitungen des Auslandes, die doch gewiß einen Namen in die Waagschale zu werfen hatten, vorgelegt bekamen und dann die unsinnigsten Märchen lesen mußten. Die Lüge nur deswegen zu unterstützen, weil es dem Nachbarvolke schaden soll, bedeutet doch eine unwürdige und zugleich lächerliche Nachahmung des wegen seiner Taktik weltbekannten Vogel Strauß.

Auf der einen Seite von Verständigungspolitik zu sprechen, während man systematisch auf der anderen Seite das Vertrauen erschüttern hilft – ja, das kann nur eine unehrliche und daher von jedem logisch und vernünftig denkenden Menschen abzulehnende Lösung schwebender Existenzfragen zwischen den Völkern sein.

Nachdem die große Fahnenflucht prominenter Marxisten erfolgreich gewesen war, sprach man von Emigranten. Der Staatsanwalt in Deutschland sprach vielfach von Verbrechern, die leider durch die Maschen des Gesetzes entwischt waren. Und während wir SA-Männer schon allein das stillschweigende Empfehlen vieler Prominenter über die Grenze lebhaft bedauerten, sprachen die Häftlinge in den Konzentrationslagern von Lumpen, denen sie einst gefolgt seien und die sie nun verraten hätten.

Draußen aber im sicheren Port – da druckten die Rotationsmaschinen und schrien die Zeitungen, Tagebücher und sonstigen Ablagen unkontrollierbarer Gerüchte – Greuel!! – – Greuel! – – – Greuel!

Wie nicht anders zu erwarten, spielte das Konzentrationslager Oranienburg, das in unmittelbarer Nähe Berlins und daher auch im Blickzentrum der Welt lag, eine besondere Rolle. Die deutschen Zeitungen traten an die Regierung heran, um Einblick in den bisher unbekannten Teil des Strafvollzuges zu gewinnen. Ohne Bedenken wurde weitestgehend von seiten der verantwortlichen Stellen entgegengekommen. Nicht nur im Ausland schwirrten die unglaublichsten Gerüchte über Oranienburg umher, sondern auch im eigenen Vaterland.

Unauffällig in der Straßenbahn oder in der Eisenbahn ließ der Geheimkurier der marxistischen Unterwelt die in Kellern manchmal auf primitivste Art hergestellte »Geschichte des Konzentrationslagers Oranienburg und anderer Lager« liegen. Was in diesen Heften stand, konnte einem ordentlich das Gruseln beibringen. In der Hand indifferenter Menschen – und dazu muß man leider recht, recht viele zählen – waren diese illegalen Flugschriften unbedingt eine Gefahr. So begrüßte ich als Lagerkommandant aufrichtig das Bestreben der Presse und das verständnisvolle Entgegenkommen der verantwortlichen Stellen, an der Klarstellung jener verbrecherischen Lügen, die oftmals völlig unkontrolliert vom Ausland übernommen worden waren, mitzuarbeiten.

Die Vertreter der deutschen Presse, die ohne jede Schwierigkeit von der Regierung die Erlaubnis erlangt hatten, unser Lager zu besichtigen, kamen und wurden in jeden Winkel des Lagers geführt, um ihnen dadurch weitgehenden Einblick zu gewähren.

Nachfolgend sollen die Vertreter deutscher Zeitungen zu Wort kommen.

Es handelt sich um Zeitungen, die wir besonders aufbewahrten und die heute in ihren Berichten das wieder aufleben lassen sollen, was der breiten deutschen Öffentlichkeit damals mitgeteilt wurde. Der »Angriff« vom 29. März 1933 schrieb:

Wie die gefangenen Kommunisten und Reichsbannerleute behandelt werden.

Die frechsten Berichte verbreiten die Juden in diesen Tagen über die Konzentrationslager. Es ist unglaublich, was für Greuelberichte erfunden werden. Wir haben deshalb sofort unseren R-H-Berichterstatter in das Konzentrationslager bei Oranienburg geschickt. Er berichtet hier über seine Erlebnisse.

Die Standarte 208 hat im Einvernehmen mit der Polizei im Kreise Niederbarnim zahlreiche Verhaftungen von Mitgliedern und Funktionären der KPD und der Eisernen Front vorgenommen. Die SA-Führung hat sich zu dieser Maßnahme entschlossen, nachdem in der näheren Umgebung Oranienburgs mehrere Brände angelegt worden waren, die nach den Feststellungen zweifellos auf das Schuldkonto der marxistischen Mordbrenner zu setzen sind.

Eine stillgelegte Bierbrauerei in Oranienburg ist von der Standarte 208 zu einem provisorischen Konzentrationslager hergerichtet worden, in das die verhafteten Terroristen eingeliefert werden. Augenblicklich kampieren 97 Mann in diesem Lager.

So leben die Gefangenen.

Vor dem Eingangstor steht ein SA-Doppelposten mit geschultertem Gewehr. Neugierige Passanten und Angehörige der Festgenommenen beleben das Straßenbild vor dem Konzentrationslager. Auf dem großen, gepflasterten Hof sind die Gefangenen tagsüber beschäftigt. Eine Gruppe hat mit der Zerkleinerung von Brennholz alle Hände voll zu tun, während eine zweite Schar Unkraut und Gras, das zwischen den Pflastersteinen wuchert, entfernt. In der Mitte des Hofes wird gerade ein Auto von einigen Leuten gesäubert. Als Putzlappen finden die beschlagnahmten roten Fahnen Verwendung.

Bei der Arbeit werden die Gefangenen scharf bewacht, doch sind ihnen große Freiheiten, wie z. B. Rauchen und Unterhaltung gestattet. Die SA bewegt sich durchaus sehr diszipliniert und äußerst korrekt, schikaniert werden die Inhaftierten nicht. Von Zeit zu Zeit dürfen sie sogar Besuche ihrer Angehörigen empfangen. Lebensmittel, Tabak, Zigaretten, Seife und Kleidungsstücke können ihnen von Hause geschickt werden.

Wie ist das Essen?

Eßgeschirre werden ausgeteilt. Die Mienen der Gefangenen erhellen sich; denn das Essen ist schmackhaft und gut zubereitet. Oft genug ist es vorgekommen, daß ein Inhaftierter sagte: »Ich bin seit Jahren erwerbslos; während dieser Zeit habe ich niemals ein derartig gutes Mittagessen gehabt.« Die diensthabende SA erhält dasselbe Essen wie die Gefangenen.

Hinter den Lagergebäuden befindet sich eine größere Grasfläche. Hier treiben die Gefangenen Sport; Barlauf und Drittenabschlagen sind die gebräuchlichsten Spiele. Die älteren Leute, die nicht mehr so beweglich sind, daß sie sich sportlich betätigen können, haben sich ein sonniges Plätzchen auf der Wiese ausgesucht und dreschen Skat. Einige spielen Schach.

»Ihr seid anständige Kerle!«

Einige leichter zu bewertende Fälle kommen zur Vernehmung. Da sich nichts Bedeutendes herausstellt, werden zwei von ihnen entlassen. Als sie das Tor passieren, gehen sie auf den dort stehenden Posten zu, drücken ihm die Hand und bedanken sich für gute Verpflegung und Behandlung ... »Ihr seid anständige Kerle«, sagt da der eine. – »Wir dachten, daß wir euch auf Gnade und Ungnade ausgeliefert waren, ihr habt uns, eure Gegner, als Menschen behandelt! Wir danken euch!«

Besichtigung des Konzentrationslagers.

Dieser dauernde Lügenfeldzug gegen Deutschland, der sich immer wieder besonders gern mit den Verhältnissen in den Konzentrationslagern beschäftigt, hat die Hauptschriftleitung und die Schriftleitung der Deutschen Postzeitung veranlaßt, das Konzentrationslager in Oranienburg aufzusuchen, um sich durch eigenen Augenschein von dem Leben und Treiben zu unterrichten. Uns hat nicht Neugier dazu bewogen, das Konzentrationslager in Oranienburg zu besichtigen, sondern der Wunsch, da unsere Zeitung auch viel im Auslande gelesen wird, weitestgehende Aufklärung über die wahren Zustände in Oranienburg zu verbreiten. Auch an dieser Stelle danken wir nochmals freundlichst dem Kommandanten des Lagers, Pg. Schäfer, und seinem Adjutanten, Pg. Daniels, die uns bereitwilligst mehrere Stunden durch das Lager geführt haben und allerseits aufschlußreiche Erklärungen gaben.

Oranienburg liegt an der Vorortstrecke Berlin – Oranienburg, die im Zuge der Nordbahn vom Stettiner Bahnhof ausgeht. Das märkische Städtchen ist von herrlichem Wald und von Seen umgeben, wie ja überhaupt die Umgebung von Berlin äußerst reizvoll ist. Morgens gegen 9 Uhr meldeten wir uns auf der Wache, die von SA-Leuten in Wachzeiten von 24 Stunden, unterteilt in eigentlichen Wach- und Bereitschaftsdienst, wahrgenommen wird, und wurden von dem Kommandanten des Lagers begrüßt, der uns mit seinem Adjutanten bekanntmachte. Das Konzentrationslager ist auf dem Gelände und in den Gebäuden einer früheren Brauerei errichtet, die später in eine Fabrik für elektrische Artikel umgewandelt wurde. Für die Lagerzwecke wird das Grundstück einer vollständigen Umgestaltung unterzogen. Auf dem großen Hof herrschte reges Leben und Treiben. Etwa zehn Häftlinge, die in Reih und Glied standen, waren soeben neu eingeliefert worden. Für jeden dieser Neueingelieferten wird ein Begleitzettel ausgefertigt.

Nach diesem Begleitzettel werden die einzelnen Formalitäten der Aufnahme erledigt. Der Häftling wird u. a. der Sanitätsabteilung zugeführt, einer ärztlichen Untersuchung unterzogen und gewogen. Kranke bleiben nicht im Lager, sondern werden in das Staatskrankenhaus übergeführt.

Unter der Führung des Adjutanten besichtigten wir dann das eigentliche Verwaltungsgebäude, in dem die einzelnen Dienststellen untergebracht sind. Die Dienststellenbezeichnungen des Lagers sind wie folgt eingeteilt:

1. Lagerkommandant
a) Vernehmungsabteilung;
b) Lichtbild, Fingerabdrücke.
2. Adjutant
a) Arbeitsbeschaffung.
3. Verwaltung
a) Kasse;
b) Kartei, Expedition, Archiv;

c) Post und Zensur

4. Gefangenenabteilung

a) Materialausgabe;

b) Bekleidungskammer.

5. Küchenverwaltung.

6. Wachabteilung.

7. Sanitätsabteilung.

Jeder Häftling wird nach seiner Einlieferung karteimäßig festgestellt. Die Kartei enthält die genaue Personalbeschreibung und ein Lichtbild jedes Häftlings. Von jedem Neueingelieferten werden Fingerabdrücke, und zwar von jedem Finger einzeln, hergestellt, die dem Polizeipräsidium zugeführt werden, um festzustellen, ob der Betreffende in krimineller Hinsicht etwas auf dem Kerbholz hat. Diese Maßnahme bezweckt vor allem, der Aufklärung solcher Verbrechen nachzuspüren, deren Aufdeckung bisher nicht möglich war, und den Täter der gerechten Strafe entgegenzuführen. An der Aufstellung der Karteien sind auch Häftlinge mitbeteiligt. Die daktyloskopischen Feststellungen werden von einem Polizeifachmann ausgeführt.

Wir besichtigen nunmehr die Postabteilung. Sämtliche ein- und ausgehenden Briefe werden der Postkontrolle des Lagers zugeführt, mit einem Stempelabdruck versehen und dann dem Postamt übermittelt. Das Postamt sendet die Briefe nur ab, wenn sie den Kontrollvermerk des Lagers tragen. Beanstandete Briefe werden dem Lagerkommandanten vorgelegt. Es steht den Häftlingen frei, auch Pakete mit schmutziger Wäsche den Anverwandten zu schicken, ebenso wie die von den Besuchern mitgebrachten Pakete den Häftlingen ausgehändigt werden, nachdem sie natürlich die Zensurabteilung passiert haben. Täglich gehen etwa 200 Briefe ein, und etwa ebenso viele verlassen das Lager. Die Behauptung, den Häftlingen wäre verboten, mit der Außenwelt schriftlich in Verbindung zu treten, ist also frei erfunden und erlogen. In der Kasse des Lagers wurde uns das Lagergeld, das wir in einer Serie von 1,65 RM erstanden, vorgelegt. Dieses Lagergeld wird gegen das Reichsgeld, das die Häftlinge von daheim in Briefen usw. erhalten, eingetauscht. Mit dem Lagergeld können sie dann in der Lagerkantine kleinere Einkäufe in zusätzlichen Lebens- und Genußmitteln tätigen. Alkohol wird selbstverständlich nicht verabfolgt. Das Lagergeld umfaßt Scheine zu 5, 10,. 50 Rpf. und 1 RM. Es trägt den Aufdruck: »Lagergeld des Konzentrationslagers Oranienburg« sowie den Vermerk, daß diese Gutscheine nur innerhalb des Lagers Geltung haben. Die Einführung des Lagergeldes ist eine Vorsichtsmaßnahme, die aber durchaus notwendig und am Platze ist.

Leben und Treiben im Lager.

Nach Führung durch die einzelnen Verwaltungsdienststellen besichtigten wir dann das eigentliche Lager. Das Leben im Lager spielt sich folgendermaßen ab. Um 5 Uhr 30 Minuten ist Wecken. Die Lagerinsassen begeben sich zunächst in die Wasch- und Brauseanlagen, die das Lager erst eingerichtet hat. Um 6 Uhr müssen die Leute antreten und werden dann zur eigentlichen Tagesarbeit eingeteilt. Entweder arbeiten sie im Lager oder außerhalb des Lagers. Innerhalb des Lagers werden sie mit baulichen Arbeiten beschäftigt, führen auch Tischlerarbeiten aus, schälen Kartoffeln usw., während sie außerhalb des Lagers zu Forst-, Wiesen- und Meliorationsarbeiten sowie Grabenregulierungen herangezogen werden. Sie nehmen damit anderen Kreisen keine Arbeit weg, denn sie verrichten im allgemeinen nur solche Arbeiten, die andere nicht übernehmen. Die Lagerinsassen, die nicht zur Arbeit eingeteilt werden, begeben sich auf einen Freiplatz, auf dem sie sich sonnen und sonstwie beschäftigen können. Bei unserer Besichtigung war ein Teil der Häftlinge gerade damit beschäftigt, Wäsche zu waschen und auszubessern. Gearbeitet wird täglich acht Stunden. Sonn- und Feiertage sind arbeitsfrei. An diesen Tagen hören die Insassen politische Vorträge, die sie in die Weltanschauung des Nationalsozialismus einführen. Eine Diskussion schließt sich selbstverständlicherweise diesen Vorträgen nicht an. Die Häftlinge sind in geräumigen Schlafsälen untergebracht. An jedem Bettgestell befindet sich ein Eßnapf und ein Trinkbecher, vor den Schlafräumen ist ein abgeteilter Raum, in dem die Zivilkleider der Leute untergebracht sind (allgemein sollen die Lagerinsassen Anstaltskleidung tragen, die aber erst nach und nach geliefert werden wird).

Weiter besichtigten wir die Handwerkerstube, in der wir Sattler und Schneider bei der Arbeit antrafen. In der Küche war das

Mittagessen nahezu fertiggestellt. An dem Tage der Besichtigung gab es Fischkotelett mit Senfsoße und Salzkartoffeln. Die einzelnen Fischportionen waren reichlich, so daß man nur immer wieder hervorheben muß, daß die im Ausland verbreiteten Meldungen über Hungerqualen in den Konzentrationslagern gemeine Lügen sind. Der Essenempfang ist genau geregelt, da in 1 1/2 Stunden nahezu 1000 Menschen abgefertigt werden müssen. Von der Küche gelangt man in den Speiseraum, der gleichzeitig auch Besuchsraum ist. Die beiden Seiten der Tische, an denen Besucher und Lagerinsassen sich gegenübersitzen, sind durch Bretter voneinander getrennt, um zu verhüten, daß die Besucher den Inhaftierten irgend etwas unter dem Tisch zustecken, was den Wachmannschaften der SA sonst vielleicht entgehen könnte.

Das Konzentrationslager Oranienburg, das am 20. März d. J. eingerichtet worden ist, hat jetzt etwa rund 1000 Insassen. Die Behauptung der Auslandspresse, daß sich Hunderttausende in den Konzentrationslagern befänden, ist vollkommen aus der Luft gegriffen, wenn man bedenkt, daß es in Deutschland nur wenige Konzentrationslager gibt. Das Konzentrationslager braucht keine Zuschüsse, sondern bestreitet seine Ausgaben von den Polizeizuschüssen, die es für seine Wachmannschaft erhält, und von den Einnahmen, die sich aus den Arbeiten der Lagerinsassen ergeben. In Oranienburg befindet sich kein ausgesprochenes Straflager, sondern die Leitung des Konzentrationslagers hat sich zur Aufgabe gestellt, die Insassen umzuformen, und zwar insbesondere durch politische Verträge und korrekte Behandlung. Während der Führung durch das Konzentrationslager haben wir selbst feststellen können, daß man die Leute nicht scharf anfährt, sondern sie in der Tat gut behandelt. Uns fiel auf, daß einige Leute im Bett frühstückten, was selbstverständlicherweise von dem Adjutanten nicht geduldet werden konnte. Andere rauchten Pfeife, Zigarren oder Zigaretten, obgleich das eigentlich bei der Arbeit nicht erlaubt ist. Es wurde ihnen jedoch nicht untersagt. Wer sich anständig führt und seine Pflicht tut, erfährt auch dementsprechende Behandlung.

Im Lager selbst herrscht militärische Ordnung, Zucht und Sauberkeit. Beim Betreten der Schlafsäle und Arbeitsräume ist jeder Stubenälteste verpflichtet, »Achtung« zu rufen und dem Lagerkommandanten oder seinem Vertreter Meldung zu erstatten.

Gesamteindruck

Der Gesamteindruck, den wir vom Lager gewonnen haben, läßt sich dahin zusammenfassen, daß das Lager keinesfalls mit einem Kriegsgefangenenlager zu vergleichen ist, wie es so gern von einer gewissen ausländischen Presse dargestellt wird. Zwar haben natürlicherweise Sicherheitsmaßnahmen getroffen werden müssen, schon um jeden Fluchtversuch im Keime zu ersticken. So ist das Lager von einem Drahtverhau umgeben und wird nachts von Scheinwerfern beleuchtet. Ein Fluchtversuch erscheint unmöglich. Selbst aber, wenn einmal eine Flucht gelänge, würde sich der seitherige Häftling der Freiheit nicht lange erfreuen; der sofort einsetzende Polizeiapparat, dem das Lichtbild und die genaue Personalbeschreibung des Flüchtigen bekannt ist, würde eine Wiederergreifung in kürzester Zeit ermöglichen. Ungeachtet dieser selbstverständlichen Sicherheitsmaßnahmen kann gesagt werden, daß sich die Lagerinsassen nicht wie Kriegsgefangene untergebracht und behandelt fühlen können. Die in dem Lager in erster Linie untergebrachten Feinde des Staates befinden sich in Oranienburg vielmehr in einer Erziehungsanstalt. So sind dort untergebracht: Oberbürgermeister, Bürgermeister, Amtsgerichtsräte – in letzter Zeit sind auch die aus dem Korruptionsskandal im Berliner Rundfunk bekannten Geschäftsführer, Intendanten, Regisseure und Direktoren eingeliefert worden, denen Gelegenheit gegeben werden soll, sich nach einer Periode als Großverdiener einmal wieder mit einfacheren Verhältnissen vertraut zu machen – und Arbeiter, die sich als ehemalige Mitglieder der »Eisernen Front«, des »Reichsbanners« und der »Roten Front« gegen den nationalsozialistischen Staat vergangen haben. Außerdem befinden sich im Lager einige Juden, die in gehässiger Weise die nationalsozialistische Regierung herabgesetzt haben. Aufgefallen ist uns der ausgesprochene kommunistische Typus vieler Lagerinsassen (vielfach tätowiert), die sich in einem gut genährten Zustand befanden und teils ein aufgeschlossenes Wesen zeigten, teils aber auch verbissene Mienen zur Schau trugen.

Der Anhalter Anzeiger vom 25. Juli 1933 schreibt:

Besuch bei den Schutzhäftlingen in Oranienburg

In der Kriegszeit nannte man Gerüchte, die aus einem Körnchen Wahrheit oder auch aus dem Nichts entstanden und bis zur Ungeheuerlichkeit anschwollen, Latrinengerüchte. Schlechte Angewohnheiten lassen sich schwer ausrotten. Latrinengerüchte gibt es auch heute noch in Menge. Die im In- und namentlich im Auslande verbreiteten Greuelmärchen sind ein entsprechender Beweis dafür.

Als Mitte März das Konzentrationslager Oranienburg zur Aufnahme von Schutzhäftlingen eingerichtet wurde, konnte es nicht ausbleiben, daß über die Zustände dort sehr bald wilde, den Tatsachen nicht entsprechende Gerüchte in Umlauf kamen. Die sanitären Verhältnisse dort sind in tadelloser Ordnung. Von einer Gesundheitsgefährdung ist keine Rede. Für ambulante Fälle ist eine gut eingerichtete Sanitätsstation mit kleinem Lazarett und Apotheke vorhanden. Schwerkranke werden sofort in ein Krankenhaus abgegeben. Selbstverständlich sind ein Lagerarzt und ausgebildetes Sanitätspersonal vorhanden.

Ein Konzentrationslager ohne Staatszuschuß

Arbeitskräfte aus allen handwerklichen Berufen waren in den Häftlingen vorhanden. Material wurde aus einem zunächst bei der Stadt Oranienburg aufgenommenen Darlehen beschafft. So konnte mit frischen Kräften ans Werk gegangen werden. Jeder erzielt in den ausgebauten Schlafsälen sein eigenes Lager, aus Strohsack und Decke bestehend. Die nächstwichtige Aufgabe war die Herstellung einer den Anforderungen genügenden Küchenanlage. Seit Wochen steht sie im Betriebe – mit großen Kesseln, aus denen es zur Kochzeit würzig duftet, groß, hell, lustig, ein Muster an Sauberkeit. Da körperliche Reinlichkeit ein Haupterfordernis für das Wohlbefinden ist, wurde eine große gewölbte Halle in jüngster Zeit als Wasch- und Brauseraum eingerichtet. 20 Mann können gleichzeitig brausen -»kalt, aber erfrischend« – wie der Lagerkommandant mit trockenem Humor bei der Führung sagte. Die bewachende SA hat zum Essen, Schlafen und Baden besondere Räume, die aber ebenfalls mit spartanischer Einfachheit ausgestattet sind. Ein freundlicher großer Raum für den Tagesaufenthalt geht der Vollendung entgegen. Überall herrscht frisches Leben und der bekannte »rauhe, aber herzliche Ton«. Die Häftlinge haben sich an Gehorsam und an militärischen Drill gewöhnen müssen, was den meisten sehr zum Vorteil gereicht. »Viele, die uns verkommen und verwahrlost eingeliefert wurden, sind im Lager ordentlich hübsch geworden«, sagte einer aus der Wachmannschaft. Der Drill geht nicht so weit, daß keiner mehr zu mucken wagt. Jeder, der dem Lagerkommandanten Wünsche und Fragen vorträgt, wird aufmerksam angehört und bekommt in freundlichem, entschiedenem Ton eine knappe und klare Antwort. Nicht jede Kleinigkeit wird dem Lagerkommandanten selber vorgetragen. Die Belegschaft ist in Hundertschaften eingeteilt. Jede Hundertschaft hat ihren aus der Mitte selbstgewählten Führer, jeder Zug seinen Unterführer, ebenfalls aus den Reihen der Häftlinge. Diese »Chargierten« haben zunächst die Aufgabe, alles in ihrem Bereiche Vorkommende zu ordnen, was sie selber ordnen können. Erst dann, wenn die Dinge über ihre Zuständigkeit hinausgehen, geben sie sie auf dem Instanzenwege weiter. So haben die Häftlinge das Gefühl einer beschränkten Selbstverwaltung. Auch bei den Arbeiten in den Werkstätten und bei den Bauten wird das selbständige Denken nicht über Gebühr eingeschränkt. In den Räumen und auf dem Hofe bewegen sich die Leute mit einer gewissen Freiheit. Den mündlichen Verkehr ganz zu unterbinden, würde gar nicht möglich sein. Darum werden ihm keine unnötigen Fesseln angelegt. Sehr streng wird aber darauf geachtet, daß kein Kassiberverkehr einreißt. Die Wachmannschaften entwickeln hierbei schnell kriminalistische Talente.

Die Arbeit der Häftlinge

Es wird allenthalben gebaut und gebessert. Das Lager soll ja unter Umständen noch zu Mehraufnahmen bereitstehen, und von den Arbeiten geht schließlich nichts verloren. Als Außenarbeit ist jetzt die Ausschilfung eines der Stadt Oranienburg gehörenden Sees übernommen worden, durch die das schwebende Darlehen ganz oder zum Teil abgearbeitet werden kann. Die Stadt Oranienburg hat ein großes wirtschaftliches Interesse an dem Lager. Denn der ganze Bedarf wird tunlichst am Platze gekauft. Die Brotlieferung zum Beispiel ist der Bäckerinnung zur solidarischen Lieferung und Haltung für Gleichmäßigkeit und gute Ware übergeben worden, und beide Teile stehen sich gut dabei. Hauptaufstrich ist Fett. Das Mittagessen ist kräftige Kasernenkost! Viele der Häftlinge werden vordem nicht so »gut gegessen« haben! In der Behandlung herrscht straffe Zucht. Sie ist aber in keiner Weise menschenunwürdig. Insbesondere muß betont werden, daß irgendwelche körperlichen Mißhandlungen nicht in Frage kommen. Es wird niemand angefaßt, es sei denn, daß er selber durch sein Verhalten dazu Anlaß gebe. Erzieherische Maßnahmen für Bösartige sind ähnlich wie beim altpreußischen Militär eingerichet.

Der umfangreiche Lagerbetrieb erfordert bei einer gegenwärtigen Belegschaft von rund 800 Mann natürlich eine geordnete und übersichtliche Verwaltung. Deren Ausbau ist jetzt vollendet. Raum dazu war genug vorhanden. Er müßte nur entsprechend eingerichtet werden. Das ist nun geschehen. Äußerlich und dem Betriebe nach möchte man sie als ein Mittelding zwischen Behörde, Garnisonschreibstube und kaufmännischem Büro bezeichnen. Überall wird in hellen, freundlichen Räumen emsig gearbeitet. Das Wichtigste ist das Zimmer des Lagerkommandanten. Hier läuft alles zusammen, und hier befindet sich das Museum, eine Sehenswürdigkeit für sich. Und nicht das allein. Dieses Museum erweist wie nichts anderes die Notwendigkeit des Lagers. Fangen wir mit der Literatur an. Lange Bücherreihen zeigen, wie der Marxismus von teils überzeugt-fanatischen, teils gewissenlosen Literaten hochgezüchtet wurde. Einen großen Raum nimmt die beschlagnahmte Bibliothek der Klara Zetkin ein, die, wie bekannt, in dem vor den Toren von Oranienburg liegenden Birkenwerder ihr Proletarierheim in Gestalt einer luxuriösen Villa besaß. Ein folgerichtiges Bild von der geistigen Entwicklung dieses argen Weibes, das zu guter Letzt noch den Deutschen Reichstag vor seinem unseligen Sterben durch die bekannte Alterspräsidentenkomödie schändete. Auch der Doktorbrief ihres Sohnes Maxim Zetkin wurde in der Villa geschnappt und ist ein historisches Dokument. Endlich ein großes, in etwas klobigem russischen Farbendruck hergestelltes Bild einer Sowjetsitzung in Moskau, das aber in der Darstellung der Gesichter von starker Charakteristik ist. Das Bild steht ungerahmt auf einem Schrank. Während der Lagerkommandant seine Erklärungen gab, fiel uns Klara Zetkin, die auf dem Bilde gut zu sehen ist, in aller Form »auf den Kopf«. Sie erhielt aber alsbald ihren »Ehrenplatz« wieder. Zur literarischen Abteilung gehören auch Flugblätter und Handzettel in Massen. Die älteren mit ihrem bekannten Inhalt interessieren kaum noch. Desto mehr die neuen, die noch fortwährend, insbesondere durch Motorradstaffeln, abgeworfen werden und beweisen, daß der Kommunismus sich immer von neuem zu Wühlarbeiten aufzuraffen versucht.

Vervielfältigungsapparate sind schon viele beschlagnahmt und zieren das Museum. Es sind aber immer noch viele in Betrieb, und solche Dinger sind so schnell wiederbeschafft.

Im Museum der »geistigen« Waffen

Beachtenswert ist, daß auf den Flugzetteln oft betont wird, daß der Gegner mit »geistigen Waffen« geschlagen werden soll. Diese »geistigen Waffen« füllen einen großen, breiten Glasschrank für sich.

Die zuständigen Behörden halten es für ihre Pflicht, über das Wohl der Häftlinge zu wachen. Unangemeldete Besuche sind der beste Weg, von einer Sachlage das richtige Bild zu bekommen. So hatten sich denn vor einigen Tagen Vertreter der anhaltischen Staatsbehörden zu einem unangemeldeten Besuch nach Oranienburg begeben. Was sie dort gesehen und gehört haben, berechtigt zu der nachdrücklichen Feststellung, daß niemand um das leibliche Wohlergehen der dort untergebrachten Häftlinge Sorge zu tragen braucht. Im allgemeinen klagen die Leute auch nicht. Sie vermissen eigentlich nur die Freiheit, und sie kann ihnen nicht nach Wunsch wiedergegeben werden, weil die Staatssicherheit dem entgegensteht und vorgeht. Ihr Verkehr mit der Außenwelt ist keineswegs unterbunden. Es gehen massenhaft Briefe aus und ein, die freilich der Prüfung unterliegen. Außerdem haben die Angehörigen das Recht, die Häftlinge in gewissen Zeitabständen zu besuchen. Die Sprechzeit ist auf eine Stunde festgesetzt. Sie wird aber in durchaus menschlicher Weise bis zu zwei Stunden verlängert.

Der allgemeine Eindruck, den die Besucher von dem Lager davontrugen, war der, daß eine scharfe Zucht und das Bestreben herrschen, die Leute an unbedingten Gehorsam, an Ordnung,

Sauberkeit und Anständigkeit zu gewöhnen. Sie genießen eine Behandlung, die angemessen ist. Es besteht gar kein Zweifel, daß die strenge Zucht und die Gewöhnung der Insassen an Arbeit ihr Teil dazu beitragen, daß die Ziele der Staatsregierung bei der Einrichtung solcher Lager, wenigstens bei dem Hauptteil der Insassen, erreicht werden. Dem Lagerkommandanten und seiner SA muß man unbedingt große Anerkennung dafür zollen, was er in so kurzer Zeit mit beschränkten Mitteln geschaffen hat, und wie er den Innen- und Außenbetrieb leitet und beherrscht.

Bernhard Heese

Außerdem erhielten Besuchserlaubnis nachstehend aufgeführte Vertreter größerer Zeitungen oder einflußreiche Ausländer:

am 30. 3. 33: A. Groß, Illustrations-Verlag, Berlin;

am 1. 4. 33: Major Trygve Gran, Oslo, der über die skandinavischen Sender seine Erlebnisse in Oranienburg mitteilte,

am 5. 4. 33: Der Vertreter der New York Times;

am 7. 4. 33: Redakteur Sven Ludin, Stockholm;

am 8. 4. 33: Fa. Pressefoto, Berlin;

am 10. 4. 33: Fa. Krystone Wiew Co., Berlin;

am 11. 4. 33: Der Vertreter der Täglichen Rundschau, Berlin;

am 12. 4. 33: Der Vertreter der Associated Press GmbH, Berlin;

am 27. 4. 33: Redakteur Kunzendorf, DAZ, Berlin;

am 6. 5. 33: Der Vertreter einer Kasseler Zeitung;

am 24. 5. 33: Frau Baronin von Ropp (Honary Member of Amerikan League);

am 30. 5. 33: Zwei amerikanische Journalisten im Auftrage der Gestapo, Berlin;

am 13. 7. 33: Der Schriftleiter des Fridericus usw.

Ohne Einschränkung, weil eben nichts da war, was vertuscht oder bemäntelt werden mußte, wurden die Vertreter der Presse fast aller Länder mit ausdrücklicher Genehmigung der Regierungsstellen durch das Lager geführt. Mit großem Interesse verfolgten alle die Aufbauarbeit innerhalb des Lagers und konnten sich davon überzeugen, daß den Häftlingen – außer ihrer Freiheit – nichts fehlte. Wenn ich anschließend gezwungen bin, die Berichterstatter einiger namhafter Auslandszeitungen im Hinblick auf die unwahren Behauptungen der das Lager Oranienburg betreffenden Artikel anzugreifen, dann geschieht es nicht aus dem Gefühl heraus, sich verteidigen zu wollen, sondern diktiert von dem festen Willen, diejenigen an den Pranger zu stellen, die als Lügner den Frieden zwischen den Völkern stören.

Aus welchem Milieu der Berichterstatter der Times stammte, mag aus dem Aktenstück hervorgehen, das sich mit der Durchsuchung des jüdischen Erziehungsheims in Wolzig (Kreis Beeskow) beschäftigt.

Sturmbann II/205
Untergruppe Brandenburg Ost
Berlin-Brandenburg, den 7. 6. 1933.

Betrifft: *Durchsuchung des jüdischen Erziehungsheims in Wolzig*

Auf Anordnung des Landrates Lindig in Beeskow fand heute vormittag eine Durchsuchung des jüdischen Erziehungsheims in Wolzig durch die Landjägerei-Abteilung Storkow, zusammen mit der SA statt. Die Durchsuchung wurde voranlaßt durch Betätigung der Zöglinge in kommunistischer Propaganda. Aus den beschlagnahmten Personalakten geht hervor, daß alle mehr oder weniger wegen politischer sowie krimineller Verbrechen vorbestraft sind. Die Bevölkerung von Wolzig und Umgebung war der dauernden Belästigung durch die Judenjungen ausgesetzt. Diebstähle und andere Delikte waren an der Tagesordnung.

Die Durchsuchung förderte
zwei geladene Armeepistolen,
einen Trommelrevolver,
ein Seitengewehr und
zwölf Totschläger aus Holz mit Stahleinlage
und eine Menge kommunistisches Propagandamaterial sowie kommunistisches Schulungsmaterial zutage.

Im Zusammenhang mit dem Ergebnis der Durchsuchung ordnete der Oberlandjägermeister Müller mit dem Einverständnis des Sonderkommissars in Beeskow, Standartenführer Süß, die Überführung sämtlicher Insassen nach dem Konzentrationslager in Oranienburg an.

Diejenigen, die als die Verantwortlichen bzw. Rädelsführer anzusehen sind, wurden nach dem Polizeipräsidium Berlin eingeliefert.

Bei dem Heimleiter Oskar Friedmann wurden die Totschläger und das Seitengewehr gefunden. Nach seiner Angabe hat er diese Instrumente einzelnen Zöglingen im Laufe der Zeit weggenommen und in seinem Schreibtisch aufbewahrt. Je eine Pistole wurde in den Sachen des Werner Treuherz und der Betty Armer gefunden. Beide behaupten, von dem Vorhandensein nichts gewußt zu haben. Besonders zu erwähnen ist der Sportlehrer Fritz Hirsch, der Überfälle und andere kommunistische Aktionen veranlaßte und mit seinen Horden durchführte. Der Ausgangspunkt war hierbei stets das Judenheim selbst.

Für das Unwesen der Judenjungen zeugen eine Unmenge Akten bei den zuständigen Landjägern sowie die Landjäger selbst und die geschlossene Einwohnerschaft von Wolzig. Letztere hat auf dem amtlichen Beschwerdeweg mehrere Male versucht, die Zustände zu unterbinden. Jedoch in seinem Falle vergeblich.

Außer den genannten Personen wurden noch der Erzieher Max Gebhardt (ein chinesischer Jude) und der Richard Goldschmidt nach dem Polizeipräsidium Berlin eingeliefert.

Die Zöglinge des jüdischen »Erziehungsheims« trafen in einem Sammeltransport ein. Die Akten, die mit eingeliefert wurden, zeigten, in welchem erschreckenden Umfang diese degenerierten, ausgesprochen asozial veranlagten Juden kriminell und politisch vorbestraft waren.

Da die meisten von ihnen noch im jugendlichen Alter standen und daher für unsere körperlichen Arbeiten nicht zu verwenden waren, stellte ich eine besondere Abteilung auf. Nur leichte Hofarbeiten wurden ihnen zugewiesen und einige ältere Juden, die wegen politischer Vergehen bereits einsaßen, als ihre Zugführer ernannt.

Einige Tage später nahm ich Gelegenheit, mit dem dort inhaftierten und als Leiter zugeteilten jüdischen Rechtsanwalt Dr. Levy Rücksprache zu nehmen. Er trug mir unumwunden vor, daß er selten solche jungen verkommenen Menschen kennengelernt habe wie diese Zöglinge.

Einer der Zöglinge, der einen recht intelligenten Eindruck machte, wurde, da er des Maschinenschreibens kundig war, zur Verwaltung befohlen, um dort für Büroarbeiten verwendet zu werden.

Der Dank dafür war, daß er nach anständiger, leider viel zu anständiger Behandlung – nach seiner Freilassung von St. Gallen in der Schweiz aus der englischen Zeitung Times einen Artikel zuleitete, den ich in seiner Übersetzung folgen lasse.

Dieser verlogene, völlig entstellte Artikel ging fast durch die ganze Presse der Welt.

Uns soll es recht sein, daß die Times ausgerechnet von einem Fürsorgezögling, der wegen Diebstahls vorbestraft ist, auf den Leim geführt worden ist. Wie der englische Leser nach dieser delikaten Enthüllung über die Sauberkeit jener Männer zu denken hat, die hierfür die Verantwortung zu tragen haben, überlassen wir ihm gern.

Die Presse in Deutschland ist durch den Nationalsozialismus rücksichtslos von unsauberen Elementen gesäubert worden.

Life in a Nazi Camp
a farm Student's
experience
the meaning of »help«
From an German Correspondent

The last three years i was a pupil at the Agricultural School foundet at Wolzig, near Königswusterhausen, in 1929 by the Jewish Agrcultural Commitee.

Im Interesse eines jeden Volkes wird es liegen, eines Tages unserem Beispiel zu folgen.

Leben in einem nationalsozialistischen Gefangenenlager

Die Erfahrungen eines landwirtschaftlichen Studenten.

Eine Ansicht über »Nachhilfe«

von unserem deutschen Korrespondenten.

Ich war in den letzten drei Jahren als Schüler an der landwirtschaftlichen Schule in Wolzig in der Nähe von Königswusterhausen. Diese Schule wurde 1929 durch ein jüdisches Komitee gegründet. Ich bin kein Jude, aber meine Eltern sind arm, und da die Schüler an dieser Schule weder für Unterricht noch Verpflegung zu zahlen haben, so wurde ich nach dort geschickt. Der Unterricht dort ist der beste, der in Deutschland zu erhalten ist. Auch ist die Schule mit dem besten Lehrmaterial versehen. Die Landwirtschaft wird dort betrieben mit den neuesten Maschinen und Traktoren. Ich hatte mein Führerzeugnis als Traktorenführer. An den Abenden nach getaner Arbeit lernte ich Buchhaltung und Maschineschreiben. In diesem Jahr war die Leitung bereit, mir für meine Arbeit 17 RM pro Woche zu zahlen.

Der Direktor der Schule, Dr. Friedmann, war ein Jude, und ebenso 30 von den 43 Schülern. Neben dem landwirtschaftlichen Unterricht wurden Kurse in Gartenbau, Zimmer-, Schneider- und Schuhmacherarbeiten gegeben. Für jeden dieser Zweige waren die Werkstätten bestens ausgerüstet. Wir Schüler waren im Alter von 13 bis 18 Jahren. Keiner von uns kümmerte sich um Politik; wir hatten nur Interesse für Tiere und an unserem Studium.

Mitte Mai kamen einige SA-Leute aus der Stadt, um die Schule zu besichtigen. Sie faßten den schnellen Entschluß, daß sich hier sehr gut ein Arbeitsdienstlager einrichten ließe. Danach ereignete sich bis zum 20. Juni nichts. Ich stand an diesem Tage gegen 5 Uhr 30 Minuten morgens auf und ging für die Hühner Futter holen. Als ich an das Haus zurückkehrte, sah ich alle meine Mitschüler und die Leiter der Schule in Reih und Glied angetreten, vor ihnen eine Gruppe von SA-Männern. Ich wurde sofort angebrüllt, mich einzureihen, und dann wurden wir gezwungen, auf vier Lastwagen zu klettern, welche die Nazis mitgebracht hatten. Wir mußten alles andere im Stich lassen. Wer sich nicht beeilte, auf die Lastwagen zu klettern, wurde mit Eisen- und Gummiknüppeln geschlagen. Darauf stiegen die SA-Führer in ihre Wagen, während wir ihnen auf unseren Lastwagen folgten. Jeder dieser Lastwagen war mit einem Maschinengewehr versehen. Wir waren sehr eng verladen, immer 30 SA-Männer und 10 von uns Schülern. Die SA-Männer kamen von Berlin und gehörten zu drei Stürmen, und zwar I/208, I/207 und 75/5; sie waren alle schwer bewaffnet.

Oranienburg.

Nach einer einstündigen Fahrt erreichten wir das Adolf-Hitler-Haus in der Voßstraße in Berlin. Hier mußten wir über drei

Stunden warten. Wir erhielten keine Erlaubnis, aus dem Lastwagen zu steigen, und eine Menschengruppe sammelte sich um uns. Die SA-Männer erzählten jedem, daß wir Juden wären und daß unsere Väter seit dem Kriege allen Deutschen das Geld geraubt hätten. Als die Umstehenden dies hörten, beschimpften sie uns, und wir wurden geschlagen, als wir antworten wollten.

Endlich setzten sich die Lastwagen wieder in Bewegung, und wir kamen in das Konzentrationslager in Oranienburg, das eine halbstündige Fahrt von Berlin entfernt liegt. Wir kamen in ein Gebäude, das früher ein Elektrizitätswerk war. Über drei Stunden mußten wir in Reih und Glied stramm stehen; wer sich setzen wollte, wurde geschlagen. Endlich wurden wir in einen Raum gebracht, wo ein SA-Mann uns in drei verschiedenen Stellungen fotografierte; ein anderer SA-Mann nahm unsere Fingerabdrücke; ein dritter entleerte unsere Taschen, und ein vierter setzte eine Personalbeschreibung auf. Danach mußten wir uns aus einem Stall Stroh holen, und zwar jeder so viel, wie er für ein Bett benötigte. Mit diesem Stroh gingen wir in eine große Halle, und hier wurde uns gesagt, »Dies sei der Raum, wo wir essen, schlafen und den größten Teil des Tages verbringen werden!« Jeder bekam einen kleinen Topf mit Kaffee und ein Stück Schwarzbrot, unsere erste Nahrung an diesem Tage.

Am nächsten Tage begann das Lagerleben für uns. Wir mußten um 5 Uhr aufstehen und zwei Stunden militärische Übungen machen. Diese bestanden in Hindernisse nehmen sowie Instruktionen über Luft- und Gasangriffe und Drill verschiedener Art. Dann bekamen wir Frühstück, bestehend aus einem Topf Kaffee und zwei Scheiben Schwarzbrot mit Marmelade. Allgemeine Arbeit beschäftigte uns dann bis 12 Uhr. Zu dieser Zeit bekamen wir ein halbes Liter Wassersuppe, gemischt mit Bohnen; am Sonntag gab es Reis, und wer Glück hatte, eine Scheibe Brot dazu. Die Arbeit wurde fortgeführt bis spät abends. Einbegriffen waren wiederum einige Stunden militärischen Drills unter der Aufsicht von ehemaligen Soldaten. Später erhielten wir wieder einen Topf Kaffee und Brot. Denn endlich konnten wir zu Bett gehen, d. h. auf unser Strohlager. Der Jüngste von uns, Manfred Benjamin, erst 13 Jahre alt, machte denselben Dienst wie wir und weinte fast täglich.

Geschlagen und geschwärzt

Bald nach meiner Ankunft fragte mich ein Nazi, ob ich Maschineschreiben könnte. Ich antwortete mit »Ja«, und er brachte mich zu dem Lagerkommandanten, Sturmbannführer Krüger, der mich in seinem Büro beschäftigte. Hier lernte ich einen großen Teil über die Führung des Lagers und hatte Gelegenheit, prominente Häftlinge zu sprechen, wie z. B. den Direktor der Deutschen Rundfunkgesellschaft und die Bürgermeister verschiedener kleinerer Städte. Ich erfuhr, daß über 2500 Häftlinge in dem Lager waren, von welchen nur 50 Prozent Juden waren. Der Rest bestand aus Kommunisten, Sozialdemokraten und anderen politischen Feinden der Hitlerianer. Am 18. August wurden 102 SA-Leute zur Bestrafung gebracht, da sie »faul« gewesen waren. Sie machten dieselbe Behandlung wie die anderen Gefangenen durch, nur mit der Ausnahme, daß sie nicht geschlagen wurden. Das Tagewerk war überhaupt für alle Häftlinge das gleiche, obwohl die Juden abgesondert schliefen und sich auf einer etwa 25 Quadratmeter großen Fläche aufhalten mußten. Prominente Gefangene wurden öfters geschlagen wie die anderen; doch erhielt jedermann seinen vollen Anteil an Schlägen, ganz besonders, wenn die Nazis des Abends aus dem Restaurant in der Nachbarschaft zurückkamen, dann konnte es passieren, daß sie in die große Halle kamen und einige von den Gefangenen fürchterlich schlugen. Sie bekamen es auch fertig, sie vollständig mit schwarzer Schuhwichse einzureiben, und überzeugten sich am nächsten Tage, ob auch alles abgewaschen war. Wenn nicht, so scheuerten sie die Gefangenen selbst. Im ganzen Lager waren nur vier Klosetts und ein Brunnen zum Waschen.

Das Lager war von Stacheldraht umgeben und einem elektrisch geladenen Draht. Rote Flaggen, die 5 Meter von diesem Draht entfernt standen, warnten uns vor diesem Draht. Die Lagergarnison bestand aus 300 Mann, die in zwei Wachen geteilt waren, von denen eine Wache immer im Dienst war. 20 Mann standen auf dem Dach des Hauptgebäudes mit einem Maschinengewehr und 20 weitere um dieses Gebäude. Andere waren als Wachposten auf verschiedenen anderen Plätzen inner- und außerhalb des Lagers. Hier gab es keine Gelegenheit zur Flucht.

Des Nachts wurde das Lager mit einem Scheinwerfer abgeleuchtet, und Wachen gingen durch die Hallen, wo wir schliefen und beleuchteten zur Kontrolle alle Gefangenen.

Meine Arbeit im Büro bestand in Buchhaltung, Maschinenschreiben und Nehmen von Fingerabdrücken. Ich erfuhr, daß das Lager die erste Zeit nur den Nazis gehörte und erst am 22. April von der Regierung übernommen wurde. Jeder Gefangene wurde hier mindestens acht Wochen festgehalten, und nur wenige wurden früher entlassen. Sie wurden alle gezwungen, jeden Pfennig, den sie bei ihrer Einlieferung mitgebracht hatten, in Lagergeld umzuwechseln und pro Tag 2,50 Reichsmark für ihren Aufenthalt zu zahlen; der Staat berechnet 1,50 RM pro Tag. In Wirklichkeit war es so, daß die SA-Leute dieses Geld selbst einsteckten. Auch schickten sie Abteilungen hinaus, die all das vom Lande hereinholen mußten, was im Lager gebraucht wurde. Ebenso machten sie falsche Berichte in den Lagerbüchern. Wenn prominente Gefangene kamen, wurden diese verhört. Der Kommandant fragte, wo Waffen oder Papiere der Kommunisten versteckt waren, und verlangte eine schnelle Antwort, um nicht »nachgeholfen« zu werden. »Nachhilfe« bedeutete Schlagen. Als Herr Braun von der Rundfunkgesellschaft aus des Kommandanten Zimmer kam, war zu sehen, daß Braun eine schwere Zeit hinter sich hatte. Beide Augen waren geschlossen, und er konnte nur sehr schlecht sehen. Einer von uns Jungen fragte, ob er etwas Wasser zum Baden der Augen wünsche. Aber er lehnte ab, da er befürchtete, wir könnten in Schwierigkeiten kommen, wenn wir ihm irgendwie helfen, und im übrigen habe er »mit seinem Leben abgeschlossen«!

Die Post wurde durch zwei SA-Führer geöffnet und alle ankommenden Briefe sorgfältig sortiert. Die Häftlinge mußten ihre Briefe offen zur Absendung den SA-Männern übergeben. Einmal in der Woche durfte jeder ein Paket im Gewicht bis zu 5 Kilo empfangen. Sonntags in der Zeit von 2 bis 4 Uhr durften die Angehörigen die Häftlinge besuchen, natürlich wurden viele Besuche überwacht. Als Berichte in den Zeitungen standen: »Ausländische Flieger über Berlin« ließ der Kommandant antreten und gab den Befehl bekannt, daß wir drei Wochen lang keine Besuche und eine Woche keine Briefe empfangen dürften sowie für zwei Tage kein Mittagbrot erhielten. Die Lagerwache bestand aus SA-Leuten, gewöhnlichen Menschen der niedrigsten Art. Sie bekamen eine Mark pro Tag sowie freie Verpflegung und Logis. An jedem Montag machten sie gemeinsam mit der Reichswehr in einem kleinen Walde in der Nähe des Lagers militärische Übungen. Der Kommandant und die höheren Führer waren SS-Männer (Schutzstaffeln). Diese entstammen den besseren Gesellschaftskreisen und bilden die Leibwache des Naziführers. Sie sind besser bewaffnet, und das Ergebnis ist, daß SS- und SA-Leute sich gegenseitig hassen. Als die SS kam, das Lager zu besichtigen, hatte sie großen Streit mit der SA-Wache. Wenn beide Parteien betrunken sind, was oft der Fall war, und wenn sie es überdrüssig waren, Gefangene zu schlagen, so konnte es oft eintreten, daß sie sich gegenseitig schlugen.

Unter den prominenten Häftlingen befinden sich viele Mitglieder des Reichs- und Landtags. Dr. Ludwig Levy, Rechtsanwalt in Potsdam, und der Direktor der Berliner Verkehrsgesellschaft wurden beide im März eingeliefert. Sehr bekannte Leute wie diese werden jeden Tag geschlagen, und häufig werden ihnen das Essen und die Besuche entzogen. In der Zeit, wo ich im Lager war, verübten zwei Häftlinge Selbstmord. Hermann Hagendorf aus Anhalt, der sich die Pulsadern durchschnitt, und Walter Klautsch, der sich mit seinem Gürtel erhängte. Die meisten der Gefangenen durften kein Wort über die empfangenen Schläge sagen; aber alle Nächte konnten wir ihre Schreie hören. Wer entlassen wurde, hatte zwei Schreiben zu unterzeichnen, ein weißes, in dem stand, daß die Behandlung im Lager gut war, und ein blaues, mit dem die Häftlinge versprachen, in Zukunft gute Bürger zu sein und nicht gegen das neue Deutschland zu arbeiten.

Das Lager wurde ganz durch den Kommandanten geführt, die Befehle, die eingingen, kamen meistens telegraphisch und bestanden aus Anweisungen, wo Waffen und Papiere der Kommunisten zu suchen wären.

Endlich, am 22. August, entschied der Lagerkommandant die Freilassung von uns Jungen, die wir ja nur in Haft waren, weil die Regierung nach Übernahme unserer Schule keine billigere

Unterkunft für uns hatte. Der Kommandant kam gegen 10 Uhr 20 Minuten abends und erzählte uns, daß wir das Lager spätestens in zwei Minuten zu verlassen hätten. Wer in dieser Zeit nicht draußen wäre, würde niemals mehr entlassen werden. Wir gingen so rasch wie wir konnten und wanderten die Chaussee nach Berlin zu. Die Nacht verbrachten wir unter einer Hecke, fünf Meilen vom Lager entfernt. Früh am nächsten Morgen ging ich in ein Friseurgeschäft und telefonierte an das jüdische Landwirtschaftskomitee. Ich bat, daß sie uns holen möchten. Sie brachten uns dann in Automobilen nach Berlin, und dort schliefen wir nach zwei Monaten endlich wieder einmal in einem Bett.

Einige Tage später nahm ich, da ich einen Führerschein hatte, Stellung als Chauffeur bei einer Dame, die nach der Schweiz zu fahren beabsichtigte, wo sich auch meine Familie befand. Wir erreichten unseren Bestimmungsort, Sankt Gall, und ich war in Sicherheit.«

Es fällt mir aufrichtig schwer, zu diesem Artikel, der einfach als Gipfelleistung verbrecherischer Verlogenheit bezeichnet werden muß, Stellung zu nehmen. Allein, daß die »Times« vom 19. September 1933 und »The New York Times« vom 1. Oktober 1933 diesen Artikel zu bringen wagten, ohne sich über die Wahrheit an Ort und Stelle zu überzeugen oder auch nur einen Versuch zu machen, verpflichtet mich, um der Ehre der SA willen, Stellung zu nehmen.

Der Berichterstatter, der reinrassiger Jude ist, verschweigt allerdings seinen Namen. Da wir nur einen dieser jüdischen Zöglinge zu Nebenarbeiten an der Maschine herangezogen hatten, kann es sich nur um den Fürsorgezögling Baron handeln, vorbestraft wegen Diebstahls, der aus der Tatsache, daß er Dissident ist, glaubt folgern zu müssen, er sei kein Jude mehr.

Das Fürsorgeheim Wolzig ist also in seinen Augen eine Landwirtschaftsschule.

Daß sich keiner der Fürsorgezöglinge um Politik kümmerte, geht aus dem Bericht hervor, der zur Verhaftung des »Vorzüglichen Lehrkörpers« und seiner gelehrigen Schüler führte.

Der SA-Sturmbannführer Krüger, der durch diese Schmähartikel in der ganzen Welt diffamiert werden sollte, ist niemals Lagerkommandant von Oranienburg, sondern Leiter der Abteilung IA – Vernehmungsabsteilung – gewesen.

Es handelt sich scheinbar um recht streitkräftige Makkabäer, die im Fürsorgeheim Wolzig untergebracht waren; denn immerhin zwingt uns die im Artikel aufgestellte Behauptung, daß 30 SA-Männer, schwer bewaffnet und zu allem Überfluß noch mit Maschinengewehren versehen, für zehn 13- bis 18jährige Judenjungens als Bewachung gerade noch hinreichend gewesen wären, ein kleines, aber um so humorvolleres Lächeln auf.

Und nun zu Oranienburg, das den kleinen jüdischen Fürsorgezögling mit der beachtenswerten Anlage eines »Relativisten« so sehr verkannte.

Die Höchstzahl der politisch Inhaftierten schwankte im Spätsommer 1933 zwischen 800 und 900. In dem Artikel der »Times« sind es 2500. Immerhin eine kleine Differenz von 1600 Häftlingen. Am 18. August 1933 sollen laut Bericht 102 SA-Männer zwecks Strafverbüßung eingeliefert worden sein. Eine Lüge, die durch nichts mehr überboten werden kann. Die Stärke des Wachkommandos betrug zur damaligen Zeit 135 SA-Männer und ist heute auf 60 SA-Männer gesenkt worden. Laut Bericht sollen es 300 gewesen sein.

Während der ganzen Zeit des Lagerbestehens war nicht ein einziger Posten auf das Hauptgebäude gestellt worden.

Laut Bericht sind es deren 20.

Und während sich im Lager nur ein leichtes Maschinengewehr (kommunistisches Beutestück) befindet, befanden sich laut Bericht der »Times« 20 Maschinengewehre in ständiger Bereitschaft.

So geht es nun weiter. Wort für Wort, Satz bei Satz, – Lüge – Verdrehung – Haß. Gelder, die für Häftlinge des Konzentrationslagers von Angehörigen geschickt wurden, wandern laut Bericht in die Taschen der SA.

Wie gesagt – ein Staatsanwalt hätte auf Monate hinaus ausgiebig zu tun, um sich mit der Person dieses pathologischen Lügners zu beschäftigen. Von den SA-Männern will ich hier im Zusammenhang schweigen; denn ich nehme mit gutem Recht an, daß der Fürsorgezögling B. es geflissentlich vermeiden wird, deutschen Boden noch einmal zu betreten.

Die bewußte Lüge, der Kommandant und seine Unterführer seien SS-Männer und lebten daher mit den Wachmannschaften, die der SA angehörten, in »Urfehde«, ist zu dumm, als daß sie besonderer Aufklärung bedarf.

Nun zu den Selbstmorden.

Es ist für mich schwer, sehr schwer, deswegen die Feder über das Papier zu quälen. Die »Times« und alle ihre Nachfolgerinnen hätten diese Situation aber vermeiden können, in die sie und ich als Lagerkommandant durch diesen verbrecherisch darauflauslügenden jüdischen Fürsorgezögling hineinmanövriert worden sind. Aber es mußte so sein.

Der Häftling Hermann Hagendorf starb keinen Freitod, sondern er erlag im Krankenhaus Oranienburg den Folgen einer Bleivergiftung, die er sich in seiner Heimat zugezogen hatte. In krankem Zustande, der aber längst nicht den sicheren Tod vermuten ließ, wurde Hagendorf auf Veranlassung des Lagerarztes in das Oranienburger Krankenhaus übergeführt. Als Hagendorf verstarb, war es die SA seiner Heimatstadt, die sich seiner Frau ganz besonders hilfreich annahm und einen SA-Führer ihr zur Seite stellte. Davon steht allerdings in der »Times« nichts. Die Frau des verstorbenen Hagendorf besuchte mich in Oranienburg und sprach mir ihren Dank aus für die Hilfe, die wir ihr hatten zuteil werden lassen. Als Hagendorf in das Krankenhaus gebracht wurde, war ich es, der Lagerkommandant, der ihm Mut zusprach und die Hoffnung auf Besserung mit auf den Weg gab.

Walter Kausch dagegen war der einzige Selbstmörder, den das Lager Oranienburg gehabt hatte. Er stand in dringendem Verdacht, Organisator einer neuen kommunistischen Gruppe in Nowawes bei Potsdam zu sein. Da er, obwohl bereits überführt, immer noch beharrlich leugnete, waren wir gezwungen (Verdunkelungsgefahr), ihn in Einzelhaft zu nehmen. Hier zog es Kausch vor, sich seiner Strafe durch Erhängen zu entziehen. Wiederbelebungsversuche, an denen ich mich selbst beteiligt hatte, führten zu keinem Erfolg. Ich bedaure insofern den tragischen Tod des jungen Menschen, als ich in seiner Handlung, die absolut seiner idealistischen Einstellung entsprach, etwas sehe, was so charaktervoll war, wie es die Idee und vor allem die »Führer«, für die er kämpfte und starb, nicht verdienten.

Und nun komme ich zu den Prominenten, die besondere Erwähnung in dem Schmähartikel der »Times« und der anderen Zeitungen gefunden hatten. Dabei darf ich gleich erwähnen, daß der Direktor der Berliner Verkehrsgesellschaft niemals im Konzentrationslager Oranienburg als Häftling gewesen ist. Es dürfte genügen, daß der im »Times«-Artikel als prominent bezeichnete Dr. Levy aus freien Stücken, bevor ich überhaupt von dem Artikel in der »Times« Kenntnis erlangt hatte, eine Berichtigung an hervorragender Stelle verlangte. Diese Berichtigung wurde auch erbracht. (Siehe Berichtigung und Übersetzung.)

German Concentration Camps
to The Editor of the Times:

Sir.-Having seen that an article about the concentration camp at Oranienburg, near Berlin, was published in The Times of September 19, and that my name is mentioned, I declare as follows. – During the whole time of my detention in the concentration camp at Oranienburg. near Berlin (not from March, 1933, but from June 28 to July 25, 1933). I did not see any political prisoners matreated; I myself war never matreated in the least; I was never deprived of breakfast or of receiving a visit.On the contrary, my treatment tere by every one concerned was always thorughly good and even respectful.

Yours faithfully.
Dr. Ludwig Levy.
Potsdam, Sept. 25

Übersetzung.
An den Herausgeber der »Times«.

»In der ›Times‹ vom 29. September 1933 las ich einen Artikel über das Konzentrationslager in Oranienburg bei Berlin, in dem mein Name erwähnt wird. Ich erkläre dazu folgendes: Während der ganzen Zeit meiner Inhaftierung im Konzentrationslager Oranienburg habe ich keine Mißhandlung von Gefangenen beobachtet; ich selbst bin nie mißhandelt worden. Frühstück oder Empfang von Besuch ist mir nie verweigert worden. Im Gegenteil war meine Behandlung stets gut und rücksichtsvoll.«

Damit möchte ich den unerquicklichen Abschnitt »Times« beschließen. Sollten die Verantwortlichen der »Times« und der anderen Blätter, die auf das lügenhafte Erzeugnis eines Fürsorgezöglings hereingefallen sind, meine Abhandlung und Widerlegung als Berichtigung bringen, dann wäre das kein Rückzug, sondern eine Ehrenrettung in eigener Sache.

Eines Tages kam Miß Bothamley, eine Engländerin, die das große »Wagnis« unternommen hatte, Deutschland allein am Steuer ihres Wagens zu durchqueren.

Überall war sie gewesen. Im Osten hatte sie Danzig besucht. Im Westen war sie gewesen, durch das schöne Pommern war sie gefahren, um Land und Leute kennenzulernen – und so kam sie auch nach Oranienburg, um die »Burg des Grauens« zu besichtigen. In ihrer Begleitung befanden sich Vertreter verschiedener Regierungsstellen, die der Dame zugeteilt worden waren, um dafür Sorge zu tragen, daß sie ungehindert alles sehen konnte.

Miß Bothamley war eine Frau, die von England herübergekommen war, um die Wahrheit über Deutschland zu ergründen. Sie hatte über Deutschland derart Abfälliges erfahren, daß sie sich selbst an Ort und Stelle überzeugen wollte.

Bevor wir das Lager betraten, fuhren wir nach Neu-Holland, um das dort arbeitende Kommando der Schutzhäftlinge zu besuchen. Gleich in Oranienburg, nachdem ich mich vorgestellt hatte, bat mich Miß Bothamley neben sich an das Steuer. Sie sprach sehr gut Deutsch und war wißbegierig, wie – eben nur eine Frau, die so klug zu fragen weiß, sein kann.

Es überraschte mich keineswegs, als sie mich fragte, ob ich der Mann sei, der Alfred Braun und Dr. Levy so brutal geschlagen hätte, wie es in der »Times« mitgeteilt worden sei. Ich hielt einen großen Aufklärungsvortrag nicht für angebracht und bat Miß Bothamley nach Beendigung der mehrstündigen Besichtigung darauf zurückkommen zu dürfen, da ich noch andere Lügen der »Times« durch die Besichtigung erledigen lassen wollte.

Bereitwillig ging die Engländerin auf meinen Vorschlag ein.

Während wir Sachsenhausen, ein Dorf in der Nähe Oranienburgs, passierten, ließ die anfangs angeregt geführte Unterhaltung nach.

Inzwischen waren wir an der Arbeitsstelle eingetroffen, wo auf langen Schienensträngen sandbeladene Loren von Schutzhäftlingen geschoben wurden. Mit großem Interesse verfolgte die Engländerin die Arbeit. Nachdem sie die Häftlinge genügend beobachtet hatte, bat sie, einige von ihnen, vor den Loren stehend, fotografieren zu dürfen; denn die Zufriedenheit der Gesichter, die keineswegs Spuren irgendwelcher Qual hätten, und die Wohlgenährtheit, die auf einwandfreie Verpflegung schließen ließe, müsse sie ihren englischen Freunden zeigen.

Auf der Rückfahrt zum Konzentrationslager merkte ich, daß ihre Ansicht über uns und das Lager, allein nach der Besichtigung des Arbeitskommandos, sich bereits geändert haben mußte.

Als wir im Lager eintrafen, war der Abend bereits angebrochen, und überall brannten Lampen in den Sälen und Hallen.

Nichts blieb unbesichtigt.

Inzwischen waren die Häftlinge auf dem Sportplatz zum Appell angetreten, den Miß Bothamley miterlebte. Wir gingen mit ihr die Reihen der Schutzhäftlinge entlang, und als wir auch diese Besichtigung hinter uns hatten, erklärte sie uns, daß sie bei einigen der Physiognomien, die sie im Halbdunkel gesehen habe, erschüttert gewesen sei. Sie habe im Augenblick verstehen gelernt, warum man solche Männer isoliert hatte.

Der Beauftragte der Gestapo, Dr. C., der sich in der Begleitung der Engländerin befand, wünschte bei dieser Gelegenheit, einige Entlassungen, die ausgesprochen worden waren, vorzunehmen.

Es handelte sich um ungefähr zehn Häftlinge, die herbeigerufen wurden und nun in Gegenwart von Miß Bothamley die freudige Mitteilung erhielten.

Der Eindruck der Verhandlung mußte einen tiefen Eindruck auf die Engländerin hinterlassen haben; denn sie bat, selbst einige Worte an die Häftlinge richten zu dürfen. Nun sollten auch wir erfahren, wie restlos die wenigen Stunden ihres Besuches in ihrem Innern Wandel geschaffen hatten. Sie sprach von der Lüge draußen, von ihrer Reise durch Deutschland und endete mit einem mahnenden Appell an die Entlassenen, endlich den Weg zu ihrem Vaterland zurückzufinden. Als ich draußen vor den Toren des Lagers Abschied nahm, mußte ich versprechen, ein Bild des Führers, das von einem Häftling im Lager gezeichnet worden war, nach England zu schicken.

Etwa vierzehn Tage darauf ging das Bild mit nachfolgendem Brief nach England ab.

Miß Margaret Bothamley
Blacknest,
Ascot-Berks (England).
Hochverehrte gnädige Frau!

Ich habe heute an Ihre Adresse das von einem meiner Schutzhäftlinge für Sie gezeichnete Bild unseres Führers abgesandt. Ich hoffe, daß Sie sich unseres Lagers gern erinnern, da Ihnen hier doch die Gelegenheit nach jeder Richtung hin gegeben wurde, um in einem uns und unserem geliebten Vaterlande zuträglichen Sinne aufklärend wirken zu können.

Hoffentlich hat das von mir geleitete Lager bei Ihnen den Eindruck hinterlassen, daß hier alles geschieht, um der gesamten Welt die Geißel des Kommunismus zu ersparen! Ich hoffe von ganzem Herzen, daß Ihr stolzes Vaterland England eines Tages das restlose Verständnis für uns und unseren Führer Adolf Hitler aufbringen wird, damit wir – die jungen Generationen beider Länder – zu einem gegenseitigen Treue- und Freundschaftsverhältnis gelangen können, an dem das kranke Europa gesunden soll. Große, wirklich wertvolle Freundschaften können nur in einer Notzeit gegründet werden. Die deutsche Not – verehrte, gnädige Frau, ist europäische Not. Wenn gewissenlose Menschen draußen im Ausland das Deutsche Reich Adolf Hitlers mit Unwahrheiten und Lügen zu belasten versuchen, erhöhen sie die europäische Not und öffnen dem bolschewistischen Asien die Tore.

Neuerdings hat man mein Lager und meine Unterführer in einem in Paris und Amsterdam erscheinenden Blatt derart ange-

griffen, daß ich es mir versagen muß, Ihnen Einzelheiten mitzuteilen, weil Sie bestimmt nicht verstehen würden, daß ich Ihnen
derart anzügliche Beschimpfungen übermittle. Sie haben meine
SA-Führer kennengelernt, und ich glaube, daß Sie in den wenigen Stunden unseres Zusammenseins Menschen kennengelernt
haben, die es nicht verdienen, als Verbrecher bezeichnet zu werden. Nur wenn Sie es ausdrücklich wünschen sollten, will ich
Ihnen gern eine Abschrift dieses Artikels zusenden. Es ist einfach unglaublich, was in diesem Artikel zusammengelogen
wird. –

In der Hoffnung, daß Sie mein Brief bei bester Gesundheit
antreffen möge, verbleibe ich mit dem Wunsche, daß Gott Ihrem und meinem Vaterlande den Frieden, den wir so notwendig
gebrauchen, erhalten möge.

In steter Verehrung
Ihr
gez. Schäfer,
Lagerkommandant
Oranienburg.

Am 7. November 1933 traf aus Blacknest nachstehende Antwort ein:

Sehr geehrter Herrn Schäfer!

Ich bin eben in mein kleine Heimat endlich eingetroffen und
eher ich auspacke, schreibe ich sofort, um Ihnen und den Künstlern für dieses vortreffliche Bild von dem Führer herzlich zu
danken. Es ist ausgezeichnet und es hat mich wirklich innig berührt. Ich werde es hochschätzen – und ich freue mich sehr darauf, daß ich später ein Heimat haben werden können wo ich ein
Wand habe das groß genug ist es aufzuhängen. – Ich hoffe, daß
Sie meinen Brief und die Photos erhalten haben, und daß Sie
wissen, daß ich diesen Bericht von einer Zeitung über Oranienburg sehen möchte. Ich bin die einzige Engländerin vielleicht
die die Gelegenheit und auch das Mut hat Ihr Lager und Ihre
Unterführer zu verteidigen. Ich habe schon drei Vorträge gehalten und jedes Mal zeigte ich diese Photos – es hat viel Eindruck
gemacht. Ich arbeite jetzt um meinen Vortrag zu übersetzen und

werden ein Exemplar Herrn Conrady schicken lassen. Ich hoffe daß Sie es bald sehen werden.

Mit vielen Grüße und besten Danke an Sie und dem Künstlern für dieses schöne Bild –

Ihre Margaret Bothamley.

Der Jude Schwarzschild und sein »Neues Tagebuch« in Paris

Weihnachten 1933.

Ich werde mich nun noch mit dem Elaborat eines jüdischen Edelmannes auseinandersetzen, und dann, wenn das alles widerlegt sein wird, was dort an Unrat zusammengetragen worden ist, sollen die Leser meines Buches ihr Urteil selber fällen.

Es handelt sich um das »Neue Taschenbuch«, das in Paris und Amsterdam erscheint, und für das als Herausgeber Leopold Schwarzschild verantwortlich zeichnet. – Nomen est omen! Wieder erscheint der Artikel über Oranienburg anonym, weil das »Heldische« seines Verfassers das Licht der Sonne nicht verträgt.

Interessant, aber weiter nicht verwunderlich ist die Tatsache, daß »The Jewish Chronicle« vom 15. September 1933 auf Seite 16 diesen Artikel etwas gekürzt, aber unter besonderer Betonung der in ihm enthaltenen Gemeinheiten abgedruckt hat.

Der Artikel hätte von unserer Seite keine Erwähnung verdient; aber in ihm werden SA-Führer, deren Ehre in der unerhörtesten Art und Weise angegriffen wird, mit Namen genannt, und ich halte mich deshalb für verpflichtet, der Welt auch zu zeigen, wie abgrundtief gemein jener zersetzende Geist ist, der von sich behauptet, Schildträger der öffentlichen Meinung zu sein.

Da viele Stellen dieses Artikels einfach nicht wiederzugeben sind, weil sie eine Gefahr für Anstand und Sitte bedeuten, muß ich es mir versagen, sie im Urtext meinen Lesern zu unterbreiten. Ich werde versuchen, diesen jedem Ehr- und Anstandsgefühl hohnsprechenden Teil dieses Artikels anzudeuten.

Im »Neuen Tagebuch« wird der Verfasser dieses Schmähberichtes als »bedingungslos zuverlässiger Gewährsmann« bezeichnet. Es besteht auch hier der dringende Verdacht, daß dieser Gewährsmann ebenfalls dem jüdischen Fürsorgeheim Wolzig entstammt; denn das Erziehungsheim wird gleichfalls mit großer Sachkenntnis beschrieben.

Nach einer Beschreibung des Konzentrationslagers, dessen Grundstücke der Firma Schering-Kahlbaum angedichtet werden, kommt folgende Feststellung:

»An eine Flucht auch nur zu denken, ist unmöglich. Wer in Oranienburg auf der Flucht erschossen wurde, ist ermordet worden.«

Nachdem der »Gewährsmann« sich über »die Bunker des Lagers« eingehend geäußert hat, fährt er fort:

»Der Abgeordnete Heilmann, der frühere Führer der sozialdemokratischen Landtagsfraktion in Preußen, wurde am Tage seiner Einlieferung nach Oranienburg in einen dieser Bunker gesperrt und war gegen Ende August immer noch nicht erlöst. Heilmann – um seinen Fall vorwegzunehmen – wurde auch sonst in der fürchterlichsten Weise mißhandelt. Die Geheime Staatspolizei hatte ihn gleichzeitig mit den früheren Leitern des Berliner Rundfunks nach Oranienburg gebracht. Kaum hatten die Beamten samt den Pressefotografen und den Journalisten, die zur Teilnahme an dem Empfang der prominenten Gefangenen nach Oranienburg geladen waren, das Lager verlassen, als Heilman zur »Vernehmung« in das Verwaltungsgebäude geführt wurde. Man hörte seine Schmerzensschreie und sein Stöhnen über den ganzen Hof. Nach etwa einer Stunde schleppten zwei SA-Leute den Abgeordneten hinunter, das Gesicht von Blut überlaufen, die Augen von Faustschlägen geschlossen, nicht mehr imstande, sich auf den Füßen zu halten. In diesem Zustand wurde Heilmann, der nicht emigriert und in seiner alten Wohnung geblieben war, bis die Geheime Staatspolizei ihn arretierte, in den ›Bunker‹ gesperrt. Er wird dort wohl allmählich zu Tode gemartert werden.«

Es spottet einfach jeder Beschreibung, wenn man daran denkt, mit welcher Frivolität »der Gewährsmann« seinen Artikel verfaßt hat.

Heilmann war in seiner politischen Tätigkeit der Mann, durch dessen Hetz- und Wühlarbeit so mancher deutsche Arbeiter bereit gewesen war, seinem eigenen Bruder den Schädel einzuschlagen. Für mich, der ich Versammlungen von ihm besucht habe, ist Heilmann die Inkarnation der Charakterlosigkeit. Ich denke dabei an seine Reichspräsidentenwahlversammlung in Bernau, wo er den Kandidaten zu wählen aufforderte und den Arbeitern zurief:

»Wenn ihr es so nicht könnt, dann trinkt vorher einen Schnaps.«

Sein Empfang durch die Häftlinge im Konzentrationslager war jedenfalls so, daß wir von uns aus Schritte unternehmen mußten, um ihn den Liebesbezeugungen seiner ehemaligen Genossen zu entziehen.

Heilmannn, »der Wortgewaltige«, gab uns keine Veranlassung, ihn in Einzelhaft zu nehmen. Dazu fehlte ihm einmal der Mut und zum anderenmal der Charakter.

Er blieb der Mann, der er vorher gewesen war – nur mit dem Unterschied, daß er bei uns selbstverständlich zu schweigen hatte.

Als die »Prominenten« vor der Sanitätsstube angetreten standen, um gewogen zu werden, veruchte Heilmann den kranken Mann zu spielen.

Er schwankte auffällig und versuchte dadurch den Eindruck zu erwecken, als ließen ihn seine Kräfte im Stich.

Diese Rolle – man kann nur von einer Rolle sprechen – spielte er aber derart dilettantisch, daß selbst ein Laie das Spiel durchschauen mußte – und siehe da, als er angerufen wurde, er solle stillstehen, da stand Heilmann nicht nur still, sondern legte, ohne daß es von ihm besonders verlangt worden wäre, wie ein zur Ordnung gerufener Rekrut seine Mittelfinger an die Hosennaht.

Wenn bei drohender Ohnmacht allein ein Ruf genügen sollte, um das körperliche Gleichgewicht im Augenblick wiederherzustellen, dann – glaube ich – sollte das hinreichender Beweis für ausgesprochene Simulation sein.

Als ich nach Erscheinen dieses Hetzartikels Heilman zu mir rufen ließ, um von ihm zu erfahren, ob er vielleicht in meiner Abwesenheit geschlagen worden ist, erklärte er mir, er ist über die Verbreitung einer derartigen Lügennachricht entrüstet und versicherte, seine Frau zu beauftragen, diesen Gerüchten überall entgegenzutreten.

Es bleibt also abzuwarten, was Heilmann selbst, wenn er einmal frei sein wird, in dieser Angelegenheit unternimmt.

Jedenfalls wurde Heilmann nicht »in einem Bunker allmählich zu Tode gemartert«, sondern am 7. September 1933 aus dem Konzentrationslager nach Berlin zur Vernehmung entlassen.

Nach der eigenartigerweise fast mit der Zahl der »Times« übereinstimmenden Angabe von 2400 (!) Häftlingen geht der »zuverlässige Gewährsmann« zur Beschreibung eines Häftlings Beckmann über, dem die meisten im Oranienburger Bezirk wohnenden »Arbeiter« angeblich ihre Schutzhaft verdanken sollen.

Einen Schutzhäftling Beckmann hat es im Lager Oranienburg nie gegeben.

Wenn der Gewährsmann von diesem Einzelfall der »Verräterei« spricht, dann weiß ich nicht, wie umfangreich die Liste derjenigen würde, die – um selbst freizukommen – ihre Spießgesellen und politischen Genossen denunziert haben.

Anschließend erzählen »Das Neue Tagebuch« und »sein Gewährsmann« die rührselige Geschichte zweier Handwerker, die sich als Schutzhäftlinge geweigert hätten, am Ausbau »ihres Kerkers« mitzuarbeiten.

Genau wie die Geschichte, enstammen auch diese beiden Künder eines »selbstmörderischen Heroismus« (laut Artikel) ein und dem selben Phantasieland.

Aber es schadet nichts – grausame Mißhandlungen und 14 Tage »Bunker« waren die Quintessenz ihres »Heroismus«.

Und weiter:

»Zu den ältesten Häftlingen gehört der sozialdemokratische Abgeordnete Gerhart Seger, dessen pazifistische Tätigkeit bestraft wird. Nach dem »Haarschneiden« – allen Internierten wird der Kopf kahlgeschoren – mußte Seger ins Krankenhaus übergeführt werden: man hatte ihm die Kopfhaut an mehreren Stellen aufgerissen.«

Daß der sozialdemokratische Abgeordnete Gerhart Seger seiner pazifistischen Einstellung wegen in das Konzentrationslager gebracht worden wäre, dürfte auch der Voreingenommenste jener unglücklichen Lesergemeinde des Neuen Tagebuches glauben.

Für alle aber mag es genügen,daß der SPD-Führer Seger, der wegen Landes- und Hochverrats eingeliefert wurde, zweimal wegen Beleidigung vorbestraft war und sich dadurch einen Namen erworben hatte, weil er die Angehörigen der Wehrmacht in einer sozialdemokratischen Zeitung »Pestträger« nannte, die man meiden müsse.

Also – der würdige Vertreter einer recht unwürdigen Parteitradition.

Das Krankenhaus Oranienburg hat Seger nicht zu sehen bekommen; denn die angeblichen Verletzungen beim Haarschneiden existieren nur in der »grausamen Phantasie« des Skribenten.

Nun zu Seger, der sich augenblicklich im sicheren Prag bei seinen sozialdemokratischen Freunden aufhält.

Gerade noch zur rechten Zeit eröffnet Seger seinen Kampf gegen Oranienburg und gegen sein ehemaliges deutsches Vaterland. Noch einmal beschäftigt dieser unsaubere sozialdemokratische Skribent die Presse des Auslandes und bestätigt, wie unrecht wir hatten, als wir diesen Gesinnungslumpen so anständig behandelten, wie das in jedem anderen Lande mit derartigen vaterlandslosen Gesellen nicht geschehen wäre. Dieser Vorwurf trifft uns SA-Führer und SA-Männer im Lager Oranienburg vollberechtigt, aber man halte uns zugute, daß wir diesen Mann, der zu den kläglichsten, unterwürfigsten Häftlingen Oranienburgs zählte, nicht für so erbärmlich ansahen, als er es jetzt durch seine Greuelhetze gegen Oranienburg und Deutschland beweist. Im »Neuen Vorwärts«, Nummer 34 vom 4. Februar 1934 (Erscheinungsort Karlsbad, Tscheslowakei), schreibt der nach »heldenhafter Flucht« über die Grenze entwischte Oranienburger Häftling:

»Neuer Vorwärts«, Karlsbad

(Nummer 34 vom 4. Februar 1934).

Ob Oranienburg, ob Sonnenburg, ob Brandenburg, ob Papenburg – diese Bastillen – Filialen des Dritten Reiches sind im Wesen alle gleich, sie sind eine Ausgeburt der dreckigsten

Landsknechtsphantasie, der niedrigsten Racheinstinkte, der gemeinsten Herrschsucht, ein einziges ekelhaftes Symbol der moralischen Verlumptheit aller Hitler-Kreaturen.

»Zimmer 16«
und die Wahrheit über Hagendorf

Es bedarf wohl kaum eines Kommentars, um die Gesinnung dieses Mannes ins rechte Licht zu setzen. Das deutsche Volk hat sich in seiner Gesamtheit zu Adolf Hitler bekannt, und ich darf mit Recht annehmen, daß jeder anständige Ausländer die Ehre eines Menschen auch nach dessen Einstellung zu seinem Vaterlande und dem eigenen Volk beurteilt. Wenn Seger dann fortfährt und Dr. Goebbels, den Minister für Propaganda und Volksaufklärung, angreift und u. a. erklärt, Dr. Goebbels habe mir, dem Verfasser dieses Buches, den Auftrag hierzu erteilt, so darf ich Seger, der von sich behauptet, er sage die volle Wahrheit, der ersten bewußten Lüge zeihen. Ein solcher Auftrag besteht nicht, sondern dieses Buch wurde aus eigener Initiative geschrieben. Es soll den anständigen Menschen in der Welt gezeigt werden, wie groß, unüberbrückbar der Unterschied zwischen einem Manne, der sein Vaterland, sein Volk und seinen Führer mit heißem, ungeteiltem Herzen liebt, und einem wegen Landes- und Hochverrats landflüchtig gewordenen Sozialdemokraten ist. Dieses Urteil wird gefällt werden, wir können ihm ruhig entgegensehen.

Der Artikel (»Die Bastillen des Dritten Reiches«) im Neuen Vorwärts vom 4. Februar 1934 ist weiter nichts als die tiefe Verbeugung des »namhaften« Sozialdemokraten Seger vor einem kleinen jüdischen Fürsorgezögling. Ich darf daher gleich zur Widerlegung der gemeinsten Lügen übergehen. Der nochmalige Vorwurf, den Seger in seinem Kapitel »Zimmer 16« (abgedruckt in der Volksstimme, Saarbrücken, Nr. 32 vom 7. Februar 1934) erhebt, der Arbeiter Hagendorf – über den bereits an anderer Stelle eingehend berichtet wurde – sei »buchstäblich bei lebendigem Leibe« erschlagen worden; ist und bleibt Lüge, bewußte Lüge!

Kreiskrankenhaus Oranienburg
Fernruf: Oranienburg 2064
Postscheckkonto: Berlin Nr. 132629
Oranienburg, den 16. Februar 1934.

Der Arbeiter Hermann Hagendorf, geb. 18.2.1900 in Coswig, ist hier am 20.6.1933 an Urämie (innere Harnvergiftung) infolge Nierenentzündung gestorben. Der Tod ist nicht die Folge erlittener Mißhandlung gewesen.

Dr. med. Erich Stutzer,

leit. Arzt.

Es besteht nunmehr von unserer Seite keine Veranlassung mehr, diesen bedauerlichen Tod des Arbeiters Hagendorf zum Gegenstand weiterer Erörterungen zu machen.

Zwei ehemalige Häftlinge aus Zerbst in Anhalt, die mit dem im Lager plötzlich verstorbenen Sens eng befreundet waren und von dem Augenblick der Einlieferung ab bis zur letzten Minute mit Sens zusammen waren, kabelten – nachdem sie von der ungeheuerlichen Behauptung Segers Kenntnis genommen haben – am 16. Februar 1934:

»An das Konzentrationslager
Oranienburg.

Von Greuelhetze Seger, Prag, über Todesursache von ehemaligem Schutzhäftling Max Sens, Zerbst, Kenntnis genommen. Seger lügt bewußt, habe mit Sens im Lager Oranienburg zusammengelebt. Sens war schwer herzleidend, wurde bei Pflichtarbeit teils geschont, teils befreit, war mit Sens in den letzten 2 Stunden dauernd zusammen und auch bei seinem Tode zugegen. Sens ist nie mißhandelt worden. Diese Angaben mache ich an Eidesstatt freiwillig. Wilhelm Jeremias, Nr. 186, ehemaliger Schutzhäftling im Konzentrationslager Oranienburg.«

»Ich erkläre an Eidesstatt, daß die Angaben des Jeremias auf Wahrheit beruhen.

Zerbst, den 16. Februar 1934.

Willy Königstaedt, ehemaliger Schutzhäftling Nr. 203 im Konzentrationslager Oranienburg.«

Es folgt das nachgeholte Gutachten über den Todesfall Sens vom Lagerarzt Oranienburg:

Oranienburg, 16. Februar 1934.

Der Häftling Max Séns aus Zerbst, der aufgrund eines Herzleidens (Myocarditis) von jeglicher Lagerarbeit befreit war, ist am 28. Juni 1933 infolge plötzlicher irreparablen Versagens der Herzkraft (Mors subita) verstorben.

Dr. Lazar, Lagerarzt.

Da Seger sein Buch gegen Oranienburg mit der bei deutschen Gerichten üblichen Eidesformel eröffnet, überlasse ich es jedem Leser, sich seine Gedanken über die Veröffenlichung zu machen.

Nachfolgend will ich durch eine Vernehmung beweisen, für welche Leute sich Seger einsetzt.

»Ich war Mitglied des Reichsbanners. In der Nacht vom 30. zum 31. Juli 1932 befand ich mich im Lokal Kubatschek in Friedrichstal mit Emil Dietrich, Willi Kujak und Karl Schuhmacher. Außer Schuhmacher waren die anderen Mitglieder des Reichsbanners. Schuhmacher erzählte am Biertisch, daß hinter dem Grundstück des Gastwirts Bleise zwei Hitler-Jungen ein Zeltlager haben und forderte uns auf, diese beiden Jungen aus dem Zelt zu holen, um sie zu mißhandeln. Wir tranken unser Bier aus und begaben uns auf dem kürzesten Wege zu dem Zelt. Ich habe das Zelt aufgemacht, habe den Jungen am Kopf herausgezogen und ihn mehrmals geschlagen. Der Junge riß sich los und lief davon. Ich lief als erster hinter ihm her und holte ihn ungefähr 200 Meter von dem Zelt entfernt ein; ich packte ihn und versetzte ihm mehrere Schläge mit der Faust auf den Kopf. Inzwischen waren die anderen drei angelangt. Ich ließ von ihm ab, und die anderen drei bearbeiteten ihn weiter, bis er zu Boden sank, erst dann ließen sie von ihm ab. Wir machten uns wieder auf den Rückweg, und ich sagte noch beim Fortgehen: ›Bleib liegen und verrecke.‹ In der Gastwirtschaft von Kubatscheck kehrten wir wieder ein und tranken noch einige Glas Bier und gingen dann auf die Straße, wo ich mich einer Klebekolonne des Reichsbanners anschloß. Irgendwelche Sachen der beiden Hitler-Jungen sind meines Wissens nicht von uns entwendet worden. Von dem zweiten Hitler-Jungen habe ich nichts gesehen, da sich dieser zur Zeit der Tat nicht im Zelt aufhielt. Weitere Angaben kann ich nicht machen; ich weiß nur noch, daß Schuhmacher dem Hitler-Jungen beim Weggehen mit dem Fuß ins Gesicht getreten hat.

v. a. u.

gez. Siegfried Hamann, Friedrichsthal.

Geschlossen.

Kr., Sturmbannführer.«

Diese vier Reichsbannerhelden, von denen der älteste 51 Jahre und der jüngste 19 Jahre alt war, mußten mit einem Schild, das ihre Untat aufgezeichnet hielt, auf dem Hofe des Konzentrationslagers im Kreise auf und ab gehen. Ich könnte verstehen, daß Seger von dem Anblick seiner verbrecherischen Genossen nicht erbaut war. Was aber für uns völlig unverständlich – bei näherer Bekanntschaft mit Seger allerdings verständlich erscheint – ist die Tatsache, daß er diese Methode, die den anderen Häftlingen zeigen sollte, mit welchen Untermenschen sie Schulter an Schulter gefochten hatten, als besonders brutal bezeichnet.

Mehr will ich über Seger, der als Kantinenverwalter im Konzentrationslager leider eine angenehmere Beschäftigung hatte als seine Genossen, die draußen arbeiten mußten, nicht mehr sagen. Die Beschäftigung mit ihm dürfen wir mit gutem Recht in Zukunft denen überlassen, die die »Ehre« haben, ihm Heimstatt und Gastrecht zu gewähren. Aber – und das darf ich im Namen aller deutschen Volksgenossen offen und ehrlich bekennen -: Wir beglückwünschen kein Volk der Erde zu solchen »Errungenschaften«, wie sie »Männer« vom Schlage Segers sind. Dem Neuen Vorwärts sei an dieser Stelle gesagt, daß wir sein Blatt, das uns beschimpft und das uns nach Oranienburg zum »Studium« geschickt wurde, bereitwilligst den Häftlingen vorlegten und ihrem Urteil überließen. Die Antwort darauf erfolgte bereits am nächsten Tage.

Prager »Vorwärts« entlarvt

Oranienburg, den 8. Februar 1934.

An die

Redaktion des »Dortmunder Generalanzeigers«

(Rote Erde)

Sehr geehrte Redaktion!

Wir Unterzeichneten bitten um Aufnahme folgender Zeilen:

In jüngster Zeit erschien die illegale Zeitung, genannt »Der Vorwärts«, Organ der SPD, hergestellt in Prag, mit einer Greuelmeldung über das Konzentrationslager Oranienburg. Demzufolge soll es hier sehr schauderhaft zugehen. Wir unterzeichneten Häftlinge aus Gastrop-K. haben uns entschlossen, aus der ehrlichen Üerzeugung, daß man so etwas nicht dulden darf und der Wahrheit die Ehre geben muß, diesem durch eine wahrheitsgetreue Schilderung der Verhältnisse im hiesigen Lager entgegenzutreten. Wenn man dort über ungenießbares Essen schreibt, so können wir nur bestätigen, daß unser Essen reichlich, sauber und abwechslungsreich ist. Des weiteren schreibt man dort von Einsperrung in steinerne Särge. So etwas gibt es im Lager überhaupt nicht. Wir sind mit dem bangen Gedanken nach hierher gekommen, daß wir etwas Böses zu erwarten haben, da schon früher derlei Gerüchte über die Läger im Umlauf waren. Wir müssen aber auch hier der Wahrheit die Ehre geben, und das Gegenteil ist der Fall gewesen. Wir wurden sehr gut empfangen, und von Mißhandlungen war keine Rede. Wir sind ungefähr mit 90 Mann aus Westfalen hier eingeliefert worden, und nicht ein einziger von diesen ist mißhandelt worden. Wir waren sehr erstaunt, als uns von allen Seiten das größte Entgegenkommen zuteil wurde. Des weiteren wird dort in dieser Schmierzeitung geschrieben von Erschlagung von Häftlingen. Wir sind jetzt 21/2 Monate hier, und es ist uns von so etwas nichts bekannt. Denn so etwas spricht sich doch sofort im Lager herum. Wir hatten über die SA eine andere Meinung, als wir eingeliefert wurden, als wir sie heute haben; denn es wurde doch genug gehetzt gegen die SA, und als wir hier im Lager erst richtig warm wurden, da stellten wir schon sofort fest, daß alle Hetze üble Verleumdung war, und im Gegenteil die SA uns sehr zuvorkommend behandelt. Was die sanitäre und hygienische Einrichtung anbelangt, darüber ist nicht zu klagen. Wird einer krank, wird er sofort behandelt. Sanitätswache ist Tag und Nacht. Wir können jeden Tag baden, Brausen- oder Wannenbad, so, wie es einem beliebt. Von den hier anwesenden 600 Häftlingen gehen 115 arbeiten, vornehmlich Kulturarbeiten; alles andere sucht sich im Lager seine Beschäftigung: Hoffegen, Kartoffelschälen usw. Der größte Teil spielt in einem räumlich angelegten Speisesaal Skat oder Schach usw. Die Schlafgelegenheit ist eine gute, und die Schlafzeit ist von abends 8 Uhr bis 1/2 7 morgens. Daß das Leben im Lager kein schlechtes sein kann, beweist folgendes: Jeden Abend ist Konzert, ausgeführt von den Häftlingen, und dabei wird gesungen. Wir fragen nun, würde jemand scherzen und lachen können, wenn solche Zustände hier herrschten, wie es in der Öffentlichkeit verbreitet wird? Wir könnten es uns jedenfalls nicht vorstellen. Wir appellieren an unsere ehemaligen Genossen: Weist solche Greuelmeldungen ab und befolgt das Gegenteil von dem, was die Verleumder und Hetzer von euch fordern, damit dient ihr euch nur selbst und uns allen. Auch verlangen diese Herrren Emigranten in Prag, die Arbeiter sollen sich gegen die Regierung Hitler zur Wehr setzen, und zeigen dort allerlei Forderungen auf. Nun, wir können auch hierauf folgendes antworten: Unter dem vergangenen Sytem haben wir als Erwerbslose von der sogenannten Winterhilfe nichts verspürt. Wenn aber unsere Frauen uns mitteilen, daß sie geldliche Zulagen bis zu 20 RM bekommen haben, des weiteren bis zu 20 Zentner Kohlen schon bis jetzt erhalten haben und an Wäsche usw., dann ersehen wir darin eine wirklich ehrlich gemeinte Hilfe und haben kein Interesse, gegen unsere Helfer zu stänkern, sondern im Gegenteil mitzuhelfen, damit es noch mehr wird, als das man uns schon gegeben hat. Diejenigen, welche nach Prag ausgerückt sind und heute über Oranienburg Greuelmärchen verbreiten, haben sich so kameradschaftlich hier benommen, daß, falls sie wieder nach hier kämen, sie eine gehörige Tracht Prügel von allen Häftlingen bekämen. Also so sehen diejenigen aus. In Schafspelze sind sie gekleidet, und innerlich sind sie reißende Wölfe.

Wir hoffen, daß diese Zeilen dazu beitragn, die Wahrheit zu festigen und die Verleumdungen zu vernichten.

Franz Hasse, Castrop-Kariell, Robert Wagner, Gustav Szesny, Walter Springer, Castrop-Rauxel I, zur Zeit Oranienburg.«

Karl Wienicke, der beste Freund Segers, gab einem Engländer freiwillig folgende Erklärung ab:

»Ich bin in Oranienburg seit dem 27. Juni 1933 … Im Gegensatz zu der Greuelpropaganda z. B. eines Gerhart Seger, eines früheren Schutzhäftlings in Oranienburg, der Ende Dezember v. J. aus dem Lager entwichen ist und den ich sehr gut kenne (siehe seine kürzlichen Artikel im Neuen Vorwärts, der in Karlsbad veröffentlicht wird), erkläre ich hiermit:

Natürlich ist ein Konzentrationslager kein Sanatorium. Behandlung und Essen sind gut. Alle sanitären Einrichtungen (wie Waschen, Baden, W. C., Entlausung usw.), die nebenbei unter meiner Leitung stehen, sind ausgezeichnet. Auch der Doktor- und Sanitätsdienst ist sehr gut. Sport und körperliche Bewegung sind durchaus ausreichend. Der Dienst ist streng, aber sehr gerecht. Ich möchte auch ausdrücklich erklären, daß ich niemals geschlagen oder sonstwie unmenschlich behandelt worden bin. Ich freue mich, die Gelegenheit zu haben, erklären zu können, daß die persönlichen Angriffe gegen den Kommandanten des Lagers, Herrn Schäfer, absolut unbegründet sind und reine Propandalügen sind. In allen diesen langen Monaten meiner Haft hatte ich die beste Gelegenheit, mich zu überzeugen, daß der Kommandant ein gerechter, humaner und verständnisvoller Mensch und ein sehr fähiger Administrator ist, der immer ein offenes Ohr für irgendwelche Beschwerden hat. Bei meiner Ehre erkläre ich, daß der Kommandant, der die Achtung und das Vertrauen aller Gefangenen genießt, niemals eine Mißhandlung irgendwelcher Art angeordnet hat.

Karl Wienicke.«

Erschießungen und Mord« im Lager

Nun zurück zum Neuen Tagebuch, mit dem wir uns für eine kurze Zeit beschäftigen wollen.

In diesem Artikel folgt eine »genaue Wiedergabe« der Ereignisse in Wolzig. Interessant ist hier nur, daß die SA-Männer ein Maschinengewehr und mehrere Pistolen unter die Betten des

»Eleven« (!) gelegt haben sollten und dann zur Verhaftung des Schullehrers schritten, nachdem sie ein Waffenlager »entdeckt« hatten.

Nichts ist dumm genug, als daß es nicht Verwendung gegen uns finden könnte.

Daß nach Angaben des »unbedingt zuverlässigen Gewährsmannes« ein vierzehnjähriger Knirps jeden Morgen beim Appell habe vortreten müssen, um aufzusagen: »Ich bin ein Sittenstrolch, ich habe ein deutsches Mädchen verführt«, ist so nebenher ohne Kommentar erwähnt.

Vier SA-Oberführer aus München sind ebenfalls nicht als Häftlinge im Lager Oranienburg gewesen, aber – es gilt andere Lügen als diese zu widerlegen.

Es würde zu weit führen, wollte ich die haarsträubenden Lügen im Abschnitt »Tageseinteilung« widerlegen. Erwähnen möchte ich nur, daß der »Berichterstatter« schreibt: »Niemals gibt es Fleisch. Zu ihrem Glück – sie würden sonst alle an Unterernährung zugrundegehen – können sich die Gefangenen, die über Geld verfügen, Lebensmittel besorgen lassen.«

Nicht unerwähnt möchte ich die Häftlingskantine lassen, die unter der Leitung eines alten, bewährten SA-Obertruppführers steht.

Hier können alle Häftlinge gegen Lagergeld Genuß- und Lebensmittel kaufen, die ihnen zu niedrigsten Preisen angeboten werden. Da die meisten der Häftlinge über wenig Barmittel verfügen, sind es immer nur einzelne, die sich in den Besitz von derartigen Genußmitteln sitzen. Aber eine Ergänzung in der reichlichen und guten Verpflegung ist absolut nicht nötig. Jedem Häftling steht pro Tag außer seiner reichlichen Verpflegung eine Fleischration von 125 bis 150 Gramm zu.

Daß die »Prominenten« mit Geldbeträgen von zum Teil 800 bis 1200 RM das Lager betraten, läßt die »Großverdiener« erkennen, denen die Arbeiter in Dummheit folgten.

Und – daß sie nichts teilten, davon können diejenigen erzählen, die mit ihnen in Schutzhaft, aber arm wie Hiob waren. Für diesen Anschauungsunterricht sind wir heute sogar noch dankbar.

Wenn im Abschnitt »Das Hoheitsgebiet der SA« davon gesprochen wird, daß der Lagerkommandant den Angehörigen Rechnungen über 4 RM pro Tag zugestellt habe, so halte ich es unter meiner Würde als SA-Führer, dazu Stellung zu nehmen.

Am Abend des denkwürdigen Tages, da der Führer den Austritt Deutschlands aus dem Völkerbund erklärt hatte, standen die Schutzhäftlinge auf dem Hof angetreten, um durch Lautsprecher die Rede des Führers zu hören.

Erst herrschte Totenstille, als die Anklagen des Führers über die Weite des Vorhofes hallten.

Jetzt hielt ich die Stunde für gekommen, um in den politischen Gegnern, die unsere Schutzhäftlinge waren, eine Resonanz zu schaffen.

Da fiel – aus den hinteren Reihen – ein Wort des Beifalls. Langsam und allmählich löste sich die Stille, die über den angetretenen Häftlingskompanien lastete.

Rufe wurden laut. Rufe des Beifalls und der ehrlichen Freude über die befreiende Tat des Führers.

Und als der Führer geendet hatte – ohne daß ein Wort von uns gefallen wäre, sangen die Häftlinge spontan das Deutschlandlied!

Draußen vor dem Lager zog ein endloser Fackelzug, den die Einwohner Oranienburgs aus Freude über den großen Tag gebildet hatten, vorüber. In diesem Augenblick gab es keinen Unterschied mehr zwischen den meisten, die hier als Schutzhäftlinge standen, und jenen, die dort draußen singend in der Nacht marschierten. Als sie das Deutschlandlied beendet hatten, ließ ich ihnen sagen, daß sie sich im großen Eßsaal versammeln sollten, da ich ihnen etwas vorzulesen hätte.

Spannung lag über allen, als ich aus meinem Zimmer zurückkehrte.

Achtung! Alles hinsetzen! – und dann las ich ihnen aus dem Neuen Tagebuch von Leopold Schwarzschild und den Artikel über das Lager vor.

Als ich den nachfolgenden, im Originaltext abgedruckten Abschnitt, der von Erschießungen und Mord im Lager spricht, vorgelesen hatte, ging ein Entrüstungssturm durch den Saal.

Eine Lüge kann vielleicht an Wahrscheinlichkeit gewinnen, wenn man Tag und Stunde ihr als prägnante Beigabe mitgibt;

aber sie wirkt um so gemeiner und niederträchtiger, wenn dann, wie in diesem Falle – der »lebende« Gegenbeweis erbracht wird. Bis hierher könnte man annehmen, daß der Haß und die Lüge gegen das Lager Oranienburg sich endlich, da gründlich – ausgetobt hätte.

Warum verschweigt dieser Lump – denn eine andere Bezeichnung verdient der anonyme Schreiber dieses grotesk verlogenen Artikels nicht- wissentlich meinen Namen und diffamiert, genau wie der Skribent in der Times, den SA-Sturmbannführer Krüger, der doch gar nicht Lagerkommandant war.

Es ist doch immerhin seltsam, daß alle in dem Artikel genannten SA-Führer und -Männer tatsächlich existieren und im Zusammenhang ihrer Dienststellen innerhalb des Lagers genannt werden.

Nur der Lagerkommandant wird wissentlich mit einem anderen Namen belegt. Sollte er geschont werden?

Sollte sich der Schreiber, der dem Berichterstatter der Times so sehr geistesverwandt ist – vielleicht doch schämen?

Nachdem das Lager mit seinen Einrichtungen und Häftlingen durch ein Schlammbad von Verlogenheit und Entstellung gezogen worden ist, kommt der »Gewährsmann« zum Schluß.

Aber – wie sieht dieser Schluß aus? Hier kann man nur noch von pathologischem Haß sprechen.

Mein Adjutant, der aus einer der bestangesehensten Familien von Oranienburg stammt, wird in diesem Artikel zum »widernatürlichen Verbrecher« gestempelt, der zu den bekanntesten dieser Art gehört, die in einem hierfür zuständigen Unterweltlokal in Berlin verkehren. Ich bin seit einigen Jahren mit meinem Adjutanten befreundet und kenne diesen alten SA-Führer auch außerdienstlich. Dieser gemeine Anwurf wird allein durch die Tatsache völlig entkräftet, daß D. heute noch mein Freund und Adjutant ist.

Anstand und Sitte verbieten mir jedoch, das mitzuteilen, was im Tagebuch weiter über ihn, der jedem Häftling, vom Bestehen des Lagers an gerechnet, bis heute ein ausgesprochen korrekter und gerechter Vorgesetzter war, geschrieben wurde.

Es ist einfach unglaublich!

Jahr um Jahr, Monat für Monat, Tag für Tag ein Leben ganz und gar zu opfern – nicht daran denken, daß man jung ist, sondern gerade, weil man jung ist, alles hingeben, arbeiten – opfern und opfern. – Ja – das ist, weiß Gott, so groß, daß auch an dich, SA-Führer, alles herangetragen werden kann – alles – auch dieser Schmutz vom Tagebuch jenes Verbrecherkreises von Emigranten.

Es bleibt Schmutz, erbärmlichster, niedrigster Schmutz!

Wir SA-Männer, die wir nicht erst seit gestern unser Leben der Zukunft unseres Volkes verschrieben haben, wissen, was menschliche Gemeinheit zuwege bringen kann.

Aber es schreckt uns nicht.

Mit blankem Schild sind wir in diese Revolution, die uns das Dritte Reich des Führers brachte, marschiert – und mit blankem Schild wollten wir alles verteidigen, was der Verteidigung wert ist. Das hätte ich zum Abschluß des Artikels, den ein »unbedingt zuverlässiger Gewährsmann« schrieb, zu sagen.

»So denkt man über Euch im Ausland!« schrieb mir ein Kanadier und sandte The Jewish Chronicle mit, in dem der gekürzte Artikel aus dem Emigrantentagebuch enthalten war.

Darauf gibt es nur eine Antwort.

»Was sollen wir nur von Euch denken, wenn Ihr weiterhin so gedanken- und vorurteilslos alles das glaubt, was man Euch an Gemeinheiten über Deutschland vorsetzt?«

Der Schluß dieses Kapitels sei den Prominenten gewidmet.

Wie ungenau der Wertmesser Nimbus für den Menschen ist, dafür legt das Leben Tag für Tag Beweise über Beweise vor.

Als jene »Prominenten« in unser Konzentrationslager eingeliefert wurden, traten uns Menschen entgegen, die nur dem Namen nach prominent waren.

Aber das war auch alles!

Ein verlegen lächelnder Bürger – ganz verlegen, weich, überaus weich und behäbig – das war Fritz Ebert, der einstmals so gefährliche Intrigant von Brandenburg an der Havel, wo er als Redakteur einer sozialdemokratischen Zeitung recht unrühmlich gewirkt hatte.

Wenn ich ihn und die anderen beschreibe, so darf man von mir, dem Soldaten einer Bewegung, die nur Dienst und Hingabe an diesen Dienst verlangt, nicht verlangen, daß ich mich zu eingehend mit Menschen beschäftige, die es heute nicht mehr verdienen, mit vielen Worten genannt zu werden. Unser Dienst im Lager bestand darin, genau wie den anderen Häftlingen, so also auch Fritz Ebert und den anderen »Prominenten« Arbeit zuzuweisen.

Wer da geglaubt hatte, es gäbe für uns noch etwas – was man im gut bürgerlichen Leben den »Respekt vor der Prominenz« nennt, der täuschte sich ganz gewaltig.

Nach alledem, was wir beim Einzug dieser Gladiatoren – Ebert, Heilmann usw. – erlebten, mußten diese Prominenten angenommen haben, wir besäßen noch diesen Respekt.

Fein – im Besten vom Besten gekleidet, gleichsam – als ginge es in ein Modebad oder sonst irgendwohin, standen sie in Reih und Glied – Mitglieder der großen Schicksalsgenossenschaft – Oranienburg.

Und dann, am nächsten Tag, in Drillichhose und Rock. Ebert mit Schaufel und Heilmann mit Besen, auf dem Vorhof des Lagers, bereit zur Arbeit. Nichts war für die Häftlinge des Lagers so wohltuend, als der Anblick ihrer Prominenten – wie sie jetzt, gleichgeschaltet mit ihnen, einen Weg, eine Straße gingen – zur Arbeit.

Ich habe mir nicht die Zeit nehmen können, um auf sie besonders zu achten; aber das kann ich versichern, wenn sie jemals imstande gewesen sein sollten, die Arbeit des »kleinen Mannes« zu würdigen – besser als von der Rotationsmaschine, dem Rednerpult oder dem Reichstagsplenum her – wurden sie an die wirkliche Würdigung der Handarbeit herangebracht. Vielleicht schlug ihnen das Gewissen dabei, wenn sie jetzt neben dem kleinen Parteifunktionär oder -wähler standen und Sand auf die Kipploren warfen – vielleicht. Aus der positiven war eine negative Prominenz geworden. So überflüssig sie sich selbst vorkommen mochten, so wenig wollten sie ihre Schicksalsgenossen missen.

Und nach wenigen Tagen waren aus den früheren Gleichmachern – Gleichgemachte ersten Ranges geworden.

Wir SA-Männer, die wir Ursache genug gehabt hätten, Haß zu empfinden und rücksichtslos unsere Gegner zu behandeln, hatten durch die Arbeit den Ausweg für alles gefunden, was uns und ihnen gefährlich werden konnte.

Aber – nun hatte das Schicksal anders entschieden – man stand in Reih und Glied, Häftling unter Häftlingen. Tief hatte man sich in das behagliche Leben des Spießbürgers eingelebt. Nun schlief man unter einer Decke auf Stroh mit Menschen zusammen, denen man Friede, Freiheit und Brot – nicht einmal – hunderttausende von Malen versprochen hatte. Selbst die Zigarre, die Heilmann nicht glaubte, während der Arbeit missen zu können, während die armen Proleten neben ihm neiderfüllt zu ihr herüberblinzelten, die mußte der Disziplin im Lager weichen. Mit der ihm und seiner Rasse eigenen Unbekümmertheit ging er darüber hinweg, bis er doch dabei wieder angetroffen wurde. Ein Mann, dem man auf Schritt und Tritt anmerkte, wie schlecht sein Gewissen und wie wenig gut die heroische Unterlage dafür war.

Ein solcher Mann konnte nur zersetzend wirken, denn allein das sprach aus seiner körperlichen und seelischen Konstitution. Und wieder neben ihm – satt, bequem, egoistisch und verstockt – der prominente »Kandelaber-Prinz«, der seinen »furchtbaren« Beinamen von einem furchtbaren Ausspruch, den er einstmals in einer mutigen Reichsbannerminute getan, mitvererbt bekommen hatte – Fritz Ebert, das würdige Gegenstück zu Heilmann!

Relativ am besten fand sich Franz Künstler, die SPD-Größe in der traurigsten und erbärmlichsten Zeit unseres Vaterlandes (1918 bis 1933) – in die ihm schicksalhaft zugewiesene Arbeit.

Von den anderen »Prominenten« erübrigt es sich zu sprechen. Sie hatten Stellungen innegehabt, die sie »weidgerecht«, »systemgerecht« erwirtschaftet hatten. Auch sie standen unter dem bei uns herrschenden Arbeitsgebot. Olymp und Styx wie dicht beieinander. Der Herr Ministerialrat Giesecke arbeitete in der Häftlingsaufnahmeabteilung. Er war ein alter Herr, dem wir körperliche Arbeit nicht zumuten wollten und der hier mit Nebenarbeiten beschäftigt wurde. Der ehemalige Rundfunkintendant Flesch sowie Alfred Braun, der übrigens als einzigster nach seiner Untersuchungshaft in Moabit noch einmal nach Oranienburg kam, um mir seinen Dank für die anständige und menschenwürdige Behandlung auszusprechen, lebten im Häuschen des alten »Feldwebels« – zählten Schrauben und Nägel – Hämmer und Meißel und buchten die Handwerkszeuge der anderen – morgens und abends. Herr Magnus wanderte von Abteilung zu Abteilung und wurde überall beschäftigt.

Doch über Greuelhetze und Angriffe aller Art hinweg, mit altgewohntem SA-Elan, hatten wir inzwischen uns jenen Aufgaben ganz und gar verschrieben, die da hießen – Organisation und Arbeit.

Rückblick, Überblick und Ausblick

In den vorhergehenden Kapiteln habe ich von der Vorgeschichte der nationalsozialistischen Revolution, der Vorgeschichte des Lagers, dem Aufbau und den Schwierigkeiten, die sich uns in den Weg stellten – von Häftlingen, von Führern und Verführten erzählt.

Im vorliegenden Kapitel will ich nun alles das noch niederschreiben und berichten, was mir wesentlich erscheint, um das Bild, das ich vom Konzentrationslager Oranienburg entworfen habe, abzurunden. Ich will nicht mehr von den Häftlingen und den Ursachen erzählen, die sie zu dem machten, was sie dann bei uns waren; sondern ich will als Nationalsozialist mit ihnen, die es verdienen, wieder als vollwertige Volksgenossen in unsere Gemeinschaft aufgenommen zu werden, in ihre und unsere Zukunft schauen.

Es wird ja einmal alles vergessen werden müssen, und dann, wenn die Jahre ins Land gegangen sein werden, wird es sich erweisen, ob alle diejenigen, die das politische Schicksal zu uns geführt hatte, das geworden sind, was wir von ihnen erwarteten – treue Söhne ihres Vaterlandes.

Diejenigen aber, die heute noch nicht begriffen haben, aber begreifen wollen, daß eine andere Zeit in Deutschland angebrochen ist, und daher nicht nachlassen zu hetzen und zu wühlen, sollen auf unsere Rücksichtnahme nicht bauen oder hoffen.

Wenn da einer ist, der da glaubt, der nationalsozialistische Staat habe nur die Pflicht, durch Winterhilfe und Arbeitsbeschaffung ihm den Weg aus der Zeit der Verelendung zu zeigen und freizumachen, aber er habe nicht das Recht, Forderungen an ihn zu stellen, der muß erst zwangsläufig umlernen – und das geschieht am besten und schnellsten bei uns. Für die Asozialen ist das Konzentrationslager der beste Aufenthalt.

Vor einigen Wochen sprach man häufig in Polizeifachkreisen davon, daß man solche Elemente, denen das Verbrechen zum Beruf geworden ist, nachdem sich herausgestellt haben sollte, daß an eine Besserung aufgrund der mit ihnen gemachten Erfahrungen nicht zu denken sei, in den Konzentrationslagern unterbringen müsse.

Wenn erst einmal die Zeit der politischen Schutzhaftlager aufhören sollte, würde ich es für außerordentlich günstig erachten, die in den Lagern gemachten Erfahrungen hier nutzbringend zu verwerten.

Es dürfte die Leser meines Buches interessieren, daß auch ganz anders geartete Fälle als nur politische an unser Lager herangetragen wurden. Das mecklenburgische Staatsministerium überwies uns eines Tages einen Schlächter, der wegen der unmenschlichsten Behandlung seiner Familie einfach isoliert werden mußte. Nachdem man in Trinkerheilstätten, Gefängnissen und sonstigen Korrekturanstalten vergeblich versucht hatte, diesen brutalen Wüstling, der Frau und Kinder bis aufs Blut peinigte, zu bessern, übergab man nach absoluter Erfolglosigkeit diesen Mann – dem Konzentrationslager Oranienburg.

Und hier – das dürfen wir mit Stolz verzeichnen – bekamen wir ihn klein. Fern dem Alkohol und fern den Menschen, die für ihn schuften mußten und zum Lohn Prügel und Todesandrohung erhielten, arbeitet er heute vom frühen Morgen – bis in den späten Abend.

Keine Ruhe – keine Rast.

Einmal – ein einziges Mal nur – und das war gleich zu Anfang – versuchte er den wilden Mann zu spielen – und seit diesem einmaligen Auflehnen gegen Disziplin und Gewalt ist er ruhig geworden. Ganz ruhig! –

Wenn SA-Führer im Lager über den Hof kommen, reißt er von weitem die Mütze vom Kopf und steht stramm. Wenn er gerufen wird, dann ist es – als sei ihm der Blitz in die Knochen gefahren. Und wenn er arbeitet, dann verlohnt es schon der Mühe, ihn dabei zu beobachten.

Man glaubt ja nicht, wie segensreich eine derartige Erziehung für solche niederträchtigen und brutalen Menschen ist.

Mehr als einmal schrieben Väter an uns Briefe, worin sie uns baten, ihre Söhne aufzunehmen, damit sie noch vor ihrem gänzlichen inneren Zusammenbruch durch straffe Zucht und Arbeit – vollwertige Menschen werden könnten.

Während der eine Vater die »Pension« für seinen Sohn monatlich im voraus zahlen wollte, bot der andere Vater außer täglicher Pension – 500 RM für arme, notleidende SA-Männer.

Es erübrigt sich zu sagen, daß wir auf diese Bitten und zum Teil »hochherzigen Angebote« nicht eingehen konnten. Ich halte für diese Art widerspenstiger und vielleicht ausschweifend veranlagten Menschen den Arbeitsdienst für wesentlich wertvoller.

Man darf nicht vergessen, daß der Umgang mit vollwertigen, guten und absolut brav veranlagten Kameraden im Arbeitsdienst und die dort herrschende Disziplin manchmal solchen jungen Menschen, die erst Männer werden sollen, mehr zu geben vermögen als unsere Erziehungsarbeit, die sich eher für ausgesprochen Asoziale eignet.

Das Schwierige in unserer Erziehungsarbeit lag und liegt in der Beurteilung der Verschiedenartigkeit der Menschen, die uns übergeben wurden. Ich will jedoch nicht den Gedanken aufkommen lassen, als wollte ich hierbei einem Individualismus das Wort reden, wie wir ihn – da er uns in den verflossenen 14 Jahren beinahe erdrosselt hätte – bekämpft haben.

Wenn ich hier von der verschiedenartigen Beurteilung von Menschen spreche, die lediglich ihrer staatspolitisch gefährlichen Einstellung wegen in das Konzentrationslager kamen, so denke ich an jene Unterschiede, die sich aus den Rollen ergaben, die sie gespielt haben. Die Schwierigkeit lag darin, daß wir erst einmal feststellen mußten, wer besserungs- oder wandlungsfähig sei.

So stellte ich z. B. einen Kunstmaler vor eine in der Lagertischlerei angefertigte Staffelei und gab ihm den Auftrag, zwei Ölbilder auf Sperrholz zu malen.

Die Auswahl der Motive überließ ich ihm allein. Ungestört, allein in einem Raum oder draußen auf dem Sportplatz hinter dem Lager, stand er Tage und Wochen – und malte.

Als ein Bild fertig war, ließ ich ihn zu mir kommen.

Eine wundervolle deutsche Landschaft war entstanden. Im Vordergrund schnitten drei Bauern das erntereife Korn, während zwischen lieblichen Hügeln im Hintergrund des Bildes ein Dorf mit seiner alten Kirche in den Sommertag hineinträumte.

So lebensecht und wahr konnte nicht nur ein Künstler, sondern nur ein Mensch malen, der ganz und gar mit dem Boden verwachsen war, auf dem er lebte.

Das andere Bild zeigte Häftlinge des Lagers als Arbeiter an einer Straße. Keine gequälten Gesichter, sondern gesunde, starke Männer. Ihn hatte nur das eigene Elend und das Empfinden mit dem materiellen Elend der anderen veranlaßt, politische Wege zu gehen, die sich als falsch erwiesen hatten und auch von ihm jetzt als verkehrt erkannt wurden.

Der Kupferschmied arbeitete an einem kleinen Kunstwerk, das er in Kupfer trieb und feilte.

Der Schlosser stand am Schraubstock, der Schmied am Blasebalg, der Mechaniker an der Drehbank – und die anderen arbeiteten draußen und rückten des Abends singend in die Stadt wieder ein.

Überall sollte die Arbeit unserer Erziehung wertvollster Berater sein.

Freiwillig im Lager geblieben

Und dann kamen die Entlassungen.

Da schrieb der eine, daß er eine große Bitte an uns habe, freiwillig im Lager bleiben zu dürfen.

Der andere schrieb an den Landrat des Kreises Teltow.

»Sehr geehrter Herr Landrat,

ich nehme hiermit Gelegenheit, Ihnen zu danken für die freundlichen Worte, die Sie anläßlich Ihres Besuches im Konzentrationslager Oranienburg an mich gerichtet haben.

Gleichzeitig erlaube ich mir zu sagen, daß Ihre Ermahnung,

mich von politischer Betätigung fernzuhalten, übereinstimmt mit meinem schon vor längerer Zeit gefaßten Entschluß, der die Folge der Überwindung meiner bisherigen politischen Auffassung ist.

Ich gehe zurück zur christlichen Bewegung, aus der ich gekommen bin, da sich dieser Weg mit meinen gewonnenen Erkenntnissen deckt.

Bei dieser Gelegenheit erlaube ich mir die Bitte, mich für die Zeit, wo Sie, Herr Landrat, meine Inschutzhafthaltung noch für notwendig halten, im Konzentrationslager Oranienburg zu belassen, da ich hier nicht wie sonst irgendwo der Untätigkeit ausgeliefert bin, sondern einer geregelten Arbeit nachgehen kann.

Ganz ergebenst

Ihr

W. R.«

Im ganzen blieben acht ehemalige Häftlinge freiwillig im Lager. Sie erhalten dort in Anerkennung ihrer Leistungen Lohn und bewegen sich als vollkommen freie Menschen unter uns.

Bevor ich zu der Entlassung von Häftlingen komme, will ich ganz kurz das Wahlergebnis des Konzentrationslagers Oranienburg anläßlich der Reichstagsauflösung und -neuwahl, verbunden mit der Volksabstimmung, mitteilen.

Ich hatte darauf verzichtet, in einem besonderen Vortrag auf die Bedeutung der Wahl und Volksabstimmung hinzuweisen, weil ich nicht in den Verdacht geraten wollte, die Schutzhäftlinge beeinflußt zu haben. Die Wahl ging völlig reibungslos vonstatten. Als der Wahlakt geschlossen wurde, ließ ich einige Häftlinge zum Auszählen der Stimmen abkommandieren. Das Ergebnis war bei einer Gesamtzahl von 450 wahlberechtigten Schutzhäftlingen:

      354 Stimmen für die NSDAP

       96 Stimmen ungültig

und   390 Stimmen mit Ja

       45 Stimmen mit Nein

       15 Stimmen ungültig bei der Volksabstimmung über die Billigung in bezug auf den Austritt aus dem Völkerbund.

Ein kleiner Teil der Schutzhäftlinge konnte sich an der Wahl wegen Minderjährigkeit nicht beteiligen, während einige andere Häftlinge wegen entehrender krimineller Vorstrafen nicht wahlberechtigt waren.

Der große Prozentsatz bejahender Stimmen im Reich hatte zur Folge, daß der Herr Ministerpräsident Göring die Entlassung von Schutzhäftlingen aus den preußischen Konzentrationslagern zu Weihnachten anordnete.

Leider waren wir durch das strenge Innehalten des Wahlgeheimnisses nicht in der Lage, diejenigen zu erkennen, die trotz anständiger Behandlung bei der Abstimmung über Genf durch ihr undeutsches und ehrloses »Nein« bekundet hatten, wie weit sie vom Gedanken der Volksgemeinschaft noch entfernt waren. Ich brauche nicht zu beschreiben, welche Freude in den Hallen und Arbeitsräumen des Lagers herrschte, als die Entlassungen bekanntgegeben wurden.

Einige Tage vor Weihnachten traf dann der Chef der Geheimen Staatspolizei, Ministerialrat Dr. Diels, in Begleitung des Staatskommissars für Berlin, Dr. Lippert, ein.

Die Häftlinge traten auf dem Vorhof an, und der Chef der Gestapo hielt eine Ansprache, in der er vor den Häftlingen noch einmal die Zeit erstehen ließ, die sie aktiv miterlebt und schaffen hatten helfen.

Der Weg in die Zukunft wurde klar und eindeutig vorgezeichnet und erhielt durch die anschließende Rede des Staatskommissars Dr. Lippert, der die Häftlinge aufforderte, wenn sie draußen Hilfe gebrauchten, sich vertrauensvoll an ihn und die Vertreter der nationalsozialistischen Regierung zu wenden, eine ganz besondere Bedeutung. Zum letztenmal hieß es: »Stillgestanden – weggetreten!« Und dann öffnten sich die Tore des Lagers für annähernd 500 Schutzhäftlinge.

Weihnachten und Neujahr, während die Lichterbäume in den verwaisten Hallen für die Zurückgebliebenen brannten, trafen unzählige Weihnachts- und Neujahrsgrüße der ehemaligen Angehörigen der »Burg des Grauens« ein.

Und nun darf ich, bevor ich die Zukunft der ehemaligen, noch im Lager befindlichen Schutzhäftlinge streife, kurz zurückblicken auf das Jahr der nationalsozialistischen Revolution, auf das arbeits- und erziehungsreiche Jahr 1933.

Noch einmal zum Abschluß meines Buches stelle ich mich schützend vor meine SA-Kameraden, die in treuer Pflichterfüllung ihren schweren entsagungsreichen Dienst Tag für Tag und Nacht für Nacht, wochen-, monatelang unermüdlich und unverdrossen versehen haben.

Noch einmal erklären wir SA-Führer im Lager Oranienburg, daß wir voll verantwortlich unserer Aufgaben uns bewußt waren. Wir hatten kein Interesse daran, durch unmenschliche Behandlung irregeführter Volksgenossen, dem Führer Anarchisten zu entlassen.

Dort, wo sich unserer Arbeit um Volk, Führer und Vaterland, Lüge, Gemeinheit und Mord entgegenstellten, faßten wir hart und ohne Erbarmen zu.

Dort aber, wo wir klar erkannten, daß wir Volksgenossen, die diesen Namen mit Ehre und Recht verdienen, zurückgewinnen konnten, zeigten wir den Weg und ebneten ihn selber.

Erlebnisberichte aus dem Konzentrationslager Oranienburg

Die nachfolgenden Erlebnis- und Erinnerungsberichte über das KZ Oranienburg wurden zu verschiedenen Zeiten aufgezeichnet. Teilweise wurden sie unmittelbar nach der KZ-Zeit in Tagebüchern niedergeschrieben oder erst nach dem Ende der Nazi-Diktatur, manchmal stichpunktartig, festgehalten. Ein Teil dieser Berichte befand sich jahrzehntelang wohlverwahrt in Privatbesitz. Nur weniges ist bereits einmal publiziert worden. Die Berichte beziehen sich auf den Zeitraum von Frühjahr 1933 bis Spätsommer 1934.

Es berichten ehemalige Mitglieder von SPD und KPD, aber auch parteilose Widerstandskämpfer. Manche von ihnen sind jüdische Deutsche. Auch Jugendliche befanden sich im KZ Oranienburg. Zwei Frauen (wie bis jetzt bekannt geworden ist) berichteten über das Lager. Eine von ihnen, Erna Gersinski aus Velten, war inhaftiert. Die andere, Kreszentia Mühsam, schrieb ihre Erinnerungen an Erich Mühsam erst 1959 nieder. Sie hatte einen Tag vor seiner Ermordung noch einmal die Möglichkeit, ihren Mann zu besuchen.

Jeder der Verfasser erlebte das KZ auf seine Weise. Doch in der Beurteilung des brutalen Terrors der SA und einzelner Polizisten stimmen sie überein.

Das hier Abgedruckte ist in der Regel umfangreicheren Niederschriften entnommen, die Auszüge stellte der Autor zusammen.

Auszug aus dem »Braunbuch über Reichstagsbrand und Hitler-Terror«

… Die Nationalsozialisten versuchen die Wirkung dieser Nachrichten durch Veröffentlichung in ihren illustrierten Zeitschriften abzuschwächen. Diesen photographierten Lügen stellen wir die Schilderungen eines neutralen Besuchers des Oranienburger Lagers entgegen:

»Die Arbeit – nennen wir es einmal so – ist für Wächter und Bewachte so ziemlich das Sinnloseste, was sich denken läßt. Drei junge Arbeiter treiben sechs ihrer Stempelkollegen an, Grashalme schleunigst aus der Erde zu rupfen. Die sechs kriechen in völlig zerlumpter Kleidung herum, rupfen zwischen den Steinen die sprießenden Frühlingshälmchen, buddeln die Würzelchen aus, reinigen den Sand von den Rückständen und drücken ihn fein säuberlich wieder in die Ritzen der Pflasterung. Handwerkszeug gibt es nicht Auch würde das Gras, wüchse es ruhig weiter, niemanden stören... Viel schlimmer wird es dort, wo der benachbarte Wald gerodet wird. Die Bäume sind schon weg. Die Belegschaft des Lagers, vielfach bewacht, rückt an, um mit bloßen Fingern die riesigen Wurzelblöcke auszugraben. SA-Männer treiben Arbeiter an, die ihre Großväter sein könnten: »Alte Sau« , »rotes Schwein« , »Eierschleifen« – die Ausdrücke sind dem Wortschatz der kaiserlichen Armee entnommen. Nur sind sie noch kräftiger und gemeiner.«

Mit der Zwangsarbeit ist die Quälerei der Gefangenen nicht erschöpft. Die noch verbleibende Zeit ist mit Exerzieren, das völlig zu Unrecht als »Sport« bezeichnet wird, ausgefüllt. Nach amtlichen Mitteilungen ist die Zeit von einhalb 2 Uhr bis einhalb 6 Uhr abends für Exerzieren bestimmt. Die Journalistin, die das Oranienburger Lager besuchte, gibt nachstehend ihre Eindrücke:

»Auf diesem Gelände sind verschiedene Geräte für die sportlichen Übungen aufgestellt, die man die Gefangenen machen läßt.

Der oberflächliche Beobachter, der nichts sehen will, kann den Eindruck haben, daß sich die Gefangenen gut ausarbeiten dürfen. Man glaubt, daß sie Sport treiben. Aber wer zu beobachten versteht, sieht, daß man da vor einem raffinierten System gemeiner Quälerei steht. In der Tat sind die verlangten Übungen selbst für einen Berufssportler fast unmöglich. Um sie durchführen zu können, bedarf es einen methodischen und dauernden Trainings und vor allem einer besonders guten Ernährung. Aber in diesem Lager, das seit dem 21. März besteht, müssen alle Gefangenen ohne Ausnahme sie ausführen und zwar nicht einmal, sondern 4 Stunden lang jeden Tag, Wochen und Monate hindurch, ungerechnet die anderen Übungen, Märsche, Gesänge usw ...

Rechts, in 10 Metern Entfernung von den Sträuchern, befindet sich ein fester Barren. Jeder Gefangene muß zunächst an diesen Barren turnen. 10 m weiter befindet sich ein Brett oder besser gesagt eine hölzerne Palisade (2, 50 m hoch und 3 m breit), über die er sodann klettern muß. In der gleichen Entfernung befindet sich dann noch ein 2 m tiefer, 2 – 3 m breiten Graben, dessen Grund schlammig ist, und über den er springen muß. Augenblicklich ist er leer, aber bald wird er voll Wasser sein. 10m weiter befindet sich eine Wiederholung des Grabens, aber in Wahrheit ist das mehr als eine Erhöhung von 2 m Höhe und 80 cm Stärke, über die die Gefangenen klettern müssen. Dann befindet sich noch längs der linken Grenze eine Art Falle, ungefähr 10m lang und 70 – 80 cm tief, in welche die Gefangenen klettern müssen. Im Innern dieser Falle befinden sich, jeweils in einen halben Meter Abstand, abwechselnd von oben nach unten kommend, Bretter, die man nur in Schlangenbewegung kriechend passieren kann. Der Raum, der zum Kriechen übrigbleibt, ist aber so eng, daß nur ein Kind ohne Anstrengung durchkommen kann, für einen mittelgroßen Mann ist er kaum überwindlich. Am Ausgang dieser Falle muß man noch über zwei Hindernisse von 1 bzw. einem halben Meter Höhe springen. Wenn diese Serie von Übungen beendet ist, beginnt man von neuem, vier Stunden lang, alle Tage, alle Wochen, alle Monate ...«

»Braunbuch über Reichstagsbrand und Hitler-Terror«, Universum Bücherei Basel, 1933. Seite 294–295

Aus dem Erinnerungsbericht von Willi Ruf, Oranienburg

Als am 27. Februar 1933 der Reichstag brannte, erhielt ich den Auftrag, sofort in die Illegalität zu gehen. Ich war zu dieser Zeit der Politische Leiter der KPD, Unterbezirksleitung Oranienburg. Mit mir ging Bruno Weichert, damals Org. -Leiter des Unterbezirks. Zunächst gingen wir in die Nähe von Mühlenbeck und hielten uns dort versteckt, später gingen wir nach Berlin. Hier wurde ich Anfang April 1933 verhaftet. Nach eintägigem Aufenthalt im Berliner Polizeigefängnis am Alexanderplatz wurde ich per Einzeltransport in das KZ Oranienburg eingeliefert. Sie erfolgte ohne jede Begründung, ich war Kommunist – allein das genügte. Die Realität des nazistischen Terrors, das Einpferchen von Menschen zu Hunderten auf kleinstem Raum, unter unmenschlichen Bedingungen, wirkte stark deprimierend auf mich. Doch traf ich im Lager Freunde und Kampfgefährten, die mir halfen, mich schnell zurechtzufinden. Wir vegetierten unter den menschenunwürdigsten Bedingungen. Untergebracht waren wir in einer ehemaligen Brauerei. In den ehemaligen riesigen Kühlkellern ohne Fenster, mit tropfenden Wänden war Stroh aufgeschüttet. Jeder von uns hatte eine dünne Decke. Zum Waschen gab es im Hof für alle Häftlinge eine einzige Pumpe. Für mich war es besonders schwer, denn auf der andern Straßenseite der Berliner Straße, in der sich das KZ befand, wohnte ich. Damals Berliner Straße 55.

Wir Kommunisten, die sich untereinander kannten, sammelten uns als eine feste Gemeinschaft. Wir waren uns darüber einig, daß es notwendig ist, Informationen über die Verhältnisse im KZ nach draußen an die Öffentlichkeit zu geben. Dabei nutzten wir geschickt die Möglichkeiten, die sich uns boten. So die Besuche von Angehörigen, aber auch die Kontakte über den hinteren Hof des Lagers, den ein Drahtzaun von der Straße trennte. Oft gelang es uns in den Anfangsmonaten, die Bewachung zu überlisten, um Informationen aus dem Lager zu schmuggeln und Lebensmittel hereinzubringen.

Natürlich waren wir uns darüber im klaren: Wenn wir er-

Konzentrationslager
Oranienburg
=

Oranienburg, den 2. Okt. 1933

Bescheinigung

Herr _Wilhelm Ruf_ geb. _18.2.02_

wohnhaft in _Oranienburg_ war in der Zeit

vom _10.4.33_ bis _2.10.33_ einschließlich

im Konzentrationslager.

J. A. _[Unterschrift]_
Scharführer

Entlassungsschein von Wilhelm Ruf aus dem KZ Oranienburg

wischt werden, zieht es Strafen nach sich. Der Lagerkommandant Schäfer hatte sein Strafrepertoire inzwischen erweitert. Prügelstrafe, schwerer Strafsport, Dunkelarrest und Stehbunker, Essensentzug, Post oder Besuchersperre wurden wechselweise für oftmals geringste Vergehen angewendet. Die Hindernis- oder Sturmbahn, welche im hinteren Teil des Lagerhofes lag, wurde stummer Zeuge vieler Quälereien der Gefangenen. Es gelang uns aber, viele Informationen nach draußen zu schmuggeln. Vieles erfuhr ich erst später. So teilte SA-Sturmbannführer Krüger, Leiter der Polizeiabteilung des Lagers am 20. September 1933 dem Landrat des Kreises Niederbarnim auf ein Entlassungsgesuch von Erich Eisenberger aus Mühlenbeck folgendes mit: »Eine augenblickliche Entlassung des Schutzhäftlings Erich Eisenberger kann diesseits nicht befürwortet werden; es wird anheimgestellt, eine nochmalige Entlassungsfrage Ende Oktober des Jahres stellen zu wollen. Außerdem ist auf Grund des Erscheinens eines kommunistischen Flugblattes, das die Zustände im hiesigen Lager in den schlimmsten Farben schildert und unter andern auch SA-Führer aus der Lagerleitung beschimpft, verschärfte Entlassungsmaßnahme nebst Besuchs- und Briefsperre auf die Dauer von vorläufig 8 Wochen angeordnet worden.«

Indessen verschärfte die SA das Lagerregime. Nachdem durch unsere Arbeit die spartanische Ausrüstung des Lagers mit dreistöckigen Bettgerüsten, einem Massenduschraum und primitivsten Toiletten abgeschlossen war, wurde das Lager per 1. August 1933 der Staatskasse unterstellt, und es wurden strenge Sparmaßnahmen durchgesetzt. Wir Häftlinge mußten in Arbeitskommandos bei schlechter Ausrüstung schwere Arbeiten bei Entwässerungsmaßnahmen im Forst in Oranienburg, Neuholland und an anderen Orten verrichten, an deren Erlös sich die SA bereicherte. Das war aber auch bei den sogenannten Innenkommandos der Fall. Qualifizierte Schneider von Beruf, wie Erich Eisenberger, mußten für die SA-Leute maßgeschneiderte SA-Uniformen herstellen.

Als besondere Schikane hatte die Lagerführung ersonnen, von bekannten politischen Häftlingen, die noch im Stadtgebiet vorhandenen Wahllosungen und Aufrufe beseitigen zu lassen.

Schutzhaftbefehl für Erich Cohn

Auch ich wurde als gewählter Abgeordneter zum Kreistag Niederbarnim mit noch anderen Abgeordneten in ein solches Kommando eingeteilt. Nachdem jedoch die Bevölkerung nicht wie gewünscht reagierte, eher noch heimlich Solidarität zeigte, kamen wir nicht mehr zum Einsatz. Die SA wurde immer brutaler. Im berüchtigten Zimmer Nr. 16 herrschten uneingeschränkt SA-Sturmbannführer Krüger und sein Helfer Stahlkopf mit der Peitsche, dem Knüppel und anderen Terrorinstrumenten …

Für mich waren die Qualen des KZ Oranienburg am 2. Oktober 1933 beendet, nun warteten die des KZ Sonnenburg, wohin ich mit anderen verlegt wurde.

Willi Ruf wird im Buch des Lagerleiters Schäfer als einer der wenigen Häftlinge namentlich erwähnt. Seine Erlebnisse sind nicht alltäglich. Sein Vater, der SA-Truppführer Wilhelm Ruf, gehörte zum Wachpersonal des KZ Oranienburg. Die Auszüge stammen aus einem Erinnerungsbericht aus dem Jahre 1983, sie befinden sich im Besitz des Verfassers.

Eric Collins:
Bericht (episodenhaft) über die von mir in dem KZ Kindl-Brauerei Oranienburg verbrachte Zeit. Auszüge

Seit 1928 wohnte ich in Sachsenhausen, war Vorsitzender der dortigen SPD-Gruppe, stellvertretender Gemeindevorsteher, Leiter der Bücher-Gilde und Schiedsmann. 1933 mußte ich alle Ämter niederlegen. Ich glaube, es war Ende Juli 1933, als ich nach 12 Uhr nachts von der SA aus dem Bett heraus verhaftet wurde. Ebenso ein pensionierter Lehrer, Herr Walter Jacob, Lehrer i. R. aus Friedenthal, der Dirigent der Sachsenhausener Gruppe des Arbeiter-Sängerbundes war. Wir wurden in die Kindl-Brauerei nach Oranienburg gebracht; mit uns auf dem Lastwagen war noch eine Reihe anderer Sozialdemokraten und

Kommunisten aus der Umgebung. Dort wurden wir an einer Mauer aufgereiht und durch starke Lampen angestrahlt. Die uns bewachenden SA-Leute konnten wir nicht sehen, da sie im Dunkeln standen. Gegen Morgen wurden wir dann in die Unterkünfte gebracht. Lehrer Jacob und ich kamen in einem Raum, dessen Decke aus großen Eisenplatten bestand. Es war wohl irgendeine Art Ofen. Über der Decke befand sich ein Gang, der zur Wachstube der SA führte. Die SA-Leute in ihren schweren Stiefeln wanderten nun die ganzen Nächte hin und her über diese Eisenplatten. Was dies für uns bedeutete, brauche ich wohl nicht näher zu erklären. Nach einigen Tagen wurden wir aus dieser Unterkunft herausgeholt; ich kam in die sogenannte »Judenabteilung«. Herr Jacob wurde unter das andere Volk gesteckt. Nun begannen die Vernehmungen, die im 3. Stock des ehemaligen Brauerei-Verwaltungsgebäudes stattfanden. Der Gefangene stand dabei mit dem Rücken zum offenen Fenster, das ein niedriges Fensterbrett hatte ...

Das KZ hatte zur Straße hin große Gittertore, so daß alle Passanten, die daran vorbei gingen, Einblick hatten.

Im Lager befanden sich auch sogenannte Straßenmusikanten. Um nun zu zeigen, »wie gut« es den Gefangenen ging, hatte Lagerkommandant Schäfer angeordnet, daß Instrumente, die die Häftlinge spielen konnten, wie Geigen, Mandolinen und Gitarren herbeigeschafft wurden. Auch mir wurde befohlen, meine Gitarre aus meiner Wohnung holen zu lassen. Die so entstandene Kapelle gab nun jeden Tag zweimal am Gittertor ein »Konzert«. Damit, so Lagerkommandant Schäfer, sollte der Bevölkerung von Oranienburg »Hören und Sehen« beigebracht werden. Im Verlaufe des Monats August geriet das Lager mehrfach in Aufregung: an der »Empfangsmauer« standen aufgereiht der Abgeordnete Ernst Heilmann, ferner Alfred Braun, Hirschfeld und noch einige andere vom Rundfunkrat in zerrissenen, zerfetzten Anzügen. Ebenso Fritz Ebert jr. Man hatte ihnen ihre eigene elegante Kleidung weggenommen, unter die Gefangenen verteilt und sie gezwungen, die Fetzen der Gefangenen anzuziehen. Heilmann und andere kamen in die »Judenabteilung«. Viele Jahre später las ich in den Goebbels-Tagebüchern von dieser Aktion der Nazis.

Unter dem 9. August 1933 notierte er in seinem Tagebuch: »Gestern die Rundfunkbarone auf meine Veranlassung nach Oranienburg. Jetzt wimmern sie in Briefen und Telegrammen und bekommen Nervenzusammenbrüche. Das paßt ganz zu diesen feigen Großverdienern.«

Unter dem Datum des 10. August 1933 war zu lesen: »Bredow soll nun auch verhaftet werden.« Hans Bredow galt als der Vater des deutschen Rundfunks und war in den Jahren 1926 – 1933 Vorstandsvorsitzender der Deutschen Rundfunkgesellschaft. In dieser Eigenschaft schickte er ein Telegramm an Göring, dem damaligen Innenminister, »er wolle seine früheren Untergebenen nicht in Stich lassen und man solle ihn gleichfalls verhaften.«

In die damalige kleine Judenabteilung kamen mehrfach hohe Nazifunktionäre zur Besichtigung. Kommandant Schäfer stellte uns dann immer einzeln vor. Nie vergessen werde ich die folgende Vorstellung: »Parteigenossen, hier sehen Sie den Oberbürgermeister von Luckenwalde, den Juden Abraham. Hier (damit war ich gemeint) den stellvertretenden Bürgermeister von Sachsenhausen, den Juden Cohn. Und hier, Parteigenossen, den ungekrönten König Preußens, den Abgeordneten Ernst Heilmann.« Der starre Ausdruck auf dem Gesicht von Ernst Heilmann wird mir unvergeßlich bleiben.

Ich selbst war die ganze Zeit, die ich im Lager verbrachte, abkommandiert um die Latrinen der SA zu reinigen. Fritz Ebert mußte mit noch weiteren Gefangenen im hinteren Teil des Lagers eine Grube ausschachten, die zu einem Bauvorhaben gehörte. Neueinlieferungen in dieses KZ fanden zu meiner Zeit nur nachts statt, und soweit es Kommunisten waren, wurden sie im Dunkeln über die Eskaladierwand gejagt. Sobald ihre Köpfe auftauchten, machte sich die SA das »Vergnügen«, über die Wand hinweg mit Maschinenpistolen zu schießen.

Meine Entlassung erfolgte nach einigen Wochen, weil alle Einwohner Sachsenhausen, die die SA vernommen hatte, bestätigten, daß ich nach der »Machtübernahme« keine politische Tätigkeit mehr ausübte (womit sie sich gründlich täuschten, denn die Sachsenhausener wußten nichts von meiner Mitarbeit in der »Scharfschwerdt-Gruppe« in Hohen Neuendorf...) Das war Oranienburg.

Erich Cohn wurde bis 1939, dem Jahr seiner Ausreise nach England, noch mehrfach verhaftet. Er lernte auch das Grauen des KZs Sachsenhausen vom Juni 1938 bis Dezember 1938 kennen. In englischer Emigration angekommen, nannte er sich Eric Collins. Als der 2 Weltkrieg ausbrach, meldete er sich freiwillig zur englischen Armee. 1962 kehrte er nach Deutschland zurück. 1983 schrieb er diesen Bericht. Er befindet sich im Besitz des Autors.

Aus dem Erlebnisbericht von Wilhelm Kayser, Oranienburg

Anfang August 1933 war es, da lernte ich einen Genossen Förster mit Frau kennen. Er kam aus Berlin und suchte in Oranienburg eine provisorische Unterkunft. Wenige Tage zuvor fuhr ich in die Waldstraße in Oranienburg-Neustadt. Im Vorbeifahren sah ich bei Papkes Wohnung ein Schild mit der Aufschrift »Zimmer zu vermieten«. Das sollte mir zum Verhängnis werden. Wilhelm Papke war schon wieder aus dem Lager entlassen worden, stand aber unter ständiger Beobachtung. Wahrscheinlich hatte er das noch nicht bemerkt. Ich ließ mich schließlich dazu verleiten, mitzugehen. Nach eineinhalb Stunden wurde ich von der Polizei verhaftet und sofort verhört. Zwei Stunden später, schritt ich, geführt von der Polizei, zum KZ.

Der Eingang von der Straße her war das übliche wie in einer Fabrik. Ein ziemlich beengtes Pförtnerhaus, darin befand sich die Wache. Diensthabender war SA-Mann Rudi Rohr aus Bernau, ein längst bekannter und brutaler Schläger. Der Polizist übergab uns. Links neben mir stand mein Mitgefangener Bruno Weichert. Alles war dicht gedrängt. Plötzlich schlug der SA-Mann ohne jeden Anlaß dem Bruno mehrere Male heftig ins Gesicht. Bruno hatte über dem rechten Auge ganz nahe an den Brauen, ein großes Geschwür. Durch die Schläge wurde es aufgerissen, und der herausfließende Eiter, mit Blut vermischt, lief ihm das Gesicht herunter. Anschließend wurden wir beide gegriffen. Zuerst Bruno mit einem Tritt in das Gesäß und dann ich hinterher – wir landeten auf dem KZ-Hof. Wenige Schritte davon war die Sanitätsstube, wenn dieser Ausdruck nicht zu human ist. Wir standen beide erst einmal vor der Eingangstür zwei Stunden lang stramm. Jeder SA Mann der vorbeikam, durfte seine dreckigen Bemerkungen machen. Die meisten von Ihnen kannten uns beide, und darum hatten sie ihren Spaß daran.

Die Räume in denen wir Häftlinge untergebracht wurden, waren etwa 25 m lang und 6 m breit. An beiden Seiten waren aus rohem Holz gezimmerte und dreifach übereinander angebrachte Lagerstätten mit einem Strohsack und einer Decke.

In der Mitte des Raumes standen über die ganze Länge primitive Holztische und an beiden Seiten steife Holzbänke.

… Ich habe es vorgezogen, immer so weit wie nur möglich mit dem Arbeitskommando auszurücken. So ein Kommando war u. a. das Kommando Lehnitzsee. Da wo in den sechziger Jahren ein Kinderspielplatz entstand, war damals die Fläche noch hügelig. Mit Schubkarren auf Bohlen fahrend, schufen wir die ebene Fläche. Später ging es noch weiter hinaus in Richtung Stintgraben, dort wurde von uns Gefangenen eine Rodelbahn geschaffen.

Es gab Sonntage, da durften wir Besuch empfangen, die mitgebrachten Pakete wurden jedoch von der SA kontrolliert. Eines Tages sah ich auch die Frau des sozialdemokratischen Reichstagsabgeordneten Gerhart Seger. Der Zufall wollte es, daß ich in der Nähe der beiden saß. Zu dieser Zeit war es noch so, daß sich die Besucher ihren Angehörigen direkt nähern konnten, das heißt, sie konnten sich umfassen, küssen und wie das so ist in einer solchen Situation der Gefangenschaft … In der Nacht zum nächsten Tag, also zum Montag, war Frost. (4. 12. 1933 d. Vf.) Nur ein Arbeitskommando rückte aus, das »Kommando Muhrgraben«. Es waren annähernd 100 Mann, eines der größten Kommandos überhaupt. Der Anmarschweg war 3–4 km in Richtung Germendorf. Kurz hinter der Siedlung Eden kreuzen sich die Straße und der Muhrgraben. Die Arbeitsstelle befand sich auf der rechten Seite der Straße, vielleicht einen knappen Kilometer ins Land hinein. Dort löste sich die Marschordnung auf, und Arbeitsgeräte wurden in Empfang genommen. Der Muhrgraben wurde geräumt, das heißt der Graben in seiner Tiefe und die Böschung beiderseits wurden von allem befreit, was sich seit Jahren dort an Wuchs angesammelt hatte. Der über Nacht einsetzende Frost setzte dieser Arbeit ein vorläufiges Ende.

Bis zu diesem Zeitpunkt war vielleicht eine halbe Stunde vergangen. Die Kolonne stand zum Abmarsch bereit, aber etwas schien nicht in Ordnung zu sein. Der Kommandoführer ließ die Kolonne immer wieder ausrichten und abzählen. Es fehlte einer! Einer der SA-Leute ging zum Bauerngehöft und suchte – ohne Erfolg. Die Situation wurde immer brenzliger, die SA-Leute wurden immer nervöser. Nun appellierten die SA-Leute an uns. Es gab so manche, die zu allem bereit waren, ohne zu überlegen, ob ihre Handlungsweise richtig sei. So war dann bald festgestellt, der fehlende Häftling war Gerhart Seger. Nun hatten wir ja etwas zu erwarten. Die Wachmannschaft hatte die Hosen voll, sie mußten sich verantworten, und es gab auch Häftlinge, denen das Rückgrat schon gebrochen war, die glaubten, sie blieben verschont, wenn sie mit den Wölfen heulten …

Das Lager wurde telefonisch in Kenntnis gesetzt. Eine wilde Jagd nach Seger begann. Daran nahmen auch Häftlinge teil, mit deren Hilfe der Erfolg der Häscher gesichert werden sollte. Trotz aller Suche und Strafandrohungen: Seger war und blieb weg. Wir marschierten zurück. Im Lager angekommen, mußte das »Kommando Muhrgraben« antreten. Es gab viel Geschrei der uniformierten Hofhunde. Wir glaubten ein Unwetter bräche über uns herein. Lagerleiter Schäfer hielt die Strafpredigt. Das auf dem Schuppen postierte Maschinengewehr war schußbereit auf uns gerichtet. Ich hatte keinen Zweifel, daß der Schweinehund, der am MG stand, geschossen hätte, wenn es ihm befohlen worden wäre. Schäfer, der Lagerführer brüllte: »Ich lasse jeden 5. von euch erschießen. – Ich kann das verantworten. Die Regierung steht hinter mir. »Das ging etwa 20 – 30 Minuten lang in diesem Jargon. Am Schluß ließ er wegtreten in die Kompanieunterkünfte und der bereitstehende SA-Mob stürzte sich mit Gummiknüppeln auf uns.

Am 19. Dezember 1933 wurde ich aus dem Konzentrationslager Oranienburg entlassen. An Arbeit war nicht zu denken. Erwerbslose gab es in Oranienburg schon eine ganze Menge. Man mußte jede sich bietende Gelegenheit wahrnehmen, um ein paar Pfennige zu verdienen.

Diese Auszüge stammen aus einem Bericht aus dem Jahre 1963 und befinden sich im Besitz des Verfassers.

Aus dem Erinnerungsbericht von Arno Hausmann, Potsdam

Nach über drei Wochen »Schutzhaft« im Amtsgerichtsgefängnis Potsdam wurden wir etwa 50 Häftlinge am 20. März 1933 in das Festungsgefängnis Spandau und Anfang Juni 1933 von dort aus in das Konzentrationslager Oranienburg verlegt. Zum Zeitpunkt unserer Ankunft waren bereits etwa 200 Gefangene dort in einer vollbelegten, verkommenen Fabrik und in alten Brauereikellern untergebracht. Dieses von dem Berliner SA-Sturm 208 »errichtete« KZ war nach den Angaben des Standardenführers Schulze-Wechsungen »eine große ausgezeichnete Baulichkeit« in denen »in hygienischer Hinsicht... alles Erdenkliche für die Gefangenen getan wurde«. Sätze, die aus einem Schreiben der Standarde 208 vom 11. April 1933 an den Regierungspräsidenten des ehemalige Regierungsbezirk Potsdam stammen.

Fluchtpläne wurden von uns – besonders von den in Arbeitskommandos Arbeitenden – täglich erwogen. Ein inhaftierter Kommunist aus Borgwalde hatte versucht, über die Dächer der Lagergebäude zu entkommen, der Fluchtversuch scheiterte, er wurde blutig zusammengeschlagen ins Lager zurückgeschleift. Um die Bewegungsmöglichkeit entfliehender Gefangener einzuengen, wurde durch Befehl des Lagerkommandanten Schäfer, den Häftlingen der Besitz von Bargeld verboten.

Die Lagerkasse, die das Geld von uns Gefangenen »verwaltete« und bis dahin nur kleinere Beträge für den Kantinen-Einkauf

Lagergeld im KZ Oranienburg

von preisüberhöhter Seife und der damals bekannten Zigaretmarke »Trommler« zuteilte, gab ab Juli 1933 »Lagergeld« aus. Meine Einlage auf diesem »Lager-Konto« betrug etwa 18 Mark. An Lagergeld bekam ich dafür 12 Mark ausgezahlt. Der Restbetrag von 6 Mark oder einem Drittel meines Barvermögens wurde durch die SA-Lagerführung für die »Drucklegung des Geldes« und »sonstige Unkosten« einbehalten.

Wenn man bedenkt, daß ab Juli 33 bis zu dessen Auflösung im Herbst 1934 etwa 6000–8000 Häftlinge im KZ Oranienburg inhaftiert waren, hat sich dieses zusätzliche Geschäft mit dem Lagergeld wohl gelohnt.

Lagerkommandant Schäfer äußerte sich seinerzeit vor einer Gruppe von Häftlingen: »Das Lager ist für euch eingerichtet – für eure Erziehung. Daß ihr dafür zahlt, ist doch das Wenigste!

Es war das Wenigste!

Die Auszüge stammen aus einer Unterredung, welche der Autor mit dem Verfasser im Jahre 1976 hatte. Die Aufzeichnungen befinden sich in gekürzter Form im Landeshauptarchiv Potsdam, Zeitgeschichtliche Sammlung.

Aus dem Erlebnisbericht von E. Albrecht, Berlin

Meine Einlieferung ins Lager Oranienburg erfolgte am 12. August 1933. Ich kam in die 2. Kompanie und erhielt die Nummer 1212. In den ersten Wochen gehörte ich zu einem Kommando, welches aus 15 Gefangenen bestand. Unsere Aufgabe war es, die Straßen von Birkenwerder mit einem Reisigbesen zu kehren. Bewacht wurden wir dabei von drei SA-Leuten aus dem Lager. Unter den Gefangenen des Straßenfegerkommandos befanden sich der bekannte Berliner Arzt Dr. Friedländer, Schrader vom preußischen Polizeiverband, Franz Künstler, Parteivorsitzender der Berliner SPD, der Staatsanwalt des Felseneckprozeßes aus dem Jahre

1932. Zur Belustigung der SA-Bestien wurde der damals schon schwerkranke Dr. Friedländer auf einen Handwagen geladen und durch Birkenwerder gezogen. Die Bevölkerung von Birkenwerder ging stumm an uns vorbei. Nur einige mit dem Abzeichen der NSDAP versuchten uns anzuspucken. Erstaunlich war andererseits die Solidarität einzelner Einwohner. Oft fanden wir an den Bäumen Zigaretten und manchmal sogar Brot. Das war gar nicht so einfach vom Boden aufzunehmen und in die Tasche zu stecken, denn jede Bewegung wurden von den Posten beobachtet. So etwas sprach sich im Lager schnell herum, und es war ein Andrang, in dieses Kommando zu kommen. Das wurde verdächtig. Eines Abends wurden wir vom Kommando Birkenwerder alle in den Waschraum befohlen und unter dem Kommando von Oberscharführer Ewert mußten wir uns nackend ausziehen, dabei kamen natürlich Zigaretten und Brotstücke zutage. Wir wurden mit Gummiknüppeln und Holzlatten fürchterlich geschlagen. Einen Tag später wurde das Kommando Birkenwerder aufgelöst.

Ich habe dann später in den Arbeitskommandos Germendorf und Neuholland gearbeitet. Nach der Flucht eines Brandenburger Kameraden vom Kommando Germendorf waren wir plötzlich alle fluchtverdächtig.

Das gesamte Kommando erhielt 14 Tage Arrest, davon 10 Tage ohne Essen und Getränke. Am 10. Tag erhielten wir im Beisein der lachenden SA-Schergen einen Salzhering aus der Tonne, den wir sofort aufessen mußten. Dann wurden wir im sogenannten Stehbunker für weitere 4 Tage eingesperrt. Für Germendorf wurde ein neues Kommando zusammengestellt. Wir aus dem alten Kommando durften nicht mehr aus dem Lager und erhielten wegen Fluchtverdacht einen breiten roten Farbanstrich auf die Jacke.

Eines Tages, es muß im Oktober 1933 gewesen sein, wurde ich vom Kartoffelschälkommando mit noch einem russischen Emigranten (er war Leiter einer menschewistischen Organisation) zum Kommandanten Schäfer befohlen. Ich ahnte Furchtbares, da ich Zeitungen aus alten Beständen, die dort ablagerten, an einige Kameraden verteilt hatte. Seine erste Frage war: »Könnt ihr lesen?« Wir stammelten etwas heraus. Eine weitere Frage war: »Habt ihr schon von einer Zetkin gehört?« – »Na, vom

Reichstag«, antworte ich. Noch immer war die Fragestellung komisch. Meine Gedanken gingen wild durcheinander. Wo will er hin mit seinen Fragen, dachte ich. »Na, du als Kommunist« sagte er, auf mich zukommend »kennst doch die Kommune-Bücher auswendig. Los, kommt mit.« Begleitet von zwei SA-Posten gingen wir in einen größeren Raum, wo Fahnen der Arbeiterbewegung, Zeitungen, Schreibmaschinen, Abzuggeräte und eine Menge Bücher wild durcheinander auf einem Haufen lagen.

 »Hier stapelt ihr die Schmöker von der alten Kommunistengroßmutter auf, und du,« damit meinte er meinen Mitgefangenen, »nimmst dir die Bolschewistenbücher vor,« er meinte damit die Bücher mit russischem Text, »und übersetzt die Titel ins Deutsche. Und ich sage Euch, ihr Drecksäcke, wenn ein Schmöker fehlt, dann könnt ihr euer Testament machen. Und noch eins, quatscht nicht im Lager, was ihr hier macht, also los, an die Arbeit.«

Da lagen nun die Bücher, die mir bekannt waren, und die ich liebgewonnen hatte, wild durcheinander. Wir machten uns daran, die Bücher, es mögen etwa 500–600 Bände gewesen sein, erst einmal in einer Ecke zu stapeln.

Bei der Bearbeitung der Bücher konnten wir feststellen, daß es Bücher aus der Privatbibliothek von Clara Zetkin waren. Einige enthielten persönliche Eintragungen von führenden sowjetischen Parteiführern. Ich benutzte jede Minute, um in den Büchern zu blättern. Clara Zetkin muß ein intensives Studium betrieben haben, denn vielen Stellen waren unterstrichen und hatten Randbemerkungen.

Im Arbeitskommando Tischlerei wurden Regale gezimmert. Es gelang mir, über einen Hamburger Kameraden, der in der Tischlerei beschäftigt war, einige Bücher aus dem Lager zu schmuggeln. Er hieß Kurt und wurde in der Weihnachtswoche 1933, nach einem mißglückten Fluchtversuch, durch SA-Leute unter Führung von Stahlkopf im Vorzimmer des Kommandanten erschlagen. Wo die Bücher geblieben sind, konnte ich nicht mehr in Erfahrung bringen. Eine große Anzahl der Bücher politischer und auch medizinischer Art waren in russischer Sprache. Die gesamten Bücher nahmen eine Fläche von 3 mal 2 m ein. Um der Bibliothek einen unpolitischen Charakter zu geben, stellte ich die vordere Reihe mit Romanen oder sonstigen Titeln auf. Die 2. Reihe benutzte ich, um dort die politische Literatur einzuordnen. Ich dachte dabei an eine evtl. Rettung der Bibliothek, doch das war Utopie. In den Januartagen 1934 wurden die Bücher auf einen LKW geladen und abtransportiert. Die Führung der SA-Standarde 208 richtete in diesen Raum eine Art Museum ein. Die Nazi- und SA-Größen aus Berlin und Umgebung kamen mehrfach zum Besuch dieser Ausstellung. So u. a. Graf Helldorf und Gruppenführer Ernst.

Die Auszüge stammen aus einem handschriftlichen Bericht aus dem Jahre 1963 und befinden sich im Besitz des Verfassers.

Aus dem Erinnerungsbericht von Erna Gersinski, Velten

Ich war acht Wochen im KZ Oranienburg. Ob ich in dieser Zeit 500 oder 1000 Schläge bekommen habe, weiß ich nicht mehr. Ich kann mich aber noch sehr genau daran erinnern, daß ich vom SA-Sturmführer Krüger immer 100 Schläge bekam, wenn ich beim Verhör nichts aussagte. Ich habe im »Eiskeller«, so nannten wir unser Lager, die Dunkelzelle und auch das »Totschießen« kennengelernt. »Totschießen« war eine der ersten Methoden der Nazis, um Geständnisse zu erpressen.

Nachdem wir vorher an unsere Angehörigen Abschiedsbriefe schreiben mußten, wurden wir an die Wand gestellt. Dann knackte eine Pistole, ein Schuß bellte auf – aber wir lebten. Die SA schoß mit Platzpatronen.

Erna Gersinski geriet durch Verrat in die Hände der Nazis. In ihrer Wohnung in Velten wurden Flugblätter der illegalen KPD Organisation gedruckt. Ihr Mann, Gustav Gersinski wurde ebenfalls verhaftet und kam in das KZ Sonnenburg. Die Erinnerungen wurde auszugsweise dem Veltener Kulturspiegel Nr. 1/1960 entnommen. Sie befinden sich im Besitz des Verfassers.

Auszug aus dem Lebenslauf von Richard Henkel, Oranienburg

Am 27. 12. 1894 wurde ich als Sohn des Zimmerers Wilhelm Henkel in Berlin geboren. 1912 verließen wir Berlin und zogen nach Oranienburg. Im Frühjahr 1913 wurde ich Mitglied der SPD in Oranienburg und blieb Mitglied bis zur Auflösung im Jahre 1933. Vor 1933 war ich vom Beginn, der Gründung, an bis zu deren Auflösung im Jahre 1933 im Reichsbanner, erst als Kassenführer, später als Vorsitzender. Nach den Märzwahlen 1933 wurde ich von der SA gesucht. Es gelang mir jedoch, nach Berlin zu verschwinden. Statt meiner sperrte man nun meine Frau und meine Tochter ein. Sie verrieten mich in keinem der Verhöre. Als ich in Berlin von dieser Gemeinheit erfuhr, fuhr ich nach Oranienburg und stellte mich dem KZ-Lager »Alte Brauerei«. Hier bot man mir die Mitgliedschaft in der SA mit großen Aussichten an. Dieses wurde von mir selbstverständlich abgelehnt. Nach 8 Stunden wurde ich wieder entlassen, wie mir der spätere Sturmbannführer Plessow sagte, nur mit Bedenkzeit. Nach kurzer Zeit erfolgten 5–6 Verhaftungen und zwischendurch immer wieder Hausdurchsuchungen, wobei alles auf den Kopf gestellt wurde. Im August 1933 – angeblich wegen Arbeitsmangel –, auf die Straße gesetzt, machte ich mit einem Freunde eine Radtour nach Schlesien. Eine knappe halbe Stunde nach der Ankunft war die Polizei da und nahm uns mit, auf Befehl des damaligen Oranienburger Polizeimeisters Dumke. Grund: Hochverrat. Nur dem guten Ruf, den der Vater meines Freundes hatte, und der Standhaftigkeit bestimmter Polizeibeamter, verdanken wir unsere Nichtauslieferung an die SA des Konzentrationslagers Oranienburg. Nach einigen Tagen Polizeihaft wurden wir wieder entlassen. Im Jahre 1934 wurde ich durch Polizeiverfügung dem Luftschutz – dem späteren Sicherheits- und Hilfsdienst –, zugeteilt und mit Kriegsbeginn 1939 bis 1945 kaserniert.

Der Lebenslauf wurde 1946 geschrieben, eine Kopie befindet sich im Besitz des Verfassers.

Aus dem Erinnerungsbericht des Rabbiners von Rathenow, Max Abraham, über seine Haft im KZ Oranienburg

… Die Judenkompanie in Oranienburg bestand aus ungefähr 55 Mann, darunter allein 39 Jungen aus einem jüdischen Erziehungsheim bei Berlin. Der Benjamin dieser Jungen hieß wirklich Benjamin und war dreizehn Jahre alt. Das Erziehungsheim ist eines Tages von der SA ausgehoben worden, nachdem man vorher eine Haussuchung vorgenommen und angeblich im Bett eines Jungen einen Revolver gefunden hatte, außerdem, wie es hieß, kommunistische Druckschriften.

Von einigen sehr vernünftigen Zöglingen wurde mir ehrenwörtlich versichert, daß der aufgefundene Revolver sich vorher nicht im Schlafsaal befunden habe und wahrscheinlich von der SA in das Bett des Jungen gelegt worden sei und daß sich nie kommunistische Druckschriften im Hause befunden hätten. Durch schreckliche Folter wurden jedoch die Kinder zu dem Geständnis gezwungen, daß sie sich kommunistisch betätigt hätten und die Waffe einem ihrer Kameraden gehöre. Die Kinder wurden stundenlang auf das grausamste geschlagen und zu den schwersten körperlichen Arbeiten herangezogen. Der dreizehnjährige Benjamin wurde natürlich nicht verschont. In dem Heim waren körperlich schwache und fast ausschließlich psychopathische, schwer erziehbare Kinder untergebracht gewesen. Der Schwächlichste war der Dreizehnjährige; doch er war geistig rege genug, um zu begreifen, was vorging. Oft klagten mir die Kinder ihre Not; von mir, dem Seelsorger erflehten sie Hilfe. Aber wie sollte ich helfen, der ich selbst in der Gewalt sadistischer Schinder war? Meine Fürsorge mußte sich darauf beschränken, Trost zuzusprechen und den Kindern gelegentlich in ihrer körperlichen Not beizustehen. Wie machtlos ich war, erkannten die Kinder bald. Eines Tages mußte ich auf Befehl Stahlkopfs einen Siebzehnjährigen entkleiden und seinen Körper reinigen, insbesondere das Geschlechtsteil. Stahlkopf behauptete, dieser »Judenbalg« hätte vor seiner Lagerzeit in Berlin »hemmungslos sexuelle Exzesse« verübt, und er hätte das

Lager mit Filzläusen verseucht, die er angeblich bei dieser Gelegenheit aufgesammelt habe. Das Kind, geistig und körperlich zurückgeblieben, stand dieser Dreckflut von Beschimpfungen mit hilflosem Erstaunen gegenüber; es war in der Erziehungsanstalt wohlbehütet gewesen. Den fragenden, geängstigten Blick des Siebzehnjährigen werde ich nie vergessen. Die schwererziehbaren, psychopathischen Kinder ließen sich natürlich Verstöße gegen die Lagerordnung zuschulden kommen, die wir Älteren dann büßen mußten. Dadurch wurde uns das Leben noch schwerer gemacht. Strafexerzieren, Mißhandlungen, Überarbeit! Zwei Leidensgefährten brachen bei den »Übungen« zusammen und wurden bewußtlos in die Kojen gebracht. Es ist nicht zu beschreiben, welche Bestialität die braunen Schergen bei dem sogenannten Strafexerzieren an den Tag legten. Hinter fast jedem Schutzhäftling stand ein SA-Mann mit Gummiknüppel und Gewehr. Die Kommandos waren zum Teil unausführbar; die Mißhandlungen nahmen kein Ende.

Die Kinder aus dem Erziehungsheim waren sechs Wochen lang in Haft. Viele von ihnen sind im Lager Oranienburg für ihr ganzes Leben seelisch verdorben worden.

Noch am Tage vor der Haftentlassung wurde ein Neunzehnjähriger schwer mißhandelt, der »Stubenmädchen« bei einem SA-Mann war. Er sollte dem SA-Mann angeblich eine Mark gestohlen haben. Man holte ihn zunächst in das Zimmer 16, wo er ein Geständnis ablegen sollte. Als er halb bewußtlos geschlagen war, gab er alles zu, was man von ihm verlangte. Er behauptete, das Geld im Hofe vergraben zu haben, wo man ihn auch eine halbe Stunde danach suchen ließ. Er konnte das Geld dort nicht finden – denn er hatte es weder gestohlen noch versteckt. Er versicherte mir später, als ich eindringlich mit ihm sprach, er habe das »Geständnis« nur abgelegt, um Zeit zu gewinnen und sich von den furchtbaren Schlägen zu erholen. Ich glaubte ihm, er hat mich in diesem Augenblick bestimmt nicht belogen; er klammerte sich an meinen Zuspruch wie ein Ertrinkender an die helfende Hand.

Da die Mark nicht zu finden war, wurde der Junge weiter brutal geschlagen und gab nun an, daß er das Geld an einer anderen Stelle auf dem Hof versteckt hätte, um eine halbe Stunde länger verschont zu bleiben. Das wiederholte sich drei- bis viermal.

Wir älteren Schutzhaftgefangenen konnten das Martyrium nicht mehr mit ansehen und steckten ihm eine Mark zu, damit er das »Gestohlene« zurückgeben konnte und endlich von den Qualen befreit wurde. Die letzte Mißhandlung des Jungen geschah am Abend. SA-Leute drangen gegen 9 Uhr in unseren Schlafsaal ein, ließen sich die Koje des »Diebes« zeigen und schlugen mit Gummiknüppeln auf den entblößten Körper des schwächlichen jungen Burschen ein. Wir hörten Schmerzensschreie, das Stöhnen – und wir waren machtlos.

Die Auszüge sind dem Buch: Max Abraham, Ein Rabbiner im Konzentrationslager. Teplitz-Schönau 1934, S. 13/14 entnommen.

Wilhelm Girnus: Aus meinen Erinnerungen an Erich Mühsam

Im KZ Oranienburg residiert im Frühjahr 1934 noch die Standarde 208 der SA, »Himmelsstoß« als Rapportführer. Im »großen Speisesaal« begegne ich Erich Mühsam. Er hat sich von der Tortur aus dem KZ Brandenburg etwas erholt. Sein Gesicht aber ist immer noch voller schwarzer und grüngelber Beulen, am Hals Striemen, die Blutkrusten sind inzwischen abgeheilt.

Wir zählen Mühsam zu den besonders Schutzbedürftigen im Lager. Viele helfen ihm, wieder zu Kräften zu kommen. Abends nach der Planierarbeit auf den Feldern von Neu-Holland, spiele ich gelegentlich mit ihm Schach. Aber in unseren Gesprächen müssen wir vorsichtig sein. Einmal kommen wir auf den Philosophen Hegel zu sprechen. Er äußert dezidiert seinen Widerwillen gegen den Philosophen. Da habe das ganze Unglück begonnen. Ich war darüber sehr verwundert, denn ich war damals noch ziemlich hegelgläubig, heimlich hatte ich tagsüber im Strohsack sorgfältig versteckt – im KZ Brandenburg seine »Wissenschaft der Logik« studiert. (Heimlich hatte ich sie auch ins Lager eingeschmuggelt.) Unter ihrem Eindruck stand ich gerade. Mühsam gegen Hegel? Das war ein neuer Grund zum

Nachdenken für mich. Ich glaube aber, jedenfalls hatte ich damals diesen Eindruck, Erich Mühsams Gegnerschaft gegen Hegel richtete sich hauptsächlich gegen dessen Staatstheorie und Geschichtskonstruktion. Ein anderes Mal, wir saßen wieder beisammen, sah er sich das Buch an, welches ich gerade las. Es war die im Insel-Verlag erschienene Quellensammlung zur Völkerwanderung. Interessiert blätterte er darin und sagte dann: »Ja, das ist überhaupt die größte Revolution, die es bisher in der Geschichte gegeben hat.« Ich war selten so erstaunt über eine solche Feststellung, wie über die von Mühsam. Bis dato waren für mich 1789 (Französische Revolution) und 1917 (Oktoberrevolution in Rußland) die »größten« Revolutionen der Geschichte gewesen.

All das tat allerdings meiner Symphatie für den verfolgten und bedrohten Erich Mühsam keinen Abbruch.

Am 20. März 1934 gelang durch einen von meinen Freunden organisierten Trick meine Flucht aus dem Lager Oranienburg. Die Staatsanwaltschaft hatte gegen mich eine Ermittlung eingeleitet und die Umwandlung der Schutzhaft in Untersuchungshaft beantragt. Das Schreiben landete in der Schreibstube des KZ. Dort bestand eine Kartei, auf der auch anstehende Haftbefehle eingetragen wurden. Aber die Kartei wurde – damals noch – von Häftlingen geführt. Und die haben meine Karteikarte einfach verschwinden lassen. Als die Aufhebung des Schutzhaftbefehls eintraf, war der Beleg über die Verhängung der Untersuchungshaft noch nicht da. Ich erhielt von der illegalen Widerstandsorganisationen des Lagers den Auftrag, »draußen« die Möglichkeiten für Fluchten für andere zu erkunden. Ich hatte ständige Kontakte mit den Kameraden im Lager. So erfuhr ich auch vom tragischen Ende Erich Mühsams.

Wenige Tage nach dem 30. Juni 1934, dem Tag des Blutbads unter der SA-Führung wurde auch die SA-Standarde 208 in der Bewachung abgelöst. Bayerische SS-Elite-Truppen übernahmen am 6. Juli 34 das Lager. Am 9. Juli 34 wurde Mühsam vom SS-Sturmführer Ehrath zu sich befohlen, der zu ihm sinngemäß sagte: »Wie lange denken Sie noch in der Welt umherzulaufen? Wenn Sie sich nicht selbst aufhängen, dann werden wir wohl nachhelfen müssen.« Mühsam kam zurück und erzählte es seinen Mitgefangenen. Danach sagte er wörtlich: »Wenn ihr hört, daß ich mir das Leben genommen habe, glaubt es nicht. Den Gefallen tue ich ihnen nicht, ich denke nicht daran, mein eigner Henker zu werden.«

Tags zuvor war beobachtet worden, wie zwei junge SS-Untersturmführer sich ein Stück von der Häftlingsleine des hinteren Freihofes abgeschnitten hatten. Am Abend des 9. Juli meldete der Schlafsaalälteste Kamerad Maier aus Hannover dem Rapportführer die Abwesenheit Mühsams. Obwohl nach der Bettruhe alles in der Koje zu sein hatte, nahm dieser die Meldung mit der folgenden lakonischen Bemerkung auf: »Na, da ist das Judenschwein doch wieder auf dem Scheißhaus eingeschlafen!« Es folgte keine Suchaktion und nichts. Am nächsten Morgen in aller Frühe fragte beim Wecken der Feldwebel »Himmelsstoß« auffälligerweise nach Mühsam. Als man ihm sagte, er sei noch nicht zurück, rief er: »Dann wollen wir ihn suchen!« Er nahm sich ein paar Gefangene und ging mit ihnen schnurstracks zum Klosetthaus. Dort, im vorletzten Abteil, hing Erich Mühsam, tot und gelb. Der Knoten mußte das Werk eines Spezialisten gewesen sein. Der Abstand zwischen Balken und Schlinge war so gering, daß kein lebendiger Mensch da hätte seinen Kopf hindurchzwängen können. Die Zunge hing nicht heraus, die Fäuste waren geballt.

Den Gefangenen, ohne jede Ausnahme, war klar, daß man Mühsam im Kommandantenzimmer ermordet und die Leiche, um einen Selbstmord vorzutäuschen, im Klosetthaus erhängt hatte. Leiter der Sonderaktion im Lager Oranienburg war der damalige SS-Brigadeführer Theodor Eicke.

Wie Werner Hirsch berichtete, fand am 10. Juli 1934 eine illegale Gedenkveranstaltung für den ermordeten Kameraden Mühsam statt. Es erklang das Moorsoldatenlied, und in das Schweigen hinein schwor einer der Kameraden, den Toten niemals zu vergessen.

Die Auszüge aus dem Erinnerungsbericht des Berliners Wilhelm Girnus wurden 1974 geschrieben und sind im Besitz des Verfassers. In seinem 1982 erschienenen Buch: »Aus den Papieren des Germain Tawordschus« berichtet er sinngemäß über diese Zeit.

Kurt Hiller: Auszüge aus dem Erlebnisbericht über das KZ Oranienburg

»Am 2. Februar 1934 wird das KZ Brandenburg, in welchem ich als Flurscheuerer, Klosettreiniger, Schneeschipper, Kartoffelschäler und Transportarbeiter gewirkt habe, aufgelöst, das Zuchthaus seiner alten Bestimmung übergeben. Ich werde nach Oranienburg verstaut. Die Überführung geschieht, bei etwa fünf Grad Kälte, in offenen Lastautos; wir stehen gepfercht, drei Stunden lang so eng, wie Sardinen in der Büchse liegen. Der Wind pfeift durch die paar losen Zeltbahnen, nicht die bescheidenste Bewegung ist uns möglich. Als wir, durchgefroren, im Hofe des SA-geleiteten Lagers Oranienburg von den Lastwagen springen, läßt »Himmelsstoß« , ausrangierter Feldwebel aus den ehemaligen Kolonien in Afrika, uns zunächst eine Stunde lang stehen …

Am nächsten Mittag werde ich in dem schon damals zu traurigem Ruhm gelangten Zimmer 16 auf Befehl des sadistischen Voyeurs Stahlkopf vor seinen Augen und den nicht minder gemeinen seines gleichgearteten Kumpans Ewe (Stahlkopf: in Zivil Gutsinspektor, Ewe: Weinreisender) von einem harmlosen jungen SA-Mann mit dem Gummiknüppel bearbeitet, »fertiggemacht«, wie der Volksjargon (auch außerhalb der Nazikreise)es nennt … Ausnahmslos alle Juden werden hier »fertiggemacht«, auch sie bilden im Lager ein Ghetto, tragen zur Kennzeichnung zwar noch nicht gelbe Sterne, aber weiße Armbinden, müssen im Gegensatz zu den anderen, unter unbezogenen Pferdedecken schlafen. Gerade als wir eintrafen, geschah eine Art Umbruch, aus dem Ultrahundsföttigen ins Gemäßigt-Viertelhumanitäre, und das hatte zwei Ursachen: erstens war der begreifliche Zorn über den glänzend gelungenen Ausbruch des sozialdemokratischen Reichstagsabgeordneten Gerhart Seger aus dem Lager, wenige Wochen zuvor, (ein Unikat und Geniestreich) mehr oder minder verraucht, und zweitens hatte jene Spannung zwischen SA und SS eben begonnen, die viereinhalb Monate danach zu dem entsetzlichen dreißigsten Juni führen sollte. Zum psychologischen Tatbestand dieser Spannung gehörte, daß die SA von

Oranienburg sich allmählich ihren Gefangenen näher fühlte als ihren Kollegen von der SS …

Ich erhielt den Befehl, mich Sonntag, 4 Februar, in dem SA-Zimmer einzufinden, wo »Klavier gespielt«, das heißt die Aufnahme der Fingerabdrücke vollzogen wurde... Hitlergegner waren ja Schwerverbrecher. Der SA-Patron für Fingerabdrücke war fort; statt seiner amtierte sein »Flunkey« (Kazettsprache) aus den Reihen der Häftlinge. Ich kannte ihn ganz flüchtig vom Abend meiner Einlieferung, wo er mir im Schlafraum, Auskunft über die »Kaninchenställe« gegeben hatte, deren Technik mir von der Zuchthauszelle her fremd war und in denen man fortan nächtigen mußte. Er lud mich ein, Platz zu nehmen, und bat um meine Personalien. Als ich meinen Namen nannte, fragte er mich: »Du bist doch nicht der Kurt Hiller von der Weltbühne?« Ich antwortete: »Leider, leider, ich bin es«. Da wurde der 23jährige sonnenhaft. »Das hätte ich mir nie träumen lassen, daß ich dir im Leben mal begegnen würde.« Er verriet mir, daß er bis zum Verbot der Weltbühne ständiger Leser gewesen sei. Ich fragte ihn, warum er in Haft sei. Antwort: er hätte in Hannover für die KPD gearbeitet... Diese Begegnung war ein Same, aus dem der gewaltige Baum einer dreißigjährigen Freundschaft erwuchs, der großartigsten meines Lebens. Walter Detlef Schulz, geboren zu Hamburg 1910, starb als Direktor des Rundfunks Hannover 1964 an Herzinfarkt. An jenem denkwürdigen Sonntag war zunächst von uns beschlossen, täglich die Freistunde nach dem Mittagessen zu einem gemeinsamen Spaziergang im Hof zu benutzen, und die fast täglichen Diskussionen zwischen uns ergaben eine unglaublich breite Kreisfläche der Einigkeit. Es hieße übertreiben, wollte ich sagen, daß sein Gedankenkreis und meiner sich deckten, aber viel fehlte nicht daran. Er stand kritisch zu seiner Partei, und zwar genau aus den Gründen, aus denen ich sie, bei aller Liebe zu Scharflinks, in meinen Schriften bis 1933 kritisiert hatte. Wir beide lehnten den Anarchismus trotz Respekts vor einigen Vertretern als lächerlich ab …

Am Nachmittag dieses Sonntags (4. 2. 1934) muß ich mit ein paar Kumpels zusammen das Stroh und den Dreck aus einem verlassenen Bunker räumen, dem soeben abgeschafften »Stehbunker«, jener niederträchtigen Strafart, die der Nazi-Pöbel sich ausgedacht hatte; man konnte in diesem Schachtstück oder ekkigem Loch mit einer Bodenfläche von 80 mal 60 cm, weder sitzen noch liegen, kaum hocken, nur stehen, mithin auch nachts, und hatte darinnen nicht stunden-, sondern unter Umständen tagelang zu hausen, in ausgesuchten Fällen eine ganze Woche lang …

Am 25. April 1934 trifft der Brief der Gestapo im Lager ein, anordnend, daß ich »sofort« zu entlassen sei. Herr Stahlkopf kehrt sich nicht daran, sondern hält mich noch drei Tage fest. Am 28. April, eine Minute bevor ich das Tor zur Freiheit passiere, begegnet mir die komische Legendenfigur noch einmal und schnarrt mich an: »Erzählen Sie draußen nicht so viel von den ›schrecklichen Sachen‹, die sie hier erlebt haben!« Ich erwidere: »Seit meiner Rückkehr aus dem Staatskrankenhaus bin ich hier allerseits anständig behandelt worden.« – »Na, und vorher?« zischt er. Ich: »Vorher? Wissen Sie, Herr Obersturmführer, ich hatte inzwischen hohes Fieber, und da ist mein Gedächtnis stark getrübt.« Stumm macht er kehrt; ich entschreite dem Institute. Es hatte mich als Abortreiniger, Holzverlader, Kartoffelschäler, Regenwurmsucher, Strümpfestopfer und Waschbärwärter beschäftigt – ein wenig abseits meiner eigentlichen Begabung. Jawohl, auch einen Waschbären hatte die SA von Oranienburg, und da sie ihr Spielzeug nicht gut bewachte und nicht schlecht neckte, zerriß das Biest noch zuguterletzt meinem Kameraden Josef Früholz die Hand.

Meine fünf Schlußwochen KZ haben Lebensbedeutung für mich gewonnen; denn an nahezu jedem ihrer Tage fand zwischen Walter Detlef Schulz und mir ein Gespräch über Wesentliches statt, im Wandeln; es waren Peripatesen auf hohen Bergen, doch ohne Verstiegenheiten, sie wurden, ohne daß wir es schon ahnten, zur Grundlage eines Menschenbunds von seltener Stärke und Dauer.«

Kurt Hiller, Publizist und Kritiker war vor 1933 u.a. Redakteur der »Weltbühne«. Die Auszüge sind seinem Buch: »Leben gegen die Zeit« Rowohlt Verlag GmbH, Reinbeck bei Hamburg, 1969, auszugsweise entnommen

Ein Opfer nicht umsonst gebracht.
Von Kreszentia Mühsam

Zwanzig Jahre war ich mit Erich Mühsam zusammen. Davon war er während des ersten Weltkrieges etwa ein Jahr interniert. Fast sechs Jahre saß er nach der Niederschlagung der Bayerischen Räterepublik in bayerischen Gefängnissen und Festungen, einenhalb Jahre wurde er von den Nationalsozialisten in den Gefängnissen Lehrter Straße und Plötzensee und in den Konzentrationslagern des Dritten Reiches, in Sonnenburg, Brandenburg und Oranienburg unmenschlich behandelt, bis ihn in der Nacht vom 9. auf den 10. Juli 1934 SS-Henker ermordeten.

Mühsams Henker wußten, was sie taten. In einem Nachruf schrieb sein Freund: »… Als Mensch war Mühsam eine der prächtigsten Persönlichkeiten, ein treuer und ergebener Freund und ein ungemein geistreicher Gesellschafter. Daß ein Mann mit solchen glänzenden Qualitäten dem Ungeist des sogenannten Dritten Reiches zum Opfer fallen mußte, ist eine der großen Tragödien unserer Zeit, in Freiheit und Gerechtigkeit von größenwahnsinnigen Schurken und Verbrechern an Kreuz genagelt zu werden.«

Erich hat die Gefahr des Faschismus lange vorausgesehen und seine warnende Stimme erhoben. Solange wie irgend möglich, wollte er seinen Kampfplatz behaupten, trotz wiederholter Warnungen und Drohungen, die an ihn gelangten. Mit der Fahrkarte nach Prag in der Tasche wurde er am 28. Februar 1933 verhaftet. Die letzte Station auf diesem Leidenswege war Oranienburg. Gerade zu der Zeit, als Erich in Oranienburg eingeliefert wurde, waren dort außerordentliche Verschärfungen für politische Häftlinge angeordnet worden, die sich besonders auf jüdische Gefangene konzentrierten.

So fand ich meinen Mann bei meinem ersten Besuch im Lager vollkommen glatt geschoren und rasiert vor. Die jüdischen Häftlinge waren für den Innendienst bestimmt. Er natürlich auch. Für ihn, den Dichter, hatte das Dritte Reich keine andere Arbeit als den Abort zu putzen, häufig mit bloßen Händen.

Nie erhielt er die Erlaubnis, sich geistig zu beschäftigen.

Trotz der Qualen und Leiden, die er zu erdulden hatte, bewies sich Erich seinen Leidensgefährten gegenüber stets als der beste und selbstloseste Kamerad. Wenn ich bei meinen Besuchen für ihn Lebensmittelpakete mitbrachte, fragte er mich jedesmal: »Wieviel, glaubst du, werde ich heute abend einladen können?« Und wenn er dann hörte, »zehn bis zwölf Mann«, dann konnten seine Augen vor Freude strahlen, als ob ihm nie etwas Böses passiert wäre. In vielen seiner Briefe dankte er im Namen seiner Mitgefangenen für die Eßwaren.

Unmittelbar nach dem 30. Juni 1934 wurde das Lager nachts von der Berliner Polizeitruppe z. b. V. umstellt und von der SS übernommen. Damit war eine der Vorbedingungen für die Ermordung Mühsams geschaffen worden, da sich die frühere Lagerleitung, wie entlassene Gefangene versicherten, zweifellos geweigert hätte, den Mordbefehl zu vollstrecken, da sich die politischen Gefangenen und auch Mühsam eine gewisse Achtung bei ihnen erworben hatten. Selbst Stahlkopf, einer der brutalsten Schläger der SA äußerte sich wie folgt: »Frau Mühsam, seien sie versichert, wäre das Lager in unserer Hand geblieben, das wäre nie geschehen.« Soviel ich erfahren habe, wurde Stahlkopf dafür von Eicke zur Rechenschaft gezogen (wenige Wochen später hat sich Stahlkopf erschossen).

Am 8. Juli war es mir noch einmal möglich, Erich zu besuchen. Ich konnte ihm noch sagen, daß im »Matin« ein Aufruf polnischer Intellektueller veröffentlicht sei, der die Befreiung Mühsams, Künstlers und Ossietzkys forderte. Es war das letzte Mal, daß ich Erich lebend gesehen habe. Drei Tage später fand ich einen Zettel in meiner Wohnung, auf welchem stand: »Frau Mühsam, betr. Ihres Ehemannes werden Sie ersucht, umgehend im 215. Polizeirevier, Zimmer 29, vorzusprechen. Es ist wichtig und eilig. Leichter, Polizeihauptmann.« Ich rannte sofort auf die Polizei, wo mir ein Kommissar sagte: »Frau Mühsam, ich habe die Pflicht, Ihnen mitzuteilen, daß ihr Mann gestorben ist. Sie können nach Oranienburg fahren und die Leiche holen.« Ich schrie den Kommissar an: »Mein Mann ist ermordet worden.« Der zuckte mit den Achseln und wiederholte: »Ich habe nur die Pflicht, Ihnen mitzuteilen, daß er gestorben ist.«

Ich fuhr anschließend sofort nach Oranienburg, wo man mir

mitteilte: »Ihr Mann hat die Nerven verloren und sich erhängt.«
»Er hat sich nicht erhängt, Ihr habt ihn ermordet!« Immer und
immer wieder hatte mir Erich versichert: »Zensel, was auch geschieht, glaube nie, daß ich Selbstmord verübt habe.«

Es gibt zahlreiche Berichte von Mitgefangenen, die gleiche
Äußerungen von ihm bestätigen. So schrieb mir u. a. der englische Staatsbürger John Stone, der viele Jahrzehnte in Deutschland lebte und der mit Erich in Brandenburg und Oranienburg
inhaftiert war: »Noch am 9 Juli, nachdem die SS das Lager
übernommen hatte, wurde der bekannte Dichter und Schriftsteller Erich Mühsam ermordet. Das Schicksal dieses hochbegabten
Mannes ist ein wahres Martyrium, welches die Menschheit erschüttern würde, wenn seine fürchterlichen Leiden bekannt wären ... Dieser berüchtigte Anarchist war einer der besten und
edelsten Menschen, die ich je kennengelernt habe. Er selbst
wußte, daß er niemals lebend aus dem Konzentrationslager herauskommen wird und sprach oft davon. Aber mit einer einzigar-
tigen Willenskraft hielt er sich aufrecht und widerstand der Versuchung des Selbstmords.«

*Der Bericht wurde 1959 geschrieben und befindet sich im Be-
sitz des Verfassers. Kreszentia Mühsam emigrierte 1934 nach
Prag und kurze Zeit später nach Moskau. Hier wurde sie im
April 1936 verhaftet, auf Grund internationaler Proteste freige-
lassen, doch im Dezember 1936 erneut verhaftet und zu acht
Jahren Lager verurteilt, blieb danach bis Mitte der fünfziger
Jahre in sowjetischen Gefängnissen und kehrte in die DDR zu-
rück, wo sie verstarb.*

Henry Marx: Im Konzentrationslager
Oranienburg. Tagebuchauszüge

Soeben haben wir das Eingangsschild Oranienburg passiert.
Nun kann es nicht mehr lange dauern. Vor einem Hoftor hält
das Auto; es wird geöffnet, wir fahren ein und hinter uns

schließt sich das Tor augenblicklich wieder. Ich bin im Konzentrationslager Oranienburg! Ich werde zuerst zu dem Leiter der Gefangenenabteilung, einem Obersturmführer, gebracht. Wohl gebe ich auf alle Fragen vernünftige Antworten, doch ich begehe den unverzeihlichen Irrtum, nicht stramm oder stramm genug zu stehen. Nach dem ersten Anschnauzer weiß ich, woher der Wind weht, das Strammstehen gelang mir einfach nicht. Also mußte sich unsere »Unterhaltung« notgedrungen anders abwickeln. Es ging ganz gut. Lediglich über einen im Vorhof befindlichen, vielleicht 90 cm hohen Pfahl mußte ich springen, was mir auch mehrere Male gelang. Dann wurde ich in Gnade entlassen, jedoch mit der Aussicht, wieder gerufen zu werden. Ich bekam eine Karte, dazu einen Zettel mit meiner Nummer, den ich wohlverwahrt halte. Es war die Nummer 2873.

Die weiteren Formalitäten erledigten sich von selbst. Ich ging zum Sanitäter, dann ins Büro, wo mir ein Teil meines Geldes in Lagergeld umgetauscht wurde.

Wie sah nun das Lager aus?

Auf dem Gelände einer ehemaligen Brauerei war es untergebracht. Es bestand aus 7 Schlafräumen, einem Tagesraum, einem zweistöckigen Verwaltungsgebäude, einem Büro, einer Materialkammer, einer Abortanlage und dem Waschraum. Dazu dann noch ein kopfsteinbepflasterter Hof, eine sogenannte Wiese (auf der die Gräser zu zählen waren), die Schlafräume der Wachmannschaften, die Küche und die Rasierstube. Das Gebäude war reichlich groß, vorne mit Tor und Mauer, auf der hinteren Seite lediglich mit spanischen Reitern gegen die Außenwelt abgesperrt, die unmittelbar daneben begann. Denn ringsum waren die Häuser Oranienburgs, so daß das Lager eigentlich inmitten der Stadt lag.

Nachdem ich einer Kompanie, der 6., zugeteilt war, ließ ich mir den Weg dorthin weisen. Ein Verschlag nimmt meine Kleider auf, ich suche mir ein Bett heraus. Hier sind die Betten lediglich Holzverschläge, drei übereinander und über den Strohsack ist Leinentuch und Leinendecke gezogen. Die gilt es erst zu besorgen. Dann bekomme ich meine Sachen: 2 Unterhosen wie Hemden, 1 Hose, 1 Paar Schuhe, 1 Jacke, 1 Mütze, 2 Handtücher und eine komplette Bettgarnitur. Ich muß in dem seltsamen Aufzug recht komisch ausgesehen haben, vor allem weil mir nichts paßte. Die Hose war zu weit, die Schuhe waren zu eng, die Jacke ließ sich nicht zuknöpfen. Doch zum Nachdenken blieb keine Zeit. Ich wurde wieder zu jenem Obersturmführer gerufen, der mich in Empfang genommen hatte. Bei ihm ein Obertruppführer, es war der diensttuende Feldwebel für diesen Vormittag. Er ging mit mir auf die Wiese, wo ich verschiedene Übungen zum Beweis meiner Leistungsfähigkeit machen mußte. Die Eskaladier-Wand übersprang ich trotz allen Drängens des SA-Obertrupp-Führers nicht, doch sonst führte ich alles aus: ich setzte über einen Graben, übersprang einen Hügel, balancierte auf einer über einem cirka 7–8 m langen Graben angebrachten Stange und kroch durch einen 30 m langen, stacheldrahtbesetzten Kasten. Ich war zum Schluß ganz schön fertig.

Am ersten Sonnabend wurde ich photographiert. Es kam mir recht seltsam vor: ich wurde auf einen Stuhl gesetzt, bekam ein Schild mit meiner Nummer 2873 umgehängt und mußte so für 3 Aufnahmen bereit sein: Frontalblick, Profil links und Profil rechts, alles mit rasch aufzuckendem Blitzlicht. Diese Bilder wurden den Beständen des Landeskriminalamtes zugeführt und dort einverleibt.

Gegen drei viertel sieben marschierten die Arbeitskommandos aus. Es gab vier Arbeitsabteilungen, die nach dem Durchzählen und dem Formieren der Begleitposten nacheinander ausrückten. Das geschah unter dem Gesang mehr oder weniger schöner Lieder. Nach eineinhalb Stunden kamen wir, zuletzt noch über Stoppeln stolpernd, an unserer Arbeitsstätte an. Schippe und Spaten holten wir aus einen Gutshof, von wo aus auch das Kaffeewasser mitgenommen wurde. Ich war der einzige Neuling. Vor mir breitete sich ein schmaler Grabenlauf aus. Ein Moorgraben zur besseren Bewässerung der umliegenden Äcker sollte gezogen werden. Gegen drei Uhr wurde aufgehört.

Einer wilden Horde gleich, zogen wir über die Feldwege zur Landstraße zurück. Dann formierte sich der Zug und es folgte der Befehl: Singen! Natürlich die »Lore« , auch »Wenn wir schreiten Seit an Seit« oder »Mein Schlesierland« auch das Moorlied »Wir sind die Moorsoldaten und ziehen mit den Spaten« erklang. Die letzten 200 m bis zum Lager wurden im Paradeschritt zurückgelegt, und im Paradeschritt rückten wir auch in den Kopfstein-Hof unseres Lagers ein.

SS war in das Lager eingerückt und hatte die Verwaltung übernommen. Es war ein Sturm der Leibstandarte »Adolf Hitler«. Gegen Abend des Tages (es war der 7. Juli) kamen neuerlich ca. 150 SS-Männer und die Leibstandarte verließ das Lager. Somit hatten wir jetzt unsere neue Mannschaft bekommen, die sich auf ein längeres Bleiben einzurichten schien.

Henry Marx war vom 30. Juni bis 14. Juli 1934 Häftling im KZ Oranienburg. 1937 emigrierte er in die USA.

Die Auszüge wurden dem unveröffentlichten Tagebuch von Henry Marx entnommen, welches er kurz nach seiner Haftentlassung im August 1934 schrieb. Auszüge befinden sich bei der Arbeitsgruppe Kiezgeschichte-Berlin 1933, ein Projekt des Berliner Kulturrats, 1983.

Das von Henry Marx erwähnte Arbeitskommando war im Bereich der Gemeinde Neuholland eingesetzt.

Dokumente über das
Konzentrationslager Oranienburg

Anmerkungen zu den Dokumenten auf Seite 269

Erste Gefangene im KZ Oranienburg, März 1933. Kommentar des Regierungspräsidenten von Potsdam zu diesem Bild: »Für die Presse nicht geeignet.«

Die dem KZ gegenüberliegende Gaststätte an der Berliner Straße lieferte die Verpflegung für die Häftlinge. Haben die Frauen nicht gewußt, für wen die Brote bestimmt waren?

A b s c h r i f t.

Arbeitsbeschaffungsprogramm

für das Konzentrationslager Oranienburg mit gleichzeitiger

Angabe der Tagewerke.

A) Massnahmen, die von der Stadtgemeinde Oranienburg
betrieben werden.

1.) Entkrautung des Lehnitzsees.

Wichtig für Wassersport und Fremdenverkehr, vom Kommissar
für Naturdenkmalpflege als notwendig bezeichnet, den verschiedenen
amtlichen Stellen bekannt, doch wegen rechtlicher und finanzieller
Schwierigkeiten bisher noch nicht durchführbar gewesen.

33 ha Wasserfläche   Tagewerke 1300

2.) Umgehungsstrasse.

Wichtig für die Entlastung der eng bebauten Altstadt und
besonders für den Güterverkehr bestimmt. Bisher ausgebaut 3,7 km
der Gustav Ebellstrasse, Ringstrasse, Kurfürstenstr. (hier Anschluß
an die östliche Ausfallstrasse nach Bernau) Schützenstr., die
Reststrecke bis zum Bahnhof Sachsenhausen 1 km lang soll ausgeführt
werden.

Verkehrstechnische und damit volkswirtschaftliche Bedeutung
allgemein anerkannt.   Tagewerke 4300

3.) Volkspark, Inselwiese.

Insel landschaftlich schön, zwischen Havel und Altarm im
Mittelpunkt der Stadt belegen. Auch teilweise schon als Luft- und
Sonnenbad für die gegenüberliegende Flussbadeanstalt genutzt. Der
600 m lange Altarm wird ausgebaggert und wieder befahrbar gemacht.
Von der Insel wird der Kies abgeräumt und die Insel zum Volkspark
ausgestaltet. Zur Ablage in der Lehnitzstr. wird eine Brücke geschlagen.   Tagewerke 3000

4.) Wohnstrassen in Oranienburg-Süd.

6 km Wohnstrassen im neu erschlossenen Siedlungsgelände
in einfacher doch dauerhafter Weise chausseemässig zu befestigen
Tagewerke 3300

5.) Schaffung von Radfahrwegen.

9 km neue Radfahrwege an den nördlichen und östlichen Ausfallstrassen, also nach Sachsenhausen und Schmachtenhagen herzustellen.   Tagewerke 1200

6.) Wegebesserungen in der Feldmark.

8 km Fahrwege in der Feldmark im Westen der Stadt die Befestigung gründlich nachzubessern.

Tagewerke 4000

7.) Strassenunterhaltungsarbeiten usw.

25 km Strassen in der bebauten Stadtlage, soweit die Fahrbahnen bezw. Gehbahnen nicht gepflastert sind, nachzubessern, Ferner einige Geländeflächen des städtischen Besitzes einzuebenen.

Tagewerke 10000

8.) Uferpromenaden usw.

Schaffung einer neuen Uferpromenade auf dem Seebadgelände Ausbesserung der Seepromenade zum Waldhaus, Verbesserung der Rodelbahn und Massnahmen des Verschönerungsvereins im anschlies senden Waldgebiet.   Tagewerke 600

9.) Ausbeutung des städtischen Kieslagers in Germendorf.

Tagewerke 1500

10.) Für Unterhaltungsarbeiten.

Bereitstellung von Arbeitskräften für laufende Arbeiten auf dem Friedhof, Sportplatz und anderen grösseren Einrichtungen

Tagewerke 800

B) Massnahmen, die von staatlichen Behörden und
Nachbargemeinden betrieben werden.

Die einzelnen Massnahmen sollen uns noch näher bezeichnet werden Es handelt sich durchweg um Arbeiten, die aus Mangel an Mitteln sonst nicht zur Ausführung kommen würden.

1.) Forstverwaltung.

Die beiden staatlichen Oberförstereien wollen verschieden Massnahmen, darunter die Anlage eines Fischteiches ausführen.

2.) **Provins- und Kreisverwaltung, sowie Reichsbahn- und Wasser-
bauverwaltung,**

können ebenfalls Leute beschäftigen. Die Zahl der Tagewerke

steht noch nicht fest, ist aber anzunehmen auf ...   4500

3.) **Nachbargemeinden.**

Die verschiedenen Nachbargemeinden, insbesondere aber

Birkenwerder sind ebenfalls in der Lage, Trupps von Gefan-

genen zu beschäftigen. Die Summe der Tagewerke beträgt 20500

Zusammenstellung der Tagewerke.

A) 1. Lehnitzsee . . . . 1300 Tagewerke
    2. Umgehungsstrasse 4300   "
    3. Volkspark 3000   "
    4. Wohnstrassen 3300   "
    5. Radfahrwege 1200   "
    6. Wegebesserung 4000   "
    7. Strassenunterhaltung .1. 10000   "
    8. Uferpromenaden 600   "
    9. Kieslager 1500   "
   10. Sonstige Unterhaltungsarbeiten 800   "

                          zus. A) :   30000 Tagewerke

B) 1. Forstverwaltung 25000
    2. Provinz, Kreis usw. 4500
    3. Nachbargemeinden 20500

            zus. B: 50000 = 50000   "

            zus: 80000 Tagewerke

Verteilt man diese Arbeiten zunächst auf die 4 Sommermonate bis einschl. September, so ergeben sich je Monat 20000 Tagewerke und je Werktag 800 Tagewerke. Ausser Ansatz geblieben sind
die Arbeiten im Betrieb des Lagers.

                                        Die

Die sächlichen Kosten, wie sie durch Lieferung der Baustoffe und Leihgebühr für die Geräte entstehen, dürften in den weitaus meisten Fällen aus Haushaltungsmitteln aufgebracht werden können.

Für die grösseren Massnahmen unter A 1 - 4 müssen dagegen diese Mittel durch Aufnahme von Darlehen beschafft werden. Die Verhandlungen über die Durchführung des Programms im einzelnen sowie seine Erweiterung werden fortgesetzt.

Oranienburg, den 24. Mai 1933.

Das Stadtbauamt.

gez: Hobeck,

Stadtbaumeister.

Schreiben des Deutsch-Isrealischen Gemeindebundes an den Regierungspräsidenten in Potsdam vom 9. Juni 1933 (Auszug)

Der ... als juristische Person anerkannte Deutsch-Israelische Gemeindebund als Träger der jüdischen Fürsorgeerziehung und damit des jüdischen Jugend- und Lehrheims Wolzig, Kreis Beeskow-Storkow, ... legt hierdurch unter Verwahrung gegen die am 7. Juni 1933 in Wolzig durchgeführten, aus anliegender Niederschrift ersichtlichen Maßnahmen das zulässige Rechtsmittel ein und erbittet ihre sofortige Aufhebung.

Das Jugend- und Lehrheim Wolzig ist seit Jahren den deutschen Behörden genau bekannt und ist stets, auch neuerdings, in die Liste der von den Behörden zu belegenden Heime aufgenommen.

Das Heim ist das einzige jüdische Heim für männliche schulentlassene Fürsorgezöglinge in Deutschland und deshalb auch für die Durchführung der Fürsorgeerziehungsarbeit unter Wahrung der konfessionellen Belange völlig unentbehrlich. Zu den Gründen, die zu den vorgestrigen Maßnahmen geführt haben, erlauben wir uns, folgendes anzuführen: Der Besitz von Waffen, insbesondere Schußwaffen, war sowohl den Zöglingen wie den Angestellten strengstens verboten. Häufige Kontrollen durch die Anstaltsleitung sowie mehrfache Durchsuchung des Heimes, zuletzt auf Veranlassung der Geheimen Staatspolizei vor wenigen Wochen, haben ergeben, daß das Verbot strikt innegehalten und keine Waffen vorhanden waren. ... Wie die gefundenen Waffen in das Haus gekommen sind, ist uns nicht bekannt. Nach unserer gewissenhaften Überzeugung und nach unserer Kenntnis der Heiminsassen, des Personals und des Geistes des Hauses halten wir es für völlig ausgeschlossen, daß die Waffen durch Heimangehörige hereingebracht worden sind. ... Jede Unterbrechung der unserer Organisation ... übertragenen Durchführung der jüdischen Fürsorgeerziehung bringt unermeßlichen, nicht wiedergutzumachenden Schaden für unsere Zöglinge.

... Wir bitten daher anzuordnen, daß:

1. die Besetzung des Wolziger Heimes sofort aufgehoben wird,
2. die Zöglinge aus dem Konzentrationslager (Oranienburg) sofort wieder in das Heim zurückgeführt werden,
3. der Leiter und die übrigen in Haft genommenen Heimangestellten sofort entlassen werden...

Bericht

Das jüdische Jugend- und Lehrheim Wolzig, das dem Deutsch-Israelischen Gemeindebund, einer gemeinnützigen milden Stiftung, unterstellt ist, ist belegt mit etwa 60 Jugendlichen. ... Es wird beschickt von allen Jugendämtern des Deutschen Reiches. Dem Heim sind eine Reihe landwirtschaftlicher und handwerklicher Lehrwerkstätten zur Ausbildung der Zöglinge angegliedert; sie stehen unter fachmännischer Leitung einiger von den Innungen anerkannter Meister.

Am Mittwoch, dem 7. d. M., gegen 5 einhalb Uhr morgens, erschienen im jüdischen Jugend- und Lehrheim Wolzig etwa 150 SA-Leute aus Friedersdorf, Storkow und Umgebung; ferner 6 Landjäger unter Führung eines Oberlandjägers.

In die verschlossene Villa, die vom Personal des Heimes gegen Miete bewohnt wird, begaben sich die SA-Leute. Die Villa wurde genau durchsucht, gefunden wurde jedoch nichts. Im Zimmer des Erziehers Fritz Hirsch legte einer der SA-Leute eine Aktentasche auf den Schrank. Dies wurde von der Ehefrau des Herrn Hirsch bemerkt. Sie sagte zu einem SA-Mann, daß sie bemerkt habe, daß die Aktentasche auf den Schrank gelegt worden sei. Inzwischen bemerkten andere SA-Leute diese Aktentasche und wollten sie als Fundstück behalten. Auf die Frage, wem die Aktentasche gehöre, erwiderte Frau H(irsch), daß die Mappe von SA-Leuten dorthin gelegt worden sei.

Nach der Durchsuchung der in der Villa befindlichen Wohnung des Direktors, Heimleiters Oskar Friedmann, erschienen nochmals 2 SA-Leute in einem Zimmer mit einer Aktentasche unter dem Arm und wollten die Wohnung noch einmal durchsuchen. Einer von ihnen war schon vorher in der Wohnung gewesen. Die beiden SA-Leute wurden von der Ehefrau des Direktors Friedmann angehalten mit der Bemerkung, daß sie doch schon einmal eine Durchsuchung vorgenommen hätten.

Eine ähnliche Mappe wurde etwas später im Heimgebäude aufgefunden und deshalb als Belastungsmaterial zurückbehalten, weil sie Mitgliedsbücher der Kommunistischen Partei enthielt, in die keine Eintragungen vorgenommen worden waren. Gleichzeitig mit dem Besuch der Villa klingelten SA-Leute im Heim; sie verteilten sich sofort auf das ganze Haus. Sie ließen sich zunächst von dem Gärtner Goldschmidt das Büro aufschließen. Dieser konnte bei der Durchsuchung des Büros nicht anwesend bleiben, da er von anderen SA-Leuten abgerufen wurde. Inzwischen war in der Schublade des Schreibtisches im Büro eine Schußwaffe (Armeepistole) aufgefunden worden. Die Bürohilfe, Fräulein Armer, wurde befragt und erklärte, sie weise ausdrücklich darauf hin, daß sie noch am Vortage gegen 24 Uhr im Büro anwesend gewesen sei, die Schublade aufgezogen hätte und sich zu dieser Zeit keine Waffe in der Schublade befunden habe. Es wurde Fräulein Armer erwidert: »Dann könne die Waffe nur hineingelegt worden sein, und wir wissen, wer es getan hat.«

Daraufhin wurde der Gärtner Goldschmidt in das Büro gebracht. Er verneinte auf Befragen gleichfalls ausdrücklich und eindringlich, eine Waffe in das Büro gebracht zu haben. – Die Zöglinge mußten gleich bei Beginn der Durchsuchung des Heims auf dem Hof antreten und zunächst exerzieren. Mit Mühe gelang es dem Personal, die Erlaubnis zu bekommen, den Zöglingen das Frühstück zu verabreichen und das weibliche Heimpersonal zur Arbeit in den Küchenbetrieb zu lassen. Die Zöglinge durften ihr Frühstück zuerst nur im Dauerlauf einnehmen.

In dieser Zeit wurde das Heim durchsucht. Es wurde unter dem Kopfkissen des Zöglings Werner Treuherz eine Schußwaffe gefunden. Treuherz wurde gerufen und gefragt, wie lange er schon in dem Bett, in dem die Waffe gefunden worden sei, schlafe. Er erwiderte: »Ein Jahr« und bekam zur Antwort: »Und dann hast du nicht bemerkt, daß du eine Pistole unter dem Kopfkissen hast?« Nach Aussagen des zurückgebliebenen Personals sollen auch einige Schriften gefunden und beschlagnahmt worden sein.

Die Fürsorgeakten der Zöglinge und ein Teil des Büromaterials wurden fortgeschafft. Diese Sachen sollen sich beim Gemeindevorsteher in Wolzig befinden. Als bereits die Durchsuchung des Heims und der Villa erledigt zu sein schien, erfolgte eine zweite Durchsuchung des Zimmers des Erziehers Max Gebhard, die erste war ergebnislos verlaufen; bei der zweiten wurde in dem Bücherregal des Gebhard hinter einigen Büchern eine Schußwaffe gefunden. Nach deren Herkunft befragt, gab Gebhard völlig überrascht die Antwort, daß er niemals eine Waffe in seinem Zimmer gehabt habe.

Es wurden, nachdem der Landrat des zuständigen Kreises telefonisch von dem Ergebnis der Durchsuchung verständigt war, verhaftet: Direktor Oskar Friedmann, Gärtner Richard Goldschmidt, Bürohilfe Betty Armer, Erzieher Max Gebhard, Erzieher Fritz Hirsch, Zögling Werner Treuherz.

Die genannten Verhafteten und außerdem sämtliche Zöglinge des Heimes wurden gegen 10 einhalb Uhr vormittags auf Lastautos verladen und nach Angabe von SA-Leuten in das Konzentrationslager Oranienburg überführt. Die Verhafteten sind nach Berlin gebracht worden.

An

den Herrn Minister des Innern

Berlin.

I. Pol.e. 1583 den 13.6. 33.

Konzentrationslager für politische Gefangene
in Oranienburg.

Ohne Vorgang.

Berichterstatter : Polizeimajor Rossum.

In Oranienburg wird mit Genehmigung unter Aufsicht
des Ministeriums des Innern seit Februar 1933 von der S.A.
Standarte 208 ein Konzentrationslager für politische Gefangene unterhalten. Die Zahl der Gefangenen wechselt und beträgt z.Zt. 158. Es steht zu erwarten,dass die Zahl erheb-
lich gesteigert wird.

Die Bewachung erfolgte bisher durch S.A.Leute ohne Hilfspolizeiliche Befugnisse. Um die Bewachung auch po-
lizeilich sachlich richtig durchzuführen und das Personal
auch strafrechtlich beim Eingreifen sicherzustellen,beab-
sichtige ich 30 S.A.Leute als Hilfspolizeibeamte zu bestätigen und diese nach Bedarf über 24 Stunden einzuberufen u.

zu verwenden.

Gem.Ziff.4 der Durchführungsbestimmungen des Erl[…]
vom 22.2.33- II C I 59Nr.4o bitte ich um die Genehmigung,da[…]
ich bis auf Weiteres bis zu 3o Mann Hilfspolizei zu Bewachu[…]
zwecken für das Konzentrationslager in Oranienburg gegen Z[…]
lung der Aufwandsentschädigung von M.3.- pro Tag einberufen
darf.

Weiterhin bitte ich um Ueberweisung von 3o Kara[…]
binern und 3 Maschinenpistolen mit Munition für diesen Zwec[…]

Wieder vorgelegt.

Wieder vorgelegt.

kom./
Der Landrat
des Kreises Niederbarnim

Berlin NW 40, den ²⁴ J u n i 1933.
Friedrich-Karl-Ufer 3

Tgb.-Nr. **I 12/** 2582

Betrifft:

Kommandierung von Polizeibeamten

für das Konzentrationslager in

Oranienburg.

Ohne Verfügung

Für das Konzentrationslager in

Oranienburg habe ich zur Vernehmung von

Schutzhäftlingen, zur Nachprüfung vorhan-

dener Vorgänge in strafprozessualer Hin-

sicht, zur Mitbeteiligung an der Leitung

des Lagers und zur Einschaltung behörd-

licher Aufsicht seit dem 21. 3. 1933

3 bis 6 Landjägereibeamte dauernd, also

für Tages- und Nachtdienst, zur Verfügung

gestellt.

Dadurch werden diese Beamten ihren

eigentlichen Dienstaufgaben entzogen.

Zunehmende Kriminalfälle und reger Aus-

flugsverkehr im Sommer machen diese Beam-

ten aber jetzt nicht mehr entbehrlich.

Klagen der Bevölkerung über mangelnden

Schutz und Klagen des verantwortlichen

Abteilungsleiters beweisen dies.

An

den Herrn Regierungspräsidenten

in

P o t s d a m :

Hinzu kommt, daß das Lager nicht nur

Schutz-

Schutzhäftlinge, wie bis dahin, aus dem Kreise Niederbarnim aufnimmt, sondern es sind in letzter Zeit Festgenommene aus dem ganzen Regierungsbezirk, sogar noch darüber hinaus, eingeliefert worden.

Aus diesen Gründen bitte ich, zur Wahrnehmung der Aufgaben, die bis jetzt durch die Landjägereibeamten erfüllt werden, geeignete Schutzpolizeibeamte nach Oranienburg abzuordnen. Es dürften zunächst 1 Polizeimeister und 2 bis 3 Polizeiwachtmeister (S.B.) genügen.

Ich darf wegen der Dringlichkeit der Angelegenheit bitten, die Ablösung der Landjägereibeamten durch Abordnung von Ersatz recht bald zu ermöglichen!

I. A. [signature]

Po., den 4. 7. 33

D. R. Pr.
I Pol. c 17/2

1/
Die Notwendigkeit in dem Konzentrationslager Landjäger oder staatl. Polizeibeamte zur Bewachung zu haben, wird nicht anerkannt. Die Bewachung u. Verwaltung des Lagers liegt in Händen der S.A. Standarte 208. Notwendig werdende Maßnahmen müssen durch Staat:

24.6.

Nr. _143_

Oranienburg, am _30. Juni_ 19_33_.

Vor dem unterzeichneten Standesbeamten erschien heute, der Persönlichkeit nach _____ bekannt,

die Ortspolizeibehörde in Oranienburg hat mitgeteilt, _____

wohnhaft in _____

und zeigte an, daß der Schlosser Wilhelm, Max, Sens, _____

_____ 30 Jahre alt, _____

wohnhaft in _Zerbst in Anhalt, Kupfergasse 14,_

geboren zu _Zerbst, verheiratet mit der in Zerbst wohn-_

haften Hedwig, geborene Kappert, _____

zu _Oranienburg, Berliner Straße 21,_ _____

am _____ acht und zwanzigsten Juni _____

des Jahres tausend neunhundert _drei und dreißig,_

_____ nachmittags um _____ drei Uhr,

verstorben sei. _____

Vorgelesen, genehmigt und _____

Vorstehend 18 Druckworte gestrichen. _____

Der Standesbeamte.

Kunig.

Die Übereinstimmung mit dem Hauptregister beglaubigt

Oranienburg, am _30. Juni_ 19_33_.

Der Standesbeamte.

Kunig

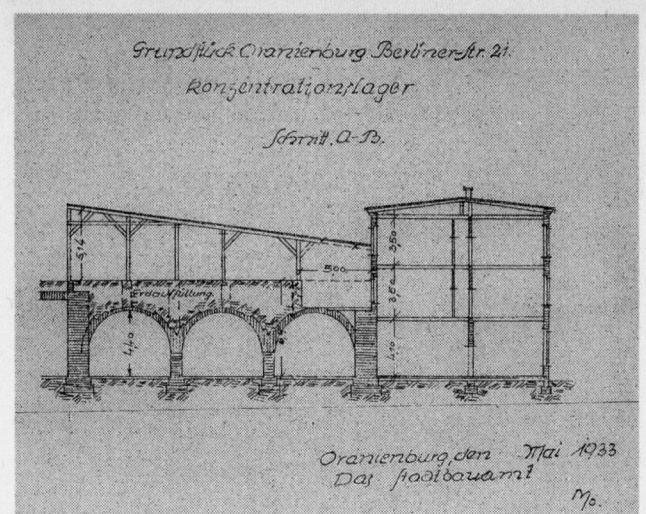

Grundstück Oranienburg Berlinerstr. 21.

Konzentrationslager

Schnitt A-B.

Oranienburg, den Mai 1933
Das Stadtbauamt

Mo.

256

Konzentrationslager
Oranienburg.
Abt.Arbeits-Beschaffg.

Oranienburg,den 7.Juli 1933.

An

den Herrn Bürgermeister Dr. Heinn

Oranienburg.

Um schnellstens unser Arbeitsbeschaffunge -Programm
in die Wirklichkeit umzusetzen bitte ich ergebenst,bald-
gefälligst die einzelnen Arbeitsprojekte von Ihren verantwortlichen Dezernenten durcharbeiten zu lassen.

Nachstehend füge ich dieserhalb einzeln die verschie
denen Arbeitsprogramme an:

1) Umgehungsstrasse(Kurfürsten-Ring-Ebel-Schützen-
Strasse,Bahnhof Sachsenhausen)

2) Instandsetzung der Inselwege

3) Projektierte Wohnstrassen in Oranienburg-Süd.
(Siedlungsgelände)

4) Schaffung von Radfahrwegen innerhalb des Stadt-
gebietes.

5) Wegeverbesserungen in der Feldmark im Westen der
Stadt.

6) Schaffung einer Seepromenade am Lehnitzsee.

7) Ausbeutung des städtischen Kieslagers in Germendorf.

8) Reparaturen und Instandhaltungsarbeiten auf dem
städtischen Sportplatz.

Wir sehen Ihrer baldgefälligen Antwort entgegen.

Konzentrationslager Oranienburg.
Abt. Arbeitsbeschaffung.

Der Magistrat   Oranienburg,d.10.August33
   Stadtbauamt
Ho/Bt.   A b s c h r i f t

   Wir haben für die Beschäftigung der in Schutzhaft
befindlichen Personen bei städtischen Arbeiten folgende
Festsetzungen getroffen:
1.Die Anforderung von Arbeitskräften soll in jedem Falle
schriftlich und nur durch das Baudezernat erfolgen.Die
Anforderungen müssen vom Stadtrat Vogeler bzw.in seinem
Auftrag vom Stadtbaumeister Hobeck unterschrieben sein.
Dem Ersuchen anderer Stellen und Personen ist nicht zu
entsprechen.
2.Die gestellten Arbeitskräfte müssen die zur Ausführung
der Arbeiten notwendige körperliche und berufliche Eignung
besitzen.Sie sind,sofern sie diesen Bedingungen nicht
entsprechen bzw.untüchtig sind oder in ihrem Verhalten
den Aufsichtspersonen des Stadtbauamts bzw. Unternehmers
gegenüber zu Klagen Anlaß geben auf Verlangen des Stadtbauam-
tes sofort auszuwechseln.
3.Die tägliche Arbeitsleistung muss acht volle Stunden
betragen.Die Arbeitszeiten sind im Einvernehmen mit der
Leitung des Lagers vorher festzusetzen.Die Arbeitszeit
beginnt 6.30 Uhr(morgens)auf dem Hof des Konzentrationslager
Oranienburg,von hier aus beginnt pünktlich der Abmarsch
zur Arbeitsstelle.
Der An-und Abmarsch zur Arbeitsstelle gehört zur Arbeitszeit
Wenn aus Gründen,die die Bauleitung nicht zu vertreten
hat,z.B.bei Eintritt von regenwetter die vorgeschriebene
Arbeitsleistung von acht Stunden nicht erreicht wird,muss
diese Zeit bei der Abrechnung anteilmäßig in Abzug gebracht
werden.Anerkannt wird in jedem Falle nur die tatsächliche
Arbeitsleistung,wobei angefangene Stunden,wenigstens
1/2 Stunde,dann voll gerechnet werden.

An   wenden
die Hauptverwaltung des
Konzentrationslagers Oranienburg
                    Berliner Strasse
Gegen Behändigungsschein

258

Die Arbeitsleistung ist täglich am Schluß nach Arbeiter-
und Stundenzahl durch schriftliche Eintragung festzustellen.
Die Eintragung muß vom Aufseher und dem Wachmann unterzeich-
net werden.

4.Die Leitung des Lagers stellt in angemessener Zahl
die zur Bewachung der Häftlinge erforderlichen Wachleute.
Die Postenführer haben in technischer Hinsicht den Anordnungen der Bauaufsicht nachzukommen und auf der Arbeitsstelle
für Disziplin und angemessene Arbeitsleistung zu sorgen.Die
Stadtverwaltung übernimmt im übrigen keinerlei Verantwortung
für die Häftlinge.Die Versicherung der Häftlinge und
Wachmannschaften gegen Krankheit und Unfall ist Sache
des Lagers.

5.Die Stadtverwaltung vergütet dem Konzentrationslager
die tägliche achtstündige Arbeitsleistung eines Häftlings
mit RM-,70,wobei die Vergütung für die Bewachung bereits
mit eingerechnet ist.

Die Rechnungen sind nach Kalenderwochen aufzustellen
und in Zeiträumen von 8 Tagen in dreifacher Ausfertigung
einzureichen.Eine Ausfertigung wird dem Lager nach Prüfung
vom Stadtbauamt bescheinigt zurückgegeben.Die Bezahlung
erfolgt auf dem Wege der Verrechnung.

6.Das Recht,diese Abmachungen aufzukündigen,steht beiden
teilen zu,doch ist,von Anordnungen höherer Stellen abgesehen
in jedem Falle eine Kündigungsfrist von acht Kalendertagen
einzuhalten.

Wir bitten Sie,uns ihr Einverständnis mit diesen
Festsetzungen schriftlich zu bestätigen.

Für die Richtigkeit der Abschrift:

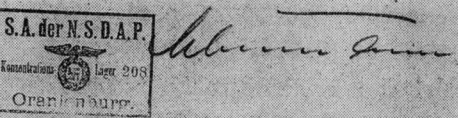

S.A. der N.S.D.A.P.
Konzentrations Lager 208
Oranienburg.

kom.
Der Landrat
des Kreises Niederbarnim

Berlin NW 40, den 6 September 1933.
Friedrich-Karl-Ufer 6
Fernspr.: D 2 Weidendamm 0014

Tageb.-Nr.

Es wird ersucht, in der Antwort das
vorstehende Tagebuchzeichen anzugeben.

Abschrift.

Betrifft: Ausweisung der prominenten, intellektuellen und
jüdischen Häftlinge aus dem Lager Oranienburg.

Es werden in Marsch gesetzt:

A) Prominente und Intellektuelle.

1.) Wegener, Arnim   geb. 16.10.86, Dr. jur. Schriftsteller,
2.) Wasserstraß, Ernst   geb. 25.12.94, Lehrer,
3.) Tinius, Ernst   geb. 19.9. 94, Dipl.Volkswirt,
4.) Münchow, Erwin   geb. 19.6. 88, Rektor,
5.) Magnus, Kurt   geb. 28.3. 87, Rechtsanwalt, x/
6.) Braun, Alfred   geb. 3.5. 88, Schauspieler, y
7.) Ebert, Friedrich   geb. 12.9. 94, Redakteur,
8.) Ehom, Franz   geb. 1. 9. 93, Lehrer,
9.) Flesch, Hans   geb. 18.12.96, Intendant a.D. x/
10.) Franke, Helmuth   geb. 23.10.04, Ingenieur.

B) J u d e n .

11.) Dr.Salomon, Hermann   geb. 4.9.88, Arzt, I. Bürgermeister,
12.) Orlipski, Gustav   geb. 4.2.87, Rechtsanwalt a.D.,
13.) Greitmann, Wilhelm   geb. 24.4.81, Friseur,-
14.) Krausnick, Heinz   geb. 29.12.11, Bote,
15.) Wilk, Hans   geb. 8.12.09, Kaufmann,
16.) Faust, Hans   geb. 11. 2.10, kaufm. Angestellter,
17.) Goldtschmidt, Ivan   geb. 11. 1.03, Kaufmann,
18.) Kleinmann, Emil   geb. 2. 9.75, Schneidermeister,
19.) Abraham, Max   geb. 27. 4.04, Lehrer,
20.) Birawer, Hugo   geb. 3.11.76, Kaufmann,
21.) Heilmann, Ernst   geb. 13.4. 81, Redakteur,
22.) Dr.Herrmann, Franz   geb. 29.12.86, Ministerialrat a.D.

An
das Ministerium des Innern, z.Hd.Herrn Amtsrat Piefke, Berlin, Unter
den Linden 72-74.

Vorstehende

260

Fr.   Poststempel Oranienburg
Ilse Poltiniak   9. 9. 33
Berlin-Britz
Louise-Reuter-Ring 11

Liebe Ilse!

Aus deinem Besuch am Sonntag wird nichts. Für diesen und
den nächsten Sonntag ist Besuchssperre. Auch die Paketan-
nahme am Sonntag fällt aus. Schicke, wenn du kannst, für Anfang der Woche ein Paket, hauptsächlich etwas zum Rauchen.
Vergiß auch Briefmarken nicht. Die Wäsche schicke ich dir
zum Waschen zu.
   Bis dahin alles Gute und viele Grüße von
   Kurt

Schreibe bald und nutze die beiden Sonntage aus. Amüsiere
dich und blase nicht Trübsal.

Absender: K. Poltiniak 1351
Wohnort: KZ Oranienburg
            II. Kompag. II. Zug

C.

Nr. *130*

Oranienburg, am *12. Juli* 19*34*

Vor dem unterzeichneten Standesbeamten erschien heute, der Persönlichkeit nach ⸺⸺⸺⸺⸺⸺⸺⸺⸺⸺⸺⸺⸺⸺⸺⸺ kannt,

Die Ortspolizeibehörde in Oranienburg hat mit geteilt,

wohnhaft in ⸺⸺⸺⸺⸺⸺⸺⸺⸺⸺⸺⸺⸺⸺⸺⸺

und zeigte an, daß *der Schriftsteller Heinz Hesse Richard war,*

56 Jahr alt,

wohnhaft in *Berlin i Neukölln, Jmystraße 4,*

geboren zu *Berlin, verheiratet mit der in Berlin, Neu-kölln wohnhaften Brigantia, geborenen Eßinger,*

zu *Oranienburg auf dem Gemeindeteil Berlin-Frohnau*

am *zehnten Juli*

des Jahres tausend neunhundert *vier und dreizig,*

vor mittags um *fünf drei viertel* Uhr

verstorben sei. ⸺⸺⸺⸺⸺⸺⸺⸺⸺⸺⸺⸺⸺⸺

Vorgelesen, genehmigt und ⸺⸺⸺⸺⸺⸺⸺⸺

⸺⸺⸺⸺⸺⸺⸺⸺⸺⸺⸺⸺⸺⸺⸺⸺

⸺⸺⸺⸺⸺⸺⸺⸺⸺⸺⸺⸺⸺⸺⸺⸺

Der Standesbeamte.

König.

Die Übereinstimmung mit dem Hauptregister beglaubigt

Oranienburg, am *12. Juli* 19*34*

Der Standesbeamte.

König.

N.-R.

262

An den

    Leiter der Geheimen Staatspolizei

    z. Hd. Gruppenführer Heydrich,

        B e r l i n .

    -.-.-.-.-.-.-.-.-

    Nachdem die Verstaatlichung des Konzentrationslagers Oranienburg am 6. d. Mts. durch die S.S. vorgenommen worden ist, wurde in den ersten Tagen eine reibungslose und loyale Übernahme des Lagers durchgeführt, wie es der Reichsführer S.S. Himmler gewünscht und mir persönlich auch zugesichert hatte. Dies war, solange der Gruppenführer Eicke Leiter der Aktion war und der Standartenführer Voggenauer uns tatkräftiget unterstützte, gewährleistet. Beide machten mir Zusagen, die wir im Interesse einer geregelten Abwicklung als verbindlich ansehen mußten.

    Nun sind leider in den letzten Tagen derartige Komplikationen bezüglich der Abwicklung und Übernahme eingetreten, daß ich Sie bitten muß, hier eine Änderung oder eine klare Sachlage zu schaffen, da wir sonst der uns verantwortlichen Stelle, dem Herrn Polizeipräsidenten in Potsdam, erklären müssen, daß die Verantwortung von uns nicht mehr getragen werden kann.

    Ich will garnicht auf die kleinlichen Mißhelligkeiten und Chikanen näher eingehen, die es der bisherigen Verwaltung fast unmöglich machen, reibungslos weiter zu arbeiten, nachdem wir fast über das erträgliche Maß hinaus immer unseren guten Willen gezeigt haben.

    Es tut mir leid, Sie bei Ihrer großen Arbeit mit unseren Klagen behelligen zu müssen; es fand sich aber leider durch die Urlaubszeit keine Ihrer unteren Dienststellen in der Lage, uns zu helfen.

                            Ich

iPol.c 2542

Ich wäre Ihnen dankbar, wenn Sie mich zu einer persönlichen Aussprache, die zweifellos alle bestehenden Unklarheiten aus der Welt schaffen kann, und ich bitte Sie, auch von anliegendem Schreiben, daß wir an unsere vorgesetzte Dienststelle richteten, Kenntnis zu nehmen.

empfangen würden

Schulze-Wechsungen
Standartenführer.

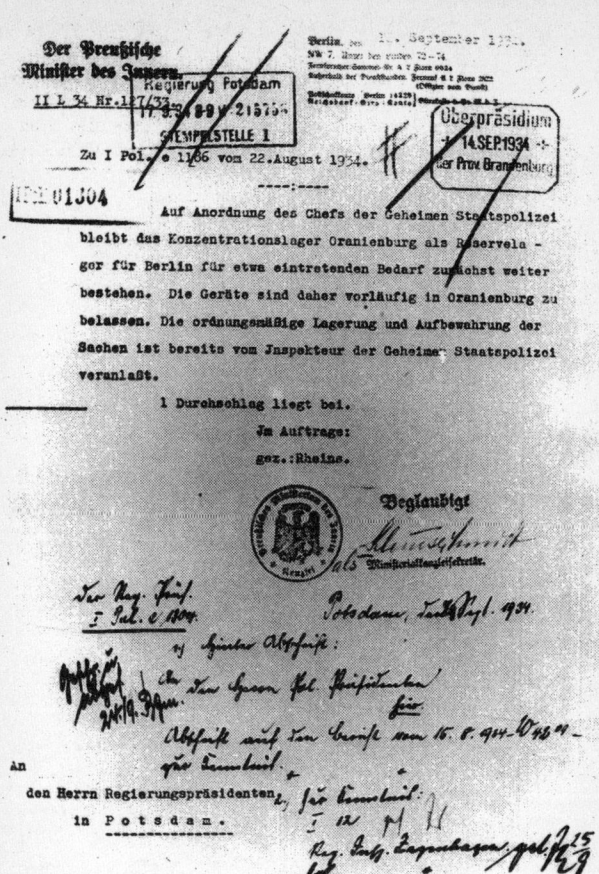

Der Preußische
Minister des Innern

II L 34 Nr. 1273/...

Zu I Pol.e 1186 vom 22.August 1934.

Regierung Potsdam
17.SEP.39 u. 21579...
STEMPELSTELLE I

Berlin, den 1.. September 193..

NW 7. Unter den Linden 72—74
...

Oberpräsidium
14.SEP.1934
der Prov. Brandenburg

Auf Anordnung des Chefs der Geheimen Staatspolizei
bleibt das Konzentrationslager Oranienburg als Reservela -
ger für Berlin für etwa eintretenden Bedarf zunächst weiter
bestehen. Die Geräte sind daher vorläufig in Oranienburg zu
belassen. Die ordnungsmäßige Lagerung und Aufbewahrung der
Sachen ist bereits vom Inspekteur der Geheimen Staatspolizei
veranlaßt.

     1 Durchschlag liegt bei.

         Im Auftrage:

         gez.:Rheins.

                Beglaubigt

An

den Herrn Regierungspräsidenten

  in Potsdam.

Unbekannte Neonazis beschmieren die Gedenktafel »KZ Oranienburg« am hellichten Tag. Tatzeit: 26. März 1993

Anmerkungen zu den Dokumenten

BLHA = Brandenburgisches Hauptarchiv Potsdam
Pr. Br. = Preußisch Brandenburg

Dokument 3/Seite 243   Zwischen der Lagerführung des KZs Oranienburg und der Stadtverwaltung des Ortes bestand von Anfang an eine »fruchtbringende« Zusammenarbeit. Wie ein Hohn klingt das im Mai 1933 in den Grundzügen vereinbarte »Arbeitsbeschaffungsprogramm«. Es war Betrug im doppelten Sinne: KZ-Häftlinge stellten die billigsten Arbeitskräfte dar und brachten zugleich den höchsten Gewinn. Obwohl Arbeitsbeschaffungsmaßnahmen angeblich zur Minderung der Arbeitslosigkeit vorgesehen waren, steckte die Stadt diese Mittel ein und beschäftigte Häftlinge. Zum Zeitpunkt des Vertrages gab es in der Stadt 1052 registrierte Arbeitslose. Einen Vortrag des zuständigen Stadtbaumeisters Hobeck vor dem Magistrat ist folgende Kostenrechnung zu entnehmen: *Einsatz der Arbeitskräfte pro Woche und Mann*
Einsatz nach Tariflohn = 25.— RM
Einsatz gemäß Gesetz   = 24,75 RM
Einsatz pro Häftling   = 6,— RM
(Pr. Br. Rep. 8 Oranienburg)

Dokument 4/Seite 247   Unmittelbar nach Verhaftung der Erzieher und Zöglinge des jüdischen Jugend- und Lehrheims in Wolzig kam es zum Protest des Deutsch-Israelitischen Gemeindebundes über das Vorgehen der SA und zur wahrheitsgetreuen Schilderung der Besetzung des Heimes.
(BLHA Rep. 2A I. Pol. 1913 Bl. 25–26)

Dokument 5/Seite 251   Das Schreiben widerlegt den Lagerkommandanten Schäfer hinsichtlich des Einsat-

zes von Polizeibeamten sowie der Bewaffnung der SA-Leute mit Maschinenpistolen und Karabinern.
(BLHA Rep. 2A I. 1192 Bl. 22)

Dokument 6/Seite 253 (BLHA Rep. 2A I. Pol. 1192 Bl. 23)

Dokument 7/Seite 255 Todesurkunde für den politischen Häftling Max Sens aus Zerbst/Anhalt. Er gehörte zum Transport von Gerhart Seger, der am 14. Juni 1933 eingeliefert wurde. Zu beachten ist der Todesort: Berliner Straße 21.
(Urkundenstelle beim Landratsamt Oberhavel, Totenbuch 1933)

Dokument 8/Seite 256 Im Bereich des Grundstücks Berliner Straße 21 (Eigentümer Berliner Kindl-Brauerei) befand sich das Verwaltungsgebäude für die SA-Lagerführung, das durch Häftlinge umgebaut wurde. Die Zeichnungen für den Umbau lieferte das Stadtbauamt Oranienburg bereits im Mai 1933.
(Stadtarchiv Oranienburg)

Dokument 9/Seite 257 Für die Arbeitsbeschaffung gab es in der Lagerstruktur eine eigene Abteilung, die dem Kommandanten unmittelbar unterstand und die von seinem Adjutanten Daniel geleitet wurde.
(Stadtarchiv Oranienburg)

Dokument 10/Seite 258 Sechs-Punkte-Vertrag über die Zusammenarbeit zwischen der Lagerführung des KZs und der Stadtverwaltung von Oranienburg.
(Stadtarchiv Oranienburg)

Dokument 11/Seite 260 Die Gefangenen wurden in die Moorlager Papenburg überführt.
(BLHA Rep. 2A I. Pol. 1183 Bl. 539)

Dokument 12/Seite 261 Kurt Poltiniak, geb. 1908, von Beruf Graphiker, war KPD-Mitglied. Im Sommer 1933 wurde er verhaftet und kam in das KZ Oranienburg. Nach seiner Entlassung